Unicorn
独角兽书系

钢铁议会

BAS-LAG: IRON COUNCIL

巴斯-拉格

三部曲

[英]柴纳·米耶维 /著
胡绍晏 /译

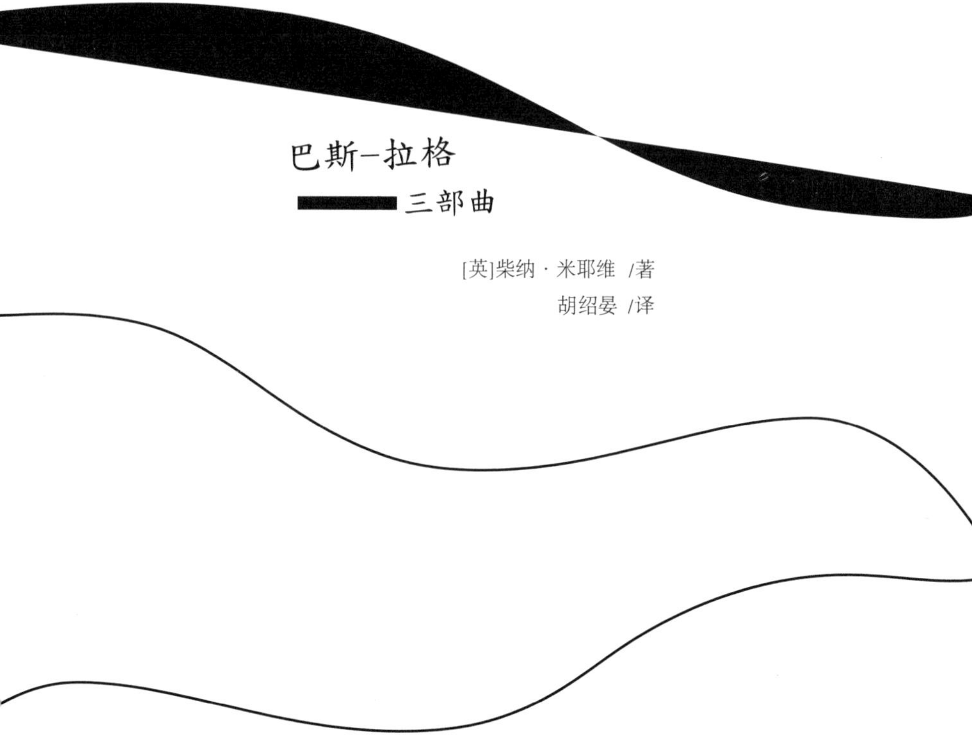

重庆出版集团 重庆出版社

图书在版编目（CIP）数据

巴斯 - 拉格 . 钢铁议会 /（英）柴纳 · 米耶维著；胡绍晏译. —重庆：重庆出版社，2019. 10

书名原文：Iron Council (Bas–Lag)

ISBN 978-7-229-14340-4

Ⅰ . ①巴…　Ⅱ . ①柴…　②胡…　Ⅲ . ①长篇小说—英国—现代　Ⅳ . ① I561. 45

中国版本图书馆 CIP 数据核字（2019）第 172452 号

巴斯-拉格：钢铁议会

BASI-LAGE:GANGTIE YIHU

[英]柴纳 · 米耶维　著　胡绍晏　译

责任编辑：邹　禾　唐　凌
装帧设计：不绿不蓝
责任校对：朱彦谚

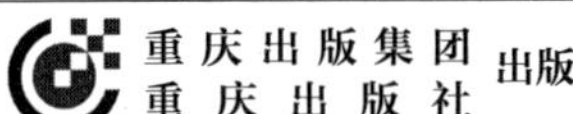

重庆市南岸区南滨路162号1幢　邮政编码：400061　http://www.cqph.com
重庆出版社艺术设计有限公司 制版
重庆豪森印务有限公司 印刷
重庆出版集团图书发行有限公司 发行
E-mail:fxchu@cqph.com　邮购电话：023-61520646
全国新华书店经销

开本：890mm × 1230mm　1/32　印张：15.75　字数：436千
2019年10月第1版　2019年10月第1次印刷
ISBN 978-7-229-14340-4
定价：76.00元

如有印装问题，请向本集团图书发行有限公司调换：023-61520678

By China Mie´ville

柴纳·米耶维

King Rat

鼠王

Perdido Street Station

帕迪多街车站

The Scar

地疤

Iron Council

钢铁议会

Looking for Jake and Other Stories

寻找杰克

Un Lun Dun

伪伦敦

The City & The City

城上城

Kraken

鲲

Embassytown

使馆镇

作者简介

柴纳·米耶维

China Miéville

1972年出生于英格兰，伦敦政经学院国际法学博士。公认的天才小说家，屡次囊获世界各项奇幻界荣誉：轨迹奖、雨果奖、阿瑟·C.克拉克奖、英国奇幻奖、世界奇幻奖等。被评为21世纪重要的奇幻作家，其特有的怪诞写作风格独树一帜。

译者简介

胡绍晏

资深翻译，曾翻译《冰与火之歌》《实时放逐》《遗落的南境》等畅销佳作。

《钢铁议会》

柴纳·米耶维在伦敦生活与工作。他曾三次荣获阿瑟·C.克拉克奖（《帕迪多街车站》《钢铁议会》《城与城》），并两次获得英国奇幻大奖（《帕迪多街车站》《地疤》）。他的《城与城》，一部于2009年出版的超现实主义惊悚小说，大获盛赞，被拿来与卡夫卡、奥威尔以及菲利普·K.迪克进行比较。

致　谢

对于他们对这本书的所有帮助，我要向艾玛　伯奇安、马克·布尔德、安德鲁·巴特勒、米奇·切瑟姆、迪安娜·霍克、西蒙·卡瓦纳、彼得·莱弗瑞、克劳迪娅·莱特弗特、法拉·门德尔松、杰米玛·米·维尔、吉莉安·雷德福德、麦克斯·谢弗、克里斯·施鲁埃普和杰西·索达尔表示最深切的感谢。非常感谢尼克·马塔斯和梅赫托贝尔·威尔逊，感谢麦克米伦和德尔瑞出版社的全体员工。虽然我一如既往地感谢无数作家，但我必须特别感谢威廉·杜宾、约翰·艾尔、简·加斯克尔、赞恩·格雷、森伯恩·奥斯曼、蒂姆·鲍尔斯、TF·波伊斯和弗兰克·斯皮尔曼。

致我的妹妹捷米玛·米耶维

目 录

第八部分
改造

第九部分
声与光

第十部分
遗迹

他们在火车月台上竖立起流动纪念碑。

——维列米尔·赫列勃尼科夫，《提案》

多年来，一群男女在泥地里刻凿出一条轨道，拖拽住历史。他们静止不动，张大着嘴，仿佛发出战斗的吼声。他们在嶙峋的岩石沟壑间，四周有森林、有灌木、有砖块的阴影。他们一直在前进。

很久以前，有个人站在山顶上，那花岗岩山峰形如紧握的拳头。山峦上覆盖的树木仿佛是森林之海的浮沫。他俯瞰着苍翠的世界，下方的天空中点缀着各种身披羽毛，皮质坚韧的飞行动物，但他不予理会。

一根根岩柱旁有他辟出的道路，还有油布帐篷构成的营地。营地中有人，也有篝火，森林大火给树木带来肥沃土壤，而这些火堆只能算是小兄弟。

那离群的人站在风中，呼出的水汽冻结在胡子上，这一刻仿佛被永远凝固。他观察气压计和刻度绳，玻璃管里是滞塞的水银。他和这群人一起爬出世界的腹地，来到秋日的山脉。

他们向上攀援，列队前进，对抗重力的牵绊，沿着崎岖的岩壁攀爬，互相紧紧跟随。他们携带着黄铜、木材和玻璃制成的各种器皿，仿佛成为装备的奴仆，又像是在异域致富的暴发户，愚蠢地拖着财物横穿世界。

许久以前的那一刻，这个离群的人仔细聆听着山间野兽的啼声，聆听着树丛的婆娑。他将重垂线放下山崖，测量参数，并将结果标注在自己绘制的图纸上。他测量平原与山坳，测量纵横交错的峡谷与溪流，测量布满植被的草原。他让它们显得十分美丽。有松树或白蜡树的地方，他也测量树林的范围。这片土地让他自觉卑微。

寒冷的天气杀死了他的六个同伴，他们躺在临时挖掘的坟墓里，苍白而僵硬。力翼兽让他们一行人鲜血横流，熊和夜影盗走了他们的食物储备。有人精神崩溃，在黑暗中无助地哭泣；也有人落入水中被淹死。有时，骡子会坠落山间，挖掘也会遭遇失败；还有时，他们会遇到背信弃义、随意杀人的土著。但这些都发生在其他时候。那一刻，树林上方就只有这个人。西方，群山挡住他的去路，不过仍相当遥远。

只有风与他交谈，但他知道自己的名字有人诋毁，有人尊敬。他留下许多争议。在他那座满是山顶住家的城市里，他的努力造成许多家庭分离。有人为他感到骄傲，说他的行为代表诸神。也有人说他羞辱了整个世界，他的计划与行径令人憎恶。

那人目睹着黑夜占领世界。（如今距离那一刻已经很久）他注视着一条条狭长的阴影。他的同伴已经开始准备晚饭，他听见锅碗的撞击声，也闻到烹煮岩兽的香味，他将跟他们一起用餐。但在那之前，他独自一人面对着山峰，面对着夜晚，面对着他的笔记本。这些本子里记录着他看到的一切，记录着枯燥的测量结果，也记录着他的愿望。

他的笑容显现出的并非狡诈、并非满足、并非安心，而是充满愉悦，因为他相信自己的计划神圣高贵。

PART ONE

第一部分
陷阱

第一章

有个人在奔跑，撞穿由树皮和树叶构成的薄墙。原木林里的房屋简直毫无意义。他的周围全是树木。

深入林间之后，到处是原始的声响。树冠阵阵摇晃。此人身负重物，虽然不见太阳，但他浑身是汗。他尽量沿着小径前进。

直到天黑之前，他才找到目标。他顺着豪刺人的小路来到一处凹地，四周是植物的根系和嵌满石块的泥土。树丛渐渐稀疏。泥地被踩踏得结结实实，残存着焦痕与血渍。他摊开包裹和毯子，取出为数不多的书本和衣服，将一件包得严严实实的重物放到蜈蚣出没的泥地上。

原木林里十分寒冷，他生了一堆火。于是周围的黑暗将他排斥在外，但他仍望向阴影中，仿佛在等待什么东西出现。附近果然有动静。连绵不断的细小声响既像是夜间出没的鸟类在啼鸣，又像是隐藏的猎食兽发出的喘息与低吼。他十分警惕。他携有手枪和步枪，手里始终握着其中之一。

他在火光中看着时间流逝，睡得断断续续，间隔短促，每次醒来，他都大口喘着气，就像刚从水里冒出来似的。他曾受过沉重打击，脸上满是悲哀与愤怒。

“我会来找你们。”他说。

他并未留意黎明的降临，直到能看清空地边缘。他动作僵硬，仿佛树枝搭成的假人，又像是浸透了夜晚的湿冷空气。他嚼着肉干，一边倾听丛林的杂音，一边在低洼的泥地里来回踱步。

最后，他听见人声，于是倚靠着斜坡边缘，从树干之间望出去。三个人沿着铺满落叶和碎屑的林间小道走来。他注视着他们，手中稳稳地握住步枪。等到他们进入光线较为密集之处，他看清了，于是放下步枪。

“这儿。”他喊道。他们呆滞地停下脚步，寻找他的方位。他举起一只手，伸出土坑边缘。

那是两男一女，身上的衣服比他自己的更不适合原木林的环境。他们走进洼地，站在他跟前，露出微笑：“科特。”他们抓住他的胳膊，拍打他的后背。

“我隔着老远就听见你们的声音了。假如有人跟踪怎么办？还有谁会来？”

他们不知道。“我们收到你的消息。”个子较矮的男子说道。他语速很快，打量着四周。“我也看到了，我们发生了争论。要知道，其他人都说我们应该留下。你知道他们怎么讲的吧。”

“我知道，德雷。他们说我是疯子。”

“他们不是说你疯。”

他们的视线都躲着他。那女人坐下来，裙子里鼓满空气。她咬着指甲，呼吸急促，充满焦虑。

“谢谢你们来找我。”他们有的点点头，有的则摇头表示不必谢。他觉得这听起来有点怪，而且可以肯定，他们也有同感。他尽量控制语调，以免流露出惯常的嘲讽口气：“这对我来说意义重大。”

他们在洼地里等待着，有人在泥地上涂画，有人用枯木刻出雕像。他们有太多话要说。

“所以他们叫你们不要来？”

那女子名叫艾尔希。她说不是的，联合委员会的人没有直说，但他们对科特的呼吁不以为意。她一边说，一边抬头看了他一眼，然后又立即低下头。他点点头，不予置评。

“你们确定吗？”他说道，但并不满足于他们随意的点头。“真他妈见鬼，你们确定吗？背弃联合委员会？你们准备好了吗？为了他？我们的路还很长。”

“我们已经在原木林里走了许多里地。”坡摩罗伊说道。

“还有成百上千里地要走。*成百上千*。沿途无比困难，时间也会很长。我不保证咱们回得来。”

我不保证咱们回得来。

坡摩罗伊说：“你只需告诉我，这消息是真实的。告诉我他真的去了，告诉我他去了哪儿，为什么。告诉我这些都是真的。”那大个子目光炯炯地等待着，直到科特闭上眼睛略一点头，他才说，“那好吧。”

其他人也到了。先是一名女子，名叫伊霍娜。众人正在迎接她时，却听见沉重的跳跃声，听见地上散落的树枝被压断。一名蛙人穿过灌木丛，以其特有的姿态蹲坐在地上，举起带蹼的双手。他从斜坡上跃下，整个身体——头和躯干连在一起，犹如肥硕的囊袋——因受到冲击而颤动。费赫奇里林浑身污渍，神情疲惫，他的姿态跟树林格格不入。

他们焦虑不安，不知该等多久，也不知是否还有其他人加入。科特不停地追问他们是如何接收到他的消息的。这让他们不太愉快。他们不愿决断是否要与他为伍：他们明白，许多人将其视为叛徒。

“他会很感激的，”科特说道，“他是个有趣的怪家伙，也许他不会明示，但这对我、对他都意义重大。”

片刻的沉默过后，艾尔希说：“你并不能肯定。他没问过我们，科特。你说过他只是收到消息而已。他也许会对我们的到来感到愤怒。”

科特无法反驳她，只能说：“但我看你还没打算离开吧。我们来到这里是为了他，然而或许也是为了我们自己。”

他开始描述未来，并强调其中的危险。他似乎是想要劝阻这些人，但他们知道事实并非如此。德雷用急促紧张的语调与他争辩。他向科特保证，他们都很清楚其中的风险。科特意识到，德雷已经说服他自己，于是保持沉默。德雷不断地重复说，他已经做出决定。

“我们最好赶快出发，”午后，艾尔希说道，“不能一直等下去。就算还有人来，也一定是迷路了。只能让他们回去找联合委员会，回到城里，该干什么干什么。”有人发出一声轻呼，大家一起转过头。

空地的边缘，有个豪刺人骑着雄鸡，正注视着他们。巨硕的战斗雄鸡撑开胸口的羽毛，提起一只利爪，摆出古怪的姿势。结实粗壮的豪刺人抚摸着坐骑的红冠。

“国民卫队来了，”他的口音很重，好似咆哮，“两个人，国民卫队，一会儿就到。”他在精致的鞍座上往前挪了挪，引导大鸟掉头。他的坐骑没有金属饰品叮当作响，只有木头和皮革的镫具发出轻微的摩擦声。它提起爪子，跨出威武的步态，消失于森林中。

“那是——?”“怎么——?”“你们看见了吗——?”

然而科特和他的同伴们很快安静下来，因为他们听见有人正在接近。他们沉默而惊恐地观望着，已经来不及躲藏了。

两个人跨过长满蘑菇的树桩，踏入视野。他们戴着面罩，身穿国民卫队的深灰色制服，每人都有一块镜面盾牌，身侧佩挂着丑陋笨拙的多管左轮枪。进入空地后，他们停下脚步，打量眼前这群等待着的男女。

一时间，每个人都一动不动，大家都处于沉默的疑惑中——*你们？他们？什么？我们是不是应该——？*——然后有人开枪了。一阵枪弹声与呼喊声过后，有人倒了下去。科特无法搞清每个人的方位，他心中充满恐惧，担心自己已被击中却还没感觉到。可怕的枪击声停止之后，他才松开紧绷的下颌。

有人在呼喊：*哦老天，哦天呐*。那是国民卫队的成员之一，他坐在死去的同伴身旁，鲜血从腹部的伤口处流出。他试图举起沉甸甸的手枪。科特听见一声短促的撕裂声，他认出这是弓箭的声响。那名国民卫队成员倒了下去，一支箭射入他体内，让他闭上了嘴。

又是一阵短暂的沉默，然后“嘉罢——”“你们，大家都——？”“德雷？坡摩罗伊？”

起初，科特以为己方没人被击中，然后他看到德雷脸色苍白，捂着肩膀，鲜血染红了颤抖的手指。

“嘉罢在上，伙计。”科特扶着德雷坐起来（*不要紧吧？*那小个子不停地问道）。子弹撕裂了肌肉。科特从德雷的衬衫上扯下布条，挑选其中较干净的包扎弹孔。疼痛之下，德雷挣扎反抗，坡摩罗伊和费赫不得不按住他。缠绷带时，他们给他一根拇指粗的树枝咬住。

“见鬼，你们这些蠢货，他们肯定一路跟踪你们。”科特一边包扎，一边愤怒地说。“我他妈告诉过你们要小心——”

“我们*的确*很小心。”坡摩罗伊指着科特说。

“不是跟踪。”豪刺人又出现了，雄鸡坐骑扒拉着地面。“他们在巡逻。你们在这儿很久了，将近一天。”他跳下坐骑，走到凹地边缘。“太久了。”

他的吻尖露出牙齿，不知算是什么表情。他的身高还不到科特的胸口，但肥硕壮实，走起路来昂首阔步，就像身材魁梧的大个子。他在那名国民卫队成员身边停下脚步，嗅了嗅。它扶起那个被箭射杀的人，把箭杆往前推，穿透他的身体。

“这两个不回去，他们会派出更多人。”他说道，“来追赶你们。也许就是现在。”他调整箭杆的方向，令其从死者胸口的骨骼间穿过。他握住钻出尸体后背的箭杆。伴随着黏湿的声响，那支箭连同箭尾的羽毛一起被拔了出来。豪刺人将血淋淋的箭插入腰带中，然后从国民卫队成员僵硬的手指间捡起左轮手枪，朝着伤口开了一枪。

鸟群再次被枪声惊起。豪刺人不习惯后坐力，他咧了咧嘴，摇摇头。原本手指粗细的箭孔已经变成一个大洞。

坡摩罗伊说：“老天……你究竟是谁？”

“豪刺人，骑着雄鸡战斗的人，用雄鸡占卜的人，帮助你们的人。”

“你的部落……”科特说道。“支持我们？站在我们这边？有些豪刺人支持联合委员会，”他对其他人说，“所以这地方是安全的，至少刚才是安全的。这位的族人不喜欢国民卫队。他们让我们通过。但……不敢冒险与新克洛布桑真正开战，所以才搞得像是我们杀死了国民卫队，而不是他们的箭。”他一边说，一边自己明白过来。

坡摩罗伊和豪刺人一起搜查死者的财物。坡摩罗伊将一把多管左轮枪扔给艾尔希，又将另一把扔给科特。这种枪是昂贵的现代设计，科特从来不曾将它握在手中。那把枪沉甸甸的，六根旋转枪管呈圆柱状排列，外形粗硕。

“它不太可靠，”坡摩罗伊一边搜集子弹，一边说。“但是够快。”

“嘉罢在上……我们最好快点离开。”德雷的声音一时轻、一时响，充满痛苦。“这枪要是走火，能把他们从几里地外招来……”

“附近没那么多，”豪刺人说道。“也许没人听得见。但没错，你们应该离开。你们是为了什么？为什么离开城市？你们要找那个骑着黏土人的家伙？”

科特看了看其他人，而他们也谨慎地望着他，意图让他回答。

他说道：“你见过他？”他朝着忙碌的豪刺人走去。“你见过他？”

“没见过，但我知道有人见过。几个星期前，那人骑着灰巨人穿过树林。他急匆匆地穿过树林，然后国民卫队就追来了。”

午后的光线笼罩着所有人，森林里的动物又开始制造噪声。科特感觉被困在了连绵不绝的树林里。他数次张口欲言。

科特说：“国民卫队在追踪他？”

“骑着改造马，我听说。”

改造马上镶有金属铸造的马蹄或虎爪，或者是被安上一根尾巴，附有毒腺，且能灵活抓握。蒸汽活塞赋予它们的腿超乎想象的力量，藏在马鞍后面的锅炉让它们具备持久的耐力。它们还可能被改造成食肉兽，长着长长的獠牙。狼马，野猪马，机械马。

“我没看见，”豪刺人说，他骑上雄鸡，“他们追赶着骑粘土人的人，在原木林南部。你们最好离开，赶快。”他圈转战斗坐骑，伸出一根仿佛被烟熏过的褐色手指，“小心点，这可是原木林，快走吧。”

他用靴刺踢了一下雄鸡，钻入密集的灌木与树干之间。“快走。”他喊道，但人已经消失了。

“真要命，”科特说道，“走吧。”他们拆除了那片小小的营地。坡摩罗伊不仅背着自己的包裹，还背上了德雷的。一行六人走出斗鸡场，进入森林。

他们沿着刚才豪刺人走的那条路前进，根据科特的罗盘，那是朝西南方向。“他给我们指了一条路。”科特说。同伴们等待着他的指引。他们在盘根错节的植被间奋力前行，扰乱了繁茂的植物群落。很快，科特变得异常疲惫，那感觉简直令他惊愕。

等发现黑夜已经降临，他们便在树丛间就地躺下。受树林中各种细微声响的感染，他们说话也压低了嗓音。此刻要捕猎已经太晚：他们只能从包裹里掏出腌肉和面包，勉强调笑说，这是多么美味的食物。

借助微弱的火光，科特可以看出，费赫已经开始脱水。他们不知道哪里有淡水，费赫只在自己身上泼了一点点他们携带的水，然而他的大舌头翻卷着，渴望舔食水分。他在喘气。“我没事，科特。”他拍了拍自己的脸颊说。

德雷苍白得像一张纸，口中喃喃自语。凝固的鲜血让他吊挂着的绷带变得硬邦邦，科特无法想象他是如何坚持走下来的。科特悄声对坡摩罗伊说出心中的担忧，但他们不可能回头，德雷也不可能独自回去，他身体底下的地面沾染了血污。

德雷睡着后，其余人围着火堆低声谈论他们要追踪的那个人。每个人都有响应科特召唤的理由。

对伊霍娜来说，他们寻找的人或许是联合委员会中第一个心存旁骛的人，这让她联想到自己。他那超脱尘世的特质，往往会引起一些人的猜忌，也让她意识到，政治运动中允许存在不完美：她也可以是其中一分子。她一边回忆，一边露出甜美的微笑。接着，费赫说，那人曾参与研究蛙人族的萨满魔法，费赫教过他一些东西，也被他强烈的好奇心打动。科特明白，他们热爱此人。联合委员会的数百名成员中，有六个人爱戴他，这不算太稀奇。

坡摩罗伊大声说出来："我爱戴他。但那并非我来这里的原因。"他的语句短促简练。"如今时局紧迫，我来这里，是因为他要去的地方，因为他追寻的目标，因为今后会发生的事。因为你带来的消息。不仅仅是因为他去了——而是因为他要去的地方，他去那儿的目的。这才是值得付出一切的东西。"

没人询问科特为何而来。轮到他的时候，大家默默地低下头，而他则注视着火焰。

一头战鸟坐骑颤动喉部的肉垂，发出类似雄鸡的啼声，将他们唤醒。他们被这唐突的叫声惊得不知所措。一名豪刺人骑手注视着他们，等到大家站起身来，豪刺人扔给他们一只死野鸡，指了指东面的树丛，然后消失在黯淡的光线中。

他们顺着豪刺人所指的方向前进，钻入灌木丛和清晨的森林。斑驳的阳光照在他们身上。这是个和煦的春日，原木林变得潮湿而温热。科特的衣服沾满汗水，感觉沉甸甸的。他望向费赫与德雷。

费赫神情麻木，后腿蹬地，一停一顿地前进。德雷也紧跟着大家的步伐，令人难以置信。他的皮衣底下渗出血来，苍蝇闻到他的气味，围聚过来，但他也不驱赶。德雷浑身是血，脸色苍白，就像一块不新鲜的肉。科特等待他露出痛苦或惧怕的迹象，然而德雷只是喃喃自语，令他自愧不如。

森林的朴素简单让他们感到茫然。"我们去哪儿？"有人问科特。**别问我。**

到了晚上，他们顺着悦耳的水声找到一处藤蔓遮掩下的泉水。他们发出欢呼，像动物一样直接从潭子里饮水。

费赫坐在泉水中，水流冲刷着他的身体。当他游泳时，原本迟滞的动作忽然变得敏捷优美。他抓起水，施展蛙人的御水术：水变得像面团一样，依照他的意图维持住形状，成为简陋的狗形雕像。他将它们放在草地上，一小时后，它们像蜡烛一样融化，流入泥土之中。

第二天早上，德雷的伤势开始恶化，他发烧了，无法行动。于是大家等了一阵，但他们必须启程。树木变得多种多样，他们所经之处有黑木树和橡树，也有繁茂的榕树，绳索般的气根垂落下来，扎入土壤。

原木林充满生机，树冠顶端的鸟群和猿猴类动物整个上午都啼鸣不止。褪色的枯叶间，一头怪兽冒了出来，体态类似于熊，但形状与颜色不停变换。它从灌木丛中向他们扑来。众人发出尖叫，只有坡摩罗伊开枪击中怪物的胸膛。随着一阵轻微的爆破声，它散裂成数十只鸟和成百上千的玻璃蝇，绕过众人，在他们身后重新聚合成怪兽的形状，摇摇摆摆地走远了。他们这才看到，它的表皮由许多羽毛和鞘翅构成。

“我来过这片林子，”坡摩罗伊说，“所以认识聚合熊。”

“我们一定已经走很远了。”科特说。暮色降临时，他们转向西方。飞蛾不停地扑向引路的那盏罩灯，周围的树皮吞噬了光线。

午夜过后，他们穿过一片矮橡树，来到森林之外。

连续三天，他们都在门迪坎山麓，周围的岩石和山丘之间点缀着树丛。他们沿着早已消失的冰川行走。城市距离此地仅数十里远，穿越城区的河流从他们身边流过。有时候，他们从地形间隙可以看到西方和北方有真正的高山，与之相比，眼前的山丘只能算是碎渣。

他们从小水潭里喝水，也在其中洗澡。由于需要拖拽着德雷前进，他们的速度越来越慢。他无法移动胳膊，血液仿佛已经流尽。他从不抱怨，这是科特头一回看到他的勇气。

他们顺着隐约可见的小径往南走，自花草丛中穿过。坡摩罗伊和艾尔希射杀了一些岩兔，并辅以野生香料烘烤。

“我们要怎么找到他?”费赫说，“不能搜遍整个大陆吧。”

“我知道他的行进路线。”

“但是科特，这可是整个大陆……”

“他会留下痕迹。无论去哪里，他都会留下足迹。这是无可避免的。”

一时间没人说话。

“他怎么知道必须离开?”

“他收到一条消息，我只知道那是来自他的一个旧识。”

科特发现这里曾经有农场，栅栏已毁于日晒雨淋，房屋的基石歪歪斜斜。原木林位于他们东面，旷野中散布着石灰岩。有一次，他们看到树叶间露出古老的工业残骸，也许是烟囱、也许是活塞装置。

第六天，亦即1805年切特月17号，捕鱼日，他们抵达一座村庄。

原木林里到处是猫头鹰和猿猴的啼鸣声，其中也夹杂着细微的气流声。那声音并不太响，但沿途的动物纷纷抬头观看，仿佛惊恐的猎物。突兀的泥石旁，月光照亮树丛间的小径，树枝纹丝不动。

夜晚的阴影中走来一个人。他身穿蓝黑色外衣，双手插在口袋里。月光撒向他铮亮的鞋，出现在离根茎一人高的地方。那人保持着笔直的站姿，矗立于空中。他依靠神秘的力量悬浮于树冠和黑漆漆的森林地面之间。那声音随着他一起移动，仿佛空间因受到入侵而发出呻吟。

他毫无表情。黑暗中，他的衣服之间有个东西钻来钻去。那是一只猴子，悬挂在他身上，就好像此人是它的母亲。它的胸口有一丛扭曲抽搐的异物。

暗淡的光线下，此人和身上搭载的动物一起进入那片豪刺人战斗过的凹地。他们悬浮在角斗场上方，看着两名国民卫队成员布满腐斑的尸体。

那小猴从他的鞋上爬下来，落到尸体旁，纤巧的手指一阵翻查，然后跳回到那人悬垂的腿上，吱吱喳喳地叫唤。

一时间，他们就跟夜色中的一切同样安静。那人若有所思地用指关节揉搓着嘴唇。他平静地转回身，肩上的猴子凝视着漆黑的森林。接着，他们又开始移动，伴随着那扰心的声响，穿行于林木之间，并经过数天前遭到撕扯的灌木丛。等他们离去之后，原木林中的动物再次现身。但在那一夜，它们一直十分焦虑。

第二章

这村子没有名字。在科特看来，村民们既贫穷又刁钻。他们态度恶劣，只有收了钱才肯给食物。他们也不承认有治疗师。科特没办法，只能任由德雷昏睡。

“我们得去米尔朔克。”科特说。村民们茫然地瞪视着他。“又不是去月球。”他咬牙切齿地说。

“我能带你去猪镇，”其中一人最后说道，“我们需要黄油和猪肉。赶马车往南需四天的路程。”

“那还差……多少来着，四百里地才能到米尔朔克，嘉罢在上。”伊霍娜说道。

“我们别无选择。那个什么猪镇，一定比这儿要大一点，也许那里有人可以带我们去更远的地方。你们这儿为什么不养猪?”

村民们面面相觑。

“有打劫的。”其中一人说道。“所以你们帮得上忙，”另一个说，“你们有枪，可以护送我们的货车去猪镇。那是个集市，有来自各地的商贩。他们有飞艇，或许能帮到你们。”

“打劫?”

“对，强盗，自由改造人。”

两匹瘦骨嶙峋的马拖着一辆车，在村民抽打驱赶之下前进。科特和同伴们坐在车里，周围是纤细的蔬菜和各种杂物。德雷浑身冒汗地躺着，他的胳膊发出难闻的气味。其他人以夸张的姿态握着武器，心神不宁。

马车沿着若有若无的小路颠簸前进，门迪坎山麓逐渐为草原所替代。两天来，他们在绿色植被间穿行，两侧和头顶的岩石就像河渠边的仓库。落日映照在石块上，仿佛红色纹身。

他们留意观察空中的劫匪。费赫时不时造访附近的水道。

“太慢了，”科特自言自语，但其他人也听见了。“太慢，太慢，太他妈慢了。”

“亮出你们的枪，”一名车夫突然说道，“有人在监视。”他指了指附近的矮坡，以及岩石上的树丛。“他们一靠近就马上开枪。不要等。要是让他们活下来，会活剥我们的皮。”

连德雷也醒了过来，未受伤的手里握着一支连发手枪。

“你的枪覆盖范围最广，坡摩罗伊，”科特说道，“作好准备。”

他正说着，两名车夫开始喊叫起来：“快！快！那儿！”

科特转动手枪，但缺少准头，显得有点危险。坡摩罗伊端起大口径短枪。一支弩箭呼啸着飞过他们头顶。一个身影从覆满地衣的砂岩后面钻出来，艾尔希朝他开枪射击。

那是个自由改造人——改造人罪犯，在城市的惩罚工厂接受改装，然后逃到洛哈古大陆的平原和丘陵里。

“你们这些*混蛋*，”他痛苦地喊道，“他妈的，你们这些*混蛋*。”他们能看出他经过何种改造——眼睛比常人多。他在泥尘中翻滚，留下一摊摊血迹：“你们这些*混蛋*。”

一个新的声音：“再开火的话你们就死定了。”他们四周围了一圈人，举着弓箭和几支老式步枪。“你们是谁？你们不是本地人。”发言者踏上一块形似桌面的石头。“来吧，你们俩，你们知道规矩。过路费。交钱，替这一车——什么来着？劣质蔬菜。”

这群自由改造人衣衫褴褛，形态各异，身上的钢铁蒸汽配件和动物器官仿佛古怪肿瘤一般蠕动着。这些男男女女有的长着獠牙，有的长着金属手臂，有的长着尾巴，还有油腻腻的橡胶管，像肠子一样从没有血液而空荡荡的腹腔里垂下来。

他们的首领慢吞吞地踱着步。一开始，科特以为他骑着一头没有眼睛的变异怪兽，但他随即意识到，此人的躯干被接合到一匹马身上，代替了马头的位置。然而城邦的生物魔学士既残酷又任性，那人的身体朝向马的尾巴，就像是倒骑着马。他的四条马腿小心翼翼地往后倒退，尾巴阵阵抽动。

“这可是新情况，”他说。“你们带着枪。我们没有的那种枪。我见过雇佣兵。你们不是雇佣兵。”

“你要是乱来，就什么也见不到了，”坡摩罗伊说，将那硕大的枪对准目标，平静得令人惊讶，“你可以制服我们，但要损失多少人？”包括德雷在内，他们每个人都盯着一名自由改造人。

“你们是什么人？”那头领说道，“你们是谁？打算干什么？”

坡摩罗伊准备以威吓或者挑衅回应，但科特忽然遇到一些状况。他听到低语声，无比接近，仿佛耳边的吐息。这不合常理，也无法忽略。他感觉阴森森的，浑身一阵战栗。那声音说道：“讲出真相。”

科特不由自主，滔滔不绝地大声说了起来：“伊霍娜是纺织工，德雷是机械师，艾尔希失业了，大个子坡摩罗伊是一名文员，费赫是码头工人，我是店员，我们都是联合委员会成员，正在寻找我的一个朋友。我们也在寻找钢铁议会。”

同伴们瞪视着他。“怎么回事，伙计？”费赫说道。霍伊娜也说：“嘉罢在上，这……？”

科特松开紧咬的牙关，摇了摇头。“我并不想说，”他试图向众人解释，“我听到……”

“好吧，好吧，”劫匪头领说道，“你们还有很长的路要走。即使过了我们这一关——”接着，他停顿下来，又张开嘴，换成一种演说式的口吻，“他们可以走，放他们走。联合委员会不是我们的敌人。”

他的队伍瞪视着他。“让他们走。”他重复道。他朝着手下的自由改造人挥挥手，似乎很恼火。他的手下发出愤怒的喊声，仿佛难以置信，对他的命令不予理会，但很快，他们退了下去，骂骂咧咧地将武器扛在肩头。

自由改造人首领目送着他们离开，而旅行者们也回头望着他，直到他消失于视线之外，都没有看到他移动。

科特告诉同伴们，刚才的行为是因为耳边的低语声。“魔法，”艾尔希说，“一定是他对你施了法术，那个领头的，天知道是为什么。”科特摇摇头。

“你没看见他的表情吗？”他说，“在他放我们走的时候？我的感觉是，他也被施了法。”

他们来到集镇，遇到许多修补匠，商贩和旅行艺人。干燥的泥屋之间，停放着一些半泄气的破旧热气球。

到了尘埃日，他们飞行在大草原上方，俯瞰着草地，岩石和花丛。这一天，德雷死了。一开始他似乎有所好转，在镇上的时候还很清醒，甚至跟空运商贩讨价还价。然而到了夜里，他胳膊上的感染发作，尽管他们升空时，他还活着，但不久就死了。

旅行商贩照看着吊舱边嗡嗡作响的马达，对于搭客的死亡，他感到很为难。艾尔希抱着德雷逐渐冷却的尸体。最后，等到太阳高高升起，她主持了一个临时追悼仪式，他们亲吻逝去的伙伴，将德雷托付给众神，尽管作为无神论者，他们仍有些不安。

艾尔希记得在北方部落里听到过空葬的习俗。冰原上的人们让死者安眠于敞开的棺柩，然后系在热气球底下，升入寒冷的空气与云层中，随着气流飘荡。在那样的高度，昆虫与飞鸟无法企及，甚至连腐烂都不会发生。因此，在昆虫与飞鸟觅食之处的上方，其实是一片墓地。如果有人乘坐飞艇去同温层探险，只能遇见到处漂流的冰冻干尸。

出于无奈，他们给予德雷另一种形式的空葬。他们小心翼翼地将他抬到座舱边缘，用绳子捆住，然后扔了下去。

他仿佛是在飞行，张开双臂，在他们下方翱翔。由于气流的冲击，他一边翻滚，一边缩小，既像舞蹈，又像搏斗，越过飞翔的鸟群。他的朋友们敬畏地看着他在空中飞舞，竟有一种意料之外的兴奋。等到他即将落地时，众人移开了视线。

随着他们往南前进，下方的洼地和草原变得越来越干燥。原木林逐渐远去，风伴随着他们飞行。科特听见艾尔希对坡摩罗伊轻声低语，她在为德雷哭泣。

“如今我们已无法回头，”坡摩罗伊轻声对她说，“我明白，我明白……我们已无法回头。”

他们曾三次看到远处有其他气球。每一次，飞行员都会通过望远镜观察，并说出那是谁的飞船。空中商贩的数量并不太多。他们知道彼此的路线。

搭载他们去米尔朔克，那人要价很高。然而他们听说国民卫队——一支轻骑兵，配有经过改造的坐骑——不久前刚刚经过猪镇。他们无法拒绝。“我们的决定是正确的。”此刻，他们速度飞快，甚至可说是全力前进，他们头一回感觉到一点点希望。

“难以置信，”科特说，“竟然他妈的还在打仗。”没有人回应。他知道，自己的坏情绪让人厌烦。他望着陆地上一块块颜色各异的地面。

空中飞行的第三天，科特用水揉搓费赫被风吹裂的皮肤。然而他发出一声喊，指向远处。他看到了海，而在海边长满棕黄色草丛的盆地里，可以看到米尔朔克的高塔和飞艇系泊杆。

这是一座丑陋的港口。他们十分警惕。此处不是他们的地盘。

这里的建筑就像是被随便堆到一起，意外地形成了一座城市，古老但缺乏历史。而从城中的设计来看，对审美的把握也不太精准——教堂的混凝土外墙上有仿古的花纹，银行则使用了颜色奇特的岩板，只能显出其庸俗。

米尔朔克是混居区。除了人类的男男女女，还有强壮而长着尖刺的仙人掌族，以及来自塞梅克、性喜劫掠的鹰人族。鹰人族又称迦鲁达，空中和街道都是他们的身影。河道里还有蛙人的聚居区。

旅行者们在海堤边买了街头食物吃。此处停泊着一排排船只，有外来的，也有米尔朔克本地的。有平底货船，也有耸立着大烟囱的蒸汽船，还有装备巨型海蛟套笼的商船。他们的家乡是河港，而这里是海港，因此没有蛙人装卸工。跟所有港口一样，堤岸边到处是骗子和打零工的社会渣滓。

“我们得小心点，”科特说，“我们需要一条去尚克尔的船，但这意味着多半是仙人掌族船员。你知道我们的处境。我们无法面对仙人掌人。我们需要一条小船，船上没有这些大块头。”

“蒸汽货船，”伊霍娜说。“那大多是海盗……”她茫然地环顾四周。

科特一阵抽搐，然后一动不动。有人在跟他说话。又是那个声音，紧贴着他耳边低语。他仿佛被寒气冻住了。

那声音说：“‘阿基夫号’蒸汽船，明天启航南行。”

那声音说：“例行航线，船员很少。非常实用的货物——驯服的黑羚羊，可供人骑乘。你们的定金已付。今晚十点启航。”

科特仔细观察每个路人，每个水手，以及码头边的每个恶汉。他没看到有人张口说话。朋友们担忧地望着他的脸。

“你知道该怎么办。顺着恐鳞河逆流而上。国民卫队去了那儿。我核查过。”

“科特，你知道我可以强迫你这么做——记得门迪坎山麓的事吧——但我希望你出于自愿，因为这是你需要做的。我们拥有同样的目标，科特。我在对岸等你。”

寒气消散了，那声音也不再出现。

“究竟是哪里不对？”坡摩罗伊说道，“怎么回事？”

等到科特告诉众人原因，他们不断争执，直到引来注目。

“有人在耍我们，”坡摩罗伊说，“我们不能轻易顺服。我们不上那条该死的船，科特。”他硕大的拳头捏紧又松开。艾尔希不安地轻轻触碰他，试图让他平静下来。

“我不知该怎么说，伙计，”科特说道，耳边那个声音让他感到很疲惫，“无论那是谁，肯定不是国民卫队。联合委员会的？我觉得不太可能，没有理由。某个自由派系？是他们阻止了自由改造人：那个倒转的马身人跟我一样，也听到低语声。*我不明白这是怎么回事*。你们要搭另一艘船，我不反对。但我们得快点找。在我看来，还不如就搭这一艘，至少可以了解一下情况。”

“阿基夫号”是一艘锈迹斑斑的旧船，只有一层甲板，比河里的驳船大不了多少。他们的搭乘让可怜的船长十分感激。他犹疑地看着费赫，但当他们提及价格，他露出微笑——没错，他说，已经预付了一半，跟他们留下的信在一起。

一切都很完美，这让他们下定决心。尽管坡摩罗伊对这一决定十分恼火，但科特知道，他不会抛弃大家。

有人监视我们，科特心想。*有人轻声低语*。*有人声称是我的朋友*。

穿越海洋，穿越沙漠，然后是广阔而未知的土地。*我能行吗*？

这片海洋并不大。他们寻找的人留下了踪迹，沿途也有许多人受到他影响。科特明白朋友们的焦虑，他并不责怪大家——他们的事业宏伟浩大。但他相信能找到那个他们在追寻的人。

启航前，他和朋友们一起打探消息，看是否有人见过一个骑着粘土人的人，或者见过国民卫队的追兵。他们给城里寄回一封信，告诉联合委员会的联络人，他们已经找到线索，且正在路上。

那悬浮的人越过奇特的地形，经过一簇簇细长光滑的岩柱，经过一片片盐碱水潭。他飘移时身体静止不动，双臂一时张开，一时收起。他逐渐加速，滑行的姿态令人费解。

有一只鸟与他做伴，但它并不飞翔，而是停在他脑袋上。它伸展翅膀，让气流撑开羽毛。它身上似乎覆盖着一层东西，令轮廓模糊不清。

那人经过一个个村庄，动物见到他便疯狂地号叫。

山岭末端有一片干涸的土地，悬浮的人在此停下。附近泥地里埋着个铁锈色的星形物体和深褐色的破衣服。一个死人，从极高处坠落，嵌入泥地之中。少量血液渗入土地，呈现出黑色。摔扁的尸体血肉模糊。

悬浮于地面上的人以及他身上的鸟停留在死尸上方。他们低头看了看，又同时望向天空，动作异乎寻常地一致。

第三章

启航的第二天，在贫海的灰色波浪之间，科特一行人劫持了“阿基夫号”。坡摩罗伊用手枪指着船长的脑袋。船员们难以置信地瞪视着这一幕。艾尔希和伊霍娜举起枪。科特看到艾尔希的手在颤抖。费赫从水缸里站起来，手握弓箭。船长开始哭泣。

“我们要绕道，”科特说，“你得多花几天才能到尚克尔。我们先去西南方，沿着海岸走，然后逆恐鳞河而上。你只是晚几天到尚克尔而已，需要多消耗一点储备。”

六名船员悻悻地交出武器。他们只是打零工，按天领取工资，彼此间以及跟船长都缺乏团结。出于偏见，他们憎恶地看着费赫奇里林。

科特将船长绑在舵轮上，旁边是“阿基夫号”运载的那批锯断角的黑羚羊。旅行者们当着这群骑乘动物的面，轮流恐吓他。他结结巴巴，局促不安。阳光越来越炽烈。他们的尾迹向外扩散，仿佛撕开水面。科特看着费赫在含盐的灼热空气里倍受折磨。

第三天，他们看到塞梅克的北岸，无情的日光烤干泥尘，山丘和沙坑，也零星分布着植物：灰色的海滨草丛，坚韧怪异的树木，长着穗状叶片。“阿基夫号”搅起浑浊的海水。

“他总说，这是唯一能找到钢铁议会的方法。”科特说道。

恐鳞河口底下的矿物使得水面泛出釉彩。滞塞的海水里漂满了海藻，一群海牛浮上来进食，作为城市居民，科特看得目瞪口呆。

“不安全，”舵手说道。“有——”他厌恶地咒骂，然后指向费赫，“再往前，有许多河猪。”

听到这个词，科特脸色一沉。“继续。”他一边说，一边举枪瞄准。舵手往后倒退。

“不行。”他说。突然，他向后一仰，越过栏杆，坠入水中。所有人都开始奔走叫喊。

“那儿。”坡摩罗伊用左轮枪指了指。舵手浮上水面，游向一座岛屿。坡摩罗伊一直瞄着他，但没开枪。

“真该死。”他说道，那人已经抵达小岛的岸边。“其他人没跟着他一起逃跑只是因为不会游泳。”他朝着兴奋欢呼的船员们点点头。

“假如我们逼得太紧，他们可能会奋起反抗，”伊霍娜说，“看看他们，你知道我们不会开枪。你知道我们该怎么办。”

于是，仿佛荒诞的逆转剧情，劫持者将船员们送到岛上。坡摩罗伊挥舞着枪，仿佛施行必要的惩罚。但他们把水手都放了，甚至给他们食物。船长在一旁愁眉苦脸地看着。他们不放他走。

科特感到很厌恶。“太他妈软蛋了，”他恼怒地对朋友们说，“你们这么心软，就不该出门。”

“你的建议是什么呢，科特?”伊霍娜嚷道，“有本事你就让他们留下。你也不会杀了他们。对，也许我们不该出门，代价已经太大了。”坡摩罗伊怒目而视。艾尔希和费赫不愿直视科特。他忽然很害怕。

“别这样。”科特说。他尽量使用劝慰的语气：“别这样。我们已经在路上。我们会找到他。这该死的旅程总会有终点。”

“大家都知道，你对什么事都无动于衷，”伊霍娜说，“然而这次却冒了这么大风险。你得小心，别人会以为你变了，这大概不是你乐意看到的吧。”

恐鳞河十分宽阔，沟渠与小溪汇入其中，带来肮脏的水流。它笔直地伸向远方，毫无弯折。

东岸的红树林后面是干旱贫瘠的丘陵。从阳光烤灼的泥尘荒野再往前，即是仙人掌族之城尚克尔。西岸的土地更加荒芜严酷。潮汐林上缘矗立着尖牙般的山岩。这是一片险恶的喀斯特地形，嶙峋的岩石数量众多，让人难以置信。根据科特所掌握的粗略档案，这样的地形绵延达一百里。他的地图上有勘探者们写下的劝诫。其中一处写道，“恶魔之钉”，另一处则是“三人死亡。掉头返回”。

这里有鸟类，全是高瘦的涉禽，如同恶棍一般踱着步。它们飞行时懒洋洋地拍打翅膀，仿佛永远疲惫不堪。科特从未见过如此残酷的阳光，感觉饱受折磨。他在日光中张大了嘴。所有人都很痛苦，但费赫显然最受其害，一次次地钻入他那发臭的水桶里。等到周围的水不再含有盐分，他欣慰地潜入河中，并换掉了桶里的水。他没有游得太久：这条河他不熟悉。

他们追寻的人一定携带着致变因素。科特留意观察河岸，寻找他留下的痕迹。

他们的蒸汽船连夜行驶，带来黑烟和隆隆震颤。清晨时分，在刺眼的红光中，浮动的树叶与藤蔓仿佛滴进水里的颜料，漂流离散，逐渐溶解。

太阳尚未升高，恐鳞河变得更宽，融入一片沼泽。此处的湿地湖泊与喀斯特地形的边缘毗邻，到处是怪异的石柱。“阿基夫号”减缓了速度。此刻，马达声是唯一的音响。

“现在去哪儿，科特？”有人问道。

水下有动静。费赫从水桶里半探出身子。

“该死，是——”他的话说到一半就被打断了。

“阿基夫号”前方浮出一群生物，长着宽阔的嘴和脑袋。蛙人族的亡命之徒们挥舞着长矛。

船长嘶喊着冲上来。他按下节流阀，增加输出功率，水中的劫匪四散下潜。费赫把自己的水桶撞得摇摇晃晃，脏水都溅了出来。他探出身子，用卢博克语对下方的蛙人喊话，但他们并不回答。

他们再次上浮，钻出水面，一时间仿佛站立于水中。下沉之前，他们掷出长矛，胳膊底下的一道道水弧连接着矛杆，就像使用鱼叉。科特从没见过这样的御水术。他朝着水中开枪。

船长仍在加速。科特意识到，他打算将“阿基夫号”开上海滩。没时间系泊。

“站稳了！”他喊道。随着一阵刺耳的摩擦声，船冲上了岸边的浅滩。科特从船头跌出去，重重地落到地上。“快！”他一边说，一边站起身。

搁浅的“阿基夫号”就像一条倾斜的坡道。围栏破裂之后，互相拴连的羚羊逃了出来，到处是危险的蹄子和断角。费赫从歪斜的栏杆边跳下来。艾尔希撞到了头，坡摩罗伊帮着她下船。

伊霍娜正在割船长的绳索。科特朝着涌上来的敌人开了两枪。“快！”他再次喊道。

破损的船身旁升起一条水柱。一时间，他以为是怪异的波浪，或者奇特的御水术，但它高达二十尺，由完全透明的清水筑成，顶端矗立着一名蛙人。这是一个驾驭着水精灵的萨满巫师。

科特透过水精灵的身体看到，那艘船已扭曲变形，数千加仑的水不规则地涌动，压迫着船身，伊霍娜和船长在倾斜的甲板上朝着水精灵滑落。他们试图站起身，但水精灵已经涌到他们脚边，然后化成一阵波涛，将他们吞没。看到同伴和俘虏被卷入水精灵的腹中，科特大声呼叫。他们脚踢手扒，试图游出来，但哪个方向是外面？水精灵依靠体内的水流将他们困住。

坡摩罗伊大吼一声。他开枪射击，科特也开枪射击，费赫射出一支箭。子弹和箭在水元素精灵的表面溅起水花，仿佛落水的石头，然后就被吞没了。可以看到，那支箭在液体中旋转下沉，随即像粪便一样被排出。

科特再次开火，这一回朝着巨型水柱顶端的萨满巫师，但他射偏了。坡摩罗伊勇猛而愚蠢地捶打着水精灵，意图将其撕裂，救出朋友，但它不予理会，他的拳头只能溅起水花。

伊霍娜和船长就要溺亡。水精灵涌进货舱，萨满巫师蹬着腿钻入其腹中。科特看到伊霍娜依然扭动的身体被水精灵带到甲板下方，消失不见。他尖声嘶喊。

“阿基夫号”上爬满了蛙人。他们又开始掷矛。

水从船体中流出，水精灵带着引擎的零件离开船舱——钢铁悬浮在古怪的湍流里。受害者的身体如同尘埃一般翻滚，此刻，他们只是随着水流运动。伊霍娜的嘴和眼睛都张开着。科特只短暂地看到她一眼，然后水精灵便化成一道巨大的拱弧，带着战利品和死尸融入湖水之中。

旅行者们只能咒骂哭喊。最后，他们在反复的咒骂号叫中进入草原，远离那艘船，远离贪婪的湖水。

夜晚，他们筋疲力尽地坐在灌木丛里，注视着艾尔希，身旁则是那些黑羚羊。月亮已经高高升起，还有月亮的女儿们，即如抛出的硬币般绕着它转圈的卫星。艾尔希盘腿而坐，望着它们。看到她如此镇静，科特颇为惊讶。她的嘴在蠕动，脖子上缠着一件衬衫，眼神涣散。

科特望向她的背后，视线越过甘蔗林，直抵草原。夜色中，螺穗木和铁棘树的影子就像是暗杀者，粗矮繁茂的猴面包树则顶着分叉的树冠。

等到艾尔希停下来时，她似乎存有为自己辩护的心态。她将目标人物的衬衫从脖子上解下。

“我不知道，”她说，“不是很清楚。我想大概是往那个方向。”她指向远方的一片高地。科特一言不发。她所指的是东北偏北方向，大家都知道应该往那里去。艾尔希的加入让他很欣慰，但他一直都知道，她只会小法术，并没有神奇的力量。他不知道艾尔希是否真的感受到什么，而她自己也不太确定。

“反正我们总是要去那里，”科特说。他本是出于善意——即使你弄错了也没什么损失——但艾尔希的目光却避开了他。

日复一日，他们在炎热的陆地上痛苦地穿行，植物仿佛带刺的铁丝。他们并不擅长骑这种强壮的坐骑，但步行无法达到同等的速度。他们疲惫地提着枪，枪口朝下垂着。费赫有气无力地泡在一桶系在两头黑羚羊之间的湖水里，那滞塞污浊的水令他感到不适。

头顶上一阵吱吱怪叫引起他们的恐慌。天空中，一群怪物向他们袭来，一边抓扑，一边发出笑声。科特在图片中见过：那是笑蝠，体型就像躬着背的鬣狗，翅膀类似蝙蝠，骨骼之间撑着革质的皮。

坡摩罗伊击中其中一只，还没等落到地面，其兄弟姐妹就开始吞咬它。那群怪物贪婪地聚拢过来分食同类，让他们得以逃脱。

“真该死，那个在你耳边低语的家伙呢，科特？”

“见鬼，坡摩罗伊。我要是知道，一定告诉你。”

“已经两个了。已经死了两个同伴，科特。我们这是在*干什么*？”科特没有回答。

“*他*怎么知道该去哪儿？”艾尔希说。她指的是他们要找的人。

“他告诉我，他总是知道它在哪儿，至少是大致方位，”科特说道。“他暗示说，收到过来自它的*消息*。他说他听城里的一个线人讲，他们要寻找钢铁议会。他必须离开，必须先赶到那儿。”科特没有带着那张字条，其中简单含糊的词句让他感到很受伤。“他曾在地图上指给我看，他认为它在哪儿。我告诉过你们。那就是我们要去的地方。”仿佛事情就那么简单。

黄昏时分，他们来到一座陡峭的山下，并找到一条小河，众人喝着河里的水，感觉莫大的轻松。费赫在水中打滚。其他人爬上前方的山岩，任由他睡在水里。在参差的悬崖边，他们看到宽阔的平原上有光源，就在他们前进的方向上。一共有三处：最远的勉强可以看见，最近的大约两小时路程。

“艾尔希，艾尔希，”科特说，“真的，你真的感觉到了。”

坡摩罗伊太笨重，无法沿着陡峭的小径爬下去，艾尔希则体力不足。只有科特可以下山。其他人叫他等一等，明天再想办法。他虽然明白，夜间独自穿越这片危险的平原十分愚蠢，却仍无法忍耐。

“去吧，”他说道，“照顾好费赫。我们稍后再见。”

他很惊讶，自己竟如此乐于独处。时间仿佛静止下来。科特穿过一片幽灵般的世界，就像大地梦到自己的草原。

此处没有夜鸟啼鸣，也没有笑蝠，只有黝黯的山谷，犹如涂黑的背景。科特仿佛独自一人站在舞台上。他想到死去的伊霍娜。最后，等到终于接近光亮，他看到一排厚实的房屋。他大模大样地走入村庄，仿佛会受到欢迎似的。

村子是空的。窗户只不过是黑洞。宽阔的大门敞开着，里面静默无声。每一栋房屋都已被搬空。

光亮聚集在路口：仿佛一团团轻微闪光的熔岩，跟人头差不多大，温度不高，比套着灯罩的灯亮不了多少。它们静止地悬在半空中，一动不动，并发出轻微的声响。其表面不断浮动：冒出一段段弧形的冷光。黑夜中，它们仿佛温顺驯服的太阳。周围没有一丝动静。

在空旷的小巷里，他对要寻找的人说道：“你在哪儿?”他的语调十分谨慎。

科特回到悬崖，看到一盏缓缓移动的灯。他知道这不是同伴们的。

艾尔希想要看那空旷的村庄，但科特坚决表示时间不够，他们仍需查看其他光源，查看是否有任何踪迹。“你觉察到了什么东西，”他提醒她，“我们最好去看一看。我们他妈的需要向导。”

费赫有所恢复，他的水已经更换，但他仍然很害怕。“蛙人不该来这儿，”他说，“我会死在这里的，科特。”

到了上午，科特回过头，指向明亮的光线。他们昨晚抵达的山崖上，有个微小的身影，坐在马背上，头戴宽边帽，不知是男是女。

“有人跟踪我们。一定是那个低语的人。”科特等待着耳边的轻声话语，但什么都没听见。那人跟了他们一整天，再加上前半夜，但并没有靠近。这让众人很恼火，然而他们无计可施。

科特以为第二个村子就跟前一个一样，但是他错了。黑羚羊气喘吁吁地放慢脚步，在吐着火焰的光球底下穿过荒废的广场。他们找到一堵满是弹孔的墙，斑驳破损的泥灰涂层上沾染着树液。旅行者们跳下坐骑，站在这冰冷的暴力残证面前。小镇的外围，科特看到翻耕过的土地；然后，他忽然感觉时间像是静止了一样，他意识到，这并非耕地，而是出于另一种原因被翻起，并留下焦痕。这是坟地的表土。这里是个集体坟场。

骸骨戳出地面，仿佛刚刚萌芽的古怪作物。突兀的骨头被火烤得焦黑，呈现出纤维状，仿佛致密的木纹。仙人掌族的遗骨。

科特站在死者中间，脚下是腐坏的植物性肌肉。时间又恢复了。他一阵战栗。

一具腐烂的尸体被插在坟场中间。那是一名人类男子，全身赤裸瘫软，钉在一棵树上。数支长矛刺穿他的身体，其中一支自肛门捅入，贯穿全身，矛尖从胸口钻出来。他的阴囊已被扯掉，咽喉处有凝固的血。阳光和昆虫将他变作皮革状的干尸。

旅行者们仿佛敬拜图腾一般注视着他。过了许久，坡摩罗伊才重新活动起来，但依然小心翼翼，仿佛将视线从死者身上移开也是一种不敬。

“看，”他咽下一口唾沫，“全是仙人掌族。”他拨弄着泥土，翻起死者的残骸：“然后还有他。嘉罢在上，这里发生了什么事？战争还没蔓延到这儿……”

科特看了看尸体。并没有太多血。即使是两腿之间，也只有少量血块。

“他早已死了。”科特低声说。他被这残酷的场景惊呆了。“埋掉其他人之后，他们支起这个死人。”尸体的下颌底下并非凝血，而是一块沾血的金属。科特扭头望着别处，然后将它从死者脖子里拔出。

那是一枚小小的盾牌，新克洛布桑国民卫队的徽章。

悬浮的人越过水面。移行中，风掀起他的头发与衣衫。贫海的波涛就在他下方不远处，水花溅湿了他的裤子。

突然有一条剑鱼跃出水面，紧挨着他画出一道弧线，到达最高点时，他轻轻触摸，然后剑鱼又落回海里，仿佛长矛刺入水中。虽然他的移动方式十分怪异，但剑鱼一直追随着他，与他保持同步。

当它向着太阳跃起，身体侧面硕大的眼睛便与悬浮的人对视。某种黑色物质攫住了它的背鳍，蠕动着钻入皮肤底下。

第四章

他们来到地图上未标识的区域，亦即第三处光源所在之地。再往前是一堵石墙，仿佛一排耸立的鳞片，他们必须找到出路。

科特握着带血的徽章。他知道国民卫队已经赶在他们前面，因此感觉很沮丧。*我们也许赶不及了*。

此处分布着一些小水潭，只不过里面都是脏水。费赫更换了桶里的水，但他皮肤上结起硬痂。他们捕猎长耳野兔和行动迟缓的鸟。他们经过一群羚羊，又小心翼翼地从一群长着獠牙、体型大如马匹的野猪身旁走过。

科特感觉所经之处都受到他们的影响，仿佛感染了疾病。离开那个被钉在树上的国民卫队成员之后，第三天凌晨，他们抵达最后一座村落。随着他们接近，太阳已经升起，众人沐浴在玫瑰色的光辉中。有什么东西动了一下，他们一开始以为是一根石柱或者一棵枝叶稀疏的树。

接着，他们惊呼起来，他们的坐骑也脚步迟疑。

一名巨硕的仙人掌族向众人袭来，远比他们见过的其他仙人掌族更高大魁梧。普通仙人掌族大约七八尺高，然而眼前这个要高上一倍还不止。

它像是更为原始的元素精灵，出自大地本身，仿佛草原的化身。

它一瘸一拐地前进，用巨硕的腿和没有趾头的双脚迈步，摇摇晃晃，仿佛随时都会倾倒。它绿色的皮肤曾经开裂又愈合过许多次，它的芒刺长如手指。

魁梧的仙人掌族跌跌撞撞地朝他们走来，步伐虽然不稳，速度却很快。它握着一棵树当作武器。它举起那树，发出一声吼，脸却几乎一动不动。没人听得懂它的喊话，可能是森格拉语的某种变体。它恶狠狠地向众人扑来。

"等一下，等一下！"每个人都在喊叫。艾尔希用手指向它，眼睛里布满血丝，科特知道，她试图用自己有限的魔法力量控制它的思维。

仙人掌族踉踉跄跄地跨步向前。费赫射出一支箭，随着"砰"的一声轻响，箭插入它的身侧，液体滴渗出来，但似乎并未造成疼痛。

"杀了你，"仙人掌人用蹩脚的拉贾莫语说道，声音轻弱无力。"凶手。"它举起巨硕的武器。

"不是我们干的！"科特喊道。他将国民卫队的徽章扔到仙人掌巨人面前，然后用连发手枪射击那徽纹，打得它一边跳跃一边发出叮叮当当的响声，直到六根枪管全都射空为止。仙人掌人停了下来，不再挥舞手中的棍子。科特朝着徽章啐口水，直到嘴里变得干巴巴的。"不是我们干的。"

他们从没见过这样的仙人掌族。科特以为他一定是受到矩力的影响，被污染地带的恶性能量毒害所致，然而事实并非如此。在最后那个空村子里，仙人掌巨人向大家解释了自己的来历。他是个"杰安"——他们将这个词译作"迟人"。

草原上的仙人掌族利用某种秘密的培育手段，让本该出生的球茎依然保持昏睡状态。当兄弟姐妹哇哇哭着从土壤里爬出来时，这些迟人依然处于胚胎状态，并继续生长。在秘术的干预下，他们虽然无法出生，身体却仍在长大。最后，当他们终于醒来，钻出泥地就变成了畸形的怪物。他们会无节制地生长。

这种异常发育影响到他们的身体，木质骨骼弯曲如弓，皮肤像是长满赘疣的树皮。他们的感官更加强化，更易感觉到疼痛。他们是守护者，是战士，保卫着自己的家园。他们成为一种禁忌，族人既崇拜他们，又躲避着他们。他们没有名字。

这名迟人的左手手指全都融合在一起。他在关节的疼痛中缓缓移动。

“我们不是泰什人，”他说，“这不是我们的战争，不关我们的事。但他们还是来了。国民卫队。”

一个骑兵排从河边而来，装备着飞轮弩和机枪。仙人掌族早就听说北方的局势，知道国民卫队在与泰什军队交战。逃亡者告诉过他们国民卫队的恐怖手段，于是，仙人掌族的村民在追捕队到来之前便已逃离。

国民卫队抵达一座没来得及撤空的村落。那里的仙人掌族曾为北方的难民提供住宿，听过许多残忍屠杀的故事，他们决定先抵抗再说。他们组建起一支凶悍的队伍，带着棍棒与石刀迎向国民卫队。那是一场屠杀。国民卫队留下一具尸体。在仙人掌族的残骸之间，“杰安”对尸体进行了惩罚。

“他们两星期前来的。然后追杀我们，”迟人说，“他们把跟泰什的战争带到了这儿?”科特摇摇头。

“太他妈混乱了，”他说，“我们追踪的国民卫队——他们不是要对付这些可怜的家伙，而是在追捕我们的同伴。村里的仙人掌族被传闻吓坏了，让自己成了攻击目标。

“听我说，”他对绿皮巨人说道，“屠杀你们村子的人，他们在找一个人。他们要阻止他传递一条消息。”他抬头看着那张硕大的脸，“他们会派更多人来。”

“泰什也会派人来。跟他们打。也跟我们打，两边一起打。”

“是的，”科特语气平淡。他等了很久才继续道，“但假如他成功了……假如他能够逃脱，那么，除了这场战争，国民卫队……大概就有别的事需要担心了。所以你也许应该帮助我们。我们得阻止他们，以免那个人受到阻拦。”

迟人用畸形的手捂住嘴，发出一声吼，仿佛动物因疼痛而产生的本能呼号。他的悲鸣在草原上回响。炎热的黑夜里，野兽暂时停止了活动，沉静中传来一声回应。那吼声来自远处，震颤了科特的五脏六腑。

迟人一遍遍地呼喊，宣告自身的存在，那一晚，在短短数小时内，一小队“杰安”迈着痛苦而巨大的步伐聚集到他身边。他们一共有五个，体态各异：有的超过二十尺，有的还不及这一半，有的曾经断肢，然后歪歪扭扭重新接上。一群强壮的残废。

旅行者们感觉自己很渺小。迟人们用自己的语言哀悼死者。“如果各位愿意帮我们，”科特谦逊地说，“或许可以一劳永逸地阻止国民卫队。无论结果如何，你们都有机会跟他们算这笔账，也就是复仇。”

迟人们围成一圈，互相交流，用低沉的嗓音讨论了许久。他们沉重的四肢移动起来小心谨慎。**迷失的战士，真可怜**，科特心想，但他依旧心怀敬畏。

最后，会议召集者对他说：“他们离开了，那群国民卫队。去了北方，去追捕。我们知道是哪里。”

“就是他们，”科特说，“在寻找我们的同伴。必须赶上他们。”

迟人们拔下身上的部分针刺，然后提起科特及其同伴，他们轻而易举地就能驮载着众人前进。被遗弃的黑羚羊目送他们离去。这群仙人掌族大步跨过树丛，在地面上摇摇晃晃地行走。科特感觉离太阳好近。他看到鸟，甚至看到鹰人。

“杰安”跟他们交谈。披着羽毛的身影在他们上方盘旋，发出波涛般的声响。他们的话语短促而严肃。“杰安”仔细聆听，低声回应。

“国民卫队在前方。”驮着科特的那个说道。

他们以仙人掌族特有的步态蹒跚而行，极少休息。有一次，当月亮及其女儿都位于低矮的空中，他们停了下来。西方有一点光亮在移动，位于大草原的边缘。一支火炬或者一盏灯。

“他是谁?”驮着科特的迟人说道，“骑马的人，他在跟踪你们?”

“是吗？嘉罢在上……追上他！赶快。我得知道他在玩什么花样。”

“杰安”跌跌撞撞地快速奔跑起来，扭曲的步伐仿佛喝醉了酒。然后，那点光熄灭了。“没了。”迟人说。科特的耳边响起低语，吓了他一跳。

“别干傻事，”那声音说道，“仙人掌人找不到我。你在浪费时间。我不久就会与你见面。”

等到他们继续沿原先的方向走，那光亮又回来了，在西边与他们保持同步。

除了稍作休息，或就近寻找水源给费赫冲洗，他们鲜少止步。两晚之后，“杰安”停了下来。他们指向一条植被遭到严重破坏的小径，然后奋力前进。

广阔的草原前方有苍翠的丘陵，干枯的草地里升起雾霾，科特一开始以为是尘土，然后发现其中夹杂着灰黑色的烟，仿佛有人用沾着油污的手指在窗玻璃上涂抹。

“是他们，”驮着科特的“杰安”说道，“国民卫队。是他们。”

迟人们没有计划。他们连根拔起草原上虬结的树充当棍棒，然后继续朝着杀害族人的凶手前进。

“听着！”科特，坡摩罗伊和艾尔希一起喊道，试图说服他们采用策略，“听着，听着，听着。”

“留一个活口，”科特说，“看在嘉罢的分上，留个活口给我们盘问。”然而迟人毫无反应，仿佛没听见，或者根本就不在乎。

草原颤动起来，热浪在房屋般大小的岩石之间震荡。“杰安”的脚步就像树木倒地一般震撼，动物在他们面前四散奔逃。迟人们踏上一处高地，止住脚步。科特望向下方的国民卫队。

那里有超过二十个细小的灰色身影。他们有狗，还有一件冒着烟的东西：跟迟人一般高的铁塔，由改造过的马拉着。塔的顶端装有梁托，两个人从垛口向外张望。它扯烂了灌木丛，在大地上留下残痕与油污。

迟人们缓缓地放下搭客。科特和同伴们各自检查了一下武器。

“这太蠢了。”坡摩罗伊说。一只灰色的猛禽从头顶飞过，发出兴奋的啼鸣。“看看他们的火力。”

“他们怕什么？”科特朝着那群迟人点点头，“他们只想复仇。而我们怀有更多目的。我才不会挡在他们跟前，阻拦他们实现愿望，不过我也得挡得住啊。”迟人隆隆地冲下斜坡，奔向国民卫队。“我们最好赶快行动起来。”

众人散开队形，他们不需要躲藏。国民卫队眼里除了迟人什么都看不到。科特在仙人掌族巨人扬起的尘土中奔跑。

机枪响了，子弹从旋转的枪管中倾泻而出。国民卫队的人马都处于惊恐之中。他们已经离开仙人掌族居住的区域，以为自己安全了。子弹如同碎石一般射向迟人，炸出一小股一小股的树液，却无法减缓他们的速度。

一名“安杰”抛出手中的武器，就像是投石机。在她手中，那是一根棍子，但当它在空中旋转时，又呈现出原形：一棵树。它击中高塔，砸弯了护板。科特趴在地上，朝着团团打转的国民卫队开火。

国民卫队开枪射击，表现出令人惊叹的愚勇。他们坚守阵地，迟人只需连续抬腿跨步，即可将他们连人带马残忍地踩成肉泥。仙人掌族用巨树一扫，树根边缘砸断了一个人的脖子。

手持步枪的国民卫队撤到配备飞轮弩和火焰喷射器的同伴身后。迟人抬起手来。火焰喷射器迫使他们踉踉跄跄地后退，皮肤被烧得焦黑，渗出汁液。

个子最小的“杰安”被飞旋的锯轮击中，锋利的金属切入植物性肌肉，割断了他的手臂。他一边用左手捂住断臂，一边踢向骑马的人群，有两人被踢死或给踢断骨头。然而疼痛使他跪倒在地，一名狙击手用锯轮击中了他的脸，将他杀死。

费赫的箭和坡摩罗伊的枪声暴露了他俩的位置。高塔上的枪指向费赫藏身的矮树丛。科特大声呼喊，但机枪已开始旋转，锁链与齿轮发出的声音犹如铁锤般响亮，暴雨般的子弹将植被打得稀烂。

此刻，四名迟人处于亢奋的杀戮状态，一边踩踏，一边抓扯。高塔歪歪斜斜地转动。机枪又击倒了一名“杰安”，她从臀部到胸口被一排子弹穿透，这条新的裂缝让她站不稳。她笨拙地转动身体，姿态怪异。

坡摩罗伊站了起来。他在高声呼喊，科特知道，他叫的是费赫奇里林的名字。坡摩罗伊一边猛冲，一边不断开火。狗群一片疯狂，畸形的下颚到处乱咬。

远处传来一声枪响，接着又是一枪，铁塔顶端的一个人坠落下来。

那声音紧贴着科特耳边说：“趴下。你被发现了。”科特匍匐在地，从细长的草丛望出去。他又听见远处的枪声。一名国民卫队成员从马上坠落。

科特看到一个领队的魔学士，皮肤上满是凸起的血管与筋腱，全身发出黯黑的火花。科特开了一枪，但没打中。这是最后一颗子弹。

魔学士发出一声喊，他的衣服燃烧起来。地面底下冒出一束乳白色的能量，穿透那最高大的“杰安”，射向天空，然后消失了。她挥舞着双手，树液喷涌而出。黑色的火焰吞没了她。魔学士站在原地，眼中淌出鲜血，但神情得意。接着，他也被那名看不见的狙击手击毙。最后的两名“杰安”将国民卫队成员蹂躏至死。

其中一个抱住枪塔，抓着它剧烈地摇晃翻转。与此同时，他的族人踩扁了其余的人马和变种狗。高塔倾斜失衡，吱嘎作响，让托运的马匹惊慌失措。它缓缓地倾倒，扭曲开裂，里面的人无论生死，都跌了出来。

他们中还能跑动的人，都奋力奔逃，两名迟人继续追赶踩踏，姿态犹如怪异的畸形儿。战场边缘可以看到一名骑手，正朝着他们奔来。科特再次听见他的耳语——“把狗留着，看在嘉罢的分上，别让他们杀死狗”——但这并非命令。他不予理会，而是跟同伴们一起奔向费赫所在的方位。他们发现他四仰八叉地躺在草地上。

悬浮的人不断向前，以僵硬的姿态在空中飞驰。他穿过支流河道与湿地，穿过低矮的岛屿，穿过藤蔓缠绕的红树林，穿过泥泞的河岸，最后进入一片喀斯特地形，到处是嶙峋突兀的石柱。

他的同伴包括一只鸟，一只野兔，一只鸽子大小的锯齿蜂，一条鳕鱼，一头狐狸，以及一名仙人掌族幼儿。在高耸的石柱之间，仙人掌族幼儿的动作令人称奇，它时而攀附着悬浮的人，时而紧跟其步伐，斑驳的皮肤底下是一团涌动的肌肉。悬浮的人进入草原。此时，他下方的动物是一头羚羊，其奔跑的姿态与同类均不相同。

他们不断前进，飞速越过长着稀疏灌木的灼热荒原。他们一路向北，在低矮的树丛与焚毁的村庄之间穿行，速度越来越快。途中有各种动物与那人做伴，有的尾随着他，有的攀附着他，有的在他上方飞翔。他们持续加速，搜寻目标，留意观察空中与地面，寻找只有他们能看见的踪迹，不断缩小搜索范围，不断追踪跟进。

第五章

他们埋葬了费赫的遗体。那群古怪的狗围着国民卫队成员的尸体，为主人哀嚎。

两个存活下来的迟人一动不动地站着睡觉。国民卫队没有全军覆没。有些人伤势太重，连爬都爬不动，只能无力地嘶喊，急促地喘气。他们正缓慢地死亡，但此刻仍存有大部分体力。

科特挖坑的时候，那名骑手从疯狂的狗群中穿了过来。众人转过身，背对着死去的朋友，面向着他。

那人朝他们点点头，轻触宽边帽的前檐。他的肤色类似尘土。他的上衣被太阳晒得褪了色，裤子由鹿皮制成，裂纹中泛起灰尘。他的鞍褥底下有一支步枪，两侧腰间各挂着一把多管左轮枪。

那人看着他们，然后注视着科特，右手捂住嘴唇，喃喃低语。科特听见他的话语，仿佛他的嘴就在耳边。

“最好动作快一点。带上一条狗。”

“你是谁?”科特说。那人望向坡摩罗伊和艾尔希，嘴里念念有词，然后再次转向科特。轮到科特的时候，他听见：**“卓耿。”**

“密语师，”坡摩罗伊厌恶地说。卓耿又转向他，隔空低语。“哦，没错，”坡摩罗伊答道，“肯定是的。”

“你来这儿干什么？”科特说，“来帮我们埋——”他说不下去，只能比了个手势。“为什么跟着我们？”

“正如我所说，”卓耿低语道，“我们有共同的目标。你们现在是流亡者，而我也是。我们寻找的是同一个目标。我已经找了钢铁议会许多年。要知道，我本来不太信任你们。也许现在还不是很信任。你得明白，并非只有我们在找钢铁议会。你知道这些混蛋为什么来这儿吧。”他指了指地上国民卫队鲜血淋漓的尸体，“你以为我为什么要跟踪你们？我需要搞清楚，你们是为谁效力。”

“他说什么？”艾尔希说，但科特挥挥手，示意她安静。

“我仍不太信任你们，但我一直在观察，我相信你们是我的最佳机会。而且我也已经证明，我同样是你们的最佳机会。听说你们追踪的那个人离开之后，我也曾想跟着他一起走，只是未能成行。”

“你怎么知道……？”科特说。

“你们不是唯一拥有地下耳目并且知道他身份的人。但是听着，我们时间不多：受到追踪的不仅仅只有他。这群家伙在追捕你们要找的人——他们所知的情况不比我们多——然而还有别人在追踪你们。从原木林开始就一路跟着，正在逐渐接近中，比国民卫队更难对付。”

“谁？是谁在追赶我们？”接着，科特惊恐地重复了一遍自己听到的话。

“寄生手。”他说道。

那几名活着的国民卫队开始呼喊。与敌人的怒气相比，他们更害怕孤独地死去。他们并没有计划与策略——躺在炎热的空气里，他们别无所求，只想有人跟他们说话。

“嘿，嘿，伙计，嘿，伙计。”“过来，过来，到这儿来。”“嘉罢在上，我的胳膊没了，老兄，嘉罢，嘉罢保佑，我的胳膊没了。”

这些大多是三十多岁的男子，脸上高傲而无奈的表情仿佛蚀刻而成；他们不期望被饶恕，甚至不想被饶恕，他们只想在死前得到认可。

狗群依然一边号叫，一边打转。卓耿牵出三只这种头型奇特的怪兽，利用胯下的高头大马驱赶着它们。他依靠无声的指令让这群狂躁的动物平静下来。

“他为什么帮我们?”艾尔希说，“他想要什么?”

坡摩罗伊的意见是杀死他，或至少把他绑在原地。

“真该死，我不知道，”科特说，“他说他对局势有所耳闻，而且他也在找钢铁议会。我*不知道*。但看他的行为——他本可以杀死我们。他救了我的命——击毙了发现我的人。你们都看到他用枪的本事了。而且你自己也说过，坡摩，他是个魔学士。”

“他是密语师，”坡摩罗伊皱着眉头说，“只不过是个耳语者。”

“他对我传过音，记得吗，兄弟？这可不是叫一条狗躺下那么简单。隔着许多里地就能让我和那个改造人劫匪都听命于他。”

这是个不起眼的领域，默音魔法：隐秘的暗示，原始粗糙的操控术。然而此人的技艺不止于此。

这些狗是经过改造的。它们脑部的嗅觉中心被大幅度扩容，头骨软绵绵的，扭曲变形，畸形的大脑仿佛要溢出来似的。它们的眼睛很小，颚骨末端的鼻孔被扩大，植入像猪鼻子那样会颤动的肌肉。它们皱褶的鼻尖里穿有导线，身上则背着储能盒，可提供魔法能量。每条狗的项圈上都系着一块破布。

“哦，嘉罢在上，这他妈是他的衣服。”科特说。

“*即使隔着遥远的大陆也能追踪*，”卓耿密语道，“*他们就是这样跟踪的*。”

他们没有杀死存活的国民卫队，没有朝着他们的脸啐唾沫，也没有给他们水喝，只是全然不予理睬。卓耿集中精神对付狗群。随着他的轻声低语，它们逐渐安静下来，迫切地给予他信任。

“这些狗是我们的。”坡摩罗伊说。卓耿耸耸肩，交出狗绳。那群畸形的怪物龇牙咧嘴地看着坡摩罗伊。“你是什么来历?”坡摩罗伊说。

卓耿指了指艾尔希，喃喃低语，然后她朝他走去。他握住艾尔希的双手，放到自己前额上，于是她进入了施法状态。他不停地讲述，但只有她能听见。

等他说完之后，艾尔希睁开双眼。“他让我读取思维。他让我探查真相。他说，‘我跟你们目标一致，我要找钢铁议会。’他说他来自城里，但绝不是城市议会的人，也不是国民卫队。他说自己是个骑马游荡的牛仔。他已经流浪了二十年。

“他说，关于钢铁议会的传闻数量众多，不可能是假的。这对荒野中的人们来说十分珍贵。钢铁议会，仿佛一个希望之地。因此，当他获得消息——那人已出发前去保护钢铁议会——他决定赶去帮忙，决定要找到它。于是他跟踪我们，直到确定我们值得信任。”

“你又不是真言师，”坡摩罗伊说，“这连屁都算不上。”

“对，我不是，但我有一点点能力，”艾尔希目光炯炯，“我能感觉到。我试图探查真相。”

耳语者重新戴上帽子，转向狗群，喃喃低语，直到它们从主人们的尸体之间跑过来讨好他。

“她的魔法力量显然不太强，科特。”坡摩罗伊说。

见鬼，为什么需要我来作决定? 科特心想。

卓耿把碎布凑到那些怪诞的狗鼻子跟前，它们转向北方，嘴里滴淌着唾液。“*我们得走了。*”卓耿对科特说，“*我们仍受到跟踪。快了，我们快要找到目标了。*”

艾尔希试图感谢迟人，但他们没有反应。“你们得离开这儿，”她喊道，“寄生手要来了。”但“杰安”没有回答。他们矗立在复仇的战果之间，漫无目的地等待着。众人只能高声道谢，任由植物巨人呆滞地留在原地。科特朝着费赫的坟墓行礼致敬。

卓耿牵着狗绳，狗群在他面前呈扇形展开，急切地到处乱嗅。他让它们摇着硕大的脑袋从坚韧的植被之间穿过。科特和其他人继续艰难地跋涉，而他骑行至远处。

他从前方数里之外依次向旅行者们传送低语。他让狗群拖着绳索跑在前面，如果它们跑得太远，他便低语命其返回。

“继续走，不要停，”他对科特说，“寄生手就在你们身后。”

寄生手，出自历史记载的邪恶之手。长着五根指头的寄生者，如今竟出现在光天化日之下。

他们攀上一道山峰，科特想到被埋在泥地里缓慢烘烤的费赫。他望向他们留下的痕迹：死者与濒死者，如树木般站立着的两名迟人，战斗过后的遗迹仿佛煤烟的污渍。

前方土地上有更多林木，地面高低起伏，山坡上的碎石被橄榄树根牢牢抓住。卓耿扬起的尘埃就像一片低矮的云。他就在前方，所经之处仿佛一道接缝。此处有鼠尾草，也有犬蔷薇。科特每走一步，都会惊起一群知了。

他深陷于滞塞的时间里，但在本次旅程中，这并非唯一一次。一天只不过是某个瞬间的延长。物体的移动本身——昆虫懒洋洋地飞舞，一只小老鼠忽然出现又消失不见——是无穷无尽的重复。

那天夜晚，卓耿在前方扎营。由于猎狗的喧闹和卓耿的耳语，他们睡眠时间很短。从国民卫队那里夺来的武器让大家不堪重负，因此他们沿途丢下一连串沉重的步枪和靴内匕首。

有一次，他们看见头顶上方有个鹰人，伸展着身躯，仿佛钉在十字架上。他们看着她快速下降，朝地面上卓耿的方位坠落，然后猛一转身，再次飞升起来。

“他企图对她传送密语，”科特说，“然而她挣脱了。”他感到很愉快。

他们并不跟从白昼的节奏：只在日出，黄昏以及夜晚小睡片刻。假如耳语者也睡觉，他一定是骑在马鞍上入睡的。他们经过起伏的山峦，其间有许多卵石兽，模样介于长颈鹿和大猩猩之间，行走时用指关节撑地，以低矮的树叶为食。

“你们得加快速度，”耳语者对科特说，“寄生手赶上来了。”

月光下，他们跟随卓耿一路追寻。前方有道山脉，顶端是平坦的岩台。山体间有一条幽暗过道。他们将在白天抵达那里，科特可以想象，当头顶上灼热难当的天空变得只剩窄窄一条，夹在布满地衣的岩石壁垒之间，那是何等令人欣慰。

艾尔希说：“有情况。”她脸色憔悴，显得十分惊恐，“南边有情况。”起伏的大地后方有一股扰动的力量，远在视野之外。科特知道艾尔希是个很弱的术士，但她感觉到了。

东方微微发亮，第一丝曙光来临时，科特看到卓耿的马在高地下方扬起尘埃。耳语者即将进入山谷。

“从这儿穿过去，”卓耿对科特说，“赶快。寄生手快要到了，但假如你们赶紧走，还来得及逃脱。狗群在号叫。它们能嗅到目标，我们要找的人已经很近了，从这儿穿过去。那样的话，也许我们可以……也许我们可以对抗寄生手，打个伏击。”不太牢靠的计划。

然后，卓耿显然是转身拽着吠叫的狗群奔向了岩缝间的小径。科特发现，在他们的必经之路上方，有突出的岩石。他试图从那位流亡者朋友的角度去思考问题。科特仿佛看到了触发索，看到由各种杂乱的材料构成的人形物体，看到它们下方埋着的残尸。

“老天，真该死。回来！回来！”

他以生平最大的音量高声呼叫。坡摩罗伊和艾尔希一个踉跄；他们一边走一边打瞌睡。科特将双手拢成喇叭状，再次高喊。

“停下！停下！”他用连发手枪向空中射击。

卓耿的话语出现在他耳边：“你干什么？寄生手会听到……”但科特仍不住口，疲惫的双腿步履蹒跚。“停下，停下，停下！”他喊道，“不要进去，不要进去。这是个陷阱。”

飞扬的尘土向他涌来，然后仿佛被炎热的空气重塑成新的形状：马背上的一个人。卓耿骑了回来。科特高声叫喊。

“你不能进去，”他说，“这是陷阱。魔像陷阱。”

卓耿围绕众人骑行，仿佛驱赶着一群小牛。等到大家停下脚步，他在人们耳边传送密语，迫使他们服从。“*快跑*。”他低语道，他们毫无办法，只能照做。

山坡上只有碎石路，脚下容易打滑，因此他们揪着灌木丛，在逐渐降临的夜色中攀爬。卓耿骑在马上，沿着一条看似难以通行的路径快速行进。系在岩缝入口处的狗群龇牙咧嘴，瞪着像猪一样的小眼睛，蠢笨地拉拽着绳索，急不可耐地想要钻进去，追寻嗅到的气味。

“他知道，”科特说。他撑着膝盖，咳出沿途吸入的尘埃。“他知道有人在追赶。”

“*寄生手*。”卓耿说。平原的边缘出现一个黑点。“*我们得快走*。”

科特说：“他*知道*他们会跟来，却没有试图隐藏自己的气味。他认为追来的是国民卫队，他要把他们*引到这里*。这是个陷阱。我们不能进去。我们得爬上去。他在另一边等着呢。”

他们并未争论太久，因为寄生手正逐渐逼近，空气也仿佛凝固起来。狗群不停地吠叫，卓耿将它们射杀在窄道里。其余人跟着他爬上由植物根系形成的陡峭阶梯，向着岩石平台攀援。卓耿悬在半空中朝着众人低语：“*快爬*。”于是他们手脚并用地向上攀爬。

卓耿带领大家沿着岩缝边缘行进。他们看到下方狗群的尸体和卓耿的马。他对着那匹马低语。它呼哧喘了一声，转过身，似乎要穿入窄道。

“你干什么？”科特说，“你不叫它停下，我就打死它，我发誓。不能冒险让它触发机关。”一时间，耳语者似乎想要争辩，但他转身跑开了，那匹马也停止下来。

科特回头一看，发出惊呼。一个人形怪物正摇摇摆摆地追赶他们，身上依附着某种东西。它就在数里之外，迅速接近石壁和岩缝，动作怪异而恐怖。

他们顺着起伏的山脉望去，另一侧是个缓坡。在清晨明亮的日光下，科特可以看到矮小的树丛。

“我们得等那家伙过去。”坡摩罗伊说道。

“不行，”卓耿依次对科特和坡摩罗伊说，“它不是在追踪你们的朋友，而是在追踪我们。利用我们的头脑所留下的痕迹。我们得跑远些，然后再回头抵抗。”

“抵抗?”坡摩罗伊说，“这可是寄生手。”

“没关系，”科特说。他忽然感到极度自信。“可以对付。”

下山的路是他找到的，而不是卓耿。他们依次爬下去，耳语者断后。“该死的寄生手就快到了，”他对科特说，“他就在过道入口，已经看到狗群，正要往里走。”

科特环顾四周。来啊，他心想，来见识一下陷阱。他朝着窄道出口奔去。“你干什么?”同伴们喊道，“科特，回来!”

“停下。”耳语者说道，于是科特只得停下。他愤怒地嘶喊。

“让我走。我得去查看一下，”他说。他的双脚就像扎了根似的纹丝不动。“真该死，快他妈让我走。”

耳语者将他放开。他踉踉跄跄地走到岩缝前，恐惧而谨慎地望向堆满大小碎石的出口。他将身子探进去，然后说：“过来帮我。帮我找找。”

里面发出一阵声响，他听见空气的流动，石头之间有呼吸声。

“它来了。”耳语者说。卓耿没有动，坡摩罗伊和艾尔希也没有动；他们只是注视着科特，仿佛完全放弃了逃跑的念头。

“过来帮帮我。”科特一边说，一边望向昏暗的光线中。一阵逐渐接近的低吟声让他感到恐惧。

他看到一丝闪烁的光。一根铁丝横拉在出口处，并延伸至两侧堆垒的岩石之间，科特知道，它连接着隐藏的引擎与储能装置。

“我找到了。”他喊道。

科特抬起头，听到一声阴沉的号叫。树叶和细碎的苔藓沿着窄道涌动。寄生手发出可怕的怪叫。科特看到岩缝内腐败的落叶随着气流打转。他听见断断续续的声响，就像是鼓点，还有马的喘息声。他跑回同伴们身边。“准备逃跑，”他说，“快他妈准备逃跑。”

它来了，带着轰隆的声响。一匹马向他们奔来。它的速度飞快，仿佛是变异物种，听上去就像有一个连队的骑兵。那是卓耿的马。它跑得比所有马都快，在崎岖不平的地面上，它的脚踝一崴一扭，马蹄也已撕裂，浑身满是血汗与伤痕，但它毫不理会，继续前进。它的身上攀附着某种物体，色泽斑驳，紧紧抓着马脖子，仿佛蛆虫一般钻入血肉之中，露出一截粗短的尾巴。

它的后面出现一个人。那人站立在空中，抱着双臂，以令人惊惧的速度向他们飞来。他看到了他们，向下俯冲，身体却一动不动。众人开枪射击，但那人继续向他们袭来，脚尖撞击着岩石。

科特站着开火，然后重心后仰，滑倒在岩石上。他们一齐开火。耳语者岔开双脚，双手各拿一把枪，如同专业枪手那样打出一颗颗子弹，而坡摩罗伊和艾尔希则乱射一气。它们击中了目标，鲜血从那匹马和姿态僵硬的人身上涌出。

悬在空中的人张开嘴，喷出火焰。灼热的气息掠过铁丝，令其发出闪光，片刻间，那两个寄生手看到了金属线，它们在惯性作用下继续向前，人和马都惊恐地张大了嘴，然而它们无法停下。它们越过铁丝，冲入阳光之中。

岩石堆动了起来，朝着它们挪动。魔法在线圈回路中流动，阀门一阵战栗，一股强烈的能量被释放出来，按照预先设定的方式构建起魔像。

在强大的力场作用下，岩缝内的所有东西都在一瞬间活动起来。周围的岩石伸展挪移，仿佛一直以来就保持着高达二十尺的人形，只不过处于休眠状态。一侧斜坡上的碎石其实是一条胳膊，那边干枯的灌木丛是另一条。这堆大石头是肚子，底下是岩石构成的双腿，而脑袋则是一团晒干的泥土。

魔像粗糙原始，遵从着简单的杀戮指示。它的动作如刺客般迅捷，数吨重的胳膊伸向寄生手。它们试图抵抗。片刻间，岩石魔像就打断了马的脖子，碾碎了鬃毛里扭动的手形寄生物。

那个人反应较快。他朝着魔像的脸喷出熊熊火焰，只是并无作用。那人以难以置信的力量扭住由石块构成的胳膊，魔像的动作变得笨拙。然而它的抓握依然牢固有力。虽然魔像的胳膊一块块散落，但它把悬浮的人拖拽下来，由碎石构成的手抓住其双腿，另一只手抓住脑袋，将他拧成两截。

宿主被杀之后，残破的尸体尚未落地，魔像便停止了运动，它的任务已经完成。岩石和泥土崩落倒塌，一堆带血的碎石几乎将那匹死马埋没。

宿主破碎的尸体滚落到灌木丛中，鲜血顺着岩石流淌。他的外衣底下有东西在扭动。

"离远点，"科特说。"它要找新宿主。"

尸体仍在下落时，卓耿便已朝它开枪。它刚静止下来，就有个长着许多脚的青紫色怪物从衣服里爬出来，步态类似蜘蛛。

众人向四周散开。坡摩罗伊的枪响了，但那怪物并未停下，艾尔希发出尖叫，卓耿连续开枪，将它阻挡在距离艾尔希仅数尺之遥处。耳语者一边开火，一边朝它走去，三颗子弹精准地射中隐藏在草丛里的怪物。他用脚踢了踢它，然后提起血淋淋的残骸。

那是一只手。一只颜色斑驳的右手。手腕处长出一根短尾巴。它毫无生气地垂下来，滴着鲜血。

"*右手，*"耳语者对科特说，"*战士族群。*"

远处又有一阵响动，仿佛大型动物在树林中穿行。科特转过身，试图用已经空膛的枪瞄准。

那声音再次响起，半里地外的小树林里有东西在移动。一个硕大的灰色巨人跨入阳光之中。他们看着它走来，没人知道该做什么或说什么。科特一边呼喊，一边奔跑起来。他逐渐加速，随着黏土人越来越近，他看见它背上有个人在向他挥手：他一跃而下，张开双臂向他走来，嘴里不知在喊些什么。那人和科特的脚步激起花粉和黏湿的昆虫，沾落到两人身上。

科特奔上坡，那人奔下坡。科特大声呼喊那人的名字。科特哭泣起来。“我们找到你了，”他说，“我们找到你了。”

PART TWO

第二部分

回归

第六章

集市楼上的一扇窗忽然打开。集市楼上到处是一扇扇忽然打开的窗。一座集市构成的城市，一座窗户构成的城市。

新克洛布桑。从不静止，毫无节制。那年春季气温和煦，河流中泛出臭烘烘的气味。新克洛布桑到处是嘈杂的噪声，永不停歇。

是什么围绕着城市中高耸的尖塔打转？会飞的鸟兽，翼人（长着类似猴子的脚，发出阵阵笑声），颜色炫酷的飞艇，烟尘与云雾。新克洛布桑的高低起伏与自然地形完全无关，而是取决于其他偶然因素：这是一座三维迷宫。屋顶与墙壁由各种材料筑成，包括砖块、木头、混凝土、大理石、钢铁、泥土、水、稻草。

白昼的太阳晒得墙壁都褪了色，边角残破的海报像覆盖着墙壁的羽毛，同样也被晒褪了色，两者都呈现出茶渍般的黄色。残存的颜料透露出过往的娱乐内容，混凝土墙干燥开裂。著名的钢铁议员模板画反复出现在各处。它们出自叛逆的涂鸦者之手，显得略为粗糙。高架天轨在参差突兀的建筑中穿行，而建筑就像是断裂的神殿拱柱。空中的电线被风吹得发出阵阵声响，新克洛布桑仿佛变成一件乐器。

夜晚带来光亮，玻璃灯管中的气体闪烁着光芒，勾勒出名字、词句与图像。十年前，它们还不存在，或者说被遗忘了很久：如今，天黑之后，街道里到处点缀着这种独特而鲜明的光亮，甚至盖过了气灯。

噪音无处不在，毫不留情。无论何处，每时每刻都能看到人。这就是新克洛布桑。

“……另一名书——记——员告诉那守规矩的煽——动——者，他的控诉难以被接受，这念头本身就充满荒谬……”

舞台上，艺名艾德莉·格莱德莉（念起来充满节奏感）的歌女艾德琳·格莱德纳正在表演乐曲《守规矩的煽动》。她时而浅吟，时而高歌。台下有鼓掌，也有醉醺醺地吆喝，但全都是发自内心。她的双脚踏着碎步在裙摆下蹬踢（她身着早已过时的站街女服饰，镶有夸张的荷叶边，因此显得更为腼腆，而非放荡）。她一边微笑，一边朝着看客们抖动蕾丝花边，然后捡起他们抛来的花束，在此过程中，歌声从未间断。

她那沙哑而美妙的嗓音令人沉醉，观众们完全为她所吸引。奥利·修拉兹坐在大厅后面，虽然面带嘲讽，却也难以抵挡她的魅力。他并不认识同桌的人，只是朝他们举杯致意。他们盯着艾德莉看，而他则注视着他们。

法利拜格娱乐厅宽敞巨大，充斥着烟雾和嗑药的气味。包厢和高台里坐着许多大人物，有男也有女，还有他们的跟班。虫首人黑道女王弗朗辛2号也在。隔着石膏龙像和形态暧昧的精灵群雕，奥利无法看得很清楚，但他认得包厢里有个晃动的人影是国民卫队的重要人物，而另一个是鱼骨兄弟会的成员，另一间包厢里，还有一名工业界首脑。

舞台边，一群不同种族的男男女女挤在乐队周围，操着五花八门的语言，但都注视着艾德莉的脚踝。奥利留心观察各种群体。

流浪汉，盗窃团伙及其首领，被解雇的外国士兵，出狱的罪犯，放荡的富家子弟，修理工，乞丐，皮条客和手下的妓女，投机客，磨刀匠，诗人，警探。大部分是人类，偶尔也有仙人掌族的脑袋从人群上方冒出（只有拔掉针刺的仙人掌族才被允许进入），还有虫首族的甲壳脑袋。人们叼着雪茄，时不时敲打玻璃杯和餐具，侍者在铺有木屑的地上来回穿梭。房间的边缘聚集着几群人，奥利对法利拜格娱乐厅很熟悉，可以看到这些团体之间交错的边界与关联，也能看出他们的构成。

大厅里一定有国民卫队，但没穿制服。屋子后面那个高大壮硕的男人叫德利索夫，是一名密探——这大家都知道，但没人搞得清他的地位与人际关系，因此也没人会冒险去刺杀他。他身边有一群艺术家，正虔诚而热情地讨论着各类学派与运动。

奥利近旁有一桌衣着体面的年轻男子正注视着他。他们是新刺党成员，只要有任何非人类种族接近，便会露出夸张的厌恶神情。他们憎恨他更甚于憎恨虫首人与仙人掌人，因为他背叛了自己的种族；法利拜格娱乐厅中混杂着各种族群，喧闹嘈杂，这氛围突然让奥利壮起了胆子，他一边抬头与他们对视，一边搂住身旁一名蛙族老妇。她惊讶地转过头，但看到那群新刺党之后，赞许地哼了一声，靠到奥利身上，眼神夸张地望着他，然后又望向那些人。

“乖小伙。”她说道。然而心跳加速之下，奥利只顾瞪着那四个注视他的人。其中一人愤愤地向同伴说了句话，但同伴示意他安静，并朝奥利扬起眉毛，同时敲了敲手表，比了个“等一会儿”的口型。

奥利并不害怕。他自己的帮派就在附近。他差点向那名新刺党成员嘲讽地点头挑衅，然而如此隐晦的交流让他感到厌恶，因此他扭过头去。他看见自己的同伴们正在激烈地争辩，比那些画家分歧更大，但如有需要，他们会与他并肩战斗，而且人数不少。新刺党成员无法应付这众多叛逆分子。

此刻，人群已为艾德莉疯狂，跟着她一起哼唱开幕曲，欢快地打着响指。当她唱到“再一次，在雨中”，众人发出疯狂的掌声。新刺党成员，艺术家，以及其他群体全都毫无拘束地鼓掌。

“哦，感谢大家，哦，感谢你们，亲爱的，哦。”她对着欢呼声说道，尽管十分职业化，但所有人都能听见。她说："我来向大家说声晚上好，也请大家给今晚出场的表演者一点点鼓励，对他们表示欢迎，让他们知道，你们是爱他们的。他们中有些人是第一次登台表演，我们都知道第一次的感受，不是吗？有一点点失望，对不对，姑娘们？"人群爆发出一阵笑声，充满期待，因为这很明显是她的歌曲《你完了吗？》的开场白。没错，熟悉而诙谐的双簧管响了起来，就像鸭子叫，接着是前奏，艾德莉深吸一口气，略一停顿，大声说道："稍后！"她在一片欢快的嘘声中跑回后台，也有人高喊："*骗子！*"

第一幕演出在灯光下开始了。那是一个家庭合唱团，两名儿童扮成人偶的模样，母亲则弹奏钢琴。大多数观众都对他们不予理会。

丑陋，奥利心想。艾德莉在舞台上卖力地引荐新手。但人群是来看她的，开场时她给大家带来的那一点点惊讶只能让后来者承受沉重的压力。无论他们有多出色，观众只会感到失望。在名人之前出场表演，本就不容易，而她的介绍哪怕再热情，也只能起到负作用。由于观众们渴望艾德莉再次出场，每个人的表演都匆忙无力。

合唱三人组之后是一名舞者。他上了点年纪，但动作敏捷。出于礼貌，奥利注意看了一下表演，但像他这样的只是少数。接下来是诙谐歌剧，无论是否有艾德莉的干涉，那群可怜的家伙都只可能收获嘲笑，所有演员都是纯粹的，未经改造的人类。奥利感到不安——他不知这是否巧合，现场有新刺党的人观看，而台上没有非人类种族的演员。新刺党是否在暗中操纵法利拜格娱乐厅？这很可疑，也令人憎恶。

最后，那不知所谓的诙谐表演结束了。最后的热场即将开始。传单上写的是：由灵巧人偶剧团献演独臂螳螂手杰克悲哀警世哀情故事。奥利是来看他们的。他并非为艾德莉·格莱德莉而来。

幕后人员进行准备工作时，观众都在谈论今天的重头戏——"狗泥塘的燕雀"。奥利知道灵巧人偶剧团准备的节目是什么，他露出微笑。

鹅绒帷幕最终被拉开时，没有铜管或打击乐伴奏，表演者静静地等待，开幕并无任何宣告。接着，有人低声惊呼，烟草的烟雾似乎也消散了，台上显现出另一个舞台。有人出声咒骂。奥利看到一名新刺党站起身来。

手推车大小的人偶舞台上，静止地陈列着一个个雕刻的小人，身披色彩绚丽的服装——这没什么特别的，但舞台两侧的小挡板和拱形框架都被拆掉了，人偶师就站在观众眼前，身上的衣服更像是深灰色的国民卫队制服。舞台上满是奇怪又琐碎的物品。一块薄幕绷得紧紧的，魔法灯光投映出报纸文章。台上还有一群演员，饰演的角色身份不明。灵巧人偶剧团不屑使用常驻的交响乐队，而用三名手持笛子、鼓槌和铁片的乐师代替。

奥利向着舞台竖起大拇指。他的朋友们沉默地站着，一动不动。低语声越来越激烈，带着些许威胁的意味。后面有个人喊道："滚。"然后，有人使劲敲击金属，发出一声难以忍受的巨响。余音尚未消散，另一名乐手开始演奏欢快热情的曲目，类似街头小调，而他的同伴敲打铁片，仿佛击鼓伴奏。一名演员踏上前来——他身穿整洁的套装，小胡子上抹了油——略微躬身行礼，并朝前排的女士们脱帽致意。他高声喊出一句脏话，但在前面插入一个辅音，让其难以辨识，刚刚好能避过监听审查。

人群再次被激怒。然而灵巧人偶剧团技艺娴熟——虽然狂妄但也很用心——他们巧妙地操控观众，每次这样刺激过后，便立即接上幽默对白或轻快的音乐，因此人们的愤怒很难持久。但这是一种不同寻常的挑衅，或者说一系列挑衅，人群在困惑与不满之间反复。奥利意识到，现在的问题是，他们能将表演安全进行到哪一阶段。

没人知道眼前是何种表演。不连贯的台词，一阵阵吆喝与噪音，复杂而费解的服装，毫无结构可言。他们对人偶的操控十分精巧，然而人偶本该是木讷的角色——其设计即是如此——用来表现传统的说教故事，而不是这种喜爱挑衅的小鬼。人偶师让他们跟旁白者顶嘴，刻薄辛辣地反驳其言论（总是用人偶传统的口吻，配以幼稚的组合词与象声词），并在关节索线所允许的范围内，对喧闹与谩骂做出手舞足蹈的回应。

闪烁的图像，甚至是动画——画面快速切换，画中的人或奔跑跳跃，或开枪射击——不断被投映到屏幕上。旁白时而向观众慷慨陈词，时而与人偶或其他演员争辩，随着观众席上的不满越来越强烈，独臂螳螂手杰克的故事在一片混乱中被展现出来。愤怒的人群稍稍平息——这是个很流行的故事，人们想要看看，这班无法无天的新文化运动者将如何去诠释。

基本剧情大家都很熟悉。“我相信，谁都不会忘记。”旁白者说道。的确，没人会忘记，因为才过去二十年。人偶表演更延长了人们的记忆。由于匿名者的出卖，传奇的自由改造人首领独臂螳螂手杰克被捕了。他们割下他右手上的大螳螂爪——这是惩罚工厂给他安上的，却被他用来反抗，因此他们又将它收回。这是可怕的一幕，他们用红丝带表现鲜血。

当然，国民卫队一直说他是歹徒和凶手，他也的确杀过人，对此没人怀疑。然而跟大多数其他版本一样，在这幕戏里，他就像人们记忆中那样，成了一名侠盗英雄。杰克被捕了，这是个悲伤的故事，监听机构任由人们如此诠释。

他们其实并未公开实施绞刑——这与宪法不符——但他们也没有放过他。他们将他绑在一根巨型立柱上，位于帕迪多车站外的比尔珊顿广场。只要他稍微扭动挣扎，便会被看守队长视为反抗，然后挥鞭抽打。大多数人都相信，他们雇了人来讥笑他。许多克洛布桑市民曾到场观看，但完全没有欢呼喝彩。他们说这不是真正的杰克——*他没有爪子，他们找了个可怜的家伙，剁掉他的手，仅此而已*——但他们的语气缺乏信心，更多的是绝望。

小小的鞭刑柱由胶合板制成，木头雕刻的杰克被绑在柱子上，人偶观众在他面前来来去去。

哒哒哒哒哒，金属鼓声响起。台上所有演员开始指着代表国民卫队的人偶喊叫，屏幕上打出字样：每个人！就连持怀疑态度的观众也跟着一起高喊：*在这里，在这里*。这就是事情的经过——人群中有人吸引了国民卫队的注意，至于是故意还是巧合，仍存在争议，但奥利有自己的看法。随

着国民卫队的人偶在小舞台上来回晃动，奥利回忆起往事。

那是他年幼时的记忆，当时他还是个孩子——他不知自己为何来到广场，也不知是跟谁一起来的。多年前，国民卫队首次身着制服公然亮相，预示他们维持秩序的方式将由隐秘转向公开。他们排成灰色的楔形队列，指向人堆里高声叫嚷的那一群。看守队长扔下皮鞭，拔出火枪，加入他们的行列，留下被捆绑的囚犯无人看管。

在奥利记忆中，直到那壮汉登上楼梯顶端，走到独臂螳螂手杰克跟前，奥利才看见他。那人的模样在他头脑中十分清晰，但奥利不知道这是六岁时的记忆还是根据后来听到的种种报道构造出的形象。那人——舞台上，他的人偶出现在国民卫队身后——十分特别。秃顶，爬满可怕的疤痕，脸上坑坑洼洼，好像长了数十年的粉刺，硕大的双眼深深凹陷，身上的衣服破烂不堪，口鼻罩着一块帕子。

那人偶以夸张的姿态偷偷摸摸走上楼梯，朝着独臂螳螂手杰克大声呼叫，刺耳的嗓音与二十年前的真人十分相似。跟那天一样，他高呼杰克的名字，然后走近他身边，拔出手枪和匕首（人偶的锡箔小道具闪闪发光）。“**记得我吗，杰克?**”那人偶喊道，就跟当初一样，“**我是来还债的。**”语气中充满胜利的喜悦。

独臂螳螂手杰克被杀后，各种剧本都遵从最为传统的理解。那满脸麻子的人——也许是螳螂手杀死的人的兄弟，父亲或爱人——在愤怒驱使之下，难以克制与等待，急于要将他杀死，讨回公道。虽然这情有可原，无可厚非，但法律并不允许。很不幸，当国民卫队看到他现身，并听到他的这番话后，不得不警告他离开。由于警告无效，他们向他开枪，阻止了他的计划，而独臂螳螂手杰克也死于流弹。这是个遗憾的结局，因为法律流程尚未结束，但人们几乎毫无疑问，最终结果应该并无区别。

多年来，这是一直流传的版本，尽管演员和人偶师将杰克刻画成恶棍，但人群始终都会为他喝彩。

事件过去十年后，新的解释出现了，因为有个疑问：**当那人出现时，**

独臂螳螂手为何欣喜地呼喊？据目击者回忆，当那疤脸人举起手枪，杰克似乎挺直身躯作为回应。杀死他显然是为了减少他的痛苦。这是杰克手下帮派中的一员，冒着生命危险，前来终止首领所遭受的凌辱。也许他成功了——有谁能断言，杀死改造人囚犯的是国民卫队的子弹呢？也许那第一枪是来自友人的救援。

观众们对这一版本的喜爱远超过另一种解释。如今，独臂螳螂手杰克的形象跟数十年前的街头涂鸦一致——一名侠义斗士。杰克的故事变得雄壮而哀伤，带着高贵的希望，却注定要失败，有点像是教人警醒的悲剧。许多人感到惊讶的是，杰克及其无名同伴如今成了英雄，而城市的监听审查机构却允许这样的解读存在。在某些版本的表演中，那新来的人结果了杰克的性命，然后自杀身亡，另一种剧情则是他开枪的同时，也被子弹击中。描绘两人死亡的场景越拉越长。可奥利知道，真相——尽管杰克无力地悬垂在绳索之间，麻脸男子却消失了，没人清楚他的命运——并没有被揭示出来。

疤脸的小人偶手持武器奔上台阶，然后按照传统剧情，捡起看守队长的鞭子（通过对绳索与关节的一系列复杂操作）。但这是怎么回事？“这是怎么回事？”旁白者喊道。奥利露出微笑——他看过剧本。他紧握起双拳。

“为什么捡起鞭子？”旁白说道。这出新文化运动剧目展现出粗犷原始的魅力，新刺党成员们此刻全都坚决地站立起来，高喊着，可耻，可耻。“我有枪，”疤脸的人偶直接对越来越喧嚣的观众说道。“我有匕首，为什么还要捡起鞭子？”

“我有个主意，麻脸。”旁白说道。

“我也一直有个主意，你瞧？”人偶回应道。“这把枪，”他把枪和鞭子递出去，“不是给我的，你瞧？”他的木手里有个纤细精巧的机关，手枪转了个圈，忽然变成枪柄向外。他将手枪当作礼物，递给被绑住的朋友。接着，他用匕首割开独臂螳螂手的绳索。

一只沉甸甸的玻璃杯从人群头上飞过，画出一道弧线，一路洒落啤酒，最后掉在地上，摔成碎片。**叛逆！**有人喊到，但也有人站起来吼叫，**对，对，继续演下去！**灵巧人偶剧团的成员们一边继续表演这经典剧目的新版本，一边躲避飞来的玻璃杯。那两个小人偶并没有被消灭，没有陷入壮烈的悲剧，他们没有被这个糟糕的世界击倒，而是继续战斗，争取胜利。

他们的台词被呼喊声掩盖。人们将食物抛向舞台。混乱中，主持人走上来，身上的外套皱巴巴的。他在一名纤瘦的年轻人催促下匆匆走上舞台，几乎是被推着上来的——那年轻人是监审局的职员，负责在后台监听所有注册的节目。他的工作忽然间不再是例行公事。

“够了，你们得停下，”主持人喊道，并试图将人偶都拖走，“我接到通知，这场演出**结束**了。”震惊之下，他那浮夸的言辞消失了。他被抛来的垃圾砸中，因而更加畏缩。灵巧人偶剧团的支持者不多，制造的动静却很大，他们要求继续表演，然而，当年轻的监控官看到法利拜格娱乐厅的人无法控制局面，便亲自踏上舞台，向观众喊话。

“演出取消了。这个戏班犯了侮辱新克洛布桑的二级罪行，现已被勒令解散，并将接受调查。”**去你妈的，无耻，滚，表演必须继续。哪里有侮辱？哪里有侮辱？**年轻的监控官并不惧怕威胁，也绝不会把叛逆概念用言语表达出来。“国民卫队已接到召唤，正在赶来，等他们到达，所有留在这里的人将被认为是表演者的同谋。请立即离开。”人群情绪激动，已很难驱散。

空中出现更多杯子，落地时引发阵阵尖叫。奥利看到，新刺党们已认准舞台上的目标，准备上前殴打表演者。他站起身，向附近的朋友示意，于是他们截住摩拳擦掌的新刺党成员，混乱的殴斗开始了。

艾德莉·格莱德莉从后台跑出来，她已换上性感的服装，并高声呼喊，请求众人住手。奥利只看了她一眼便将注意力集中到眼前，他一拳砸在一名新刺党混蛋的后脑勺上，连自己的手都裂开一道口子。舞台上，灵巧人偶剧团正在收拾物品。在一片击打、叫嚷和玻璃撞击声中，“狗泥塘燕雀”用她那美妙的嗓音乞求众人停止斗殴，但根本没人理会。

第七章

表演取消了，国民卫队抵达时，主要是清理建筑，而不是逮捕人犯。奥利挡住新刺党成员，让人偶剧团有时间收拾装备。他跟剧团的人一起猫着腰绕过殴斗的人群，从后台离开。此刻的打斗多半已是因为酗酒，而不是出于政治上的敌意。

出门之后，他们来到一条小巷，身上虽沾着血渍，却发出阵阵笑声。他们大部分是剧团的人，正将演出服塞入毡袋，但也有一两个像奥利那样的旁观者。天刚下过雨，但今晚很暖和，因此，地上那层水就像是城市出的汗。

负责旁白的佩特隆·卡里科斯扯掉小胡子，嘴唇上留下一层隐约可见的胶水。他将胡子黏到小巷里唯一的一张海报上。那海报宣传的是一名复古主义者的演讲，如今他多了两条又粗又浓的眉毛。奥利跟着他和另外几个人前往卡德米安街。然后他们调头往回走，去往萨拉克斯区车站的方向，这样就不必再经过法利拜格娱乐厅的大门。

等到稍晚些时候，萨拉克斯区和啸冈区交界处的街道中挤满了人，街角还有国民卫队。这里有逛街的，有去看戏的，有在留声机亭跟前听音乐的，还有几个魔像，仿佛超大号人偶，系着主人的饰带。奥利在人群中穿梭。墙上有许多记号，以涂鸦的方式标示出地下画廊与剧院，以及艺术家的集会地，只有圈内人才能看懂。一到周末，萨拉克斯区本身就成了流浪者的殖民地。总有一些有钱人冒充贫民。纨绔子弟中的不良少年为了寻求廉价的满足感或颓废感而来到此处，但如今，他们的造访变得十分短暂，就像是游客。奥利对此十分鄙视。随着经纪人和商人不断涌入，画家和音乐家开始外迁，即使工业发展陷入挫折，房租依然在上涨。因此他前往啸冈区。

霓虹灯招牌发出黄绿色的光，不停地闪烁，街道忽明忽暗。奥利对会议或表演中结识的熟人点头致意——比如站在银匠铺门口的女人，比如正在发传单的仙人掌族壮汉。七倒八歪的砖瓦房摇摇欲坠，互相倚靠，表面覆满金属与水泥补丁。墙上的涂鸦毫无规律，有螺旋纹理，也有污言秽语。天空中矗立着神庙的尖顶，国民卫队瞭望塔，以及一座座高楼大厦。随着深夜来临，人群变得稀疏起来。

他们搭乘高架列车在屋顶之间穿行，抵达斯莱车站后，下车换乘。奥利与朋友们互道晚安，最后连佩特隆也去了摩格山，只剩下他独自一人，与深夜的其他乘客为伴。这些人胡乱地瘫倒在座位上，满身酒气。几个穿工装的夜班工人故意扭过头，不去看那些醉汉。奥利从他们身边跨过，坐到一名老妇身边。他顺着老妇的视线，透过肮脏的窗玻璃望向车外，城市的建筑仿佛一片沼泽，布满星星点点的光亮。列车驶过河面。奥利意识到，那妇人眼神涣散。他也注意到，交叉路口的灯光微微一颤，城市仿佛一阵痉挛。

奥利住在悉利亚区的一条街上，那里的窗户大多没有窗帘。当他醒来，若是望向窗外，在气灯的光亮下，可以看到硕大的身影在他们自己家中静静地站立着睡觉。这条街为仙人掌族所占据。他是从一名善良而坏脾气的仙人掌族女人手里租的房。入住时，她用一只绿色的大手轻轻一提，就拎起了他的包。

凌晨的列车从灯光昏暗的窗口上方经过。南行的列车可到达唐斯，往北则是那如同巨型神经元的终点站——帕迪多街车站——一栋形状扭曲的建筑，夹在城中的两条河之间。

夜间的交易仍在继续。空气温热潮湿，可融化胶水，可侵蚀砖缝。城中最古老的部分位于索贝克十字，那里有坚实的小屋，也有藤蔓缠绕的废墟。有些家庭只能将就着睡在骨镇边缘的库房里。獾泽有许多游荡的猫，一头獾步履蹒跚地从拥挤的店面下方经过，往自己的巢穴走去。云层下，飞艇静静地等待着，仿佛带着怨气。

城中的两条河奔流交汇，形成古老宽广的大焦油河，湍急的水流呻吟着穿过一座断桥，以及新克洛布桑周边的棚户区，最终奔向海洋。城中的非法居民短暂地冒出头，然后又躲藏起来。即使是午夜也有商业活动。总是有人醒着，总是有无数人醒着。在高楼大厦里，在精致宅院中，在岂南的红石屋内，或者在其他族类的聚居区，在大温房，在今肯和溪滨，在那些虫首人用易碎的分泌物改造过的城区，一切仍在继续。

第二天的报纸里完全没有关于骚乱的报道。再往后也依然没有。但人们依然会听到传闻。

奥利刻意告诉一些关键人物，他当时也在场。当他经过悉利亚区的商铺和酒吧时，发现有人看着自己。他知道，其中一些人——那个女人，还有那个蛙族，还有那个男人，或那个仙人掌族男子，甚至那个改造人——是联合委员会成员。奥利并未流露出兴奋。他或许可以用拳头轻击自己的胸口，对于这隐秘的致意，他们可能不予理会，也可能同样轻触胸部作为回敬。联合委员会成员之间用复杂而快速的手势交流，奥利无法理解城区里的这种手语。他告诉自己，他们或许是在谈论他。

联合委员会在暗地里谈论他。他知道事实并非如此，但这一想法令他感到愉悦。没错，他的朋友们是新文化艺术家，但并非颓废的饭桶，也不仅仅满足于制造惊讶。他想象联合委员会中各派系的代表们暂停讨论反抗策略，暂停讨论如何摆脱国民卫队及其眼线，转而赞美奥利·修拉兹及其朋友们，表彰他们的成功挑衅。这种情况并不可能发生，但他喜欢想象。

在大河套码头，奥利什么样的零工都接。他会为了一点点食物和报酬搬运各种物品，包括铁灰色的军用机械部件。它们显然是要被运往海岸，然后穿越贫海和重重海峡，抵达遥远的战场。他在各种地方打工，有时参与水下打捞，有时在曼陀罗桥边替商船卸货。放工后，他跟工友们一起喝酒，暂时与他们结为朋友。

他很年轻，因此工头会欺负他，但他们很不安，时刻都处于紧张状态。到处都有麻烦，无论是泉树，回音沼，还是大河套码头，工厂里的气氛都绷得紧紧的。图森道的铸造厂旁边，奥利看到地上有火烧的痕迹，前几周这里曾驻扎着示威者。墙壁上涂满各种叛逆的标记。**公牛；螳螂手没有死！**；还有钢铁议员模板画。三叉角的墙上布满弹孔，不到一年前，国民卫队曾在此处镇压游行者。

事情起于帕拉多斯公司，一些职员被解雇后，引起了自发抗议，并迅速在街头蔓延开来，随着其他人加入示威，周围的一些工厂遭到破坏，而口号也从让工友复职，演变为增长薪资，然后又突然变成弹劾市长，废除选举权抽签制，要求重新选举。人们投掷燃烧瓶；国民卫队也开了枪——不知是还击还是主动开火——造成十六人死亡。路口时常有人用粉笔向死者致哀，但很快便会被抹掉。路过帕拉多斯大屠杀的地点时，奥利用拳头轻触胸口。

锁链日，他去了“杂货铺甜心”酒吧。将近八点，两名男子离开酒吧，再也没回来。其他人也看似随意地跟着走了出去。奥利喝完剩下的啤酒，假装去上厕所，但看到没人跟踪，便拐入一条满是潮斑的走廊，打开一道活板门，钻入地下。聚集在黑暗中的人们看了看他，没有跟他打招呼，表情中既有欢迎，也有怀疑。

“查弗林。”他对他们说道。这是个古老的词。“查弗林。”他们回应道——同志，地位平等的同谋。

其中有一名改造人是头一回来。他的双臂在手腕处交叉融合，他将手指张开又握起，就像是在模仿飞鸟。

还有两名编织女工，来自潜行滩高架铁路桥下的血汗工厂。另有一名码头工人，一名机械师和一名蛙族小职员。那蛙人身穿一件可以下水，但类似人类外套的浅色衣服，并配有一条缝牢的领带。一名仙人掌族男性静静地站着。用来装廉价啤酒和葡萄酒的酒桶被当作桌子，上面排放着各种反叛出版物：一份皱巴巴的《呼喊》、一份《熔炉》，以及若干份最为著名的异议报纸——《不羁叛逆者》。

“查弗林，感谢你们的到来。”一名中年男子平静而威严地说。“我也要向新朋友杰克表示欢迎。”他朝那改造人点了点头，“与泰什的战争，国民卫队的渗透，自由贸易联盟，普利尔面包房的罢工，关于这些事我都有新消息。但我先花几分钟说一说我的策略——我们的策略，‘不羁叛逆者’的策略——关于种族问题。”他瞥了一眼蛙人和仙人掌人，然后开始发表演讲。

当初吸引奥利加入“不羁叛逆者”的正是这种引介与讨论。连续三个月，他每隔两周就从黑泥地的一名水果摊贩手里买一份《不羁叛逆者》。最后，那人问奥利是否有兴趣讨论报上的内容，并将他带到秘密集会点。奥利成了常客，提出越来越多的观点和反对意见，热情也越来越高涨——但后来有所减弱——最后，在一次会议结束后，只剩下他和会议召集人，他告诉奥利，自己的真名叫科尔丁，这是一种令人感动的信赖。奥利也予以回报，但跟所有人一样，他们在会议中依然互称对方为杰克。

“是的，是的，”科尔丁说，“我认为你说得对，杰克，但问题是*为什么？*”

奥利摊开他那份《不羁叛逆者》，诵读其中的片段。呼吁团结一致的老生常谈，愤怒的揭露与分析，一篇篇关于罢工的专题报道。哪里有三三两两的人放下工具怠工，最后是成功还是失败，哪里发生数十人或百余人的集会，哪里有半小时的联合罢工，哪里有疑似公会成员失踪。各种各样的争端，有的致命，有的琐碎。这让他感到厌倦。

一些重要的事被遗漏了。奥利对会议的不满日益增加。这里毫无生机。但其他地方有短暂的骚动。比如法利拜格娱乐厅。

他轻叩着那份《不羁叛逆者》。“公牛在哪儿?”他说，“公牛又干了一票。我听说是在岂南。他和手下人一起干掉警卫，射杀了住在那儿的民政官。为什么没有报道?”

“杰克……我们对公牛的评价很明确，”科尔丁说，“上一期的专栏里已经讲过了。我们不……这不是我们行事的方式……”

“我明白，杰克，我明白。你们持批评态度，挑他的错。”

召集人没有说话。

“公牛真的采取了**行动**，不是吗？他在抗争，不像你们，一味地**等待**。你们就这么干等着，还说他操之过急?”

“不是这样的。我不会责难任何同民政官僚，国民卫队或市长抗争的人，但公牛不可能单凭自己和几个手下改变局势，杰克……”

“对，但他改变了一些事。”

“这还不够。”

“但他的确改变了一些事。”

奥利从科尔丁的宣传册中获益匪浅，他尊敬科尔丁，不想与他疏离。但会议召集人的自满开始让他感到恼火。此人的年龄是他两倍——就是因为上了年纪吗？他俩坐在原地，沉默地互相对视，其他人的视线在两人之间来回移动。

事后，奥利为自己的坏脾气道歉。“我无所谓，”科尔丁说。“随便你多么无礼都没关系。但说实话，杰克”——此刻只有他俩，因此他纠正道——“说实话，奥利。我很担心。我感觉你似乎走上了一条不归路。你那些表演，那些人偶……”他摇头叹气，“我并不反对，我发誓，法利拜格娱乐厅的事我听说了，要知道，我认为你很棒，你的朋友们也很棒。但光是扰乱和暗杀是不够的。我来问你，你那些灵巧人偶剧团的朋友——他们为什么选这个名字?”

“你知道原因。”

“不，我不知道。我知道这是一种致敬，也很乐于看到这样的致敬，但为什么选*他*，而不是瑟舍奇，不是比利·勒·金森，不是坡比·路特金?”

“因为那样的话，我们会被逮捕。”

“别装傻，伙计。你明白我的意思——可选的名字很多，都能达到传递信息的目的，就像往市长的澡盆里撒尿，但你们选择了*他*。《不羁叛逆者》的创刊编辑——不是《熔炉》，不是《工人战争》，不是《锥刺》。为什么选他?”科尔丁用报纸拍了拍大腿，“我告诉你原因吧，伙计——不管你知不知道，只有他能让当权者害怕。因为他的观点是*正确*的。关于派系，关于战争，关于大众。比尔，坡比，还有耐克林·弗尔登等人——还有公牛，公牛和他的团队，甚至独臂螳螂手杰克——他们都是好人，是*查弗林*，但在这种事上，他们的策略连屁用都没有。本恩是对的，公牛是错的。”

奥利感觉科尔丁的语气里有自负也有担当，有热情也有剖析。虽然他很生气，但无意对这些加以区分。

“你是要嘲笑独臂螳螂手吗?”

“我不是这个意思，我没这么说……”

“老天，你以为你是谁?公牛拿出了*行动*，科尔丁。他在干实事。你们——你们只是嘴上说说，‘不羁叛逆者’只是嘴上说说而已。而且本杰明·弗莱克斯已经*死了*。很早以前就死了。”

“你这么说不公平，”他听见科尔丁说。“嘉罢在上，你下巴上都还没长出毛来，就要跟*我*讲本杰明·弗莱克斯。”他的语气相当和善，不想太较真，但奥利非常愤怒。

“至少我*干了实事*!”他喊道，“至少我*有行动*!”

第八章

与泰什的战争为何而起，似乎没人知道。“不羁叛逆者”有一些猜测，而官方的说辞背后或许藏着隐秘的原因。但奥利的圈子里没人清楚战争的起因，甚至不知道它究竟是何时开始的。

城市的发展长期受到阻碍。多年前，新克洛布桑的商船回到码头，汇报说海上突然出现来历不明的船只，抢劫了他们。城市的勘探与贸易受到了冲击。新克洛布桑的历史上，有自给自足的时期，也有积极对外贸易的时期，但据那些负伤的船长说，城市的商业活动从来不曾遭受到如此意外的压制。

千百年来，新克洛布桑与巫师议会的关系总是很奇怪，很不稳定，直到最近才达成一定的相互理解，新克洛布桑船只也能顺畅地通过火水海峡。于是，一条海上通道形成了，通往传说中大陆另一头的草原与群岛。返回的船只声称他们到过玛鲁阿姆。他们航行数年，从几千里外的鳄鱼双子城带回珠宝蛋糕。接着，猖獗的海盗活动出现了，新克洛布桑慢慢明白过来，这是一种攻击。

泰什有神秘的三桅船，也有浮夸而挂满彩旗的单桅船，他们的船员把牙齿锉得尖尖的，手上涂着红棕色指甲油。如今，这些船都不再来到新克洛布桑的码头。据某些长久闲置的信息通道传来的消息，泰什的秘密使节已向市长宣告，两国处于战争状态。

政府的新闻报道中，泰什在水火海峡的破坏行动越来越普遍，越来越高调。市长发誓要复仇与反击。新克洛布桑海军加强招募。奥利听说，还发生了“酒精招募”——强征入伍。

战争依然很遥远，很抽象：只不过是数千里外的海战。但冲突不断升级，并越来越多地出现在部长们的演讲中。城中的新兴商业难以发展，外出口市场打不开，战争也堵塞了稀有商品的货源。有些船离开后再也没回来。新克洛布桑城里的一些工厂被封堵起来，不仅没有重新开启，反而有更多被关闭，门口的“暂时停工”牌上长出霉斑，仿佛是一种讥讽。城市停滞不前，陷入消沉与贫困。幸存者开始返回家园。

残疾的士兵只能在狗泥塘与河衣区一边乞讨，一边向人群诉说自己的经历。他们碎裂的骨头和身上的疤痕有些是敌人造成的，有些是由于战场上匆忙的手术。还有些古怪的创伤，只可能是泰什军队所致。

成百上千的返回者失去理智，在狂乱中用一种未知的语言嘶嘶低语，所有人在城中各处同时说出相同的词语。奥利听说，有些人的眼睛变成了血囊，却依然看得见。他们能从一切事物中看到死亡，因此不停地哭泣。人群害怕退伍老兵，仿佛是因为受到良心的谴责。许多个月前，奥利路遇一名男子，正向惊恐的人群展示自己的双臂。他的手臂呈现死尸般的灰色。

“你们知道这是怎么回事！”他朝人群喊道，“你们知道的！我处在爆炸的边缘，看到没？外科医生要锯掉我的胳膊，说截肢是必须的，但他们只是**不想让你们看到**……”他摇晃着可怕的手臂，就像晃动剪纸。后来，国民卫队过来让他闭嘴，并将他带走了。但奥利看到围观者恐惧的神情。泰什人当真还记得失落的颜色炸弹技术？

城中充满恐惧，有太多不确定，士气越来越低落。新克洛布桑政府发出动员令。近两三年来，全城一直处于"特别攻势"中。更多人死亡，更多工厂投入生产。每个人都有熟人参与战争，或者消失在河边的酒吧中。河口的卫星城市塔慕斯开始产出铁甲舰和潜水艇，经济也因此略有恢复。接着，在战争的推动下，新克洛布桑的许多工厂也投入运作。

各种行会与工会常常毫无缘由地被宣布为非法，或者受到限制与削弱。习惯贫穷的人们有了新的工作机会，但竞争非常残酷。新克洛布桑已竭尽全力。

各个时代都有犯罪团伙。奥利小时候的独臂螳螂手杰克，"尘埃一星期"的布里德林，以及一个世纪之前的艾洛伊丝团伙。从某种角度来说，连嘉罢都可以算。他们在各自的环境中异化，颠覆普通的规则：鄙视改造人的大众，却会向独臂螳螂手宣誓效忠。毫无疑问，这其中一部分是历史的想象，在数百年的岁月中，卑鄙的小贼被美化为英雄。但也有真正的英雄：奥利愿意宣誓为杰克效忠，而如今又有了公牛。

颅骨日，奥利跟新文化艺术家们混在一起。他带上薪水，去山冈桥旁的"双蠕虫"酒吧找他们，一边玩游戏，一边争论艺术话题。河对岸可以看到今肯区的屋顶，覆满了虫首人的分泌物。学生和艺术家街区的流浪者都很乐意见到奥利，因为他是圈子里少数几个真正的劳工阶层。到了夜晚，奥利和佩特隆等人上演行为艺术，装扮成舞台上小猪的模样，一路招摇过市，前往萨拉克斯区，然后又经过"时钟与公鸡"餐馆，而此处早已不复往日荣耀，只有暴发户和城里的富人前来假扮放荡不羁的文化人。新文化艺术家们朝着醉汉发出呼呼的咕哝声，并模仿猪的嗓音高喊："啊，旧日时光！"

尘埃日，奥利充当装卸工人，晚上则到潜行滩的一家劳工酒吧喝酒。在烟雾，啤酒和笑声中，他怀念"双蠕虫"的浮华气氛。他留意到一名女侍，曾在非法集会中见过。她翻起围裙，露出口袋里的一份《不羁叛逆者》，邀请他购买，然而他对科尔丁的愤恨和无奈一下子又涌了起来。

他使劲摇摇头，她明显以为认错了人，瞪大了双眼。可怜的女人，他并不想吓唬她。奥利劝服她相信，跟他交谈是安全的。他称她为杰克。“我厌倦了，”他低声说，“‘不羁叛逆者’永远只会动嘴皮子，却从没有任何*行动*。我厌倦了等待永远不会出现的变化。”他模仿了一番荒谬的城区手语。

“你是说，没有意义？”她说道。

“不，我知道那是有意义的……”奥利用手指狂热地戳着桌面，“这些玩意儿我已经看了好几个月。我的意思是……但国民卫队采取了行动。新刺党采取了行动。而*我们*这边，就只有像‘超额联盟’那样的疯子或者公牛那样的盗匪才有所行动。”

“但我猜，你不是说真的，对吗？”杰克小心地压低嗓音，“我猜你也知道限度……”

“老天，真见鬼，杰克，别跟我提‘个人行动的限度’。我只是厌倦了。有时候，你难道不会希望自己*不在乎*了吗？我的意思是，你想要改变，我们都想要改变，但假如改变他妈的就是不来，那接下来我就宁愿*不在乎*了。”

捕鱼日的晚上，奥利在硝石站下车。在烟雾弥漫的暮色中，他穿过格利斯丘原的砖石迷宫，一路上，有些住户在擦洗门廊上的工业粉尘和一圈圈涂鸦，有的则站在窗口，隔着狭窄的街道聊天。一间旧马房被改造成赈济所，向排队的穷人发放一碗碗食物。施舍活动名义上由今肯区运作，维持秩序的是三名虫首人，她们所持的武器与虫首人守护神“坚韧三姐妹”的武器相一致，包括弩弓与火枪，长矛与钩网，以及发条刺盒。

虫首人长着女性的身躯，苗条而充满活力，脖子上顶着两尺长的甲壳，映射出彩虹般的光芒。她们的对话没有声音，而是靠舞动触角和头部的腿。她们也会喷射出化学物质。她们转向奥利——他出现在她们的复眼中——认出他之后，便挥手示意他去照看其中的一口锅。他开始给耐心等待的流浪者们分汤。

来自今肯的资金启动了此处的设施，但维持运营则是靠本地人。市长说城市无法为穷人提供帮助，其他援助组织开始出现。或许是为了羞辱新克洛布桑的统治者，或许是出于绝望，各种团体纷纷提供社会服务。但这并不足以解决问题，他们往往不堪重负。随着各个派别的竞争，又诞生出新的服务组织。

在烤炉区，教会负责经营社会服务：由祭司、僧侣和修女照顾老人、孤儿、以及穷人。分离教派和激进教派依靠建立医院与赈济所赢取信任，这比一千年的宣传更管用。鉴于此，新刺党除了街头斗殴，也在森特开启了仅为人类服务的救助会。然而反叛分子无法效仿，因为他们一公开露面就会被逮捕。

因此，他们追随今肯提供的资金——据说来自虫首人黑道女王弗朗辛2号。地下业界的首脑资助此类慈善活动并不罕见：在骨镇，小丑先生即是利用善举来维持名誉和本地人的忠诚。但不管钱从何处来，格利斯丘原赈济所由本地人运营，而联合委员会也谨慎地表示有所介入。

此处由观念倾向各不相同的联合委员会成员和独立人士共同操作，气氛也许不太融洽，参与者总是在茶点休息时间低声争辩。

奥利把汤舀入碗中。他认出许多流浪者，其中一部分还能叫出名字。他们中有许多改造人。有个女人的眼睛被惩罚工厂摘走，从鼻子到发际线的皮肤连成一片，她抓着同伴褴褛的外衣，蹒跚地走过。来这里的大多是人类，但在困难时期，也有其他种族。比如有个年迈的仙人掌族男子，针刺枯萎脆弱。此处还有许多带伤疤的男男女女。有些人已失去理智，嘴里不是哼着歌，就是胡言乱语，或者问些毫无意义的问题。“你是叛逆者？”一名留着细长直发的老者询问每个路过的人，依稀带着残存的口音：“你是叛逆者？超额派？放逐者？你是叛逆者吗，年轻人？”

“我叫奥利。你来寻求赦罪的吗？”拉迪雅是此处的全职当班。她揶揄每个志愿者，说他们只不过是来赎罪的。她并不笨——知道每个人效忠于谁。奥利休息时，她过来给他倒茶。奥利望向那些饿坏了的人，他知道，以他们用餐时的礼仪，他和拉迪雅的对话没人能听见。

“你就像是公牛，”他对她说道，“只有你们真正付出*行动*，此时此地，让世界有所改变。”

“我知道。我知道你来这儿是因为负疚，”她故意以轻松的语气说道，“尽你的一份力。”

奥利耐心地完成当天的轮值任务，对临时照顾对象轻声低语。有人微笑回应，有人骂骂咧咧，口中带着酒精与强茶的气味。“你是超额派？你是放逐者？你是叛逆者？”那固执的老者对他说。奥利拿走他的碗。

“是的，”老者说道，“你*就是*叛逆者。你是叛逆者，可怕的小叛逆者。”那人的笑容仿佛圣徒，他指着奥利的腰间。他的衬衫底下露出皮带，而皮带里塞着一份《不羁叛逆者》。

奥利迅速束好衬衫，尽量避免显得太鬼鬼祟祟。他在水管边洗碗（那人一边嗤笑，一边捋着胡子，冲着奥利的后背说，*你就是叛逆者*）。他又在屋里转了一圈，慢吞吞地分发剩下的一点面包，然后回到那发笑的人身边。

“是的，”他平静而随和地说，“我是叛逆者，但你最好别到处说，伙计。我可不想每个人都知道，明白吗？守住这个秘密，呃？”

“哦好的。”那人的神情忽然变了，显出一种疯子式的精明。他压低嗓音。“哦好的，那就这样，好吧？叛逆者都是好人。你们叛逆者，还有超额派，自由人，放逐者。”

超额派，自由工会，放逐者联盟——除了“不羁叛逆者”，老者罗列出联合委员会中的其他派系。

“都是好人，就是*废话*太多，”他一边说，一边手指一张一合，模仿健谈的嘴，“全都有点废话太多。”奥利微笑着点头：“他们喜欢说话。要知道，这也没什么，说说话是好事。不一定就是……废话。”

“那老头是谁？”奥利问拉迪雅。

“漩涡雅各布，”她说道，“可怜的疯老头。他找到聊天的伴儿了？他是不是喜欢你，奥利？他认定你是放逐者，自由人，叛逆者？”奥利瞪视着她，无法确定她是否头脑清醒。“他有没有开始跟你讲胳膊和舌头?”她高喊道，“胳膊和舌头，漩涡!”然后摇晃双臂，伸出舌头。那老者发出一声欢呼，也作出同样动作。“我记得他支持前者，反对后者，”她对奥利说，“他有没有对着你念叨?‘抱怨太多，抗争太少’。”

奥利晚上离开时，在门口遇到另一个志愿者，一名善良而迟钝的男子。“我看到你跟拉迪雅说起漩涡雅各布，”他说道。他绽出笑容，又低声说，“你听说过他的事吗？他曾经干过什么？他是跟独臂螳螂手杰克一伙的！我向嘉罢发誓。他是跟杰克一伙的，他认识刀疤脸，他没受到惩罚。”

第九章

第二天晚上，漩涡雅各布没有来救济所，第三天也没来。拉迪雅跟奥利打招呼不再带有愉快而惊讶的表情。他发现，她总是留意他，提防他贩卖毒品和私货。但他干活很卖力，让她感到更加疑惑。

颅骨日，奥利在赈济所扫地时听见有人说话。“你是放逐者吗？你是叛逆者吗？”漩涡雅各布看着他微笑道，“年轻人，又碰见你了，嗯？你——”他眨了眨眼，竖起一根手指，然后又眨了眨眼。他俯身低语：“你是叛逆者。”

试一试，奥利心想。他刻意保持怀疑的态度，但也会稍微纵容一下自己。等到食物分发完毕，第一批无家可归者在经过一天的乞讨或行窃之后，陆续返回此处寄宿，奥利这才慢悠悠地走到漩涡雅各布身边。

“什么时候请你喝一杯？”奥利说，“看来你跟我志同道合，咱们可以聊一聊。关于不羁叛逆者，关于我们的朋友杰克。”

“对，我们的朋友，杰克。”

那人在毯子上躺了下来。奥利的耐心渐渐消失。漩涡雅各布掏出一小片纸，十字交叉的叠痕里嵌着泥土。他像孩子似的咧嘴一笑，然后给奥利看那张纸。

奥利步行回家，天气很凉爽。他沿着铁轨行走，层层叠叠的砖块将轨道托在瓦片屋顶上方，如同海蛇一般蜿蜒扭曲。气灯与蜡烛的光亮从列车肮脏的窗户里泄出，迫使阴影退缩到倾斜的屋顶后面，但引擎轰鸣而过之后，黑暗又悄悄地从烟囱背后爬了出来。

奥利低着头快步行走，经过国民卫队身边时，他将双手藏在口袋里。他能感觉到他们的视线落在自己身上。他们很难被发现，因为制服材料中含有特殊的纱线，能吞噬光线，制造黑暗。在夜间，他们身上最明显的是武器：昏暗的光线中，他看到有警棍，刺盒，匕首和左轮手枪，似乎是随机配备的。

他记得十二年前，在经济衰落之前的那场“机械战争”中，国民卫队那种隐秘的维序方式——由间谍，线人和便衣构成一张网络，在人群中散播恐惧——第一次显得不够有效，于是他们换上制服，不再躲藏。奥利不记得那次危机的根本原因。他和喧闹的伙伴们成群结队地攀上小河套和獾泽的屋顶，从焦油河北岸观望国民卫队向格利斯湾的垃圾场发起攻击。

他带着孩子会的攻击性加入到清剿行动中，追捕城中那些突然被当作敌人的机器，包括由发条或蒸汽驱动的清洁机械。人群围堵销毁各种金属装置。大多数机器遭到拆卸时，只能呆呆地等着，任由电线被扯断，玻璃配件被踩得粉碎。

但另有少数机器发起反抗，那正是战争的起因。新克洛布桑的某些机械装置中出现了不该有的程序代码，分析引擎感染了病毒，产生种种异常，形成冷酷的机器思维。对于这些会思考的机械来说，自卫自保成了原则，它们抬起木制或金属的胳膊，挥舞传输管道，反抗原先的主人。但奥利并没看见。

国民卫队夷平了格利斯湾的垃圾场。在炮击和焚烧之后，他们组成拆卸队，向融化的地表与灰烬推进。病毒程序建起的工厂被摧毁，而背后的恐怖主脑也被消灭。主谋或许是某种机械魔王或机械议会，但也有一批血肉之躯的追随者。

城中依然留有机械装置和差分引擎，但数量大为减少，准证颁发也更为严格。魔像部分取代了机械，让一些魔学士变得富裕起来。格利斯湾的垃圾场依然是一片焦黑惨白的废墟。那里成了禁区，新克洛布桑的儿童悄悄爬进去偷取纪念品，他们散布传闻，说垃圾场里有机器的鬼魂。但奥利认为，那次危机最持久的影响，就是国民卫队不再隐藏起来，直到如今。机械战争之后没几个月，大萧条引发的暴乱就开始了，鲜少有国民卫队成员再穿回便服。

奥利不知道这是好是坏。反叛分子意见也不一致，这一新现象说明国民卫队是变强了还是变弱了，仍存在争议。

漩涡雅各布给奥利看的纸是一张多年前拍摄的照片，上面有两个人站在帕迪多街车站的屋顶上。照片质地很差，由于长期的光照而褪色，而且布满皱褶。画面中的人物由于曝光时间过长而导致虚化，不过依然能够辨识。漩涡雅各布留着白胡子，当时就已经显老，并且同样带着那疯子似的笑容。他身边的男子正在转头，因此面部一片模糊，他朝着相机抬起手臂，张开左手的手指。他的右臂向外展开，亮出硕大而可怕的螳螂爪。

第二天一早，当流浪者们被请出赈济中心时，奥利在一旁等候。

"漩涡雅各布，"他说道。雅各布用毯子裹住身体，伸着懒腰走出来。面对日光，老人眨了眨眼。

"叛逆者！你是叛逆者！"

奥利花费了一天的薪水。他必须叫一辆出租车，才能载着虚弱的老人来到飞地。在这里，奥利一个人都不认识。漩涡雅各布不停地自言自语。奥利在飞地国民卫队大楼底下的广场里买了早餐。数百尺高的天轨连接着这栋大楼和市中心的巨钉塔。漩涡雅各布一声不吭地吃了很久。

"抱怨太多，抗争太少，这难道不是事实吗，漩涡雅各布？太多这个——"奥利伸出舌头，"——太少这个。"他握起拳头。

"要拳头，不要舌头。"那流浪汉赞同地说道，然后吃下一颗烤西红柿。

“这是杰克说的吗？”

漩涡雅各布停止咀嚼，表情神秘地抬起头。

“杰克？我就跟你聊聊杰克吧，”他说，“关于杰克，你想知道什么？”他那独特的口音一时间显得很突兀。

“杰克用的是拳头，不是舌头，对不对？”奥利说，“那不是很好吗？有时你希望有人抗争，有人干点实事，不是吗？”

“我们有独臂螳螂手杰克，”老人带着悲哀的笑容说道，疯狂的表情暂时消失了，“他是最优秀的。我爱他，也爱他的孩子们。”

他的孩子们？

“他的孩子们？”

“那些后来的人。为他们叫好。”

“对。”

“为他们叫好，比如公牛。”

“公牛？”

奥利能从漩涡雅各布的眼睛里看到真正的错乱，看到孤独与黑暗的海洋，看到冷冰冰的酒精和毒品。但他仍有思想在涌动，像梭鱼一样狡猾，体现在脸上则是抽搐的表情。*他在试探我*，奥利心想，*出于某种原因，他要试探我*。

“当时如果我再大一点，就会成为杰克的手下，”奥利说，“他是领袖，他从来就是领袖。我也会追随他。你知道吗，他死时我看到了。”

“杰克不会死，小伙子。”

“我看到的。”

“没错，他也许会*那样*死去，但是，要知道，像杰克这种人，他们不会死。”

“那他现在在哪儿？”

“我感觉杰克正冲着你们不羁叛逆者微笑，但还有其他人。对我的朋友和同伴，他也会说，‘为他们叫好！’”

“你的朋友？”

“对，我的朋友。有很大的计划！我全都知道。一旦成为杰克的朋友，就永远是他的朋友，也是他所有亲族的朋友。”

“你的朋友是什么来头？”奥利想要知道，但雅各布不愿透露。“什么计划？你的朋友是谁？”老人吃完食物，用手指刮起鸡蛋的残渣，舔了个干净。他并不在意奥利就在一旁。他往后一靠，歇息了片刻，然后看也不看同伴一眼，便蹒跚地走到阴霾的天空下。

奥利跟着他，但并不是偷偷追踪。他只是走在漩涡雅各布身后几步远处，跟着他回家。他一路上懒懒散散，沿着沙德拉奇街穿过残存的集市，来到喧闹的阿斯匹克贫民窟，然后经过若干水果铺和肉铺。

漩涡雅各布跟沿途的人们交谈。有人给他食物，有人给他硬币。

奥利观察着流浪汉的社区。这里的男男女女脸色灰暗，衣服仿佛剥落的皮肤，有的跟雅各布打招呼，有的朝着他骂骂咧咧，态度热情，宛如兄弟。在一处被烧毁的办公室中，雅各布跟阿斯匹克贫民区的流浪汉们一起喝酒，他们在焦黑的阴影里喝了一个小时，而奥利一直在试图理解他。

期间，有一群粗鲁的儿童围上来扔石子，包括一名一蹦一跳的蛙族女孩和城里的几个年轻鹰人。奥利想要走上前去，但流浪汉们大声吆喝，恐吓似的挥舞着手臂，仿佛是某种仪式。那些孩子很快便离开了。

漩涡雅各布朝着东方的大焦油河走去，那里到处是破旧的砖房，而格利斯丘原是他的栖身之所。奥利看着他踉踉跄跄地前进，看着他在路口的垃圾堆里翻找。他看到雅各布从垃圾中拣出古怪的物品。奥利仔细打量着这些东西，仿佛漩涡雅各布是穿越时间的信件，假如他细心观察，或可破解其中的秘密，仿佛他是由血肉构成的文本。

那干瘦的身影在新克洛布桑的人流中穿行，途经的一辆辆手推车上堆满来自周围农场和旋纹平原的蔬菜。他跨过一座座拱桥，桥下的沟渠里有运送无烟煤的货船。下午的人群中有儿童，有吆喝的商贩，有乞丐，也有若干魔像。衣衫寒酸的外地店主使劲擦洗着店铺挡板上的螺旋形涂鸦和激进标语。潮湿碎裂的墙壁看起来十分脆弱，仿佛砖块正冒着泡挥发到空气中。

过了许久，天空的颜色逐渐黯淡，他们来到特劳卡车站。铁轨斜斜地穿过城市，无视下方的屋顶如何排列。漩涡雅各布再次望向奥利。

“你怎么认识他的?”奥利说。

“杰克吗?”雅各布摇晃着双腿。他们坐在黑泥地的岸边，大腿搁在栏杆底下。河水中有个黑漆漆的影子，那是一栋蛙人的房子，屋里没有亮灯。雅各布的语调轻快活泼，奥利猜想，他的家乡一定有类似的传统歌谣。“螳螂手杰克，某些人的眼中钉。他在黑夜里穿行。多年前，在你出生之前，正是他挺身而出，让本地免受梦魇症的侵蚀。许多国民卫队成员在他爪子底下丧生。”他手作剪刀状，转动手腕，“我提供给他情报。我是一名线人。”

在气灯的光照下，奥利看着那张照片。他的拇指抚过独臂螳螂手杰克的爪子。

“那其他人呢?”

“我关注杰克的所有孩子。公牛的点子很不错，”雅各布露出微笑，“假如你知道他的计划。”

“告诉我。”

“不行。”

“告诉我。”

“这不该由我告诉你。应该由公牛告诉你。”

信息在他俩之间传递——地点，日期。奥利将照片折叠起来。

新克洛布桑的报纸里充斥着公牛的故事。有人刊出想象力丰富的版画，画中是一头可怕的怪物，长着公牛的脑袋和肌肉虬结的人身。也有人描述说，在马法顿，乌鸦塔，和市中心的政府办公楼里，曾听到野牛的吼声。

公牛的事迹全都被冠以名号，记者们就像上了瘾一样，一遍遍提起。一家银行的地窖遭到入侵，涂满了口号，数以千计的金币被劫走，其中有数百枚分发给了贱地的儿童。奥利在《文摘报》中读到：

幸运的是，这桩“贱地大劫案”，跟“部长滚坠案”和“贵妇溺亡案”相比，没那么血腥。早先的案例提醒大众，这名叫作公牛的盗匪只不过是个懦弱的凶犯，唯有依靠夸张的炫耀，才能获得本地人的一点点同情。

经由新克洛布桑错综复杂的秘密情报通道，奥利打探到消息。他曾三次站在漩涡雅各布告诉他的那个街角，亦即坟滩的旧蜡像馆旁，指向克洛伏和牙道的路牌底下。他站在阳光下等待，背靠着墙上的泥灰。在此期间，不断有街头的儿童向他兜售裹在彩色纸卷里的坚果和火柴。

每一次，他都得花费一笔薪水，而在大河套码头的临时工招募者眼中，他的形象也会打折扣。此类行为不能太集中，不然他会饿死，女房东的宽容也会耗尽。他回到“不羁叛逆者”读书会，以杰克的名义坐在一群杰克中间，谈论城里的种种不公。科尔丁见到他十分高兴。如今，奥利即使有不同意见，也比以往沉稳得多。他心中藏着秘密，暗暗感到喜悦。*我不再跟你们一路了*，他心想。他感觉自己是公牛的间谍。

在街角，一个不到十岁，身穿破裙子的小女孩跟他打招呼。他靠在蜡像馆的墙上，小女孩露出残缺的牙齿，绽开可爱的微笑。她递给他一纸筒坚果，他摇摇头，但她说，“那位先生已经付了钱，说是送你的。”

他打开包装纸，即使沾有烤坚果的油，纸上的字迹依然清晰可辨：*我看到你在等待。从富人餐桌上取走食物和银器*。下面是公牛的标记，一个带牛角的圆圈。

这比他想象的容易。他留意观察东基德的一栋房子。最后，他付钱给一个小男孩，让他打碎正面的窗户。与此同时，奥利跃过灌木丛，从花园后门闯入，攫走了厨房餐桌上的刀叉和鸡肉。狗追了过来，但奥利年轻，比狗跑得还快。

油腻腻的食物在袋子里捂了一晚上，没人会去吃。这是一次考验。第二天，他来到原地，将袋子放在脚边。当他离开时，没有带走那袋子。他非常兴奋。

他再次揭开街头食物的包装纸，里面写道：**唔，很好。朋友，现在我们需要钱，四十金币**。

奥利遵照指示完成了任务。他并非窃贼，但他认识窃贼。他们帮助他，或教他怎么做。一开始，他不喜欢这种无视法规的冒险，不喜欢夜里沿着小巷奔跑，手中的包晃来晃去，身后还有打扮精致的贵妇大声尖叫。

他讨厌做无业惯偷，但他明白，更高层次的犯罪会招来国民卫队。于是，他在黎明时分沿着拥挤的街道飞奔，街头的帮派按照预定计划堵住他身后的道路，国民卫队只是挥舞着警棍，象征性地闯入人群。

前两次，他几乎难以遏制战栗。他浑身充满能量，兴奋无比，因为他真正干了一番看得见摸得着的事。到了第三次之后，他便不再害怕。

偷来的钱他从没动过一个子儿，而是悉数交给了隐身的联络人。他已记不清经过几次交接，劫掠成了例行事务。但他一定已经凑满四十金币：新任务出现了。这一回是一根刻有音槽的蜡管，他必须拿到留声机亭去播放。

在放音针嗞嗞的噪声中，他听到一个模糊的声音：“**小伙子很棒，这次我们来真格的，给我弄一块国民卫队的徽章**。”

他每周都要见漩涡雅各布。他们发展出一种省略与回避的语言。他从不明言——他什么都不承认——而漩涡雅各布的话里依然充满捉摸不定的逻辑。奥利发现，老人的疯癫至少有一部分是装出来的。

“他们要我干一些事，”奥利说，“你的同伴。他们不太信任人，对吧?”

“对，但当他们跟你交上朋友，那就是**一辈子**的朋友。我受到他们照顾已经很久。他们已经照顾我很久，我琢磨着能不能给他们介绍个人。”

奥利和漩涡雅各布以这种谨慎而隐晦的方式讨论政治。在“不羁叛逆者”的查弗林中间，奥利表现得沉稳而机警。他们的人数时而减少，时而增加。潜行滩血汗工厂的女工只剩下一个继续参与。随着见识的增长，她的话越来越多。

他带着怀旧之情一边听，一边思索：*我要如何完成任务？*

他去了狗泥塘，他知道那里比较难找国民卫队，但适于躲藏。经过周密计划，并花费一笔贿赂之后，他作了两次尝试，地点就在薏米桥的桥梁底下。在夜晚的黑暗中，一个街头小子气喘吁吁地引来两名巡逻队员，他说有人被扔进了水里，他的伙伴们也跟着大呼小叫。黑黝黝的水里，有个年轻的妓女在尖叫，列车从她头顶呼啸而过。她充满恐惧地挣扎扑腾（她不会游泳，但身子底下有两名娃族少年托着。他们在水中发出汩汩的窃笑声。）

第一晚的国民卫队只是站在岸边，用灯照着颠簸浮动的女子。那群儿童催促他们快点救人，他们大声呼喊，让她坚持住，然后找人帮忙去了。于是奥利现身将那名满腹牢骚的妓女拉了上来，并让大家赶紧离开。

第二晚，一名国民卫队成员脱下外衣和靴子，交给同伴照看，然后涉入清冷的水中。蛙人钻入水下更深处，那女子吓坏了，她开始下沉。水中的混乱状况并无虚假。孩子们一边喊叫，一边围着剩下的国民卫队成员转圈，推推搡搡，让他赶快帮忙。最后，他挥舞起警棍，但为时已晚。尽管同伴的衣服仍握在他手中，却已被掀开洗劫了一番。

奥利将徽章藏进一只旧鞋子，留在公牛的街角。两天后，当他回来时，有人向他致意。

老肩是个仙人掌族男子，相对其族人来说，相当瘦小，甚至比奥利还要矮。他们步行穿过肉市场。奥利发现价格仍在上涨。

“我不知道是谁让你来找我们的，也不想多问，”老肩说道，“你以前是哪里的？跟谁一伙？”

“不羁叛逆者。”奥利说。老肩点点头。

“好，我不会埋怨他们，但你最好赶紧作出选择，伙计。”他看着奥利。由于多年的日晒，他苍白的脸上仅剩下少许绿色。这让奥利感觉自己太年轻。“我们的朋友行事方式很不一样。”他挠了挠鼻梁侧面，然后伸出食指和小指，比出牛角的模样，“我才不管弗莱克斯和他的追随者会怎么说。你可以跟那些卖弄大道理的人说再见了。我们对艰深的价值观不感兴趣，对什么上升下降的趋势图也不感兴趣。不羁叛逆者的理论越来越多。”

“就算他们能像大学里一样开讲座，也跟我没关系。”他们静静地站立在成群的苍蝇之间，周围尽是肉的气味和小贩的叫卖声。“我在乎的是我们能做什么，伙计。你可以为我们做什么？你可以为我们的朋友做什么？”

他们让他充当信使。他必须证明自己的价值。他把老肩留下的包裹和信件带到城中各处，交给收件人，但不能擅自察看。那些人往往怀疑地打量他，直到打发他走之后才拆开看。

他仍去“双蠕虫”酒吧喝酒，仍与新文化艺术家们保持友谊。他仍参与“不羁叛逆者”的讨论。隐藏的历史：“嘉罢：圣徒还是骗子？”“钢铁议员：模板画背后的真相。”那名年轻而坚强的编织女工成了有威望的政治领袖。奥利感觉一切都像是隔着一扇窗户似的。

塔希斯月的第一周，天气突然转凉，老肩交给他望风的任务。直到最后一刻，他才被告知需要做什么。他再次充满了兴奋。

他们前往骨镇。随着夜色降临，他们透过骨镇之爪，亦即史前巨肋，望向青黑色的天空。此处的地名来源于这副古老的骸骨，它耸立直冲天空，高达两百余尺，令周围的房屋相形见绌。那骸骨以类似地质演变的缓慢速度崩裂腐坏，渐渐泛黄。

他们打算拦截小丑先生的物品。奥利根本看不到同伴们要在何处动手。他心情振奋，警惕地观望，然而并没有国民卫队出现。他可以看到巨骨下方的空地和城中的灌木丛，也看到杂耍艺人和印刷商在计点营业收入，他们对头顶上方那具硕大的肋骨完全不予理会。

他在狂躁中观望，希望能有一把手枪，然而此地毫无异状。一群年轻人经过他身边，打量他，但决定不惹麻烦。没人靠近他。口哨依然在他拳头里紧紧握着。他完全没意识到有什么状况，直到老肩从后面拍拍他，吓了他一大跳。老肩说："可以回家了，小伙子。活干完了。"任务就这样结束了。

奥利说不准自己算是几时入伙的。老肩把他介绍给其他人，让他加入低声的讨论。

在酒吧里，在覆盖着焦油的棚屋里，在坟滩迷宫般的街道里，奥利跟公牛的手下一起谈论策略。他仍是见习人员。他的新伙伴常常嘲笑联合委员会——称其为"人民吹嘘委员会"——或者嘲笑"不羁叛逆者"。每当此时，他都有一种不安的负疚感。他仍会去酒吧地下室参与"不羁叛逆者"的讨论，但跟以往的那段日子不同，他很快就能看到自己的新行动所产生的效果。因为报纸里有刊载。奥利参与望风的那次行动被称作"骨镇勒索案"。

他每次参加行动，都会收到报酬。数量不多，但足够补偿他缺失的工资，甚至还要多一点。在"双蠕虫"酒吧和法利拜格娱乐厅，他常常慷慨解囊，请大家喝一杯，新文化艺术家们举杯为他祝酒。这让他有点怀念昔日时光。

在坟滩，他有了新伙伴——老肩，尤里安，露比，依诺克，基特。公牛的侠盗集团充满活力。他们的生命与常人不同，更丰富，也更脆弱，因为他们处在风险之中。

如果他们现在逮住我，那就不只是关起来那么简单，奥利心想。*毫无疑问，至少会把我变成改造人，也许还会杀死我*。

大河套码头大部分日子都有罢工。烟雾弯也有麻烦。新刺党攻击了溪滨的虫首人聚居区。国民卫队进入狗泥塘，河衣，啸冈，带走了一批工会成员、小偷和新文化艺术家。最著名的滴水派诗歌倡导人在其中一次突袭中被殴打致死，他的葬礼演变成一场小规模骚乱。奥利也去了，跟其他送葬者一起扔石块。

奥利感觉自己正在苏醒。他的城市就像是一幅幻象。他能在空气中尝出兴奋，也能感觉到紧张的气氛。他每天都路过示威的人群，与他们一起念诵口号。

“进展很顺利，”老肩语气欢快地说，“等到我们达成目标——等到我们的朋友克服困难，呃，跟那个人见面……”

众人互相使眼色，奥利看到有人偷眼瞟他。他们不太确定是否能在他面前说话。但他们也难以保持沉默。他十分谨慎，虽然很想问，*谁？那个人是谁？*却没有说出口。

然而老肩凝视着街边的张贴栏，那粗硕的立柱上覆满层层叠叠的旧海报。其中有一幅印刻的照片，上面是一张熟悉的脸，老肩说话时一直盯着它看。于是，奥利明白了他的意思。“我们要把这件事办到底，”那仙人掌族老者说道，“等到我们的朋友遇见那个人，我们将改变一切。”

他好几天都没见到漩涡雅各布。最后，奥利追踪到他时，那流浪汉显得心不在焉。他已经很久没去栖身之地，看上去十分疲惫，甚至比平时更加邋遢肮脏。

奥利依靠其他被遗忘的居民提供的线索，才在乌鸦塔找到了他。当时，他正在市中心的大商店之间徘徊。那里到处都是雕像，洁白的大理石墙面擦洗得干干净净。雅各布手里拿着粉笔，每走几步，便停下来喃喃自语，往墙上涂抹，淡淡地画出一些毫无意义的标记。

“漩涡雅各布。”奥利说道。年迈的流浪汉转过身，由于受到打扰，他表情震怒，吓了奥利一跳。稍后，漩涡雅各布才平静下来。

他们坐在比尔珊顿广场的杂耍艺人中间。在夜晚和煦的色调中，巨大而宏伟的帕迪多街车站耸立于他们上方，它那参差不齐的形状令人不安。五条铁轨由半空中的拱门向外伸展，仿佛星辰射出的光芒。国民卫队所占据的巨钉塔矗立于西侧，直插天空，就像车站倚靠的一根柱杖。

奥利望向巨钉塔顶端那七条高架天轨，视线顺着东南方的轨道延伸。这条铁轨越过红灯区和惩罚工厂所在的烤炉区，又越过学者聚集的獾泽，连接到另一座高塔，再往前就是斯特莱克岛和河流交汇处的议会大厦。

“是市长。”奥利说。漩涡雅各布似乎并没注意听，只是心不在焉地玩弄着粉笔。“公牛的团队对除掉国民卫队的低级成员已经失去兴趣。他们想要促成大事。他们计划干掉市长。”

漩涡雅各布看似神不守舍，但奥利留意到他的眼睛，也看到他那黏胶般的嘴一张一合。是因为惊讶吗？代表民众利益的侠盗还能干些什么？

奥利告诉自己，向漩涡雅各布透露消息只不过是出于某种责任，因为在奥利看来，作为独臂螳螂手杰克的战友，作为一名老斗士，他有权了解这件事。但其中的意义不止于此。漩涡雅各布也是参与者，他在无意中引荐了奥利，让他参与到残酷的政治解放运动中。奥利说，像这样的计划，需要胆量、实力、情报和金钱。这只是个开头。漩涡雅各布突然开口说，答应我，明天来分汤。

奥利答应了。也许他早就猜到，雅各布给他的袋子里是什么。后来，当奥利独自就着烛光在自己房间里打开袋子，他忍不住发出惊呼。

钱，一卷一卷的钱，一大堆硬币和纸币，来自不同地区，包括各式各样价值不一的硬币，最新的也有数十年历史。但也有通用货币，比如卢比，沙币，神秘的半便士币，方形币，以及沿海地区的锭状货币。它们来自尚克尔，来自佩里克岛，来自许多奥利都不太确定是否存在的城市。这是劫匪或海盗一生的积攒。

“这是我的捐献，”袋子里的纸条上写道，“为了一个杰出的计划。为了纪念杰克。”

PART THREE

第三部分
酒原

第十章

魔像注视着熟睡的旅行者。它站立在余烬旁，身形高于人类，甚至超过仙人掌族。它体形粗壮，长长的手臂悬在身前，依稀像是猿猴的模样。由于弯着腰，它的后背呈马鞍状，而黏土构成的皮肤已被太阳晒得开裂。

随着黎明的到来，苏醒的昆虫在它身边乱撞，然而它没有动。毛絮与孢子飘过石穴中熟睡的人们，微风轻轻吹拂众人的皮肤。他们已经摆脱酷热，来到北方。

卓耿第一个起身。等到其他人醒来时，他已经去探路了。然后坡摩罗伊和艾尔希也走了，只留下科特和魔像的主人。

科特说："你不该离开的。犹大，你不该离开。"

犹大说："我离开后，你收到钱了吗？"

"我当然收到钱了，也收到你的指示，但真要命，我并没有按照指示行事，不是吗？你难道不该感到高兴吗？我把这些给你带来了。"他拍了拍对方的背，"你离开时，它们还没准备好。"

"但现在其中一个坏了，"犹大露出悲哀的笑容，"剩下一个没有用。"

"坏了？"科特非常震惊。他背着那仪器走了这么远。

“你不该离开的，犹大，至少应该跟我一起走。”科特使劲喘着气，“你应该等我。”

科特亲吻了他，如往常一样。

科特惊奇地意识到，即便是此刻，犹大·洛似乎仍不太专注于眼前的事。自从科特认识他开始，就一直是如此。一开始，科特以为他是一名典型的学者，总是想着自己的研究课题。科特的店铺位于獾泽，学者是他的常客。当时，他惊讶地发现，犹大竟带有一点点市区口音。

十多年前，他们初次相遇。科特从里屋走出来，看到犹大正注视着密集地摆放在黑木货架上的各种神秘物品：笔记本，复杂的机械装置，奇特的蔬果。他又瘦又高，留着长发，年纪比科特大，脸上饱经风霜。无论他在看什么，总是瞪大着眼睛。那时，垃圾场的战争才过去没多久，科特刚刚上缴了清洁机。他正在擦地，心情不佳，态度也很粗鲁。

犹大第二次来时，科特向他道歉，但相对年长的犹大只是盯着他看。等到犹大第三次到来时——他来补货，购买生物碱和优质致密的黏土——科特询问他的名字。

“我该称呼你犹大，还是犹德，还是洛博士？”科特说道。犹大露出微笑。

科特发现，那微笑让他感受到一种前所未有的默契与理解。他的动机很快便显露无遗。科特意识到，他跟许多心不在焉的学者不同，是个快乐平和的人。科特对他产生了别样的感情。

他们的交流很含蓄，不单单是科特和犹大之间，就连犹大和坡摩罗伊，犹大和艾尔希之间都是如此。他一遍遍地问起德雷之死，还有伊霍娜和费赫之死。当他们告诉他有人丧生时，他非常震惊，情绪一蹶不振。

他让他们讲述那些人死亡的过程。伊霍娜被困在水柱中，德雷张开双臂坠落，而死于密集枪弹之下的费赫不太容易用神圣庄严的语言描述。

他们也要他叙述自己的经历。他摇摇头，仿佛没什么可说的。

他告诉他们：“我就只是骑在魔像身上，指挥它往南走，穿过森林，沿着输电线前进。我搭船穿越贫海，然后骑着他一路往西，来到仙人掌族村落。他们帮助了我。当我穿过山间的窄道时，发现有人在跟踪，因此设下陷阱。感谢嘉罢，幸亏你意识到了，科特。”一时间，他神色惨淡。

他看上去很累。科特不知道犹大还经历了什么，竟让他如此筋疲力竭。他身上有血痂：他还有没说出来的故事，这些血痂就是证据。让魔像保持活力对他来说并不困难，然而他在出逃过程中耗费了许多精力，操纵魔像只是其中一部分。

科特伸出手，摸了摸泥灰色的魔像侧面。“解除它的束缚吧，犹大。”他说道。相对年长的犹大用他那永远满足惊讶的眼神望着他，缓缓露出微笑。

“去吧。”犹大说。他轻触魔像简陋的面部。黏土人并没有动，但似乎不再有生气，仿佛失去了某种原动力。它的变化不太容易被察觉，只是身上扬起粉尘，裂痕显得更加干涸。它仍站在原地，但再也不能移动。它将逐渐崩塌，由此而形成的洞穴将成为鸟兽的窝巢。它将成为地貌的一部分，然后消失不见。

科特有种冲动，想要将它推倒，想要目睹它崩溃散裂，以免它陷入漫长的岁月，但他没那么做。

“卓耿是谁？”犹大问道。密语师失去了马，有点失落。他自顾自忙碌，也不在意别人谈论他。

“要按我的意思，他就不会跟来了，”坡摩罗伊说，“就一名耳语者来说，他的魔法力量可真够强的。我们也不知道他从哪儿来。”

“他四处漂泊，”科特说，“替农场做些追踪动物的工作。大概算是个流浪骑手吧。他听说你离开了——天晓得现在传闻是怎么说的。他跟着我们，是因为要找钢铁议会。我猜是出于感情因素。他救了我们不止一次。”

“他要跟我们一起去吗？”犹大说。众人一起望向他。

科特小心翼翼地说：“要知道……你不必继续往前走。我们可以回去。”犹大古怪地看着他。“我明白，你在屋里布置的魔像陷阱断绝了自己的后路，而且他们也的确会留意你的行踪，但是，真见鬼，犹大，你可以躲进地下社会。你知道联合委员会会保护你的。”

犹大依次凝视着众人，他们一个个羞愧地移开了视线。“你们认为它已经不存在了，”他说，“是这样吗？你们只是来找我的？”

“不，”坡摩罗伊说。“我一直在讲，我不单单是来找你的。”

但犹大继续说道：“你们认为它消失了？”他语气平静，确信无疑的口吻就像是牧师。“它没有消失。我怎么能回去呢，科特？你不明白我此行的目的吗？他们要寻找钢铁议会。要是找到了，就会摧毁它。他们要对付泰什，但现在他们发现不能对钢铁议会放任不管。我从一个老相识那里听到消息，说是他们已经找到它了，我还听说他们的计划。我必须去警告他们。我知道联合委员会的人不理解，可能还会谴责我。”

“我们给他们传了信，”科特说，“从米尔朔克。他们知道我们在找你。”

犹大从背包里取出几张纸和三枚蜡筒。

“来自钢铁议会，”他说道，“最早的信已有十七年之久。第一枚蜡筒比这更早，将近二十年前。最后一批信件是三年前到的，而到达时，距离发信日期也才两年。我相信钢铁议会依然存在。”

这些信经由未知渠道抵达。也许是从费利德森林来到海边，再搭船穿过火水海峡，经由尚克尔，米尔朔克和铁海湾，来到新克洛布桑。也可能是途经丘陵间的山路，或深入科勃西以南的沼泽数百里，穿过林间小径。或者直接经由大平原中的科勃西。但也可能是通过空运或借助魔法，总之，它们最终被送到了犹大·洛手中。

你回过信吗，犹大？科特心想。你知道他们在等待。他们知道你要来吗？他们的信件有多少丢失在半路？他仿佛看见险峻的峡谷中散落着一块块碎蜡，看见大风吹起写有密码的小纸片，如同花瓣一般在草原上飞舞。

当他看到这些信件，这些蜡筒，看到那凝固在时间中的声音，科特心中充满敬畏。这些物品只会出现在联合委员会的传闻中，出现在旅人和反叛分子的故事里。

他又知道些什么呢？第一次听说钢铁议会时，他还是个孩子，那感觉就像是听民间传说，比如独臂螳螂手杰克，比如公牛，比如抗威起义。长大后，他意识到城市议会也许是在骗人——南方沼泽里发生的事并非意外——据说钢铁议会正是在那里诞生，但从来没人找到过它。即使有人说见过，也只是含糊地指向西方。

你为什么从不给我看这些，犹大？他心想。随着关系越来越密切，他俩曾进行过无数次讨论。犹大试图改变科特的愤世嫉俗，告诉他说，这样的态度只能让他停滞不前。犹大说，对一切保持怀疑没关系，但不必整天闷闷不乐。有时，科特也尝试改变。

他们相识已有十二年，科特从犹大那里学到许多东西，也教了他一些事。正是犹大将科特引荐至联合委员会的外围。科特回想起从前的政治辩论，有时在他的店里，有时在他那个小套间的床上。而在这一切过程中——犹大是极其理想主义的反叛者，而科特充其量只是个持怀疑态度的同路人——科特从没见过这批来自钢铁议会的物品。

他并未感到背叛，只是有点困惑。一种熟悉的感觉。

“我知道钢铁议会在哪儿，”犹大说，“我能找到它。你能来太好了，我们继续前进吧。”

犹大跟耳语者说了几句。当然，只有犹大能听见卓耿的回答。最后，犹大点点头，于是众人明白，卓耿要跟他们一起走。尽管密语师给予他们许多帮助，坡摩罗伊依然怒目而视。

作为一名塑形术师，犹大并不追求领袖地位，他只是说自己要继续前进，其他人可以一起来，但如往常一样，众人都成了他的追随者。在新克洛布桑时就是这样。他从不对大家发号施令，多数时候似乎都很忙碌，根本没注意到其他人，然而人们都小心翼翼地听从他的指示。

他们已作好准备。这趟旅程一定会持续很久，他们将在大地上不停地行走，途经许多岩石与树木，水流与沟壑，最后，他们没准能找到钢铁议会。他们早早地就睡了，但科特被坡摩罗伊和艾尔希做爱的声音吵醒。他们无法遏制低声喘息和身体的摩擦声。这让他兴奋起来。听着两个朋友的交欢，他心中的欲望和爱意不断增长。他伸手去推犹大。犹大困倦地翻了个身，回应了他，但又轻柔地转回身去。

第十一章

他们进入西北偏北方向的绿草地已有一星期，大家都很疲惫。地形变得崎岖不平，泥潭和坑井变得更深，山坡上覆盖着零星的灌木丛，炎热的天气使得树都长不太高。他们穿过一座座峡谷。耳语者曾经三次向众人指出，他们正无意中沿着前人的足迹行走。

“我们要去哪儿?”

“我知道它的位置，”犹大说，“我知道它在哪个区域。”他查看地图，并与常年行走于草原中的卓耿商讨。犹大镇定地在荒野里骑行，仿佛不受任何干扰。

“你为什么跟来？”犹大问卓耿。密语师直接把回答传入犹大耳中。“没错，”犹大说，“但这不说明任何问题。”

“他现在没有在控制你，”科特说，“他那该死的嗓音可以控制别人。他两次靠这种方法救了我们的命。”

山狮和力翼兽从低矮的山坡或空中注视着众人，他们开枪示警。一簇簇茎叶肥厚的肉质植物就像是蜡制品，形态犹如利剑，在风中纹丝不动，十分可怕。

“看那儿。”卓耿低语道。他身上背着流浪者的装备。他对这一带很熟悉，但没有马让他感到不安。若不是他的指点，有些事他们看不出。“这里曾经有个村子。”他说道。的确，他们看见地上嵌有风化的墙壁与地基，昔日的建筑只剩下残存的记忆。“那不是树。”他说道。于是众人意识到，这是一支古老的炮筒，或者类似炮筒的物品，表面缠绕着藤蔓，覆满了风雨侵蚀的痕迹。

一天晚上，大家吃完猎物晚餐之后，便都睡下了。距离天亮还有很久，科特坐了起来，他发现犹大不见了。他没头没脑地摸索着犹大的被单，好像这样就能找到他似的。耳语者抬起头，看到科特焦急地握着犹大的毛毯，脸上露出失望的表情。

犹大在山坡旁的一小片草地里，处于下风口。他从包里取出一件铁制器具。科特很惊讶，他竟带了这么重的物品。犹大示意科特在留声机旁坐下。一支蜡筒已经被塞进去，他的手扶着摇杆。

他露出微笑，然后将放音针头移至音槽顶端。

“既然你来了，”他说道，“不妨也听一听。这就是驱使我前进的动力。”他转动摇杆，伴随着噼噼啪啪的噪声，喇叭里传出一个男声。摇杆时快时慢，铜管中渗出的语速也略有变化，因此很难判断语调，而且声音一出来，就被风吹散了。

“……我可能跟你不太熟，但他们说你是家人，是姐妹，因此我认为你应该听一听来自家人的消息，虽然并不是写在纸上，但事实是，他死了，乌兹曼死了，我很抱歉，你只能通过这种方式听说他的死讯，我也很难过，不过事实上，他死得并不痛苦，他很平静，我们将他埋葬在前进的方向上，如今他躺在我们的铁轨下，有人说应该将他葬入公墓，但我不同意，我告诉他们，他不希望这样，你们知道的，他嘱咐过我们，要遵照传统，他说过，不要有组织地悼念，这是他们告诉我的，我们当时仍在战斗中，经过污染区域之后，他告诉我们，不要举行追悼仪式，但是我情不自禁，我们需要悼念，你也可以悼念，你也是姐妹，你可以悼念，我也可以，我叫拉胡尔，我要说声道别……”

放音针戛然而止，犹大在哭泣。科特难以忍受，他伸出手，但又停下来，他知道，自己的触摸并不受欢迎。犹大并未发出抽泣声。风就像狗一样嗅着他们。月色暗淡，空气清冷。科特看着犹大流泪，心中十分难过，他热切地想要拥抱这名灰发男子，但除了等待，他别无选择。

最后，犹大停止哭泣，擦干眼泪，朝着科特露出笑容，而科特只能将视线移开。

科特小心翼翼地说：“你认识他吧，那里面说到的人。我明白。这是谁送出的消息？这是谁的兄弟？”

“这消息是发送给我的，”犹大说，“我就是那个姐妹。我就是他的姐妹，他也是我的姐妹。”

山坡缓缓地向上攀爬，覆满色泽华丽的花丛。科特的汗水中沾着灰尘，吸入的空气里满是花粉。旅行者们沿着古怪的地貌磕磕绊绊地前进，泥尘和阳光让他们不堪重负，就像浸泡在焦油里。

众人嘴里尝到焦炭的味道。他们面前的悬崖上方，夏日的天空略显灰暗。一束束黑烟升上天空，逐渐散开。随着众人继续向前，黑烟如同彩虹一般消失了，但第二天，焦味变得更加浓重。

前方出现了道路，他们进入有人居住的区域，并朝着火堆走去。“看那儿！”耳语者依次对大家说。远处开阔的丘陵地带中，有什么东西在移动。通过卓耿的望远镜，科特看到那里有人。大概一百个左右，有的推着车，有的在驱赶食用兽：一种大如母牛的肥硕鸟类，四肢着地，前腿其实是没有羽毛的翅膀。

这看起来像是一群破落而绝望的流浪者。“怎么回事？”科特说。

正午时分，众人进入一条峡谷的底部，两侧的山壁比房屋要高得多。他们看见一个暗褐色的东西，破破烂烂，就像个用绳子捆绑起来的大纸包裹。那是一辆马车，斜靠在岩石上，轮子已经破损。车身也已碎裂，并曾遭到焚烧。

周围有一群男男女女，有的头颅被砸扁，有的被子弹击中，胸膛爆裂开来，衣服和鞋子上沾满泄出的内脏。他们或坐或躺，按照临死前的次序排列，仿佛待命的士兵。一支亡者的部队。队伍最前端是一名蜷缩的儿童，就像是吉祥物，一把破损的军刀刺入他身体。

他们并非军人，身上穿着农夫的服装。他们的物品散落在峡谷底部——铁器，水壶，锅，全都是古怪的式样，而他们的衣服就像是破布。

科特与伙伴们一边看，一边用手捂着嘴。卓耿用手帕掩住口鼻，穿过成群结队围绕尸体飞舞的虫子，跨入恶臭的范围之内。他抄起一根木辐条去戳那些尸体，动作小心谨慎，近乎崇敬。经过烈日暴晒，这些人的皮肤都已脱水。科特可以看到凸出的骨头。

车厢在卓耿的推倚之下倾倒。他蹲下来查看死者的伤口，在他们身上捅来捅去，其余人一边看，一边发出各种声响。耳语者轻轻握住插入儿童体内的军刀，科特转过头去，避免看到男孩的尸体移动。

“*已经好几天了，*”卓耿在科特耳边说道，尽管科特背对着调查现场。“*这是从你们那儿来的，新克洛布桑制式，国民卫队的佩刀。*”

杀死他们的是国民卫队的子弹，刺穿孩子身体的是国民卫队成员。劈开车厢的是国民卫队的匕首，将他们的物品到处乱扔的也是新克洛布桑国民卫队。

“我告诉过你们。”犹大用极低的声音说道。

*我们能不能离开这里？*科特心想。*我不想在他们跟前讨论。*他一边急促地呼吸，一边抬起头，看到坡摩罗伊和艾尔希互相搀扶着。

“还记得我的信吗，科特？”犹大凝视着他的眼睛，“我在信里告诉过你，这就是我离开的原因。”

“我们已接近泰什领地的外围，”科特说，“这并不意味着国民卫队已经找到钢铁议会。”

“他们在海岸边有个基地，经常派出一些小分队。这里的……状况……只是他们行动的一部分。他们要去北方，寻找钢铁议会。”

越过死尸再往前，是一片开阔地带。他们知道，杀死这群逃亡者的国民卫队可能就在附近，因此行动十分谨慎。每当科特闭上眼睛，他就能看到那些安静的死者。卓耿带领大家穿过一片山艾树丛。前方山丘上有一小块一小块农田，种植着某种半野生的低矮作物，黑烟就是来自那里。

他们走了一天，才抵达那片遭到洗劫的土地。空气中满是焚烧的焦味。进入第一块农田时，大家都拔出了枪。

他们走过一排排翻起的泥土，来到一片橄榄树林。一棵棵低矮的树木被拽倒在地，众人踩着爪子般的树根前进。干枯的橄榄撒了一地，如同动物粪便。一个个凹坑里，树木的残桩就像煤炭构成的雕塑。此处的尸体被烧得只剩下骨骼。

还有一些茅草小屋也已被焚毁。平原上分布着灌木丛和干涸的溪流，一堆堆焦黑的垃圾冒着烟，仿佛融化的炉渣。到处是腥臭的腐肉味。科特在夏日干枯的灌木丛中劈出一条路来。

一时间，他不明白眼前的是什么。这里有一大堆烧焦的牲畜尸体——尖嘴獠牙的有蹄类动物，壮硕堪比野牛，埋在灰烬和松脆易碎的叶片之间。它们的肌肉纹理中嵌有植物的根。

“藤猪，”犹大说道，“我们在加拉基，竟然已经走了那么远。”一阵风刮起，山顶的泥尘，以及橄榄树，藤蔓和藤叶焚烧的烟雾刺激着众人的眼睛。那群动物的尸体发出簌簌响声。

坡摩罗伊发现一条壕沟，里面有数十具腐烂的男女尸体，但腐烂程度仍未能掩盖他们的黑色纹身。这些人的皮肤呈乳白色，死后显得有点污浊，其中还镶嵌着石头饰品。

他们是酒兽牧民。在炎热的北方草原上，这些游牧部落是藤猪的守护者。他们追踪保护着猪群。这种食草动物攻击性很强，每到收获季节，人们必须在危险的尖角之间灵巧地跳跃穿梭，才能采摘到它们身躯两侧结出的丰硕果实。

科特咽下一口唾沫。看着那些被枪弹撕裂的死尸，所有人喉咙都使劲干咽了一下。犹大说："这可能是普里迪科思部落。也可能是查里安部落，或者格纽拉部落。"宿主藤猪已连同身上的作物一起被烧成灰烬。

那一整天，他们都在废墟间行走，穿过被夷为平地的橄榄树林和遭到毁灭的作物和牲畜。无数酿酒部落的成员被烧成了焦尸，一群群巨型肉用鸟已腐烂生蛆。他们周围不时能听到余烬的轻微噼啪声和枯木的爆裂声。有些尸体上杀戮的细节十分清晰：一个女人的裙子乱成一团，粘着干涸的血迹；一名大个子酒兽牧民的肚子里长满虫卵，双眼被戳瞎。腐烂的气味让科特感到窒息。

他们找到一头活的藤猪，它掉进一个石坑里，由于饥饿和感染，不停地颤抖。它一边一瘸一拐地转圈，一边刨着地面。它的皮肤上覆盖着网状的根和寄生藤蔓的叶子，而藤蔓上结的地衣葡萄全都干瘪瘪的。出于怜悯，科特射杀了它。

"这就是南方的仙人掌族为什么要反抗的原因，"一阵漫长的沉默过后，坡摩罗伊说道，"这就是他们听说的情况。他们看到国民卫队，就以为自己也会遭到同样的对待。"

"为什么？这是为什么？"艾尔希说。她难以理解。"加拉基是无主的荒野，并不是泰什领地，这些部落也不是泰什的。"

"对，但他们打击的是泰什，"犹大说，"加拉基的红酒和油要经过泰什。他们不够强大，无法直接攻打城市，但这样做能打击泰什的财政。"

他们已经来到远远超出地图边界的地方。泰什位于西南方两三百里处的沿海平原上。科特难以想象它是如何一番景象。他怎么可能知道呢？泰什被称为"流水之城"，到处是水渠和玻璃猫，还有石化平原，商业渔船，流浪外交官，哭泣亲王等等。

新克洛布桑在泰什北方建立的据点与铁海湾隔着数千里海路。国民卫队必须经过尚克尔，以及龙鸟和海盗横行的海域，还要经过巫师议会控制的火水海峡，而巫师议会是支持邻邦泰什的。他们无法走内陆的捷径，洛哈吉大陆的内部是一片荒野。这是一场极其艰难的战争。新克洛布桑派出的船不得不在敌对水域中航行数月。对于如此残酷而激进的行动，科特感到十分惊畏。

那天晚上，他们找到一头死藤猪，身上的果实尚未成熟，但也没遭到破坏，众人一边吃，一边苦涩地打趣说，这简直是陈年佳酿。第二天，他们在酿酒部落的土地上发现了劫掠者的残骸。新克洛布桑的国民卫队并非事事如意。那是一头铁犀的尸体，这种身披铁甲的犀牛被改造成适用于草原的战斗机器。它有两层楼房那么高，臀部架起火炮，颈部由活塞驱动。它的角就像螺丝锥，是个巨大的钻头。那铁犀在农夫的武器攻击之下，遭到严重破坏，并爆裂开来，零件和内脏散落四周。

有六名国民卫队成员死亡。在这片陌生的土地上，科特瞪视着那熟悉的制服。他们是被砍死的。地上有一些酒兽牧民使用的弯刀。

这里到处是食腐者，类似狐狸的动物在泥地里翻掘。那天晚上，卓耿的枪声吵醒了所有旅行者。“*食尸鬼*。”他依次向众人耳语。他们并不相信，然而到了早上，却看到它的尸体：形似猿猴，皮肤苍白，仿佛来自坟墓，满口尖牙的嘴张开着，没有眼睛的前额上沾着凝团的血迹。

随着他们往北进发，气温略有降低，但只是一点点而已。除了酷热，食尸鬼和死尸，这片被撕裂的土地仿佛只剩下记忆。腐烂水果和烟雾的气味令人晕眩，科特感觉就像行走在地狱边缘。

数天来，他们穿越一道道横亘的山脉，北方远处隐约现出苍翠的山岭，犹大兴奋起来。“我们要穿过那片山，”他说道，“这是草原的终点，加拉基的边界。”

他们身后遍地都是国民卫队的足迹。依靠采摘野果酿酒，这方圆数十里的土地曾经价值不菲，但如今已被尽数摧毁。此处的山岭充满潮湿润滑的水汽。天空中飘洒着温热的雨水——还没触到地面就蒸发了。

他们所在之处，只有古代的贤者和冒险家到过。他们听说过这片区域的异象——仲夏也不融化的冰块，大如犬只的白蚁，会凝结成岩石的云雾。在一个尘埃日，他们又闻到烟雾的气味。众人爬上碎石斜坡，发现在抵达森林之前，还要经过一片分布着零星灌木的平原。那里有东西在燃烧。他们纷纷发出惊呼。

不远处有一头巨龟，硕大的腿趴开在地上，胸甲紧贴着地面。它的身体高高耸立着，而它的甲壳被塑造成屋檐，塔楼与围墙，成为一座由硬甲构成的村落，其居民世代以此为家，并不断进行改造。那巨龟长达一百余码，在数百年的生命中，它的背上长出了层层叠叠，此起彼伏的房屋。甲壳外围新生的部分较为脆弱，被雕琢成四四方方的房屋和高低不一的尖塔，并镶有镂空的窗户，尽管线条与平面都不甚完美。塔楼之间有吊桥相连，角质的街衢与地道四通八达。一切都是出自那色泽斑驳的龟壳。巨龟已经死亡，而且在燃烧。

一股股浓烟从墙壁之间升起，散发出毛发烧焦的气味。它那山洞般敞开的大嘴里淌出泥浆和血水。

巨龟下方，有一批架在轮子和铁轨上的移动火炮，仿佛一座座堡垒——新克洛布桑部队。两头铁犀的指挥官坐在犀牛脑袋后面的凹座里，手中握着直接连入神经中枢的操纵杆。能炸出如此严重的伤口，国民卫队的火炮威力一定很强。

国民卫队正朝着旅行者们的方向前进，他们在追赶一队逃离巨龟镇残骸的难民。

卓耿和犹大带领大家穿过灌木丛，一阵突兀的嗒嗒声响起，接着，尖叫声和子弹的反弹声响成一片。他们赶紧趴下，一动不动，直到发现自己显然并非枪弹的目标，然后他们伏着身子，移动到山脚下的一道泥墙后面。山坡上的树丛外面，有一队疲惫不堪的难民，由许多家庭组成，其中并不全是人类。他们有的躲在倒下的树干后面，有的躲在洞穴里，有的在奔逃，恐惧的尖叫就像刺耳的擦刮声。

山顶上守着一队国民卫队，只是隐约可见。他们跪在机枪后面，飓风般的子弹怒吼着倾泻下来，许多难民跌倒在地。

科特愤怒地看着眼前的景象。子弹继续打击着地面，濒死的人们一边抽搐，一边挣扎着试图爬走。一名来自巨龟镇的男子将一件东西放到嘴边，随着一阵尖厉的啸叫，远处山顶上的国民卫队纷纷发出惊呼，在号角的魔法冲击下，有些人脚步踉跄。

卓耿通过望远镜观察山顶。犹大听见他的耳语，转过头来说：“她要放出什么？”

山顶上，一个一人多高，由铁丝与黑色皮革构成的影子逐渐伸展开来。它就像一副经过多重折叠，可以再次打开的金属乐谱架。魔法能量的嗡嗡声仿佛使空气也变得稀薄，一名国民卫队成员朝着那东西一通比画，随着噼啪一声响，铁丝与皮革动了起来。

它仰起头，瞪着玻璃眼睛，扇了两下皮质的翅膀，然后飞入空中，朝着山脚下的加拉基人扑来。它的四肢并非普通的胳膊和腿，而是长长的利刃，微微闪光，仿佛昆虫，每当它们互相摩擦，便发出磨刀般的声响。

那丑陋的身影向着恐惧的人群飞来。犹大瞪大了眼睛，神情中带着愤怒与鄙视。“预制品，”他说道，“你们竟然用预造魔像？”他踏上低矮的山坡，科特举着枪一路跟着他。

国民卫队的飞行杀手越过尖声呼喊的伤者，扑向吹号角的人。他再次吹[illegible]一声尖啸，然而那怪物没有生命，并不受干扰。它挥舞着利刃将那人撕碎，他很快便流血至死。

犹大发出低吼。科特朝着山上开枪，为他掩护。犹大一边吼，一边瞪视着控制怪物的国民卫队成员，而对那铁丝串起的怪物却看也不看一眼。那怪物拍打着翅膀，从血肉模糊的死者身上升起。犹大的胸膛阵阵起伏，就像是拳击手。

没人开枪。大家都在看——就连加拉基人也不例外，他们都被那奇特的怪物惊呆了——皮革制成的杀手鸟张开双翼，扑向犹大。科特开枪射击，却连子弹是否击中目标都搞不清。

犹大从地上捡起石块和泥土。他的吼声越来越响，当那黑影掠过头顶时，他大喊道：

“用它来对付我?”他的嗓音雄壮威武，“你们竟然用魔像对付我?”

他将手中含有魔法能量的泥块迎着那怪物扔出去，动作犹如顽童。随着一阵惊人的爆裂声，魔像的飞行动力瞬间消失，从空中坠落下来。

那堆金属凌乱地散落在地上，完全失去了生命力。犹大站在它跟前，一时间，四周一片寂静。犹大因愤怒而颤抖。他指向山顶：“你们竟然用魔像对付我?”

机枪转向他的方向，但躲在暗处的卓耿开枪射击，机枪手一声惊呼，倒地身亡。突然间，空中出现了数十颗枪弹，有来自耳语者的，也有来自坡摩罗伊的短枪，还有来自艾尔希，科特，以及惊恐的国民卫队。

犹大在枪林弹雨中大步前进。他在大声呼喊，但科特已无法听清他的话，只能奔过去保护他。不远处的新克洛布桑国民卫队一边大喊大叫，一边盲目地朝山下射击。犹大·洛来到一堆加拉基人的尸体旁边。

塑形术士将一只手伸入尸身之间，然后大吼一声。这一刻，随着能量的输送，空气中一阵扰动，时空仿佛膨胀弯曲，充满怪异的感觉。而那堆尸体重新挪移组合，变成了一尊站立着的血肉魔像，由于尸身内的神经尚未死透，依然阵阵抽搐。

由新近死者构成的魔像步履蹒跚，滴着鲜血。六具尸体被联结到一起，原本的轮廓已难以辨识，只是共同搭成一个基本的人形。它的双腿都是僵硬的尸体，其中一具倒转过来，脑袋变成了脚，每一步都被挤压得更加变形；它的躯体则是一团融合到一起的胳膊与骨头；其手臂也是尸体，而头部则是一名加拉基死者的脑袋。整个组合以令人惊惧的速度冲上山坡，身后留下一串散落的碎块。看到死去的爱人和孩子变作如此怪异的形状，酿酒者们发出阵阵惊呼。魔像快步向前，犹大则跟在这畸形怪物身后，维系着与它的魔法纽带。

国民卫队在枪弹压迫之下难以动弹，尸身魔像很快就来到他们面前。那怪物在登上山顶的过程中不断散落下残破的碎片，而新克洛布桑士兵的枪弹更使它鲜血迸流，支离破碎。然而它仍有足够时间将他们殴打至死，或令他们窒息而亡。由死尸构成的拳头一次次向他们砸落。

最后一名士兵倒下之后，山顶安静下来，血肉魔像也随之坍塌，再次变成一堆尸体，散落在地上。

国民卫队的死者穿着破破烂烂的制服，更像是游击队，并饰有许多耳朵和牙齿，代表他们杀死了多少人。他们都依然戴着面具。

其中两人还活着。被号角声击倒的人神志错乱，那音乐武器令他诡异地狂躁；另一个人的手被坡摩罗伊的子弹打中，血肉模糊，他大声尖叫着。

卓耿从尸体之间穿过。用不了多久，巨龟附近的主力部队便会派人察看这支灭亡的小分队。

犹大十分疲惫。他制造的这个魔像——如此巨大，如此敏捷——需要消耗许多能量。他搜查了领队的魔学士，正是此人放出折叠式魔像，却被犹大轻易制服。他取走她身上的装备：储能盒，试剂管，魔石。

他不愿看科特的眼睛。*因为上演了这样一出戏，他感到很愧疚*，科特心想。犹大走上山坡，那步伐就像个愤怒的精灵，似乎能赋予死者生命。犹大是一名技艺超群，威力非凡的魔像师：自从机械战争迫使富人放弃了蒸汽驱动的机器仆人，他的技能给他带来许多财富。但科特从未见过犹大·洛承认自己的能力，或沉迷于施法的快感，直到目睹他驱赶着致命的尸身巨人前进。

*你们竟然用魔像对付我？*他的愤怒中有一种从容。此刻，犹大·洛试图平静下来。

难民们看着这一切。这些人来自巨龟镇，有男也有女，皮肤颜色各不相同，服装式样令人惊诧。还有直立行走的甲壳虫，高度与儿童相仿。他们的眼睛透出彩虹般的光晕，触角朝着科特摇摇摆摆。死亡的甲虫人身体开裂，渗出脓水般的体液。

另有少数人类身穿接近自然色调的服装，就像是猎人。他们肤色灰暗，身材比巨龟镇居民要高一些。

“酒兽牧民。”科特说。

“他们两度成为难民，”艾尔希说，“显然是先被国民卫队驱赶到龟壳镇，然后再次逃离。”

一名酒兽牧民试图与旅行者和逃离巨龟镇的人交流，他们尝试了各种语言，却只找到少量共通的词汇。难民们前往温暖的森林地带，身后留下一地尘埃，卓耿到处搜索，犹大则静静地坐着。在他们身后，存活的国民卫队队员发出抽泣声。

“我们得走了。”艾尔希说。

他们跟剩下的巨龟镇居民一起出发，同行的还有若干沉默的甲虫人和两个无家可归的酒兽牧民。他们走入森林，留下那名遭受魔法伤害的新克洛布桑国民卫队成员一边抽搐，一边胡言乱语。

此处跟原木林截然不同，遮天的林木更加繁茂坚实，到处披覆着藤蔓和肥大的树叶，还结了许多奇特的黑色果实。动物的叫声也很怪异。

失去家园的巨龟镇居民十分害怕，他们瞪大眼睛，无助地望着犹大。他们试图紧紧依附在曾经救过自己一命的强大力量近旁。他们步伐笨拙缓慢，而科特一行人也是如此。这让他们很恼火，因为他们耽搁不起。于是，他们凭着紧实精壮的肌肉加快脚步，将难民甩在身后。科特知道国民卫队仍会跟着他们，那些被留在后面的人若是被找到，结局不会太妙。但他非常疲惫，并没有太多愧疚。

昆虫人不言不语，自行从林间小路离开了。到了温和的夜晚，只有两名酒兽牧民依然能跟得上。这两人具有猎人般的耐力。最后，旅行者们停下脚步，筋疲力竭的巨龟镇居民已经被甩得远远的。酒兽牧民和科特一行构成了一个奇怪的群体，两组人一边咀嚼食物，一边互相观察对方的怪异之处，虽然没人说话，但气氛友好。

最初的两天，他们听见身后有枪声。再往后便什么都听不见了，但他们确信，依然有人在追踪，因此继续快速前进，并试图掩盖踪迹。

两个酒兽牧民一路同行，他们的名字分别叫作贝黑鲁瓦和苏苏里尔。

他们常常显得很忧郁，哭泣声就像是某种仪式，仿佛为了哀悼失去的酒兽。到了晚上，他们在火堆旁用高低起伏的语调滔滔不绝地交谈，哪怕其他同伴听不懂，他们也不在意。犹大仅能翻译只言片语。

“也许跟雨水有关，”他说，“或者是雷声，还有……一条蛇，还有月亮和面包。”

艾尔希有酒：酒兽牧民喝醉了。他们用舞蹈讲述了一个故事。有一次，他们抽打自己的双颊，等到再次转头面对观众，他们的脸变了——在部落魔法的作用下，他们显得愉快而疯狂，牙齿斜斜地向外突出，就像是獠牙。趁着法术效果尚未消退，他们一边扮鬼脸，一边将自己的耳朵向外拉扯，仿佛蝙蝠翅膀。

酒兽牧民问他们要去哪里。犹大一边比画，一边用混合的语言回应。然后他告诉科特，他说的是，他们在寻找一群朋友，寻找一个传说，寻找一样失落的东西，将来或许能拯救他们；他们在寻找钢铁议会。酒兽牧民目光专注。科特不明白他们为何留下。到了晚上，酒兽牧民和其他旅行者便会互相教授一点各自的语言。科特仔细打量苏苏里尔，发现苏苏里尔也在留意他。

每天早晨都有温暖的雨水，仿佛丛林也跟他们一样在冒汗。他们劈开藤蔓与灌木丛，驱走蚊子和吸血的蝴蝶。晚上，他们扔下背包，就地躺倒，浑身又累又脏，还沾着血渍。坡摩罗伊和艾尔希一起抽烟，用小雪茄烫水蛭。

随着地形逐渐升高，气温也略有下降，森林的形态发生变化，成为山地林区，树冠变得较为低矮。朱鹭和太阳鸟注视着他们。酒兽牧民常常烹煮树螃蟹。贝黑鲁瓦被穿山雷蜥带毒的长舌抽到，差点丧命。当他们中有人疲惫不支时，卓耿偶尔会在征得大家同意后（只有坡摩罗伊不同意），朝着每个人低语“**往前走**”，于是他们不得不遵从。

“你知道我们要去哪儿吗，犹大?”

犹大朝科特点点头，又与卓耿商讨了几句，然后再次点头；但科特看出他有点焦虑。他查看罗盘和潮湿的地图。

科特忽然感到无比疲倦，仿佛新克洛布桑被绑在他身上，无论他走到哪里，都一直拖在身后。仿佛他每到一个新的地方，那里就会被他曾经待过的城市污染。

坡摩罗伊和艾尔希又开始做爱。犹大一个人睡。科特在听，他发现贝黑鲁瓦和苏苏里尔也在听。他惊讶地看到，他们用酒原的语言轻声交谈，然后同时坐起身，并互相抚摸对方。他们发现他在看，便停顿下来。苏苏里尔比了个自斟自饮的动作，他赶紧闭上眼睛。

到了早晨，贝黑鲁瓦不见了。苏苏里尔试图解释。

“他去了树镇，”犹大询问了很久之后才说道，“被国民卫队逼得无家可归的人都会去一个小镇。这些幸存者有的来自各个村落，有的来自巨龟镇，还有来自草原上的游牧民族。森林里的小镇收容了所有流亡者。那儿有个神灵，可以告诉你任何想知道的事。他说……贝黑鲁瓦已经去告诉他们……关于我们的事。”

也关于你，科特心想。*告诉他们你的事迹。告诉他们你是如何对付国民卫队的。你将成为一段传奇，哪怕是在如此偏远的地区。*

“那他为什么留下？”艾尔希说。

“他受到犹大的鼓舞，不是吗？”科特平静地说，“我们都受到他的鼓舞。”他的语气中不乏愉悦。

科特紧跟在苏苏里尔背后。到了夜里，他们来到一片开阔地，要不是苏苏里尔将他推开，科特差点踏入一具覆盖着青苔的骸骨，亦即一株食人树的捕猎范围。这棵树的枝条来回摇摆，上面长着棘刺和羽毛状的树叶，他无法判断那些骸骨属于何种动物，但可以看到其中一部分并无苔藓覆盖，是新近才有的。

有个人——大概是从森林深处游荡至此——坐在树上较低的枝杈之间。他的身体和头部消失在茂密的枝叶中。他的双腿悬着，不时地乱踢乱晃，因为那棵树正在消化他。苏苏里尔跨入树的攻击范围，科特发出一声喊。

食人树的枝条伸展开来，向下触探，几乎跟枝叶的随意摇晃没什么区别。酒兽牧民打了个滚，从枝条底下掠过，然后挥舞起弯刀。他从那海葵般的树影下爬起来时，那名被逮住的林中居民双腿一阵震颤。

“哦，太恶心了。”艾尔希说。苏苏里尔手中擎着割下的果实。那是一团褐色物体，不是很大，表皮皱巴巴的，大致是人头形状。在树上结的所有猎物果实中，苏苏里尔偏偏挑了一颗人类头颅。

当天晚上，他们围坐在火堆边，苏苏里尔吃着收获的果实，科特心想，*这又是文化差异*。坡摩罗伊，艾尔希，甚至一向安静的犹大，都发出厌恶的声音。对他们来说，吃食人树的猎物果实就跟吃狗屎差不多。科特看着苏苏里尔吞咽食物，又看着他躺下，进入死者头脑中残存的梦境。他的胃里一阵翻腾。苏苏里尔在合上眼睛之前，谨慎地看了他一眼。

坡摩罗伊和艾尔希去睡了，犹大跟科特又聊了一阵。最后，当他躺下时，看到犹大在打量自己，他可以肯定，犹大知道他的打算。他涌起一股复杂的情绪。

他等了很久，直到其他人都带着平稳的呼吸进入睡眠，营地里充斥着月光。他唤醒苏苏里尔，深深地亲吻他。此刻，他仍能从酒兽牧民的舌头上尝到死人的味道。

第十二章

阳光穿过致密厚实的树冠。艾尔希和坡摩罗伊看到科特躺在苏苏里尔身边。他们收拾起营帐，既没有跟科特说话，也没有与他对视。

即使苏苏里尔意识到他们的窘迫，他也没露出任何痕迹。而天亮之后，他并未对科特显出什么特别的感情。科特卷起毯子，昨晚他和苏苏里尔曾经拿这条毯子当枕头。犹大走过来，露出愉快的笑容，带着祝福的意味。

科特很恼火。他咽了一口唾沫，开始收拾其他物品。他俯身靠近塑形术士，压低嗓音对他说："我他妈不需要你的祝福，犹大，永远都不需要。"

这就跟在新克洛布桑时一样，他有时会带其他男人回家，然后在街上遇到犹大。比如在柏树街，或者莎乐美广场。有一次，犹大在回避日的早晨来到科特家，开门的是一个刚刚在科特身边醒来的黑发男子。科特推开那年轻人，站到犹大跟前，并关上身后的门。犹大露出平和愉快的笑容，带有赞同的意味。他每次见到科特的伴侣都会展现出这样的表情。

每当科特去寻觅伴侣，他发现自己常常回头观望，以防被犹大看见。

科特想象自己是来自萨拉克斯区的画家，音乐家，作家，或自由评论家，那种生命中充满丑闻的人，然而他是个店主。一名獾泽的店主，客户都是学者。獾泽是个奇怪而安静的街区，兴奋点与南岸的艺术家聚居区不同。

在獾泽，失控的魔法会导致不该有门的地方出现一道门。魔法能量中培育的东西有时会逃逸出来，给街道带来致命的威胁。当互相敌视的思想家在辩论中起了杀意，则会向对方施放高能超自然离子。獾泽历史悠久，仿佛带有一种魔法魅力，但科特在此处找不到男人。当他在南岸的旅馆里发现熟悉的獾泽面孔，他们总是互相躲避。

科特鄙视那些穿女装，画粉脸的男妓，这种花枝招展的倒转审美经常出现在萨拉克斯区的夜晚。经过桑宛区的水渠边时，他往往沉着脸，毫不搭理女装男妓。他也不会去妓院，不愿花钱买别人的屁股。至少今后再也不会了。他只是偶尔前往码头边迷宫般的街道。有的水手会去那里寻找男人。他们这么干并非因为在海上只能将就，而是因为本来就偏好此道。

在极少数情况下，他会穿过人群，经由一道半遮半掩的门，进入某家旅店。房间和酒吧都很简陋，老顾客热切地打量每个新来的人。成群围聚的男人发出喧闹刺耳的笑声，另一些人则独自坐着，连头也不抬。那里的女人并非真正的女人，而是男妓和一些曾经是男性的改造人。有的人对他们的这种中间状态略显挑剔。

科特很小心。他从不选太漂亮的：谁知道他们是不是国民卫队假扮的，上钩者会被判以道德败坏罪。又或者，外面有他们的同伙，随时等着享受殴打和强暴的快感。

科特静静地等待，既不羞耻，也不纵情，直到有与他类似的人走进来。在等待中，他很厌恶那地方，感觉自己像个乡巴佬。

科特认识犹大·洛已有十二年。当时他二十四岁，总是充满愤怒。犹大比他大十五岁。科特很快坠入了爱河。

他们极少接触。科特和犹大·洛每年只有几次在一起，每次都是因为他的坚持，虽然也不能算是乞求。早期还要更多一些，但到了后来，犹大变得越来越难劝服。科特觉得这似乎并非因为犹大的欲望在减退，而是出于某种更深层的原因，不过科特无法用语言来描述。每次他们在一起，科特都强烈地感觉到，那是犹大对他的一种宽容。他痛恨这种感觉。

科特知道犹大也跟女人交往，或许还会找其他男人，但据他所听闻，这种情况并不比跟他来往更频繁，而犹大的热情程度也并无差别，这和他的猜测是一致的。当他们缠绵时，科特心想：**我要让你叫出声来**。他的动作热情近乎暴力。**我要让你感觉到**。这并非出于恶意，而是一种绝望，意图激发出善意之外的情感。

犹大引导着科特，给他的生意投钱，并带他参加联合委员会的会议。他们之间的亲密行动只可能是出于高贵的友情，出于既世俗又神圣的慷慨，是犹大给予他的**馈赠**，明白这一点之后，科特试图终止关系，却无法忍受禁欲。随着年龄增长，他抛弃了一些年轻人的暴戾，但有些怒气他始终无法摆脱。比如像联合委员会对城市议会的那种怒气。此外，尽管他狂热地爱恋犹大·洛，却也会因为他而生气。

“科特，伙计，”坡摩罗伊有一次对他说，“很抱歉这么问，我没有恶意，但你是……同道中人吗？”这个词在坡摩罗伊口中很不熟练。它并非贬义词，反而近乎善意——是一种欢场切口。科特想要纠正他——**不，坡摩罗伊，我他妈是个撬后盖的**——但这显得太粗俗无礼，也太造作。

长久以来，所有查弗林都知道这件事，但他们很谨慎，并不会轻易评判他，只是曾两次告诉他说，这个病态的社会令人扭曲，而有良知的反抗分子不会责难受害者。他不主动提及，但也绝不道歉或隐瞒。

他们知道犹大有时会跟他睡，然而令他恼火的是，即使当他们穿着对方的衣服来开会，犹大也不会流露出谨慎犹豫的姿态。

“这就是**犹大**。”

犹大的性爱并非性爱，他的愤怒也不是愤怒，就连他的烹饪也不是烹饪。他的行为总是超乎表面意义，有一种超脱而又天经地义的感觉。科特是逆转性向，而犹大只是犹大。

如今，艾尔希和坡摩罗伊面对科特时很拘谨。然而旅途中不允许有太多回避：很快，当他们遇到土质疏松且布满树根的斜坡，就只能握住科特的手，拖拽着他或者被他拖拽着前进。

上一次的事件对苏苏里尔影响甚微，他似乎既不后悔，也没有刻意再次尝试。科特由于充满自我否定，因此觉得那样也不错。连续三个晚上，科特都去找苏苏里尔。科特不得不适应对方的癖好。苏苏里尔喜欢接吻，但他只愿意用手，对于科特的喜好，他显得很厌恶。科特尝试奉上臀部，但等到那牧民搞明白意思，他发自真心地笑出声来，把其他假装睡觉的人都惊醒了。

他们已见惯各种奇特的动物。其中有一种生物，模样仿佛长着胳膊的蘑菇，它们在树皮上缓缓爬行，就像是在缓慢地生长。还有一种猿猴，被坡摩罗伊称为“地狱猴”，躯干上生出许多手臂，数目各不相同，能以惊人的速度在树枝间摇荡穿梭。

“你们知道我们到哪儿了吧?”科特对犹大和卓耿说道。

树林的密度逐渐降低。雨一直在下，气温也更凉爽。空气不再像是蒸汽，而像迷雾。“*我们仍在路上。*”卓耿说。*你知道我们要去哪儿吗?* 科特心想。

他们听见附近有动静，立刻举起枪，但来人大声呼喊，并未试图躲藏，苏苏里尔也兴奋地应答，加速前进。其余人赶上来时，他正与贝黑鲁瓦击掌庆贺，后面还有两个穿着森林迷彩服的人，他们谨慎地点头致意，表情敬畏。

返回的贝黑鲁瓦朝着旅行者们露出微笑。酒兽牧民互相交谈了片刻。

最后，苏苏里尔转过身，谨慎地向犹大解释，不过大家现在都能听懂一点。“他刚从林中小镇来，”犹大说，“他们意图提供帮助。他们遭到某种怪物的袭击……逐渐消亡。贝黑鲁瓦向他们说了我们的经历。他们认为我们很有实力，假如我们愿意帮忙，他们会给予回报……”他再次聆听。

“假如我们提供帮助，他们的神灵也会帮我们，给予我们需要的东西。他们说，那神灵会告诉我们上哪儿去找钢铁议会。”

隐秘镇位于一片林间空地中，由许多小屋组成。科特原以为这里是一座树上的都市，枝干之间挂满悬空的过道，而儿童会顺着藤蔓从头顶的树叶间沿着螺旋形轨道滑落。

村子边缘，有人试图竖起一圈围栏。隐秘镇的居民们身穿森林色调的服装，瞪着这群旅行者。村子里大多是涂了焦油或乳胶的帐篷，还有一些木头小屋和熄灭的火堆，以及一个制肥坑。大部分居民都是人类，但也有若干身高近似儿童的昆虫人在泥径中穿梭。

他们在村子的一角建起自己的住宅区。他们是甲壳园艺家，饲养着数以百万计的昆虫，蜘蛛与多足动物，一代接着一代孵化，直至累积到庞大的数量。有大头针那么大的蚂蚁，也有长达一尺的蜈蚣，还有许多种胡蜂，密密麻麻，爬来爬去。他们用特殊的技艺将虫子轻轻推挤到一起，让它们互相接触，形成多堵平滑的墙，这许多活生生的甲壳相当于泥灰，可用来建造平房与洞穴，只要小心喂养，这些细小的生命便不会死亡，它们不断蠕动，不断融合，构成一栋有生命的建筑，供饲养者居住。

隐秘镇的人类居民使用数种不同的加拉基语变体，也时不时有人说泰什语，因此，此处的语言十分混杂。村长是个壮汉，科特发现他有点紧张。因为他自知是个平庸的人，只是由于历史的机缘才成为首领。

据科特猜测，那些有能力照顾好自己的难民不需要在此浪费时间。隐秘镇是无助者的聚集地。难怪他们如此绝望。难怪他们轻易就成为怪物的捕猎对象。

村民们匆匆忙忙地向旅行者们躬身行礼，口中的语言含混不清。他们被带到一间长屋，那栋房子还连接着一座由木桩构成的简易塔楼。这是个教堂，墙上有凿刻与涂抹的符文。屋里有几张桌子，桌上放着一些镜子和纸莎草纸，以及一件精致的黑色羊绒长袍。村长离开了。

一时间，屋内一片寂静。“我们他妈的来这儿干吗？”科特说。

四周有回音，阴影出现在不该出现之处。科特看到艾尔希在颤抖。他们背靠背站成一圈。

“有什么东西，”艾尔希低声说，“这里有什么东西……”

“我在这儿。”那嗓音浑浊而险恶。他们立即趴了下来，动作迅捷，仿佛从林土著。他们等待着。

“你是谁？”犹大说道。

“我在这儿。”那声音带有口音，黏稠滞塞，仿佛被堵在咽喉里。屋内有东西在移动，但他们看不清。“我猜他们带你们来，是为了让我赐予你们祝福。等一下。没错，的确如此，为了让我告诉你们怎么办。你们来这儿，是要替他们捕猎。”

卓耿指了指桌子，羊毛长袍不见了。

“你会讲我们的语言。”科特说。

“我是个卑微的神，但依然是神。要知道，在他们的计划中，你们是勇士。你们意识到自己是勇士了吗？”那声音就像是从墙里渗出来似的，无所不在。

“对，他们就是这么想的，”坡摩罗伊说道，“有什么问题吗？”他是个好斗的无神论者，面对神祇，他缓缓地转着圈。卓耿略微转过头，他的嘴唇在动。

“没用的，”那声音说道，“完全没有用。这只会……浪费你的力气，真的。你，唔，你有个小女儿，是妓女生的，在一个叫塔慕斯的地方。你们应该离开。这个镇子反正是完了。就算这回救了他们，也会有其他东西将他们消灭。”

坡摩罗伊的嘴动了一下。艾尔希注视着他。她的脸纹丝不动。

“那你为什么待在这儿？”科特说。

“因为这座小镇是我让他们给我造的。他们需要我。唔，你，你是一名店主，对联合委员会不太有信心，是吧？”

科特惊呆了。其他人都望向他。卓耿的脑袋往前一伸，就像是啐了一口唾沫。那不知来自何处的声音猛然发出一声惊呼。接着是一阵响动，仿佛有什么东西倒在了地上，还有呕吐的声音，然后，一个戴兜帽的人颤颤巍巍地从桌子后面奋力站起身。他有一张蜡黄削瘦的脸，皱纹很深，剃了个光头，嘴边还挂着呕吐物，恐惧地瞪大双眼。

那人站着，浑身发抖，仿佛泡在冰里，片刻之后，她/他穿过屋子，跑到一根立柱背后，消失了。科特追了过去，坡摩罗伊绕向另一边，但当他们会合时，什么也没找到。那人不见了。

那声音再次开口说话，带着愤怒与恐惧。

“绝对不准再这么对我。”它说道。

卓耿悄悄地在科特耳边低语，“刚才找到它了，猜到他的方位，向它传送密语，对它下令。我说‘不准读我们的思维’。我命令它‘自动现身’。”

“等一等，耳语师，”科特说，“该死的神祇，嗯？”他对着屋里说道：“你叫什么名字？为什么会说我们的语言？你究竟是谁？”

一时间，屋里一片沉默。科特心想，那人是不是在魔法掩护之下溜了出去。等到那嗓音再次想起，似乎很沮丧，但科特可以肯定，其中也带着几分解脱。

“我会讲拉贾莫语是因为曾经学过，因为我想要了解你们的书里藏着的所有秘密。我来这儿是因为……跟其他人一样，我是逃到这儿来的。我是个难民。

“你们的国民卫队现在还不敢碰泰什，但他们来到石化平原附近，攻击我们的村镇和岗哨，攻击泰什修道院。我是一名僧侣。信奉失物时神，又称隐匿之神。”

国民卫队在泰什城下大肆破坏。泰什关闭城门，护城河里填满了水。修道院在稍远处的荆棘谷中，应该很安全。

僧侣们发现一队受新克洛布桑奴役的改造人杀手正逐渐逼近，他们等待泰什派人来保护。数天之后，他们才意识到，没人会来增援，他们被遗弃了。他们在恐慌中制定出毫无条理的计划。这是一座供奉多维位面的修道院，其中的僧侣分属不同教派，侍奉各种各样的时神，每一个派系都各自组队。

有人抵抗，有人寻求神圣的殉道。侍奉计算时神卡德默的僧侣知道他们毫无胜算，于是在荆棘谷中等待枪弹。侍奉魔酒时神扎奥礼的僧侣在国民卫队到来之前喝得酩酊大醉，在幻象中死去。但飞鸽时神的僧侣放出鸟儿，扑向国民卫队的车轮，用自杀阻挡他们的引擎；干涸时神的僧侣将国民卫队的血变成灰烬；弃雪时神法鲁和记忆时神舍辛的信徒联合起来施放冰雪风暴。

然而国民卫队的魔学士技艺精良，他们的兵奴残酷无情，修道院最后还是失守了。陷落时，只有侍奉隐秘与失落之神泰克·沃古的僧侣得以逃脱。

他们的学徒都遭到杀害，但虔诚的僧侣能够隐藏起来，让攻击者看不到。他们悄悄地溜走——远离燃烧的寺庙废墟，远离流水之城泰什。反正泰什已关闭城门，任由他们灭亡。于是他们来到内陆。

那僧侣将一切都告诉了他们。科特发现，他甚至相当渴望诉说。“我们能躲藏起来，也知道许多隐秘的事。这些事被交托给我们保管。我们能找到失落的事物。我走得很快：经由隐藏的通道和被遗忘的路径。到达此地之后，我让他们建起一座村镇。在这里当个神祇很容易。有人来了我就说出一点点秘密，一点点隐藏的事，所以他们相信我。”

“你叫什么名字?”科特说。

“库拉宾。泰克·沃古的八级红袍僧。”

“这是男性的名字吗?”一阵笑声。

“我们的名字不分性别。你是问我是不是男性?”那声音突然变得非常之近，“我不知道。”

每一个信奉泰克·沃古的僧侣都能得到接纳，但那是一种交易。他们知道如何寻找隐藏的事物。但沃古的圣礼并不是白给的。要寻求失落时神的保护，信徒必须付出代价，向沃古献祭，让自己的某个方面被隐藏起来。

“据我所知，有些僧侣不知道自己的名字，他们的名字被隐藏起来。还有人失去双眼，失去故乡，失去家庭。至于我——我向沃古臣服时，被隐藏的是性别。我记得自己的童年，却不记得是男孩还是女孩。撒尿时，就算我低头观看，也看不到性别。我的性别遗失了。”库拉宾的语气中并无怨恨。

“所以你要我们清除攻击村民的怪物？”科特说。

“不是我要，”库拉宾说，“是*他们*要，他们需要勇士。这破屋子没必要保护。”

众人面面相觑。

“作为神祇，你可不太像个守护者，不是吗？”艾尔希说。

“我没说过自己是守护者吧？是他们——他们在我周围建起这座破镇子，还不断向我*索求*。那并不是我*想要*的。我的守护者在哪里？泰什是怎么对待我的，我也能怎么对待他们。就让这村子被一把火烧了吧。”

“你先前可不是这么讲的。”科特说道，但犹大打断了他。

“你凭什么这样说？”

他走上前，凝视临时祭坛，好像能猜到库拉宾躲在何处。“你凭什么这样说？”他提高音量。“他们来到这里，竭尽所能地适应环境。由于住在泰什附近，他们不得不逃避追杀。他们试图建造家园，却犯了个错误。他们寻求神祇，结果找到了你。”

“他们答应给我们提供帮助——答应提供一个向导。所以，快说吧。我们会找到那怪物。而你也得帮*我们*找到目标。”

简易的教堂里，森林的湿气凝聚成水珠，啪嗒啪嗒地滴落。

“快告诉我们它在哪儿，我才不信你不在乎。你很在乎。你想要告诉我们。你想要保护他们。你心里很清楚。所以快说吧。我们接受你的提议。他们需要我们去杀怪物，然后你得兑现承诺。”

“我不会把沃古的东西随便交给**你们**——”

“我才不要听你讲什么**虔诚**，你从你的神祇那儿取走各种零碎，就为了唬住那些该死的土著。告诉我们怪兽在哪儿，我们去把它干掉，然后你得说出钢铁议会的位置。”

“我不能背叛我的神祇，”库拉宾说，“我只能与神交易。每次了解到一件新的事，我都会失去一样东西。这很痛苦。沃古不会白白施舍。刚才揭示出那人的妓女和女儿，我也**付出了代价**，我失去了一些东西，失落在隐秘的神之时域中。我在你们面前如同赤身裸体。要我揭示**钢铁议会**的秘密？我得付出**巨大的代价**。”

寂静中，水滴声再次凸显出来。

“那怪物，”犹大说，“它在哪儿？”一段持久的沉默。

“等一等。”那声音说道，怨愤的语气之下依然带有几分解脱。**他一定是厌倦了当神吧**，科特心想。他望向犹大。犹大在颤抖，但站姿挺拔。库拉宾输了，科特意识到。他屈服了。在义正辞严的犹大面前，他放弃了渴望，然后又获得一种新的渴望。

“我试试看。”那声音说道，然后发出一阵类似呕吐的喉音。等到库拉宾再次开口，语气饱含痛苦，但他听起来就像是个习惯了痛苦的人。

“该死。真该死。知道了。我知道那怪物的位置了。”

“你失去了什么？”科特说。

“一个人的名字。”科特可以从他的语调中听出，那是个很重要的人。

第十三章

黎明时分，他们到达一片湿地，到处是泥浆和危险的小路，白色的树上光秃秃的。沼泽就像是在冒汗。树丛轻微地窸窣作响。

他们到了，同行的包括新克洛布桑的流亡者，苏苏里尔和贝黑鲁瓦，以及少数勇敢的隐秘镇居民。库拉宾也跟他们在一起，但没有现身。

科特渴望听到声响。他想要放声歌唱或大笑。这里的环境对他不理不睬，让他感觉受到冒犯。他试图想象自己的存在，但身后仿佛拖着一串新克洛布桑的碎屑。他曾经待过的城市污染了此刻所在之处。

犹大走在最前面，身边是一尊硕大的魔像，高达八尺，由木头构成，并配以隐秘镇提供的刀刃。犹大用锤子把活动的关节钉到一起，再加上一个可以左右转动的脖子。他只需轻触一堆木头就能造出魔像，但若是仅靠魔法力量维持，他很快就会感到疲惫，魔像也容易散架。

犹大又播放了一回蜡筒中的录音。*可能跟你不太熟，但他们说你是家人*，蜡筒里的声音说道。*他死了，乌兹曼死了*。科特看到，犹大听着这则旧日的讯息时，神情十分悲哀。他心想，不知乌兹曼是他什么人。

“科特，你知道我为什么会成为魔像师吗？那是机械战争之前许多年的事了。我开始练习的时候还没钱可赚。吸引我的甚至不是实物，而是魔像的神秘性。你知道有一种声音魔像吗？很难实现，然而是可以造出来的。你从没见过阴影魔像，对吗？这类魔像——”他指了指木头魔像，“对我来说，都是副产品。那不是主要目的。”

也许吧。但他们造出的魔像仍然强大而精巧。它的脑袋左右转动，廉价的玻璃眼珠里反射出微弱的阳光。它的手指是生锈的匕首。

“怪兽就在附近。”库拉宾的声音说道。他的语调里带着痛苦，为换取这一情报，他不知又交出了什么。

科特用脚趾头戳了戳一堆颜色令人厌恶的物体，然后发出惊恐的咒骂。是动物尸体。那尸体散裂开来，释放出一股恶臭。他脚下一个踉跄。坡摩罗伊一边转身，一边大声呼喊，与此同时，艾尔希也在说话。

“这儿！”艾尔希又重复了一遍。她站在一具尸体跟前。科特看到腐烂的色泽，大半个胸脯都已经不见了。

“嘉罢在上，”科特说道，“我们他妈的闯进了它的客厅。”

“快！”犹大说道，“快，这儿！”他站在沼泽边，指向一个年轻人。那人坐在地上，浑身爬满水蛭，瘦得骇人。他没有抬头，而是一边啃食一块灰色的肉，一边盯着它看。

科特忍不住发出一声喊。他看到一名骨瘦如柴的男子，隐藏在芦苇和木块之间。那人正在咀嚼。他身边有一头丛林貘，其下颚也在蠕动。

“犹大，”科特说，“犹大，快回来。”犹大转回身。水里全是躯体，除了咀嚼的嘴，其他部位一动不动。有男人，有女人，还有一条战栗的狗。他们的嘴边沾着陈积的污渍，身后似乎拖着一条藤蔓。

水面冒出气体，科特看到一团烂泥眨着眼睛向上涌起。那排列致密的黑眼睛，他原以为是石头或洞孔。它站立起来，

那些藤蔓原来是怪物的触手，上面长着吸盘。每一根触手都连接着一个消瘦的身影，插入其后颈中——有成人，有儿童，也有动物。他们吃下的食物都会进入那条像肠子一样蠕动的古怪管道。他们毫无意识，只是进

食的渠道。悬在那些触手中心的，正是那操纵尸体进食的怪物，挥舞着其他自由摆动的触手。

它就像个肥壮的胖子，形状依稀类似水蛭。它看上去并不太笨重，而是依靠体内充盈的气体或魔法悬浮在水面上。科特看到它的身体底下伸出像螃蟹一样带硬壳的腿，细长致密，令人难以置信。它高高耸立，仿佛踩着高跷，身上还滴着水。它一边观察，一边扭动触手，并张开骸骨般的爪子。

尽管那些腿看起来似乎无法支撑身体，但那怪物的行动十分敏捷，有一种诡异的灵巧。它的触手伸展开来，却并未影响到那些失去意识的进食者。

隐秘镇的居民试图逃离幽灵般的温热蒸汽和怪物触手。它的爪子类似鸟类，能抓握住树枝。一根根肉棒从它身上冒出来，仿佛蜗牛的眼睛。科特的连发手枪似乎小得可怜。他奔向犹大。空中全是怪物的触手。科特看到一根触手的末端有许多细小的眼睛和一张类似于七鳃鳗的嘴，里面长了一圈锋利的牙齿。

科特朝着那鼓胀的身体射击，但只能炸开一小块缺口，流出浑浊的血。一对触手互相纠缠着伸向他，仿佛争先恐后的蠕虫。

“杀死它！”库拉宾不知躲在哪里说道。更多枪声响起。

科特听见犹大的声音——“等一等，等一等”——然后他看到那由木头和皮革构成的魔像从集结的触手中间穿过，直接斩断了其中的一簇。其他触手缠绕住魔像，卷住它的脖子。细长的触手阵阵抽搐，在颤抖中将腺体内的酶喷洒到木头上。它停顿下来，仿佛陷入困惑。

魔像的攻击十分简单，只是在魔法驱动下用匕首大力劈砍。怪物的血肉四处飞溅，它摇摇欲坠，触手操控的傀儡也停止了进食。坡摩罗伊奔上前去，用枪口顶住它肥硕的身体。爆破声因血肉的阻挡而减弱，但子弹全都穿入了它体内。

即便如此，它依然没有倒下，只是踩着碎步转圈，然而魔像再次展开攻击。科特看到犹大的动作。塑形术士稍稍移动自己的身体，木头和匕首构成的魔像便做出同样的举动。魔像一点一点将那掠食的怪物肢解。

被怪物操控的人不是已经死了，就是昏迷不醒。他们早就成了进食机器，为那贪得无厌的怪物服务。

苏苏里尔和坡摩罗伊受了伤。苏苏里尔让科特替他清理伤口。隐秘镇的居民死了两个，其中一人倒在被怪物奴役的男男女女近旁，于是这群饥饿异常的人便虚弱地攫住他撕咬。

隐秘镇居民在怪物的血肉中搜寻战利品，收集它的喙和爪子。科特感到很恶心。他希望自己有一台相机。在他想象中，照片应该是这样的：苏苏里尔，犹大，艾尔希，坡摩罗伊依次站立，坡摩罗伊手中拿着喇叭枪，科特则站在最边上，紧挨着魔像。所有人都带着猎人般严肃而自豪的神情。

当天晚上，人们在隐秘镇的长屋里举办简陋的宴席。依靠采摘与捕猎为生的男男女女以及来自巨龟镇的居民们喝着自制的威士忌，醉醺醺地跳舞。

矮小的甲虫人在屋里来回穿梭。他们从不说话，也不妨碍别人，只是默默地捡起被丢弃的食物，轻轻触摸衣服，摩擦触角。

苏苏里尔和贝黑鲁瓦在一起。科特看着他们俩，知道今晚他们又会发生那种友善的互动，在他看来，这显然是性行为，但他怀疑他们不这么想。

人们围着桌子讲故事。在隐秘镇居民看来，库拉宾这个神祇忽然干涉起俗务。那僧侣隐身在用餐者之间走动，替他们当翻译。

通过库拉宾，苏苏里尔讲述了普里迪科思部落最好的一次收成，讲述了如何剔除领头的公猪，以便让位列第二的公猪播种，因为它的果子更醇，质量更好。他讲述了整个艰难过程，以及公猪的死亡令他感到多么悲哀。故事讲完之后，来自新克洛布桑的人也跟着大家一起鼓掌。

现在轮到他们讲了，科特担起这一责任。隐秘镇的居民伴着鼓声轻声唱诵，因此当他开始讲话时，也随了他们的节奏。他顿了顿，低下头，然后抬起头——醉醺醺的，心中有些矛盾，又带着一种故意逞强的满足感——开始讲了起来。

“这是个爱情故事，”科特说道，“而且根本不该发生。故事持续了一个晚上外加一个早晨。

“五年前，我遇到一个人，在码头边的酒吧里。我让他跟我回家。那天晚上，我们都吸食了强茶和沙兹霸，我们尽情享乐，你们懂的，感觉棒极了。”在库拉宾的翻译下，酒兽牧民发出一阵笑声。艾尔希和坡摩罗伊低下头。“后来，等他入睡之后，我推着他翻了个身，然后就去上厕所，我看到了他的衣服。他的口袋里露出一把小手枪。我从没见过这么精巧的东西，虽然不该多管闲事，但我还是把它抽了出来，结果带出一枚小徽章。”

“那是国民卫队的徽章。他是国民卫队成员。我不知该怎么办。他负责什么样的任务？缉毒组？还是监管道德败坏？反正我已经落到他手中。我想过开枪打死他，但那是不可能的。所以我心想，也许可以趁早溜走，也许可以在去监狱的路上乞求他放过我，也许这样，也许那样。最后，我发现根本毫无办法。于是我回到床上，并将他叫醒。我们又干了一回。”喝彩声再次响起。“然后，到了第二天早上，我们*又*干了一回。”*我醉了*，科特心想。但他不在乎。

“我等待着，打算乞求或贿赂他——因为我现在已经了解他的喜好，不是吗？起床后，我跑了出去，也许我再也无法停下脚步。我可以搭船离开，改名换姓。我不要去监狱，我不要变改造人。然而当我经过一家烘焙店和一家杂货铺，却觉得无法忍受失去这一切。我不能就这样消失。因此，我并没有上船，而是买了点东西，然后回到家。

“我把他叫醒。我们一起吃早餐，就在我獾泽的店铺里……然后他走了。深深的吻别之后，他走了，再也没有回来。于是我心里琢磨，也许他本来就没打算把我怎么样。但我宁愿这样理解：那天晚上我为他所做的事，再加上那顿美味的早餐——烤鱼，辣土豆泥，奶油拌水果，桌子中间还有一朵花，就好像我们结了婚——我觉得那天早晨，他真的短暂地爱上了我。不，我是说真的。我也爱上了他。他亲吻我，跟我道别，我从没感受过这样强烈的爱。因为我敢肯定，他心里一定很清楚，我已经知道了。这告别是他给我的礼物。就像那顿早餐是我给他的礼物。在那之前与之后，我都没有如此深爱过，除了对一个人。”

很明显，他已经讲完了，酒兽牧民发出几声吆喝，其他听众也纷纷鼓掌。艾尔希和坡摩罗伊稍微拍了几下手，但坡摩罗伊并没有看着他。看到那大个子男人拍击手掌，科特涌起一股暖意。*诸神保佑*，他心想。而艾尔希甚至对他露出一丝笑容，更是锦上添花。

然后他看到犹大，魔像师脸上的笑容与众不同——既无须费力，也没有意义，就像偶像的笑容。科特对他怀有强烈情感，心情激动。

科特对神灵不感兴趣。新克洛布桑的诸神当中，有几个他还略感亲切，不过往往是出于异端的理由：比如克洛伏，其滑稽的举动似乎并非出于笨拙，而是一种巧妙的颠覆。每当小丑之神的祭司们耐心地念诵“克洛伏颂辞”时，他心中都会想：*你果然是个反叛分子，对吧？*但他并不敬拜任何神祇。他的祈祷总是带着玩世不恭的意味，或者是临时抱佛脚。然而他发现库拉宾的虔诚能带来神力。

尽管需要付出代价，但那僧侣可以找到隐藏与失落的东西。不过如今，科特在库拉宾的语气中已听不到神力的高傲。他能听出某种变化。*他已经放弃了*，科特心想。

“在加拉基语里，它叫作……*索布里奇*，或者*索布里琴鲁尔瑟*。这是一种双关。”库拉宾的声音时隐时现，揭示出新的信息。“*索布里奇*是‘怨恨’的意思，而*索布尔奇*是‘队长’。在我的语言里，它没有名字。在泰什语里……我们不像你们分得那么细。”科特能听出他的厌恶。库拉宾提到泰什时，语气中充满愤怒。

第二天起床时，库拉宾又来了，说要跟他们一起走。那僧侣不打算告诉他们钢铁议会的位置，而是要带他们去。科特一点也不惊讶。

他想要休息，科特心想。也想要独处。跟我们一起，他可以鼓起勇气，揭示出越来越多的秘密，无论代价如何。有什么关系呢？他/她活着还有什么意义，还能为谁效忠呢？

下雨了，但那是另一种雨。阳光冻结在雨滴内，就像昆虫困在琥珀中，因此，天上落下的仿佛是光点。隐秘镇的居民向他们挥手道别。

苏苏里尔对科特露出微笑，然后点了点头。“我们从来无法互相理解，对不对，小伙子？”科特以轻快的语气说道。库拉宾用他那不男不女的古怪嗓音向人们告别。他们的神要离开，但似乎没人感到沮丧。

当然，科特并不知道库拉宾说了什么。“如今你们得靠自己了，你们不需要神灵。”他猜测。或者，“好好记住我，不然等我回来时，我的怒气将会把你们变成盲人。”又或者，“我从来就不是神祇，我跟你们一样是凡人，迷失在愚蠢的信仰中。”

旅行者们往西北方和北方前进，日复一日，穿过越来越凉爽的森林，地势逐渐增高，树冠越来越低矮。

树林变得更稀疏。水池边有各种动物来喝水，有体形纤瘦的熊，还有跟猫一般大的锯齿蜂。科特眼角似乎看到什么东西，他感觉有人在监视。

与隐身的僧侣一起赶路，他们的行进方式十分特别。最先发现这一点的是卓耿。“我们走得太快了。”他告诉科特。他指向前方，那里有一棵分叉的老树，孤零零地矗立在周围环境中。“让它保持在视野内。”他低语道。

科特注视着自己的双脚，却失去了方向感；地形的变化难以预测，仿佛脚下的路捉摸不定。他看到那棵树在前方半里处的一条河边。他听见库拉宾一边走一边大声说话。科特低头躲过一根带刺的树枝，然后放开手，又往前跨了两步。他停下脚步，卓耿低语道：“我说的吧。”

河水已经在他们身后。科特可以透过植被看到那条河，还有那黑色的树，伸展的枝杈指向天空，仿佛乞求的手臂。这树也到了他身后。

他们只是像平常一样走路，并没有感觉走错。除了犹大之外，同伴们都很错愕。“为了找到这种路，你付出了什么代价?”魔像师问库拉宾。

“有时候，时神会允许我走隐藏的捷径——某些失落的道路，”僧侣说，“有时候。”他听起来十分疲惫：“我说过要带你们一起走。”

*你为什么这样着急?*科特心想。*你不必如此急着赶路。所有这些秘密，你必须付出什么样的代价?*

于是，他们继续行走，速度却越来越快。他们扔掉包裹里的物品，跟往常一样奋力前进。僧侣挑选的古怪路径使得他们的行进速度日益加快。他们在树林中遇到一丛石柱，绕过之后却是一片干燥的平原。这里的树木稀稀拉拉，就好像他们在一幅古老而磨损的织锦中行走。

“我想应该是……这边走。”库拉宾说道。随着众人穿越广阔的距离，他们的指南针总是乱晃。他们的速度比骑马还快。

科特明白，库拉宾的行为是一种叛教行为。库拉宾从失落与隐秘之神的疆域中不断索取秘密。他的声音日趋衰弱。

“你想要消失。”科特用极低的嗓音说道。那僧侣被历史与家乡抛弃，流落在外，成为一名叛逆者。*你想要消失。每找到一条遗落的小径，你就会失去某些东西——它们被隐藏起来。你已经受够了。这就是你的打算，让自己的消失有一点意义。*他们的旅途是库拉宾漫长的自杀过程。

“你知道那僧侣想要干什么，”科特对犹大说，“但愿在库拉宾彻底消隐之前，我们能够到达目的地。”

“不远了。”犹大说。接着，他露出笑容，那表情充满愉悦，令科特忍不住回以微笑。

这里的草丛很高，低矮的斜坡上点缀着小范围的冰碛、泥潭和尘土。他们已经走了很久。他们看到牡豆树丛和一片片废墟。野生作物在风中如同海水一般摇曳起伏。那僧侣越来越虚弱，越来越隐秘，但依然劝导引领着众人经过水流，经过成群的动物，经过如蟒蛇般缠绕树木的巨型蜈蚣。

有一天，他们看见一群行进中的动物，其身后扬起一片花粉和尘土，草丛也被搅得来回晃动，犹如鲸鱼在浅滩中戏水。博林那奇，又名阔步兽，是一种游荡在平原上的有蹄类动物。这是一个家族，年幼的走在前面，女王押后。阔步兽站立高度远超人类，步伐迅捷。它们的腿无法弯曲，只能像拐杖一样摆动，疾速从众人身边经过。

一头雌兽转过脸来，看着他们，并友善地挥手致意。博林那奇的手很奇怪，她的胳膊似乎时隐时现。

这群旅行者顽强而坚韧，他们肌肉虬结，射击精准。坡摩罗伊的伤口里染上了颜色，形成醒目的黑色疤痕。艾尔希用头巾裹住乱蓬蓬的头发。男人都蓄起长胡子，并用皮绳捆扎起来：只有卓耿例外，每隔几天就把胡子刮干净。他们的子弹逐渐减少，必须妥善管理。他们的矛用火处理过，更加坚固。科特心想，他们就像一群伺机打劫的盗匪，在大陆上游荡。

但我们并不是，真见鬼，我们的行程是有正当理由的。

“我们一定接近辛恩了吧？”他说道，“还是早就到了？我已经辨不清了。”他们试图计算时间。

有一晚，犹大用泥土造出四个小雕像，然后低吟咒语，让它们跳起舞来。同伴们拍手配乐。表演结束后，他让雕像鞠躬行礼，然后变回泥土。

他说道：“我想告诉大家，我很感激。我要让你们知道这一点。”众人以水代酒，互相致敬。“我要告诉大家……我们走了这么远的路，这趟行程似乎跟最初的目的没有区别。然而实际上并非如此。”

“我甚至无法肯定，你们是否真的相信有钢铁议会，”他露出笑容，“我认为大家是相信的，但对于你们中有些人来说，这也许已不再是重点。我猜你跟着来是因为那间性病诊所里的事，艾尔希。”他说道。艾尔希看着他的眼睛，点了点头。“我知道你为什么要来。”他对科特说道。

“甚至还有你，卓耿……对你这样的流浪者来说……传说与希望就是你的资产，对不对？这就是你们交易的货物，是驱动你们流浪骑手的力量。你跟来是因为你觉得钢铁议会就像是传说中的杏仁糖宫？你想要寻找天国？”

“那不是**我**跟来的原因，犹大·洛。”坡摩罗伊说道。犹大露出微笑。“你对我至关重要，犹大，我愿意为你而死，但不是**现在**。新克洛布桑的事还没解决，事态十分危急。我跟来是因为你说过，钢铁议会面临着威胁，也因为相信你能阻止危机。所以我才会跟来。”

犹大点点头，叹了口气。“我就是想说，这件事比我们自身更重要。钢铁议会……”他沉默良久。“这很困难，因为它本来就是一件困难的事。但这是为了钢铁议会，一切都是为了钢铁议会。新克洛布桑的统治者找到它了——我不知道他们是怎么找到的。我从前的一个朋友，他有无数理由不告诉我这件事，然而感谢嘉罢，他告诉了我。过了这么久，他们还是找到了它。许多市民已不太确定它是否依然存在，更有成千上万的人相信它早就消失了。”

“查弗林……朋友们……我们要拯救钢铁议会。”

第二天，库拉宾与时神进行了长久的对话。隐身的僧侣哭出声来，带着悲痛与哀求。

最后，还是科特先开口。“和尚，”他说，“出了什么事？你还在吗？你已经消失了吗？”

“那不再是秘密，”库拉宾用麻木的声音说道，“我知道上哪儿去找它。但我付出了代价……我失去了自己的语言。”

库拉宾只剩下拉贾莫语。这是旅行者们的语言，粗狂而急促，他们从小就会讲。

“我记得自己的母亲，”库拉宾静静地说，“我记得她对我轻声低语，但我不懂她说的是什么意思。”他的语气中并无惊恐，只有淡淡的认可。“有失必有得，我知道该怎么走。”

他们沿着诡异的路线行进，天空的颜色变幻不定。

在一个锁链日，人们发现脚下的平原不见了，长久以来，他们一直沿着倾斜的地势向上攀爬。稀薄的空气中，众人走在一座长着朴树林的山头上，眼前是一片红土盆地。峡谷逐渐变得开阔，陆地仿佛自行伸展开来。

在一条长长的岩脊背后，黑烟污染了空气。

犹大站在悬崖边，俯瞰着那一缕缕烟雾。它们并非出自燃烧的杂草。他发出一声吼叫。那叫声充满纯粹而野性的欢乐，仿佛他循着历史倒退回去，好像任何人，任何有感知力的生物，都不该产生如此极致的激情。犹大高声呼喊。

他没有放慢脚步，也没有等待其他伙伴，而是快速冲下坡去，沿着草地上隐约可见的小径前进。科特赶了上去，但没有说话。稠密的光线如同糖浆一般流过锯齿状的山脊。

有人朝着他们呼喊，引起阵阵戏谑似的回声。这是询问，也是命令，连续用数种不同的语言喊出。接着，离家乡近两千里之遥，他们听到了拉贾莫语。科特倒吸一口冷气。三个身影从藏身处钻出来。

“站住，站住，”其中一人喊道，“会拉贾莫语吗？”

科特以肢体语言表示自己没有武器。他点点头，露出一种古怪的愉悦。那年轻人说话咋咋呼呼，带着熟悉的城南口音，这种发音方式来自狗泥塘，来自新克洛布桑的偏僻小巷。然而他的发音中还受到其他因素的影响。

犹大奔向那三人：一男一女，还有一个浑身疙瘩的仙人掌族。落日就在他们身后，因此科特只能看到黑乎乎的身影。犹大高举双臂，踉踉跄跄地向他们奔去。在他们眼中，犹大一定是迎着阳光皱起脸，沐浴在傍晚琥珀色的光线中。犹大一边欢笑，一边呼喊。

“是的，是的，是的，我们会拉贾莫语！”他说，“是的，我们是跟你们一伙的！姐妹们！姐妹们！”他再次发出欢呼，显然并非出于威胁，充满温暖的狂喜和解脱，于是，那两名人类警卫走上前来，张开双臂欢迎他，将他当作宾客对待。“**姐妹们！**”他说道，“我回来了，我**回到了家**，是我。**钢铁议会万岁！**诸神在上，嘉罢在上，以，以，以乌兹曼的名义……”对此，他们吃了一惊。犹大逐一拥抱他们，然后转回身，眼中渗着泪水，毫无芥蒂，不加掩饰的笑容。科特从未见过他有这样的笑容。

“我们到了，”犹大说，“万岁，万岁，我们到了。”

回忆 永动列车

水和水藻的根阻碍着他的每一步。那是许多年前的事，犹大·洛仍很年轻，居住在湿地中。

——再来一遍，他说道。仅此而已，没有“请”，因为没有必要。谦恭深埋在这种语言的结构里。若是想要显得粗鲁，反而会比较费劲，需要加入不规则的词尾变化。

——再来一遍，他说道。于是，矛手族幼童给他看自己做的东西。它的眉头舒展开来，他知道那代表微笑。它张开手，指间露出由烂泥和莲花构成的矛手族玩具。幼童一边将它捏成形，一边轻声哼唱，带着婉转的颤音，却并无歌词，那东西动了起来。它只会一个动作，长长的腿一曲一直，重复几遍之后，便散裂开来。

他们站在一片空地边缘，四周是虬结的树木，纷乱的支流河道上覆盖着繁杂的枝叶。树枝掩盖了路径，层层叠叠的植被浸满了沼泽的水汽，树叶就像是枝条上流淌下来的黏稠液体，暂时凝结成固态。

沼泽可以模仿任何地形。既可以是开阔的草地，也可以是森林。有时候，泥土堆积固化，形成沼泽中的山丘。植物根系下面的隧道里积着一层水，仿佛黑黝黝的迷宫。有些地方毫无生气，苍白的树木从臭烘烘的水里冒出来。成群的蚊子和蚋虫叮咬着犹大，吸走他许多血。

对犹大来说，沼泽的空气并不压抑，而是像一层膜。犹大在沼泽居住期间，能够感受到它的滋润。虽然他患上腹泻，虫咬的伤口红肿感染，但他喜爱沼泽。他抬起头，淡淡的云层就像是掺水的牛奶，云层后面是向晚的太阳。他感觉自己变成了绿色，不仅长出霉菌，也成为纤毛虫的宿主，既是环境的一部分，还拥有生命。

那幼童以其族类特有的优雅姿态垂下自己的手。它那小小的手掌上长着放射状分布的手指，仿佛一颗星。其抓握动作也很独特：纤细的手指如同花瓣一般合拢，指甲互相嵌合，形成锋利的矛尖。

矛手族幼童四肢着地，离开犹大・洛身边。它扭转布满肌腱的脖子，回头望向犹大，无言地询问他是否要一起来。他跟了上去，在水中笨拙地行走，矛手族耐心地迁就他，仿佛他是初生的婴儿。

那幼童行走时，四肢精准地穿透水面，而犹大・洛就像拖着整个沼泽前进，身后留下一片宽广的湖水。他很幸运，矛手族幼童的成年亲属并不反对他同行，因为他在行走过程中，每时每刻都可能引起不必要的注意。黑鳄鱼和蟒蛇听到他经过，一定会以为是受伤的动物在水中挣扎。

矛手族社群容忍他，甚至欢迎他加入，是因为他曾从凶暴的沼泽猛兽口中救下两名幼童。他至今仍然相信，怪兽是冲着他来的，然而当两个小家伙看到它湿滑的身体直立起来，发出嘶嘶声响，都吓呆了，那怪物因而改变了攻击方向。它们的伪装腺能分泌出魔法，让它们看起来像是树桩，而不是两名沉默的幼童。只不过怪物离得太近，很难骗过。

但犹大大声喊叫，用木棍敲击采集罐，在安静的沼泽中显得格外突兀。他肯定吓不到那怪物——它就像是海狮、豹子和蜥蜴的混合体，高高耸立，鳍状的颈翼足以击碎他的脑袋——但它被弄糊涂了，钻入水草底下。

获救的两名幼童跑回家，把事情经过用短曲的形式咏唱了一遍，以强调其真实性，从此以后，犹大便获得了它们的认可。

矛手族说话不多。时间一天天过去。

它们的社群没有名字。一座座小屋自草丛与水流中冒出，并以过道或吊桥相连，还有一些房间则埋在潮湿的土壤下。像犹大拳头那么大的昆虫在空中缓缓飞行，发出咕噜咕噜的声响，就像蠢笨的大型猫科动物。矛手族将它们从空中刺穿，并以此为食。

矛手族身披油滑的绒毛，上面凝结着水珠状的沼泽泥土。它们行走的姿态犹如水鸟。它们既像鸟，又像骨瘦如柴的猫，它们的脸几乎毫无特征，也从来没有变化。

红色的雄性颂唱祈祷诗篇，棕色的雄性负责制造工具，搭建茅草房屋，以及照看红树林。雌性负责捕猎，一条腿缓慢地提起，等到爪子露出水面时，腿就已经干了，因此没有水滴扰乱水面。星形的手指合拢起来，形成锋利的尖锥，悬垂在其倒影上方。在一片静止中，一旦有肥硕的鱼或青蛙经过，那只手便突然刺入水下，然后立即收回，手指张开着，猎物被串在矛手族的腕部，仿佛滴血的手镯。

矛手族的幼童在房屋之间嬉戏，用泥土制造魔像，就像新克洛布桑儿童玩滚弹珠和推硬币。犹大记笔记，拍照片。他并非异种生物学家，不知如何分辨重点。它们的各种特殊能力——本能的伪装术，魔像制造，草药医术，短暂地停滞时间——他都想要调查研究。

他不知道它们的名字，甚至不知道它们是否有名字，但他根据一些细微的特征给其中几个取了名字：红眼，老头，马儿。犹大向老头询问那些泥土小人。对方告知他：类似于玩具和游戏。——所以你已经不制造了？犹大问道。那矛手族人哼了一声，窘迫地望向天空。犹大已经不会因为这种失态而脸红。据他理解，这更像是一种礼节规范，而不是能力的问题：成年矛手族制造小人，就好比新克洛布桑的成年人像小孩一样嚷着要上厕所，十分不妥。

犹大跟随雌兽出行。在白昼的光线中，它们身上映出反光。它们捕捉了许多硬壳水蜘蛛，比犹大张开的手掌还大。它们抽取蛛丝，缠绕在植物的根和水下枝条之间，在小溪中形成一张张渔网。

犹大看到古怪的场景。一条体态轻盈的肌鱼在水中扑腾，青色的鳞片鲜明夺目。犹大听到一阵短暂而有韵律的歌声，由两三个雌性矛手族共同唱出，重叠的呼气声互相穿插，叭叭叭叭，节奏快速而复杂，接着，那条肌鱼静止下来，弯曲的身体不再移动，仿佛被固定在水中，一名猎人用尖锥形的手向它刺去。就在它被刺中的那一刻，猎人和同伴们停止了歌唱，肌鱼再次扭动起来，但为时已晚。数天后，他再次看到同样的景象。它们的轻声哼唱近乎难以察觉，却能让猎物短暂地保持静止。

淡水海豚从较深的河道中游过，外貌丑陋，像是近亲繁殖的产物。一条帝王鳄的长嘴吓到了它们。矛手族幼童试图教犹大如何制造泥土小人。它们觉得他也是个孩子。他塑造的泥人粗糙至极，引得它们发出吹气般的笑声。

它们对着小雕像唱诵，他也愉快地模仿，尽管他心里明白，自己最多就像是个强作优雅的小丑。——沙拉巴鲁，他说道。——卡拉姆，卡雷，卡萨！当然，一点效果也没有。矛手族幼童都能让泥人行走，而他的雕像总是倒塌解体。

当时正值夏末，沼泽地里的空气稀薄。远处传来枪声，矛手族全都进入静止的伪装状态，一时间，犹大独自站立在一片突然出现的小树林里。沉默中，沼泽居民们逐渐变回本来面目。它们一起望向犹大。

那些是猎人，身上挂着许多小型沼泽动物的尸体。他们在泥沼中一边探索，一边收集猎物。

犹大从一个人身边经过，距离不到十码，但他已经融入此处的环境，那人既没有听到也没有看到他，只是托着枪，呆滞地望向犹大身后的河道。另一个人比较机敏。他动作专业地直接瞄准犹大的胸口。

——真该死，他说。——差点杀死你。他注意到犹大的衣服，也注意到他由于居住在沼泽中而变得苍白。因此，那人的神情很谨慎，他用拇指朝着北方比画了一下。——他们在那边，三四里外，你得在日落前赶到，他说道。

沼泽里的动物一片寂静，没有通常的鸣声，也没有轻微的爬行和水花声。犹大放慢脚步。这是个关键的时刻，他眼下的处境怪不得别人，但他必须闭上眼睛，认真考虑过去与未来。他不愿这一刻流逝：死皮赖脸地揪住，就像一条狗咬住人不放，然而时间依然继续往前，哪怕扯裂自己，鲜血淋漓。犹大回过神来，感觉更加悲哀。

——哦，这下可好，他说道。他就像是流落在时间中的可怜虫。一阵战栗。

一片泥土，一条堤道。在一个大泥沼池的边缘，有一片开阔地。池塘中点缀着碎石，水流缓慢平静。潮湿滴水的树丛间有一条新的小径，通往围在一起的帐篷与马车。经过清理的地面上盖起了茅草屋，房顶上覆着青苔。此处可以听到枪声。

犹大的包里装着一件礼物，他还带了一束沼泽地里的野花。他看到一群人，身穿污浊的白衬衫和厚厚的裤子，有的在查看地图，有的在检视用途不明的仪器。他们在火上烹煮食物，油腻腻的黑烟仿佛翻滚的墨鱼汁。他们心不在焉地跟犹大打招呼。他一定是像个泥浆精灵。随着他的接近，经过改造的负重牲畜不安地踩踏地面。

首领站起身来。他年纪较长，但依然像狗一样精悍纤瘦。犹大只盯着那人看，然后跟着他走进一间由防水布搭成的屋子。

昏暗的光线透过帆布渗透进来。屋里有简单的黑木家具，比如可以翻开当床的柜子，适用于狭窄空间。

老者嗅了嗅那束蔫谢的花。犹大有点困惑——他忘记了城市礼节。他应该送花给这样一位老人吗？但那人以礼相待，嗅了嗅那束依然美丽的花朵之后，将它们插入水中。

他神态自若，白色的长发细致严谨地编成一条辫子。他的蓝眼睛神采奕奕。犹大在包里一阵翻找（保镖们紧张地举起手枪），掏出一枚雕像。

——这是给你的，他说道。——来自矛手族。

那人接过雕像，似乎真心感到很愉快。

——这是个神祇，犹大说道。——它们不太讲究雕刻艺术。只是做些简单的小玩意儿。

布条扎成的先祖灵魂，这一件是由犹大亲手制作的。那人注视着雕像绑着布条的脸。

——我要问你件事，犹大说。——我没想到你会亲自来这里……

——每次进入新的地域我都会到场。这是一项神圣的工作，小伙子。

犹大点点头，仿佛听到宝贵的信息。

——沼泽里有人，先生，他说道。——我想我来这儿就是代表他们。

——你以为我不知道吗，小伙子？你以为我不知道你的来意？所以我才告诉你，我们在做一件神圣的工作。我想要消除你的悲哀。

——他们并不是像夏克的动物故事集里所描述的那样，先生……

——小伙子，我比常人更尊重《贤者寓言》，但这不需要你来告诉我。这么说吧，我早就知道它不够，呃，准确。这不是问题所在。

——但是，先生。我需要知道，我想知道……你们具体要经过哪里，因为他们，这些人，矛手族，他们，他们……我不知道他们是否能面对你们带来的一切……

——我也不想伤害谁，但诸神在上，嘉罢在上，我现在不能回头。他的语气并不严厉，但其中的狂热让犹大感到一股寒意。——小伙子，你得明白眼下的状况。我没打算把你的矛手族怎么样，但假如他们挡了我的路，没错，他们会被碾碎。

——你明白在这儿看到的一切吗？他说道。——每一个来到此地的人，每一个满身尘土的技工，每一个小职员，每一个随营娼妓，每一个厨子和驯马师，每一个改造人，我们全都是组建新教会的传教士，没有什么能阻止这项神圣的工作。我无意对你不仁。你就是想跟我说这些?

犹大瞪视着他，眼神中充满可怕的悲哀。他好不容易才说出话来。

——还有多久?他最后说道。——计划是什么样的?

——我想你是知道计划的，小伙子。老者神态平静。——还有多久?你得问下面的人。然后还得问沼泽里的诸神和精灵，它们究竟可以吞下多少泥沙。

他露出笑容，轻触犹大的膝盖。

——你确定没什么别的事要告诉我了?我还希望能听你讲点别的，但如果有的话，这会儿你早就说了。感谢你送我这尊神祇。你要是能去矛手族那里，向他们表达我至深的尊敬与谢意，我也会很感激。你知道我很快就会见到他们了，不是吗?

他指向墙壁，墙上挂的地图标示着新克洛布桑，原木林，沼泽，米尔朔克港口，以及向西深入数百里的内陆区域。细节很模糊:这是争议土地。但犹大看到沼泽中央的阴影线。

——这一切我都明白，老人的语气中带着真诚的善意。——我曾经见过许多居住在野外的人。无论你现在怎么想，小伙子，这是故作矫情。但我不打算说教，这并非互相指责。我只是告诉你，在历史的潮流面前，你的新部落最好赶快远离。

——但真该死，犹大说。——这不是无人居住的土地!

老人似乎很疑惑。——沼泽里蛰伏了千百年的东西，不管它们是什么，只要能适应我带来的历史潮流，那我也欢迎。

回到湿地深处的矛手族中间后，犹大不知该怎么说。他知道，身后茂密的树叶构成的墙是一种假象。

幼童们又试图教他造魔像。在此之前，他从未成功施展出一点点魔法。他以为自己没有天赋。正在苦恼的时候，一名矛手族长者走过来，轻触犹大的胸口。犹大睁开眼，感觉体内有股力量在流动。不知是因为矛手族的触碰，还是因为沼泽的空气，还是因为吃的生食，他感觉掌握了前所未有的技巧。震惊中，他发现自己能让泥人稍稍动起来了。矛手族幼童轻声哼唱，以示称赞。

——有人要来这里，晚上他说道。矛手族只是礼貌地注视着他。——有人要来这里，填塞你们的沼泽。他们要切割你们的湿地，减小它的面积。

犹大想起那幅地图。整齐的三等分。墨水标出的地区将被改造，上百万吨的碎石将运抵此处，树林将遭到彻底毁坏。

——他们不会因为你们而停手。他们不会因为你们而改变。你们必须离开。你们必须去南方，走得更深更远，到其他部落捕猎的地方去。

很长一段时间内，它们毫无反应。然后，矛手族用单音节词汇构成的语言平静地说：

——那是其他部落捕猎的地方。它们不会欢迎。

——但你们必须去。如果你们不离开，就得面对那些人带来的东西。所有的部落都必须躲起来。

——我们会躲起来。那些人来的时候，我们会变成树。

——这还不够。他们会让土地变干，会埋掉你们的村子。

矛手族望着他。

——你们必须离开。

它们不愿离开。

随后的日子里，犹大焦急地咬着指甲。他跟矛手族一起进食，观察它们，给它们拍照，作笔录。但他越来越难过，感觉这些行为就像是为了纪念它们。

——我们也经历过战斗，它们告诉犹大，因为他问起它们的战争。——三年前，我们跟另一个部落发生战斗，死了许多成员。

犹大问死了多少，矛手族抬起双手——这个矛手族的每只手上长着七根指头——张开又合拢，然后再竖起一根手指。十五个。

犹大摇摇头。——如果你们不走，会死更多更多，非常之多。他说道。那矛手族也摇了摇头——这是跟他学来的动作，它使用时充满骄傲。

——我们会变成树，它说。

犹大已经能让泥土小人跳舞，他的技巧日益纯熟。如今，他可以用烂泥造出一尺高的雕像。他不明白其中的原理，也不知道矛手族幼童是如何教他的，不知道那成年矛手族往他体内注入了什么，但他对自己的新技能感到很愉快。如今，在魔像竞技场里，他的小人已经能打败其他雕像。

这是他唯一的快乐，然而他很厌恶，因为那就像是在逃避。有那么一两回，他再次恳求矛手族跟随他进入沼泽深处。他感觉很羞愧，因为无法用言辞说服它们。这是它们的文化，他对自己说，这是它们的本性和生存方式。责任在它们——而不是他。然而他不相信自己的想法。

他感觉陷入了历史的束缚。他像受困的蝴蝶一样挣扎扭动，却无法脱身。

数天来，猎人的枪声此起彼伏，带来阵阵回音。犹大搞明白了一件事。他看到矛手族将一只小腿那么粗的蝾螈逼到死角，然后一起有节奏地哼唱，**呼呼呼呼呼**，于是那蝾螈在跳跃中短暂地停顿下来，陷入凝固的时间。犹大意识到，这种节奏跟幼童驱动泥土魔像的歌谣相类似，但更加复杂，有更多重叠的声音。

他被那颂唱声迷住了。他想要保留这声音，将它封存起来，仔细分析。他只能尽量精确地把时间间隔记录下来，以便找出其中的联系。

犹大进展很快。他感觉体内的一团结解开了。红眼帮了他，它几乎可以算是个朋友。——我们会制造活动的雕像。每个人都会：孩子和猎人使用不同的方法。犹大发现，幼童的颂唱只不过是模仿，捏出魔像的是它们的手。猎人则用有韵律的歌声代替幼童的手制造雕塑。两种方式异曲同工。

远处传来机械的噪声，一种有节奏的轰鸣。

第一个死去的矛手族是一名幼童，由于太过迷惑而无法控制伪装。一名猎人看到一头四足动物和一棵腐烂的树快速地交替出现，他被吓到了，朝它开了一枪。他不知道自己杀死的是什么，他没有吃那幼童，只不过是碰巧，是出于对未知事物的恐惧。矛手族部落发现了那具小小的尸体。

他们已经到了湖边，犹大心想。他仿佛看见马车拖来无数泥土和石头，填满了沼泽。

时间紧迫，他必须带着自己的新家人消失在沼泽深处。不能错过时机。然而他失败了。每一晚，他都重复说道——你们必须离开，这儿不安全，会有更多成员死去——但他放弃了。他逐渐抽身远离，再次成为一个旁观者。

矛手族低声地互相辩论。它们的食物越来越稀少。鱼和其他可食用动物不是逃走了，就是被埋没。沼泽中出现毒素，上千人产生的废水都被排入沼泽，这些污浊黏稠的液体来自厕所，来自水晶净化，来自黑火药和临时坟场。

又有一个雌性矛手族因受到惊吓而被杀死。机械的轰鸣声从不停歇。

一队矛手族猎人返回之后试图解释看到的景象。某种消耗能量的机芯正逐渐接近。犹大知道，现在已经有蒸汽挖掘机，人也越来越多。

——有个家伙要伤害我们，一名矛手族说。它给大家看缴获的枪，上面沾有人血。它们杀了人，犹大知道，一切都结束了。倒计时结束了，只是它们还不明白。它们气数已尽，毫无希望。他在忙乱中观察，用笔记保存这一族群的信息，向它们致敬。

那次杀人之后，矛手族成为捕猎对象。

红色的雄性解开缠绕着布条的神像，将其雕刻成杀戮的神灵，重新开启死亡膜拜。一部分被选中的雌性和棕色雄性将矛手浸在毒液中。这种毒只需一点细微的伤口就能致命，但也会通过皮肤渗入它们体内，一天一夜之后，它们便会死亡。因此，它们别无选择，只能充当狂暴的自杀攻击队，冲向入侵的部队。

犹大看到新克洛布桑人的尸体，带有被矛手刺穿的伤口，因为毒素而胀得鼓鼓的，在绿油油的水道尽头上下起伏。假如他被发现跟矛手族在一起，就会成为种族的败类，城市的叛徒，然后被缓慢地处死，也许未经官方认可，但大家都会赞成。矛手族勇士不断伏击修铁路的人。

它们每次杀死三四名人类或仙人掌族。一双矛手能换取一定数量的赏金。没过几天，就有新人来到沼泽。他们是赏金猎人，身穿褴褛的奇装异服，不符合任何社会规范，是来自各种文化的叛逆者。犹大透过树丛看到他们。

这群下三滥的赏金猎人来自科勃西或卡多，还有来自底尔沙摩的仙人掌族海盗，以及来自嘉切提斯特和新克洛布桑社会底层的蛙人。有个女人身高七尺，舞动两副连枷进行战斗，打走了许多矛手族尸体。有传闻说，还有一名身穿盔甲的结辛族也来到此地。一名火水海峡的巫师收获了许多双矛手，并将它们捆到一起，仿佛诡异的花束。她依靠捕猎式睡眠召唤出梦魇恶魔，在营地中大开杀戒。

——去沼泽深处。犹大再次说道。这一回，村里依然存活的矛手族听取了他的意见。

它们去往南方。红眼告诉犹大，从其他各处逃亡的矛手族形成了一个新的混合部落，它们要去那里避难。

——我很快就会离开，犹大告诉它。红眼点点头，又是学来的动作。

没有幼童留在村子里挑战他的小魔像。这里只剩成年的族人，以军事为重，铺设陷阱，清点杀敌数量。机械和石头的碾磨声永不停息，工程不断推进。

有一天，犹大起床后，收拾起所有物品——笔记，样本，照片和图画——走出村落，穿过迷宫般的水道，来到新的工业区。他摆脱了羁绊，进

退维谷的时期已经过去。

新辟出的空地边缘有一名工头，正朝着手下人叫嚷。犹大瞪大了眼。他们渺小而原始，却目中无人，但他们正在重塑此处的地形。

犹大走过工头身边时，那人朝他点点头，告诉他说——这他妈的根本不是一个湖，这他妈的鬼玩意儿简直就像恶魔。他朝着黑乎乎的水里啐了一口。——我们填进去多少东西，它就吞掉多少，就像个无底洞。

这里有伐木工，司旗员，测量员，猎人和挖掘地沟的工程师。有人类，仙人掌族，蛙族和改造人，沼泽越来越小。

人类，仙人掌族和改造人连续不停地运来一车车石膏和夹杂碎石的泥土，然后在新形成的岸边将它们倒入水中。蒸汽挖掘机抽搐着抛下的泥沙也被沼泽吞没。水草，灰尘和繁茂的树叶都被移除，湿地失去了伪装，暴露在外的水面越来越宽广。伴随着吞咽般的噪声，一车车手推车里的物质尽数沉入水底。

——看到没？看到没？那工头说。——这该死的怪物比婊子的洞还深。

这曾经的沼泽中，淤泥能像蟒蛇一样把你紧紧缠住。从山脚下运来的石块被垒成堤道，任由黏稠的池拍打冲刷，成为阻挡泥土与碎石的壁垒。沿途的松树，红树，低矮的草丛，凌乱的睡莲全都被清理干净，只剩下干燥的土地。这条平整的泥土路有二十码宽，仿佛永无止境。犹大极目回望，只见它从潮湿的灌木丛间穿过，四周的树林已被清除，还有一群搬运工和伐木工在工作。

帐篷排成长长的一串，就像一座村镇。骡子被改造得像沼泽中的两栖类生物，用来拖车。犹大在垒起的路面上行走。地面上布满树桩，再往远处，则是流动的沼泽支流。在水泵的轰鸣声中，水道被抽干，变成了烂泥滩，即将铺上新运到的石子。这里有成群的仙人掌族，硕大的肌肉在带刺的皮肤下颤动。

还有许多改造人。身体完整的自由工人是劳作者中的贵族，改造人从来不看他们。

犹大一生中见过的改造人千奇百怪，身体被改得匪夷所思。路基上有个人，他的正面长满骨瘦如柴的胳膊，不是出自死尸，就是来自截肢。跟他拴在一起的是个高个子男人，脸色平静，胸口嵌着一只狐狸，不停地龇牙咧嘴，试图咬他，形象十分恐怖。

另一个人在地上爬行，背负着铁制的螺旋壳，还从中冒出烟来。改造人中也有女性，其中一个正在干活，她看起来就像是一根被掏空的立柱，有机的身体仿佛是后来才拼凑上去的。还有一名男子——也许是女子？——身上的肉如同波浪般涌动，还会像章鱼一样打嗝。有的人脸被移到别处，有的人身体由钢铁和橡胶管构成。有的人长着蒸汽驱动的手臂，有的人长着动物的手臂。还有个改造人用手臂走路，他的手臂是与身体长度相近的活塞，而他的腿被替换成猴子的脚爪，从腰部以下伸出来。

工头们监视着改造人搬运货物，时不时抽打他们。路面穿过树丛一直延伸到远处。

——矛手族的朋友，老者说道。他向犹大表示欢迎。

——矛手族的朋友，很高兴见到你。你是回来加入我们吗？犹大点点头。——我很高兴，小伙子。这样最好。你的部落怎么样了？

犹大冷冷地抬起头，但他没有看到幸灾乐祸的表情。这问题不是为了刺激他。——没了，犹大说。他感觉很失败。

老人点点头，鼓起嘴。——你能带我去它们的住处吗？他说道。——我想把它拆了。不能让它们有一个可以返回的地方。要知道，这里将会出现一个村镇。没错，我们此刻就坐在它的地基上。汇口镇，岔路镇，沼泽三岔镇，我还没定下名字。我也许可以将矛手族的村落改造成博物馆，从蒸汽广场步行半天就能到达。但我打算将它铲平。所以，你能带我去吗？

如果留着它，矛手族就会想要返回，就像儿童想要寻找昔日的游乐场。

——我带你去。

——好孩子。我理解你，也敬佩你。我尊重你的经历。你找到要找的东西了吗？我还记得跟你的第一次谈话。我雇佣了你，记得吧。我有求于你，但我也一直觉得，你对沼泽或矛手族有所期待。你找到了吗？

——是的，我找到了。

老者微笑着伸出手，犹大将那叠地图，笔记和传说都交给了他。老者并没有指出这些信息来得太迟。他快速地翻了翻，也没有指出其内容有多粗糙，犹大的工作有多不到位。另一个人走进来，急切地向他汇报一项即将延误的工期。老者点点头。

——我们的麻烦太多，他说道。——工头们对城里的官员很不满。他们不明白我们的处境，送来的改造人毫无用处。断裂的地桩，倒塌的护墙，崩溃的支架，这些都是我们面临的问题。他露出微笑。——我一点也不惊讶。

——欢迎回来，他说道。那么，你算是我的雇员吗？你是要回新克洛布桑，还是留下？我们得谈一谈。我必须离开。我们已经在这儿待得太久，后面的平原里，火车都快要赶上我们了。他们已经抵达树林。

是的，就在不远处。犹大沿着路基往回走，路面越来越平坦，越来越成形。这片被驯服的土地有一种美感。这条路就像是异物，不断受到沼泽的抓挠。

转过一个拐角之后，又有一群劳工。在稀疏的树丛之间，他们跟铲平湿地的工人差别不大，但在施工过程中，他们的动作含有一种独特的节律。

他的面前出现一群人。随着一阵砰然重响，枕木被连续快速地铺放下去。然后是铁杆从货车上卸下的滑动声，改造人和普通人一起用钳子将它们抬起，动作娴熟，令人惊叹。身强力壮的工人踏上前来，挥起锤子，将螺栓和铁轨固定住，节奏犹如交响乐团的配合一般完美。在所有人身后，是个庞然大物，一边注视着他们劳作，一边发出蒸汽排放的噪声，并不断向前缓缓移动。红树林里藏着一列火车。

他第一次遇见老人，是在好几个月前。维瑟·莱特比。疯子维瑟，铁腕莱特比。那是在大陆铁路联合公司的办公室里，他跟其他年轻人一起正襟危坐。

这里有大学生，有小职员的儿子，有喜欢冒险的富人，也有像犹大那样抱负远大的青年。甚至还有狗泥塘和凯弥尔的学徒，厌倦了工作，又受到儿童故事和游记的鼓动。

——几十年来，这一直是我想要做的事，莱特比说。他的话激发起众人的兴趣。新雇员都很尊重他，他的年龄几乎是他们的三倍，他的钱也没有让自己的形象受损。——我曾经两次前往西部勘探路线。可悲的是，两次我都不得不返回。横穿大陆的事仍需要有人去完成。这是一项大工程。我们在这里只是开个头，稍稍往南方推进。铺设一千里铁轨，穿过风化的石灰石，穿过森林和沼泽。犹大为莱特比的热忱所折服。这项工程如此浩大，哪怕拥有他那样的财富，也可能会破产。

莱特比触摸他，像医生一样听他的胸音。他分配任务，组织团队。——你可以去沼泽，然后向我们汇报情况，年轻人。那片区域条件恶劣。我们需要了解，会遭遇什么情况。

这就是犹大来到此处的原因。

那是他第一次从新克洛布桑出发远行。队伍中包括工程师，园艺师，学者，还有粗犷的勘探员，他们自豪而友善地看着留长发的犹大。他们从新克洛布桑以西两三里处出发，戒备森严。平地上出现一座小镇，包括一系列缓冲区和铺开的铁轨。

这里有足以容纳轮船的巨大仓库，还有堆积成山的碎石，以及从原木林中采伐的木板条。人类和仙人掌族聚集成群；虫首人的硬壳脑袋显得略焦躁；蛙人居住在流向城中的河渠里，驾驶着敞篷平底船；除此之外，还有一些较为稀少的种族。各式各样的肢体汇聚到一起。廉价交易，各种合同与任务。改造人被塞进带栅栏的车厢里，仿佛对待肉用牲畜。黑火药炸开一条通道，铁路绕过森林边缘，伸向空旷的平原。

此时正值暮春，飞艇自头顶突突驶过，勘测土地，监视铁轨。犹大从火车的窗口里望着荒野。

列车上载满了新雇员，包括坐在木板凳上的劳工和囚犯车厢里的改造人。犹大跟其他勘测员坐在一起。他聆听着活塞发出的声响。新克洛布桑城中那些简单低矮的列车总是在加速或减速，痉挛似的穿梭于车站之间。它们没有机会提升并保持速度，形成这样的声响。这种全新的节奏，属于疾速行驶的列车。

他们经过一个村子：古怪而丑陋。岔轨通往村中，犹大看到最初的土屋周围有许多迅速搭建起来的木房子。很明显，一年之内，这个村子扩张到了原先的三倍。

——疯了，其中一个人说道。——这不可能持续下去。两年之后，他们就要哭了。我们经过的每一座破烂村子都得给铁路提供资金，不然新克洛布桑黑帮就会来接手，好让莱特比能继续修建这该死的铁路。它们不可能全部生存下来。有些村子会灭亡。

——或者由我们把它消灭，另一个人说道，众人发出笑声。——我们还没破土动工，他们就开始盖房子。西边的萨尔伏有个村镇，是莱特比的人自己建的，也就是他的大陆铁路联合公司的人。他们跟铁腕莱特比一起规划从米尔朔克到科勃西的线路，并为他建起一座小镇。那地方在通往沼泽边缘的半路上，原本一无所有。

——然而后来出了一些差错，只有嘉罢知道怎么回事，铁腕莱特比不再跟他们打交道。所以我们现在绕道而行，铁路不再经过萨尔伏。人们又大笑起来。——它还在，依然很现代。只是死寂而空旷。它是洛哈吉大陆上最年轻的鬼城。在犹大的想象中，那里的音乐厅和澡堂只有尘埃拜访，并渐渐被藤蔓吞没。

他们在一座新近发展起来的镇子停下，小贩们涌向列车，高举着廉价食物和服装，还有手工印刷的书籍，包含动物志记和新开辟区域的地图。他们售卖铁路上的报纸——犹大买了一份，叫作《轮子上的房屋》，印刷粗糙，到处是拼写和语法错误。里面都是工人的牢骚，粗鲁地指责改造人的过失，还有色情文学和手绘的色情图画。

铁路在混乱的烂泥和垃圾之间伸向西南方，一座临时村镇被拆解，再往前则是岩石和草原。有一次，列车经过一条新架的桥，摇摇晃晃地爬上峡谷。

有时，他们必须来回爬坡，但大多数时候列车一直向前开——偏离意味着失败。高耸的岩石被劈开，变成一道沟壑，两侧铺满碎石，还有烟熏的痕迹。西方的山峰俯瞰他们，贝哲克山脉四周笼罩着阴影。当列车放慢速度，那是因为已经到达铁路的尽头。

这片荒野中有人。许多女人穿着沾满灰尘的衬裙，有些还抱着孩子。突然间，她们成百上千地出现，住在明晃晃的铁轨旁，形成一座由帐篷构建的城市。那是一幅怪诞的景象，站街女竟来到这片荒芜的土地。

日落时分，有人点起篝火。犹大想到铁轨留下的死者，有的病死，有的遭到杀害，也有儿童被抛弃或扼死，他们全都埋在这铁轨底下。减速之后，他们缓缓地经过一群牛，那是瘦弱的混杂品种，隐约经过改造。它们依靠此处稀少的食物为生，横向的瞳孔显露出山羊的血统。最后，在妓女镇和牛群的前方，是那辆永动列车。

犹大绕着它和工作人员走了一圈。这是一座搭载在列车上的城镇，一座缓缓爬行的小型工业都市。在空铁轨和无人区的尽头，他看到了这件杰作。新克洛布桑已延伸至此，一个满是棱角的金属怪物。巴斯-拉格最伟大的城市伸出一条新的铁舌，舔过平原上的诸多城市。

犹大一行人从铁轨的尽头出发，又走了许多天。他们经过铺设枕木的大车，工人们砍倒树丛，将其加工成木板，然后堆到一起拖着走。枕木再往前，路面只剩下裸露的碎石。沿着枕木行走就像攀爬横躺在地面上的梯子：如今变成了一条路。当它遇到高地，便辟出沟壑，遇到洼地则高高凸立。他们距离铺路的团队还很远。

五天中，除了飞鸟，没人与他们做伴。此处宽阔的陆地上，山坡和小溪十分奇特，岩块如同石碑一般高高耸立，在风化作用下呈现出不经意的浮雕。绵延的路基仿佛大片废墟，类似于城墙的遗址。他们听到噪声，于是走向岩石间的一道缺口。

隧道挖掘工在岩石间钻出一条通道。洞口驻扎着一群人，洞穴里也有更多人冒出来，推着一车车山体的碎屑。他们距离新克洛布桑太远，蒸汽挖掘机过不来。此处的岩石大概很坚硬，但犹大喜欢想象，某种大如车厢，鼻子仿佛钻头的怪物从地底冒出来。隧道工在荒野中只有依靠锄镐和黑火药挖出一条路来，而铁轨还要好几个月才能到达。

胳膊变成活塞和冲击钻的改造人几乎被自己劳作时产生的噪声震聋。有个人的手臂被替换成大号的鼹鼠爪子：他不可能挖穿岩石，但工人们把他当作吉祥物，让他坐在隧道中间，鼓舞大家的士气。此处有大陆铁路联合公司的警卫把守。

——你们要去哪儿？保安主管说道。

——往南。科勃西平原。

——去沼泽，犹大的勘测员同伴说道。

——去沼泽，主管说道。——铁轨要能铺到那儿，那可真是值得庆幸。真他妈的见鬼，嗯？

犹大面带微笑。他的同伴笑出声来。七周后，他死于一种消蚀性的沼泽疾病，留下犹大孤身一人。犹大回想起曾经见过一些沼泽湿地的照片和版画，他仿佛看到，树丛里钻出的动物和饱含湿气的植物被封固在坚实的泥土中动弹不得。

他们走到了路的尽头。铺路的人遇到高耸的地势便将多余的物质铲下来，倒入低洼处。

山丘被改造成适合于工业运作的阶梯状地形，到处是工人和运送货物的牲畜，黄土飞扬。随着工程的进展，阶梯最终被夷为平地。山丘所在之处出现了一道沟壑。

*成群的工人沿着丘陵分布，就像一串念珠，*犹大心想。

如今，犹大回来了，与永动列车会合。列车已进入湿地。

黑黝黝的沼泽仿佛一摊扩散的油腻物，但如今它遭到入侵。一条道路伸入其内部，底下垫着石块，路面上的铁轨闪闪发光。犹大通过树丛的间隙看到火车的黑烟。

运送物资的列车到了，满载着枕木和腌牛肉，还有黑色的铁轨。犹大可以搭车回新克洛布桑。然而他平静下来，事情还没结束。他不想回去。

拥挤的土地让生产停顿下来，人们汇聚到一起：填路的，铺枕木的，敲钉子的，都聚拢在永动列车前。翼人在废弃物中搜寻，营妓也跟着加入。永动列车的后方出现了一座由帐篷构成的城镇，有酒肆帐篷，舞厅帐篷，妓院帐篷，还有廉价的木头预制房和供劳工休息时观看的马戏表演。

——我曾经到过那里，犹大望着沼泽地对自己说道。——我理应回家，但是，但是……很难说清为什么他没有回。他被这规模浩大的行动所吸引。

他回到废弃的矛手族营地。那里已趋于毁灭，逐渐被泥沼吞没。他想要深入沼泽，在日益缩小的湿地中寻找矛手族。但他是人类，矛手族如今会杀死人类。他的沟通效果不佳。他感觉就像被掏空了似的。

犹大观察着铺路工的进展。他就像是海鸥，在列车缓慢推进的尾迹中寻找腐食。在这片无情的沼泽中，轨道每天只能铺设数十码。秋季在加速前进。

沼泽地的边缘，帐篷构成的城镇和一些简陋小屋汇集了商业与原始工业。此处充斥着来自各地的流亡者，有不工作的劳工，有矿石勘探者，有加装了活塞的马匹——铁路沿途的平原上，游荡的人群越来越多，包括仙人掌族，蛙人族，洛歧斯族，虫首族，以及某些更古怪的种族：双足行走的甲壳虫像僧侣一样戴着兜帽，还有一些生物长着太多眼睛。他们追逐荣耀，唯利是图：一群源自各种文化的乌合之众。

——有这玩意儿在，有这样一列火车，我怎么能随便回去呢？犹大在玩骨骰时对一个人说道。我怎么能回去？

他游荡在铁路沿线的蒸汽与活塞之城中。这里住着成千上万的男男女女，许多人没有工作。他们是跟在永动列车后面行军的预备役。警卫不注意的时候，他们便会行乞。

犹大用轨道尽头被无数人踩踏过的泥土制造魔像。他无法离开轨道。

在铁路施工或短或长的期间内，沿途的村镇变得富有，也变得暴力得要命——颓废堕落，豪饮酗酒，到处是妓女，缺少法律制约——然后便消亡了。这些村镇生如蜉蝣。

性交易对铁路行业来说，跟敲钉子，铺路，放牧和文书工作一样重要。来自新克洛布桑红灯区的妓女如同难民一般跟随着铁路的铺设，再加上管理安置她们的人，形成了一座帐篷之城。人们称其为“春宫镇”。

火车到来之后，改变了一切。千百年来，枯瘦的树林旁有许多居民区。勉强维生的农夫，猎人，隐士，商贩，土著，设陷阱捕兽的人，躲避新克洛布桑的反叛分子都常常发生冲突。从城中逃亡的改造人来到草原，成为自由改造人。如今，这里的原生经济被打破了，新克洛布桑也听到此处的传闻。

少数来自城中的勘探者从铁路沿线出发，寻找传说中的矿藏，包括岩乳，珠宝，以及含有特殊能量的怪兽骨骼。这里是罪犯逃亡的新去处，而赏金猎人也追踪而至。所有这些新来的探险者，城市底层的渣滓，大陆各处的怪人，全都汇聚到这片土地上。他们沿着不同的路径在铁路周围活动，仿佛一条条支流，仿佛藤蔓植物交错的根系。犹大是其中之一。

他沿着漫长的铁轨到处游荡，他意识到，自己处在轻微的震惊之中。每晚他都梦见矛手族，听见它们断断续续的话音和喘息。在梦里，它们的手被斩除，鲜血淋漓。

犹大走了许多天，他经过一条高架桥，上面挤满工人，还有长着猿猴手臂的改造人荡来荡去。在一条岔道的尽头，铁路绕进一片四周都是黑硅石的干旱区域。此处有一座叫作萨其的小镇。人们赋予它各种各样充满活力的新名字：议价镇，纸牌镇，洞眼老镇，叫卖镇。

往赌场里砸钱的有铁路工人，也有佩银手枪，戴黑丝帽的花花公子：赌徒，牌友，投机分子。他们来自新克洛布桑，米尔朔克，以及计划中的终点科勃西，但还有人来自更远的地方。有个仙人掌族来自尚克尔，有个无名蛙人据说来自纽瓦登，还有个叫柯洛西的萨满巫师，来自虫眼灌木林，他那件传统的龟壳外衣上镶有额外的绳索与护罩。

犹大看着他们互相打招呼，开玩笑。

——树皮脖子，柯洛西用流利的拉贾莫语说。——自打米尔朔克之后，一直没见过你。犹大看到他从腰带上摘下出自虫眼灌木林的武器，那是一把图腾式的钉头锤，镶有细小的贝壳。

这里的骰子和纸牌风格各异。有六面的骰子，八面的骰子，十二面的骰子，还有不匀称的骰子，每一面出现的概率有所差异。有一种卡牌包括七样花色，比如轮子，火焰，锁，黑星等等。还有的牌只有图案，没有花色。

赌博的人群里也有女性：弗蕾的笑容美丽而硬朗，红蔷薇穿着漂亮无比的血色裙装，她用来消暑的扇子带有金属锋刃。在萨奇镇的第二个星期，犹大看见一名改造人——不对，看他的模样，是一名自由改造人，一名逃亡者——他的下半身仿佛一窝互相缠斗的蛇，他从警卫身边爬过，而警卫都假装没看见。——贾克耐斯特，人们窃窃私语——贾克耐斯特，自由蛇人。贾克耐斯特进入里屋，身后留下一道痕迹。那间屋子里一定是有高价赌局，只要有钱就能参与——让法律见鬼去吧。

犹大无意赌博，而尝试了偷窃。他用木棍造出魔像，然后让那小人钻入当晚赌局最大的桌子底下。它爬到一把椅子的横档上，坐在普雷斯·豪下方。那赌徒身穿银黑相间的服装，赢了一大堆筹码与期票。赌场里拥挤而喧闹，除了犹大，没人注意到那小人像。

它按照他的指令，试图扒开普雷斯·豪的袋子。一道红光闪过，魔像变成了燃烧的焦炭。伴随着一团烟雾和微弱的火焰，一只老鼠顺着豪的外衣迅速往上爬，绕过他的脖子之后不见了。所有人都站立起来，但豪抬手作安抚状，让大家镇静。

犹大眨了眨眼。当然，像豪这样富有的职业赌徒，身边一定有保护措施。他并不依赖赌场的土著精灵来探查非法行为。他有自己的防护魔灵。等到赢够了之后，豪站在吧台边，一边喝酒，一边讲故事，讲他的赌局，讲他到过的地方，讲这条新铁路如何将他带回了新克洛布桑。*他在分析这条路*，犹大心想。*循着它往回走，就像数纸牌一样察看每一段里程*。

——先生，我想做你的随从。面对这年龄仅有他一半，神情阴郁的年轻人，普雷斯·豪笑出声来，态度不可谓不和善。他很容易就被说服了：有个仆人是不错的炫耀方式。他给犹大置办了服装，又买了骡子，并教他怎样骑。——现在你得跟着我一阵子，算是还债，豪说道。

他们在铁路沿线的村镇之间行走，穿过草丛与灌木，有时从高处俯瞰铁路和工人。铁路两旁的环境发生了变化：动物十分机警，树木也变得稀疏。

犹大只有在独处时才制造魔像。在村镇之间赶路时，普雷斯友善地跟他聊个不停：而当他们到达有赌局的地方，他则换上一副主子的表情，让犹大站在身后递上点心与手帕。犹大就跟豪身上的棉绒外套一样，是他的行头。

参与赌局的总有那几个人，犹大了解到他们的风格。树皮脖子是仙人掌族，性情阴郁，惹人讨厌，只不过他的牌技不如自己想象的那么好，才勉强被允许加入。红蔷薇外貌可人，嗓音悦耳。还有贾卡·喀桑，奥金格斯德，蛙人施切斯特，等等，每人都有各自偏好的玩法。豪拥有自己的防护魔灵，而其他人也有保护措施：比如咒符，魔宠，或者驯服的空气元素精灵，在主人头发里钻进钻出。犹大经常看到作弊的人和输急眼的人被放倒。

某一晚，普雷斯·豪输掉的钱比犹大一辈子拥有的都要多，但两天之后就又赚了回来，而且还有盈余。犹大看到他的赌资有木屋，有武器，有带芳香气味的奇珍异宝，而最常见的就是钱。有时候，犹大也找机会丢几个硬币下去。他觉得这符合人们的预期。

在野外，犹大的职责还包括性事。他并不在意：感觉就跟和女人做没什么区别。他感到体内有一团不断增长的热情，也萌生出慷慨行善的意图。

离开铁路骑行一天之后，他们听说玛鲁阿姆的赌徒即将到来。每个人都很兴奋。

——我一生都在赌，那天晚上，普雷斯·豪说道。——没有哪种风格或手段我不曾见识过的。有靠本能的，有靠占卜的，也有学院出身，凭计算下注的。我赢得多输得少，不然也不会有今天。但玛鲁阿姆，喔。我多年前去过一次，告诉你吧，假如我会虔诚祈祷，就祈祷有一天能死在那地方。

玛鲁阿姆，赌博议会。

——没错，他们大多玩轮盘赌，半洞杰克和摇骰子，但除了这些，他们也玩纸牌。那是十年前，1770年。当时，幸运女神就像是迷上了我。我押上马，押上武器，押上性命，结果不停地赢。接下来的赌注，只有在玛鲁阿姆才会出现：我通过玩大桥牌和黑七，赢了一条又一条法律，直到有一晚通宵打五连手，我押上一条重要的房产法令，对手是女王的卡牌议员，然后我*输了*，但我看到他从袖子里抽出隐藏的牌，赢下了整局的律法，于是我揭发他，虽然我并不好斗，但我很生气，接下来是决斗——*十步转身法*——城里有成百上千的居民来观看，他们大多为我加油，因为我的法律对他们更有利。直到今天，我仍觉得杀死他的人不是我，而是他们中的某一个。我从来都不太会用枪。他露出微笑。

玛鲁阿姆人的赌局独一无二，他们有自己的规矩。这是一次赌徒的聚会，地点就在盆地中河流汇合处的一座小镇，距离铁轨有一天的骑行路程。朝圣的赌徒纷纷前来参与。镇上的居民看到街上出现那么多富人，十分震惊。酒馆里满是衣着光鲜的男男女女，他们携有古怪而精致的武器，也带来了外地的酒。有些人把酒卖给当地的房东与店主，另一些人又买回去。还有人招嫖本地的年轻妓女。

冬天到了，开始下雪。犹大听说筑路的人迫于天气，不得不停工，找地方躲起来。他感觉仿佛遭到某种东西噬咬侵蚀。这条路是写在地面上的词句，他必须解读其含义，但他失败了。

冰冷阴沉的天空中出现奇特的物体。玛鲁阿姆赌徒乘坐一艘古怪的生化鸢船抵达，它形状细长，披着羽毛，泛出类似甲虫的光泽。降落之后，它眨了眨前灯似的眼睛，然后赌徒们从其体内涌出。他们的连身衣裤颜色就像翡翠与蛋白石。他们也带来了纸牌。他们的首领是一名公主。她举起手，用带口音的拉贾莫语喊道——让赌局开始吧！话音中充满令人咋舌的戏剧效果。

本地人以乡村舞蹈作为娱乐，显得呆板而不合时宜。到处是骰子和夏塔兰碟的撞击声，仿佛车轮在铁轨上滚动时有节律的音响。还有洗牌时轻微的窸窣声。

普雷斯·豪的对手是一名镇定沉稳的双性人，来自玛鲁阿姆。此人已不慌不忙地在巴卡拉，伯奇克，扑克等各种纸牌赌局上获胜。豪打了个响指，让犹大递上热冰糕，但这种炫耀太过俗气。双性人露出微笑。

他们用一副七边形的牌赌了一局，犹大从没见过这种玩法。他们不断地翻牌，弃牌，然后让剩下的牌在桌面上串连起来，形成交错重叠的图形。其他人时而加入，时而离开，按照某种未知的规则下注，但他们都输了，只有豪和那名阴阳人留下来，守着越滚越大的赌局。

此刻，每一轮押注，都给豪造成身体上的痛苦。人群逐渐聚集起来。又翻过一轮牌之后，来自玛鲁阿姆的赌徒赢走了豪的那只防护魔灵的性命，那小东西化身为一头浑身冒火的猿猴，抓着豪的衣领，发出阵阵号叫。豪的领子也被烤焦了，而猿猴则在一片火光中化为灰烬。豪很害怕。他打起精神，赢回一堆宝石机械，但下一轮，双性人使出三重骗局，普雷斯·豪只能发出哀叹。他的身体似乎在消失，随着他输得越来越多，轮廓也越来越模糊。

豪下注时变得很莽撞。他高声呼喊——押我的马，押我一年的思想，押我的仆人。他朝着犹大挥挥手，犹大眨了眨眼，摇摇头——*真见鬼，我才不是赌注*——但太迟了，他已经成为赌注。豪又输掉一局，犹大被赢走了。于是犹大逃离了镇子。

他催促着骡子往回赶，沿着陷阱捕手和猎人的小径来到铁路旁。他身上有偷来的钱。

犹大穿过若干空荡荡的村镇。数月前，当铁路施工进展到此，这些地方曾是一片繁华的狂欢。融化的雪水使得河水汹涌高涨，犹大沿河前进，在丘陵之间绕行，他从山坡上看到一列列一往无前的火车，烟囱里冒出火光和翻滚的黑烟，车上满载着投机者，前往铁轨沿途的村镇。

三天后，犹大发现那双性人在追踪他。传闻总是能穿越遥远的距离。因此，犹大又往南走，来到施工队停滞的地方。在沼泽附近的峡谷里，他找到一个住着许多枪手的镇子。平原上突然到处都是此类流浪枪手。本区域中原有的盗匪又增添了新伙伴，铁路让许多人沦为劫匪，影响了此处的局面。

在一家酒馆里，犹大雇佣了一名叫作石油比尔的枪手。此人的右手原本是一副驱动马达，然后又被军械师改装成黄铜滚筒机枪。收取保护费之后，他让犹大不要逃跑，等着那双性人赶上来。在寒冬的尘埃中，他们展开一场对峙。随着朋克村的居民们逃出射程范围，那赌徒放出一群匕首飞鸽，无数利刃冲向石油比尔。但犹大从没见过如此密集的火力（以蜷曲的发条为动力，为他手上的枪管填充弹药），改造人的机枪将飞鸽撕成碎片，子弹穿过羽毛，玛鲁阿姆的赌徒被击毙，鲜血淋漓地倒在地上。

犹大跟随着石油比尔。他忘记了魔像，忘记了矛手族，也忘记了铁路本身。他发现，这名盗匪对铁路怀有一种渴望，让他想起自己也曾有同样的情绪。那自由改造人的热忱没那么复杂，犹大心想，也许是一种更为纯粹的情感。他逐渐平静下来，但他内心深处却很清楚，他必须了解铁路。

在各地的酒馆，他们有时会付钱，有时则强行赖账。石油比尔会唱流浪叛逆者的歌曲，犹大则用食物制造魔像配合他表演，让魔像在桌上跳舞——这是他唯一的技能。他模仿矛手族，尝试发出有韵律的呼喝。

每个居民区都有其特殊的规则，如有能力，他们也会强制执行这些规则。新克洛布桑并不想拥有平原。国民卫队没有被派到这里；它将管理权和收益都让给了大陆铁路联合公司，让给了维瑟·莱特比及其专营的铁路。大陆铁路联合公司的警卫就是这里的法律，但他们无情而散漫：他们的枪手只够守卫一部分矿场和贸易村镇。

比尔名声在外，在别人惹上他之前，他会先下手杀人。后来，犹大又看到他开杀戒。那是一名醉汉，凶神恶煞地用会动的魔法纹身威胁遇到的每一个人。不过这仍是不恰当的行为。犹大瞪视着尸体，街头的拾荒儿童早已将他扒光。

他感觉自己内心中由思虑凝成的生灵甩了甩尾巴。他不喜欢现在的同伴。

然而他依然留在石油比尔身边，也成为一名枪手，身穿防尘服，并用偷来的马取代了骡子。因为石油比尔不愿放弃铁路。他们在冬季的丘陵中游荡。比尔总是一次次地将他们带回铁路。

——瞧，那些旧拖车，是给施工火车送补给的，一直要开进沼泽里。再瞧那一辆，载着新克洛布桑观光客来看荒野里的风景。还有那边带炮塔的，引擎后面那辆……是押运薪水的火车。他露出微笑。

犹大很好奇。以前也曾有人试图打劫铁路。有用骑兵的，有用马车的，也有自由改造人，专门为了提升速度移植了腿，他们一边追赶高速行驶的火车头，一边骚扰车上的枪手，然后登上列车，抢完钱之后，便消失了。

石油比尔的计划或许能奏效。那是个很粗糙的计划，完全缺乏策略，它之所以可能奏效，是因为石油比尔对铁路既无畏惧，也无敬意。其他人曾尝试截断桥梁，逼停列车，以便伏击。比尔则要趁火车在桥上时，把桥炸毁。这是战争行为。面对如此愚蠢的计划，犹大十分震惊，甚至近乎景仰。

——银沟谷的高架桥，石油比尔一边说，一边在泥地里比画。——这座该死的桥有几百码长，我们等在底下，等到列车开到桥上，就他妈点燃导火索，然后逃跑。那破桥肯定撑不住，它会塌掉。

接下来的计划就是，等铁皮火车从空中坠落，掉到一百尺下方冰冷的岩石上。没错，大火或许会烧毁一箱箱的钱币，变形的金属会让车厢门无法打开，列车员和乘客的血也会污染纸钞，但一定会有一部分金块掉出来，一定会有金币在峡谷的风中撒落，石油比尔只需从地面和空中收获战利品。

石油比尔的野心有多大，他的创造力就有多强。高明的窃贼会执着于取走钱柜中的每一分钱，无法接受这种随意的杀戮。然而石油比尔不在乎，即使大多数钱财在损毁的列车内报废，只要他能拿到**一部分**就行。他以漫不经心的心态策划如此大规模的暴力，这一计划或许真能奏效。

犹大内心中那条蠕虫又动了起来，并不是良知，而是某种朦胧的道德标准。他感觉这与自己无关，但又仿佛遭到噬咬。他不愿服从比尔的计划，但也无法与石油比尔对抗，因此他必须装作若无其事的模样。他们偷取火药，然后返回银沟谷，经过一簇簇冬季的仙人掌和风化的黑色岩石。他们在坚硬冰冷的泥土里埋入炸药，而其上方就是那错综复杂的拱桥结构

——比尔的冷漠令犹大感到畏惧。他们等待火车的到来。只有趁比尔睡着时，犹大才敢展开对抗他的行动。

他留下马匹，顺着陡峭的岩石攀爬上去，手指冻得失去了知觉，就像不属于他自己似的。他跑了将近一天，来到铁路旁的一栋小屋，此处有一条岔道和一个信箱，还有一名大陆铁路联合公司的信号手。

——通知警卫，犹大一边说，一边挥舞着空空的双手。——我要告诉他们一件事。

一天一夜之后，犹大回来了，骑着一匹新的坐骑，跟在大陆铁路联合公司的巡逻队后面，隔着一里地。当他抵达高架桥底部时，看到有两名警卫死了，比尔的黑火药撒了一地。

比尔不见了。警卫们守在原地。犹大鄙视地望着他们。这是一群乌合之众，毫无新克洛布桑国民卫队的威势。这批雇员跟流浪汉和投机者并无太大分别，只不过配发了枪支和代表大陆铁路联合公司的彩色饰带。他们不知道该如何追捕石油比尔，更没有追捕的意愿。他们悬赏捉拿比尔。

只要石油比尔在逃，犹大就有危险。他跟一名血金猎人结伴而行。

一开始，他以为那名赏金猎人是人类，但他接受任务时发出的笑声古怪，脖子一张一弛，并闭起双眼，这些都是非人的特征。他的坐骑轮廓依稀有点像马，但其实并不是马。他的武器是一把火绳手枪，时而轰鸣，时而呜呜作响，有时像火枪，有时像弩弓。他不愿告诉犹大自己的名字。

他们一起骑行，他们的马和类似马的坐骑沿着平原上起伏的铁路奔跑。此处的土地与其说是被生物占据，不如说是被感染，就像岩石间的池塘被生命感染。赏金猎人利用魔尘画出的符咒探测追踪，四天后，他们在一座采石场找到了石油比尔。劫匪脑后的白色岩石上布满纵横交错，网格般的凿痕。

——你，他朝着犹大高呼道。愚钝的人总是因遭到背叛而恼羞成怒。赏金猎人杀了他，并让他的武器吃掉了尸体。

犹大在赏金猎人身边骑行，心中暗想，*或许我的下场也是如此*。他们在村镇之间行走，追踪警卫队不愿追捕的人。他们来到大陆铁路联合公司轨道旁的各个站点，翻查悬赏通知。赏金猎人没让犹大留下，也不赶他走。他讲话时仅发出轻微的嘶嘶气声，犹大甚至无法判断他的拉贾莫语究竟是说得好还是不好。

他会杀死或击伤追捕目标，有时用武器中射出的刺针，有时用有生命的活网，有时用咽喉中突然发出的声响。随着赏金猎人逮到的偷羊贼、强奸犯和杀人犯数量越来越多，他的收入也不断增加。虽然那名非人杀死的都是不肖之徒，但犹大内心中的那个存在依然很不安。

他们沿着苍白的石板路骑了三天。石堆仿佛是凝聚的灰色空气，消失在他们马蹄底下。那是一座矿井，周围有挖掘工和警卫的尸体。某种史前神兽死后，骨髓变成了矿石，但那隧道中住着一小窝山精。

箭尖公司意图开采骨髓矿，而洞穴中的居民不愿屈服，击退了矿工。警卫队想要消灭他们。这就是悬赏的任务。

犹大看着同伴从包里取出各种化学物质。他试图保持镇静。此处没有运动的物体，没有鸟，没有尘埃，没有云。时间仿佛也在等待。犹大转过身，赏金猎人正在准备一口大锅，倒入蒸馏液和油，然后覆上集气罩，放到火上煮烤，又将一根皮管子拉到山洞口固定住，并用橡胶和薄膜封堵。犹大感觉时间再次开始流动。此刻，黑夜即将结束。他们笼罩在火堆和黄铜锅摇曳的微光中。赏金猎人将各种毒药混到一起。

山体内部的山精一定在等待。他们一定很警惕，犹大心想。他们知道一定会遭到攻击。他不禁想到矛手族徒劳而无知的抵抗。他感觉很冷，然而内心中那怀疑的蠕虫又在蠢动，这种古怪的存在并非良知，而是对错误的*认知*，是一种*仁慈*。他叹了口气。——快退下，他吩咐它。——快退下。但那奇特的存在不愿退让。

它在他体内活动，激发出厌恶与愤怒。他可以肯定，这些情绪本不属于*他*。然而是不是他自己的并不重要，它们依然对他产生影响，而且越来越强烈。他想到矛手族幼儿，又想到小山丘内部的山精。

混合的化学物质沸腾翻滚，赏金猎人继续往里添加药剂。最后，黏稠的红色混合物冒出气泡，一股油腻刺鼻的浓烟突然升起，顺着管道灌入矿井之中。赏金猎人在一旁等待。液体迅速蒸发，毒气涌入隧道。

犹大为怒气所控制。他犹豫了一阵，但在此期间，他也意识到，每耽搁一秒，就有更多毒气被释放。于是他走到锅旁，站在上风口，将左手伸入集气罩和锅沿之间的烟雾里。赏金猎人十分惊恐，不明白是怎么回事。

滚烫的酸雾令犹大皮肤开裂，他发出尖叫，但没有抽回手，反而让尖叫声转变成颂唱。他将浑身所有能量连同偷学的技巧一起施放出来，又让心中的憎恨与复仇愿望聚成一团，如同玻璃般毫无杂质。这种强烈而纯粹的专注，是他从未体验过的。然后，他利用体内导出的能量制造魔像。

这是烟雾与蒸汽的魔像，包含着有毒的微粒和空气。

犹大捧着受伤的手往后退。烟雾继续从锅里溢出，但不再进入隧道，反而经由管道和集气罩退缩回来，翻滚着在锅的边缘聚成一团。烟雾从锅里爬了出来，伸缩的四肢既像猿猴，又像狮子。这一大团雾气最多时四条腿，最少时没有腿，很难说是在行走，翻滚，还是飞行。犹大在痛苦中指挥它逆着风朝赏金猎人移动。

他从没造出过如此巨大的魔像。它很难掌控，也不太稳定，被风一点一点吹散，因此，随着它不断前进，体积也逐渐缩小。但其缩减的速度并不是很快，不至于在抵达赏金猎人前就消失。赏金猎人徒劳地朝着它射击，子弹拉出烟雾的细丝，仿佛转瞬即逝的芒刺。他看不到烟雾背后的犹大挥舞着双手操控魔像。毒气怪物的尾巴扫了过来，没头没脑地缠住赏金猎人，迫使他吸入组成魔像的物质。那名非人的皮肤及其体内脆弱的内膜溃烂溶解，他被自己肺部的积水呛死。

等到那个非人死后，犹大让逐渐缩小的魔像高高跃起，魔像在风中一阵颤动，然后便消失了。他给自己的手缠上绷带，然后劫掠赏金猎人的尸体。那尸体上有一点淡淡的毒气味。

犹大不知道山精村落中有多少居民为毒雾所害。他知道今天只不过是暂时解围，箭尖公司仍会让大陆铁路联合公司继续派遣赏金猎人来到这片骨矿。他们会发现，失败的毒气攻击现场一片狼藉，还会发现这具死尸。犹大明白，那群山精终将被清除，消失在历史之中。但他不愿牵涉其中，并试图阻挡。

山精将会死去。也许他可以留点东西给他们。也许他可以让岩石变成蛰伏的卫士，一旦有需要，便会醒来。赏金猎人的非马从他身边逃走，钻入岩石之中，留下一地青苔，形状类似于马。

我的任务完成了，犹大心想。他的手在颤抖；他整个人在颤抖。*我杀了一个人，或者说杀了一个类似于人的生物*。为了维持魔像的外形，并让它杀人，他耗费了许多魔法能量，他感到筋疲力尽。想到自己所做的事，他又惊又怕，不禁打了个冷战。他竟然可以用浓密的气体构建魔像，而不仅仅是用泥土。*我受够了这片荒野。此处之所以是荒野，是因为我们的到来*。他不敢相信自己竟有这种能力。

犹大卸下那口锅，熄灭摇曳不定的火焰，然后朝着铁路走回去。

恍惚中，火车留下的痕迹吸引着他，最后，他在某个荒僻孤寂的地点抵达路基。他的马十分疲惫，在雪尘中阵阵颤栗。犹大登上山丘，来到一处村落，俯瞰修建铁路的工人。他坐在村中观望。

工人们有物资支援。此处虽然远离铁路的尽头，却有一批妓女驻扎在专供寻欢的帐篷里。然而填路工和碎石工有时仍会爬上山，来到这个牧羊小村落。本地的女孩跟新克洛布桑的男人交往，她们的家人会反对，发起无力的抗争，却总是被打倒。村民们只能照顾好伤者，忍受侵扰。——我们能怎么办？他们说。他们在忍耐与束缚中萎靡不振。

自从铁路伸入他的沼泽，犹大心中蕴藏着一种新的平静感。他仿佛隔着一层玻璃看世界。

他给本地的牧羊人讲城市的故事。他们让他住在茅草棚里。他们很感激，因为他不像永动列车的人那样粗鲁。他们用粗陋的拉贾莫语向他提问。

——这条路真的会让牛奶馊掉？

——它真的会让子宫里的孩子夭折？

——它真的会让河里的鱼变质？

——这条路叫什么名字？

——我到过路的尽头，犹大说。**这条路叫什么名字**？这问题令他惊讶。

他在山上的农民当中找到一名年轻姑娘跟他上床。她叫安·哈莉，比他小几岁，有一种野性的美。他把她当作少女，但她的热情和凝视有时让他感觉更像是有心计的成年人，而并非天真无知的少女。

犹大想跟她在一起。安·哈莉抛弃了家庭和村庄。像她这样的还有好几个，有些是男孩，但大多数是年轻女性。粗犷的工人和吐着蒸汽的火车让他们充满高涨的激情。他们的家庭只能一边哀叹，一边放任他们离开，或者将他们卖给铁路工人，以交换工具棚里复杂精细的闲杂物品。牧羊人中的年轻男子加入铺路与填河的队伍，年轻女子则找到其他出路。

安·哈莉不属于犹大；他无法留住她。刚遇到她时，她正为铁路的到来而兴奋。她跟他上床，急切地抛弃了贞操，但他知道，其中的原因跟自己毫无关系。在那几天里，她只属于他一个人，他尽力而为，试图献出一生的爱情。那并非虚假的矫情，而是一种角色；他将自己交了出去。即使是骑跨在他身上，她已经望向他的背后，寻找其他目标——甚至不是更好的目标，而只是更多不同的目标。她广交朋友，她来村里找他时，身上带着其他男人的气味。

她那生硬的山地拉贾莫语也变了样。她从工友那里偷学到城市的俚语。透过她的轻浮表象，透过她的贪婪索取，犹大可以看到一种镇静而无情的智慧。他向她演示造魔像的技能，他的魔像越来越强，越来越大。她觉得很有趣，但还有上千件其他事也同样有趣。

营地里的妓女心存不满。她们离开永动列车，尽职地跟随着这些在山地里挖掘的人。如今，她们遭遇到挑战，这些乡村女孩不收取报酬。这群新来的年轻女子并非出卖身体，而是索取性爱，连一些工人都感觉受到威胁。她们不遵循规矩，也不懂得禁忌：有些甚至找上营地里的囚犯，即戴着镣铐的改造人。改造人很惊恐，去找他们的监工。

一个寒冷的夜晚，安·哈莉惊恐地来找犹大，身上带着瘀青，血迹和伤痕。营地里发生了打斗。一群妓女依次搜查每一个帐篷，只要发现有情侣在一起，便将他们拉开，仗着人多势众，按住愤怒的男人，逐个查看女人的脸。不收取报酬的本地人都被她们拖到外面，抹上机油和羽毛。警卫同情这些妓女，因此放任她们的行为。

安·哈莉当时正在营地边缘跟一名男子交欢，喧嚣的妓女执法队找到了她。她奋力反击，凭着村民特有的力量击倒了三名对手，又用小螺丝锥刺穿一个老女人的肚子。安·哈莉逃离那脸色苍白的伤者。

犹大从未见过她如此柔弱。他知道，这只是个小插曲。没人丧命，也不会有人死于伤势——那把锥子非常小。现在，本地人懂得了规矩，没人会记得安哈莉曾经反抗。但这突发的暴力在她心中留下的恐惧并未消退，犹大对此颇为高兴，因为如今她害怕留在这里，他就可以说服她一起离开。他想要走出这片荒野，想要将铁路甩在身后，他想要回家，与此同时，他也想要另一双眼睛看着自己达成目标。

他们走了两天，来到一座颓败的车站，搭乘火车。他们买了三等座。犹大看着安·哈莉，而她则望着窗外倒退的草丛与山岭，望着山岭之间的河流，望着峡谷和黑暗的隧道。漫长的旅途中，除了车轮复杂的节奏，就只有沉默。他回到了阔别已久的城市，也是她从没到过的城市。

他回来了，面对新克洛布桑，就像乡巴佬一样眨着眼睛。他和安·哈莉藏身于贱地的一个屋顶帐篷里。他们俯瞰着大径桥，其枢轴系统很久前就卡住了，无法移动，如今只是一条防浪堤。

随着距离的增加，安·哈莉的恐惧全都消失了，什么都无法阻止她了解新克洛布桑。每天回来后，她都兴奋地向他诉说城里的事。

她从没见过虫首人。——这儿有些女人的脑袋就像是甲虫，她告诉他说。她也去了史前巨肋。——它们比世界上最高的树还要高。这些骨头耸立在屋顶上方，比石头更古老，更坚硬。也不知是什么动物的尸体，整座城市都是它的坟墓。

安·哈莉乘坐新克洛布桑的列车，包括五条主线和一些支线。从遗翠园到东边的界站，从凯弥尔角到荒沼沿和唐斯。——山脚下有一座倒塌的小屋，紧挨着森林。轨道一直通到林子里，但列车不再往前开。

原木林里的废弃轨道上有一座车站，很久以前就已停用。犹大知道，但从没见过。安·哈莉进入危险的溅泥区，那里聚集着最底层的贱民，而城中为数不多的鹰人就住在他们头顶上方。她漫不经心地穿过充斥着臭气和垃圾的街道，走入森林，来到那栋被植物侵占的车站。出来之后，她又搭乘列车回到狗泥塘，然后向犹大描述。如今，她反而在给犹大介绍新克洛布桑。

吊钟花大厦，比尔珊顿广场，石像鬼公园，拱顶下的仙人掌族聚居地，动物园，这些地方他即使去过，也是在年纪很小的时候。她向他诉说自己看到的种族。她喜爱集市。

犹大依靠制造魔像的技能在人群面前表演，挣得的钱足够买食物。有一天，他用木头制成一个更结实的像，关节可以活动。他将绳子系到她的四肢上，一边用魔法驱使她舞蹈，一边晃动一个框架，仿佛是在操控。假如观众以为他是木偶师，而不是靠魔法驱动物体，他的收入会显著增加。

在泉树码头旁的房间里，他们每天早晨都被工厂的汽笛声和工人们平缓的喧哗声唤醒。安·哈莉跟毒贩交易。当她目光恍惚地回到家时，身上带着刺鼻的沙兹霸的气味，有时候，她在外面过夜。她也跟犹大一起睡，并向他要钱。

她喜欢步行。犹大跟她一起走过一段又一段路程，穿行于道路两侧风格混杂多变的建筑之间。她问他，这些房屋为何要如此建造，但他说不出答案。有一次，他俩在一起时，有一对虫首人经过，饰带互相缠绕，头足不停地摆动，并向四周空气中喷射出带苦味的化学物质，那是一种交谈方式。犹大感觉到安·哈莉变得很紧张，这是他有生以来第一次察觉到虫首人的怪异，第一次听到他们移动时发出类似剪刀的声音。他这才察觉到所有怪异之处。

当时正是城市蓬勃发展期。到处都有钱，连换路面都需要竞争。犹大混迹于歌手、器乐演奏师、杂耍艺人和粉笔画家之间，表演人偶舞蹈。

那是个冬天，但城里出奇的暖和。一个慵懒的季节。在暗红的火光中，犹大让魔像为路德米德大学的学生们表演。这些大学生大多是年轻男子，衣着考究，来自城中的富裕人家，也有少数是小职员的儿子，勤奋好学。但其中也不乏女性，甚至有几个其他族类。犹大让木偶踏着夸张的步子跳舞，学生们从他身边经过。与他们多数人相比，犹大并没有年长太多。

有些人会给他大大小小各种面值的硬币，但大部分人什么都不给。有个年轻人跟着雕像移动，于是魔法不再流动，牵线木偶的伪装被戳穿了。

——这是**我的**专长，他说。——这是我们研究的东西。我就是修习魔学课程的。就凭这种半吊子技巧，你竟然有脸到这儿来行骗?

——那就跟我比一比，犹大说道。

于是，矛手族的魔像格斗竞赛被带到了新克洛布桑。

犹大外表粗犷而瘦削，身穿不知是第三手还是第四手的破旧衣服。那名傲慢的年轻人透过眼镜斜睨着他，四周聚集起一小群围观的学生。虽然他们高声为同学加油打气，但犹大能感觉到他们矛盾的心理，他意识到，那些富家子弟宁愿看到这名中等人家出身的年轻人输给一个彻底的外来者。出于单纯的阶级同情心，他差点抽身离开，但是他押了钱，而且机会不错：他押自己赢。

他朝着自己的魔像轻声低语，就像矛手族那样发出短促的嘶嘶气声，他的魔像将那名大学生的泥土人像撕成了碎片。他赢得并不困难。

犹大数了数赢来的钱。输给他的人咽了几口唾沫，然后走过来搭讪。他颇有风度和智慧。——赢得漂亮，他一边说，一边甚至露出微笑。——你的技巧和能力都不错。我从没见过有人这样召唤魔像的。

——我不是在这儿学的。

——可以看得出。

——再来一局？再比试一下？

——好！好！再来！另一名学生说道。——你明天再来，耍人偶的，再比试一下，我们会找个比潘尼豪更强的魔学士。

犹大和潘尼豪都没有正眼瞧那插嘴的人。他们只是互相对视，露出笑容。

他们的比赛绝对无法与那些竞技场相提并论。在嘉内拔的黑市竞技场，或其他类似的地方，许多人热衷于真正的格斗竞技，他们可以观看匕首战，或者二对一的人类和仙人掌族格斗，有劈砍，也有撕咬。但潘尼豪和犹大成了搭档，他们让魔像格斗更系统化。他们组织的比赛吸引了人们的注意，魔像格斗成为一种新的时尚。

一开始，基本上只有研究魔法能量的学生参与赛会，然后，他们的教授也加入进来。随着消息的扩散，来自破败城区的流浪施法者和自行研修的魔学士也来了。严格来说，这项竞技并不违法，但也并未经过批准，就像许多类似的活动一样，它随时面临着被禁的风险。很快，它就变成了一门生意，需要付钱给国民卫队的线人，还要让警卫和大学里的官员满意，这些都由潘尼豪负责。

他们就像是意外成名的英雄，充满热情；有点紧张与不安，又勤于研习。他们聚会的场所越来越大，技术也更加专精，他们在魔像身上镶装刀刃，护板和甲胄，或者安上尖锥似的腿和锯齿状的背鳍。这些是专用于格斗的魔像，按照重量分组竞赛。

犹大在排名榜上居于首位。他发现获胜并不困难，从矛手族那里学来的粗陋技巧很管用。他也输过几次，但在这种无情的实验中，他改进非常快。

——你拥有罕见的天赋，犹大，潘尼豪说道。

潘尼豪无法击败犹大，但可以给他提供训练。他不明白奇特的矛手族魔法，但可以对其进行测试，并与已知的知识相融合。他让犹大绑上测魔仪，测量精神集中度，并绘制曲线。

——你的力量很强，他对犹大说。

安·哈莉曾经两次来看格斗比赛。她为犹大加油鼓劲，也为他的胜利而绽露笑容，但她对这项竞技不感兴趣。她更喜欢引擎。她前往铁路的终点，看着火车逐渐减速。有些工厂准许她进入，她便在工人中间闲逛，观察他们的机器。

犹大喜欢胜利。他为自己的技能而感到兴奋。最初的一段时期，他和潘尼豪采用最陈旧的骗术，也就是假装失败，直到赔率升高，然而犹大很快就出了名。

他成为了明星，人称"沼泽学徒"犹大·洛。魔学教授罗斯安尼·杜兰尼是另一位明星，他用猫形沥青魔像参与格斗，因此被称为"猫人"罗斯。他们很喜欢这些绰号。还有一名叫作"逗弄者"的女子，沉默寡言，潘尼豪说她很可能是从属于国民卫队的科学家。她给自己的魔像安上链状的尾巴。他们三人轮流占据榜首，但大多数时候都是犹大领先。

魔法力量越强，能控制的物质就越多。很快，他们便对重量加以限制。比大型犬重的魔像都不能参与格斗。犹大很想知道，假如他愿意的话，究竟可以控制多重的魔像。

潘尼豪和犹大是赌局的组织者，也是名列前茅的魔像师，他们赚到许多钱。新克洛布桑的报刊留意到了魔像角斗，许多新人加入进来。犹大开始感到无聊。他只跟罗斯和"逗弄者"比赛。他注意观察他们如何操控，认真听他们的咒语。他参与格斗，以便挣钱，但最主要是为了学习。

犹大的魔像每做一个动作，都让他感受到与矛手族之间的牵系。——我想要了解有关这门技艺的一切，犹大说道。潘尼豪带他到大学图书馆，给他看相关的书籍。他看到的书名包括：《**魔学理论**》，《**魔法能量的极限**》，《**超越非常态生命的辩论**》。——我想知道一切，他说道。

那是个温馨的冬季。犹大带安·哈莉去滑冰。他经常被路人认出，她喜欢这种感觉。——“沼泽学徒!”有人说道。但犹大却不太高兴。

他们在乌鸦塔附近结着冰晶的商业街上行走，街道中挂满了用绳子串起的灯和冬季的花朵。他们喝掺了朗姆酒的热巧克力。安·哈莉并没有留意看他。他俩视线相交，她的脸上带着笑容。那是真实的笑容，但她并没有留心看他。

再见，犹大一边想，一边回以微笑。

下雪了，最初的几个小时让所有建筑的棱角都被消去：紧凑的老教堂尖顶，黑色的石头墙垛，无数水泥浇筑和砖块搭砌的平台，还有粗糙简陋，毫无风格可言的劳工住宅。在积雪覆盖之下，它们就像高低起伏的波浪。然后，随着冰雪融化，它们又现出原形。

犹大穿上街头暴发户的夸张服饰。当他走在街中，身后便会跟着一群狗泥塘的儿童，其中还有少数纤瘦的仙人掌族幼童和跳跃前进的蛙人族，他们恳求他制作魔像。有时，他让一把硬币聚合到一起，朝着他们蹒跚而行，他们既可以观看，又可以拆而分之。

安·哈莉没兴趣识字，但她发现，犹大通过报纸获知大陆铁路联合公司的进展，于是，每次跟他在一起的时候（她不回家的日子越来越多），便要求犹大读给她听。

——……这是个严酷的冬季，他念诵《争辩》上的报道。——滞留在沼泽中的人们纷纷诅咒寒冷的天气，但他们现在至少不需要面对矛手族，这些毫无诚信的湿地野人已经撤离，不再骚扰他们。从南方传来的消息看，尽管天气并不太严酷，但来自米尔朔克的工程队依然进展缓慢。

——米尔朔克是什么？安·哈莉说。犹大瞪大了眼睛。她对铁道的线路和未来一无所知。

他给她画出地图。——一共三条支线，他一边说，一边画了一个歪斜的颠倒三叉形——新克洛布桑，贫瘠海边的米尔朔克，平原上的科勃西，每一处都伸出一根铁轨，然后在沼泽中汇合。由新克洛布桑往南到交汇处有五百里之遥，而其他两地的距离还要远上一半。

犹大对铁轨十分着迷，但他假装这是为了迎合安·哈莉。他脑中一直想着那些工人，他曾见到他们挥舞铁锤，改造大地。

铁轨还没有分叉。有报道说，工人发动了短暂的罢工，导致严重的损失。文章作者认为，大陆铁路联合公司的保安缺乏效力，无法控制劳工，无力管理这个小小的王国。他们说，市长必须收回权力，该是时候让新克洛布桑的国民卫队来管理铁路了。没人相信这会成为事实。政府不支持。

——罢工者抱怨恶劣的天气，犹大看到报道。——他们因为寒冷而罢工。他们能让大陆铁路联合公司做什么呢？所有工人，监工，改造人，甚至莱特比本身，难道不是都能感受到寒冷？

——不，安·哈莉说。

犹大望向她。她正在吃糖腌梅子。

她耸了耸肩。——不，他们感受不到。

犹大努力学习。有潘尼豪的指引，他不仅增强了技能，而且开始理解原理。他的方法依然是靠直觉与本能，但他也对书本里繁复晦涩的文字略有领悟，并借此增强能力。

——……我们所做的是一种干涉，潘尼豪对照着笔记向犹大讲解，——一种重组。有生命的物质无法成为魔像——由于生命的原生活力，动植物的皮肉都会与自身产生互动。而无生命的物质是静态的，只是一种**静止的存在**。我们可以赋予它意义。我们不能对它下命令，而是要指出原本一直就有，但并未显示出来的趋势。这种指明方向的行为，既要靠观察，也要靠推断与劝服。当我们指出观察到的结构，同时也就能理解与掌握其机制，并令其扭转。因为模式的识别无法在静止状态完成，必须让它处于变化之中。魔像操控术是一种**干扰**，是对静态的掌控，是将**被动**变为**主动**。

犹大经常想起矛手族，想起铁道。他依然用矛手族的那种气声驱动魔像。他逐渐理解了其中的科学原理，并深深为之着迷。

由于没有向关键的官员行贿，魔像格斗厅遭到突袭。头戴面具的国民卫队很容易就在人群中查到了沙兹霸和强茶，甚至据说还有梦毒。组织者必要时就得赠送钱财，依靠潘尼豪的打理，他们的生意得以维持下去，但犹大却在思索其他问题。

魔像操控术是一种干扰。魔像操控术让物质对自身产生新的认知，就像给予它一道命令，让它操控自身，以完成某项任务。当他不在的时候，要如何制造力场呢？怎样做准备工作，才能让它等待一段时间再激活？

他买来储能装置，开关，导线，还有定时器，试图找出答案。据报刊报道，大陆铁路联合公司的账目出了问题。有人暗示这其中有丑闻。

犹大已有许多天没见到安·哈莉。他忽然意识到，她并非只是去其他人那里待几天，而是彻底离开了。他知道她去了哪里。

她喜欢新克洛布桑，对它充满热情与兴趣，但在她看来，这座城市的规模与历史——天长日久所积累的石头建筑与斗争史——与铁路相比，只能退居次席。铁路才是安·哈莉的家。

安·哈莉去找铁路和永动列车了。她知道，国民卫队不会惩罚妓女。她在犹大的镜子上用口红画了个叉，当作是吻别。她帮助犹大重新认识这座城市，因此他很感激。他发现，她拿走了一笔钱。

魔像格斗让他感到厌倦。潘尼豪也越来越多地去议会大厦与官员们应酬。那座大厦耸立在河流交汇处，仿佛一根生锈的钉子。格斗逐渐变得稀少，最终停止下来，潘尼豪的心思越来越放在别处，他也有了更多钱。有一天，他带犹大去一家豪华餐厅，位于路德米德的一个僻静所在。犹大从没进过这种地方，在那里，他的街头暴发户服装显得很荒谬。潘尼豪对他说——要知道，还有其他方法，你的魔像技能可以在另一种，呃，市场发挥作用。

犹大知道，他的机会已经到头了，潘尼豪已成为政府的人。犹大没有工作，也没有图书馆。他很快便被人们遗忘。

开始的几个星期，潘尼豪经常给他写信，建议他们聚一聚。犹大偶尔也用难看的字迹回信拒绝，以免显得太无礼。

二手书市场充斥着旧书和偷来的书，他经常去那里寻找关于魔像的书籍。他的许多钱都花在了无用的垃圾上，但也有一部分优秀著作，他努力学习。

*我做的是什么？*他心想。他完全不理解自己的技能。*我曾用气体构造魔像，那能不能用更缺乏实体的物质来制造魔像呢？魔像操控术是一种劝服，一种干涉，那么，是否能通过干涉黑暗，干涉死亡，甚至干涉电力，声音，摩擦，意识或希望来制造魔像呢？*

犹大开始接各种任务。有怪癖的富人厌恶机械装置的噪声，于是他用绳索和灌满沙子的皮革制造出漂亮的人像，有男也有女。他收的价格很高：制造人像让他感到疲倦。

犹大体内那种奇怪的存在不愿安静下来，反而驱使着他在城中四处走动。他受到它的牵制，也感觉到它通过他的眼睛在观察。*我有很强的正义感，*他谦卑地思忖，*但那是一种外来的念头。似乎并不属于我自己。那是否意味着我很善良？那是否能让我变得更好？我是不是很邪恶？*

犹大常常想起安·哈莉。他也从新闻中读到，铁路尽头的施工又开始了。城市议会中有人提出质疑，指责大陆铁路联合公司和维瑟·莱特比行事乖僻。有些工人在意外事故中丧生，而一条坡道坍塌之后，检视官员无法解释原因。铁道两侧出现毫无生命的区域，还有波动的热空气，但大陆铁路联合公司不愿回答相关问题。没人提及祭祀，没人提及魔灵，但大家越来越感觉维瑟·莱特比是个空想家，热衷于金钱和工程，不接受地理，气候或政治因素的阻拦。他的计划体现在公司的名字里，其规模将远远不止这一条铁路。

犹大，犹大，犹大。他默默呼唤自己的名字。城中有一种蓄势待发的气氛。

新的产品被创造出来，或是出自盛世年代的记忆。艺术作品里透着怠倦的气息。新克洛布桑到处是建筑，码头上停满了装载着新奇货物的船只。商铺如同野花一般从海报亭旁边冒出来。在大量刻印的广告画上，有个人将手扶在嘴边，大声呼喊。

——这是什么？犹大问道。然后他走了进去。里面是一张椅子，一台引擎，还有一排标着字母或数字的按钮，以及一个播音筒，一副耳机。读过说明之后，他将硬币塞进槽口。可供播放的标题：

A1-市长新年演讲

A2-可惜只是小插曲

A3-特莱布尚微型交响曲

另外还有一些其他音轨。他选了一首音乐厅曲目：《哪怕得去救济院》，然后将耳朵贴在喇叭上，全神贯注地聆听。他听到一声沉闷的轻响，仿佛某种机关被激活了，又仿佛禁锢的能量得以释放出来。忽然响起的噪音吓了他一跳，但那其实是歌声，来自某个不知名的女演员。那女孩的声音被囚禁在噼噼啪啪的杂音背后，不过这的确是人声，而且的确是在唱歌。犹大能听清每一句歌词。

——哪怕要去救济院，亲爱的，对，哪怕是去救济院，你知道吗，我的亲爱，我必须吸引你在身边。犹大能听到所有禁锢在其中的歌声。

蜡筒可以将声音转变成实物。对此，他兴奋得好似发了狂。蜡筒可以让声音等待并且重现。

这是一种驯服时间的新技术。利用这一技术，他们能无休止地循环播放街头乐曲。犹大则希望将它用在别处。他查看自己在沼泽中写下的笔记。他浑身憋足了劲，感觉新克洛布桑逐渐离他远去。

我曾经错过多少次显示威力的机会？他想到那些死者，他们的死是因为他虽然知道赏金猎人，国民卫队，铁路或毒气即将到来，却在无法逃避的力量面前动弹不得。**我太惧怕时间**。

但时间被这些娱乐业者封存起来。**他们能保留过去**。寄生于他体内的那种神圣的正义感又蠢蠢欲动。忽然间，他可以轻易地将新克洛布桑丢到一边，他在城中居住的那段日子只不过是记忆。

犹大给为数不多的客户写信。他也给潘尼豪写信，感谢他的努力，也祝他好运，并且告诉潘尼豪说，等到他回来后，他们可以再聚，然而他其实并不相信自己会回来。

他还热切地想要掌握另一项技术。在今肯的作坊里，他跟虫首人交谈，口头提问，书面回答，只要他们愿意讲，他就尽可能让虫首人描述储能发条的工作原理。他购买了储魔装置，然后将自己体内的能量尽数充入其中。

他试了好几次才成功。街头的儿童住在一间坍塌的破房子里，他们都很喜欢他。犹大在那栋房子边上拉了一条触发索。天色刚有点变化，第一个孩子就醒了，准备出门偷早餐。她肮脏的脚踢断了那根细线，随着一阵蜂鸣声，线路被激活了，然后，喔，门边的石头堆里冒出一个小小的人像，手舞足蹈地走过来。那女孩一动不动，神情警惕。

小魔像跟她的手差不多大。犹大在存储能量，设置魔法机关时便给予指示，告诉它要如何动作。它朝着那女孩走来。这魔像是由钱币构成的，它摇摇摆摆地坍倒在地，硬币四处散落，于是小女孩走上前来，捡拾钱币。

犹大躲在一扇门洞里观察。他预存了一尊魔像以及相应的动作。等待陷阱的触发。他不知道是否有人干过相同的事。

他又回到沼泽，那里结了冰，树冠间垂下的藤蔓变得更硬，动物处于休眠之中，沼泽里一片寂静。远处是工人的营地，还有施工列车。

他沿着铁路走过已成为废墟的村镇。工程队的施工并没有驯服土地，而是让土地变得畸形。他又经过人工岛屿上的树林，经过人为填充的石沟，最后终于进入泥泞的湿地。犹大深入沼泽，寻找他曾经归属的部落。

他背负着沉重的物品：新留声机和配套的圆筒，相机，枪支。他行走时尽量弄出声响，以免被当作猎人，并且唱诵着从矛手族那里学来的歌曲：早餐之歌，问候之歌，日安之歌。他行走时将手放在明显可见的位置。

他遇到的矛手族并非属于原本熟识的部落，于是他唱诵友邻之歌和询问之歌：我可以加入吗？四周的树木纷纷变成矛手族，将他团团围住。它们龇牙咧嘴，展示出可充当武器的手，然而他没有逃跑，于是它们殴打他，但他还是不走，最后，它们将他带回隐秘的村落。它们的部落和家族支离破碎：这些是最后的族人。

幼童们围拢过来，瞪视着他。他知道，这将是最后一代。

犹大的正义感又悸动起来，但他明白，它们的族群没有生存机会，这是无法改变的事实。它们带着他一起狩猎——雄性与雌性一起出行，传统的隔离已不合时宜——他听见它们发出**呼呼呼**的吆喝，互相重叠，互相配合，仿佛有韵律的呼气声。水流形成转动的漩涡，然后又停止旋转。

他伸出拾音筒，将它们的声音记录在蜡筒上。他摇动手柄，仔细聆听，注意到其中的节奏。犹大能**看出**声音的形状。他通过透镜观察蜡筒上起伏的线条，那是一片乐曲的大陆，有沟壑，有蜿蜒的山谷，也有峰顶和侧岭。他缓缓地摇着手柄，听放慢的歌声。

令他感到羞愧的是，在这注定灭绝的族群中间，他觉得很无趣。湿冷恶劣的天气里，他尽可能记录矛手族的歌声，包括每个声部，每个微弱而含糊的音符，但此处的环境让他感到压抑。树林里没有绿荫环绕，只有一团团冰冻的泥浆和矛手族的幽灵。他们不停地派出战队，加入战斗，但最终只能变作鬼魂。

犹大不想再观察。他体内的存在翻腾起来。它们的灵魂已被保存在蜡筒内。他再一次离开。

他回到列车旁，它已开始移动。他看到数以千计不曾见过的面孔。铁道已经分叉，一座城镇逐渐兴起，这一切令人称奇。

平滑的轨道和擦得锃亮的列车沿着蜿蜒盘绕的路线进入尚未完工的屋棚，进入空荡荡的岔轨和工场。建造中的城镇被铁轨分成两半，到处都是木屋。一条铁轨通往湿地深处最幽暗的所在，然后在树丛环绕中骤然终止。

另一条则消失于西方。人们从空地里走出来，提着湿淋淋的铁锤，手里握着钉子。他们身上沾满污渍与汗水，仿佛刚从战场回来。他们呼出的水汽仿佛头巾，但转瞬即逝。

当犹大走入正在兴建汇口镇的空地，他体内的正义感如同胎儿一般快乐地蹬踢起来。他知道自己应该留在此处。他回来了，他将成为这里的一分子，而不再是跟在后面的寄生虫。他的目标是干涉，歌声即是干涉的一种。而艰苦的铁路施工是另一种。

他是铁路上的常客，但他从未参与过劳作。他体内的存在劝诱他参与这伟大的工程。

犹大顺着铁轨离开潮湿的树林，来到丘陵之间，铁道依然毫不懈怠，黄色的路基高高升起。到处都能遇到人群和马队，还有燃烧的气味——草，木头，煤炭。犹大在帐篷之间穿梭，他发现永动列车的顶上也有帐篷。改造人和仙人掌族拖拽着铁链，将土地抹平。警卫在人群中走动。

在四台巨大的引擎驱动之下，永动列车缓缓前进，轮子滚动得极慢。从两侧伸出的菱形烟囱高高挺立，不断排放气体。这些引擎比新克洛布桑高架铁轨上运行的列车的引擎要大得多，前端配有排障栅栏，车头灯明亮耀眼，昆虫落在玻璃罩上，仿佛指尖的敲击，而它的警铃就像教堂大钟。

然后是一节装甲车厢，载着能左右转动的炮塔。除此之外，还有流动办公室，封闭的补给车，以及至少一间染血的屠宰房，再往后，则是一节高耸又带窗户的车厢，涂抹着金色的铜粉，并画有代表诸神与嘉罢的符号。那是教堂。另有四五节巨大的车厢，镶着一排排窄小的门窗，里面是三层卧铺，住满了人。这些卧铺车由于太过沉重，中段向下塌陷，如同母猪的肚子。盖着罩子的平板车厢后面是施工队，他们用铁锤敲打出音乐。

他们处在灌木丛之间的平地上。铺铁轨的工人加快速度，逐渐赶上填地的队伍。

犹大独自在列车旁行走。他只是在等待，没有什么特别之处。犹大心情振奋，但也有让人扫兴的事。他看到人类和仙人掌族低声咕哝，拴在栅栏附近的改造人也面带惧色。工头都配有武器。他们原先并不携带武器。

二十年前，维瑟·莱特比曾亲自来到此处勘测，他和手下的勘探队一起绘制出地图。如今，又有一批勘测员根据从前的地图在前方测量。在列车和勘探者之间的混沌地带，填地的人们筑造出一条宽阔的路基。他们身后，架桥工在难以通行的地势上搭起支架，隧道工则不停地切凿岩石。

这一切都位于他前方，犹大负责运送枕木。

铺设轨道的工作如此展开：每天一早，数百人在铃声中醒来，然后到餐车，用固定在桌面上的碗吃早餐，食物包括咖啡和肉类。也有人松散地聚集在铁轨边用餐。正常人总是先吃：强壮的人类劳工；来自新克洛布桑大温房的仙人掌族；少数来自尚克尔的叛逆分子。

接着，在警卫的押解下，改造人才能来吃剩余的食物。他们中也有少数女性，被安上蒸汽驱动的外部设备，以及钢铁与橡胶部件，或者动物的肢体。那些附有燃炉的囚犯可得到足够的燃料和低等煤炭，以便参与工作。

列车留在后方。马匹，恐鸟和经过改造的公牛拉着拖车前往铁路的尽头，它们来回往复，运送大量铁轨。工人们互相配合，仿佛工地上的舞会。他们快步踏上前，放下铁轨，接着是铁锤敲打，然后又有更多铁轨递上来，货车一次次重新装满，铁路不断向前延伸，每一根轨道都有十尺长，重达数百磅。

*嘉罢在上，我们这是带来了什么？*犹大一边看着成百上千的人工作，一边思索。*我们在干什么？*施工现场喧嚣吵闹，显出一种不经意的辉煌，深深震撼了他。

他一边劳作，一边独自低声吟唱。在没人看到的情况下，他将冷冰冰的长方形木板变成没有四肢的魔像，赋予其短暂的魔法生命，让它从运送枕木的马车上移动到路基的泥土中。每一块没有思想的木板都让犹大感受到一种牵绊，这对他很有帮助。他总是超额运输枕木。送水的男孩从后方视野之外的列车边赶来，人们纷纷争抢，期望能在被灰尘和口水污染之前喝到水。为数众多的改造人却只能等待。

跟犹大同住一间帐篷的人都很喜欢他。他们听他讲沼泽的故事，也告诉他劳工中的问题。

——该死的改造人在制造麻烦。他们边吃边说。妓女的嫖资越来越高。有人说，家乡的财富日渐枯竭。你了解什么情况吗？有人告诉我，钱都快花完了，物价都在降。

铺设枕木的工人后面是铺铁轨道和敲钉锥的，再往后，则是那辆错综复杂的巨型列车，摇摇晃晃，张牙舞爪地驶近，仿佛某种蒸汽神兽，受到众人供奉。

犹大每次看见改造人遭到鞭笞惩罚，他体内的存在都一阵抽搐，让他几乎站立不稳。有一回，自由劳工和一名改造人之间发生了斗殴。那是个刚刚经过改装的人，因此暴躁好斗。其他改造人很快便将他拉开，而他只是缩成一团，任由正常人殴打。女性改造人给铺设枕木的工人送食物。犹大对她们报以微笑，但她们的反应就像是石头。

发薪日前后，一列火车奇迹般地驶入逐渐解冻的沼泽里。大多数自由人把钱扔在了春宫镇和各种私酿烈酒上。那些个夜晚，犹大并不会外出。他躺在帐篷里，听着此起彼伏的枪声，打斗声，嘶喊声和警卫的吆喝声。他拿出留声机，播放矛手族喘息般的颂唱，然后在本子上记录注释。

施工列车上印发的报纸叫《铁路尽头》，里面常有拼写错误，内容粗俗猥琐，并对准许其发行的大陆铁路联合公司给予盲目的支持。大家都会看这份报纸，然后争辩其中哪些观点最为荒谬。曾经有两次，犹大看到人们偷偷阅读其他报刊。

他逐渐靠近列车，并参与搬运铁轨。

犹大铺设的轨道由墩厚的金属构成。在天空单调乏味的光线下，他感觉四周的岩石监视着自己。每一根铁轨都有将近四分之一吨重，一里长的路程需要四百根这样的铁轨。数字成为他生活的准则。

工人们分组进行劳作，要么全是改造人，要么全是自由人，没有混合的小组。他们用夹钳或自己的金属臂将铁轨拖拽出来。如果是普通人，就五个一组，如果是仙人掌族或高大的改造人，则是三个一组。他们小心翼翼地放下铁轨，动作轻柔，就像是助产士。测量员调整好铁轨的位置，然后撤离，由敲打道钉的工人接手。

犹大让每根铁轨短暂地变身为形状特殊的魔像。与他同组的人都没有察觉到金属条在帮助他，没有发现它会像鱼一样轻微地扭动。他在这片混乱的土地上安放铁轨。他变得越来越强。有一次，他睡到列车顶上，体验一下这种感受。人们把山羊拴在车顶，甚至点燃小心围圈起来的火堆。

有个杂耍艺人沿着铁路表演。犹大观察他用泥土制造跳舞的小人像，但那并非魔像，只是能在极短距离内用手直接操控。它就像是木偶，与操纵者毫无内在联系，也没有魔法生命，没有能服从指令的头脑。

列车与岩石经常被涂上标语。每天早晨都有新标语出现，有些粗糙生硬，只不过是为了制造轰动，有些是关于个人的，还有挑衅式的攻击：去你的，莱特比。曾经有两次，犹大在漆黑的早晨被铃声唤醒，车身上和树丛里张贴着海报。

有的非常简单："公平薪酬，团结起来，给予改造人自由" ，下方是"不羁叛逆者"的缩写。还有许多小字，犹大试图细看时，监工将它们撕了下来。

> **不羁叛逆者**。铁路尽头号外第3期
>
> 大陆铁路联合公司的死亡人数不断攀升，为了迅速赚取钱财，安全遭到忽视。这条铁路建造在自由人和改造人劳工的尸骨之上……

——嘉罢在上，这他妈的是在说什么？有个人说道。——谁不想要公平薪酬？如果有人要建立行业公会，我也没意见，但给改造人自由？他们他妈的是罪犯，这些蠢蛋难道不明白吗？

对于这些叛逆分子的勇气，犹大赞叹不已。他们在夜间警卫巡逻时悄悄行动，假如被逮到将无法脱身，得永远留在这片土地上。

《不羁叛逆者》被搁在桌子下和岩石上。这样的分发方式效率很低，但他们没有办法。犹大也拿了几份，在没人的时候偷偷看。

他对铁路上的各种戏剧性事件只是略知一二。子弹如雨点般射向铁轨，而他几乎头也不抬，只管干自己的活。后来，他听说那是一支由自由改造人和阔步兽组成的联合部队，从后方攻击了工程队。这群阔步兽的地盘在西方，离这里应该还很远。他们被赶走了，但警卫队很担心，像阔步兽这样高傲的种族竟然与叛逆的自由改造人结盟，前来攻击列车。

随着时间的推移，成吨的铁轨铺设下去，覆盖了遥远的里程，白昼也渐渐变长，春天即将来临。铁路周围的土地越来越贫瘠。犹大和工人们挤

在侧翻的车厢后面，躲避一个阔步兽家族的攻击。永动列车的炮塔来回转动，在地面上留下花朵般绽开的弹坑。

犹大经常阅读《不羁叛逆者》。

> 阔步兽又叫博林那奇，他们有理由憎恨大陆铁路联合公司。他们的土地遭到新克洛布桑商业活动的窃取，代表城邦的国民卫队很快也会到来。谁没有听说过他们在新艾斯培林屠杀当地土著的事呢？每个死去的铁路工人都是悲剧，但该指责的不是博林那奇。它们的报复找错了对象，但他们的恐惧是真实的。该受到谴责的是维瑟·莱特比，是市长，是吮吸贪污腐败乳汁的新克洛布桑富人阶层。**我们的主张：建造人民的铁路，和平对待土著！**

春宫镇就在不远处。犹大并非那里的顾客，他对妓女感到厌倦，宁愿自己解决，或者趁着锁链日的夜晚闭起眼睛在山洞里跟男人缠绵。

每个星期，关押改造人的围栏里允许有一次醉酒的狂欢，女性改造人被扔给男性改造人，在工头的主持下，廉价酒精也被分发给所有改造人。犹大看到，女性改造人事后被带到冰冷的河水里洗澡，她们冻得发出阵阵尖叫，并喝下避孕药剂。这一过程由一名工头监管，他对她们很和善。他为她们处理咬痕和瘀伤，并对经常伤害她们，或下手太重的男性改造人予以惩罚。——不该这样对待女人，他说道。

运送薪资的列车常有延误。晚一两天的话，就只是有人发几句牢骚，但有时一个星期过去了，都没有钱送来。这种情况下，发生过三次罢工。通过混乱的民主过程，铁道工人们放下工具，阻拦列车，直到工资装进口袋。面对自身庞大的数量，他们不知所措。数百名强壮的人类和棕绿色皮肤的高大仙人掌族从他们中间站出来。妓女，医生，职员，学者，勘探员和猎人都来围观。

犹大与他们并肩站立，兴奋得战栗。这件事启发了他，也让他短暂地与体内的存在达成一致。*这是一种干涉*，他心想。犹大从来不是第一批扔下工具的人。这些人往往包括仙人掌族钉道工“粗腿”——犹大觉得他应该是不羁叛逆者的成员。还有脾气暴躁，什么工种都干的肖恩·苏勒文。但犹大总是在第二批之列。

作为对示威抗议的回应，改造人被逼得更狠了。工头们向示威者保证，一定会全力运送薪资，然后他们转而驱使改造人，以补偿罢工的损失。拴着锁链的改造人遭到殴打，魔法警卫也对他们施以折磨，让他们脚步踉跄。自身肢体的重量，再加上搬运的货物，使他们不堪重负，浑身滴汗。

——真他妈*废物*，一名工头一边叫嚷，一边殴打一个跌倒的人，他的手上嵌有许多脆弱的眼睛。——造出像*你*这种中看不中用的改造人究竟有什么意义？我他妈每个礼拜都跟他们说，我们需要适合工业生产的改造人，不是让他们的蠢脑瓜子想怎么改就怎么改。快他妈地起来扛东西。

自由人和仙人掌族工人只能看着改造人在严苛的监督下工作，却无法阻止铁路的延伸。他们一边看，一边皱眉。

——这群蠢蛋，不配合罢工，一名仙人掌族男子说道。

他们同情改造人，但也不能原谅改造人破坏罢工。薪资列车最终总是会抵达。

金融商疯狂地投机倒把，仿佛抹了油的鲸鱼一般，在无中生有的财富之间游动，土地的价格和大陆铁路联合公司的股价节节飙升。但这无法持久。随着回报逐渐减少，随着大陆铁路联合公司的贪腐和政府的舞弊被揭发，丑闻越来越令人难以忍受，大厦根基处的弱点暴露出来。当富人们感到害怕时，他们会变得充满恶意。*我们的主张：政府的功能是支持，而不是贪婪索取！*

改造人画出了底线。他们中的一员被警卫殴打致死，虽然这并非首例，但他有足够的资历，也受到其他人喜爱，于是许多改造人第二天拒绝开工，抬着尸体举行了一场混乱喧闹的葬礼。这是前所未有的局面，一则则消息迅速沿着铁路来回传递。

不愿妥协的改造人在火车旁集结排列。警卫们各就各位。永动列车上的炮塔来回转动。

喔，天哪，犹大心想。

——有谁愿意现在回去工作的就举起手，一名警卫队长说道。改造人都很困惑。他等了不到五秒钟，便转过身去，示意炮塔里的人开火。

一枚炮弹落入改造人中间。犹大后来才意识到，炮弹的容量一定是有所减少，以免燃烧的弹片溅到火车本身。此刻，他只注意到火焰和爆炸，改造人中间出现一片血淋淋的空地。

强壮的男性人类熟练工三锤就能把道钉敲入地面。多数人需要敲四下；仙人掌族和强化幅度最大的蒸汽改造人需要敲两下。有三名异常高大的仙人掌族可以一锤就把钉子敲下去，他们受到众人的尊重。另有一名女性改造人也能做到，但她的这种能力被视为异端。

犹大也时常充当钉道工。在大陆铁路联合公司的轨道上，他是最特殊的。他让每颗铁钉都变成魔像，努力钻入泥土中，因此，只需一锤，它就会自己埋进地下。

铁锤的敲击声在他听来就像是矛手族的呼气声。**啊，啊，啊。啊，啊，啊。**这让他又想起来去听留声机，拆解重叠的声音元素，分析其节奏。犹大看到，“粗腿”在跟几个人说话，但目光却投向别处。他背对着改造人的围栏站立，一名改造人在铁链后面假装闲逛，仿佛是碰巧路过，但犹大知道他在仔细聆听。

犹大又遇到了安·哈莉，她跟“粗腿”是一伙的。

犹大主动结交这名仙人掌族斗士。他们谈论铁路，谈论这片土地上奇异的岩石与尘土，谈论暮冬的干冷天气，也谈论像货车一样沿着铁轨缓慢前进的流言。米尔朔克的工人再次发起罢工潮，科勃西政府又因为颁布毫无意义的规定而被推翻。

他们围着春宫镇的火堆一起抽烟，共享毒品，有些女性也加入进来。在篝火旁摇曳的阴影中，犹大看到了安·哈莉。她身穿妓女的暴露着装。犹大看见她时，她也看见了犹大。但当他站起身，呼喊着向她奔去，她只是露出微笑。

她同意犹大与自己做伴。妓女安·哈莉也是护士，是组织者，是草根领袖。她经常替人出谋划策。她特殊的性格——既善解人意，又容易相信别人，就像是牧师——意味着新来的年轻女孩都会向她求助。安·哈莉常常跟肖恩和“粗腿”交谈，参与组织和干涉。

犹大观察她在铁链围栏边的举动。她总是在夜间去警卫不注意的地方，就像“粗腿”一样，背对着围栏。一名改造人假装随意走动，来到她的身后。

还有一个人，一名不足二十岁的男孩。他跟其他改造人一样感到恐慌，因此来找安·哈莉。犹大往前走了几步。在这种自我反感的精神状态下，他们有可能伤害自己或别人。那男孩就算隔着铁链也能触碰到安·哈莉。但当他听到他们的对话，脚步放缓下来。

——我会死，我会死，我没法坚持下去，我很冷，看看我的样子吧，那男孩说道。他指了指脖子上的一圈超大型昆虫腿，它们就像是鸟兽的颈毛，呈放射状排列，并朝着他不断抓挠。——我要逃跑。

——你打算去哪里？安·哈莉说。

——沿着铁路走回家。

安·哈莉的联络人在一旁观察。他的血肉之中衍生出管道与活塞，全身里里外外撑着一副蒸汽驱动的骨架。

——你沿着铁路走。

——我要走回去。我要加入自由改造人。

——回到新克洛布桑？作为一名改造人，你想回去那儿？还是想当自由改造人？像土匪一样到处流窜？他们离这儿还远得很，他们不敢靠近。不出二十里，你就会被警卫干掉。

那男孩沉默了片刻。——那我去南方。或者去北方。或者西方。

——南边是海洋，离这儿有好几百里。你会捕鱼吗？北方是空旷的平原，然后是山地，你要去吗？西方？小子，西方是荒恶原。你选择去那里？

——不……

——不行。

——但如果我留下，一定会死……

——也许吧。安·哈莉转身望向那男孩。犹大看到安·哈莉发现了他，于是，他体内的存在又是一阵抽搐。——这条铁路上的许多人都会死。你可能会死，然后像自由人那样被埋在铁轨之下。你也可能不会死。她伸手握住铁链，差一点点就能触碰到他。他脖子上的昆虫腿颤抖起来。——你现在还活着。为了我，你得继续活下去。

犹大无话可说。他相信，她以前从没见过这名男孩。

安·哈莉不跟他上床，但与他长久地接吻，直到喘不过气来。她跟其他人并不会这样。然而当他想要进一步，她却坚持原则，要求收取费用。这让他很不安。

——我又不是你的客户，他对她说。她耸耸肩。他可以看出，驱动她的并非金钱。

春天再次回归，空气中有一股金属燃烧的气味，强烈而刺鼻。天气寒冷时，工程进展缓慢，但如今，随着人们脱下一件件衣服，施工速度也有所改善，铺铁轨的队伍逐渐接近填地工人。

他们到了科勃西外围的大草原。随着气温逐渐转热，永动列车进入一片荒芜的平原，此处的碱性尘土若是渗入眼睛和嘴，那感觉就像是沾了脓水，而它的气味则像是防腐液。这一地区仿佛有留存热量的能力，工程队刚离开寒冬，就陷入干燥酷热之中。列车周围的小镇变得枯蔫无力。那些像牛的牲畜身上长了疮，其肉质变得有股腐臭味。运水的车队不断前往远处，寻找河流与溪水。

这片土地拥有自己的生命。有时候，他们脚下的地面崩塌凹陷，沙土中显露出某种巨型食肉兽的咽喉与口器。这是一片不安稳的土地。在一场泥尘暴中，盘子大小的石块从天而降，砸到列车上。——我们又进入了可怕的荒原。每个人都这么说。

研究人员来到一片细尘飞扬的沙漠，他们的骆驼在抽打之下充满惊恐，口吐白沫。他们的拖车里躺着一个全身上下被坚硬的泥尘裹住的人。不，他是一座雕像，不，他的体表覆盖着增生的结石。他嵌在人形的岩石之内，嘴唇阵阵颤动。

——那是从地底下冒出来的……

——我们以为是雾气……

——我们以为是火焰产生的烟……

那是从地下升起的石烟，会迅速凝结。他们不得不用凿子把他挖出来，石壳沾着血肉一起脱落。

若干天后，永动列车遇到了石烟的残迹。它们完全静止不动，呈烟雾状。细长的石柱仿佛在空中飘荡翻滚，形如波浪。然而这石雾比玄武岩还要坚硬。

它们从路基上方飘过，随着风的形状固化，看上去就像是在向着云层攀爬。身材魁梧的人们提着锤子走向这片新的岩石阵列。石烟碎裂成细小的渣滓，几个小时之后，他们辟出一条通道，将烟雾一分为二，刚好能让铁轨通过。

他们遭到自由改造人的骚扰，突袭队伍横冲直撞，戾气冲天。自由改造人不是我们的敌人！一大批新出现的海报上写道。但工人们看到袭击后的场景，很难相信这个说法。

犹大不明白自由改造人的目的。他们也有人在突袭中死亡。虽然并非亲眼所见，但他听说自由改造人的尸体和濒死者被横置在铁轨上，让永动列车碾压粉碎。他们偷走少量钢铁、机械和牲畜。这值得吗？

地面上出现更加高耸的岩石和树木。填地的工程队就在附近，由于地表忽然变得复杂，他们的速度减慢下来。在岩石之间挖掘隧道的人们也已经干了两年，依然未挖通。

一阵褐色的浪涛向他们袭来。森林里的昆虫倾巢而出，逃离填路和隧道挖掘的工人。

人们一边咒骂，一边试图躲藏。数以百万计的昆虫朝着工人们扑来：它们的硬壳十分锋利。这些昆虫都跟仙人掌族的拇指一般大，没头没脑地撞向列车，牺牲于齿轮间与车轮下，大量的尸体使轨道变得滑腻腻的。沙子从管道中喷洒而出，以增加摩擦力。

永动列车的后方响起尖叫声，一路追随至此的妓女和少量乞丐遇上了昆虫。那里还有牲畜群，形成一个沿铁道蔓延的经济体。

在一片丑陋的小森林里，填地的人们受困于骸骨般的树丛间。在大地的抵抗之下，他们的速度趋于缓慢。填地工遇到了隧道工和架桥工，铺设铁轨的工人赶了上来，妓女和乞丐也追上了列车，一切都停滞下来。

前方是大地上的一道皱褶，高达两百尺。这岩脊太过陡峭，无法铺设铁轨。路基伸入一条尚未完工的隧道，洞口好似张开的大嘴。犹大爬上山坡。另一侧是垂直的悬崖和峡谷。他可以看到近乎完成的高架桥，交错的桁架位于他下方两百尺，即隧道将要穿石而出之处。悬篮里的人们将炸药填入钻挖出的洞孔中，等到点燃导火索之后，篮子便被提拉上来。

桥上全是改造人。脚手架一直往下延伸到谷底。架桥工朝着上方新来的人们挥手。这是一次盛大而欢快的会师。

工程队在色如骸骨的树丛之间工作了许多个月。这些人就像是由泥尘捏成的一样。巨大的火车头里，司炉工和维护工浑身沾满沿途的尘埃。列车停下之后，文员和科学家们从车厢里探出身子，翼人在空中盘旋，火车上半野生的猫来回踱步。

那一晚，有一场大型庆典，新来的伙伴让隧道工和架桥工欣喜若狂。犹大喝了酒，伴随着手摇风琴的呜呜乐声与安·哈莉跳舞。安·哈莉跟他跳完之后又跟肖恩·苏勒文和“粗腿”跳。他们抽烟又喝酒。廉价毒品和附魔的私酿烈酒让人们说不出话来。

工人中间存在分歧。犹大发现，隧道工和架桥工被困在这片险恶的荒原中太过长久，甚至融入了此地的环境，他们不像犹大的工友们那样存在分歧，尽管这里的改造人被刻意分隔开来，睡在不同的地方，但严酷的环境使得他们不太容易像犹大那拨人一样互相产生隔阂。铁轨仿佛能将新克洛布桑的偏见传导过来。铺铁路的改造人观察着此处的改造人。犹大知道，他们能看出区别，警卫和工头也能看出区别。

犹大和工友们将铁轨铺设至隧道内，直到挖掘中的洞穴尽头。他们的进展非常缓慢。像蠕虫一样生活在隧道中的人们退入两侧沾满蜡烛油的石窟。他们依靠火光和附着在岩石上的荧光魔法照明。犹大的朋友们惊愕地眨着眼，而那些挖掘工用苍白的眼睛注视着他们，铁锤在黑暗中发出一阵阵可怕的敲击声。

他们无事可干，只能清洁列车，探索陆地，或者把井挖得更宽。然而他们不能加入隧道工，也不会筑桥，只能在等待中打牌、做爱和斗殴。

填地工仍能继续工作。尽管距离科勃西还有一百多里贫瘠的荒野，但他们可以越过峡谷，向前推进。然而在此之前，他们需要工资，只是这次又没钱了。

很快，所有人都知道，输送现金的渠道又阻塞了。隧道工愤怒了。他们在承诺下工作，他们以为列车能带来长期拖欠的工资。填地工拒绝继续前进。好几个星期以来，一直没有火车抵达铁轨的尽头。

怎么回事？这并非延迟，也不是冲突；一切毫无进展，只有日益积累的怒气和太过长久的期盼。隧道挖掘工凿碎岩石，新来的人们砍倒积满尘垢的树，造出质量低下的枕木。

一名挖掘工受了伤——在频繁使用黑火药的地方，每天都可能发生这种可怕的事，但他激愤的反应就好像是头一次似的。——看，他抬起鲜血淋漓的手。他的皮肤上覆满白色尘埃，更映衬出鲜红的血液。——他们要让我们死在这儿。

那天晚上，犹大去了聚会的洞窟，回来之后，“粗腿”在等他。——会议仍在继续，他说道。——不是我们，是他们。他指了指永动列车炮塔上的灯光。——我们得想办法。他们派人沿着铁路骑马赶回去，告诉莱特比立刻送钱来。

第二天发生了锤击械斗事件，两名巨硕的仙人掌族互相击打，监工们无力干涉，只能旁观，任由他们砸裂对方的木质骨骼。——可能有事要发生，安·哈莉对犹大说。他们坐在一块焦黑的岩石上。这块石头经过火焰和冷水处理，再由壮硕的改造人敲击，已经裂成两半。——姑娘们很害怕。

几份手抄的《不羁叛逆者》被留在山口。每天每夜都会发生斗殴或其他因愤怒而起的琐碎事件。永动列车的一盏车头灯被砸碎，车厢的漆皮被刻上污言秽语。

填地工天天集会，拒绝穿越峡谷。工头给他们找了其他活干。填地工不再罢工示威，但拒绝执行分内该做的事。他们清扫隧道里的垃圾，搬运工具，但假如穿过那道沟壑，或许就是最后一段路程，只需再让路基延伸一百多里，即可到达科勃西。铁路公司仍欠他们钱，他们现在不愿意完成这项工作，因为那意味着屈服。

然后有一晚，在漆黑的隧道里，整个列车起火了。游荡星变得十分明亮，它们在静止的群星间缓缓移动。犹大用蓟草造出一个魔像。

——怎么回事?

犹大抬头观望。人们都瞪大眼睛，朝着山岩上走去。他们仿佛受到某种牵引，踉踉跄跄地碎步往前走。

——出了什么事？犹大问一名男子，但他只是指着山坡上喊叫。——看，看！他说道。——快来看，它在那儿。

山坡顶端的岩脊上发出一阵鸣响，犹如走调的哼唱，仿佛是来自石块，甚至是灌木丛的共鸣。斜坡上的人们发出呼喊，踩着滚动的碎石慌忙往后退。一些人跌倒在朋友们身上。犹大抓住树根，保持站姿。

震颤洪亮的歌声跟荒野一样令人不安。他的上方有一只蜘蛛。不，不，蜘蛛不可能如此巨大，就像一棵树，一棵宽阔的大树，完美对称的枝杈向外伸展，不可能，蜘蛛不可能比最魁梧的人类还要大，但它确实是蜘蛛。

——织造者。

——织造者。

人们说道。惊畏之下，他们的嗓音中已没有恐惧。

织造者。这些蜘蛛并非神祇，却近乎神祇。它们如此特殊，无论是人类还是其他种族，无论是魔灵还是灵官，都与它们截然不同。它们的能力、动机和意图，就像铁幕一般难以看透，匪夷所思。这些生物进行杀戮与争斗，将一切重新配置，目的只是为了美感，为了它们眼中精致的世界之网，为了维护这张网中相互连接的线条，构成不可思议的螺旋对称图案。

关于织造者的歌谣充塞着犹大的头脑。那都是些吓唬小孩的故事，毫无意义——**他向我承诺，让我牵她的手/然后密密麻麻将她捆住，令她窒息而死/可恶的织造者**——仿佛荒诞无稽的童话。他抬头望向那发出黯光的怪物，但映照在岩石边缘的，真的是光吗？他知道，这些乐曲代表着无穷细小的微粒。

织造者静止不动，姿态纠结。它的身体一片漆黑，仿佛泪滴，头部没有一丝反光，四条腿向下弯曲，尖端如匕首般锋利，另外四条较短的腿指向上方，就像是悬垂在半空中的一张蛛网里。它身长有十到十二尺，等一等，它在干什么？它缓缓地转着圈，而整个世界似乎都被它牵动。犹大能感觉到拖拽，就好像织造者一边转圈，一边收拢丝线，拉扯着线上拴系着的世界。

犹大喉咙里发出含糊的声响。这声音是被织造者的隐形绳线拽出来的，仿佛不自觉的膜拜。

山坡上，来自铁路的男男女女面对眼前的景象，全都愣住了，有些人试图逃跑，少数愚蠢的家伙悄悄靠近，仿佛那是一座神坛，但大多数人都像犹大一样，只是站在原地观望。

——别碰它，别他妈的靠近它，这就是该死的织造者，下方很远处有人说道。那蜘蛛般的怪物转过身，岩石继续鸣唱，然后，织造者也加入其中。

它的声音从岩石底下传来。它的声音来自泥土的震颤。

……一，一，一，二，红，红黑，红蓝，黑，凿穿山丘拽网线，裂缝，喘息，张嘴，特使，建造，我的枕木，我的眼睛，儿童，幼儿，石缝，粘尘滚筒，你的声音，是缓慢节奏，石头与工具……

它的声音逐渐变成阵阵吠叫，山坡上的小石块跟着节奏一起跳动起来。

……吃掉音乐，吃掉声音，推动节奏，魔法脉搏……

思维，物质的纹理，一切纠缠在一起，为织造者所拽。

……研磨粉碎，小心复原，不碎裂的依然不碎裂，你叫作岩石的恶魔，你畏缩，惧怕你要建造的……

织造者收起所有的腿，一转身，轻飘飘从空中坠落，同时仍在吸取周围剩余的光线，并借此逐渐膨胀，仿佛那是唯一真实的物质。犹大和脚下的土地，还有他扶着的一棵光秃秃的树，都像是褪色的旧照片，只有那蜘蛛的颜色最鲜明。

织造者用匕首般尖利的脚沿着山崖边缘一步步轻快地行走，褪色的男男女女跟在它身后缓缓移动。它转回头，神秘诡异地看着他们，眼睛仿佛黑色的蛋。每次它这样回头，跟随的人群便停下脚步，往后退缩，直到它再次转头，继续前进。众人跟在它身后，就像被牵着走似的。

它顺着悬崖边缘滑落，人们奔过去观看，那蜘蛛在峭壁上灵巧地行走，就像穿高跟鞋的姑娘。它越走越快，荒谬巨硕的身形向下坠落。靠近高架桥的底部，桁梁从岩石中伸出。白天的时候，这里有猿猴状的改造人悬垂攀援，从事建造工作。织造者向前一跃，直接落在建到一半的桥架上。从远处看，它显得比先前要小，并开始旋转，开始翻跟斗，就像没有边框的轮子，在桁梁之间快速滚动。

……*碎裂，碎裂*……织造者的声音变得很响，仿佛就在犹大身边……*推开灌木丛，他们在等待，在呼吸，诱饵，滴水，等待你的干涉，等待会动的恶魔，得意洋洋，引用引证，高塔所在之处，叹息，附近，转向的星星，你变得洁净，蒸汽人，在平原的彼端，你没有困难*……然后，织造者消失了，犹大的眼睛重新感受到夜晚微弱的光线。铁路上的男男女女继续凝视着高架上织造者消失的地方，过了许久才转身离开。有人开始哭泣。

第二天，有几个人死了。他们或瞪视帆布帐篷，或瞪视天空，眼睛的颜色几乎都已消退，脸上挂着笑容，好像平静而愉快。

有个疯老头默默地跟着铁路施工队走了很长距离，当工人挥舞铁锤，当妓女提供娱乐，他只是静静地坐着，成为一个吉祥物，成为好运的象征。织造者现身之后，他站在隧道口，先是口齿含糊，然后以清晰的言辞宣称，他是蜘蛛的先知，尽管铁路工人并不服从他的指令，但都以犹疑而敬重的目光望着他。

他在被迫停工的铺路工之间走动。他朝着隧道工大声叫嚷，要他们放下锄镐，赤身裸体逃去北方，前往大陆中央未被探明的区域。他要他们跟泥土中的蜘蛛交媾。织造者分泌的丝线落在所有人身上。在新的社会结构中，他们的命运互相纠缠。

——我们看到过织造者，犹大说。——大多数人从没见过。我们看到过织造者。

第二天，女人们也开始罢工。

——不，她们对来到帐篷里的男人说。男人们疑惑不解地看着她们。这些女子利用手头能找到的武器组建起自己的武装，身穿破烂的衬裙进行示威。

她们共有数十人，态度坚决得连自己都感到惊讶。她们拒绝铁锤工，拒绝隧道工，拒绝警卫。遭到回绝的人也聚集起来，这群欲望无处发泄的男子郁闷地发起反示威。他们窃窃私语。有的躲到岩石背后自慰，有的就只是走开了。许多人留了下来。

两批示威者互相对峙，扬起阵阵尘土。警卫队来了——他们不知该如何处理；那些女人并没有做什么，只是拒绝而已；男人们也只是等待。——没钱，安·哈莉说，——我们就不干。没钱就不干，没钱就不干。

——我们不再只凭着承诺就做，她对犹大说。——自从来到这里，就一直没钱，她们一次次地接受赊账。我们的工人，我们的警卫，现在还要加上这里的新人。他们已经很长时间没有女人；他们常常伤害我们，犹大。他们一来就说，记在我账上，姑娘。就算知道他们不会付账，你也没法说不。

——希拉瞎了一只眼睛，她说。——有个隧道工人说要赊账，她说不行，于是他狠狠地揍她，连眼睛都打裂了。贝拉多娜被打断胳膊。没钱就不干，犹大。从现在开始，先要付钱。

女人们守卫着春宫镇。她们手持棍棒与钉锥巡逻，构筑起一道防线。她们轮流照看小孩。她们中显然也有人对冲突不满，但很快就被说服，不再作声。安·哈莉等人朝着观望的男人们簌簌地抖动裙子。与这群愤怒的妓女关系友善的不单单只有犹大。他，肖恩·苏勒文，“粗腿”，以及其他几个人一起观望着。

——别这样，姑娘们，这算是干吗，一名监工说道。——这算怎么回事？你们想要什么？我们需要你们，美人儿。他露出微笑。

——我们不愿再挨打，约翰，安·哈莉说道。——也不再相信承诺。除非先付钱，否则别想睡。

——你知道我们没钱，安，亲爱的……

——那不关我事。让你们的莱特比给这些人发工资，然后……她扭了扭屁股。

那天晚上，一群男人带着些许怒气，漫不经心地试图强行越过岗哨，却被女人们拦住，狠狠揍了一顿。他们抱着皮开肉绽的脑袋撤退回来，在惊异与疼痛之下，发出阵阵号叫。——我操你这头蠢猪**婊子**，其中一人吼道。——愚蠢的**婊子**，你他妈居然砸我的脑袋，婊子。

第二天，她们碰都不让男人碰。眼前的局势已经失去新鲜感，也不再那么好笑。一个男人掏出鸡巴，朝着她们晃动。——想要报酬吗？他喊道。——我给你报酬。来尝一尝吧，你们这群他妈的既肮脏又贪财的贱货。男人中有一部分对同行的女人们抱有相当的好感，他们不爱听这种话，于是让那人闭上嘴，但也有其他人鼓掌喝彩。

——有钱就能来，女人们喊道。——别怪我们，你们这些好色的混蛋。

她们的营地再次遭到袭击。这一回是由隧道挖掘工发起的，他们组织起强暴小分队，意在惩罚。然而他们惊动了在春宫镇附近洗衣服的女性改造人，她们看到那些男人偷偷接近，便大声喊叫，发出预警。男人们赶紧冲上来阻止她们。一队妓女迅速赶到。

男人们挨了刀子，有个女人的脸被打破，等到妓女们制服了入侵者，她们发现有一名女性改造人头部受创，流血不止。正常的女人们犹豫了片刻，然后决定将她抬进来照料。

第二天早晨，挖掘工人发起罢工，聚集在隧道口。监工们连忙赶来谈判。隧道工有自己的发言人：一名纤瘦的男子，他是个能力不太强的地质魔学士，手上沾着黑色的岩粉，来自被他搅成泥浆的石头。

他说道——只要那些姑娘让我们进去，我们就回去干活。他的同伴们发出一阵笑声。——我们有需求，他说道。

妓女和隧道工都提出了要求。填地工不愿干活。铺铁路的人没法开工，只能坐在太阳底下玩骰子、打架。这里变得像草原上的村镇一样充满暴力。永动列车静止下来，警卫和工头在商量对策。天上下起了雨，但带着一股热气，并没有丝毫凉意。

——跟蜘蛛交媾吧，那老头说道。——是时候变一变了。

一切都停滞不前。只有高架桥仍在继续修建，到了夜里，架桥工下班之后，他们中有些人穿过山谷，来到邻近的营地，看看出了什么麻烦。浑身针刺的豪刺族，由改造人驯服并控制的猿猴，以及被安上猿臂的改造人——他们成群结队地游荡，观察各处罢工的形势。

有信使往来时，永动列车上的记者一直在撰写文章，如今，他们突然又有新的内容可以报道。其中一人拍下一张女人们示威的照片。

——我不知道该说什么，他对犹大说道。——他们不让我在《争辩》上写妓女的事。

——你就尽量写吧，犹大说。——你应该记住，这很重要，他说道。他体内那天使般奇异的存在又开始说话。当他发现自己竟能听见它的声音，一时间屏住了呼吸。

——我们都是蜘蛛的孩子，疯老头说道。

岩石上有几份手抄的《不羁叛逆者》。

> 这不是三次不同的罢工，也不是两次半。这是一次统一行动，针对同一个敌人，拥有同一个目标。那些女人不是我们的敌对方。她们不该受到指责。她们说，没钱就不干，这也可以作为我们的口号。除非拿到承诺中的工资，否则我们不再铺一块枕木，一条铁轨。她们说出了我们要说的话。**我们的主张：没钱就不干！**

监工和警卫意识到，各组示威者都不会放弃，不会停止责难。犹大察觉到了变化，他站起身，看到工头们的行动有了新的意图。

他没吃早餐就跟其他闲散的劳工一起来到隧道口，天气已经很热，他已经在流汗。隧道工们手持锄镐，仿佛呈战斗队形排列。监工和警卫站在他们面前，还有一群系着镣铐的改造人。

——快点，一名监工说道。犹大认得他。他们总是让他来做不得人心的事。一队妓女走过来，十二个人紧靠在一起，领头的是安·哈莉。隧道工开始发出嘲弄的嘘声。那些女人只是在一旁观望。在众人身后，列车的排气声就像公牛的喘息。

那监工站在改造人面前。他转身背对着示威者，并望向形态各异的改造人，望向他们身上移植的血肉与金属。犹大看见安·哈莉朝着“粗腿”和另一个人低语，那两人没有转身，只是点了点头。他们注视着聚集的改造人。其中一个改造人一边看着“粗腿”，一边摆了摆头。他身上冒出一些管子，然后这些管子又钻回他身体里。他身边有个非常年轻的人，脖子上伸出一圈昆虫的腿。

——拿起锄镐，那监工对改造人说。——到隧道里去挖凿岩石。我们来指导你们。

一时间没人挪动，只有一片沉默。警卫们站在示威者与改造人之间，将他们隔开。

——拿起锄镐，到隧道里去，到最里面去挖掘。

又是一阵沉默。永动列车上的人都知道，改造人是如何受到奴役的。有人开始急切地呼喊：**工贼，工贼**。但呼喊声很快就消失了，因为改造人全都没有动。

——拿起锄镐。

依然没有人动，于是那监工挥舞起鞭子。随着一记响亮的抽击声，一名改造人发出嘶喊，他倒在地上，双手捂着皮开肉绽的脸。在一阵恐惧的低语中，有些改造人开始移动，但其中一人沉声喝令，于是他们打了个激灵，又静止下来，只有一个人一边奔向隧道，一边高呼，——我不要，我不干，你们不能逼我，这是个愚蠢的计划，愚蠢的计划。

那人跑进黑暗之中，而其他人都没有正眼瞧他。被植上昆虫腿的年轻人在颤抖，他的眼睛紧盯着地面。身上嵌有管子的人在他背后说了句什么。

——拿起锄镐。监工逼近改造人。

犹大体内的存在开始涌动。他周围出现愤怒的喃喃低语。

——拿起锄镐，不然我就只能出手对付制造麻烦的人了。拿起锄镐，到隧道里去，不然——

人们开始喊叫，但监工的声音盖过了所有人。

——不然我就只能采取行动了……他缓慢而刻意地逐个扫视惊恐的改造人，只有身上嵌着管子的人短暂地与他对视。监工停顿下来，然后一把抓住浑身战栗的男孩。那男孩一个踉跄，发出一声喊。——不然我就只能对这个领头的家伙采取行动了。

一时间，没人说话，也没人发出声响，然后他向两名警卫示意。当他们靠近时，人群又开始呼喊，警卫将那年轻人打倒在地。

犹大又像是听到矛手族的颂唱，时间变得缓慢滞涩。他看着警棍落下，看着那男孩慌乱地护住头部和昆虫附肢。他还有富余时间看到头顶上方飞过的鸟，看到人群的脸。他很诧异。

他们在惊愕之下，竟无法将视线移开。身上嵌有管子的改造人紧咬着牙齿，他是那男孩的保护人。铺设铁轨的工人露出怜悯的神情。隧道工则站在岩石的阴影里观望，充满沮丧，惊讶与不安。棍子一次次落下，警卫阻拦着人群，犹大看到，所有人都显得犹豫不决。人们神情紧张，面面相觑。每当警棍落下，改造人男孩发出号叫，他们便再次互相对视。就连警卫也犹疑不定，每次击打的间隔都比前一次要长，而他们的同事举起武器时也显得不太坚决。四周的话语声越来越响。

犹大看到安·哈莉被朋友们拉住，手在空中抓挠，看上去就像是要因愤怒而死。人们来回走动，仿佛正在下决心，准备潜入冰冷的水中。他们仍在互相对视，不断地等待，再等待。犹大感觉到体内的存在开始向外伸展，那奇特的正义感仿佛逐渐扩张推进。虽然天气炙热难当，他却露出微笑。他们开始行动了。

第一个行动的不是犹大——他从来都不是第一个——也不是身上有管子的改造人，也不是“粗腿”和肖恩，而是隧道工前排一个不知名的人。他站出来，举起手臂，仿佛戳破了笼罩着整个世界的张力，让一切回到正常时间，就像水突破了弯曲的表面。其他人也纷纷效仿，安·哈莉向前奔去，改造人拉住警卫的棍棒和鞭子。连犹大也奔到一名穿制服的人跟前，扼住他的咽喉。如今，他的胳膊已因劳作而变得强壮。

犹大的耳朵里一阵轰鸣，他只能听见自己愤怒的心跳。他不停地转身，不停地厮打，用上了在铁路沿线学会的斗殴技能。他并非听到枪声，而是感觉到空气中的振动。他浑身充满魔法能量。当他抓住一名警卫，便本能地将那人的衬衫变作魔像，缠住他的身体。犹大一边奔跑，一边打斗，他触摸到的物品，都被赋予短暂而奇异的生命，遵从他的指令，参与争斗。

警卫们配有火铳和皮鞭，但人数处于劣势。他们也有魔学士，但不能跟国民卫队的比，示威人群没有受到一团团魔法能量的攻击，也没有产生变异。铁路工人有能力对抗他们简单的法术。

铺路工中的仙人掌族比监工中要多。这些高大的仙人掌族挥舞着绿色的拳头，在大陆联合铁路公司的警卫之间横冲直撞，轻易地将他们击倒。仙人掌族也保护着自己的朋友，而警卫并未携带具有切割功能的飞轮弩。

身上嵌有管子的改造人将昆虫腿男孩拖到一边。他从口袋里掏出煤炭，塞入口中，嘴唇都被染成了黑色。他奔跑起来。那些仍能走动的警卫开始撤退，剩下的则跟伤亡的改造人和自由人一起横七竖八地躺在地上。一切发生得太快。

犹大也在奔跑，身上滴着汗水。警卫们挥舞着武器，却难以抵挡挣脱镣铐的改造人。他们开枪射击，改造人纷纷倒地。警卫们在火车旁重新集结。

——我们得——犹大喊道，而那嵌着管子的改造人就在他身边，一边点头，一边也高声呼喊。不少人听从他的指示：有改造人，也有自由人，有男性，也有女性，包括安·哈莉，包括肖恩，他们全都听从这个普普通通的改造人。

——你，他对犹大说。——跟我来。

他们穿过一片凋谢的树林，绕到永动列车附近。那衣衫褴褛的部队逐渐靠近喷吐着烟雾与蒸汽的火车。车头前方的排障栅栏如同伤残的牙齿一般向外歪斜。烟囱冒出火光，仿佛正从太阳吸取能量。列车周围，有许多人影跳上跳下。无论是车顶的临时床铺，还是自由人睡觉的车厢，到处都有人瞪着接近中的警卫和示威人群。这两拨人一边奔跑，一边试图争取车上的人。

——他们，他们——

——快**下车**，是那些混蛋改造人——

——他们朝我们**开枪**，还殴打我们——

——快点走开，你们这群混蛋，不然我他妈就开枪了——

——挡住他们，嘉罢在上，快他妈的**挡住**他们，我操——

警卫们握着枪在列车周围摆出参差不齐的队形。好奇的人群和愤怒的示威者不断涌来——隧道工，妓女，改造人——然后骤然停下脚步。警卫撤退至摇摇晃晃的炮塔里。

对峙的僵局持续了很久，然后演变成一片混乱。安·哈莉和嵌着管子的人向前走去。后者毫无表情，安·哈莉则相反。他们身后跟着一群步履蹒跚的改造人。这支队伍缺乏整齐的步伐。有的人腿上箍着残存的镣铐，这些镣铐已被石头砸断或者是用偷来的钥匙打开，随着他们的脚步摇晃抖动。队伍中的人们脚步踉跄，摇摇欲坠，在日光下呈现出斑驳混杂的色彩。他们握着自制的武器，阳光在锋刃上闪烁。

改造人高举的棍棒，来自曾经关押他们的栅栏。改造人手中挥舞的锁链，曾经拴住他们的双脚。有人握着匕首，有人握着嵌有陶瓷碎片的木棍，先是数十人，然后增至数百人。

——嘉罢在上，是谁放他们出来的，你们都干了什么？有人歇斯底里地喊道。

犹大体内的存在向上涌起，想要看个究竟，他感觉自己不断膨胀，肚子里仿佛有个婴儿在挪动。犹大为他们高声呼喊，既是欢迎辞，也是紧急号令。

以四肢行走的人充当起坐骑，像野牛一样驮着浑身长满胳膊的人。有的人依靠由动物肢体构成的细长手臂行走，有的人踩着活塞前进，仿佛冲击钻被赋予生命。有的女性长满胡须，也有人皮肤上冒出指头粗细的触手。而另一些人身上长出獠牙，有的取自野猪，有的是岩石雕刻而成。有些人的嘴变成了互相嵌合的机械。有些人的腰间围着一圈猫狗的尾巴，来回摇摆，仿佛百褶裙。有些人的汗腺经过改造，分泌出颜色各异的墨水，杂乱地流淌下来。这群由罪犯构成的乌合之众已获得自由，正渐渐逼近。

警卫退缩回去，躲在装甲车厢和炮塔里。有人从铁路尽头的牲畜栏里牵出骡子和马，然后逃之夭夭。

——不不不。

对于改造人被释放，许多隧道工和铺路工都十分惊愕。没人知道是谁干的。有人偷了钥匙，然后很快便逐一打开拴系罪犯的栅栏（尽管仍有少数改造人抱着铁栏杆不愿出来）。

——我们可不是为了这个而来。这跟原本的计划不一样。一名隧道工朝着肖恩·苏勒文喊道。他不屑跟安·哈莉讲话，也不屑跟那群伸展着胳膊和腿的改造人讲话。

——我也不想那年轻人挨打，他没干什么错事。但这样子就太愚蠢了。你们他妈的打算怎么办？呃？我们……

他看了一眼改造人，他们都眨着眼睛望着他。他略微扭转身体。

——无意冒犯，伙计们。他开始跟改造人说话。——你瞧，这他妈不关我的事。你看到了，我们也不想让他们揍你们。但是，但是，你们不能这样，你们得回那儿去，这……他指了指炮塔。

天色已晚，包围圈平静安宁，显得十分诡异。

——真见鬼，很多人都死了，那人说道。——他们死了。

长着昆虫附肢的男孩死了，另有一些改造人被子弹击倒。一名仙人掌族被飞舞的木棍砸中，裂成两半。倒下的警卫堆积如山，都是被锤子，锥钉等从铁路上临时拿来凑数的武器打倒。坟沟旁有神情恍惚的哀悼者。

赏金猎人都回去了。荒野中，妓女们坐在石头上凝视着火车。躁动的改造人将火炉填满，并拉动手闸，而那些本身装有锅炉的则把优质燃煤攫为己有，这些行为惹得司炉工和司闸工十分不满。人们困惑地到处乱跑，互相询问出了什么事。他们望向太阳，望向摇晃的树丛，等待有人站出来掌控局势。

此刻如此平静，但人们知道，这无法持久，他们处于一种奇特的焦虑。警卫占据着炮塔和另一节车厢：改造人控制了列车的其余部分。铁炮塔在炙热的温度下发出爆裂声，顶端的武器左右旋转。

自由人想要让肖恩和“粗腿”成为这群改造人暴民的首领，但安·哈莉与他们站在一起。犹大了解到，那个身上嵌有管子的人叫乌兹曼。

——把你的人带回去。他们这是在干吗呢？自由劳工的代表说道。他指了指炮塔。——他们已经准备好收拾你们了。现在我们已经表明立场，如果你们现在回去，他们就会付我们工资，而且不会，不会有惩罚……

这番话他是对肖恩说的，但回答的人却是乌兹曼。

——你们会拿到钱，然后叫我们放弃这一切？放弃火车？

他大笑起来，自由人的要求显然很荒唐。他们要改造人放弃自由。乌兹曼放声大笑。——我们还没决定要怎么办，他说。——但这里我们说了算。

炮塔的火力范围之外，人们大声争辩，就像街头聚会。改造人，铺轨工，隧道工，维护工互相叫嚷。炮塔中传来工业噪声。示威者们从掩体后面观望。处于亏缩周期的月亮此刻差不多正好半亏半盈。借着月光，灯光，以及闪烁的魔法光亮，永动列车的人们聚集到一起。

——我们不能干等着，“粗腿”说道。——已经有人离开了。天知道跑掉了多少警卫——太多马匹不见了，还有车辆。离开的不只是监工，乌兹曼。我们得让他们放弃。

——放弃*什么*？安·哈莉说道。犹大体内的存在动了起来。——放弃什么？你要他们干什么，查弗林？他们没什么可以给我们的。他们仍然很害怕——所以躲在炮塔里——但等到必须强硬起来的时候，他们就会开火。

他们提高了嗓音。人群慢慢地转向他们。

——我们得提出*要求*，“粗腿”说。——他们会有增援。我们必须作好准备，提出要求。

肖恩说，——比如什么？要他们释放该死的改造人？不可能。承认新成立的公会？我们要什么？

——我们必须建立联系，“粗腿”说。——我们派*自己人*骑回新克洛布桑，跟那里的公会讨论，*联合*起来提出要求。要是能得到他们的支持——

——你在做白日梦。你以为他们会答应？为了我们？

——这里得由我们接管。*现在*这是*我们的*地盘，乌兹曼说。

有人发出讪笑，嘲讽“该死的改造人”。

——闭嘴，安·哈莉对质疑者高声呼喊，激愤之下，她的山地拉贾莫语又显露出来。——你们骂改造人，好像这样就能让自己变得更高贵一样。我们怎么走到这一步的？因为你们发起抗争。你们——她指向那群隧道工——进行示威，是为了抗议*我们*。她的妓女副手点了点头。——但你们为什么反抗警卫？因为他们，因为改造人，他们*不愿*破坏罢工。他们宁愿替你们挨打，免得破坏*你们的*示威活动。他们这么做也是为了*我们*。为了*我*。

安·哈莉伸手抓住乌兹曼，将他拉近。惊讶之下，他没有提出异议。

她亲吻他的嘴。他是个改造人：这样的行为明显逾越了界限。人们发出震惊的呼声，但安·哈莉提高了嗓音。

——这些改造人为**我们**而抗争，让**你们**的示威免遭破坏。你们和我们互相抗议，因此才闹罢工，而这些改造人却**同时**支持我们两边。你们心里**明白**。你们为他们发起反抗，但现在又要责怪他们？尽管你们和我们互相抵触，但在这该死的工潮中，他们帮你们**赢得胜利**，也帮**我们**赢得了胜利。她再次亲吻乌兹曼。妓女中有人惊愕，有人欢呼。——告诉你们吧，安·哈莉说，——假如有谁可以**赊账**，那就是这些改造人。

靠近安·哈莉身边的妓女最为激进，她们都夸张地伸出手抚摸改造人。

——我们得建立联系，“粗腿”喊道，但没人听他的。大家都在听他的朋友安·哈莉发言。犹大用泥尘造出一尊魔像。

此刻时值深夜，但很少人睡觉。犹大的魔像比他还高，通过油和污水黏合到一起。安·哈莉在跟“粗腿”争论，成为织造者先知的老人站在安·哈莉背后，用隐晦的语言高声赞美她。

一名警卫从列车的方向走来，挥舞着求和的旗帜。——他们要谈判，一个女人说道，她的身体下面是角质的轮子。

——等一等，他一边走一边呼喊。——我们想要终止这种局面，也不会事后追究责任。我们会跟大陆铁路联合公司谈，让他们把钱送来。所有人都是赢家。你们改造人可以跟我们谈。或许可以提前结束劳役。什么都可以谈，一切都好商量。

安·哈莉的脸上充满激愤。那人在她面前畏怯退缩，她经过他身边，朝着火车奔去，身后跟着改造人，以及“粗腿”和乌兹曼，还有犹大。犹大就像拍打新生儿一样拍了一下魔像的臀部，以激活魔法，使其行动起来。它所经之处，人们大为震惊。

“粗腿”朝着安·哈莉喊叫，——等等，你要干什么？**等等**。乌兹曼也在劝她。然而她从改造人躲藏的那一圈掩体后面走出来，径直走入炮塔里的警卫视线之内。她从一个人手中拿过火铳。

乌兹曼和“粗腿”都在向她呼喊，但她走向火车周围的无人地带。只有犹大的魔像跟随着她。塔顶的炮管朝她转过来。她生疏地举起火铳。身边就只有油和泥土构成的假人。

——跟你们这些混蛋没什么好谈的，她喊道，然后扣下扳机，不过子弹并不能穿透装甲。随着枪声响起，改造人纷纷跑上前保护她，犹大听见塔顶的队长对手下高声呼喝，可能是“射击”，也可能是“不要开火”。警卫的第一声枪响时，犹大让泥土魔像挡在安·哈莉身前，接着是一阵突发的爆裂声。

所有人都趴了下来，除了安·哈莉和魔像。有人在尖叫和流血。枪声逐渐平息之后，有三个人一动不动地躺着。人们高声呼喊，寻求救助，其中大多为改造人，但也有正常人。安·哈莉静静地站着。子弹在魔像致密的身体上撞出一个个坑。

——不不不，队长喊道。——我没有——但改造人等不及了，他们发出怒吼。有人把安·哈莉拖了回来，犹大看到她在微笑，他发现自己也露出微笑。

这是一场小型战争。——你这是干什么?“粗腿”朝着安·哈莉吼叫，但此刻，这个问题已没有意义。警卫，自由劳工，妓女和改造人互相殴斗，并呈现出两个阵营：改造人和他们的朋友；警卫和不满这场疯狂闹剧的人。犹大很害怕，但他从一开始就不排斥暴力运动的诞生。

改造人用简陋的投射武器和改装成锤子的胳膊攻击炮塔。他们投掷石板和铁轨接头，砸得炮塔叮当作响。犹大身旁有个人，下巴上长着一圈螃蟹钳子，他突然被警卫击中身亡。犹大让魔像缓慢地绕着炮塔走动，在子弹的冲击下，它的泥土身躯一点一滴地剥落。

他并未听见塔上的重型火炮开火。一节车厢瞬间被掀翻了，片刻之前仍有许多男男女女倚在车轮之间，但随着一团迸发扩散的火光，鲜血和烧焦的木刺到处乱飞，滚滚黑烟从一个窟窿里冒出来。犹大眨了眨眼。他的视野中尽是残破的碎片。一个黑影朝着他爬来，身后留下一道印痕。他发现那是个女人，皮肤上非黑即红，仿佛墨水沿着血肉的裂纹漫延。她的头发在燃烧，但她没有发出任何声音，这让他很疑惑。然后他发现自己什么都听不见。他的耳朵里隆隆作响。炮膛喷吐倾泻，仿佛倦怠的烟客。

随着炮管来回转动，反叛的改造人和妓女，以及支持他们的自由人都纷纷躲避其火力。

犹大缓缓站起身，一步步前进，并让魔像也跟着动起来。炮管的驱动马达滞涩地转动，缺乏精准度。魔像将自身污秽的躯体紧贴车厢，然后仿照犹大的动作，开始往上爬，留下一串碎片粘在车皮上。

塔顶的炮管再次开火，喷吐出油腻腻的黑烟，不远处，铁轨和轨道上的人全都炸开了花。魔像踩着拱垛和沟槽向塔顶攀援。警卫伸出枪来指着它，却被它当作扶手和踏板。它完全不顾自己的安危，任何有感知的生物都不可能如此疯狂。它继续往上攀爬，不断分解碎裂，身上插着许多钉锥和棍棒，虽然力量遭到削弱，但此刻它已接近顶端。炮管再次转动，犹大让魔像将胳膊深深插入炮膛。

它的手臂往里伸，直没至肩膀。火炮被魔法驱动的泥像堵住了。等到火炮再次开火，异动发生了，炮身在震颤中倒退。炮膛四分五裂，构成魔像的泥土如雨点般落下。燃烧的空气和黑烟汹涌而出，炮塔左右摇晃，其顶端猛烈地炸开，闪烁着火光，塔顶的铁皮碎片向四面八方绽开。

在大量刺鼻的烟雾中，一个死人从残破的塔上坠落。火炮的残骸摇摇摆摆，犹大身上沾满魔像的碎片。反叛者们高声欢呼。他虽然听不见，但可以看到。

叛军占领了火车。警卫扔下枪，浑身是血地爬出来，连眼睛都烧焦了。

——不不不，乌兹曼喊道。他吞下煤炭，手臂上的肌肉鼓胀起来。犹大如今能认出几张脸，知道他们是“不羁叛逆者”成员，包括“粗腿”和安·哈莉。他们试图阻止越来越致命的殴斗，夺走人们手中的匕首。众人虽然嘴里大声叫嚷，但还是服从他们。警卫被拴到原本关押改造人之处。

——现在怎么办？犹大无论走到哪里都听见有人在问。

火车属于改造人。他们为这突然诞生的新国家造出旗帜，插在崩裂的炮塔顶端。那天晚上没人睡觉。隧道监工们消失在贫瘠的荒野中，许多人跟着他们一起离开了，包括一部分妓女。

——看在诸神的分上，送个信回去吧，“粗腿”说道。——我们必须建立联系，乌兹曼点点头。这场突发的叛乱还有其他首领，他们也在附近。众人纷纷用热情但生疏的语言表达意见。他们作出一些决定。

安·哈莉对大家说，——我们不能回去，不能往回走，我们要往前进。她指向荒野。

他们选定了信使骑手。这名改造人的腿由蒸汽活塞构成，仿佛张开的手指。他奔上石坡，引起一阵剧烈的震动，其人形躯干摇摇晃晃，像个不情愿的乘客。另一名信使是个强壮的男子，体形十分古怪：他的下腹部与一只大蜥蜴的脖子相连，荒原里的游牧民族常常骑乘这种半驯化的两足蜥蜴。他依靠两条后腿支撑站立，还拖着一根僵硬的尾巴，带有爪子的前肢紧挨着人类皮肤下面冒出来。数月来，他一直担任侦察员，驮着带枪的警卫。

——去吧，乌兹曼说。——沿着轨道附近走，不要被人看见。去那些镇子里，去工人的营地，去汇口镇。嘉罢在上，还要去新克洛布桑。告诉他们，告诉那些新公会。就说我们需要帮助，让他们快来。如果他们支持我们，并为我们发起罢工，我们便能赢得胜利。改造人和自由人——全都团结起来。

——乌兹曼，他们一边说，一边点头，仿佛他的名字就是一种确认。

骑手在飞舞盘旋的尘土中离开，蒸汽昆虫人转眼间便开始疾速飞驰，浑身疙瘩的蜥蜴人沿着路基旁稀稀拉拉的草丛加速。鸟类和其他飞行生物注视着他们。那些非鸟类的生物来回穿梭，仿佛海洋里的鱼。

妓女们开始接待男人，但有严格的条件，不准带武器，附近还得有女性护卫。自从发生过乌兹曼和安·哈莉之间的事，有些人甚至与改造人发生关系。

——这在新克洛布桑太多了，安·哈莉说。——正常人和改造人上床。去过惩罚工厂之后，他们的老婆难道就非得离开不可?

——应该是吧，那不合适。

——城里到处都有这种事，虫首族，人类，蛙人，跨越种族。

——对，犹大说。——但你不能公开承认。这些女人……你的这些女人……她们让大家都看到了。

她注视着在头顶移动的月亮，然后看着最后一丝月光消失在桥架后面。——城里的公会帮不了我们，她说道。——这是新情况。

下方的桁架上有火炬在移动。虽然没有监工，但建桥工又回去工作了。

——你怎么告诉他们的？犹大说。

——真相，安·哈莉说。——告诉他们不能停下。告诉他们这是一场改造运动。

三天后，蒸汽蜘蛛改造人在日出时分回来了。他喝下许多水，然后才说得出话。

——他们来了，他说道。——警卫。好几百人，搭乘一列新的火车。他告诉他们，那是被征用的客车，打算探索内陆的观光客和投机者都被赶了下去。

大部分自由人都跑了。在这座新镇中，有些成员感到不满，因为改造人忽然与他们平起平坐，但有个更令人困惑的问题让他们不知所措：**接下来会如何？**他们属于这列火车，是参与集会的一员，有的人跟改造人一样坚决，他们加入了拆卸队，破坏后方的铁路。还有一些司机，司炉工和司闸工留下来指导改造人。

他们沿着曾经改造过的环境倒退回去。在魔潮的影响下，改造成果从来就不太稳定。他们修过路的地方，原本是石头地面，如今变成了斑驳的蜥蜴皮，道钉插入处渗出牛奶般的血。还有的地方，土地变得像是书的封面，道钉周围的缝隙里有碎纸片溢出来。他们拆下铁轨，阻挡追踪者。

这是一项逆向工程。他们利用专业技能将这条路拆毁，拔起钉锥，掀开铁轨和枕木，推散石子。他们沿着路基朝家乡推进。

但是——他们清除路障，探子很快便回来汇报。——他们带来铁轨和枕木。他们又在重建轨道。三天后，警卫就能抵达营地。

隧道里有光亮，施工正在进行中。

——你们干什么？犹大说。

——我们要挖通隧道，安·哈莉说。——还要完成那座桥。我们就快挖通了。

她的影响力日益扩大。犹大认为，安·哈莉既超越了领袖的身份，又有所欠缺：她是一个真实的人，有一堆错综复杂的欲望，也期待变化。

在黑暗潮湿的山体内部，最后一段岩石被凿通了。犹大俯视着高架桥。新工程看上去很可笑。在正式搭建的构造之外，又衍生出一堆由金属和木材匆匆拼凑起来的脆弱框架。临时代用品，只是一座桥而已。

犹大参与了会议——他自己也很惊讶——他们艰难地寻求策略。他们在山里开会：肖恩，乌兹曼，安·哈莉，“粗腿”，犹大。与此同时，其他人也发起喧闹的聚会。

每天晚上，劳工们在汽灯下聚集。一开始只是玩乐——酒，骰子，性爱——但随着警卫队越来越近，乌兹曼常常站在高处谈论策略，于是，聚会的人群发生了变化。列车上的人们以*兄弟*互称。

安·哈莉闯入会议，打断了一名男子冗长的发言。一群女人挤进男性之间。有人高声呼喊，企图让安·哈莉闭嘴。

——你不是修路工，一名男子说道。——你只是个来自山里的妓女。这他妈不关你的事，这是我们的会议。

安·哈莉的发言从最基本之处入手。她用简单的修辞抛出一连串劝诫——令犹大十分惊讶。这就像是列车本身在发言。连火焰都静止不动。

——不能说话吗，她说道。——假如我不能说，谁还有权力说？——除了我们还能有谁？修成这条铁路，难道没有我和伙伴们的功劳？我们正在成为历史。如今已经无法倒退，没有回头的路。你们知道应该怎么办，应该去哪儿。

她讲完之后，一时间没人说得出话来，直到有人含含糊糊地表达敬意。

——兄弟们，我们来投票表决吧。

乌兹曼表示，无论他们怎么看，无论他们如何对自己交代，安·哈莉是要他们逃跑。这不是答案。他们害怕了吗？

——我们绝不是逃跑，安·哈莉说。——过去的我们已经消失，我们获得了新生。

——这是逃跑，他说道。——是不切实际的空想。

——这是新生事物，我们获得了新生，她说道，但乌兹曼摇摇头。

——这就是逃跑，他说道。

他们拆下炮塔，将列车驶入隧道。他们撬起后方的铁轨。山体内部仍有人在爆破和挖凿岩石，那古怪的新桥也仍在建造中。工程进展忙乱而疯狂。

在清晨的酷热中，又传来活塞和蒸汽声。那是警卫队的列车。他们看到，因酷热而凋零的树林上方升起黑烟。

劳工聚集在隧道内，四周是无数刻凿出的平面与棱角。光线在交错的岩石间投下阴影。

乌兹曼是草根领袖，人们选择遵从他的命令。这是一支拥有数百人的队伍，包括改造人和一批如今已决心留下的正常人：少数没有逃跑的文书，科学家和官员，能力有限的地质魔学士，随营商贩，以及疯疯癫癫不适合受雇的人，还有忍无可忍，引发叛乱的妓女。黑夜里，他们作好准备，火车已藏进山洞。

黎明前的气温很凉爽。警卫队越过山脊，转过一个弯，有的步行，有的坐在由改造马匹拖拉的防弹车里，还有的操纵着单人飞艇，悬在气球底下，背上扛着螺旋桨。他们在空中疾驰，扑向铁路工人的藏身之所。

他们投下炸弹，效果令人惊骇。列车旁的人们发出尖叫。这样的开局，令他们难以置信，有人被震聋了耳朵，有人鲜血淋漓。到处是横飞的陶土碎片和冒着黑烟的火焰。战斗开始了。

手上有枪的人开始射击。两名警卫发出惊呼，鲜血从空中洒落。他们操纵着古怪的飞行器避开火力范围，而死者则无力地悬在吊带里，胡乱歪斜地坠落。但他们源源不断地涌来，喷洒的火焰烧灼着空气。

——砸扁他们，乌兹曼催促道，于是他的部队将圆木和石块推下山坡，攻击一边集结，一边发射强力弩弓的警卫。双方的魔学士令空气产生阵阵波动，他们凭空造出一坨坨灰色的物质，涌入现实世界。能量之箭犹如飞溅的大水滴，击中目标之后令其发生异变。战局十分混乱，枪声与呼号声连绵不断，虽然有警卫倒下，但倒下的示威者数量更是巨大。

战斗过程中，一队仙人掌族向前推进，子弹击中皮肤，他们只是略微皱眉。面对这群巨硕的植物人，警卫们惊恐地逃窜。然而，警卫虽没有飞轮弩，却有腐蚀剂，能灼伤仙人掌族的皮肤。

——我们只是乌合之众，乌兹曼面带绝望地说。安·哈莉一言不发。她望向警卫身后，望向远处高耸的烟柱，来自一列逐渐驶近的列车。

犹大造了一尊魔像，并让它向着警卫部队走去。它由铁路上的材料构成，有手泵式路轨车，也有零星的铁轨与枕木。它的手是某种机械装置，牙齿则是一块网格状的栅栏。它的眼睛似乎是玻璃。

那魔像走出隧道，完全不受周围环境的影响。它的步态就像是个小心翼翼的人类。

随着它不断前进，战场似乎安静下来。这场丑陋而笨拙的战争暂时停止了。魔像越过死者，一时间，似乎只有这尊铁路的化身在移动。

然后，它停下了脚步，犹大惊恐地打了个激灵，因为他没让它止步。又一辆车出现了，载着一名老者及其护卫。那人和善地跟他们打招呼。是维瑟·莱特比。

维瑟边上有个人佩戴着咒符。魔学士。他凝视着魔像，舞动双手。

是你让它停下的？犹大无法确定。

维瑟·莱特比站在战场中间，当然，他一定是有魔法保护，可以阻挡子弹，但这依然显示出他的强势。他对着群山发言。魔像站得离他不远，仿佛与他面对面展开枪战。维瑟·莱特比也跟它交谈，仿佛它就是铁路本身。

——伙计们，伙计们，他高声喊道。他的手在空中摆出安抚的动作。渐渐地，他的警卫们放下了枪。——你们这是干什么？他说道。——我们了解这里的情况。没必要这样。是谁下令向这些人开枪的？谁下的命令？

——我们得解决问题，他说道。——终止混乱的局面。他们告诉我，是钱的问题。还有监工的残酷无情。他从车里提出一个袋子。——钱，他说道。我们带来了工资，给仍留在这儿的普通自由人。你们早就应该得到报酬。拖得太久，我很抱歉。我控制不了现金的流向，但我尽力带来你们应得的那份。

犹大一言不发。他让魔像动了动脑袋，制造一点小小的戏剧效果。

——还有你们，改造人。维瑟·莱特比露出悲哀的笑容。——我不知道，他说道。——我不知道。你们受到契约的束缚。我不是制定法律的人。你们对改造工厂负有债务。你们的生命不属于自己。你们的钱……你们没有钱。但你们得明白，我并不厌恶你们，也不会因为这次事件而责怪你们。我知道你们是通情达理的人。我们来解决这个问题。

——我不能支付你们工资：法律不允许。但我可以把钱留着。大陆铁路联合公司总是为职工着想。我不会让守规矩的改造人遭到无知的监工残酷虐待，那毫无必要。陷入这种困境，我只能怪自己。我没有注意听取意见，为此，我向你们道歉。

——我们将建立起合理的组织结构，设立一名监察专员，有权惩罚不够格的监工。我们会解决问题，明白吗？

——我会把钱替你们留着，相当于普通自由人赚的工资。等到修完这条铁路，也会给你们安排出路。一个退隐的去处。如果他们同意的话，就在城里。但如果新克洛布桑太他妈固执，听不进去，那就在这片荒野里找个地方，靠近铁路。我不会让你们累死。你们会有自己的房间，还可以洗澡，享用上好的食物，足以让你们度过余生。我是个骗子吗？我在骗你们？

——别再闹了。筑路工程已经停顿下来。你们希望它停下吗？伙计们，伙计们……我相信你们都不是亵渎神灵的人，尽管理由可以理解，但你们的作为是对神明的不敬。我不怪你们，但世界需要这条铁路，而你们却在阻挡它。拜托，别再闹了。

犹大站起来，他让魔像沿着铁路断断续续地前进，靠近维瑟·莱特比。

——别傻了，乌兹曼的声音从藏身处传来。——你们都变软蛋了吗，你们他妈都软蛋了？你们以为莱特比真他妈会在乎？但他被其他人的叫声打断了。有人开枪，有人嘶喊。

——我们赢不了，犹大高声说道，然而没人听他的。他站在岩石上，让铁轨魔像奔跑起来。

他让它像蒸汽驱动的机械人一样奔跑，大腿上的装置发出金属摩擦的声响。它跌跌撞撞地前进，在越来越密集的弹雨中留下巨大的足印。它一路奔跑跳跃，最后散成一堆木头与金属，狠狠砸落下去，压断了警卫们的骨头。犹大看着魔像一边崩塌解体，一边舞动四肢，仿佛是在游泳。他看不到维瑟·莱特比，但他知道莱特比还活着。

——撤退，撤退，有人在喊叫，也许是“粗腿”，也许是肖恩，也许是其他被推上位的领袖，但撤退去哪里？他们没地方可去。警卫在黑火药的攻击下散开队列，但他们的武器要厉害得多，很难被克制。这是一场绝望而混乱的对峙，警卫时而逃窜，时而集结，组成战斗阵形，改造人在山上的岩石间来回躲避，既是遵从命令，也是迫于无奈。

但铁路的弯道附近有一阵骚动。不知是什么状况。

——这，这是，这是怎么……？犹大说道。大陆铁路联合公司的人都退回到他们的列车旁边。远处也传来打斗的声音。

犹大从没听过这样的声响，有什么东西正在接近，沿着他们来时的方向，沿着他们铺设的路基。平坦的岩石地面上发出鼓点般的敲击声，断断续续，逐渐接近。那是一队阔步兽。又叫博林那奇。它们的速度令人惊畏，它们的腿比个子最高的人类还要高，但腿上没有关节，行动起来动作僵硬，只能以蹄子为轴心左右旋转，摇摇摆摆，犹如踩着高跷的杂技演员。

它们逐渐逼近，步态中有一种不同于人类的灵巧，它们的脸既像是狒狒，又像木雕的昆虫，令人恐惧。它们屹立于警卫之中（警卫一下就矮了下去），并来回转动身体，僵硬的腿在车辆之间扫，看似摇摇欲坠，却不会跌倒，弄得那些车辆歪歪扭扭，互相胡乱碰撞。博林那奇向下探出胳膊，它们的手臂穿过犹大看不见的异维空间。

它们时隐时现的手往往能伸到看起来够不到的地方，抓住警卫或者穿透他们的肌肤。阔步兽的武器取自其他位面，只在展开攻击时短暂地闪现，有时像是紫色的花朵，有时拥有银色的液态表面，武器所及之处，警卫们或遭切割，或被挤压，纷纷以难以理解的方式消亡，他们的嘶喊发不出声响，看似平坦的地面也会将他们绊倒。

大约百十个阔步兽组成一支战队。蜥蜴身体的改造人侦察员就在他们中间，他原本是被派往新克洛布桑的。

阔步兽的钉头战锤若隐若现，以各种诡异的方式杀伤警卫，令他们向后撤退。犹大看不到维瑟·莱特比。改造人侦察员的脚高高抬起，就像平原上的蜥蜴。阔步兽一边推搡着他，一边用又尖又长的嘴喃喃低语，他放声大笑，拍拍它们，然后高喊道——安·哈莉，我成功了。它们愿意跟我来。就像你说的那样，它们真来了。我找到了它们。

她什么时候说的？犹大无法想象。她什么时候说的？什么时候知道的？什么时候去找那些可能被选为侦察员的人？什么时候想到另一个计划？什么时候开始怀疑警卫会发起攻击，所以才派人寻求增援？她怎么知道该让他去哪里？

蜥蜴人侦察员并没有执行原定的任务，而是按照安·哈莉的指示行事。他拯救了列车。

——看，看到没？安·哈莉很愉快。——我就知道阔步兽痛恨铁道和大陆铁路联合公司。

——我按照你说的，——告诉他们大陆铁路联合公司的意图，然后请求它们帮助。

——你违背议会的决定，乌兹曼对她说。她凝视着他的眼睛，直到沉默变得令人不安，接着，她用带口音的拉贾莫语说道，——是的。

——你违背议会的决定。

——救了我们大家。

人群开始聚集起来。

——你不是这里的女王。

安·哈莉眨了眨眼。她疑惑地看着他，你怎么这么蠢？她脸上的表情说道。但她停顿了片刻，然后再次缓慢地重复道，——是的。

——你违背议会的决定。

犹大说。他被自己的声音吓了一跳。每个人的目光都向他投来。在他身后的泥地上，一尊魔像的双腿动了起来，尚未完成的脚踵轮番踩踏，带着些愠怒。——乌兹曼，他说道。——你说得对，但听我说。

——假如没有议会，我们算什么？乌兹曼说。

犹大点点头。——假如没有议会，我们算什么？我明白，我明白。她不该违背议会的决议。但乌兹曼，你也看到他们的做法了。他们不会有所保留，而是要把我们全都消灭，乌兹曼。我们怎么办？

——我们需要其他人帮助，乌兹曼说。——我们需要城里的各个公会。我们原本有机会……

——太迟了，犹大说。——谁知道呢，对不对？我们没法知道结果。我们必须离开，现在赢不了他们的。

——你要我们变成自由改造人？乌兹曼提高嗓门说。——我他妈是一名起义军，犹大。你要我像土匪一样逃跑？他情绪激动。枪声仍在继续。——你要我们逃进这该死的山里，显得我们很害怕？这就是你想要的吗？见鬼去吧，还有你，安·哈莉……我们拥有的一切——

——我们一无所有，犹大说。

——我们拥有一切，安·哈莉说。

他们互相注视着对方。

——我们不会放弃拥有的一切，安·哈莉说。魔像的双腿一阵颤抖。——我们什么都不放弃。我们的血肉，我们的死者。每一记锤打，每一块石头，每一口食物。每一支枪里的每一颗子弹。每一次鞭挞。我们渗出的汗水。改造人以及机车里的锅炉与煤炭，我和姐妹们两腿之间带来的每一次高潮，这一切的一切，全都在于这辆列车。

她指向施工中的隧道，那里面黑漆漆的。——一切的一切。我们改变了历史，我们创造了历史。我们将历史打造成钢铁，从列车的屁股后面排泄出去。如今，我们掀起了这股浪潮。我们要继续下去，要背负着历史前进，开展一场改造运动。这是我们所有的资产，是我们拥有的一切。我们要留住它。

钢铁议会的示威者们加入了她的行列，连乌兹曼也没办法。

阔步兽挥舞着出入于多重位面的手臂离开了。——谢谢，谢谢，犹大高喊道。

山体深处，列车穿过最后一层岩石。隧道里原本漆黑一片，此刻却充满光亮。

火车驶上赶工建成的高架桥，不时地震颤摇摆。桥晃动起来，列车踉踉跄跄地行进，仿佛醉汉。犹大屏住呼吸。

列车坚定地驶上脆弱的新梁桁，下方是可怕的深谷，车顶喷吐着黑烟。经过临时搭建的支架后，是原本计划中的桥梁，车身不再摇晃。

列车驶过高架桥，来到山峰另一侧的泥地上。

反叛人群踏上那可怕的梁架，母亲们抱着哭闹的儿童。每当风吹过，人们便静立不动，但他们全都顺利通过，没人坠落。

他们中有仙人掌族，有普通自由人，偶尔也有一两个虫首人，还有跟随营地迁移的商贩和流浪汉。天空中，一群翼人盯着他们看，如狗群般狂热。还有一些更古怪的种族，比如叛逃的洛歧斯族，比如一名哑巴豪刺人。此外，还要加上成百上千，形态各异的改造人。司炉员，工程师，司闸工，文员，猎人，筑桥工，侦察员，妓女，隧道工，测谎师，资质平平的术士，低等级的施法者，少数早期就改变立场的监工，不愿离开实验室的科学家，没有工作但在铁路沿线拾荒的流浪者，以及许许多多铺设铁轨的劳工，这些人如今都变得更加重要。

他们的财富和历史都装载在这列火车上。这是一座移动的城镇。他们掌控着钢铁与机油，掌控着列车，这是属于他们的时刻。钢铁议会开始运作。

事实上，正是这种运作方式将他们带到此时此地。施工队将车上满载的铁轨和枕木卸下，铺到地面上，然后有节奏地敲打，一下，两下，三下，铁轨被小心地铺设妥当。填地的队伍在前方赶工，但这片平坦宽阔的土地上仅有少数突兀的地形，要清除这些障碍也很容易。如今，他们不再像从前那样，把所有的碎石和自然产物统统清走。

这既是相同的工作方式，也是全新的工作方式。紧迫感如同醉酒，使得施工速度成倍增长。枕木之间的距离大幅增加，其强度刚刚够支撑列车。这铁轨无法耐久，也不需要耐久。他们所建造的路基只不过是一道粗糙的划痕，仿佛大陆上的幽灵。列车缓缓爬行，犹如幼童。

随着列车驶过，其重量将轨道擦磨得干干净净。人们再次将铁轨撬起，用骡子拖动，经过库房车与工坊车，而那里面仍堆着成百上千的铁轨。他们拉着铁轨赶超铁路和列车本身，来到明晃晃的车头灯前方。然后工人们又将铁轨从骡车上卸下，铺设至地面。

绵延数里的铁轨一次次被重用，它们既是列车的现在，也是列车的未来。铁轨带着少许磨损刚刚成为历史，又被抬起来运到前方，再次转变成未来。列车载着轨道前进，铁轨不断被撬起又铺下：这是一小段存在于短暂瞬间的铁路。它不再是贯穿时间的直线，而是稍纵即逝，仅在车身底下循环移动，留下一串足迹。

他们前进的速度超过以往任何时段。一天一里地曾经是考核标准，但现在要比这快上许多倍。有个体形庞大的女性改造人一锤就能将钉锥敲入地面，她曾被当作怪物，不准接近铁轨，如今，人们却欢迎她加入。铁轨铺下又抬起，铺下又抬起，在列车前后各延伸出数百码的距离。

——警卫队追来了。

犹大跟着拆卸组一起往回走。

——我要让魔像来干这件事，他说道。他触摸着脆弱的桥架，将能量注入金属，赋予其魔法生命。没人听他说话。——我要把铁路变成魔像。我要让铁轨成为魔法能量的导体。

他听见金属吱嘎作响，那是铁轨在弯曲伸展，试图转变成一个巨人。他打了个激灵。他的力量还不够。他的同伴们爬上摇摇晃晃的高架桥，进入黑暗的山洞。他们准备的不是魔像，而是某种干涉。

犹大重新回到平原上，跟随着列车前往柯勃西。列车开始转向。数名代表大众的委员会成员蹲坐在防雨罩上，急切地高声呼喊，给铺路工指点方向。他们开始偏离那条看不见的线路，不再驶向那座变幻莫测的城市。随着铁锤的阵阵敲击，他们凭借专业技能，让永动列车改变了行进方向。犹大帮助施工队将最后几根铁轨扛到前方。轨道发生了偏转。

永动列车离开原来的线路，驶向西北偏西，进入空旷的荒野，进入从未勘测的新区域。列车仿佛是一头脱缰的野兽。犹大感到喘不过气来。

（过了许久，他听到噼噼啪啪的爆破声。他想象着那座不牢靠的桥坍塌成一堆棍棒。他想象着警卫队的火车在空中翻滚，坠入峡谷的地面，头尾互相撞击，人和军械纷纷坠落。他想到石油比尔的计划，如果这一计划成功，干涸的河床里将撒满残骸。列车和桥梁的支架最终将沉淀下来，变成木头和金属的化石。）

永动列车脱离了控制，钢铁议会成为反叛力量。

春天开始向夏天过渡，永动列车周围到处是嗡嗡作响的昆虫，犹大从没见过那样的虫，有的像纸灯笼，有的像戴着兜帽的微型僧侣。它们的体液是血红色的。

犹大参与搬运，撬起铁轨，就像是解开过去的扣结。在他身后，营地里的诸多追随者忽然一起行动起来，扛着锄头，在曾经铺有轨道的地面上翻挖。

这样的伪装效果并不好。他们肯定会留下无法消除的印迹。只有当岩兔和岩狐挖出纵横交错的泥槽，只有经过风吹雨淋，永动列车留下的疤痕才会消失，而那需要许多年。

这里有太多事情要做，逃亡并非易事。

他们每天都能推进好几里地。反复重用的铁轨蜿蜒前进，路基旁的障碍物——水池，乱石堆之类的——被一一清除。填地工将碎石倒入坑洞。列车后方留下一道泥痕。铁轨进入一处稀疏的树林，此刻，列车就藏在树林里。钢铁议会的成员正召开会议。

——我们得进一步制定计划。我们需要侦察员和猎人，我们需要水。还得记录路线。

——我们要去哪儿？

——兄弟们，兄弟们……

——我不是你的兄弟，一个女人喊道。

——真见鬼，那好吧，**姐妹们**，众人大笑起来。——姐妹们，姐妹们……

——要知道，他们不会停止追击。发言的是乌兹曼。人们安静下来。——这可不是开玩笑，我们并不安全。兄弟们……姐妹们……我们惹恼了维瑟·莱特比，他不会忘记。他们会来追杀我们。

他的管道里冒出雾气。你从没想过要让我们走到这一步，犹大心想。这不是你想要的。你只想让我们守住阵地。作为反叛者，你的梦想就是要向公会传递消息，好像他们会赶来救我们似的。你现在仍在尝试。然而这并非出于你自己的选择。

乌兹曼是个善良的人。

——不仅仅是警卫队。大陆铁路联合公司会悬赏我们的人头。我们偷走火车，偷走铁路，你以为他们会就这样算了？

——洛哈吉的所有赏金猎人都会来找我们。老天，你以为那座城市会放过我们？除了昆虫扑向灯火的噼啪声，四周一片寂静。——这条铁路也是新克洛布桑的，现在被我们夺走了。你以为他们会让改造人轻易逃离，在荒野里找个居所？国民卫队也会来追杀我们。国民卫队。

——他们会搭乘飞艇，或者从陆路追来。你以为他们能允许我们躲起来？自由改造人的世外桃源？他们要在火车上挂着我们的脑袋开回去。我们不能只是在百十里地外找个小山谷。如果我们要……我们得离开。

——我们必须消失得无影无踪。快他妈给我一张地图。你们明白我们干了什么吗？我们现在是什么身份？

一群改造人乌合之众。这是一座改造人的城镇，也居住着普通自由人和其他种族的朋友。有盗窃犯，杀人犯，强暴犯，贪污犯，也有流浪汉和骗子。——你们看上去就像是雕像，人们忽然发现，乌兹曼的语气中有一种惊叹。——人形木雕，出自诸神之手。被劫持的列车投下一片阴影，人们在这阴影中眨着眼，注视着他。

离开原定路线才三天，钢铁议会就来到了地图上没有细节标识的区域。此处叫作中央平原，是一片怪异的土地。洛哈吉大陆上的一块荒野。

一批较为聪明的翼人被派出去，但他们是来自城市的居民，空旷的地形令他们不安。他们必须探察仍在远处的追踪者。拖车里载着盛水的容器，因此他们也需要搜寻泉水。回到隧道察看的人发现，那里只剩下一片狼藉。警卫队的火车旁边，到处是日光暴晒下的腐尸。他们说，——这是怎么回事？翼人还需要找回钢铁议会自己的人。

他们的社会系统不断扩展。他们找到了泉水，储水车总是装得满满的，漏水的地方也已修补妥当。经过焊接与锤打，炮塔大致恢复了原貌，只是带有一些焦痕。留下的科学家在匆忙中教会改造人如何绘制图纸。

——我们要去哪儿？

到了夜晚，反叛者们奏起班卓琴和笛子，并敲击列车的警铃，而蒸汽炉则被当成了鼓。男人和女人又开始睡到一起。锁链日的夜晚，犹大有时会去铁轨旁安静的男性聚会场所，但有一晚，他和安·哈莉做爱，带着最真诚亲密的爱意互相抚摸。

此处正变得越来越奇特，犹大感到很愉快。铁轨在移动中不断吞噬自己的尾巴，随着夏天的来临，列车驶入一片梦幻般的区域，到处是青黑色的多肉植物。就在此时，一队警卫和赏金猎人赶了上来。

他们严重低估了钢铁议会。这支队伍由不到三十个人类和异类种族组成，穿着满是裂纹的镶钉皮甲，仿佛这身衣服也能充当武器。他们打着大陆铁路联合公司的旗号，从乌青色的低矮植被中钻出来。长得像是蘑菇的生物在他们面前匆匆奔逃。

他们开枪射击，并用高音喇叭大声呼叫。——投降吧！你们这群罪犯，快点束手就擒！

他们以为钢铁议会能被吓倒？犹大惊愕地看着这愚蠢的举动。很快，他们中有十二个被击倒，其余的骑马逃走了。

——抓住他们，抓住他们，抓住他们，安·哈莉高喊道。于是，速度最快的改造人带着武器赶了上去。——他们知道我们的位置！

他们只杀死六个，其余人逃脱了。——我们被发现了，乌兹曼说。他们逃亡之后，只走了不到一百里。——他们会来找我们。

他们设下陷阱：一桶桶黑火药，各种复杂的储能装置和导线。他们让列车驶入岩石掩体内，然后地质魔学士和雇佣术士将咒符刻入含矿质的石墙，并铺设触发导索，一辆推车的重量就能让岩石融化成液状，倾泻下来，埋没警卫或国民卫队的先头部队，将他们封固于其中。这就是他们的计划。

犹大设置了魔像陷阱。他设计的储能装置和魔法涡轮机能使泥土、骨堆、倾倒的树木和碎裂废弃的枕木站立起来，为钢铁议会而战。

到了夜里，他跟乌兹曼和安·哈莉一起巡视反叛者的铁路。他们俩态度谨慎，但都需要对方的支持。这是战略与理想的差别。永动列车晚上也不停下。车上的人们拥有各种技能。改造人尽力修理现有的火铳，并造出新武器。旧铁轨在火炉里融化，用以制作刀具和盔甲。他们将这座移动的城镇改造成战争机器。

——我们撑不了多久，乌兹曼说道。——大概迟早都得放弃列车逃跑。

——不能放弃，安·哈莉说。——没有列车，我们就一无所有。

一群钢铁议会成员聚在文书车厢里，俯身查看粗略的地图——其内容含糊而神秘。罢工刚开始的那段日子里，黑木书桌和墙上的装饰板就已被醉醺醺的反叛者们刻上或涂上粗俗的图画。

——这儿。乌兹曼用力指点着地图。——这是什么？

——沼泽。

乌兹曼挪动手指。

——未知。

——盐沼。

——碎石滩。

——未知。

——焦油坑。

——未知。

——石烟。石烟谷。

乌兹曼咬着手指关节，望向窗外。这段偷来的轨道长约一里，钢铁议会成员正将铁轨从它的一头扛到另一头。

——我们有气象魔学士吗？

——有个叫托玛的女孩。有人摇了摇头。——她能唤起一阵风，吹干自己的衣服，但要知道，这只是雕虫小技。

——我们需要能招来风暴——

——不。一名学者说道。这是个年轻人，留着胡子，身穿沾有汗渍的劳动服。他摇了摇头。——我知道你想干什么。你是打算穿过石烟？不。你看到莫克被裹在里面了吧？他差点就死了。你看到过那里的情况。

——一定有办法知道它什么时候出现……

年轻人耸了耸肩。——压力，他说道，——裂缝。受某些因素影响，就像间歇性喷泉。他再次耸耸肩。——被困住后，我们研究过。太多影响因素。

——但是有办法预测……

——对，但乌兹曼，你没考虑周详。这些地图最多只是猜测。我们处在中央平原。大家都知道，这儿真有个特别的地方。那人的手指顺着地图移动。车厢在摇晃。——看到没？这是什么？

一片用红色墨水标出的阴影区域，距离他们两百里远，以眼下这种荒谬的速度，一个月内可以抵达。它的旁边就是石烟区域，或者说，当初的制图者认为石烟就在它旁边。

——你知道那是什么吗？

乌兹曼当然知道。他们全都知道。那是荒恶原。

——你不能带我们去荒恶原，乌兹曼。

——我哪儿也不能带你们去。这需要由议会决定。但我告诉你们的，是唯一的办法。要不要实行由你们决定。如果你们不愿意，我会留下战斗，大家一起死。

——那可是荒恶原。

——不，不是荒恶原。只是边缘地带，只是在外围。

乌兹曼露出异样的表情。他站立着，仿佛微微发光。他吞下煤炭，身体内的管道让他冒出汗水。他的嘴唇被染成黑色。

——不是去荒恶原。我们必须穿过石烟平原——

——假如它真的存在。

——假如它真的存在。我们必须穿过石烟平原，然后就是荒恶原的外围。就算他们能穿过石烟，也没人会追踪我们到那地方。

——乌兹曼，你知道原因，对不对？这理由太他妈充分了。

——我们别无选择。不，不对。我们可以离开，成为自由改造人。扔下火车，就让它烂掉好了。或者我们可以守着火车。列车和铁路凝聚了我们的汗水。但假如我们想要守着它，就得这么办。我们得跑得远远的，不然就死定了。我们得去西方。从这儿往西？他指了指上蜡的地图。——荒恶原。只是边缘区域。

他的语气就像是在乞求。

——曾经有人进入过。我们不会有事。我们必须去那儿。

他乞求道。

——只是边缘区域。

五百年前，一道裂隙中开始泄出大量矩能，那是一种迅猛扩散的能量，将土地变成了令人费解的荒原。在那里，人会变成类似老鼠模样的玻璃，而老鼠则变得像是魔王，或者发出怪异的声响。山狮和树木也会在瞬间呈现出令人难以置信的形状。那是怪物滋生与横行之地，其土壤、空气和时间都陷入了病态。

——反正也没关系，有人说道。——我们没有气象魔学士，没人会召唤空气精灵。没人能招来风的话，我们是穿不过石烟区的。

犹大倚着桌子，刘海在自己眼前晃来晃去。他俯视着那片墨水标识的区域。

——好吧，他说。——那好吧。

塑形术，即魔像制造术，是一种干涉。让没有生命的材料成为仆从，关键在于劝服与暗示，巧妙地赋予其生命。

——那好吧。

我可以制造空气魔像，犹大心想。**包含在空气里的一团空气。让它跟我们一起走。穿过空气的空气**。他会因此而筋疲力竭。但他相信，这能让大家穿越石烟。

犹大知道，他们一定会去。

他跟乌兹曼一起行走，身边还有个魔像，由肉质的植被构成，步履蹒跚。这三人构成一幅奇特的画面：插在改造人身上的管子里排出蒸汽；犹大又高又瘦，浓密杂乱的胡子就像一团泥尘；魔像用形状怪异的双脚迈步前行。列车以缓慢的速度向前推进。

月色犹如流动的油脂，仿佛黑夜有一道难以愈合的伤口。犹大看到身后的列车吐出黑烟。那列车一路铿锵作响，仿佛鼓声与铃声的喧嚣合奏。前方半里处，改造人在铺设轨道，他们前面还有一支队伍，粗略地整饬出一条路基。后方的铁路被拆除，成百上千的人跟随着他们，就像是朝圣者。

在犹大眼中，一切都与城市有关联。这是新克洛布桑给予他的影响。火车沿着弯道绕过一片坚硬的岩壳，他仿佛看到焦油河两侧蜿蜒矗立的仓库墙。一棵倾斜倒伏的树让他想起新克洛布桑城中七倒八歪的醉汉。

我们无法选择记忆，犹大心想，**无法选择留存在心中的景象**。即使此刻他已融入这新兴的流动庇护所，新克洛布桑仍然跟随着他。

——石烟没有用，乌兹曼说道。永动列车发出排气声，仿佛叹息。——国民卫队可以砸开一条路，或者从上方飞过去。重点不是石烟，而是荒恶原。我们只能躲在那儿。

第二天，警卫队发起突袭，杀死了五十名落在后面的钢铁议会成员。改造人还没来得及反击，他们就撤离了。翼人高声尖呼，说是遭到枪击。他们用粗陋的自创句式描述所看到的景象，并撑开翅膀，展示坚韧硬皮上的一个个弹孔。

炎热的天气中，他们来到一片有着厚实土层的高原。

——这是什么？人们十分恐慌。——有怪物在追赶我们！

某种动物正追着列车前进，不断袭向车轮。不，那不太像是动物。它们会融化消失，然后又从地底钻出，重新聚合成形，透着阵阵闪光。子弹穿过它们的身体，却毫无作用。

恐惧感褪去之后，犹大饶有兴味地观察着它们。每次列车沿铁轨移动，那些东西便会冒出来。

这是运动精灵。它们并非发起攻击，而是在玩耍。它们钻出土层，围着旋转的车轮打转，好像海豚一般快乐。铁轮子在铁轨上转动，咔咔作响的节奏成为它们吞食的能量。千百年来，这些精灵只能追赶平原上猎人和猎物的匆忙脚步，列车沉甸甸的节奏令它们沉醉痴迷。在消失之前，它们往往呈现出狐狸或岩鼠的模样，那是它们唯一见过的动物。运动精灵观察着新出现的人，随着时间的推移，它们开始笨拙地模仿人类和仙人掌族。

——看，看哪，那个是你，那就是你丑陋的脑瓜子。

活泼灵巧的精灵冲向车轮，以便获得更多能量。当钢铁议会的成员下车走动时，精灵便从他们脚边冒出来，吞食他们的步伐节奏。有个女人跳起舞来，空气中充满欢快的运动精灵，时隐时现，享用舞蹈的节律。很快，永动列车周围满是舞动的影子：改造人，曾是妓女的普通自由人，打破严肃刻板形象的仙人掌族，全都在列车边舞蹈，踏着各种舞步蹦跳雀跃。他们的脚边闪现出成群的精灵。这是一种竞赛：最缤纷，重复最多，最完美的节奏是最好的食物。

阳光呈现出枯草的色泽。看着火车，看着跳舞的人群，看着运动精灵，犹大露出微笑。这是一支奇特的田园牧歌，犹如丰收庆典的队伍，游走于大草原和干涸的溪流之间。巨大的列车时停时走，铺设铁轨的人群仿佛顶礼膜拜。铁轨就像束缚的绳索，而列车则是驯服的野兽，被人们拽着往前走。在这头突然变得温驯的钢铁巨兽周围，成百上千喜庆的人群踢起夏日的尘埃。吞噬动能的精灵在他们脚边颤动，仿佛海水的泡沫。犹大思索着它们在节奏中汲取的能量。这是一种脉动的魔法。多么奇怪，重复的节奏中竟也含有能量。

犹大对钢铁议会充满热爱。他支开三脚架。他并非优秀的摄影师，但当他将那些摆动的腿，以及铁轨和落日一起放进取景框时，他相信这张照片决不会有差错。虽然只能在狭小的暗室里依靠简陋的显影技术成像，但在那些因运动而变得模糊的腿和精灵上方，永动列车以及舞蹈者的身姿与笑容定然会十分清晰。他用墨水构造静止的画面，就像矛手族用颂唱声制造魔像。

一架飞艇从东方飞来。沉静平稳地向他们靠近，肥硕的身躯以捕猎者般的姿态轻轻晃动。

粗鲁的翼人发出阵阵聒噪，一边飞翔，一边口出污言秽语。它们仿佛一个个黑点，围绕着那皮革制成的巨兽，并从吊舱边高速掠过，致其微微摇摆。犹大听见类似纸袋破裂的闷响，那一定是枪声，翼人们四散逃窜。他们掉落下来，折起翅膀，径直朝着列车急坠。接着是一声轰鸣，仿佛有个巨人在清嗓子，玻璃和黑烟从飞艇的窗户里喷涌而出。

——太棒了，乌兹曼说。

飞艇左右摇摆，火药燃烧的黑烟从肚子底下冒出来。它将一路颠簸，回到新克洛布桑，或者地平线之外的国民卫队基地，他们的攻击部队或许正在那里待命。除此之外，基地中还停驻着体积更大，能够投掷炸弹的战斗飞艇，陶土手榴弹无法击穿它们的窗户。

新克洛布桑已经找到他们。那一晚他们开了个会，场面混乱至极。人们大声嚷嚷着各种各样的主意，呼喊声此起彼伏。原先的妓女们推选安·哈莉作为她们的代表。

草原中走出其他身影，加入他们的行列。钢铁议会的消息沿着看不见的路径向各处传播，引来身无分文的逃犯。

他们是自由改造人，很久以前便从新克洛布桑逃离，一直在野外生活，形成一个小小的部落。领头的男子没有手臂，只有毫无用处的甲虫翅膀作装饰。有个人被安上橡胶制成的钳子，还有人长着鳄鱼的长嘴，一条大狗的身体连着个漂亮女人的脑袋。但这条狗本身是雄性。他们身披兽皮，以穿孔的石块作首饰，肤色好似木头和茶叶，犹大由此推断，这批人多年前就接受了人体改造。

——我们听说了你们的事，有个人说道。他和他的族人盯着火车看。他们不是在看守卫，不是在看犹大，也不是在看犹大以肉禽的骨头搭起的魔像。——你们要往西方去，他们说。你们要穿越整个世界。

——听说，你们要构建新的生活，他说道——在旁人的视线之外。

——我们是想问一问……，说着，他停顿下来。——我们是想问一问——那人说道。

作为钢铁议会的授权代表，犹大点了点头：**是的，你们可以加入。**

为数众多的流浪汉、罪犯和逃亡者聚集到一起。既有平原上的种族，也有外来者——阔步兽沉默地在火车旁奔跑，甚至有个鹰人在空中从容地飞翔，管束吵闹的翼人。钢铁议会尽数吸纳了这些成员。

强悍的自由改造人携带着武器，博林那奇的勇者以奇特而优雅的步态在列车旁行进，这两个群体之间维持着一种古怪而罕见的和平。**我们受到保护**，犹大心想。**他们要一路守护着我们，帮助我们逃离。**

赏金猎人又骚扰了他们三回，每次袭击都迅捷而凶狠。骑马的枪手在真正的抵抗到来之前就撤离了。

——这算不了什么，乌兹曼对犹大说。——还会有更多人追赶我们。夜晚，他在车前灯的光亮里对着钢铁议会的人们滔滔不绝地宣讲。安·哈莉支持他的观点。尽管司炉工和工程师们抱怨说煤炭存量越来越少，工人们也越来越疲惫，但钢铁议会仍决定加快速度。参与铺设铁轨的男男女女日夜劳作。他们累得失去了知觉，如梦游般挥舞着铁锤。

铁轨不断往前推进，在夜间，列车移动的灯光让成堆的岩石仿佛也动了起来，就好像要逃走似的。昆虫以及大小类似昆虫的动物纷纷扑向玻璃灯罩，一旦钻进去，便化作一团火焰。在夜晚的平原上，列车就像一道黯淡的光。

地表似乎不太安稳。钢铁议会的气氛变得紧张起来。新来的人被当面指为间谍。一名男子在恐惧与愤怒的驱使下，死命殴打一个新加入的自由改造人。犹大和其他人一起阻止他，对他予以训诫，还揍了他一顿，然而没人承认他有可能是对的，他们中间存在间谍。

平原的尽头，就是他们要找的地方：一道石烟化成的岩脊。静止的雾状岩石越来越清晰。他们派出一队人，在凝固的烟雾中炸开一条通道。

永动列车就像一座堡垒，古怪的炮塔上覆盖着新贴的金属皮。所有钢铁议会成员都提着武器，有的是削尖的棍棒，有的是长条形石块，手柄处用破布包着，还有的是奇特简陋的火枪。他们在等待。

犹大体内的存在蠢蠢欲动。他知道，尽管时机未到，但他得离开。

他们经过石烟丘陵的外围。此处的地形突然变得如梦境般令人不安。坚实的凝烟徐徐地升入半空。云团似的岩石表面存在着许多顽强的动物，匆忙地在石烟之间穿梭。雾气从岩缝里冒出来，几乎立刻便会凝结，呈现出喷涌翻滚的形状，而路基就从这倾泻而出的烟雾之间穿过。

钢铁议会的填路工简单粗暴地用炸药辟出一条路，形态精致优美的凝烟之间出现一个个参差不齐的窟窿。

虽然岩石大多是汹涌翻滚的模样，但也有旋转幅度较缓的石柱，顶端渗出一丝丝薄雾，在静止的空气中飘舞。有些地方，气流将石烟带往高处，然后又沉降至地面，形成一道拱门，而列车便从这拱门底下穿过。

路基不断延伸，铁轨被铺设下去，然后又被撬起。此处奇异的地形既美丽，又令人惶恐。地面随时可能开裂，其中喷吐出的烟雾会在人们肺里凝固，让他们在痛苦中变成一尊雕像。没人抽烟也没人烹煮，列车总是突然往前窜，并且尽可能快地排出所有蒸汽：不能让烟雾混淆了视线。犹大随时准备释出空气魔像。四周的石烟在凝固了一小时或一千年之后，没准会再次消散。

地平线上，一支军队赶了上来，有的骑着改造的马匹和骆驼，有的乘坐汽车，无数车轮从地面上碾过。他们成群结队地进入石烟之间。钢铁议会的翼人飞翔在凝结的石烟上方，从高空追踪他们。

填路工炸开变幻莫测的地形，人们焦灼不安地观察着，以防裂隙中飘出石烟，但他们并不熟悉这项工作。

其他劳工小心翼翼地挖出一个个洞，然后将大量炸药装填进去。一名地质感应师趴在地上，给予他们引导。她一边舔着泥土，一边发出动物般的叫声，看上去精神恍惚，举止原始粗鲁。她的天赋并不很强，当她试图理解土壤中如此强烈的能量，便有些力不从心。

钢铁议会在凝固的云团之间筑起土堆。一里地外，是喷吐着烟雾的永动列车和不断被铺下又撬起的铁轨。乌兹曼和安·哈莉在车上。犹大，“粗腿”和其他数百人设下埋伏圈。

他们可以看到来袭的军队。准备工作让犹大疲惫不堪，他已经累得连梦境都渗入了思维。他必须尽快返回钢铁议会。他们需要他的保护。他在排障栅栏上设了个魔像陷阱，并教会他们如何在岩雾出现时将其触发，但没有他的指引看护，空气魔像无法持久。

——一定还会有其他攻击，他说道，而这也是大家的看法。新克洛布桑不可能只在一处开战。但此刻攻击者已经到了近前，没工夫考虑这些。他们的枪炮还没朝防御工事发射，钢铁议会就展开了进攻。

翼人扇动着厚厚的翅膀，盘旋飞舞，在枪弹之间扔下一枚枚黏土炸弹。但子弹也将他们从空中击落。

纷纷坠落的小型炸弹由现成的材料制成：火药，石油，损毁的工具碎片，粗制的酸液，破坏性的魔法制剂等等。不断扩散的油烟、腐蚀液和灼热烟雾使得国民卫队的阵形有些混乱，但他们很快就重新集结起来，而翼人的第二波袭击再次将他们冲散。太阳明亮灿烂，但犹大忽然觉得阳光很冷。

——不远了，他听见自己喃喃低语。——用不了多久。

他倾着身子，将望远镜置于眼前。翼人投下一连串弹药，仿佛倾泻对敌人的轻蔑。一名翼人中弹爆裂：艾瓦特里，犹大认识他，见面还会打个招呼。他那粗犷壮硕的身躯被枪弹撕裂，落到地面时已不像活物，更像一堆破布。

钢铁议会使用的弩弓出自他们自己的铸造炉。人们点燃导索，令岩石向着入侵者滚落。犹大知道，这一战的输赢在于自己。

犹大站起身。他立在土墙上，身上拖着许多导线，连接至若干蓄能装置和一台能量转换器。他在颤抖中鼓起勇气。

跟他一起待在土墙后面的人有男也有女——多少都具备一点点魔法技能——他们在手上割出口子，导线紧紧缠绕于伤口周围，所有人都串到一起。一台粗陋原始的引擎连接着这些人。那是他们就地取材，拼凑而成的装置，需要真正的鲜血才能驱动。——传送，犹大喊道。肖恩将线头连上，马达开始嗡嗡作响，串联在一起的人们一个踉跄，能量从他们身上泄出，导入插在犹大胸前的接口。

他发出难以描述的声响，皮肤紧绷起来，并开始挪动，仿佛有人在用手指按摩。泥尘中站立起一个个人影，挡在来袭的部队面前。犹大浑身冒汗。他挥动双手，人形魔像迈着沉重的步伐往前走。

这二十多个预制魔像比人类更高大魁梧，它们早就在等待。它们朝着新克洛布桑的国民卫队走去。犹大一阵颤抖。同伴中体质较弱的晕了过去。犹大的汗腺中渗出鲜血。

黑色的魔像继续前进，其中一个被国民卫队的马匹踢散，身体阵阵抽搐，试图继续往前爬。犹大打了个激灵，仿佛被石头击中。他挥舞手臂，从空中抽取某种非实体的物质。泥土构成的人形闯入肉搏阵地，对方的坐骑纷纷避让。赏金猎人和身穿制服的国民卫队左右闪躲，以免被魔像抓到。有些魔像呈十字形站立，有些魔像张开臂膀，箍紧挣扎的猎物。犹大指挥着视线中可见的魔像，让它们凭借超强的力量推开人群，环抱住由保镖簇拥着的军官。每一尊魔像四周都围了一群人，或劈砍泥石构成的身体，或举枪欲射。

——快他妈开火！犹大喘着气说。敌人虽然听不见，却遵从了他的命令。一颗子弹嵌入泥土人形。那魔像由碎石和火药构成。

随着一阵轰然巨响，魔像消失于冲天烈焰中。那人形物在一瞬间便化作红黑相间的火焰，体内的石块猛然向外弹射，击倒一圈赏金猎人。爆炸的热量传播到另一个同伴，将其引爆。烟雾消散之后，犹大看到它们原本站立之处只剩下黑乎乎的残痕，四周是一片绵延的焦尸，鲜血淋漓，越往外越完整，也越容易辨识，而最外围的人仍在挪动，发出凄厉的嘶喊。

——开火，犹大再次说道。枪声响起，弩弓弹射出火箭。炙热的箭和子弹纷纷飞向人形魔像，将它们变作烈火的漩涡。

一个个魔像跌跌撞撞地闯入攻击的人群，用火药与烈焰将他们埋葬。步履蹒跚的火药魔像在敌军中烧灼出许多窟窿。犹大站立着，仿佛听到自己内心中发出阵阵欢呼。他的同伴们高声呼喊，向他致敬。他的脸上滴着血。最后一尊魔像一步步笨拙地闯入入侵者中间，驱散成群的士兵。一名弓手向那魔像射出一支箭，于是它也消失在翻滚的尘土与火焰之中。

战场上仍有数百名赏金猎人和国民卫队，但都团团乱转，指挥官高声嘶喊，坐骑踩踏着黏滑的尸体。翼人又回来了，钢铁议会的成员再次推落滚石，弩炮射出巨箭。

——洛！人们喊道。——太棒了！犹大·洛也呼喊回应。

钢铁议会的骑兵俯冲下去，全是高大魁梧的改造人，而仙人掌族也挥舞着锄镐和沉甸甸的斧子勇猛地发起攻击。犹大被拖回来，人们亲吻着他。他的同伴们面如菜色，由于能量被他借走，他们浑身发冷，阵阵战栗，但状态仍比他要强一点。犹大闭上了眼睛。

晕倒之后，他被抬到安全地带。他梦见火药魔像和太阳，然后突然醒来。

——怎么样，怎么样？他一边说，一边摇摇晃晃地站起来。——怎么样，怎么样？

“粗腿”和肖恩指向东方的天空。——他们还有更多人。他们攻击了列车。

犹大和肖恩骑乘着一匹经过提速改造的马。犹大感觉很麻木。由赏金猎人和国民卫队组成的军队发出混乱吵闹的噪声，令他心神不宁。

你要怎么办，魔像师？他问自己。**你要如何阻止他们？你没法阻止他们；你会死**。跟他的钢铁议会死在一起。**你现在太衰弱，什么都干不了。看看你流的血**。但犹大认为自己不会死。如果相信自己会死，他就不来了。

天空中，国民卫队的人吊在圆鼓鼓的气球底下，来回穿梭。他看见永动列车冒出的烟，也听见爆炸声。气球飞行员丢下一枚枚炸弹，炸开凝结的石烟雕塑，留下一串弹坑，辟出一条通往钢铁议会的峡谷。

你要怎么办，魔像师？犹大问自己。他必须采取行动。他体内那古怪的正义感又悸动起来。

人们匆匆逃避。他们又成了难民，沿着凝固的岩雾奔跑：有老人，有惊恐的伤员，有缺乏忠诚的新人，也有抱着孩子的妇女。犹大和肖恩沿着铁道从他们身边奔过，冲入战场。

列车上，重新拼装的炮塔正向外开火。钢铁议会人数虽然多过国民卫队，却处于劣势。前方的天空颜色异乎寻常，仿佛灰暗的锡镴，并夹杂着不该出现的色泽。

远处，铺设铁路的施工队处于仙人掌族和改造人的护卫下。他们疯狂地工作，速度更胜于平时。地面的石子呈现出雨云般的灰色。他们时不时被国民卫队的狙击手射中，倒在铁轨上，非死即伤。同伴将他们抬到一旁，然后继续赶工。

犹大闯入战斗之中。

国民卫队无法阻挡列车：他们能杀死许多人，但边界已经不远了，即便铺路工遭到狙杀（又一个人在血泊中倒下），火车也能来及时过去。犹大担心的是从空中袭来的气球飞行员。西方有降雨的声音，但并没有雨水落下。

肖恩的身体松弛下来。犹大感觉到他向后一靠，于是伸出胳膊抱住他，却摸到他的前胸湿乎乎的。汗水不该如此之多。犹大知道，他的朋友死了。马匹踉踉跄跄地停了下来，犹大跳下马，拖着胸口血肉模糊的肖恩。犹大一路拖着他，直到受到一阵枪弹的骚扰。他不得不放开死去的朋友，然后奔跑着穿过同伴的队列。他伏下身子沿着列车前进，并从一堆弩弓里随手抓了一把。那是一把飞轮弩，他暗自咒骂——重量太大，射程也有限。但他一边举着飞轮弩，一边沿着伤痕累累的车厢奔向冒烟的烟囱，他的魔像陷阱所在之处。

他射出一枚带有锋利锯齿的转盘，然后俯身躲在改造人身后，朝着排障栅栏缓缓挪动。国民卫队当中有魔学士，险恶的能量飞向钢铁议会，导致奇特的魔法损伤。翼人发起勇猛而危险的突袭，国民卫队开始撤退。

——我们把他们赶跑了！我们把他们赶跑了！一名翼人喊道，充满狂热的骄傲，但她想错了。国民卫队之所以撤离，是因为飞艇来了。

——快！有人叫道。——我们好了！接着，那庞然大物摇摇晃晃地在岩雾之间爬上坡，车厢伴随着阵阵颤抖缓慢前进，看上去随时都会因撞到石烟而脱轨。路基的碎石微微移动，令人不安，但它们没有崩塌，车厢仍在继续前进，子弹打在车身铁皮上叮当作响。列车在小山丘顶端稍作停顿，然后开始下坡。火车遇到一个障碍——一根铁轨裂了，车厢倾向一侧，但带凹槽的轮子依然能咬合轨道。列车像受伤的动物一样颤巍巍地驶向前方的土地。

——继续前进！犹大喊道。成百上千的钢铁议会成员奔过来，与列车会合。——**快点！**天空和陆地都显出异状。远处太阳的方向，传来击打空中物体的声响。

地质感应师站在一道岩石裂隙旁，而埋炸药的工人在她身边切割导火索。她浑身都是肮脏的泥土，眼神迷离，仿佛仍受到魔法的不良影响，但她望向犹大，没等他开口询问，便指着地面点了点头。——我猜是在那儿，她说道。

列车喷吐着蒸汽，发出不耐烦的嘶嘶声。——跟上，跟上跟上跟上，安·哈莉在车厢里喊道。翼人越过一道道岩石，飞向山谷中钢铁议会的最后一道防线。许多改造人在奔跑。他们看上去如此渺小。难道没人发现吗？犹大抬头望向西方。没人注意天空吗？还有陆地？

此处的景致与他们经过的地方既相似又不同。

这是什么地方？西方数里远处（相对于广阔的土地，这只是一小段距离）——**诸神在上，我们来到了内陆腹地，来到了地图上不曾标出的地方，我们来到了未知之地**——堆满岩石的地面仿佛起伏的波浪，而泥土就像是流淌的熔蜡，犹大试图让目光聚焦，但视野中的景象依然模糊不清。土地向远处延伸。平原上点缀着树木，但它们不太像树，似乎在闪烁颤动？它们就像黑色的火焰，不断变幻，或者这只是因为距离太远，眼睛的辨识力不够？不，这些树有点古怪，或许他们并不是树？远方还有一座山，但从它波动颤抖的样子来看，也许是海市蜃楼，或者那只是个小土丘，距离也近得多，或者那是犹大眼睛里的一块黑斑。一切都不同寻常。

天空中像鸟一样飞翔的并不是鸟，而鸟则像是雨点。钢铁议会在收殓己方的死者，犹大望向天空。钢铁议会的行动就像婴儿。

筋疲力竭，浑身淌血的战士们爬上火车。——快上车，乌兹曼喊道。他站在山坡顶端，俯视着在岩石缝隙间挣扎着往回跑的钢铁议会成员。——快点，快点，乌兹曼说道。越来越多的人成功返回，但从他的语气中犹大可以听出，并非所有人都能及时赶上，因为国民卫队正在重新集结。太迟了。乌兹曼望向埋火药的人和地质感应师。施工队仍在铺设轨道，永动列车继续移动，缓缓地驶离最后一丛石烟。

——这只是荒恶原的边缘，犹大望着天空说道。我们只是在外围地带。然而他能感觉到地面的异常，也能感觉到其中的能量。按理说，他不该感应到这些。他也能看出乌兹曼的绝望。

为了照顾落到最后的同伴，他们铤而走险，迟迟没有引爆炸药，直到重新集结的国民卫队追上掉队的改造人。最后，随着三次参差不齐的爆破声，开裂的地面中涌出一大团石烟，一边翻滚，一边扩散，堵住了填路工挖出的通道。随着烟雾逐渐凝固，其移动速度也减慢下来。

乌兹曼低头看着气体岩石不断扩张，行动较为迟缓的改造人被包裹在里面。他发出悲哀的喊声。

安·哈莉触发了犹大的魔像，犹大体内感觉到一种新生的存在，联系着那无生命的人工气流，其形状类似猿猴，体积庞大无比。犹大调整思绪，努力控制住魔像。他举起手，仿佛要牵着魔像的手。犹大和他的魔像一起向着翻滚扩散的岩石奔去。气体魔像张开双臂，闯进石烟，奋力拨开缭绕的烟雾，徒劳地试图清出一片洁净的空气。

岩雾逐渐凝结，变得更加滞涩浓密，犹大站在数十码外，听到即将固化的岩石内传出费力的呼喊声。烟雾不断翻滚吐息，像是带着怨气。犹大看到其内部的扰动，并非因为风，也不是毫无规律的湍流，而是人的胳膊，仿佛祈愿一般。有个人从模糊的雾气中挣脱出来，跌倒在地，身上覆着一层灰色的硬壳。在他身后，又一个身影突围而出。涌动的烟雾显然已变得更为黏滞，那人就像在面团里艰难地前进，身上结满一块块痂。

犹大向他们伸出手。透过斑驳的石头外皮，可以看出第一个是国民卫队成员，但他一边颤抖，一边挣扎着吸气，嘴里满是泥石渣，人们很难对他产生恨意和怒气。另一个是钢铁议会成员。他已经没救了。同伴们试图砸开他脸上裹着的岩石，却同时敲碎了他的颅骨。

——我们得赶紧离开，乌兹曼从上方喊道。他很震惊，但也很克制。

列车经过的地方，如今成了一大团烟雾状岩石，轨道消失于其中，被永远埋藏起来，直到它再次消散。犹大让魔像自行消解，周围的气流发生了变化。

看到新形成的岩石堆中有动静，犹大皱起眉：一条前臂伸了出来，仿佛悬崖上横向生长的植物，烟岩内部的尸体逐渐死亡，但其神经仍驱动着那只手一张一合。

投掷炸弹的飞行员不太确定，虽然已经将列车炸成碎片，但他们驾驶着气球转回来，观察突然出现的岩石路障，然后发现众多同僚被困其中。有胆大的钢铁议会成员将气球打了下来。犹大看着其中一个往下坠落，气体从球壁裂缝中泄漏出来。

忽然间，气球成群结队地飞走了，从新形成的低矮山丘上方掠过。乌兹曼大声发号施令，钢铁议会的成员们朝着坠落的飞行员奔去，收缴他的装备，回收气球上的布。——我们必须从废弃物中搜集物资，乌兹曼说道。——从此往后，我们必须学会这种技能。他抬头望向天空。

——还会有更多追兵，犹大还没来得及松一口气，他便说道。

但经过一天一夜，他们来到开阔的荒原中，终于还是有机会歇一歇，同时也伴随着一种绝望的悲哀，为众多的死者感到哀伤。

——他们并没有全被困住，乌兹曼说。那语气让犹大愣了一下，他非常渴望缓一口气。——有些人还在另一边。

国民卫队还在另一边。这让人很不安。犹大心中暗想，国民卫队也好，钢铁议会也好，看着自己的朋友被翻滚的岩烟吞没，不知是何种感受。

如今，钢铁议会成了这片土地上的新居民，他们开始留意周围环境。在火炬的光辉中，可以看到地面环境的变化，他们阵阵战栗。远处有其他光源，移动的方式十分怪异，他们也听见喊声，但不知是出自哪里，有时也听见自己的回声，只不过隔了好几个小时，并且扭曲失真。

逃亡者汇聚集结。铁轨悄悄改变了方向，稍微偏向北方。乌兹曼要把他们带进荒恶原。他们处在其外围边缘，但已越过安全距离。

身后的山门合上了，日出时，他们看到新的地貌。绵延的灌木丛虽是普通的颜色，但在经历过灰色的岩石之后，其色泽显得十分饱满。地面歪歪斜斜，一点也不平整。如同尖牙般的石块守护着数量庞大的树木，一株株藤蔓上开出色彩华丽的花朵。此处还分布着小型湖泊和其他各种散乱的地形。而在列车和轨道的前方，地面发生了巨大变异。犹大能感觉到。所有人都能感觉到。通过车轮。

此处的阴影并非全都处于同一空间。——我们只是稍微进去一点点，乌兹曼说。——只不过是用脚趾头探探路。这里的影子不太正常，而犹大感觉风的方向也捉摸不定。当人们不注意的时候，地面似乎会歪斜倾侧。

他们身后留下太多同伴的死尸来不及埋葬。肖恩也是其中之一，仿佛长眠不起。

最后一天，犹大仍在搬运铁轨。他用干枯的手将轨条从新出现的岩石旁挖出来，又赶着骡车把它们运到列车前方，再次铺设下去。石雾之中依然有两截铁轨延伸出来。

周围有动物和长眼睛的植物看着他们。第二天晚上，犹大和朋友们围坐在火堆边，白炽的火焰源于某种魔法。火堆旁有乌兹曼，安·哈莉，“粗腿”，以及其他一些人，他们都是由工程师、探矿师、司闸员、运水工、随营小贩和从前的妓女们选出的新首领。

——你们成功了，犹大说。面对称赞，乌兹曼和安·哈莉毫无表情，连眼睛都没眨一下。——把我们都带了出来。如今，你们身处怪异的地域。

——事情还没结束。

——对，还没结束。但你们会没事的。你们会的。你们**会的**。穿过这片土地，一定还有广阔的空间。他们不会继续追踪。你们将穿越到世界另一端，有畜肉和果实。然后列车可以停下，狩猎、捕鱼、饲养牲畜——我也说不准。你们可以阅读，等到藏书车厢里的内容都被读遍之后，你们还可以撰写新书。你们必须穿过去。

——但这地方有什么？我们会遭遇什么样的袭击？

——我不知道。虽然很艰难，但你们一定能穿过去。犹大不知道自己为何像先知一样发言。说话的不是他本人，而是他体内的正义存在。——他们不会跟着你们进去，我敢打赌，押上现金。

他们对此报以笑声。如今，钱成了装饰品。仍然有人收集钱币，但只是儿童的玩物。就像是首饰。

——虽然与他的本意不同，但乌兹曼说得对，犹大说道。——我们应该把消息传到新克洛布桑。想象一下吧。也许还没人知道是怎么回事呢。

人们一片沉默。——你们就这样消失了，没告诉任何人。大家只会说，他们在修建铁路，然后一列火车消失了。改造人变成自由改造人，把列车劫走了。你们需要更有意义的描述。城中的改造人仍在等待，他们应该获得更多信息。

——有人知道事情的经过……

——是的，但他们能好好说出来吗？你们将成为传说——这一点无可改变——但什么样的传说呢？你们想不想成为永不消逝的传说？成为有意义的传说？你们想不想让人们在发起工潮时高呼钢铁议会的名号？

安·哈莉露出微笑。

犹大说，——我打算回去。我将成为你们的吟游诗人。

一开始，有人说这是懦弱，说他害怕跟大家一起穿越荒恶原外围，但没人真的相信他是懦夫。人们只是因为他要离开而遗憾。

——我们需要你的魔像，一个女人说道。

——你怎么能离开呢？你不关心钢铁议会吗，犹大？

犹大没有直接回答。

——你问我？他说道。——你问我？他令他们感到羞愧。

——我将成为你们的吟游诗人。我会告诉他们。别动。闪光粉猝然亮起，汇聚的人群眨了眨眼。

这地方如此诡异，有恐怖的矩力，有异常的天空，有变化莫测的空间。即使后方是岩雾，仍有人离开了。

——有些人会活下来，犹大说道。——成为自由改造人——作为改造人，他们不会想回新克洛布桑。

——你们可以的，你们可以成功穿越，姐妹们。他望着众人，眼神中没有一丝怀疑。——拿着这个，他说道。那是他的留声筒。人们很疑惑。——拿着。它能存储你们说的话。他们看着他装载剩余的几枚蜡筒。——每年一个，他缓缓地说道。——每年送一个回来给我，不管你们在哪儿。舟船，马匹，步行，无论用什么方式，且看它是否能被送到。我想要听你们的声音。他望向安·哈莉。——我想要听你的声音。

他逐一与大家拥抱。他使劲拥抱每一个同伴，甚至包括不知道名字的人。——钢铁议会万岁，他依次对每个人说道。——万岁，万岁。

带着恶作剧式的爱意，犹大忽然深深吻了乌兹曼。一开始，那改造人往后退开，意图挣脱，但他没这么做。犹大没有吻他太久。——对锁链日聚会的伙计们宽容些，他在改造人耳边说道。乌兹曼露出笑容。

犹大也拥抱安·哈莉，她像第一次成为他的爱人那样亲吻他，犹大托住她的臀部将她拉近，而她也捧着他的脸。——万岁，他对着她的嘴低语。——万岁。

他已经忘记一个人赶路有多快。不到一天工夫，他就回到了石烟凝结之处。那个被困在岩石中，想要钻出来的人还在，伸出的手已被啃得只剩红色的骨头。

犹大从涌起的岩石顶端走过，感觉就像在海面上行走。他看到战斗的残骸和散落各处的尸体。中午时分，他注意到一些影子，头顶有一批飞艇，正朝着永动列车移动。犹大倚着手杖，用手遮住光线。

他也许应该替伙伴们感到担心，但他并没有。他观察飞艇的阵形变化。它们如同巨型梭鱼，缓缓地经过。他独自一人在地面上露出笑容。它们似乎很犹豫。他背对着翻滚的巨浪坐下来观望。

犹大看到列车冒出的烟。一架中型战斗飞艇缓慢而不安地驶入异常区域上空。从这里看过去，地貌再普通不过，但犹大能感觉到地表底下涌起致命的物质。

飞艇接近列车，投下炸弹。犹大看到爆炸的火光出现在山顶上方，仿佛一朵朵绽开的小花。即便如此，他也不害怕。

远处的天空一阵颤动。一团扭曲缠绕，类似有机生命的物体在移动——这不是云团，天空的一部分似乎化为有形的物质，隐约呈现出类似乌贼的形态。还有怪异的声响。犹大屏住呼吸。随着一阵突突的噪声，飞艇摇晃了一下，然后稳定下来，接着，它的姿态变了——在空中稍稍下沉——它掉转头，撤了回来，犹大可以发誓，那速度近乎恐慌。

列车继续向前，进入荒恶原。这片诡异的区域已将新克洛布桑驱赶回去。

犹大走了好几个月。他的生命被恍惚的步行所占据，他越过溪流，沼泽和岩石，穿过由玻璃树构成的森林。有一片树林，他以为都是化石树，但走近后却发现是巨型骨骼。他经过一片骨质地形，有着自己的生态系统，包括底层植被和食腐者。

他经过一些湖泊，其中冒出汩汩的气泡，那是蛙人部落在互相打斗。他看到山坡上突出的烟囱，标示着穴居人的村落。在被遗忘的祭司部落里，犹大成为宾客。他也遭到自由改造人的打劫。他甚至加入过一伙自由改造人。

他的体型再次呈现出旅行者的特征，胳膊和胸口凸起的肌肉消退下去，旅途的辛劳让他再次变得像一副细瘦的人偶。鹰人无言地从空中落下，赠予他食物。他依靠罗盘和勉强有用的地图辨识方向。他没有顺着来时绕远的路线返回，而是直接朝东方前进。

在距离新克洛布桑仍有数百里远处，犹大穿过一片风暴，那里是岩石地带，分布着高达数里的闪电树。静止的电光被某种神秘力量束缚，又像树枝一样分叉，形成一座如同镁光般明亮的森林。

还有一座被时间侵蚀的钢铁村镇，在天空的映衬下，现出铁锈色的低矮轮廓。有个沼泽的淤泥中含有恶作剧似的魔法，让他的靴子分解成一条条蠕虫。他还经过一座古墓，一座埋在地下的教堂，长着野生浆果的原野和美丽的丘陵。曾经有五次，他跟动物搏斗，另有三次，他跟有感知的种族搏斗。犹大有时奔逃，有时杀戮。

他变得更加沉默，赶路也变得驾轻就熟。他用青草制造魔像，一边行走，一边跟它说话，直到风将它吹散，但那已经是许多个星期之前了。犹大也看到曾经圈养的牲畜在野外活动。到处是废弃的围栏，荒芜的牧原绵延数里。

终于，犹大走下山坡，忽然间呆呆地站立着，一言不发。最后，他踉踉跄跄地往前走去。犹大双膝跪倒在地。天很冷，如今已是哪个季节？犹大向前爬行，触摸着轨道。

铁轨就像世界的饰带，穿越不同的地形和气候，然而在时间与尘埃的作用下，撒落在轨道上的血汗，埋葬在轨道下的遗骨，所有这一切努力，都已化为乌有，这简直令人难以相信。

铁轨变得残缺不全，一部分轨条被拾荒者收走。轨道在泥地里时隐时现。已经很久没有火车经过此处。

犹大顺着铁道望向北方。他记得路基的修建过程。他位于沼泽北面，与沼泽相距甚远。

等他回到城里，将会发现铁路为何停运。公职人员的违纪行为十分严重，若不予重视，将给国家带来莫大的羞辱。于是，资金管道终于堵塞了。同时，有关叛乱和钢铁议会的小道消息，也传到铁路公司的资助者耳中。人们在惊恐中试图挽救工资成本高涨的大陆铁路联合公司，并无情地增加改造人的产出，但资本依然大规模逃离，铁路公司的财务状况千疮百孔，铁轨也变成被遗弃的骸骨。

很快，等到犹大回到城中，他将获悉这一切。但此刻，他只是微微一笑。他弯腰捡起掉落的背包，轻轻抚摸铁轨，仿佛那是一只猫。他的抚摸带着爱意，甚至带着一丝忧郁。

他踩着废弃的铁轨继续前进，周围是倾斜的坡道，看不见广阔的土地。这条路将他的视线限制在一条狭窄的通道内，引领他回到新克洛布桑。新克洛布桑一直在等着他。

——新克洛布桑，他轻声低语。这是他许多天来第一次开口。——新克洛布桑，我总是会回来的。

这不是爱人的誓言，不是挑衅，不是无奈，也不是好斗的表示。这或许是以上一切的总和。

他继续前进。他的包里有钢铁议会的照片，代表着真相，代表着逃逸和新生，代表着涌动的民主和改造人的世外桃源。——我将让你们成为传奇，他说道，鸟群在聆听——我将带来真相。

犹大踩着铁路走回城市，回到新克洛布桑的高塔之间。

PART FOUR

第四部分

幻象

第十四章

人群在追逐一名残疾人。那是个曾经参与泰什战争的士兵或水手。他们几乎充斥着每一条街道：就像是从石头底下冒出来似的。

没有一份报纸会说战争形势恶劣，但不断出现的伤残者说明这是一场灾难。奥利仿佛看到新克洛布桑的装甲舰倾覆下沉，战火让海水变得滚烫，波浪上漂浮的人群犹如泡沫，成为海蛟和鲨鱼的吞食对象。还有可怕的传闻，每个人都听过一点关于恶土战役和日光之战的事。

第一批伤员出现时，人们既恐惧又敬畏。他们是国民卫队，因此不值得信任，但他们是为了这座城市而战才导致伤残，许多人真诚地替他们感到愤怒，而为新克洛布桑效忠的歌曲也流行起来。城里为数不多的泰什人不是被杀就是躲藏起来。任何操外地口音的人，都有遭到殴打的危险。

越来越多的罪犯被征召入伍，而不是接受生物改造和囚禁。许多行乞的伤残者大呼小叫，控诉泰什的灵魂加农炮，并且声称风精灵也被迫加入军队，参与这场战争。他们不是正规的国民卫队。他们步履蹒跚，令人不安，提醒着人们这场战争的存在。

退伍老兵一开始很受欢迎，然后逐渐失去关注，甚至遭到嫌弃。他们被曾经的同袍，也就是国民卫队，从城区的公园和广场驱走。奥利曾看见他们将一名男子从花瓣状的教堂广场带走，此人开裂的皮肤底下冒出尖尖的牙齿。他大声叫嚣，提到牙齿炸弹。

新克洛布桑居民捐出物资给慈善机构，用以照顾受到魔法伤害的人。城里仍有支持战争的演讲与游行：队列中配有号角和军事花车，他们称之为**自由游行**。但遭受古怪伤残的返乡者却认为，这象征着厄运。

至于那些受到普通伤害，而非魔法伤害的人呢？只有疤痕和断肢，没有额外的肢体，也没有盲眼，没有特殊标识表明他们是泰什战争的退伍老兵，是为了新克洛布桑而致残。许多人无疑只是日常伤残，他们的旧伤疤仿佛披上军人的荣耀，新克洛布桑居民对战争的不安与憎恨因而有了宣泄口。

只要有一个人发起嘲笑——你生来就是这样，你他妈的是个骗子——人群便会聚集起来，将那普通的伤残者打倒。当然，他们是以新克洛布桑的名义，他们说——**你这混蛋，跟我们的战士比一比，他们在战斗，在献出生命**。黑泥地的人群围住一名失去双臂的大个子，指责他撒谎，说他从未登上过战舰。他高声呼喊自己的职阶，但人们朝着他扔石块。奥利继续往前走。

另有一些受害者知道抗议也没用。他们是改造人，为了战争而接受肢体改造，并且在战场上存活下来。在回到新克洛布桑的街道之前，他们的合成手臂被卸除。如果他们声称这些改造——更不用说皮肉上的伤疤，残缺的眼珠和接续不良的断骨——是战争创伤，最多也只能换来嘲笑。奥利继续往前走。

这是个凉爽的夏日，他在繁茂的树下行走，直到再也听不见人群的叫喊，听不到那被当作骗子咒骂殴打的人。在黑水车站的拱廊下，他能感受到阵阵轻风。街道就像密密麻麻的血管，乌木与白土搭成的屋子与砖瓦房相邻。另有一处，堆积的灰烬底下是烧成焦炭的房屋残骸。在新克洛布桑西部的品克德，墙壁总是湿乎乎的，由于吸收了空气中的潮气，涂料就像囊肿一样鼓起，潮湿的水汽泛出五彩光泽。

再往北，街道变得比较宽敞。夜池区的拉花凸窗俯瞰着尘埃广场。那是一座修剪齐整的公园，里面有狐玫瑰和高耸的石碑。奥利不喜欢这地方。他在狗泥塘长大，那里虽然不像贱地那样帮派林立——不，还没那么可怕——但儿童时代的奥利曾在破旧拥挤的建筑间奔走，穿过一条条架起的木板路，下方则是晾晒的衣物和各种棚屋。这些被重新改造的房屋体现出贫苦人群超强的创造力。他在路边的尘土中捡拾零钱，跟人争吵打闹，也学会了男女之事和吐字急促夸张的狗泥塘俚语。奥利对夜池和其他高尚城区的地形不甚熟悉。他不知道此处的儿童在哪里奔跑嬉戏。他憎恨那些庄严肃穆的建筑，因为它们给予他一种威压感。

衣着光鲜的本区居民对他侧目而视，仿佛高傲的质问。夜幕已经降临，奥利摩挲着他的武器。

在十字路口，他看到一群熟人。老肩等人没有跟他打招呼，但他们步伐一致地在柳树底下行走，向着阴影大道前进。柳树的存在让每个街角都显得更加柔和。

这是城中最漂亮的区域之一。店铺与住家的梁柱上镶嵌着化石，呈现出古代浮雕的风格。有一段路，建筑物正面都镶着著名的玻璃宅墙，那是一种彩色玻璃装饰面，已有千百年的历史，每栋楼的图案各不相同。此处有警卫守护，以免车辆经过外面的鹅卵石路面时，被玻璃碴扎破轮胎。奥利曾建议砸碎玻璃墙，作为一种挑衅，但连公牛的人都十分震惊。他们并非为了这一目的而来。老肩懒洋洋地朝着一间办公室走去。

他们曾在废弃的仓库里反复演练，仿佛芭蕾舞剧：一步，两步，奥利来到门口，三步，四步，奥利撞到凯特琳娜；接着，如同排练时一样，奥利脚下一个踉跄；凯特琳娜和奥利大叫大嚷，吸引视线，马科斯和老肩则趁机溜进办公室。

他们周围有许多电子荧光灯，照得玻璃墙面闪闪发光，奥利和凯特琳娜身上布满朦胧的彩色光斑。他们互相谩骂，奥利留心观察她身后的门，一旦有人意图望向办公室内部，他就骂凯特琳娜是条“狗”。听到这一暗号，她便会大声尖叫，吸引注意力，以免屋内的同伴被发现。他们一定已经在审讯猎物。**你出卖了谁**？老肩会问。

玻璃墙的警卫走了过来，但他们只是看着他和凯特琳娜。店家警惕但饶有兴味地观望着，本地的顾客透过咖啡店门面向外张望。奥利十分惊愕。他们难道**不了解**形势吗？夜池区如何能够自保？

很快——这个念头让他不安，但他竭力装作冷酷无情——很快，老肩将会干净利落地杀死告密者，然后用牛角拳套戳击尸体，留下三角形的公牛标记。

战争，奥利想要高声呼喊。**城外有战争，城内也有**。**报纸告诉过你们吗**？但他继续表演。

公牛曾给予他们指示，并非出于憎恨和恶意，而是强调其必要性。这件事很有必要。公牛一下子就将那人跟一连串逮捕行动联系起来，跟国民卫队的高塔联系起来，跟追缉公会成员与激进分子的搜捕队联系起来。办公室里的人是国民卫队的秘密成员，负责联络各路线人。老肩将尽可能多套取情报，然后把他杀死。

奥利想起第一次见公牛时的情形。

起因是漩涡雅各布的钱。**我要捐款**，奥利说道。他告诉老肩，这不仅仅是一星期的房租而已。**我要加入**，他说道。老肩撇了撇绿色的嘴唇，点点头，两天后便给了他回复。**跟我来，带上钱**。

他们穿过薏米桥，走出狗泥塘，来到贱地。这是个破败滞塞的船坞，很早以前就已废弃，船只被困在浅水里动弹不得，只有龙骨冒出水面。从来没人要回收这些生锈的废品。老肩领着奥利来到一座曾经用来建造飞艇的机库，让奥利等在系泊柱的阴影里。

他们来了，有男有女；其中有个叫乌廉姆的改造人，身材魁梧，大约五十多岁，走路小心翼翼，他的脖子上有一颗长反方向的脑袋，眼睛总是望着身后。他继续等待。深夜，城市里散乱的光线穿过嵌着一圈碎玻璃的窗框透进来，接着，公牛步入光晕之中。

公牛的脚步扬起细微的尘埃。*公牛*，奥利一边想，一边敬畏地瞪大眼睛。

公牛的动作就像是演戏，夸张的步态让奥利差点笑出声来。一点都不像牛。公牛比他更瘦更矮，几乎就像儿童，但其精准的步伐仿佛在说：*你们应该惧怕我*。那纤瘦的人影顶着个巨大笨拙的头盔，这顶由钢铁和黄铜制成的头盔，对于如此瘦小的人来说，似乎太过沉重，然而公牛的脚步并无不稳。当然，头盔是牛头的形状。

它由金属铸造而成，有的地方扭曲变形，那是打斗所留下的痕迹。这并非普通的金属头盔，而是一个传奇。奥利能感觉到其中的魔法。牛角是象牙或骨头做的，凸出的嘴巴末端有一道格栅，就像牙齿；而鼻环则充当排气管的作用。眼睛是两个完美的小圆孔，由钢化玻璃制成，散发出白色的光——奥利看不出那是灯光还是魔法。他也看不见后面的人眼。

公牛停下脚步，抬起一只手，开始说话，矮小的身躯中发出低沉的嗓音，频率如此之低，仿佛动物的鸣声，令奥利感到十分喜悦。那鼻环中冒出一股细微的水汽，然后，公牛仰起头。奥利惊讶地意识到，这*真的*像是一头公牛在用拉贾莫语讲话。

“听说你有东西要交给我。”公牛说道。奥利如同朝圣者一般急切地将那袋钱献了出来。

“我清点过，”老肩说道，“有些是旧钱，有些很难兑换，但那是一大笔钱。他是个好人。”

于是，他被接纳了，不再有测试，不再需要完成无聊的任务来证明自己。

作为新人，他负责望风或吸引注意力，但这对他来说就足够了。他已经加入一个重要的组织。他从没考虑过要留下一部分钱，尽管那可以供给他很长一段时间的生活费。然而还是有一些钱反馈回来：为了让他实施叛逆的复仇与犯罪，他们付给他报酬。

新克洛布桑对他来说成了一座新的城市。如今，当他望向街头，看到的是袭击和逃跑的路线：他回想起儿时的城市生存技巧。

他成为了一种更加凶猛的存在。从国民卫队身边经过时，他的心跳会加速；他也留心观察墙上的标记。墙上污言秽语的辱骂中间藏有重要的符号。粉笔涂写的咒符能激发简单的魔法（有时是保护结界，有时是让牛奶和啤酒变质的恶作剧）。他也不断在各个区域看到承载着特殊涵义的图像：漩涡和其他多边形表意符。他寻找帮派成员之间用来交流的符印。到处是号召战斗的口号和简短的标语。还有末日崇拜与流言：*嘉罢在上，请拯救我们！钢铁议会即将返回！*公牛躲在各个派系的地盘之间，比如放逐者联盟，比如不羁叛逆者，还有其他盗贼帮派和东城区的诸多杀手。各帮派都认识公牛的手下。

奥利曾两次与其他帮派谈判。他跟老肩和改造人乌廉姆一起去见一伙叫作“黑泥地伯劳”的人。那是一群眼神凶悍的年轻男子。他们半威胁半乞求地要求那伙人远离码头区域，因为肆无忌惮的劫掠很容易招来国民卫队。奥利看着“伯劳帮”的人，毫不掩饰憎恶，但他也按照公牛的指示，付给他们一笔钱。然后他独自前往骸骨镇，在那副满是裂纹的古老肋骨下，与小丑先生的属下谨慎地进行交易，买入一大批沙兹霸。他不清楚公牛要拿它作什么。

他很少见到公牛。这样的生活平淡无味，与世隔绝。他们不像不羁叛逆者那样读书读报。他的新同伴有时在贱地的仓库里打牌赌博，有时出去“侦察”，也就是漫无目的地瞎逛。没人会提及终极计划与目标，没人会说他们的打算。没人提市长的名字，甚至没人提“市长”两个字，只是称其为“董事长”或者“猪老大”：真相变得像是某种特殊符号。*你觉得我们，呃，什么时候能帮助领袖朋友永久性地走下舞台？*他们中会有人问，然后大家便开始讨论市长的活动路线，并检查自己的武器。

奥利不太清楚同伴们在干什么。有时候，他只有听到或读到新闻才知道，某处又发生了抢劫案，或者惩罚工厂的犯人逃跑了，或者旗山的一对富人老夫妻被杀。最后这件事让各家报刊义愤填膺，斥责公牛滥杀无辜。奥利苦涩地想，这两个被害人不知都干过什么，他们曾制造过多少改造人，或者执行过多少死刑。他在帮会的战利品中翻查，包括国民卫队的徽章和雇佣合同，但找不到任何关于这对富翁夫妇的信息，也不清楚他们为何会成为目标。

漩涡雅各布捐献的钱，让他们有充足的资金行贿，但绝大部分现金都被公牛用在一个神秘的项目上。公牛的帮会到处搜罗情报与线人。奥利试图重新建立自己的人际网络。他忽略了老朋友。他已经好几个星期没见佩特隆和那群新文化艺术家。他变得更加激进，因此感觉他们太肤浅，他们的干预行动太保守。最后，他找到了他们，然后才意识到，他有多想念他们那种粗犷的表演。

他从他们那里获取信息。他发现，由于整天跟公牛的人在一起，已经错失太多传闻。因此，他每周都回到格利斯丘原的赈济所。他也决定重回不羁叛逆者的聚会。

他尝试跟漩涡雅各布沟通。此人很不容易找。他消失了一段时间，奥利只能在无业游民的栖身处留言，这些人可以说是那老流浪汉的家人。

“你去了哪儿？”奥利说道，但漩涡雅各布神志恍惚，无法作答。只有说起过去的日子，说起独臂螳螂手杰克，那老人才会变得清醒。

“你怎么会知道那么多公牛的计划，漩涡雅各布？”

老人大笑起来，脑袋上下晃动。

*你是公牛的朋友吗？*奥利心想。*你们会经常碰面，聊起过去的日子，聊起螳螂手吗？*

“你为什么不自己把钱交给他们？”毫无反应。

“你不认识他们，对吧？”

他向公牛的手下描述漩涡雅各布，他们都表示不认识。奥利让雅各布讲讲独臂螳螂手杰克的事。*我猜你喜欢我*，奥利心想。老人用亲切而关注的眼神看着他。*我猜你把钱交给我，既是为了帮他们，也是为了帮我。*漩涡雅各布的头脑时而清晰，时而糊涂。

“最近很少见你。”佩特隆在啸冈的一家低俗歌舞酒吧里说道。他们对其他桌的脱衣舞表演和非法交易不予理会。

“干活。”

“跟新伙伴一起？”佩特隆的语气中并无指责与恶意——流浪者的友情十分牢固。奥利耸耸肩。

“你要是愿意回来，我们在干有意义的事，灵巧人偶剧团又有一出新剧，‘鲁德与哥特与恶魔的使节’。鲁德革特的名字显然不可以用，不过这是关于许多年前的‘仲夏夜噩梦’：据说他们曾试图通过邪恶的手段解决这一问题。

奥利一边听，一边想：**将来你们会为我编排一出剧目。“奥利与市长的公牛疤痕”。到时候，一切都不一样了。**

连续两个锁链日，他都去了“杂货铺甜心”酒吧。第一晚没有人，第二晚，活板门打开了，他又被准许回到不羁叛逆者的聚会。与会的杰克们并不全是他以前所见过的。那名男性改造人还在。有一个蛙人装卸工和一个残疾的仙人掌族，他不记得见过。大家依然一起阅读。

主持会议的是一名女性。她身材瘦小，充满热情，年龄比他要大，但仍算年轻。她的发言很有水平。她看着他，脸上露出疑惑的表情。奥利想起来：这就是那名编织女工。

她谈到战争。这是一次气氛紧张的聚会。不羁叛逆者不支持这场战争的目的，无论是表面的陈述，还是深入的诠释——这个小小的反叛团体在这一点上立场一致——他们说，在这场战争中，新克洛布桑总是输家。

“你以为泰什就能好到哪里去？”有人愤怒地质问。

编织工说道，“不是说泰什有多好，而是我们的主要敌人在这里，就在这座城里。”

奥利没有说话。他注视着她，一时间绷紧了神经。那人斥责她喜爱泰什，眼看怒气即将转变成暴力，但她让对方平静下来。奥利觉得她并没有说服所有人——他自己对战争的看法就不太确定，只知道双方都是混蛋，他也并不关心——但她讲得很不错。等到其他人离开之后，他特意留下来赞扬她，而且不完全是嘲笑。

“杰克在哪儿？”奥利说道。“从前主持会议的杰克？”

“科尔丁？”她说道，“不见了。国民卫队。被抓走了。没人知道。”

他们沉默下来。她收拾起资料。科尔丁或许死了，或许遭到囚禁，没人知道。

“对不起。”

她点点头。

“你讲得很不错。”

她再次点头。“他跟我提起过你，”她没有看他，“他告诉我许多你的事。你后来不来了，他很失望。他认为你很有前途。‘这小伙子充满愤怒，’他说，‘但愿他知道该怎样处理怒气。’所以……所以那些比较激进的组织是什么情况？你参与的波诺帮，公牛帮，罂粟帮，或者别的什么帮派？你以为大家不知道吗？所以，所以你现在是在干吗？”

“干得比你多，”但他讨厌自己任性的脾气，也不想争吵，因此又说道，“你是怎么接手的？”他的意思是，*你懂得那么多，又如此雄辩，一定是凭能力获得这一地位*。上一次见到她时，他是个有经验的异议分子，拥有叛逆的理念。如今他见证过死亡，变得更加坚强，还曾被国民卫队的匕首砍伤，也知道如何跟东城区的危险分子打交道。然而才隔了几个星期，她懂得比他还多。

她耸耸肩。

“时势所需。”她说道。她试图做出不屑的样子，然后望向他的眼睛。“你……你怎么能这样呢？嗯？你以为事态会怎样发展？你知道如今的形势吗？你有感觉到吗？上个星期，有五家铸造厂关门了，杰克。五家。码头工人的‘振坛会’正在跟蛙族讨论成立*跨种族联合工会*。那是*我们的*查弗林策划的，那是*不羁叛逆者*策划的。下次游行示威，我们要促成一次会谈。我们不会一直消沉下去。”她挥了挥手，指向密闭的围墙，然后握起双拳，捶击大腿，就差使劲跺脚了。“另外，你应该听说过那些故事。你知道谁要回来吧？知道谁要回到我们城里？然而你选择在这个时候成为投机者？背弃人民大众？”

人民大众，这个词让他露出嘲讽的笑容。**人民大众**，不羁叛逆者总是强调这个词。

“我们也有做一些事。”他说道。她的激烈言辞让他感到不安——又或者是忧郁和怀旧。如果他跟从前一样，是他们的一份子，就能知道她所说的这些行动和变化是指什么。然而高涨的兴奋与自豪掩盖了他的焦虑，他微微一笑。“哦，杰克，”他说道，“你不知道我们要干什么。”

办公室的门打开了，老肩与马科斯走出来，但只有奥利看见。仙人掌人向奥利使了个眼色，然后消失在好奇的人群背后。

奥利很小心，尽量不显得太突兀，但他让凯特琳娜知道，同伙已经离开。他俩的声音逐渐低落，就像厌倦了争吵。奥利行走在高架天轨和铁路东线的拱桥底下，头顶的列车被汽灯照亮，天空呈现出深沉的暮色。他向贱地走去，公牛正在等待。他鲜少看到这位戴面具的首领，也从未见过面具底下的脸。此刻，他离开身后的死尸，准备去见首领。

第十五章

奥利走向泉树码头。那里有人集会，看上去像是自发的，但联合委员会及其各派系已经宣传了好几个星期。他们不能在《不羁叛逆者》或《熔炉》上刊登，只能依赖于涂鸦，手语和流言。国民卫队最终会将他们驱散：关键是，他们能有多长时间。帕拉多斯公司门前挤着一大群人，包括码头工人和少数文员，大多为人类，但也有其他各个种族；甚至还有改造人谨慎地躲在人群边缘。

连接码头与河流的水渠中，有蛙族人在观望集会。数十码外，隐藏于屋顶后方的焦油河与溃疡河互相汇合，成为大焦油河，将城市东区一分为二。当轮船从河中驶过，奥利能看到桅杆在房屋后面移动，帆索穿行于烟囱上方。

飞艇从空中掠过。*快一点*，奥利心想。一小群男男女女脱离混乱的人群走出来，似乎忽然间有了明确的目标。他们簇拥着一名男子，将他推上一栋砖房，那人跳上屋顶。奥利认识房顶上的另一个人，那是联合委员会成员，来自放逐者联盟。

“朋友们，”那人喊道，“有个人想要跟大家聊一聊，他是我的朋友，杰克。”他露出干巴巴的笑容。“他要告诉大家关于战争的事。”

他们的时间太紧迫。国民卫队的密探一定已经飞奔着去找联络人。在巨钉塔的魔法侦听站里，通讯员一定正眨巴着眼睛，试图从纷乱嘈杂的城市噪声中辨识出违规的话题。快一点，奥利心想。

他望向身后，想估算一下人群的数量，却惊讶地发现了佩特隆。对这名新文化艺术家来说，他的艺术创作已经与真正的叛逆行动合为一体，他所冒的风险不仅仅是深夜在萨拉克斯区打个架那么简单。这让奥利很钦佩。

到处都是联合委员会的成员。奥利看到有超额联盟，有选举派，还有一名《不羁叛逆者》的编辑。演讲者不属于任何组织，所有混乱多变，互相倾轧，又互为盟友的派系只能共享此人。他们在争抢他。

“他有话要说，”放逐者联盟的人喊道，“杰克……杰克是从战场上回来的。”

忽然间，人群完全安静下来。他是一名军人。奥利呆住了。这算什么？太愚蠢了。没错，的确有强征入伍和军事化改造人，但不管此人有什么样的历史，他是国民卫队，至少曾经是。然而他被邀请到这里。他踏步上前。

“不用为我担心。我来这里，我来这里是要告诉你们，告诉你们真实的情况。”那人说道。他不是个优秀的演讲者。但他很大声，所有人都能听见，他自身的焦虑让人群凝聚起来。

他语速很快。他获得过警示，知道时间不多。“我从没像这样在人群面前说过话。”他说道，大家都能听出他颤抖的语声。此人曾经为了新克洛布桑而扛起枪杀人。

“这场战争是个谎言（他说道）。我有徽章。（他掏出徽章，用指尖提着，仿佛它很肮脏似的。政府以为这人已经死了，奥利心想。）我在船上待了好几个月，穿过火水海峡，然后登上陆地。由于接受了水兵训练，我们都以为要参与海战。泰什的船出来迎战，我们看到了。他们的武器成群结队地盘旋飞舞，但他们没看见我们。现如今，国民卫队里也不是个个都对这座城市忠心耿耿。我们这群来自狗泥塘的，只不过是因为没别的活可干，才会登船出海。下船之后，他们叫我们去解放泰什的村庄。

“他们不要我们了。我看到一些事……我看到他们是怎么对付我们的，也看到我们怎样报复。（街道中一阵不安的躁动，出现了几名联合委员会的探子，他们疯狂地朝着放逐者联盟的那个人打手语。他在演讲者耳边轻声低语。奥利已准备好逃跑。国民卫队的反叛者仍愤愤地说个不停。）这根本不是为自由而进行的战争，泰什人也一样，这么说吧，他们恨我们，我们也他妈的恨他们。这是一场大屠杀，明目张胆地杀人，他们派出浑身灌满魔法的小孩，把我们都融化掉。我的同伴融化了，沾到我身上。我也干了可怕的事……你们不明白泰什。他们跟我们不一样。嘉罢在上，我对他们干了可怕的事……（放逐者联盟的人再次催促他，将他拽到小屋的边缘。）

“所以，就让国民卫队和这场战争都他妈见鬼去吧。天杀的泰什人，就凭他们干的事，我才不是他们的朋友，但我恨泰什人远不如恨他们。（他指向由石柱支撑起来的议会大厦，这座宫殿般的建筑顶端插满管道，突兀地刺向天空，参差的墙垛仿佛獠牙，看起来既亵渎又傲慢。）如果说有人应该死的话，绝不是泰什的农民，而是那栋楼里的人，就是他们造成了今天的局面。谁能除掉他们呢？（他竖起拇指，朝着议会大厦的方向比了个射击的手势，并且重复了好几遍——这样的罪行足以让他被判人体改造。）让他们的战争见鬼去吧。”

此时，有个不羁叛逆者的成员高声说道：“对，这场战争我们赢不了，只有失败。”然后，有人觉得这个观点很愚蠢，发出愤怒的喊声。他们朝着不羁叛逆者的成员大吼，指责他们支持泰什，说他们是流水之城的密探，但派系之间的群殴还没来得及爆发，警卫的哨声就响了起来，人群开始疏散。奥利迅速在一张小纸条上书写。

国民卫队来了。人们已有所准备，四散奔逃。奥利也在奔跑，但不是朝向房屋的门户或残破的栅栏。他径直朝着演讲者跑去。

他推开那人周围吵吵嚷嚷的联合委员会成员。有人认出奥利，跟他打招呼，或者想要询问他的意图，然而他已经奔向那名激愤的军人杰克。奥利将自己的名字和地址塞进演讲者的口袋，然后轻声低语。

“谁能除掉他们?”他说道，“我们能。这些家伙不行。回头来找我。”

然后，随着嗡嗡的螺旋桨声，一艘飞艇出现在他们上方。全副武装的国民卫队顺着飞船上悬垂的绳索从天而降。周围响起犬吠声。帕拉多斯公司门口挤满了恐慌的人群。“战斗水母!”有人喊道。的确，墙后面缓缓地涌出一群奇形怪状的生物，身上布满突触和凹洞。国民卫队骑在巨硕的怪物身上，操控着暴露在外的神经，镇静地朝着联合委员会的成员们飞来。怪物悬垂的节肢状触手上滴坠着毒液。奥利奔跑起来。

街上还有其他国民卫队的小分队：规避兽骑兵，便衣密探。奥利必须小心。他总感觉飞艇上有狙击手在瞄着自己。但他对此处的街道十分熟悉。大多数听众已经消失在新克洛布桑的砖瓦迷宫里。他们从惊愕的店主和街角流浪汉面前经过，跑过几条街之后突然停下，像普通人一样行走。后来，在河对岸一里远处，奥利听说没人被捕也没人被杀，他感到异常欣慰。

那名士兵叫作巴隆。他满不在乎地告诉奥利自己的名字，没有一丝神秘感，与反叛分子的行事风格完全不同。他是两天后来的。奥利打开门，看到巴隆握着奥利写的纸条。“告诉我，”巴隆说道，“你们打算干什么?你们究竟是谁，查弗林?”

“为什么他们没能抓住你?”奥利问道。巴隆说，开小差的国民卫队有成百上千。大多数幸存者都打算避开原先的同僚，偷偷躲藏起来，融入新克洛布桑的黑市经济。他说，由于城中的混乱，国民卫队不可能了解每个成员的去向。城中每天都有罢工和骚乱：失业率不断上升，新刺党人攻击非人类种族，非人类种族和叛逆分子攻击新刺党人。城市议会里有人提议作出让步，与公会进行谈判。

“我不要躲起来，”巴隆说道，“我不在乎。”

他们来到河衣区的“恐怖喜鹊”酒吧，此处靠近仙人掌族聚居区。奥利不想去“双蠕虫”，或者其他异议者聚集地，因为那些地方会受到监视。在河衣区，潮湿木屋之间的街道仿佛宁静的溪谷。在这里，他们可能遇到的最大麻烦是嗑了药的仙人掌族青年。这些家伙游手好闲地坐在大温房基部的桁架上，绿色的皮肤上刻着五花八门的图案，类似于纹身。大温房高达八十码，宽四分之一里，扣在新克洛布桑的街道上，仿佛一枚印章。仙人掌族混混看着奥利和巴隆，但没有搭讪。

巴隆的经历不同寻常。他并没特别讲过什么让奥利对他的过去感到好奇的事，但从他犹疑的姿态和吞吞吐吐的说话方式中，可以看到一种愤怒。奥利心想，有多少人从战场返回，也许就有多少可怕到无法描述的故事。巴隆在想一件事，一件特定的事，是什么呢——鲜血？死亡？变异？——某种暴虐的行径让他变成一名愤怒的斗士，迫切地想要杀死那些曾经支付他薪水的人。奥利猜想那可能是因为死去的朋友，因为痛苦。

联合委员会的各个派系都想拉拢巴隆和其他叛逃的国民卫队。奥利解释了每个派系的计划与目标，并辅以谨慎的批判。他描述了公牛的冒险活动和团队的作业方式，并让巴隆融入他的日常行动。

巴隆是他的战利品。公牛帮成员都很高兴。巴隆加入的那一晚，公牛也来了，并将瘦骨嶙峋的手放在那国民卫队成员胸口，以示欢迎。

这是奥利第一次看到公牛的来去方式。当老肩和其他成员讨论完毕之后，公牛低下脑袋，金属雕铸的犄角头盔使劲向前推顶，身体却没有任何倚靠，接着，带有魔法的牛角似乎触碰到什么东西，两个顶点之间的空间弯曲延展，奥利能感觉到空气中的魔法能量劈啪作响，公牛的双角刺破了世界，而公牛就这样突然穿了过去。现实空间中的裂缝如同嘴唇一般合拢，恢复到原来的状态，但公牛消失了。

“公牛究竟都干些什么？”那天晚上，奥利问改造人乌廉姆。“发号施令？我不是抱怨，你知道的，是吧？我只是问问而已。公牛都干些什么？”

乌廉姆露出微笑。

“但愿你永远不要知道，”他说道，“没有公牛，我们什么都不是。”

巴隆给帮派带来了一种军事化的激愤。当他提及战争时，浑身战栗，义愤填膺，皮肤上青筋暴起，仿佛雕刻的版画。但当他参与日常任务时，比如突袭告密者，或者惩罚侵入公牛地盘的毒贩，却表现出一种超然的冷静，揍人的时候连嘴都不会撇一下。

他让帮会中的新同伴感到惧怕。在某种机械本能的驱动下，他能轻易自如地实施惩罚，眼中的生气瞬间被深深地埋起。*我们并非一无是处*，奥利心想。公牛帮的人自视为强悍的亡命之徒——的确，他们以改变社会的名义施行暴力与杀戮——但这种怒气冲冲的无政府主义跟职业军人的冷酷相比，就像是无力的挣扎。他们对他充满敬畏。

奥利记得第一次执行死刑，对象是一名告密头子。一开始的处理很容易，他们找到证据，包括黑名单和委任状。然而，即使有死难的兄弟姐妹，即使有乌廉姆在惩罚工厂中的记忆，执行死刑仍是一件难事。奥利闭上眼睛，以免看到枪击的场面。他们把枪交给乌廉姆，说要让他为人体改造复仇，但奥利觉得，那也是因为乌廉姆看不到行刑对象。他的脸朝向后方，眼神涣散。但即便如此，奥利敢打赌，他在扣动扳机时闭上了眼睛。

相对的，巴隆只要接到命令，就能去任何地方，跟任何人开战，如有指示，也会毫不留情地杀死对方。他的行动就像是奥利小时候见过的最精良的机械人：上了油的金属物件，没有思维可言。

“黑泥地伯劳”再次挑衅，渗入公牛的地盘，奥利、伊诺克和巴隆被派去制止入侵。“目标只有一人，”公牛说，“那个兔唇的家伙。他是策划者。”奥利的枪法总是最好的，他有一把火枪，伊诺克则带着弩弓，但他俩都没机会开火。巴隆早已驾轻就熟地检查清理过他那支连发枪的枪管。

“伯劳鸟”帮派的青年男女懒洋洋地躺在通往黑泥地阁楼的阶梯上，喝着强茶，抽着沙兹霸烟。奥利和伊诺克跟在巴隆身后。那些瘾君子曾经两次上来盘问，理论上说，他们是在站岗。但他只需一个眼神，一句低声的威胁，就把他们打发走了。奥利踏上最后一层楼梯平台，刚拐过一个弯，便听到木板被快速踢裂的声响，然后有人发出呼喊。

等他来到门口，枪声已经响过两回。两个十七岁左右的男孩被打断了腿，倒在地上嘶喊。其他人扔下枪四散奔逃，巴隆则继续前进。有人朝巴隆开枪，奥利看到他左臂上渗出血来。巴隆闷哼一声，脸上闪过痛苦的表情，但立刻恢复了平静。他又迅速地连发两枪，那些还击的人不是被放倒，就是吓呆了。他逼近替帮派出谋划策的兔唇年轻人。伊诺克和奥利目瞪口呆地看着他开枪射击。

他不在乎自己会不会死，那天夜里奥利心想。巴隆让他感到恐惧。*只要我们叫他去杀人，他就会去。只要我们叫他去杀人，他就会去。*

此人不是在外面胡乱学会的战斗技巧。他冷酷而专业地横扫房间，将角落里的敌人逐一清除。巴隆曾多次展示这种都市暴力。巴隆不是新手，他是刚找到工作的失业者，是一名勇猛的士兵。

*公牛能干什么？*奥利心想。他从没见过首领参与战斗。

“那头盔是怎么回事？”他说道。乌廉姆告诉他，没人知道公牛的来历，也许出自惩罚工厂，也许出自监狱，也许出自荒野或贫民窟，公牛经过漫长而艰辛的寻访，才找到制作头盔的工匠和材料。它也被称作“拉索巴格拉”，就是牛头的意思。乌廉姆告诉他一些不可思议的故事，告诉他头盔的神奇威力，以及公牛是如何历经多年的风险才将它铸造成功的。“坐了几年牢，又花了几年搜寻材料，然后连续几年戴着那头盔，”他说道，“总有一天你会见识到它的作用。”

每个成员都有自己的任务。奥利被派去实验室偷岩乳和魔法试剂。他知道有个计划正在酝酿。他能从收到的各种指示中看出端倪。

获取议会大厦下面几层的平面图。什么？奥利不知要如何着手。*跟政府办公室的职员交朋友。打听市长的秘书叫什么。白天在议会大厦打工，等待进一步指示。*

罢工和反抗的气氛不断高涨，奥利能感受到。这让他既超然，又兴奋。

漩涡雅各布回到了赈济所。奇怪的是，看到他，奥利感觉松了口气。那天晚上，雅各布用白鼬般的眼睛瞪视着他，思维清晰而敏锐。

“你的钱一直在帮我们，”奥利说道，“但对于现在接到的指示，我不知该怎么办。”他透露道。“什么指示?”

他们在格利斯丘原的河堤上，位于河流交汇处下游一点点。隔着大焦油河，可以看到斯特莱克岛和议会大厦高耸的尖顶。夜晚的灯光灰蒙蒙的，他们的倒影在水中呈现出浑浊的色调。小斯特莱克岛上有只喵喵叫的猫，不知为何被困在河中间这一小片陆地上。漩涡雅各布朝着水中的立柱啐了一口，这些古老无比的石雕柱标志着老城区的边界，上上下下画满抽象的图案，描绘出新克洛布桑早期的历史事件。立柱与水面相交处，遭到蛙族的不良分子破坏。

“他们尝试各种各样方法，对吗?”雅各布接过奥利的细雪茄。“他们缺乏策略，对吗？他们在尝试不同的方法。有许多办法可以进入。”他若有所思地吸了口烟，然后摇摇头。“见鬼，但杰克不会这么干。”他大笑起来。

“那杰克会怎么办?”

雅各布凝视着闪烁的烟头。

“市长不能一直待在议会大厦里，”他谨慎地说，“然而像市长这样的人，也不能随随便便出去散步、骑马。得有人保护他，不是吗？得有可以信赖的人。不管到哪儿——杰克告诉我的，杰克曾经观察过——不管到哪儿，都是由市长的圆盾卫队负责安全。他们是唯一可信的人。”他抬起眼，脸上并没有戏谑或恶作剧的表情。“假设他们中有一个叛变了。假设他们中有一个可以被收买。”

“但他们被选中，不正是因为*无法*收买吗……”

“历史……”雅各布的措辞简练而权威，让奥利沉默下来。“充满，滴血的，*尸体*，就因为他们信任那些*不可收买*的人。”

他告诉奥利一个名字。奥利呆呆地看着老流浪汉离开，看着他步履蹒跚地穿过街灯投下的一圈圈光亮，来到小巷尽头。那老者疲惫地歪着身子，手指上沾有白粉。

“你平时都去哪儿?”奥利说道。在河边，他的话音显得十分单薄，没有在砖墙和窗户之间反弹，而是迅速消散，传向远方。“哦，真要命，漩涡雅各布，你都是怎么知道这些事的？来加入公牛吧，”他说道。他既兴奋，又紧张。“你是怎么做到的？你比我们都厉害，快他妈加入公牛帮吧，加入我们。好不好?”

老人舔了舔嘴唇，犹豫不决。他有话要说？奥利看出他在做决定。

“杰克的资源并没有完全枯竭，”他说道，“打探消息的门路还在，可以听到各种风声，我知道的。”他轻敲自己的鼻子，仿佛滑稽的阴谋家。“我知道一些事，不是吗？但我年纪太大，没法再掺和了，小伙子。还是让年轻气盛的人来吧。”

他重复一遍那个名字，再次微微一笑，然后便离开了。奥利知道应该追上去，尝试把他引荐给公牛。但他对此人有一种强烈而古怪的敬意，近乎畏惧。奥利开始在衣服上画符纹，就像漩涡雅各布留在墙上的那些圆圈。漩涡雅各布总是以奇特的方式出现或消失，奥利也无法阻止他。

第十六章

听到奥利报出那名字，老肩很愉快，但也对其真实性表示怀疑。

“你是去雪克的哪个酒吧里喝酒了吧，小伙子，”他说道，“这可是内部消息。你还隐瞒着什么吧，为了保护你的线人。你还瞒着大家？那人是男是女？某个官员的姘头？你在外面招兵买马，奥利？反正我不知道你在干什么，但假如这消息是真的……那可太有价值了。所以我也不来追问。”

“我信任你，小伙子——不然也不会介绍你入伙。因此，不管你为什么要瞒着，我猜是有合理原因的。不过我承认，我不太喜欢。要知道，如果你在搞什么花样……”他没说出口的潜台词是，*如果你投靠了其他人*。“或者，即使你有很好的理由，但只是*想错了*，即使你只是因为无心之过而给我们带来麻烦，我也一样会杀了你。”

奥利一点都不害怕。他突然对老肩充满强烈的厌恶。

他站起身，小心翼翼地注视着仙人掌族的眼睛。“我愿意付出生命，”他一边说，一边意识到这是实话，“我要除掉市长，斩下那邪恶政府的首脑。我搜集到的情报，能让我们实现一直以来的目标。但是我问你，老肩。假如我是在骗你，*假如*这是我设的局，你要怎么杀我，老肩？因为到时候你已经死了。”

这是个错误。他看到老肩眼中的神情。然而奥利并不后悔这次挑衅。他试图感受懊悔的情绪，却一点也体验不到。

巴隆让所有人感到害怕。大家已经知道，他擅长搏斗与射击，但不太确定他是否有游说的本事。他们惴惴不安地向他解释，直到他厉声喝止，要大家信任他。他们别无选择。

“我们需要一个懂得如何跟国民卫队打交道的人。”公牛说道，话音仿佛低沉的牛鸣，或许是由于头盔的物理构造，或许是因为魔法。奥利看到，头盔底下那矮小的身躯犹如舞者般结实紧致，其实并不显得荒谬。头盔完美的圆孔状眼睛里射出两道光芒。“我们是罪犯，”公牛说道，“无法跟国民卫队交谈——会被他们识破。我们需要一个没有负疚感的人，必须是他们中的一员，懂得兵营里的切口。我们需要一名国民卫队成员。”

国民卫队的驻地分布于城中各处，有些是隐秘而不可见的，但全都有魔法与火器提供保护。每一处驻地附近也有国民卫队酒吧，所有叛逆分子都知道是哪几家。

伯托德·苏利昂，漩涡雅各布告诉奥利，奥利又告诉同伴的，就是这个名字。雅各布说，这是一名心怀不满的圆盾卫士，他的忠诚已经被无政府主义或贪婪所替代。他的驻地就在议会大厦里，位于市长的办公区域内部或附近。那意味着他常去獾泽天轨底下的国民卫队酒吧。

獾泽位于河流交汇的楔形地带，是魔法师的聚集区，也是旧城中最古老的区域。该城区北部，在鹅卵石街道和歪歪扭扭的木头棚屋之间，堆满了魔法设备，也居住着许多术士，生物秘学家，自然学家，以及全科魔学士。然而在南部，下水道里没那么多试剂，空气中的魔法能量也不那么强。隆隆作响的天轨与车厢下面，分布着科学家及其辅助行业的各种设施。斯特莱克岛和议会大厦从近旁的河水里冒出来。圆盾卫士通常就是在这一区域喝酒。

此处的街道灰仄仄的，到处是年久失修的工业化混凝土建筑和桁架。

巴隆经常前往附近的酒吧——“败北之敌”，“獾”，“罗盘与胡萝卜”——寻找苏利昂。

《争辩》和《灯塔》的头条文章报道了火水海峡中缓慢进展的胜利局势，泰什的隐身舰队被击败，泰什压迫下的城镇被解放。还有一些模模糊糊的照片：村民与新克洛布桑国民卫队微笑对视，国民卫队帮助重建粮仓，国民卫队医师照顾农家儿童。

联合委员会的报纸《熔炉》找到一个类似于巴隆的逃兵，他对战争却有另一种说法。“就算他说的这些我们真的在做，”巴隆说道，“我们仍无法获胜。我们**不可能获胜**。”奥利不太确定这是否就是他怒气的主要来源。

“巴隆让我想起一些以前见过的事，”乌廉姆说道，“不是很愉快的事。”此刻已是夜间，他们来到新克洛布桑南部的佩洛勒斯区。这一小片区域是办公室文员经常出没的场所，仿佛一个个安静富裕的村落。寒冷的天气里，花园广场中并没有花，但到处散布着惬意的喷泉，和敬奉嘉罢的大教堂。忙碌的韦尼恩街上有鞋店和茶室，也有田园风格的度假屋。

乌廉姆和奥利冒险来到此处。随着罢工和犯罪越来越频繁，佩洛勒斯区如临大敌。城市议会的成员与产业公会展开会谈。如今，联合委员会的决策人员提出的要求变得更有系统。本地体面的居民们组建起“卫道会”，每晚展开巡逻。他们多是心怀恐惧的广告文案师和会计师，驱逐对象则包括衣衫褴褛的行人，各种非人类种族，以及欠缺礼数的改造人。

但此处也存在类似博兰咖啡店那样的地方。新文化运动诗人和反叛分子来到博兰的店里，躲在爬满藤蔓的窗户后面，而博兰只是对他们说：“女士们，先生们，请展现一点点爱心。”奥利和乌廉姆坐在一起。乌廉姆的椅子背对着奥利，好让他反转的脸朝向前方。

“以前我也见过有人像他那样放倒一屋子人，”乌廉姆说道。“正是那种人把我搞成现在这个样子。

“所以公牛从不派我去见小丑先生的手下——我曾经替他干活。很久很久以前。”他指了指自己的脖子。

“他们为什么要改造你的身体？为什么改造成这样？”如此询问显示出一种信任。乌廉姆没有回避问题，也没有露出惊愕的神情。他放声大笑。

“奥利，说起来你也许不信，年轻人。那时候你最多只是个婴儿。我没法全告诉你，事情已经过去了。我当时算是个牧人。”他再次笑出声来。“我见过一些事。噢，我还要看守牲口。没什么能吓到我。但是……当我看到巴隆走进那间屋子，我不会说又感到害怕，但我想起了那种感觉。”

“当你执行任务的时候，有没有想过我们将来的计划？”稍后，他问道，“眼下这件任务？关于董事长？”奥利摇摇头。

“我们要改变世界，彻底改变。”跟往常一样，他立刻兴奋起来。“等我们斩首成功，看着脑袋落地，人们将被唤醒。没什么能阻止我们。”我们将改变一切。我们将改变历史。我们将唤醒这座城市，让他们解放自己，获得自由。

他们离开时，隔着数尺远行走（在佩洛勒斯区，正常人和改造人不能做朋友）。街灯照亮着韦尼恩街屋顶上的瓦片，几条街之外，传来一声尖叫，他们听见有个女人在奔跑。它来了，它来了，那女人喊道。奥利和乌廉姆紧张地互相对视一眼，不知是否应该过去看看，但那人声变成了哭泣，然后逐渐消退，等到他们转向北方，已经找不到她了。

奥图月十二号，码头日，夏日阴冷的太阳表明出现了异物。后来，奥利记不起自己是否真的见证过那一刻，还是因为听过太多描述，而将它变成了想象中的记忆。

他在一辆列车上。这是东南线，从滴溅区的贫民窟上方经过，向着瓦尔多山斜坡上的豪宅行驶。远处车厢里有人发出惊呼，他没理会，但其他人也尖叫起来。他抬头望向窗外。

他们的列车在高架拱桥上，穿行于烟囱之间。那些烟囱仿佛形状各异的高塔，由于潮气的侵蚀，表面开裂剥落，如同沼泽里的树皮。他们清晰地看到，东方明亮的旭日投下一片交错的光影，而在太阳的中心，有个游移的物体。耀眼的日盘中央，是一片细小而浓郁的黑影，不像人形，不像带纤毛的浮游生物，也不像惊起疾飞的鸟，而是融合了所有可能的形态，并且不断变化。它以不可思议的姿态伸展爬行，从太阳表面剥离出来，仿佛游弋的生物，诸多附肢互相纠缠抵触。

奥利身边的虫首人女性喷出一股代表恐惧的化学物质，溅到他脸上。奥利眨了眨眼，直到那气味消散。后来，他了解到，无论城中哪个方位，从北部的旗山到往南七里的白拉汉姆，所有人都看到有异物从太阳的中心朝着他们游弋。

那东西摇晃游移，逐渐逼近，遮蔽了日光，城市显得一片灰暗。列车慢了下来——他们将在到达坐巫车站之前停止。驾驶员一定是看到了太阳，恐惧地停下列车。

新克洛布桑上方的天空微微闪烁，仿佛一团油脂，又像一团电光。那物体在太阳内部阵阵抽搐，忽大忽小，接着，在那惊悚的一瞬间，它笼罩在城中每个人的头顶，硕大无比，甚至把新克洛布桑也比了下去。那一刻，天空中就只有一只眼睛，星形的瞳孔呈现出可怕而诡异的色泽，直勾勾地瞪视着所有建筑物和街道，瞪视每个抬头仰望的人。于是，整座城市中爆发出一阵凄厉恐惧的尖叫。然后，那东西消失了。

奥利听见自己的喊叫声。他的眼睛感到刺痛，片刻之后，他才意识到，是阳光烧灼到眼睛，那东西已经不见了，他只是再次直视着太阳。他的视力受到损伤，一整天里，视野中都是幽灵般的绿色。

当天夜里，烟雾弯发生了骚乱。愤怒的工人冲向圣嘉罢岗，攻击国民卫队的塔楼——或许是因为国民卫队没能保护他们免受那可怕的幻象侵扰。还有人冲入溪滨的虫首人聚居区，惩罚外来种族，仿佛是他们带来了异象。面对如此愚蠢的行为，联合委员会成员在人群中大声疾呼，却仍无法阻止那些扛着武器前去惩罚外族的人。

消息很快在城中传开了。攻击还在进行中时，奥利便已经获悉。他知道，就在片刻之前，国民卫队组成的密集人墙在塔楼底下与骚乱者对峙，他们驱赶着“战斗水母”向人群袭来。

他为聚居区里的虫首人感到担忧。“我们得去那儿。”奥利说道。他和同伴们在脸上涂了伪装，抄起枪支。他看到巴隆露出冷漠而不解的表情。奥利知道，巴隆跟他们一起去，并非因为关心溪滨的虫首人，而是因为他从属的组织作出了这样一个决定。“公牛会来找我们。”奥利说道。

他们坐上一辆征用的拖车，取道回音沼，并在骨镇的巨型肋骨下穿过丹尼齐桥，然后又经过獾泽。幽暗的天空中，黑色的飞艇被光线照亮，数量比平时大大增加。街上也有国民卫队，手持盾牌，脸藏在镜面背后。这些是配有魔法警棍和霰弹枪的特警队，负责人群管制。伊诺克用鞭子抽打恐鸟。他们从乌鸦塔旁边经过，人们在洞开的店铺门面里进进出出，扛走布匹，食品罐和药物。

隔着没几条街，就是巨钉塔，国民卫队正是从这座灰暗阴森的高塔里实施统治。七条高架天轨从塔中延伸出来。巨钉塔旁边是帕迪多街车站，巨大畸形的屋顶在半空中若隐若现。

他们在东南线和西南线的拱桥底下飞奔，并留意聆听国民卫队的警哨。对于那天晚上闹事的人群，奥利的看法是：*一群愚蠢盲目的笨蛋，嘉罢保佑，竟然去攻击虫首人，所以我们得唤醒你们*。他检查自己的枪。

他们抵达时，最严重的暴乱已经过去，但聚居区里仍不平静。他们经过的街道上到处是燃烧的垃圾堆。溪滨的街道已有千百年历史，最初是由人类建造的住宅，材料简陋，施工马虎。建筑物无力地互相倚靠着，仿佛病号，油蜡和家养蠕虫分泌的丝线将它们黏合到一起。虫首人饲养大型蠕虫，正是为了改造此处的居所。奥利及其同伴在房屋底下行走，凝结的黏液在火炬光中泛出类似油脂的黄色，透过这些黏液，隐约可以看到屋内。

一个无名广场上，残余的攻击行为仍在进行中。当然，这里没有国民卫队。保护虫首人不在他们的工作议程内。

二三十个人类在攻击一座虫首人教堂。他们将矗立在门口的巢母神像踩得粉碎。这是一尊粗陋的雕像，看上去很可怜。它原本是一座肥硕的大理石女人像，出自某个人类废墟，被虫首人偷来或廉价买来后，锯掉了头部，并在颈项处接上由铁丝悉心缠制而成的甲虫，以模拟女性虫首人的形象，铁丝虫首上布满焊锡的痕迹。如今，这代表贫穷与信仰的接合体四分五裂，散落一地。

那群人正在冲击大门。信徒们从二楼的窗户望下来，她们的昆虫眼睛里看不出情绪。

“新刺党。”奥利说道。他们大多数人穿着新刺党的战斗制服：黑色商务套装，卷着裤腿，奥利知道，他们的圆顶礼帽里镶有铁边。他们携带着刀剑和锁链，一部分人还有手枪。“新刺党。”

巴隆冲上前去。他的第一枪在一名新刺党袭击者的帽子上打出一个洞，铁边翻了起来，毡毛，鲜血和金属搅成一团，呈现出暗红色。人群静止下来，瞪视着他。**老天，我们还能脱身吗？**奥利一边想，一边遵照同伴的指示奔到砖石背后，以获得有限的掩蔽。他放倒一名新刺党，然后缩到石块后面，子弹落在石头上，发出险恶的劈啪声。

在那令人心惊的半分钟里，公牛帮被困住了。奥利看到巴隆无动于衷的脸，看到露比和乌廉姆蹲在一旁，乌廉姆按照露比的低声指示开枪射击，脸上充满痛苦。一部分敌人逃跑了，但新刺党的核心成员仍很专注，配有手枪的掩护着没枪的人逐渐逼近。

一名新刺党人扑向奥利，此人肥壮结实，把身上一件偏小的外套撑得鼓鼓的。奥利刚要朝他开枪，便听见一阵刺耳的撕裂声，他和新刺党人之间的空间突然被阻断，那人惊呆了。在两个相距不远的点之间，光线和声音变得扭曲，仿佛弯曲紧绷的皮肤。接着，那里出现一道裂缝，公牛从中冒了出来。

世界重新合拢，公牛发出吼声。公牛弯下腰，牛角向前一拱，转眼间便一停一顿地移动了数尺，来到那名肥壮的新刺党人跟前，他的棍子遇到牛角中泄出的古怪黑影便立即折断了。然后，牛角捅穿了那胖子，他喘着气跌倒在地，鲜血直流，就像从吊钩上滑落的肉块。

公牛大吼一声，再次凭借那古怪的冲顶动作移到另一人身边，将其刺穿，牛角中渗出坚实的暗影。在夜晚昏暗的光线中，那对角仿佛在吸取鲜血。奥利惊呆了。牛角中泄出的物质若隐若现，新刺党人的一颗子弹穿了进去，导致其内部透出一抹红色。公牛压低身子，踉踉跄跄地倒退，但调整一下之后，再次用牛角朝着空气冲顶，将数尺外的枪手掀翻在地。

尽管公牛迅速击倒了三个人，但新刺党的人数依然大大占优，而且对眼前这群背叛族类的人充满愤怒。他们左躲右闪，有的行动迟缓，有的则是完美的搏击手和枪手。**我们无法救出里面的虫首人**，奥利心想。

随着一阵急促的脚步声，奥利绝望地以为又有一群街头打手来攻击他们。但新来的人到达后，新刺党人开始掉头逃跑。

他们中有仙人掌族男女；有携带着刺盒的虫首人，刺盒上的两条枷链劈啪作响；也有嗓音粗哑，一蹦一跳的蛙族人。甚至还有一名洛歧斯族，握着三把匕首。十多名非人类种族聚集在一起，那场面令人惊愕。一个魁梧的女性仙人掌族大声发号施令——“疤眼，安娜。”然后指向奔逃的新刺党人，“杰兹，习鲁尔。”然后指向教堂的门——那群混杂的非人类种族立刻行动起来。

奥利惊得目瞪口呆。新刺党人一边开枪，一边逃跑。

“你们究竟他妈的是谁?”一名公牛帮成员喊道。

“起来，闭上嘴，”公牛说道，“放下武器，都站出来。”

那洛歧斯族和一名蛙人朝着教堂里的虫首人喊话，然后打开门，让惊慌失措的俘虏们奔逃回家。其中一名虫首人拥抱了救援者们。几个雄性虫首族——两尺高的甲虫，喜欢寻找温暖黑暗的角落——零零落落地从大门边退开。奥利一阵战栗，他这才感觉到寒意。他听到火焰燃烧的声音，火光给溪滨染上了一层摇曳而黯淡的光。在忽明忽暗的光线里，他看到有虫首人儿童跟随着母亲从教堂里走出来。这些幼女头上的甲壳摇摇摆摆，通过舞动的附肢进行交流。两名虫首人妇女怀抱着婴儿，其躯干与人类新生儿无异，脖子以上则逐渐过渡为肥润蜷曲的虫壳。

他持枪的手悬垂下来，那群新来的武装分子中，有个虫首人向他奔来，刺盒上的枷链在空中画出弧圈状的闪光。“等等！”奥利说道。

“艾尔莎。”那女仙人掌族呼喊她的名字，让她停下。“他有枪，大拇指。”一名蛙族说道，而女仙人掌族则说：“我知道他有枪。不过这是特殊情况。”

“特殊情况？”

“他们保护了人。”大拇指指向公牛。

在混乱的打斗中，许多非人类种族第一次注意到那戴头盔的身影。他们以各自种族的不同方式发出惊呼。“公牛，”他们纷纷致敬，“公牛。”

公牛和大拇指低声交谈，但声音太轻，奥利听不见。奥利望着巴隆的脸。他正不动声色地轮番观察每个非人类战士。奥利知道，他正在思考，如有必要，应该以怎样的顺序除掉他们。

“撤退，撤退，撤退，”公牛突然说道，“今晚你们非常棒，今晚你们救下了无辜的人。”摇摇欲坠的教堂里已经没有虫首人。“现在你们得撤离。我会护送你们回去。快。”奥利意识到自己呼吸困难，身上有流血的伤口，躯体因疲惫而颤抖。“快回去吧，我们要开个会。溪滨今晚处在混合民兵团的保护之下，所有携带武器的人类都是攻击目标。”

在贱地的秘密藏身处，黎明悄悄渗入墙内。他们躺下歇息，互相涂药膏，缠绷带。

“要知道，巴隆不在乎。”奥利说道。煮止疼茶时，他悄悄地跟老肩说话：“我注意到，他不在乎女虫首人会不会死，不在乎新刺党会不会抓到她们，完全不在乎。他让我害怕。”

“他也让我害怕，伙计。”

“公牛为什么留下他？为什么他会在这儿？”

老肩一边往锅里加入树脂和蜂蜜，一边看着他。

“伙计，他在这儿……是因为他比我们还恨董事长。他不惜用一切手段将那家伙扳倒。嘉罢在上，是你把他带进来的。你这么做没有错。咱们留意着他就行。”

奥利没有说话。

“我心里有数，”老肩说，“咱们留意着他就行。”

奥利依然没有说话。

啸冈、回音沼和黑泥地都着火了，溪滨和狗泥塘发生了骚乱。种族仇恨影响到各族的聚居区，有人从东南线列车上扔下手雷，尽管威力有限，但扔在大温房上炸出两个洞。联合委员会贴出告示，对攻击行为表示遗憾。

“圣嘉罢岗是什么情况？”

“三波进攻：第一波把国民卫队打跑了，让他们缩进基地里。然后遭到反击，就跟以前一样。”

阿斯匹克贫民窟里出现诡异的魔法能量；白拉汉姆、岂南和夜池据说遭到改造人暴民的袭击。这些地方的体面居民在惊吓之下组建起自卫会。

“这一晚上真够乱的，老天。”局面分崩离析。

“都是因为那个东西，太阳里面的东西。”

“不，并不是。”

因为人群的恐惧达到了临界点，因为那东西所释放的恐惧——人们的惊恐与愤怒找到了出口。*保护我们*，人们大声疾呼，拼命揪住声称要保护大众的机构。“那只是催化剂。”奥利说道。

“嘉罢在上，圣徒在上，那*究竟是*什么东西？”

“我知道。”无论何时，只要巴隆开口，同伴们都会安静下来。“我知道，至少我有所耳闻，因为那也是国民卫队和市长的看法。”

“他们称之为探视者。就像远程观察设备，泰什的摄像头，来探查我们的动向和状态。”

众人一片惊骇。

“我告诉过你们，这场战争是赢不了的。它还没那么强大——没能把我们怎么样，对吗？战争还没结束。但没错，他们在窥探我们。他们一定还有许多普通间谍。现在，他们已经明目张胆地观察，不怕被发现。泰什有各种奇技诡术，他们的科技不同于我们。他们已经来探察，接下来还会有更多动作。”

在世界的另一个角落，在海岸线的另一端，物理规律、魔法能量和地理特征都与此处不同。岩石和气体可以互相转换，人们在勘探队的骸骨上建立居民区。西洛哈吉的城邦与国家秉持着与新克洛布桑人截然不同的理念，许多商人与拓荒者在其残酷的法律体系下丧生。在那里，一场战争正在进行。国民卫队意欲维护新克洛布桑的利益，他们为领土，为商品链，为观念而战。为不知所谓的理由而战。面对新克洛布桑的子弹、炸药、魔法、火焰犬和精灵操控师，流水之城泰什派出探视者来观察他们。

“什么样的动作？”奥利说道，“新克洛布桑……是最强大的……不是吗？”

“这你也信？”伊诺克嘲笑道。他听起来很疲惫。“新克洛布桑，世上最伟大的城邦，嗯？简直胡扯……”

“不是的，”巴隆说道，于是人们又安静下来。“他说得对，新克洛布桑**的确是**巴斯-拉格最强大的国家。但有时候，胜利者并不是最强大的。尤其当强者自以为是，以为对方不会抵抗。”

“咱们落了下风，政府也明白。他们不高兴，他们想要一场胜利，但关键是，他们明白，这件事得快点平息。他们打算求和。”

太阳继续升起，日光穿透仓库的窗户，角度越来越陡，依次照射在众人身上，渗入他们的头发，老肩的皮肤上也映出反光。奥利这才感觉暖和起来。

“他们打算**投降**？”

当然不会。他们表面上不会投降——无论是在演讲中，在史书里，还是在忠于政府的报纸上，都不会直接承认。那是历史性的妥协，是精心制定的策略。但无论是市长的沃日党的忠诚拥护者，还是联合市政府里的合作伙伴，许多人都会心存怀疑。他们将会知道——每个人都会知道——究竟发生了什么。不管市长如何解释，新克洛布桑被打败了。

“现在，他们想尝试和谈，”巴隆说道，“却根本不知道怎么跟泰什对话。多年来，我们都不曾联络过派出的使节。老天，现在新克洛布桑城中一定有许多该死的泰什人，但这些人在哪儿，他们却毫无头绪。大使馆一直是空的。那不是泰什的行事方式。他们尝试用魔法、信使船、飞艇……想尽一切办法。用不了多久，他们还会尝试鸽子。他们想要会谈。没人知道他们究竟在搞什么，直到某一天，他们会告诉大家，‘好消息，市长带来了和平。’而与此同时，那些个可怜虫仍在船上和陆地上打仗，不断地死去。”

在异乡诡异的天空下死去。奥利感到一阵晕眩。

“你怎么知道的?”老肩说道。他抱起胳膊，交叉双腿站立着。“你怎么知道他们的想法，巴隆?”

巴隆露出微笑。奥利低下头，不想再看到那笑容。

“因为我跟人交谈过，老肩。我是怎么知道的，你应该很清楚。在獾泽灌下一杯又一杯酒之后，我新交到一个好朋友，伯托德·苏利昂，我跟他交谈过。”

PART FIVE

第五部分
归返

第十七章

“就是这儿，到了。这就是边界，荒恶原的边界。”

很久之前，盘旋的秃鹰遭到打扰，四散飞离。山狮警惕的脚步停顿下来，然后突然跑得不见踪影。尘埃与黑烟驱散了动物。轰鸣的噪声打破千百年来的平静。

钢铁议会在泥土中辟出一条道路，仿佛侵入血液的有机生命体，仿佛某种病菌，感染了此处的大地。它嗤嗤地吐着蒸汽，就像融合了金属与动物的神祇。跟多年前一样，有的人在它面前铺下铁轨，有的人负责清扫道路前方的障碍，有的人把后面的铁轨搬到前方，重复使用。

它从来都不属于这片土地，无论行驶到何处，都是入侵者。不管是山坡上的矮树丛，还是真正浓密繁茂的大森林，不管是山体间的谷地，还是分布着凌乱残丘的峡谷平原，它的出现都是一种侵扰。它进入各式各样奇特的地域，有缓慢爬行的丘陵，有阵阵涌起的石烟，有熔岩构成的雕像，有静止不动的闪电树林。

它就像个幽灵。男男女女刨挖着地面，但只是铲平铺设铁轨所需的面积。他们是侵略者。

跟早期的成员一样，他们肌肉强健，饱经风霜，经验丰富，有些人甚至本身就是最初的参与者。改造人，普通人，仙人掌族，以及其他非人类种族构建起完美的工业体系，有人用钳子搬运铁轨，有人铺设枕木，有人捶击道钉，密集的锤声仿佛舞曲。

有人穿着兽皮，也有人穿着用麻袋缝合的衣裤。他们的首饰来自铁轨上的金属，他们的歌曲混杂了数十年前工地上的各种劳动号子，但也有新谱的曲子讲述自己的故事。

我们来到西部，
踪影难觅，
这片栖身之地给予我们新生，
无拘无束。

人群的中央，是这一切的核心，成百上千人围绕着那列火车，满足其纷繁复杂的需求。四周有卫兵守护，山顶和树梢也有人瞭望。岁月改变了列车，令其充满野性。

屠宰室，卧铺，炮塔，图书馆，餐厅，工作坊，所有的旧车厢依然在，却都变了样。车厢顶部安上了纷杂的棚屋，仿佛城头的雉堞。悬垂的索桥连接着各节车厢上新出现的塔楼，当钢铁议会的轨道略微弯曲，索桥便会绷紧。攻城器械被固定在车顶上，车厢侧面也凿出新的窗户，有些甚至覆满柔软的藤蔓。这些藤蔓就像是从老教堂的窗口里爬出来似的，蜿蜒地攀上炮塔的塔身。两节平底敞篷车厢变成了果菜园，种满药草香料。另外两节也填上了土，但其中只有青草和墓碑。一小群半驯服的运动精灵围着钢铁议会的车轮嬉戏。

还有新建造的车厢，由浸泡得光滑圆润的浮木制成，并填上树脂防漏，底下的轮子既有新铸造的，也有回收利用的。这是供水生种族居住的移动水池。列车很长，依靠两头的机车牵引与推送，前后各有两节，烟囱上镶满金属加固圈，并用夯土色涂料描画出火焰的形状。列车最前方，在裙状的护栏后面，是最大的一个烟囱。无数次改修再加上粗陋原始的装饰，使它看上去仿佛随着岁月膨胀，变得巨大而畸形。

如今，车头灯就像一对眼睛，密密麻麻的粗铁丝好比睫毛，排障栅栏则像是一排突兀的牙齿。野兽的巨型獠牙也被固定在车头上。烟囱前面还焊了个突出的大鼻子，显得荒诞滑稽，而锋利尖锐的支架就像是犄角。在这张丑陋的大脸背面，堆满了战利品和图腾。机车头两侧挂有各种骨质和甲壳质的头颅，即使不再有生命，依然显得十分凶悍：有的张着嘴，满口尖牙，有的额头平坦，有的没有眼睛，有的长着角，有的骨骼突兀，有的嘴是圆形的，里面长满细丝般的牙齿。错乱纷杂的头骨仿佛一堆人类的脑袋，令人惊悚。有的猎物还连带着皮肤，由于时间久远，变得色泽深暗，而骨头和牙齿也被烟熏得发黑，爬满迷宫般的裂纹。镶有怪脸的机车头就像是粗犷的狩猎之神，浑身披戴着死亡骸骨。

他们顺着一条原先就隐约存在的道路前进。有时候，它会消失不见，又或者，数十年的地貌变化让它扭曲变形。他们需要花费好几个小时凿开湖边的岩石，才能抵达一道山间裂隙，或者披荆斩棘，拨开重重杂草，才能发现一段残存的路基。许多年前，他们曾从另一个方向来到此处，留下这条被植物根系占领的道路。他们发现一批遭到岁月侵蚀的铁轨和枕木，有的依然铺在地面上，覆盖的油布污染了附近的泥土。人们铺下铁轨，与在此等候着的那截轨道连接起来。

“这是咱们留下的，”曾经参与铺设的老者说道，“我记起来了。为了以后更方便。当时大家都说，不知道哪天，咱们或许还会回来。”先前留下的轨道加快了他们的速度。这是他们年轻时留给自己的礼物，包在油布里，藏在这片岩石嶙峋的土地中。

犹大·洛教科特如何铺设铁轨。

他们第一次到来时，浑身又脏又湿，静静地在草丛中行走，他们的抵达引起一阵恐慌。坡摩罗伊和艾尔希安静下来。耳语者卓耿将帽檐往下拉了拉。大家虽然看不到库拉宾，却能感觉到他的存在，由于不断地侦察与揭秘，他变得疲惫而衰弱。科特一有机会就跟犹大并肩站立，一有机会就握住犹大的手。

舒卷的云层下是一片草原，其中有个占地广阔的蔬果园。密集的作物紧挨在一起，四周断断续续地围着一圈铁轨。铁轨以外也有零散的耕地，渐渐地与野生植物群落相融合。

向导带领他们来到此处，野草分开又合拢。他们凝视着所有劳作的人群。这里原本一无所有，现在却成为一片农场。大多数人都沉默不语。犹大止不住地微笑，口中轻声说："*万岁*。"铁路两侧有茅草屋，男男女女沿着房屋之间的道路行走，这一切看上去十分正常，就像一列火车穿过普通的农场村落。

犹大望着这里的人们，当有人走近时，他便笑着高喊"万岁"，而对方也会点头回应。

"嗨，嗨，嗨。"犹大对一名走近的幼童说道，幼儿的父亲一边磨镰刀，一边心不在焉地看过来。犹大蹲下来。"嗨，嗨，小同志，小姐妹，小查弗林。"他说道。他比了个祈福的手势。"嘿，情况怎么样？"

然后，他退后一步，发出一串愉快而含糊的声音，没有明确的音节，只是纯粹的快乐。因为他听到金属的摩擦，看到煤炭的黑烟，看到钢铁议会的列车在草丛间穿行。钢铁、木头、绳索和拼凑的雕塑高耸林立，摇摇晃晃地从草丛里向他们驶来。

镶着獠牙的列车逐渐靠近，人们纷纷丢下手中的物品。"钢铁议会。""钢铁议会。"他们说道。

它来了，重复着长期以来的模式，既非完全固定，也非纯粹的游荡，它本身就是一个家。列车渐渐停下。

"我是犹大·洛。"他喊道。他向着列车奔去，仿佛那是一列进站的火车。"我是犹大·洛。"有个人从机车头里走下来，科特听到一声模糊的问候，但犹大已经一边奔跑，一边反复呼喊着一个名字："安·哈莉！"

第十八章

此处原本是沼泽，到处都有伪装，看似是泥土和杂草的地方，会突然变成漂浮于黏滞水面上的植被。钢铁议会铺下碎石和浮筒，并从森林里直接砍伐树木，充当柱桩。他们看到，二十年前留下的树桩之间点缀着新生的幼树。当年离开时，他们曾在此处搜集木材。钢铁议会在轨道上缓慢行进，时而处于水平面以上，时而又到其下方，但不会差得太远。列车仿佛一头沉静的动物，栖息于浅水之中。车身底下和周围传来沼泽生物的呱噪声。

坡摩罗伊参与铺设轨道，艾尔希跟采集资源的人一起行动。到了夜晚，库拉宾向旅行者们描述他/她在山丘和沼泽间发现的秘密。那僧侣在揭示秘密的同时，需要付出代价。科特发现，面对这种代价，库拉宾显得悲哀而懦弱，他渴望死亡。库拉宾失去了一切，在无意义的崇拜中逐渐消亡。

耳语者卓耿成了警卫，与其他枪手一起，守护着在喷涌的蒸汽中前进的钢铁议会。科特总是在犹大身边——他不愿离开犹大。他们一起铺设铁轨。

犹大就像是童话故事里的人物。来看他的不仅有儿童，还有钢铁议会横穿世界时还未出生的男男女女。他态度和蔼，并制作魔像，逗大家高兴。人们都听说过他的魔像。有一次，他们围着火堆为他唱歌。某种类似动物的树试图躲避众人的歌声。

人们为犹大唱了一首歌，讲的是犹大的故事。他们的歌声起伏应和，唱出他如何用泥土怪兽对付士兵，拯救钢铁议会，然后又如何逃进沙漠，组织起一支军队。接着，他又潜入山脉之下，来到山精国王的领地。他用床单造出的女子掉包山精公主，并带着公主私奔，跨越海洋。

到了夜晚，科特紧靠着犹大，较为年长的犹大有时也会仁慈而克制地回应。有时，科特插入犹大体内，有时他让犹大进入。有些个晚上，他俩没在一起，犹大去找安·哈莉了。

“我收到你的消息，”到达的第一晚，犹大说道，“就是那蜡筒。拉胡尔的声音，关于乌兹曼。万岁。”

“万岁。”

她告诉他，乌兹曼是突然死亡的，出问题的是有机器官还是机械管道，他们不得而知。

“你们还有留声机吗?”

“你收到多少次我们的消息?”

“四次。”

“我们寄送过九次，交给前往海岸经商的人，再交给声称要去南方的船只，穿过海峡，经过泰什和米尔朔克，最终或许能到达新克洛布桑。不知你收到的是哪些。”

“我都带来了。你可以告诉我缺了哪些。”

他们互相微笑，一个是中年男子，另一个则是看起来年纪大得多的女人。她被太阳晒得黝黑，脸上因操劳而布满皱纹，但仍跟他一样充满能量。科特对她怀着敬畏之情。

第一晚，经过冗长的介绍，他们认识了“粗腿”。他的刺已经去掉，犹大使劲地拥抱这名身强力壮，但皮肤开始泛灰的仙人掌族。魔像师也认出其他一些人，并愉快地跟他们打招呼，但向他介绍形势的是“粗腿”和安·哈莉。

他认识的人中，有些成为农夫，平静地生活着，也有人到处游荡，或者以捕兽陷阱为生，或者成为满脸胡子的猎人。有一批新加入的人，跟安·哈莉一起待在钢铁议会的车头里。

无论走到何处，都有人跟她打招呼。安·哈莉精瘦干练，满脸皱纹，岁月或许让她变丑，但那是一种令人惊畏的丑，生动而充满热情。列车行至各处工厂、农庄、仓库和大厅，这些都是多年来从轨道边向外扩建的成果。每次停车，安·哈莉都要下来走一走。

人们送她水果和腌肉，她便分给同行的人。那是一群女性，从十几岁到七十岁都有。科特发现，大家对她有一种古怪的爱戴。她挽着犹大的手臂，他们俩是庄重而高贵的一对。钢铁议会的成员们兴奋地呼喊，欢迎犹大，并赠予他们食物和酒，亲吻他们的脸颊。这些人的口音很古怪：变形的新克洛布桑语。

永动列车既是市政大厅，也是教堂和神庙。它也像是一座要塞。列车一边鸣笛，一边围绕这片居住着农夫、猎人、医生、教师和司机的领地行驶。此处的仙人掌族多为男性，也有极少数女性。蛙族的数量不多，都是勘探师与预言师，或者他们的后代。天空中到处是飞掠的翼人，年纪最老的已经忘记新克洛布桑，而最年轻的则从未见过那座城市。

其他种族一小群一小群地聚集在一起：尽管新克洛布桑的拉贾莫语是主流，但也有人使用像咳嗽一样发音古怪的语言系统。那是后来的移民，从别处迁入这片铺轨工聚居的土地。新出生的人当然不曾经过人体改造，但四十岁以上的人类大多是改造人。他们是钢铁议会的首批成员，是他们创造了钢铁议会。

若隐若现的路基爬上山坡，仿佛岩石间的脉络。*瞧，那儿。那不是我们失去马里蒙的地方吗？那边的悬崖？车开得太快*——人们停顿下来，满怀敬意，此处的地形让众人想起许久以前的死者。

大多数山地动物都会避开钢铁议会，但也有飞行兽和善于在岩石间奔跑的食肉兽袭击落单的旅行者——有的大小类似于熊，能依靠肉趾或粘性爪垫在峭壁上行走，有的长着山羊的腿，皮革的翅膀和一大团触手。仙人掌族没有吸引食肉动物的气息，最适合担任警卫。

他们尽量沿着钢铁议会从前走过的路径前进，但有时也必须开辟新路。他们自己建造实验室，合成炸药，然后将山体炸开。有时候，在悬崖峭壁间，仍有多年前留下的桥梁。议会成员爬上去测试，伴随着每一步，挪动的木板互相摩擦，嘎嘎作响。许多人坠落下去。山体中有残存的木桩戳出来，谷底躺着碎裂的木头，饱经风霜，被昆虫抹上了一层泥。

列车在匆匆铺设的铁轨上行进，但也有现成的轨道在等着他们，只需抹去锈迹即可。当他们抵达一堵峭壁跟前，会看到旧路基向远处蜿蜒伸展。但同时，眼前还有一条隧道，虽然粗糙简陋，高度却足够通行。在钢铁议会成立后的许多年间，一批批的隧道工曾回过头来轮班挖掘，以防万一有一天他们需要快速返回。

抵达后的第三天，他们进行了一次交易。阔步兽踏着僵硬的步伐，在异维空间中穿行。它们自草丛中走来，草却没有晃动。它们在钢铁议会的交易员面前摆出奇异的货品：毛发团，粘浆，宝石，泥土中长出的牛黄。

“这里面含有各种各样的巫术。”一名议会成员轻声对科特说。钢铁议会对怪诞的魔法并不陌生。

“如果你能找到我们，就能跟我们交易。”谷物、信息、肉类和工程技术。但钢铁议会用来交易最多的是专业知识。他们的交易对象来自双子城、瓦顿克以及各种游荡的部落。

此处的生活独一无二，与众不同。科特很焦躁。他一直都知道钢铁议会的存在，他记得很清楚，小时候，那是个古怪的传说，稍大一点，则是冒险故事，成人之后，他参与了政治，钢铁议会代表着某种可能性。此时此地，虽然难以表达，但科特感觉有点失望。

他无法解释这种变异感。此处的生活跟他从前见过的并无区别。耕种，畜牧，写作，辩论，照看儿童等等，然而每时每刻，当他看到人们做这些事，都觉得跟以往不同。他不明白，有个人把列车的漆刮掉，再重新涂刷，这明明是科特从前见过的事。

除了用来跟外界交易，他们没有钱。对此，他也感到很恼火。他完全无法理解，反叛者为何要模仿荒原上那些古老的封建村落，那里的农民从没见过一个铜板，只是接受当地头人给的物品。在他看来，没有现金的经济很虚伪，他因此而感到愤怒。不管是否为了钱都没有区别——涂漆的工作只是让刷子上下运动而已。

过了很久，他才意识到自己错了。这里很不一样。涂漆不一样，耕地、磨刀、记账也不一样。**这些是全新的人**，他心想。**跟我不同**。科特非常困扰。

在那一整天里，他感觉糟透了，几乎厌恶眼前的一切。因为他成了局外人。因为他既不够怪，又太古怪。然后，他发现，问题并不在钢铁议会——当然，当然——问题出在他自己。

当这一切被创造出来时，我不在场。我不是创造这一切的前辈，也不是在此出生的年轻人。我不属于这地方，所以它也不接纳我。

"我们花了很久才来到这里。"安·哈莉和其他管理委员会成员跟旅行者们一起在餐厅里待了一晚上。他们用古旧的留声机断断续续地给犹大播放一首歌。伴随着铁锤敲击的节奏，那首歌讲述了钢铁议会的西进过程。"给魔像师听首歌。"

"我来给你讲讲钢铁议会的真实故事吧，"晚饭后，有个人说道，"倒不是说那些都是骗人的，只不过有的事被遗漏了。你应该知道一切。"夜深了，天气转凉，他们一边听，一边掰着干薄饼。"我们花了很久才来到这里，"他说道，然后提到荒恶原，但他不愿细述，只是说，"比预期的要容易。我们在错乱区域的边缘走了将近一个月。"

两年来，他们派出勘察员前往未知地带，结果不是失踪就是死亡。他们不断学习新的技能，也常常为了行进路线而争执。钢铁议会铺下的轨道有时会误闯战场。有一次，列车驶入长期争斗的森林部族之间：类似动物的人向他们投掷飞镖和石块，将他们当作入侵者。反叛者的列车遇到闻所未闻的国度的代表。比如佣兵王国瓦顿克，水族都市嘉切提斯特等等。由于恶劣的环境和迫切的需求，钢铁议会成员很快学会了新的语言、技能与礼节。“过了荒恶原，土地变得开阔起来。”

可悲而渺小的新克洛布桑人困惑不已。科特感觉到，他们对年轻时的自己怀有一种怜悯。当年，这群人顽强而疲惫地穿越了一片难以理解的土地，他们觉得自己的过去很笨拙。那时候，他们显然只是眼神迷离地不断往前走，不断锤击道钉，一旦意识到踏入了别人的领地，便赶紧上前道歉。他们曾作出牺牲——每当途经各种各样的政权，惹恼了有权势的统治者或者某些接近于神灵的存在，他们便不得不付出沉重而可怕的代价。“有一次，钢铁议会进入一片森林，被那熔岩马夺走了所有煤炭。记得吗？还有一次，一群小伙被踩出玻璃脚印的恐怖怪物杀死。”

那片土地对外来者十分苛刻。有的人遭到动物袭击，有的人被严寒与酷暑击倒。他们忍饥挨饿，有人在战栗中死于疾病，有人在储水车丢失后被渴死。他们迫使自己一边学习，一边修建逃亡铁轨。

有的部落拒绝接受用物品交换过境权，于是他们被迫与之交战。议会成员们简短而羞愧地陈述道，有一次，列车上发生内讧，人们对于下一步行动策略产生了分歧——他们称之为“糊涂内战”。警卫车厢与前方机车头里的首领们隔着长长的列车互掷手雷，在随后的一个星期中，人们在车顶和过道中互相残杀。

“那是个糟糕的冬季。我们很饥饿，我们很愚蠢。”在讲述这个故事时，没人抬得起头来。

但最后，众人来到草原上。他们测绘地图，并与邻邦保持和睦。“咱们的地图比新克洛布桑图书馆的还多。”列车继续前进。终于，勘察员在最西端发现了海洋。

“列车是我们的力量所在，必须保持它的活力。”他们不能让列车静止下来，因为那是一种背叛。他们知道——他们一直知道——即使找到一处可以提供给养，让他们休息整顿的土地，列车也绝不能停下。他们以一种世俗的方式崇拜列车。人们重塑它的外形，将其改造成一头怪兽。引擎始终处于运转状态，随时可以借助任何燃料推进。他们创造出一个生命。

多年来，他们出于需求，建起一栋栋房屋，小镇逐渐扩展。流浪汉和迷路的探险者纷纷加入到这座反叛都市中，各个种族都有。这就是钢铁议会。

这座城市与其政府同为一体。各类代表和委员会均由投票产生，投票群体则由工种、年龄以及其他各种因素决定。他们也会发生激烈的争执，而劝服的方式有时并不值得称道，这是一种民主程序、权利庇护和个人魅力相结合的产物。有人建议继续前进，有人说车轮应该停下。早年间，派系中存在派系，他们也曾为了实行工业化还是农业化而争吵。他们不断创造生命，不断在辩论、投票、分歧、授权与被授权的过程中推动各项事务。

“我曾是一名机油工，”讲故事的人说道，“负责给车轮上油。”

“知道我为什么来这儿吗，”犹大说。“你们现在需要作出一个新决定。该是离开的时候了，再次上路。”

第十九章

他们穿过一片古怪的高原，其中也存在文明。钢铁议会迎着自身的历史回溯，经过一处废墟。

那原本也许是一座神庙，或者一座由神庙构成的城市。他们在坍塌的神塔旁铺设铁路，引擎中喷出的蒸汽从藤蔓之间升起。他们用力敲下一根根道钉，在杂乱的植物根系间劈裂风化的大理石神像。沉寂的宅邸随着钢铁议会的阵阵锤击而震颤。煤烟熏黑了表现天堂战争的浮雕。钢铁议会在这座藤蔓密布，楼宇崩塌的城市中穿行。

“很久以前，我认识一个人，”犹大对管理委员会说道，“我们曾经是合伙人。他当过一段时间政府官员，现在给大商行做事，但他依然关注着时势。我和他有交情，有时候，他的工作需要用到魔像。当他为此来找我时，我们会聊一聊。”

犹大曾经告诉过科特这些奇怪的谈话，潘尼豪成了犹大的敌人，对着他喋喋不休，但他们依然会一起喝酒。不是为了辩论，而是一种表演。“我去见他只是因为他会给我一些信息，然后我就能转告联合委员会，”犹大说道，“我不知道……我猜他没那么笨，不会随便说漏嘴。那是一种礼物。”

委员会听着他诉说。中年人、改造人和从前的随营妓女仍记得新克洛布桑，但超过半数的代表是年轻人，钢铁议会成立时还没出生或仍是幼童。他们注视着犹大。

“流言总是存在。我知道该怎么问他，让他觉得他在帮我。他告诉我眼下的局势。你们应该知道吧，跟泰什的战争。”他们不清楚详情，然而如此大规模的战争能让整个巴斯-拉格为之震颤。荒野冒险者们把故事带到了钢铁议会。

“火水海峡中发生了大屠杀：他们现在管它叫血色海峡。”他们破解了巫师议会的锦鱼法术，舰队突破封锁，一直绕到海岸另一边，行程达数千里。但几星期前，又有一支远征军起程了。从战舰下方经过，都是潜水船，也许是由格林迪洛带领的，我不太确定。但他们正在路上。那需要很长时间，但他们一定快到了。说不定已经登陆。

“要知道，城里的人从没忘记你们。他们从没忘记钢铁议会。万岁。人们会低声传颂这个词。你们的名字被写到墙上。城市议会从来没原谅你们，从来没忘记你们的所作所为。现在，他们知道了你们的位置。”

他等待着，直到众人的不安消退下去。

“你们心里很清楚，不能永远躲着。我不知道他们是怎么发现的。老天，二十多年了，什么事都可能发生。流浪者口口相传：或许是某个你们自己的人，在回新克洛布桑的路上被逮捕，遭到审讯。也可能是间谍。”这番话引起了一波喧闹声，他提高嗓音，“也许是增强的千里眼法术。我不知道。关键是，他们*知道你们的位置*。他们找到你们了。我甚至不清楚，他们已经知道了多久。但他们绝对无法让部队穿越荒恶原，穿越加拉基草原，穿越森林——我们有库拉宾。”*但一开始我们也没有，犹大，*科特暗想。*你打算怎么办？*“然而由于这场战争，情况发生了变化。因为火水海峡畅通无阻。”

“他们可以经由海路*一直绕过来*。他们试图绕过泰什，经由玛鲁阿姆，在草原的边缘登陆。他们不打算从东面袭击你们，而是从*西面*。这是他们原先绝对办不到的。”

“姐妹们，议会成员们，战友们。你们即将遭受攻击，而且毫不留情。他们就是来消灭你们的。他们不允许你们继续存在下去。上次你们*逃脱*了。姐妹们……如今，他们比任何时候都亟须解决这件事。”

犹大很难让议会成员理解新克洛布桑的混乱局势。较年长的人记得自己当年的罢工斗争和因此而争取到的自由，但新克洛布桑本身是非常古老的记忆，而且又在千里之外。犹大试图让他们对乱局有个深刻的体会。“形势正在发生变化。”他说道。

“他们必须把你们击溃，然后抓回去。于是他们就能对市民说，*看看我们的成果。看看关键时刻，我们是怎么对付他们的，看看你们的钢铁议会遭到什么样的命运*。”

“他们要来消灭你们。该行动起来了，赶快铺设铁轨，你们必须离开。也许可以去北方——我不知道。一直开到苔原上，成为冰雪列车，把熊当作坐骑。或者到寒爪湖。我不知道。反正是再次躲藏起来。但你们必须离开。因为他们已经找到你们，马上就要杀过来了，不把你们彻底灭绝，他们不会罢休。”

“*对，他们可以躲起来*，”卓耿忽然在科特耳边急迫地说道。“*但还有另一种可能。他们可以回去。告诉他们，必须要回去。告诉他们*。”

他的低语声并非命令，但语气急促，突兀而狂热，科特只能遵从他。

震惊之下，钢铁议会连续好几天都无法制定计划。对于这座固定的小镇，他们并没有太多感情，而且一直强调，列车才是他们的居所，其他建筑只不过是附属物，是没有轮子的车厢。但多年来好不容易积攒起来的物资却很难舍弃。

“咱们应该留下。咱们什么都能应付。”年轻的议会成员宣称。他们的改造人父辈则力图解释新克洛布桑的本质。

“这可不是一群跨步兽，”他们说，“也不是马贼。这完全是另一回事。

得听犹大·洛的。”

“对，但咱们现在有技术。我没有不敬的意思，但犹大·洛先生还不知道吧。青苔魔法，藤蔓巫术——他知道吗？”这都是向神秘的土著学来的。他们的父辈摇摇头。

“那可是新克洛布桑。算了吧，这没有用。”

犹大解开科特给他的包裹，里面是一面带框的镜子。“只有一面了，”他说道，“另一面碎了。没有另一面镜子，它无法充当武器。但即使有另一面，也还是不够。你们必须离开。”

他们派出一批较聪明的翼人，察看数百里外的海岸。一个星期过去了。“什么也没发现，”第一个翼人回来后说道。犹大变得很生气。“他们就要来了。”他说道。

他拒绝给出任何具体建议，而卓耿却狂热地想要钢铁议会返回。他一次次告诉议会成员，返回是他们的责任。这是一种古怪的狂热。

科特去参加舞会。醉酒的男男女女踏着农夫的舞步，喧闹的舞蹈令他感到平静。他不断更换舞伴，不断喝酒，食用混有药品的水果。他找到一个强壮的小伙子，互相摩挲，甚至亲吻，但只是男人之间的游戏，不至于发展到交媾。事后，他一边擦着手，却发现那人很健谈，开始说起钢铁议会该怎么办。

“大家都知道咱们要离开，”他说道，“难道还能不听犹大·洛的吗？有人说北上，有人说南下，没人知道该去哪儿。但越来越多人都在琢磨，包括我在内，我们有个计划。不去北边，也不去南边，我们要去*东边*。顺着咱们来时的路回去。我们都说，该是时候回家去了。回到新克洛布桑。”

科特意识到，那不是卓耿的指使，而是一种与生俱来的愿望。

“我感觉有什么东西正在逼近。”库拉宾说道，但只闻其声，不见其人。

卓耿说：“*大家都知道他们会来。越来越多的人想要去新克洛布桑。*”

“不行。”犹大说道。科特看出他的情绪很复杂：自豪，恐惧，恼怒，困惑。“不行，他们疯了。他们会死。如果不能面对一支新克洛布桑部队，又怎么面对整座城市呢？一边逃离国民卫队，一边又奔向国民卫队，这没有意义。他们不能回去。”

“那不是他们所期望的。是你激发起他们的热情，不是吗？是你告诉他们眼下的局势。他们觉得也许可以改变平衡，犹大。我也认为他们或许是对的。他们想要回去，让人群朝着铁轨抛撒花瓣。他们想要回到一座新的城市。”

“不行。”犹大说道，但科特看出坡摩罗伊和艾尔希都很兴奋。他在自己的怀疑与保守中也隐隐感应到这种兴奋。

人们吵嚷着要回去。“这是速度的问题，”一名年长的改造人女性说道，“我们来这儿时，铺设了一些多余的铁轨，假如需要离开，它们就在那儿等着。现在有人要来攻击我们，需要走很远路才能到达安全地带，我们需要速度。轨道就在那儿等着，这儿一里，那儿一里，不利用起来就太傻了。”她假装是从实用的观点出发。

犹大与大家争辩，但科特看得出，他很自豪，他的钢铁议会意图返回，意图在关键时刻为新克洛布桑作出贡献。出于恐惧，他想要劝阻他们，但由于他对历史的认知，又不想阻拦——科特能看出来。

“你们不知道，”他语气温和，“你们不知道事态会如何发展，不知道会发生什么。你们必须继续生存下去，这比什么都重要。我是你们的吟游诗人，见鬼，我需要你们继续生存下去。”

“这不是——很抱歉，洛先生，恕我直言——这不是你需要什么的问题，而是我们需要什么。我们无法正面对抗那些混蛋，所以，如果要跑的话，也得跑得有点意义。我们要放出风声，告诉新克洛布桑，我们回来了。”这名年轻人出生于钢铁议会成立五年之后，从小在草原中长大。

安·哈莉站起身慷慨陈词。

“我不是出生在新克洛布桑，”她告诉大家，然后用粗犷而雄辩的语气陈述了她的一生，“我从没想到会有一个属于自己的国家。钢铁议会就是我的国家，新克洛布桑算什么？但钢铁议会是个不领情的孩子，而我一向就喜爱不领情的孩子。新克洛布桑不值得感谢——我到过那儿，我很清楚——我们就是那争取到自由的孩子。其他人都没能办到。如今，其他孩子也都变得不情不愿，我们可以帮助他们。”

在科特看来，犹大那伙人让钢铁议会摆脱了束缚，转而遵从某种与生俱来的向往。不论提出什么样的理由支持返回的决定，议会成员们似乎说出了长久以来深埋在心中的想法。他们对犹大描述的混乱局势充满迫切的期待。

科特试图把思维组织成语言，却无法清晰地表达。他们走了这么远路——他走了这么远路，付出了许多代价，就是为了警告钢铁议会，让他们逃离：他们怎么可能面对整座城市？

虽然无法描述，但他能体会到返回的意义。安·哈莉的演讲令他心潮澎湃，而像他这样的人不止一个。

议会成员们高声喝彩，呼喊她的名字，呼喊“新克洛布桑”。

艾尔希和坡摩罗伊欢欣鼓舞，他们完全没想到会是这样的结果。库拉宾发出愉悦的语声。他既不支持新克洛布桑，也不支持背叛他的泰什，然而面对钢铁议会，面对成员们的热情欢迎，他很是钦佩。无论他们的努力是为了什么，库拉宾都很乐意参与其中。卓耿很高兴。犹大沉默不语，既自豪，又害怕。

科特能看出犹大的恐惧。*你希望它成为一个传奇，对吗？*他心想。*钢铁议会要回家，这让你很困扰。他们有这种意图，你也很欣喜，然而你必须确保他们的安全，那是你自身的造物，能给大家带来梦想。*犹大愿意为钢铁议会做任何事，任何事都可以。这科特也能看出来。犹大对它心怀毫无保留的热爱。

人们拆除了那座小镇，泥土与木条搭建的陋室被摧毁，集会用的房屋被推倒，一切都化作了泥尘。他们尽可能多地收纳作物。钢铁议会中的许多成员感到很愤怒。

人们用荒野上搜集的奇特材质建造新车厢，包括粗糙的木料和矿石，但即便如此，永动列车仍无法容纳所有成员。又将有成百上千的人沦为游荡的追随者，跟在列车后面行走。也有少数人不愿跟随，进入丘陵山区，或者坚持留在由残存的铁路围圈起来的定居点内。

“等他们到达时，你们会没命的。”犹大告诉他们。但这些人只是以豪言壮语回应。这没有意义，科特心想，新克洛布桑国民卫队派出最强大，装备最精良的部队，他们以为会在这里逮到猎物，却只遇到五十个年迈的农夫，结果可想而知。他看着他们，知道这些人必死无疑。**但愿国民卫队给你们个痛快。**

科特不知道安·哈莉和犹大是不是恋人，但他俩之间有一种深厚而简单的爱。他妒忌，没错，但他也同样妒忌犹大爱着的其他所有人。科特已经习惯了这种不求回报的付出。

钢铁议会离开草原避难所的前一晚，犹大跟安·哈莉在一起。科特独自一人，回忆前几天晚上那个健壮结实的年轻人。

第二天，人们聚集起来：科特在外围区域，那里的野草已被列车和农夫压折。强壮的坡摩罗伊戏耍似的挥着武器，仿佛舞动镰刀，他的情人艾尔希用胳膊搂着他的腰。卓耿头戴宽檐帽，牵着一匹马。这是他说服钢铁议会的牧马人而得来的。科特不太清楚，他嚅动的嘴唇是在跟谁说话。库拉宾沿着他/她那古怪的神祇所揭示的秘密路线行走，所经之处，草丛来回晃动。安·哈莉和犹大·洛手挽手走在队伍最前方，清晨的昆虫探询似的在他们四周飞舞。

钢铁议会紧跟在他俩身后。很快，他们将加入众人的行列，帮忙铺设铁轨，劈裂岩石，于盆地的碎石之间穿行，但此刻，他们走在最前面。铁轨不断延伸，议会成员们再次成为铺路工，成为勘察员、汲水工、猎人、填路工。但最重要的依然是铺路工，他们将小镇周围的铁轨展开，朝着来时的方向铺成一条直线。他们到达时所经过的道路仍留有一点点模糊的痕迹。

遥远的西方，国民卫队虎视眈眈，唯一的目标就是要将他们消灭。钢铁议会在震颤中朝着东方前进，他们要回新克洛布桑，他们要回家。

这些都已经是过去，如今，他们来到真正的荒原边缘。

“这儿，就是这儿。这就是荒恶原的外围。”

PART SIX

第六部分
联合委员会的赛跑

第二十章

背叛者和窥探者分别是新克洛布桑所面临的内忧与外患，仿佛一对恐怖的孪生怪物。那一晚被称作“羞耻之夜”。

一些报纸刊载抨击，用超大号字体谴责“天眼之乱”。他们登出死者的照片，有的被堵在商店里因烟雾窒息而死，有的从窗口掉落摔死，有的被枪弹打死。

在随后的锁链日，奥利来到“杂货铺甜心”酒吧。他以为不羁叛逆者的聚会一定人满为患，但那里一个人都没有。接下去的两晚，他都来寻找熟悉的面孔。最后，到了尘埃日，他遇见那名编织工，她正一边收拾现金，一边在房东耳边低语。

“杰克。”奥利说道。她警惕地转过身，看到他之后，脸上的神情只是略微放松。

“杰克。”她说道。

“我得动作快一点，”她说道，“我必须离开。喝杯葡萄酒，然后离开。”

“螺旋纹，呃?”她指着他衣服上的漩涡图案说道，“现在到处都能看到这个，不仅是在墙上，还跑到了衣服上。仙人掌族混混，新文化艺术家，激进分子，全都有。这是什么意思?”

“某种联系，”他谨慎地说，“跟独臂螳螂手的联系。我认识最先开始画的人。”

“我可能听说过他……”

“那是我朋友，我很了解他。”他们沉默地喝着酒。“我错过了聚会。”

“现在没有聚会了。你疯了吗，奥利……杰克?”她很恐慌。“对不起，杰克，”她说道，“真的很抱歉。科尔丁告诉我你的名字，还有你住哪儿。他不该说的，但他非常希望，如有必要，我能把《不羁叛逆者》带给你。我没告诉过任何人。”

他忍住惊愕，摇了摇头。

“聚会怎么了?”他说道。然后她马上就忘记了忏悔。

“一切都已经在进行中，还要聚会干什么?”她说道。奥利摇摇头，但她发出一阵近乎抽泣的声音。“杰克，杰克……*嘉罢保佑*，你在*干什么*?难道你没有*在场*吗?”

“老天，我当然在。我当时在溪滨。我……”他压低嗓音，“但混合民兵团究竟是谁?你们的那些无脑民众，竟然去屠杀虫首人，真见鬼，我当时是在替虫首人维护公道。”

“混合民兵?呃，假如你是非人类种族，替你说话的又只有多元意向党的混蛋买办，你难道不会寻求其他帮助?另外，你千万别，千万别小看他们。你知道，新刺党都是些人渣。就连你朋友佩特隆都知道——别他妈这样看着我，杰克，人人都知道他的名字，他是灵巧人偶剧团的。我不太明白新文化艺术家在搞什么鬼，假扮成动物，弄那些愚蠢透顶的把戏，但是我信任他。我不太确定是否也能同样信任你，杰克，这真是件可悲的事，因为我也不是不相信，你我追求的是同样的目标。我知道的。但我不信任你的判断。我觉得你很傻，杰克。”

奥利甚至都不觉得特别生气。他已经习惯了不羁叛逆者的自负。他用恼怒的目光冷冷地望着她。对，他的神情中仍有一丝存留的尊重，这是她继承自科尔丁的遗产。

“你们在充当先知的时候也得留心观察，杰克，”他说道，“等我行动起来……你们就会*知道*。我们制定了计划。”

“他们说钢铁议会要回来了。”

她的脸上充满愉悦。

“它要回来了。”

奥利只能想到一些显而易见的回答。他不想羞辱她，因此试图转换话题，但他办不到。

“这只是个传说。”他说道。

“不是的。”

“这是个故事。钢铁议会并不存在。”

“他们就是要你们这么想。假如钢铁议会不存在，那意味着我们永远不可能夺取权力。但假如它真的存在，也就是说我们曾经成功过，那就还可以再来一次。”

“嘉罢在上，你自己听听……”

“你说你没见过照片？你以为是怎么回事？他们肩并肩地游行，那些女人，那些*妓女*，她们走在最前面，还有孩子坐在车顶，你以为这样就能造出那该死的火车？”

“当然了，的确发生过一些事，但他们被镇压下去。那只是一次罢工而已，早就已经平息——”

她发出一阵笑声。“你不知道，你不知道，政府一次次地企图将他们消灭，但他们要回来了。联合委员会里有人去找他们。我们收到了消息。如果不是为了叫他们回来，又为什么要去呢？”

“你见到墙上的涂鸦了吗？”她说道，“到处都是，就跟你衣服上一圈圈的漩涡一样。*钢铁的会议在此召开*。钢铁议会。它要回来了，单单知道这件事就能鼓舞人们的士气。”

“人们想要他们回来，想要找到他们，大家都相信他们的存在，杰克……”

“有件事你还不知道，”她说道，似乎已不再生气，“如果你听到联合委员会的宣传，就会明白，我们正在展开行动。”她啜了一口酒，挑战似的看着他。真见鬼，她就是联合委员会成员。联合委员会，叛逆者的骨干组织，也是各派系与独立人士组成的联盟。

“要知道，城市议会里有人试图表达善意。他们不敢承认，但在一些工厂里，我们可以决定工人是否去上班。他们想要谈判。城市议会不再是新克洛布桑唯一的决策者。如今，权利已经一分为二。”

缝纫工隔着桌子伸出手。

“玛德琳·迪·法尔加。”她从容地说。

她的信任触动了他。“奥利。”他说道，仿佛她还不知道似的。

“告诉你吧，奥利。我们在赛跑。联合委员会在赛跑，我们要作好准备。至少还需要几个星期，甚至几个月。我们并不只是原地打转——我们要奔向有意义的目标。要知道，我们可不笨。我们必须努力构建——”她环顾四周，“——构建指挥结构，还有通讯渠道。昨晚是个起点。离目标还很远，但我们已经出发了。他们说战争的形势越来越糟。街上将会到处是伤员。假如泰什能够——”她闭上眼，屏住呼吸，回忆那令人惊骇的情景。“——能够派来那东西，那个天上的探视者，谁知道他们还能干什么？时间……我们时间不多。”

“但钢铁议会就要回来了，”她说道，“等到人们听说这一消息，一定会炸开锅。”

也许我们是一致的，奥利悲哀而忧虑地想。也许联合委员会的努力方向跟我们是一致的……

“没错，我们都赛跑。”他说道。

“但有些人跑错了方向。”

然后，他心中暗自琢磨，假如无产者，劳动者，以及所有民众（是的，假如她愿意这样描述），听说市长消失了，听说沃日党的首领，新克洛布桑的主宰者消失了，那将会是何种情景。

“你是想说鼓舞士气?”他说道。对于她那番偏执的言论，他感到很恼火。“我保证能让你们鼓舞士气。”他说道，“你们会感激我的，杰克。我们正在干的，我们正在干的事…… 是要唤醒所有人。”

“他们早就醒了，杰克。你还没意识到。”

他摇摇头。

巴隆告诉大家，圆盾卫士伯托德·苏利昂已经抛弃了对新克洛布桑和市长的忠诚，也抛弃了他发誓效忠的法律。

“忠诚已经从他体内消失，”他说道，“作为圆盾卫士，能知道的事不多。”誓言里就已经说了：除非市长所愿，除非职责所需，我对一切不闻不问。伯托德知道的不多。但他知道战争形势不利，与他一起训练的人纷纷战死，他知道他们打算进行和谈。这一切令人反感。他的忠诚已经消失，他的心中什么也没剩下。

“这就是关键，”他语气谨慎地说道，“就像人的血。”他拍了拍胸口。“当你的血腐坏变质，你或许可以把血放光，然后要么有别的东西填充进去，要么只留下一副空壳。苏利昂的身体里已经什么都没有。他要来告密，出于形式，他索要了大量钱财，然而他要的不是钱。他之所以反叛，是因为想要反叛。不管他自己有没有意识到，他需要我们帮助他变节。”

他们不在贱地。这是给你的钥匙，墙上有一张用公牛徽章钉着的纸条。我们有新的聚会地点。然后是一个地址。奥利和伊诺克一起看到纸条，两人面面相觑。伊诺克不是聪明人，但这次奥利也跟他一样困惑。“旗山?”

从帕迪多街车站出发的北线高架铁轨一直通到城市边缘的旗山，那里居住着银行家、企业家、政府官员和富裕的艺术家。在这片城区里，豪华的房屋面对着宽阔的街道，房子背面则紧挨着公共花园。到处是繁花盛开的树木，榕树虬结的根须垂下来，渗入黑色的路面，既像是根，又像树干。

多年来，旗山有一片贫民窟，仿佛一粒脓疮：这是城市规划中的古怪特例。两个世纪之前，人称“改良者”的特雷穆洛市长下令在这座山的斜坡上盖一批较为普通的房屋，占据了城区中的几条街道。他说，这样就能让掠私战争中的英雄跟他们守护的人相邻而居了。旗山的富人们并不欢迎新居民，特雷穆洛市长的“社会融合”计划沦落为笑柄。由于缺钱，普通房屋转变为贫民窟，瓦片和砖块都病恹恹的。旗山形成了一个小小的贫民社区，其中的居民搭乘列车出行，而他们的邻居则鄙视高架铁路，以私人小马车代步，他们等待着贫民窟扩张到某个临界点。

十五年前，贫民们被迫从濒临坍塌的房屋里迁出，搬去回音沼和阿斯匹克，定居在十到十五层高的水泥楼房内。然后，他们从前的邻居好奇地搬入废弃的破房子里，钱终于流了进来。有些建筑被重修成新兴富裕人士的宅邸，两三栋连在一起，并予以加固：居住在改造的“陋室”中成为一种时尚。但在旗山的无名贫民区中心，有几条街道成为保留区，这些冻结的建筑被改造成贫民窟博物馆。

奥利和伊诺克正穿过这样一片区域。他们梳洗整洁，并穿上了较为高档的服装。奥利从没来过这条转变为贫民窟纪念馆的街道。当然，这十多年来，此处并没有腐烂的气息。然而窗户仍旧是破的（碎玻璃被巧妙地固定住，以防继续崩裂），墙壁仍旧因潮湿而弯曲变形，并沾染水渍（虽然濒临倒塌，但有魔法和梁架支撑）。

房子上贴有标签。门户边的几块铜匾讲述了贫民窟的历史，也谈及从前的居住条件。奥利看见有一块铜匾上写道：这里可以看到纵火和意外火灾留下的疤痕，在火灾横行的街道中，人们不得不忍受大火造成的残破环境。那栋房子被烟熏得焦黑，碳化的外表面涂了一层清漆，以起到封存作用。

参观者可进入某些前厅和附属建筑。**六至八人的家庭就挤在如此恶劣**

的环境中。贫民生活的各种垃圾仍留在原地，由管理员消毒除尘。如今的年代仍存在这样的贫民窟简直令人难以置信。

他们按照指示来到一栋典型的旗山建筑：宏伟壮丽，镶有彩色马赛克拼图。奥利怀疑看错了地址，但他们的钥匙能打开门。伊诺克皱起眉头。“我来过这儿。”他说道。

这是间空屋，里面有伪装的生活空间。房间和窗帘的颜色苍白如骸骨。伊诺克对房屋和花园满怀敬畏，这让奥利很恼火。

旗山的街道上有人走动，男性身穿裁剪考究的外套，女性披戴着围巾，大部分都是人类，但也不尽然。此处的河渠中，富裕的蛙族身穿轻便的防水仿商务套装，时而跳跃，时而爬行。人类抽的雪茄，他们却喜欢咀嚼吞食。偶尔也有仙人掌族经过，多为城中的成功人士。机械人在蒸汽驱动下突突震颤，让奥利回想起孩提时代，那时候，到处都可以看到它们的身影。机械战争过后，此类设备必须通过政府制定的严格测试，但旗山的居民买得起许可证。不过大多数人都使用魔像，甚至包括富人。

魔像由黏土、岩石、木头或铁丝制成，眼神空洞，步态小心翼翼，明显异于人类。它们有的背着袋子，有的驮着主人，并模仿人类左顾右盼的动作，好像那双无神的眼睛真能看到什么似的，仿佛它们并非毫无正常感知，并非只是遵从指令行事。

等到公牛帮的其他成员到达之后，他们提出同一个问题：“我们来这里干什么?”

巴隆穿得就跟本地人一样时髦漂亮，羔羊毛、精筛棉和丝绸的织物在他身上显得恰到好处。众人目瞪口呆。

“哦，是的。”他说道。他把胡子刮得干干净净，打扮得清洁整齐，还抽着一支手工预卷的雪茄。“你们现在是我的雇员，最好习惯一下。”他在巨大空旷的新屋子里靠墙而坐，向众人解释伯托德·苏利昂的事。

奥利意识到，公牛也跟大家在一起，牛角尖上闪烁着油灯的光芒。他不知道那古怪的身影已在一旁站了有多久。当时已是夜晚。

“我们来这儿干吗?”他说道,“乌廉姆呢?”

“乌廉姆不能常来。改造人在这儿的街上很少见。你们来这儿,是因为我叫你们来的。安静一下,听我说。我会给你们钱去买衣服。你们现在都是仆人。假如有人看见,你们就是管家、侍从、厨房女仆。打扮得干净点,尽量融入环境。”

“贱地出什么问题了吗?”露比说道。公牛没有坐下,而是好像倚靠着某种看不见的东西。奥利能感觉到牛角中的魔法能量。

“你们都知道目标是什么,都知道我们想要什么,知道我们的使命。”公牛超乎寻常的浑厚嗓音带来持续的震动,仿佛静电感应。“董事长在议会大厦里,斯特莱克岛,就在河中央。河里有蛙人族国民卫队,每间屋子里都有仙人掌族警卫。还有各种各样屏障和陷阱,由城中那些最厉害的魔学士所设置。我们进不去议会大厦。”

“然后是巨钉塔和帕迪多街车站。那家伙得在巨钉塔里待很长时间,指挥国民卫队。或者是车站里,在塔楼的使馆区域内。”那座高塔不仅仅是新克洛布桑的列车中枢,也是一座三维立体的小镇,封固于砖墙之内。有人说,那庞大而疯狂的建筑结构不但不符合设计规范,甚至有违物理规律。

“猎物在那里面时,我们要面对的不单单是帕迪多卫队。”国民卫队的这一分支专职保护车站,装备精良,训练有素,本来就不好对付。“不管董事长去哪儿,都有圆盾卫队陪同。这是我们所担心的。”

“那在城里呢?你们最后一次看到沃日党要员发表演说是什么时候?他们很害怕,而且忙着寻求跟泰什签订秘密和约。所以我们需要新策略。”接着是一阵长久的沉默。

“那家伙就在附近,跟某个官员来往密切。莱戈斯执政官。他们每周都要碰面。如果你知道该去问谁,就能听到种种传闻。在莱戈斯的私人宅邸,在那里,他会摘下面具,就像普通公民。他们私下里见面,有时直到早晨才离开。”

“每周都这样，有时甚至两次。在执政官的宅邸。

“那栋房子就在隔壁。”

人们一阵骚动。你怎么知道的？有人喊道。又有人说，这样不行，或者，这是谁的家？你怎么弄到手的？

奥利想起一件事，不安地打了个冷战，记忆忽近忽远，然后他明白了。奥利发现其他人似乎也回想起某种记忆，但他不清楚他们想到的是什么，无法将一切联系起来。

“化名背后的真名很难查找，但我查到了。我花了不少时间才找到他。”恍惚中，奥利听到公牛在说话。

“这栋房子……”奥利说道，然后闭上了嘴。没人听见，他感到很庆幸。他不知道自己想干什么，也不确定自己的感受。

这就是那对老夫妻住的房子。几个月前，我把那笔钱交给你之后不久，就听说你干了这件案子。各家报纸纷纷谴责。你杀了他们，或者是老肩干的，或者是我们中的某一个，然而他们根本不是国民卫队。他们很富有，但你杀死他们不是因为这个原因。不是因为他们富有，而是因为他们的住所。你得让他们消失，然后才能买下这栋房子。这就是你用雅各布的钱干的事。

奥利感觉五脏六腑像是被剐了似的。他吞了好几口唾沫。

他本能地感到非常不安，心中泛起一股情绪。他之所以投奔不羁叛逆者，正是由于那种深切的怀疑，那种对知识的极度渴望，他知道知识的重要性，却在各种理念之间摇摆不定，又羞于无法理清那许多混沌的理论，于是他去寻找不同派系的反叛组织，寻找精神支柱，寻找政治上的家园，最后，他找到了公牛的愤怒与自由激情。此刻，他的怀疑又回来了。他明白自己的感受——这是件可怕的事，他感到十分惊愕——但他想起来，不羁叛逆者始终强调的是背景，一切都必须从事件的背景来考虑。

假如一个人的死可以阻止十个人死亡，难道不是更好的结果？假如两个人的死可以拯救一座城市呢?

他一动不动，感觉自己仍不太明白，需要多了解情况。只有在这群同伴中间，他才能成为更好的人。在作出判断之前，他必须理解这件事的原因。公牛注视着他，然后转向老肩。奥利看到仙人掌人沉下了脸。他们能看出我知道。

“奥利，听我说。”

其他人疑惑地观望着。

“是的。”公牛用低沉的嗓音说道。奥利感觉就像是个学生，窘迫不安地站在老师跟前，毫无反抗能力。他真的很不舒服。他能通过皮肤感应到公牛依靠魔法产生的低沉语声。

“是的，”老肩说道，“就是这栋房子。他们很富有，年纪又大，而且没有继承人，房子会被卖掉。但是，不，这并不是好事。不要以为我们没有负疚和痛苦，奥利。”

“我们迫不得已才进入这栋房子……我们成功了。我们将获得胜利。我们将获得胜利。”伴随着仙人掌人的话语，公牛开始吼叫，先是如野兽般咆哮，然后变得像呼啸的电流和承受重压的钢铁那样刺耳。其音量并不很高，但占据了整个屋子和奥利的头脑，让他无法思考。过了很久，那声音才消退下去。他凝视着公牛发光的玻璃眼睛。

“如果我们获得胜利，就能拥有整座城市，”老肩说道，“斩除敌首，我们能救多少人?”公牛帮的其他成员纷纷明白过来。

“你以为没试过别的方法?执政官的宅邸是封闭的，我们不能偷偷等在里面。即使动用牛角，我们的首领也闯不进去，有防护结界挡着。武器无法穿透：子弹，炸药，石头，全都不行。由于访客的特殊身份，那栋房子里布满了魔法。下水道里到处是食尸鬼。想一想吧，我们必须这么做。难道你现在想退出?”

为什么单单问我?其他人不需要下决心吗?但大家都望着他。就连伊诺克也张大了嘴，他意识到，那天晚上，作为望风的岗哨，自己扮演了什么样的角色。老肩和巴隆都看着奥利。那仙人掌族神情紧张，站姿僵硬。巴隆很放松。当然，他们不会让奥利离开。他很清楚，不继续参与的话，他就死定了。而且就算留下，如果他们觉得他不可信，也一样会杀死他。

一切必须的事都是*必须*的。这是反叛分子的基本信条。当然，这*必须*必然要经过反复辩论才能获得认可。但他们距离成功如此之近。目标就在那里面，处于没有防护的状态，而他们找到了进入的方法，他们终于可以给新克洛布桑一件礼物，这是件伟大的事。如果说两个人的死成就了这件事……奥利要阻挡历史的进程吗？他心中一凛。*这是必须的*，他心想，然后低下了头。

在房子顶层，与莱戈斯执政官的宅邸相邻的那堵墙被挖出一个精准的洞。厚厚的涂料和薄木板已经移除，墙壁凹进去一块。

"再往里挖，就会遇到魔法。"老肩说道。他极为小心地触摸着暴露的表面。他看着奥利。奥利面色不改。他在听。公牛已经准备了好几个星期。*你还有其他帮手吗？*奥利心想。他有一种自己也全然无法识别的情绪。*还是只有我们？这栋房子在谁的名下？你不太可能自己出面购买，不是吗？*

巴隆在说话，措辞如仪器般准确。*我最好仔细听一听*，奥利意识到。*这就是行动计划*。

"苏利昂差不多彻底投降了。我们要买两样东西：一是信息，谁在什么地方，以及他们的策略，还有就是主动出击的机会。如果没有他带路，我们必死无疑。"

这是国民卫队的手段，奥利心想，*我得学习一下*。奥利再次想到，不知有多少去参战的国民卫队成员，返回时带着如此满溢的痛苦，不知他们会做出什么事。看着巴隆，他意识到，正是由于巴隆的一切，他才走到这一步，他没有更长远的计划，这将是他的复仇。

我们将看到，杀戮像传染病一样蔓延。从战场擅自逃回来的人如果没

有其他去处，新刺党也会雇佣他们。嘉罢保佑，他们会雇佣这些人。奥利心中再次燃起斩除政府首脑的强烈愿望。快了，快了，他心想。

他有种迷失的感觉，不得不反复告诉自己，直到让自己确信，他是在做一件应该做的事。

第二十一章

人们在新克洛布桑街头行走时，忍不住抬头观望。城市的天空中布满飞艇、翼人以及数以百计的生命——有外来的，有本地的，也有人造的——人们的视线越过这一切，望向冷冷的白日，大家都在琢磨，那扭曲浮动的黑影是否还会出现。

“他们仍试图谈判。”巴隆告诉其他成员。他是听伯托德讲的。市长曾带着外交官和语言学家前往使馆区域，伯托德由此推断出这一结论。

奥利回到庇护所。拉迪雅欢迎他的到来，但她很警惕。令奥利感到震惊的是，她看上去非常疲惫。如往常一样，衣着污秽的男男女女自发地挤在一起，仿佛受到引力的作用，然而如今，大厅本身布满了疤痕。墙上的木头破碎崩裂，涂料也被刮掉；窗户用木板封堵起来。

“新刺党，”她告诉他说，“三天前。他们听说我们……也有牵连。我们太不小心，奥利，把报纸丢在各处。大概是狗泥塘的事分散了我们的注意力：不再那么谨慎。大家变得过于自信。”

奥利让她躺下，虽然她戏谑地跟他说笑，但当奥利让她躺到旧沙发上时，她哭了出来，先是紧紧抱住他，然后抽泣着轻拍奥利。最后，她又开了句玩笑，然后昏睡过去。奥利替她打扫房间，几个流浪者也一起帮忙。“昨天我们看了戏，”有个牙齿断裂的女人一边擦桌子，一边告诉他说，“灵巧人偶剧团来给我们表演。很好看，但我从没见过这样的节目。说实话，我听不太清他们在讲什么。但很不错，要知道，他们是好人，来为我们表演。”

许多天来，没人见到雅各布。“但他就在附近。他可没闲着。看到没？到处都是他的标记。”

雅各布走到哪里就用粉笔留下螺旋图案，漩涡雅各布的名号便是由此而来。如今，他的漩涡图案继续蔓延，越来越密集地出现在各个区域，有的用油漆，有的用彩蜡，有的用焦油；它们甚至被刻到神庙建筑上，以及大厦的玻璃和桁梁上。

“你真以为是他开的头？也许他只是模仿别人。也许根本没人开头。你听说最近的新动向了吗？人们把它当作标语。它已经被大家接纳。”

奥利听说过，也看到过，漩涡图案的尾部演变成针对政府的谩骂。当国民卫队出现时，有人高喊：“**漩涡遁！**”为什么是漩涡，而不是历年来涂鸦在墙上的其他符号？

老人睡觉的角落里画满一片黑压压的漩涡。有墨水画的，有炭笔画的，大小各异，角度和旋转方向也不尽相同，有些漩涡还衍生出新的螺旋，密密麻麻连成一串。这也许是某种语言，奥利心想。旋转的图纹互相连接，方向和数量各不相同，有的顺时针，有的逆时针，有的七拐八弯，然后忽然终止。

连续九个晚上，奥利都来到此处。他自愿提出值夜班。“我必须这么做，”他告诉老肩，“白天你们要我干什么我就干什么，但我必须这么做。”

公牛帮不信任他，但准许他暂时离开。奥利在行走中，有时会停下来系鞋扣，倚着墙回头观望。他很确信，即便不是巴隆，也有其他人在跟踪：只要跟公牛帮不信任的人交谈，他就死定了。又或者，根本没人跟踪。他不知道自己对同伴们来说是什么样的人。

在“双蠕虫”酒吧里，佩特隆·卡里科斯送给奥利一本自己的诗集，那是以“灵巧出版社”的名义发行的自出版物。

“真是他妈的好久不见了，奥利。”他说道。他带着一丝谨慎——歪斜的嘴角仿佛在问：**你去了哪里？你消失了**——但他请奥利喝格拉巴酒，也跟他讲自己的计划。佩特隆拿着一份《不羁叛逆者》——并非明目张胆，但带着这个时代所特有的激进姿态。

奥利大声诵读一段诗文。

“在这一季/你的花朵/有着木与铁的花瓣/你震惊地皱起眉头/如同狗泥塘的僵硬表情。”他点点头。

佩特隆告诉奥利有关灵巧人偶剧团的情况：谁在做什么，谁参与了哪件事，谁消失了。“萨缪尔离开了。他在萨拉克斯的色情画廊做销售，”他嗤之以鼻，“尼尔森和卓维娜仍在啸冈。当然，可以想象，一切都变了。有机会的话，我们仍然会演出。社区活动，在教堂、社区礼堂之类的地方。”

“民众对《新兴的骚动》反应如何？”这是出自第二次新文化运动的基本概念，奥利有嘲讽的意思。

“他们挺喜欢《新兴的骚动》，奥利。挺喜欢。”

据佩特隆说，所有地下公会联合组织了一个不为法律所承认的议会机构，而烟雾弯和大河套码头的产业工人建立起民兵团，并将影响扩散到其他工业区。来自铸造厂，码头和染料厂的代表聚集在狗泥塘的某个秘密地点，讨论应向城市议会提出何种要求。

“联合委员会也跟他们商谈过。”他说道。奥利点点头。他心中暗想，**又是商谈，不停地商谈，问题就出在这儿，不是吗？**但他没说出口。

他们在城中漫无目的地游荡。按照佩特隆的理论，他们要重新配置城市的格局。他们来到桑宛，这里有个拥挤的河边集市。“老天，老天。”有人高喊，人潮以一种奇怪的方式前后涌动，有人跑过去看出了什么事，然后又奔逃回来，掠过书摊和廉价首饰铺。

河道闸门旁躺着一个浑身发抖的女人，裙子浸在泥浆里，空气中的静电使得她的头发像虫子一样蠕动。人们神情紧张地注视着她。催促之下，有人伸手去拉她，但她上方出现的物体令人畏缩。

空气中有一片瘀青色，仿佛潮湿的水汽——就像这个世界的表皮底下渗出紫色的淤血。人们还闻到一股酸味，就像变质的牛奶。凭空产生的物质逐渐聚合，形成某种类似昆虫的形状，一个黑黝黝的甲壳忽然冒了出来，若隐若现地在空中扭动，仿佛悬在绳线之上。最后，它成为无可争议的存在，大小与人体相仿，长着弯曲如钩的腿，并呈现出腐烂的颜色。这是一只黄蜂，其胸腔折射出的光线就像彩色玻璃。它的腰又细又窄，尾巴上的尖刺如手指般弯曲，毒液仿佛随时都会滴落。

它用复杂精细的嘴清洗自己的腿，丑陋的复眼望向惊诧的人群。它逐一伸展开腿脚，并在震颤摇晃中移动起来，但它似乎不是依靠那些腿移动，而是仍然悬在绳线上，被一只巨手操控着。它越来越靠近。

那女人在挣扎，脸色变得乌黑。她停止了呼吸。前排观望的人群里发出一阵哽咽的惊呼，又有两个人跌倒在地，一名男子和一名女子，他们阵阵痉挛，嘴边沾满白沫和呕吐物。

“闪开!”国民卫队从集市的入口赶了过来。他们开枪射击，枪声打破了令人凝固的寒意，人们尖叫着四散奔逃。奥利和佩特隆伏下身子，但没有跑。他们奋力推开人群，远离令人作呕的怪物，并留意观察着国民卫队朝它开枪。

子弹穿过它的躯体，击碎后方的玻璃和瓷器。那女子躺在它的阴影里，已经死亡，嘴里还渗出东西。随着一阵激烈的枪声，黄蜂狂乱挥舞着附肢，仿佛某种诱饵。铅弹射入它诡异的躯体，几乎激不起任何波动，有时会再次钻出，有时则被吞噬。那怪物在军警的枪弹中舞蹈。死去的女子嘴里渗出黑色物质，她的内脏变成了焦油。

一名魔学士军官打了个响指，画出神秘的符号，他的手指之间出现一道道细丝，构成一张魔法丝网，缠绕住黄蜂。然而那凶狠的怪物瞬间挣脱罗网，移动到远处，也不知是横向侧移，还是直接消失。然后，它再次从原地冒出来，而丝网却逐渐消散了。另两个因遭到黄蜂袭击而受伤的人一动不动，国民卫队成员的脸上呈现出如同晕船般的病态脸色。

但黄蜂不见了，空气中空无一物。很快，国民卫队开始逐渐重整队伍，奥利也定了定神。当黄蜂的幻象再次短暂地闪现，他发出一声喊，趴了下来。幻象消失后，他再次站起身。这一回，那隐约的影子终于彻底不见了。

“这不是第一次。”佩特隆说道。他们跑回“双蠕虫”酒吧啜饮朗姆酒茶，饥渴地享受温热与芳香。“你没听说过？我一开始还以为是愚蠢的传闻，以为是荒谬的谣言。”

幻象放毒杀人。“有一回是个类似蠕虫的东西，”佩特隆说，“出现在胆疆。另一次是一棵树。还有一次是匕首，在渡鸦门那里，我听说。”

“匕首我也听说过。”奥利说道。他记得见过《灯塔》上古怪的标题。“还有其他的吗？缝纫机？是不是还有蜡烛？”

“是该死的泰什，对不对？就是他们干的吧。我们得让战争快点结束。”

这些幻象是泰什的武器吗？每一个都必然需要耗费许多心力，尤其是如果来自泰什，然而每一个又只能杀死寥寥数名受害者。他们的效率如此低下？

“没错，但不单单是这样，不是吗？”佩特隆说，“不单单是数量的问题。而是它的效果，对人们的思维和士气造成的影响。”

第二天，奥利又听说一起，出现在铺地香。那是两个紧抱在一起做爱的人。据说没人看得到他们的脸，只看到悬空的身体扭曲缠绕，互相拥吻，双手使劲揉搓对方的躯体。他们消失后——也不知是否是被本地人驱走的——鹅卵石街道上留下五具死尸，口中渗出焦油。

最后，当漩涡雅各布回到赈济所，奥利无法相信他竟成了这副模样。那老者的骨骼扭曲变形，仿佛难以承受自身的重量，皮肤上也满是皱褶，令人同情。

“我的天，”奥利一边舀食物，一边轻声说道，“我的天，漩涡雅各布，你是怎么了？”那流浪汉抬头看着他，露出灿烂的笑容，完全没有认出他的迹象。“这么多天，你都去了哪儿？”

雅各布听到问题，眉头缩聚起来。他思索良久，然后小心翼翼地说：“帕迪多街车站。”

这是他当晚说的话中，唯一清醒的表现。他喃喃自语，既像是某种外语，又像是儿童牙牙呓语。他一边微笑，一边用墨水在皮肤上画螺旋纹。到了夜晚，雅各布坐着自言自语，奥利在一片抱怨和呼噜声中来到他身边。雅各布仿佛只是个黑色的剪影。

“我们救不了你了，对不对，雅各布？”他说道。他深受震惊，眼泪几乎夺眶而出。“我不知道你还能不能清醒过来，也不知道你去了哪儿。我只想找到你，然后为你做的一切说声谢谢。”**你听不见，但是我自己能听见。**“我得告诉你，因为我要去的地方，我要干的事，或许，或许会让我再也见不到你，漩涡雅各布。我想告诉你……我们拿着你的钱，拿着你的馈赠，做的是代表**正义**的事。我们要让你感到骄傲。我们要让杰克感到骄傲。我向你发誓。”

“看看你为我所做的事，老天。”漩涡雅各布一边胡言乱语，一边画着漩涡。“能结交一个认识杰克的人，能得到你的祝福，真是太好了。不管你能不能清醒过来，漩涡雅各布，这件事始终有你的份。等到一切结束之后，我一定要让全城都知道你的名字。假如我还在的话。我保证。谢谢你。”他亲吻了一下那布满皱纹的额头，惊异于他的皮肤竟如此脆弱。

那天晚上没有月亮，格利斯丘原的汽灯也熄灭了。黑暗中，新刺党再次对赈济所发起攻击。奥利醒来时，听到有人高呼“人渣”，封堵窗户的木板也被枪弹打得伤痕累累。从木板的缝隙间，他看到一大群人，层层叠叠，沉默地躲在阴影里，礼帽的宽檐压得低低的，使得眼睛仿佛一条窄长的黑影。街上到处是凶神恶煞的暴徒，衣冠齐整，黑色棉布里裹着肌肉虬结的肩膀，他们时而轻扶帽檐，时而整理白衬衫上挂着的黑领带。有人装模作样地掸去身上的尘土，有人挥舞着武器。

然而流浪汉们的恐惧很快就消退了。是混合民兵团来救援他们了吗？还是联合委员会的各个派系？奥利看不到。他只听见呼喊声和枪声，看到新刺党人在惊诧之下转身投入战斗，仿佛一群发狂的职员。

拉迪雅和其他常驻人员四散逃离。奥利奔向雅各布，但令他吃惊的是，那老者带着坚定的神色不慌不忙地从他面前走过。他没有看奥利，只是直直地望向前方。他快步经过团团打转的流浪者，街道的尽头传来打斗声，黑暗中只有一团混乱舞动的黑影。雅各布转向另一边，往硝石车站走去，那里有连绵的拱桥，向着城市的北方延伸。

奥利略一迟疑，他心想，也许那副躯壳里已经没有灵魂。接着，奥利意识到，他很想看一看，那老人要去哪里，去干什么。在漆黑一片的新克洛布桑，在没有灯光的暗夜里，奥利跟上漩涡雅各布的脚步。

他并非如同猎人那样追踪，而只是在他身后几步远处行走。他尽量让鞋子轻轻落下，与老乞丐蹒跚的脚步声互相呼应。街上只有他们俩，一边是木头和钢铁制成的栅栏，另一边是湿漉漉的砖墙，高达数十尺，矗立于头顶上方。漩涡雅各布脚步轻快地往前走，嘴里哼着异国风味的曲调。他慢悠悠地退回几步，抚摸生锈的波纹铁皮，手指从破洞的手套里戳出来。奥利在他身后恭恭敬敬地看着，就像是个学徒。

漩涡雅各布用一截粉笔涂画螺旋纹，口中喃喃低语，他的图像完美得令人震惊，如数学一般精准。他在图形外沿加上更细小的漩涡状花纹，然后用手摸了摸，又继续往前走。

奥利来到雅各布画的图纹跟前时，天上开始下雨，但它没有变得模糊。

他们经过硝石车站附近摇摇欲坠的砖石拱桥，向飞地走去，那里的汽灯没有熄灭，在昏暗摇曳的灯光中，墙壁和门户都显得十分诡异。那老人继续涂画。有一次，他在窗户上涂抹，不知用的什么油脂，微微反射出光芒。狭窄的街道尽头有一道砖拱门，奥利跟随着那痴癫大师穿了过去，进入一片较为开阔的区域，此处的汽灯被苍白的电子灯管取代，扭曲的玻璃管里发出冷冷的光，仿佛红色与金色的冰。

这里并非只有他们俩。他们处于一片宛如梦境的幽暗环境中。奥利心中疑惑，他的城市不知何时被置换成了这副模样。

街道中传来喧闹的小提琴声。与城中妓女鬼混的富人从酒吧门口跌跌撞撞地走出来，街头的痞子一边看着他们，一边把玩手中若隐若现的武器。高架天轨上，亮着灯的车厢隆隆地驶向国民卫队的塔楼，下方拥挤闪亮的玻璃灯管仿佛蛇蜥扭曲的肢体，拼凑出店家的名字和简易动画——一名由灯光构成的红唇女子，在断断续续的闪烁中被另一个举起酒杯的身影替代，这一动作孤独而执着地循环着。瘦削的年轻人在街角售卖毒品，国民卫队集结成群，显得充满攻击性，他们的镜面将光线反射回街道中。酗酒与怒火激起蠢笨可笑的打斗，但也有动真格的人。

他们继续往北，来到富豪桥，接近河衣。在飞地外围，他们经过丢满垃圾的空地，奥利看到有黑帮在斗殴，但已接近尾声，还有一群身穿制服的新刺党，整洁而凶狠，不过他们没有骚扰他，而是嘲笑路过的学生，因为这些学生正一边大笑，一边奔跑追逐着如蝴蝶般胡乱飞舞的魔法光点。一家化工厂外有人在罢工，燃烧的火盆旁发出一阵呼喊。罢工的支持者数目众多，手持棍棒和草叉，以保护示威人群。新刺党人望向他们，但估算了一下实力之后，便继续往前走去。

一个身上带有伤疤的仙人掌族小伙一边让自己养的猴子跳舞，一边行乞。一名身材高大的仙人掌族男子友善地挠了挠那年轻人的头，仿佛是他的保护人。此人所率领的，显然是混合民兵团。他们没有亮出武器（国民卫队就在附近，可能会看见），只是在深夜颓败的街道上，刻意显示自身的存在。那仙人掌族机警地朝着一名联合委员会成员点了点头，神情中既有同志的意味，又带着挑衅。一支国民卫队的巡逻队惶恐地跑过来，联合委员会成员向一名路人急促地比了个手语，然后消失在阴冷破旧的小巷里。黑漆漆的巷子内有一堆火，还有几个蜷缩的瘾君子。一个翼人呼号着从天而降，然后又飞走了。

许多男男女女从这里经过。到处是酒精和烟火的气味，还有残留的毒品，以及如鸟鸣般尖厉的喊声。

漩涡雅各布凭着一股疯疯癫癫的劲头在这一切之间行走。他时而停顿下来，画几个图形，然后往前走，又停下涂画，又继续走，直到抵达富豪桥。这座上世纪的老桥有着高耸嶙峋的塔尖。他匆匆走过桥，来到今肯，这一区域住着比较富有的虫首人，既有旧日传承的财富，也有新进的暴发户。雕塑广场中矗立着用虫首人分泌物塑造出的诸多神话角色。他们意图以此来保留自己如梦境般虚无的文化。空气中隐约弥漫着虫首人用来交流的化学物质。

漩涡雅各布在老城区狭窄的街道中行走，这是新克洛布桑最初的诞生之地。夹在两条河流之间的V字形地带如今已扩展蔓延成一座庞大的都市。他脚步蹒跚地往前走，一边低声哼唱，一边往黑乎乎的砖墙上涂画漩涡。雪克是一片杂货铺集中的区域，新刺党的大本营也在这里，因此奥利很小心。他没看到戴圆顶礼帽的新刺党走卒，只有大腹便便的留守人员，他们神情紧张，既为自己的勇敢而感到骄傲，又在不安的情绪中煎熬。到了烤炉区边缘，站街的妓女打量着他。漩涡雅各布仍在画圈。一家妓院的窗户上贴着广告，宣传其超乎常规的娱乐；对面则有一张破损的海报，某个激进团体正在招募女性职业，并隐晦地称之为“非传统的专项服务”。

乌鸦塔是新克洛布桑的商业中心，深夜里却空荡荡的，只有少量行人。奥利跟着漩涡雅各布穿过建筑物之间的拱廊。它们既非封闭，又非敞开，窗户上挂满林林总总的小饰品，那老人鉴赏般地抚摸着走廊中的铁制螺旋纹饰。

接着，奥利停下脚步，任由漩涡雅各布穿过斑驳的光线，继续向着新克洛布桑中央的黑影走去：那是一座城堡，一座工厂，一座高塔构成的城镇；也有人说，那是一尊神，出自某个疯狂的造神者。这不是建筑，而是由建筑材料堆砌成的一座山，拥有混合多变的风格和不符常规的设计。城中的五条铁轨从它的大嘴里冒出来，或者说，这些轨道由外向内汇聚于此，就像鼠王的尾巴一样缠绕纠结，构成了这栋收纳铁轨的建筑：帕迪多街车站，铁路的神经枢纽。

漩涡雅各布在拱桥底下行走，这拱桥连接着车站和国民卫队的中央大楼：巨钉塔。接着，他在帕迪多街车站里睡了下来。这栋由砖块、水泥、木材和钢铁构成的建筑如同神庙一般宏伟高耸，能量充足，甚至影响到高空的气候，甚至影响到黑夜。

奥利目送着老人离开。帕迪多街车站并不在乎城中汹涌的情势，也不在乎一切已经改变。奥利转回身，几个小时以来，他的耳朵里第一次清晰地听见殴斗的吆喝声和火焰的呼呼燃烧声。

第二十二章

钉在奥利门上的纸条中写道：**全体集合，立刻**。

只有老肩和公牛不在场。巴隆向大家解释了计划。

“还有将近一个礼拜，”他说道，“咱们只有这点时间。那是来自伯托德的情报。我们必须小心。这”——他用粉块涂画——“就是顶层的房间，他们会在那里面。”

“记住，他们想不到会遭到攻击，但圆盾卫士很难缠。每个人都会收到明确指示，明白吗？记住怎么进去，要做什么，然后怎么出来。听好了——无论看到什么情况，都不要改变计划，明白吗？每个人各司其职，按照指示行事。”

我们是一个行动小组吗？奥利心想。**还有没有我们不知道的人？**奥利的同伴们不安地挪动着。

巴隆在计划图中加上越来越多的线条，一遍遍重复指示，仿佛念诵经文。他的语气节奏毫无变化，就像蜡筒留声机。

他们有一批新武器。连发枪，大口径短枪，火焰喷射器。奥利看着同伴们替武器擦拭上油。他看到有些人的手在发抖。他努力控制，让自己的手不要抖。

巴隆教大家如何占领关键位置，控制整片区域。他就像国民卫队一样精准高效。他们分别演练各自的计划，仿佛排演戏剧。*往前跨步，挥剑，跨步，跨步，举剑，防御，两步三步，说“两位长官”，两步三步，跨步，转身，点头。*奥利默默背诵自己的行动策略。*我们要怎么办？*

“我们占有突袭的先机，”巴隆说道，“控制好最初的时刻，他们便无法阻止我们。不过，奥利，告诉你吧，”他俯身向前，连一点黑色幽默都没有，“并非所有人都能回得来。有些人会死在里面。”他似乎并不害怕。他并不在乎自己是否回得来。

*你能感觉到，对吧？*奥利心想。他有种抽离感。奥利就像被绑在拉伸刑架上，随时会被撕裂。他仍记得跟漩涡雅各布在一起的那个离奇夜晚，记得与老者的分别。整座城市变得疯狂错乱，支离破碎，而此人却能在其中平静无扰地穿行。这就是他脑中所想的。

他并没有急迫的冲动，也没感到凄凉沮丧。奥利只不过有种抽离感。一切仿佛都在远处，连他心中生起的不确定感也很遥远。

城中出现骚动。在逐渐变暖的街道上，小贩和报童来回奔跑，大大超越通常的活动范围，嘴里呼喊着头条新闻。“*狗泥塘集会*，”他们喊道，“*向城市议会提出的要求。非人类种族组织的帮派，反叛分子的联合委员会*。”公牛帮盘踞在购买的地产里，这栋房子原本属于被他们杀死的人。他们对卖报小贩和街头的不安情绪不予理会。他们置身于贫穷肮脏，动荡危险的环境中，但他们开始散播混乱。他们将公牛拳套挂在腰带上，牛角磨得锋利尖锐。

当局总是强调，执政官，包括最高级别的长官，也跟普通人一样，都属于市民。为公平起见，他们戴着面具，以隐藏身份。城中任何一座居所都有可能是法律公仆的宅邸。在旗山，公牛帮隔壁的房子典雅精致，但并无明显特征。

终于，有一天夜里，时间还不算太晚，伴随着南方遥远的枪声——新克洛布桑已习惯这种声响，国民卫队也不会因此而从飞艇上下来，如今，这已是夜间噪音的一部分——宾客陆陆续续开始抵达。厨子、女仆和侍从放假一个晚上，全都离开了。他们不知道主人的职业，也不知道来访者是谁。抵达的宾客打扮得像城中的纨绔子弟，他们的服饰适合于安静稳重的聚会。有一名仙人掌族，穿得时髦整齐。

也许下人都以为主人是纵欲狂，奥利心想。*他们以为主人打算举办不良活动或者嗑药*。这些宾客是国民卫队。圆盾卫士。他们在为市长的到达做准备。

乌廉姆戴上头盔。他扎紧扣带，叹了口气。镜子从他眼睛前面突出来。“我从没想过会再次戴上这玩意儿。”他说道。

“我不太清楚，”伊诺克不断对奥利说，“我不太清楚要怎么离开。”

“你听到他说了，诺克，穿过厨房窗口，从花园离开。”*你永远无法离开*。

“对，对，我，我知道。只不过……对，一定就是那样。”

你永远无法离开。

“行动开始后，你会知道的，奥利。”巴隆说道，于是奥利等待着。他倚着剥落的涂料，脑袋靠在薄薄的墙板条上。*跨步，跨步，防御，瞄准，瞄准，射击*。

“你知道要怎么做吧，奥利？”巴隆说道。“知道你的职责？”

*为什么给予我这样的……这样的*荣誉？奥利疑惑地想。为什么他被安排在任务的核心位置？他的枪法是最好的——除巴隆之外；他明知可能无法生还，却没有逃离。也许正是由于这些原因，公牛才作出如此决定。*哪怕我们都活不下来*，他心想。*我仍会去干这件事，重复一千次也会去*。他感觉已下定决心。

“你知道我会在哪儿，也知道老肩会在哪儿。我们需要有人待在高处，奥利。”

奥利需要占据制高点，他心想。*奥利，占领制高点*。

他感觉仿佛悬在半空，而整个新克洛布桑就像镣铐一样沉甸甸地挂在他身上。他闭上眼睛，皮肤仿佛感应到房子的墙壁里有东西在钻拱。他回顾这些年来所做过的事。教堂钟声响起，一个翼人在空中呼喊。他的朋友们仍在狗泥塘战斗。

他听见楼下有动静，老肩来了又离开。奥利没有把脑袋从墙上移开。他听到仙人掌族的脚步声，那大象般的粗腿竟意外的轻柔。稍后，空气中有针刺的感觉，现实空间出现一道裂缝。他没有四顾张望。“晚上好，首领。”他说道。公牛来了。

凌晨两三点之间，天空犹如乌黑的墨汁，云层遮盖住群星和半圆的月亮。他们开始行动。

公牛用震颤的声音说道：“那房子里的魔法出现了波动。”

他们的内线苏利昂把钥匙留在门锁上，并将一枚强力护符颠倒放置，再用带魔法的盐揉搓，然后又切断一股导线。这对他们来说就足够了。

公牛通过牛角在波动的魔法能量中收集信息，奥利从公牛的喃喃低语中了解到行动的进展。

公牛帮已进入宅邸内部。“里面有个感应师，”公牛说道，“他们知道我们进来了。”**当然会有感应师**，奥利心想。**感应师，震爆师，冰巫师，什么都可能有**。他止住思绪，因为感觉到一种歇斯底里的焦虑。

转移视线的行动展开时，奥迪有所察觉。楼梯上的脚步声？墙壁另一边有人往上跑，也有人往下跑。**一旦发现入侵的迹象，他们便会兵分两路：核心小组保护市长，外围分队对付入侵者。他们会迅速让市长撤离**。

国民卫队下楼的同时，基特一定已经登上第一进楼梯，挥舞着火把一路疾奔，在行进中点燃一切。他后面是露比和伊诺克，带着武器，布下各种陷阱。就在这第一波攻击——诱饵——来袭，以及保镖冲向入侵地点的同时，乌廉姆在门口撒火药粉，留下一道黑印。这将是他们突入的证据。奥利听见枪声。

在他想象中，那些假扮宾客的国民卫队动作敏捷而致命。他希望同伴们的突袭足以消灭一部分国民卫队。他甚至开始奢望他们能够逃离。

乌廉姆炸开大门，于是，街上的人都知道了。但在那惊恐的一刻，他们也许不至于立即干涉。一部分圆盾卫士必然要转而面对新的侵入者，底楼将会十分拥挤。巴隆终于也要进去了。

奥利希望能亲眼目睹巴隆的大胆出击，但他只能想象：巴隆从二楼窗户将绳梯甩进邻屋的窗口。他穿着一身新盔甲，双手交替攀援，抵达对面的楼房之后，放下绳梯，让老肩爬上来。巴隆一定已经在走廊里，将炸药绑在栏杆上，点燃长长的引信，然后在楼梯上泼油，燃起火焰，把大部分国民卫队困在楼下。巴隆大吼一声，老肩在他身边，扛着飞轮弩和能量弓，登上楼梯。

内圈警卫必定会派出小分队到楼梯口查看，哦，奥利可以想象，当他们看到巴隆，将是多么震惊，多么坚决。他会一边开火，一边后撤，把他们引出来。他身穿甲胄和新头盔，举着枪，拱着肩，精心铸造的仿公牛头盔上镶着一颗颗铆钉。

公牛！他们会大声呼喊。**公牛！**

此刻，他们是否正在喊叫？

面对如此臭名昭著的盗匪，其杀戮与反叛的罪行充满创造力，就算是圆盾卫士，想必也会感到恐惧。他们必须发起攻击。奥利将耳朵贴在覆着泥灰的木板上。隔壁有匆忙的脚步声。“他们离开了。”他身后的公牛说道。

“时机到了。”公牛说。

奥利听见奔跑的声音。他拔出多管左轮枪，双手没有丝毫颤抖。

“现在，时机到了。”公牛说道。圆盾卫士从巴隆的炸药旁奔过，却只看见楼下的火焰和一边射击，一边撤退的巴隆。他的假公牛头盔左右摇摆，牛角咚咚地撞击着墙壁。奥利戴上巴隆的盔帽。**你能看得见吗？**他曾经问巴隆，而巴隆答道，**能，足够杀人**。足够被杀。奥利觉得巴隆并不在乎。

老肩的飞轮弩必然要优先对付国民卫队的仙人掌族。他身边的伪公牛巴隆，也在熟练地射击。他们把国民卫队引了出来。公牛又说了一遍“时机到了”。

差不多了，差不多了，时机随时可能到来。奥利绷紧了神经。**跨步，跨步，两步三步，快速跨步，射击。**

“就是现在。”公牛说道。这一次是真的。一阵激烈的爆破，烈火绽开，砖石剧烈震动，尘土从奥利周围的墙壁上坠落。连接楼上房间和底楼肉搏战的楼梯被巴隆的火药炸塌了，建筑材料疯狂地砸落。奥利隔壁的房间被孤立起来。

“就是现在。”公牛说道，然后走到奥利身旁。奥利端起枪，与首领并肩而立。公牛俯身向前冲去，一阵扭曲猛烈的声响，这一次，牛角并非用神秘的手段穿透空间，而是以最普通的方式撞穿了那堵墙，毫无阻力。公牛到了另一边，奥利也跟着穿过去，站在石灰和板条的碎片之间。这是一间卧室，屋里有几个男人和一个女人，全都瞪视着他们。

奥利依然很镇静，时间也因此而变得滞缓，就像是慢镜头。他仿佛在水中移动。

这是一间暖融融的屋子，配有壁毯、绘画和精致的家具，还生了一堆火，躺椅上坐着一男一女，另有一名，不，两名站立的男子。他们望着尘埃飞扬的破洞，望着奥利和公牛。屋里有乐声。有个人动了起来：晚礼服的后摆一甩，像猫一样敏捷，手中的手杖仿佛某种器官似的变形为铁爪武器。那人离得很近，但奇怪的是，奥利一点也不害怕，他一边举枪，一边想，不知能否及时抬起枪口，阻止来袭者。

公牛发出一声闷哼。公牛往前猛冲，隔空刺穿了那名保镖。那人胸口出现两个窟窿，浑身染血，他闭上双眼，死在奥利脚边。

奥利转动枪口。**跨步，跨步，瞄准，一步两步，角落，角落。**他听到呼喊声。另一个站着的人高举双手叫道，“苏利昂！苏利昂！”奥利开枪射击。

奥利打中线人的头部，他跌倒在地，流血不止。剩下的一男一女静静地坐着，瞪视着尸体。公牛朝他们举起一把短筒手枪，透着白光的玻璃眼睛则望向奥利。

当然，铸铁头盔毫无表情。没人命令奥利杀死苏利昂。他看着尸体，并没有需要辩解的感觉。是因为恐慌吗？他是故意的吗？这是什么样的复仇？奥利不知道。他仍然没有颤抖。

公牛朝门口摆了摆头。**守住房间**。奥利跨过苏利昂血淋淋的尸体。

走廊的尽头一片焦黑凌乱，楼下仍在打斗。奥利心想，不知他的朋友还有谁活着。油腻腻的火焰仿佛藤蔓一般攀上墙壁。这座房子很快将变成一片火海，国民卫队的魔法很快便会渗透他们在房子里制造出的黑洞。

“我们时间不多。”奥利说道。他站在公牛身边，屋里剩下的两个人仍坐在火堆旁看着他们。

蜡筒留声机里传出大提琴曲，偶尔因蜡筒的裂纹而劈啪作响。那男子六十多岁，魁梧健壮，穿着丝绸袍子。他有一张平静而聪明的脸。他双眼紧盯着奥利和公牛，奥利知道，他在琢磨着制定计划。他握着那女人的手。

她应该跟他年纪相仿——有历史证据——但她脸上几乎不存在皱纹。她的头发白如鹅毛。奥利认得她，他曾见过成百上千张照片。她握着一根长长的黏土烟斗，细如指骨。烟斗的头部仍在闷烧，散发出一股香料的气味。她裸身裹着一条披肩。她没有退缩，也没有怒目而视地挑衅。跟她的情人一样，她也用平静的眼神观察着。

“我可以给你钱。”她说道，声线无比稳定。

“嘘，”公牛说道，“斯坦姆·福尔彻市长，嘘。”

斯坦姆·福尔彻市长。奥利很好奇。他的好奇甚至超过了愤怒和厌恶，也压倒了血腥复仇的渴望。这女人曾下令实行帕拉多斯大屠杀，也让人体改造的比率节节攀升。这女人与新刺党秘密交易，放任他们针对非人类种族的行动。正是这女人，在官方公会里塞满眼线。她掌管着一个腐烂的政权，饥饿与匪盗如霉菌般滋长。这女人在战争中犯下罪行。艾丽莎·斯坦姆·福尔彻市长，新克洛布桑公民，沃日党之母。

“要知道，你们逃不出去。”市长语气平稳地说。她甚至举起烟斗，仿佛准备抽一口似的。“我可以放你们通行。”她听起来并不抱有希望。她看了看情人，两人之间似有某种交流。临终告别，奥利心想，他的心中首次涌起某种复杂的感情，连自己都完全无法解读。她知道。

“嘘，市长。”

市长和执政官再次对视一眼。艾丽莎·斯坦姆·福尔彻转向公牛，她虽然没有收回握住那男子的手，但稍稍挺直腰杆，仿佛出席正式场合，而且真的吸了一口烟斗。她屏住呼吸，闭上眼睛，片刻之后，烟从鼻孔里喷涌而出，她再次望向公牛。老天，奥利惊愕地想，老天，她竟然在微笑。

“你打算怎么办?”她说道，语气宽容，仿佛和蔼的女教师，“你这是在干什么?”

她扭转头，面对着公牛，再次露出微笑，然后又吸了口烟，屏住呼吸，询问似的侧转脑袋，扬起一根眉毛——怎么？——公牛朝着她的头部开了一枪。

子弹击中她时，她的情人吓了一跳，他双唇紧闭，却无法自已，忍不住发出一声猫叫似的呜咽，然后转变为呻吟。她吐出最后一口气时，他仍握着她的手。她的头倒在血泊中，烟从张开的嘴里袅袅升起，与枪弹产生的烟一起盘绕于脑袋边，而公牛的手一时间也缠在烟雾之中。那男子握住她的手，阵阵抽泣。但他迫使自己停下，迫使自己抬头望向公牛。

奥利受到深深的震动，仿佛是在梦里，但他也激动地意识到，他们达成了目标，而且没有死。他冒出一个念头，老天，他们也许能逃出去，他们也许能逃出去。我们走吧。

“看住他。”公牛说道，于是奥利举起枪。公牛开始解开那巨型金属头盔的搭扣。奥利不明白眼前看到的是怎么回事。公牛准备脱下铁盔。“看住他。”公牛的嗓音再次响起，这一次没那么夸张，已经与头盔的特殊机制脱离，变成普通人声，显得有点迟疑。

公牛将头盔摘下时，空气中似有一阵扰动，仿佛魔法能流遭到阻断。公牛托起金属头盔，就像潜水员脱下沉重的黄铜帽。她甩了甩汗津津的头发。

奥利看着那女子，但他的枪仍一动不动地对准执政官胸口。很久以来，他已经失去惊诧的能力。

当然，公牛是改造人。她转过头。这是一名中年人，不知是什么样的苦难让她成为了公牛，但除此之外，岁月也是让她变得纤细瘦弱的因素之一。她脸色阴沉，带着动物般的饥渴。她没有看奥利。她坐在搁脚凳上，面对着执政官，公牛头盔搁在一边。

她的脑袋上伸出儿童的手臂，两边各有一条，位于眉毛上方。其中一条无力地摆动着，时不时缠入她细软的头发中。婴儿的胳膊在头盔里时，是伸入牛角中的。它们在她的脸旁边挥舞，仿佛蜘蛛的须肢。

她闭起眼睛坐着，同时伸开自己的手臂和婴儿的手臂。她沉默了片刻。

“莱戈斯，”她说道，“我知道你现在很伤心，但你必须听我说。”这声音没有经过扭曲，奥利听出她有很浓郁的城市西南区口音。她指着执政官的眼睛，然后又指了指自己的。*看着我*。她用枪轻轻顶住他的腹部。

“给你讲讲我的故事吧。我要你明白，我为什么这么做。”市长的身体里发出类似吮吸的声音，也许是气体或血液在挪动。她以死者特有的专注凝视着天花板。“我来告诉你，也许你已经知道。不过听我说。”

“按理说，要找出你的真名很困难，不过还是可以办到。有个专门买卖名字的黑市。但你的名字隐藏得很好，这或许算是一种安慰。莱戈斯执政官。我找了很久。”

“十多年前，我从监狱里出来。我们称之为‘毕业’。在里面的时候，我们听到各种传闻，关于每个执政官。你可以听到种种情报。嗑药，男孩，女孩，敲诈。有些是无稽之谈。*莱戈斯*，他们告诉我，*莱戈斯是个狡*

猾的家伙。你知道吗，他跟内政大臣搞在一起？那是她当时的职位。”她朝着斯坦姆·福尔彻逐渐冷却的尸体点了点头。“这条情报反复出现，我在里面和外面都经常听说，来自可信的人。”

“你知道我费了多大劲吗，莱戈斯？”她不愿称呼他的真名，“我好不容易才作好准备。制作头盔也花了一番功夫。”婴儿胳膊拍打着她的前额。“我造就了自己；我准备了这么多年。准确来说，莱戈斯，”她说道，“是你造就了我。你记得吗？

“二十多年过去了。你记得双桅原的旧大厦吗？对，你记得的。我就住在那儿。我杀死了自己可爱的孩子。记得吗，执政官？我的女儿塞希拉。

“她不停地哭，不停地哭，不停地哭，我也在哭，然后我杀了她，大概是我摇晃她，要她安静下来，我不记得了，但等到我又有记忆的时候，她已经死了。我抱她下楼，紧紧抱着，以保持她的体温。我把她带到一个医生那里，他会在隔周的阴郁日替人免费看病。但是，当然了，那不管用。”

“然后轮到你出场了，”她俯身向前，“你记起来了吗？”

他记不起来。他宣判了成千上万例改造人，怎么可能记得其中之一？奥利注视着莱戈斯。公牛抬起手，轻轻拉拽小孩的手，仿佛为人父母者那样自然，想都不用多想。

“你告诉我说，这样我就不会忘记。我没有忘。”她再次俯身向前，莱戈斯执政官仍握着市长尸体的手，而塞希拉的胳膊则向着他伸出。随着一阵响声，他们炸出的窟窿被渗透了。公牛戴上拳套。“两个礼拜前，刚好是她的生日，”她说道，“她现在比我生她的时候还要大。我的小女儿。”

她站立着，把枪对准莱戈斯的太阳穴。莱戈斯紧紧抓住斯坦姆·福尔彻的手，他张开嘴，却没有说话。

“为了我自己，”她说道，她似乎并不愤怒，“为了被你变成机器和怪物的男男女女。坦克人，蜗牛女孩，双簧马，工业机械。为了所有被你关进监狱的人，那里面就跟厕所一样。为了所有正在逃亡的人，免得被你找到。为了我自己，为了塞希拉——没错，是我干的，是我自己的双手，所以我需要自己承受。塞希拉长不大了，她也无法安息。我的女儿。所以这也是为了她。”

她把枪口指着他的脑袋，然后用带刺的拳套击打他，一下，两下，不停地殴击。他发出闷哼声，喉咙里仿佛要呕出血，脸也变了形。他抬起手，并非要抵挡她，而是去抓某种东西，他并非要拦住她那镶有两只牛角的拳套——他承受着击打，用力抓住情人的手，以至于死者的手指都撑了开来。公牛反复击打，他吃不住痛，发出呼喊，胸前淌下更多鲜血。公牛将拳套上的牛角戳入他的咽喉和心脏。执政官已奄奄一息，而她头上的婴儿手臂拨弄着他的头发。

事情完结之后，奥利一动不动地站立良久。他在等待公牛的行动——这名女子身材瘦弱，带着城南口音，对旧事耿耿于怀。她没有任何动作，只是低头坐着，执政官的血在她四周流淌，不知过了多久，奥利见她没动静，便开口催促。

“快点。”他说道。他听到有人逐渐走近。“我们得走了。”

奥利以为她不会回头，但她还是转过来看着他。她使劲看着奥利，就好像要奋力摇头让自己清醒过来，就好像听不懂他的语言。她没有说话，但奥利明白，她哪儿也不打算去，她的任务已经完成了。

“然后，然后……”奥利仍怀有骄傲与敬意，因此不愿显得太悲哀，太惊愕。等到确信自己能平稳发声，他才开口说话：“所以这是唯一的方法吗，嗯？我们?”他的意思是，*露比，乌廉姆，基特，楼下所有人，他们都必须被卷进来吗？该死，还有巴隆，还有老肩。天知道有多少人为你而死。*

她朝着逐渐僵硬的市长比了个手势。

“这就是他们想要的，我们成功了。完成了他们想要做的事。”

“对。”*对，但这不一样。这是无足轻重的小插曲，你这么做是出于别*

的原因，那就不一样了。

是吗？难道我们没有胜利吗？

一名中年劳工阶层女子，来自新克洛布桑西南城区，坐在两具血淋淋的尸体旁。一名来自狗泥塘的年轻人，不安地举着枪，听着敌人逐渐接近。一切都不一样了。

“我想要离开。”他说道。随着被压抑的焦虑骤然涌起，他颤抖起来。许多天来，他第一次感觉到有所渴望。而他渴望的，就是要逃出去。

“那你走吧。”

透过进来时砸开的破洞，他能听见锤子和凿子正在敲击隔壁空屋的门，那声响沿着楼梯井传了上来。

“你害死了我！”

“嘉罢在上，奥利，快走。”她把公牛头盔朝他踢过来，头盔撑在牛角上晃来晃去。他看看头盔，又看看她，然后将头盔捡起来。“魔法解除了，快走。”它非常重。

“我不知道怎么用它。要怎么做？”

“用力推顶就行。用力推顶。”

国民卫队越来越近，发出阵阵呼喊。

“你把头盔给我了？”

她朝着他大声吼叫。她说，快走！但这已不是语言，而是更像动物，充满悲哀。他一边退后，一边看着她身边那些流淌出黏滞血液的死尸。她的坐姿如此疲惫，连婴儿的手臂都不再动弹。

“你不该这么做，”他说道，“你不该这样利用我们。太过分了，你没有这个权利。”他举起头盔，脚步踉跄。他憎恶自己的声音。“你害死了他们，可能也害死了我。很……很荣幸与你共事。”他听到的一定是钩爪的声音。国民卫队正在攀爬。他听见他们呼喊市长的名字。“你不该这么做。很高兴你……你能如愿以偿。你不该用这种方式，但我们也达成了目标。”他将头盔扣到双肩之上，然后试图行军礼，但公牛没有看他。

头盔卡到位之后，一下变轻了，就像是布做的。即使他并没有天赋，也能感觉到头盔中充满魔法能量。透过那水晶，房间显得更亮，凸现出细节；他将肩膀底下的搭扣系紧之后，立即感觉到魔法的加持。

他倒吸了一口气。一根根细针刺入他的颈项，他双手紧紧抓住金属头盔。这副铁盔需要牺牲鲜血来驱动。*我该怎么做？*他想要喊叫。他的牙齿咬到金属，上面似乎还留有那女人湿乎乎的口水。他试图将嘴里的金属顶开。他的声音在自己耳中显得很嘈杂。

用力推顶。奥利模仿公牛先前的站姿，用增强的大腿使劲蹬地，往前猛冲，但脚下一绊，失去了平衡，只能再试一次。他将牛角尖顶住墙壁，浑身用力，却只是让牛角卡进了木头里。有人向门口奔来。她说“*用力推顶*”。*我要往哪里顶？*

他忽然迫切地渴望活下去。情急中，他想到自己家中那间小小的屋子。同时，他将渴望转变成集中精神的动力。他闭上眼，咬紧牙关，再次往前冲，前额上与牛角相连的两个点有种炽热的痛感，他继续推顶，然后仿佛触到了某种东西，那感觉就像是撕裂紧绷的蜡纸。他发出一声惊呼，空间在他面前分开，如同水的张力一般将他吸进去。

整个世界绷得紧紧的，面对现实空间中这个诡异的小缺口，奥利略一迟疑。前方是压抑的黑暗。他扭动身体，让牛角继续留在扯开的口子里，然后试图吸引那女人的视线。婴儿的胳膊在她脸颊上拍打，就像唱拍手歌。她没有看他，也没有看被她杀死的尸体。

国民卫队到了门口。奥利用力推顶，顺势突入自己造出的裂隙，离开了那间屋子。当世最著名的盗匪和凶犯正默默地哭泣，而与此同时，新克洛布桑统治者的尸体渐渐变得僵硬。他处在空间的褶皱和时间的间隙内，他的神经元变得迟钝，阵阵恐惧向他袭来，仿佛缓缓涌动的浑水。在这漫长的一刻，他心中琢磨，如果他有能力突破空间表面，像蠕虫一样钻入时空的缝隙，却无力再次钻出，以致迷失在多维空间中，仿佛某种微生物落入变化无常的时空，那可怎么办？

怎么办?

但他继续推顶，第一道裂隙之后，经过一段既漫长又短暂的时间，他再次感觉到现实的薄膜在面前撕裂，他就像一根刺一样被挤了出来。他踉踉跄跄地跌倒在湿滑的地面上。奥利笨拙的穿行给通道带来创伤，现实空间的血液转眼间在一团七彩光晕中消散，只剩下晕乎乎的奥利，但周围已恢复干燥，

他位于一条满是垃圾的小巷里。

他虚弱地躺在地上呻吟，过了许久，强烈的晕眩感才逐渐消退，他的力量一点一点恢复过来。

他看不出自己在哪里，只感到头晕眼花。他知道，公牛的装扮会成为惹人注意的目标。**我得赶紧休息**，他迷迷糊糊地想。他额头上抵住牛角根部的地方很疼。他穿过来了，但跟想象中的目的地相去甚远。

奥利感觉有点凉，但他并不在乎。他步履蹒跚地穿过错综复杂的街巷，然后一抬头，看到一条黑线横亘在前方道路上，砖石砌起的高架铁轨仿佛是鱼的背鳍。即便是用公牛的眼睛，他也无法看穿那些漆黑的拱洞。再往前，汽灯昏黄的光线由下而上照亮了史前巨肋。奥利位于骨镇。

他躺了好几个小时，醒来时，天空透出灰蒙蒙的光。摘掉头盔之后，他差点晕倒，只能倚在铁轨下的桥洞里大口喘气。四周的寂静令他不安。他听到零碎的声响，仿佛城市的低语，但他倚靠着的砖墙纹丝不动，没有丝毫震动。新克洛布桑的列车应该通宵运营，但它们不见了。

奥利将外衣弄成类似袋子的模样，包住头盔，然后把手枪放进口袋，跌跌撞撞地向着骨镇的巨肋走去。

空气十分闷热，仿佛绷得紧紧的。**怎么回事**？他难以相信，消息竟传得那么快，事实上，他根本不信。随着一阵风吹过，他的兴奋变了质，转化为一种不祥的预感。**怎么回事**？

街上没有人，或者说少得令人诧异，而且都低着头。他经过巨肋附近涂有焦油的房屋，往南走去，砖石结构的高架铁路始终位于他左侧。他蹒跚地穿过森特，打算转上铁锈桥，前往黑泥地，然后再到悉利亚，但他看到火光，听到鼓声和军号。黎明前不该有如此吵闹的声响。

那声音越来越响，令他感觉到剧烈的震颤，头盔的重量成为累赘。火车理应经过南边的希普利山，越过诸多花店和首饰铺的屋顶。铁道线有个分叉，东线的分支向南通往泉树，然后转而向东，抵达河对岸的狗泥塘。那里的道路被堵住了。

奥利使劲眨眼，直到眼睛因疲倦而流泪。透过闪亮的火光，他看到一道路障。他无法理解。温热的火光中，这道黑影就像是野外的某种地质构造，但却出现在城市中。它的顶上有人走动。

“站住。”有人喊道。奥利没意识到这是对他说的，因此继续往前走。

那路障由铺路石砖、碎石块、手推车、烟囱、旧房门和倒塌的售货亭构成。成吨成吨的城市垃圾堆砌起一道小小的山脊，高达十尺的封锁线顶端插着一面面旗帜。一条大理石雕像的手臂从路障侧面戳出来。

“**站住**，混蛋。”一声枪响，子弹从混凝土表面反弹出来。“你要去哪儿，朋友？”

奥利高举双手。他一边挥手，一边靠近。

“出了什么事？这是怎么回事？”他喊道，路障顶端传来讥笑声。**这混蛋是马法顿的吗，刚刚放假回来？**“你那儿没有报纸、报亭和报童吗，伙计？”那名岗哨喊道。在背景的光亮中，他只是个黑色的人影。“快回家去吧。”

“这就是我的家。悉利亚。出了**什么事**？真见鬼，我隔了多久……这是因为她，对不对？你们听说了？关于市长？”他再次兴奋起来，激动得几乎说不出话。**我也许错过了好几天**，他心想。**我消失的这段时间里发生了什么？我们成功了吗？人们果然被唤醒了。老天，他们受到了鼓舞。**“真该死，查弗林，放我进去！告诉我这是怎么回事。”在摇曳的黄色火光里，他站直身躯，忘记了寒冷与疲惫。“这是**真的**……她死了多久了？”

“谁?”

“市长。”奥利蹙起眉头。上方传来更多吆喝声。**她死了？那婊子死了吗？这蠢货是谁，他是个疯子，我不相信……**

“我不明白你在说什么，伙计。我想你应该快点离开。”他听到枪械的声音。

“但这是怎么……”

“听着，朋友，有人替你担保吗？因为如果没有的话，就不能进，也不能出。你处在无人地带，那可不是个安全的地方。你最好回老城区去，除非你能给我一个名字。给我一个名字，让我去查一查。”上面冒出更多脑袋，又有其他人凑了过来。这是一支武装部队，在飘荡的旗帜下举着枪，有人类，也有其他种族。

“你现在处在分界线上，伙计，你要么加入这一边，要么加入另一边。城里早就出现了两股势力，小伙子，我们也不是今天才走到这一步。你早就有充分的时间作出决定，要么投奔北方”——一阵喧闹的嘘声——“回到过去的生活方式；要么留在这儿，泉树，回音沼，还有他妈的狗泥塘，我们代表着现在与未来。”

“就这样举着手，慢慢走过来。让我们看看你这个没头脑的蠢货。”他的话语近乎亲切。一个瓶子被砸碎。“再走近点。欢迎来到自由区域，伙计。欢迎来到新克洛布桑集体联盟。”

PART SEVEN

第七部分
污染区

第二十三章

“我讨厌逃跑。”

“但你也听到了，你知道眼前的形势。我们得注意安全。他们带着武器，就是为了消灭我们。”

“但如果要逃离他们，老天，我们为什么还要回城里去？那岂不是更糟。”

“不是这样的吧？那不是关键所在。我们放出话去，我们的返回将改变一切。等我们回到城中，等着我们的已经不是他们了。那将是另一座城市。”

在一节经过改装的车厢里，科特和那男人又跳了一支舞，然后倚在墙上。这是一趟艰难的旅程，每个夜晚，在黑暗中，钢铁议会的成员们就着即兴的舞曲舞蹈。

当然，一路上有许多人死亡，有的失足坠落，有的感染了内陆的病毒与细菌，还有的落入食肉兽的利爪、尖牙和触手。卓耿跟钢铁议会的武装人员一起去狩猎，带回各种奇异的食肉兽头颅，也带回新的伤口和故事。*那家伙会虚化，所以我们趁它现出实体时将它困住，然后我刺穿了它的心*

脏。那家伙靠牙齿看东西。

科特发现钢铁议会学会了一些新魔法。但那无法让他们逃离国民卫队。钢铁议会试图给追赶者制造困难，他们炸毁路过的桥梁，在隧道里填满碎石。犹大在钢铁议会后方布设魔像陷阱，只有一大群人才会触发。他尽可能多地设置陷阱——每一个都要消耗他的能量。科特仿佛看到泥石翻滚涌动，转变为人形。其他材质也可能被犹大用来布设陷阱，比如倒塌的树木和河里的水。它们没有大脑，只有一个简单而无可磨灭的指令：*战斗*。内陆荒野中散乱的物质被有序地组织起来，用以拦截打击国民卫队。

科特相信国民卫队真的会来到此处，他们中有些人或许会死，但大多数都能存活下来。一旦他们登陆之后，发现钢铁议会的踪迹，就连犹大的巨型魔像也无力阻挡。国民卫队将会赶上掉队的钢铁议会成员，赶上那些落在列车后面的人。钢铁议会依赖于荒恶原的污染区。他们只能躲藏于其中。

“没想到我会再次来这儿。”犹大说道。他们在一座悬崖上，俯瞰着铁轨和一串长长的队伍，其中有男也有女，有的骑着骡子，有的快步疾行，直到赶上填路工，围绕在他们四周。

*如果半路上钢铁议会的方针变了怎么办？*科特心想。*如果我们走到一半，许多人不同意，想要回头怎么办？*

太阳在他们身后挪移。随着太阳缓缓落下，其鲜亮的色泽转为绿色，仿佛染上铜锈。在那令人不快的光线里，他们望向东北方的荒恶原。走过数百里，历经许多个星期，他们终于来到荒恶原边缘。

看到眼前的景象，科特脸色苍白。“库拉宾，”他说道，“告诉我们一个秘密，这是什么？发生了什么事？”空气中传来一阵匆匆的脚步声。然后是那僧侣的声音：“有些秘密我不想知道。”

这是一片受到矩力影响的区域，那神秘的能量扰乱了一切，塑造出大量奇形怪状的东西，并且疯狂滋长，形成一片诡异的景象。*我们看到的并非此地的真实面貌，*科特心想。*这仅仅是一个概念，是它的一种存在*

方式。

污染区域的外围处于过渡状态，一半是正常地形，一半是噩梦中荒芜的景观，有尖角状的岩石，有看上去像尖角状岩石的树，有一丛丛齐人高的蘑菇和蕨类，也有相对低矮的松树，不远处，一片三角形的天空嵌入突兀的高峰之间。科特看不到任何动静。古怪的景观一直延伸至地平线。穿越这片区域将是一趟漫长的旅程。

科特不知道看到的是山岭还是眼前飞舞的昆虫：他知道这是不可能的，但由于视线焦点难以有效调节，他感到十分困惑。那是一片森林吗？一直延伸至远处？或者不是森林，而是一个焦油坑？又或者不是焦油坑，而是一片骸骨之海，或者一堵呈现出方格花纹的碳墙，或者是某种城市大小的血痂状物质。

他无法辨识。他看到一座山，然后它改变了形状，山顶积雪的颜色也不像是雪，而仿佛是某种黑乎乎的生命体。在逐渐降临的黑暗中，远处有个物体伸出纤毛状触突，足有一棵树那么大。天空中有光，也有星辰，飞鸟和月亮。巨型萤火虫的腹部也像是月亮，三三两两地闪烁，然后消失不见。

“我无法理解，”库拉宾的声音十分惊悚，“有些东西连隐匿与失落之神都不知道，或者是不敢说。”

矩力对地形的影响无处不在，既微妙，又强烈，令人难以置信。比如由岩石构成的**捕猎兽**。他们听过各种故事：蟑螂树，幽灵山羊，蜥蜴虫，树怪，还有一些树本身变成了时间黑洞。这一切令科特难以承受。他的眼睛和头脑不断尝试理解与接受。“这怎么可能？他们怎么可能穿越这种地方？”

“不是穿越，”犹大说道，“他们并没有穿越，你得记住，他们只是绕过边缘。非常之近，足以引起惊恐。”

“足以致命。”科特说道。犹大点点头。

“这里都住着什么样的怪物？”科特说道。

“那无法列举，”犹大说道，“每一种都独一无二。我猜应该有规避兽和尺蠖人——在外围区域……”

“就是咱们要去的地方。”

“就是咱们要去的地方。”

他们将在荒恶原边缘行走大约三个星期，尽可能壮着胆子往污染区域内部逼近。五百年前，这一地区忽然发生病态的变化。此后，一定有人从中穿越。科特知道“长翅膀的凯利”的故事；也听过冒险者穿越污染区域的传闻。

“一定有其他方法。”他说道。但他们说没有。

“这是唯一能安全避开国民卫队的方法，”卓耿低语道，“唯一能确保不被他们找到的方法。他们会被挡在外面。有一条最基本的命令：绝不能进入污染区域。另外，不管怎么说——”他的语调变了，语速也更快，“——这是他们找到的路。我是说钢铁议会。一条穿越内陆的通道。你知道人们尝试了多久？找到一条通道？穿过石烟、山脉、沼泽和丘陵？我们不能冒险改变路线。这也许是唯一的通路。”

走了数里地之后，犹大忽然消失在列车后方，过了几个小时才疲惫地返回。科特朝着他大喊大叫，让他不要单独离开，犹大再次露出那圣徒般的微笑。

灌木丛中隐藏着一段段铁轨，勘察员和填路工将它们串联起来，列车在污染区域外围穿行。科特紧紧攀附着永动列车，让风带给他清新的感觉。仍有少量运动精灵跟随着列车，它们是当初以车轮节奏为食的魔法生物所留下的后裔。这群轻灵的生物如今已变得驯服而胆怯。科特观察着它们。

他也观察着岩石和树木。在齿轮与机械的摩擦声中，他听到动物的鸣声，只是看不见它们。人们轮流在车厢里睡眠，有时会发生争执。出于安全原因，填路工的帐篷围聚成圈，构成一个紧凑的小镇。然而没什么能阻止污染区域的影响扩散出来。

水是配给供应的，但议会中为数不多的蛙人勘测员仍每天带队去寻找适合饮用的水流——他们总是往南走，远离矩力和危险。然而每隔几天，总有些人衣衫不整地返回，结结巴巴说不清话，不是抬着死者的遗体，就是抱着异化的同伴。矩力往往在夜间伸出魔爪，造成人们的变异。

“我们准备返回前她还好好的。”猎人们嚷道。他们抱着一个女性改造人，她发出微弱的尖叫声，由于强烈而快速的震颤，其四肢和头部一片模糊，整个身体半虚半实。“噬影菌。”他们指着一个惊恐的男孩说道，他的头顶和张开的嘴巴里都透出耀眼的光。有些人遭到蠕虫状食肉动物的噬咬，其速度快得令人难以置信。钢铁议会经过的地方有动物的足迹：有巨型王海胆扎出的洞孔，有尺蠖人在泥地里留下的古怪脚印，间距在四五尺之间。

对于受到矩力或动物伤害的人，他们尽量施救，运载牲畜的车厢变成了医务所。救不活的，他们便予以埋葬，按照传统，要葬在铁轨的前方。有一次，他们在挖掘坟墓时，遇到了先人的遗骨。那是一名在他们出逃途中亡故的议会成员。于是，他们怀着极大的敬意请求她原谅，然后将新死者永久地埋葬在她身旁。

“这可不太妙，”科特愤怒地说，“还要多少？还要死多少人？”

“科特，科特，”安·哈莉说道，“小声点。这很可怕，但假如留下来面对国民卫队，我们全都会死。而且科特……第一次死的人还要多得多。第一次死的人太多了。我们在进步。永动列车能提供安全，它受到魔法保护。”每天都有新的食肉兽头颅被挂到列车上，就像一座诡异的狩猎博物馆。

科特发现，耳语者卓耿每时每刻都处于惊愕之中。他甚至对在这片荒原里狩猎兴致盎然。每到一处，他都仔细察看，跟随众人穿过岩石间的裂隙，观察污染区域的变化。他将这一切刻入记忆，并试图予以理解。这是一种应对态度。科特偏好另一种：他只希望眼下的一切快点结束。

他跟着工人们搜集木材和煤炭，为锅炉提供燃料。他也跟着同伴们去寻找水源。

勘测员从分配给蛙人的水池车厢里钻出来。他叫舒耶钦，是个典型的蛙族人，阴郁而沉默。科特很满意。科特自身的玩世不恭和坏脾气使得他很容易接受忧郁悲观的蛙族人。

他们一路骑行，舒耶钦在注满水的鞍袋里摇晃。他向他们解释了议会成员之间的分歧与派系，以及关于议会新方针的辩论。前不羁叛逆者成员，犬儒派，年轻人，恐惧的老年人。他说，现在有越来越多人怀疑，这是否是最佳策略。

舒耶钦将硕大的手掌贴住地面，然后嗅嗅泥土，拍打两下，仔细听回音。离开列车之后，他带领大家走了三个小时。清水从岩石之间流出，汇聚于一片洼地中，周围植物的根系受矩力影响极小，科特甚至想象自己回到了原木林。但他也因此而陷入一阵长久的失落感。

他们将水袋灌满，天很快便黑了，太阳就像忽然被一块布遮住了似的。他们搭起帐篷，但没有点火。“污染区附近不能点火。”舒耶钦说道。

他们痛苦地挤在寒冷的岩石堆之间，两名改造人让科特他们讲述新克洛布桑的状况。“鲁德革特死了？这不算太令人惊讶。那混蛋一直都是市长。现在是斯坦姆·福尔彻？老天保佑。”

城中的变化令他们惊愕。“国民卫队**公开**巡逻？穿着制服？究竟发生了什么？”坡摩罗伊大致介绍了机械战争的历史，对垃圾场的攻击，以及有关垃圾场里的传闻。这一切听起来很不真实，就连对此事存有记忆的科特也不例外。

他们一直拒绝相信科特讲的关于寄生手的事。

“说起来，我们曾经被一个寄生手**追赶**，”他说道，“几年前的一次骚乱期间，斯坦姆·福尔彻宣布说与它们**建立了联系**，谁知道那是什么意思，还说它们一直都遭到误解。”千百年来，寄生手始终是个恐怖的形象，（据说）野生的寄生手来自尸体，（据说）也是从地狱逃脱的恶魔，能控制宿主的思维，并使他们的身体得到强化。斯坦姆·福尔彻说，犯人反正是要被处死的，而寄生手又能提供城市所需要的帮助，那结论就很明显了，我们不能太傻，不能太感情用事。当然，它们将受到严密的控制。”

即便如此，这一宣告还是激起了新的骚乱，因为人们感到很厌恶。这就是半途夭折的寄生手叛乱。人群打算夺下船只，渡过大焦油河，攻击城市议会，然而却被他们抗议的对象击败了。他们当中忽然冒出一群喷火的男男女女，那是寄生右手控制下的罪犯肉体。

科特一直说到深夜。他很怕改变。“要是矩力泄漏到这里来怎么办?”他不停地说。两名改造人以不同的方式安慰他，其中一个说，如果你气数已尽，那也没办法，另一个说，它们还远得很，没事。

那一晚，他们遭到攻击。

科特被撕裂声惊醒，他睁开眼，灰暗的月光中，一张脸正凝视着他。他以为那是梦境中带出来的。他听到枪声。他躲开瞪视着自己的那张脸，避开怪异而探询的眼神。

等到肾上腺素开始起作用，他已经跑了出来，心中思索，*其他人在哪儿，这是怎么回事，我要怎么办?* 钻出帐篷之后，他看清了营地里的状况，看清了来袭者。他一个踉跄，努力保持平衡，以免跌倒。

他的同伴们都在周围，一边奔跑，一边开枪。有人发出尖叫，于是科特也呼喊起来。他看到帐篷就像变成了怪兽，在撕扯之下翻腾起伏，其碎片仿佛舞动的翅膀。他看到有个弧形的影子一闪，猛然撞到地面上，接着又是第二下。他四周到处都传来撞击声。

“尺蠖人!”他听到艾尔希在喊叫，“尺蠖人!”

帐篷的碎片被那怪物扔到空中，随风盘旋飞舞，而在其中心，正是刚才那张凶恶的脸，仿佛廉价的舞台效果。这张脸曾隔着一层布嗅到他的气味，也曾饥渴地望着他。在那旋转的破布之间，是一个掠食者。拱步蠕虫。柯拉米特。*学名猛尺蠖*，亦即尺蠖人。

科特瞪大了眼睛。那张脸恶狠狠地看着他，突然向他靠近。它忽上忽下地运动，科特一时间被搞糊涂了。

那怪物比他高，但只有躯干，仿佛是从地里长出来似的，脑袋有他的两倍大，长长的手臂瘦骨嶙峋，随着身体的移动，它的手时而伸展，时而握起。张开的嘴类似于人类，又黑又长的牙齿尖利如矛。他看不见它的眼睛，只有两个凹陷的洞孔，皱巴巴的皮肤里布满阴影：假如它有视力，一定能躲在黑暗中观察。它转过头嗅了嗅，然后仰起光秃秃的脑袋，长满利齿的嘴使劲张合。等到它动起来，科特看到了它的后半身。

巨硕的蠕虫状身体，暗褐色表面点缀着鲜艳的警告色，并长着一簇簇毛发，各处的体腔不断张开又合拢。人类躯干融入那长长的身体前部，胯骨连接着蠕虫的皮肉。尺蠖人行动起来。

它那苍白的躯干底下有不停挪动的小细腿，身体最后面也有两至三对粗短的腹足。它将后半部分身体高高拱起，腹足紧扣住泥地，支撑起前部的重量，然后猛地直立起来，长形的躯体在空中摇摆着，人类躯干高耸在蠕虫肢体的前端，然后突然落下，依靠那富有弹性的前腿着地。

它再次嗅了嗅，拱起身子，扣紧地面，伸展躯体，继续往前进。它以尺蠖的移动方式朝着科特一曲一伸地挪动。

他一边开枪，一边奔跑。尺蠖人加快速度。钢铁议会成员试图反击。营地角落里有几个尺蠖人。骡子在嘶鸣，有人发出喊声。

借着月光，科特看见另一个尺蠖人在大口咀嚼，昏暗的光线中，它的嘴边和胸口沾满黑乎乎的血，一只大手按住战栗的骡子。它张开嘴，夸张地咀嚼着。

有个尺蠖人发出刺耳的吼声，其他的也跟着一起嘶吼，嘴里喷溅出污物。

骡子和矮骆驼阵阵嘶鸣。舒耶钦开枪射击，铅弹削去了一名尺蠖人的头颅和大脑，但它没有倒下，因为它太愚蠢，太顽固，拒绝死亡。它那古怪的蠕虫状身体左右摇摆，然后它忽然用粗糙的手抓住一个人，咬穿他的身体。那人发出尖叫，但尺蠖人将他撕成碎片，喊叫声很快便停止了。

舒耶钦扔出燃烧的火油，泼溅在一具蠕虫躯体上，它不紧不慢地在火中晃动，然后再次发出凄厉的叫声，并依靠后足直立起来，仿佛火炬一般，照亮了所有人。

那些怪物堵住众人的去路。他们位于峡谷上方的一块岩架上，地面布满松散的碎石，因此无法奔跑。科特背靠着岩石开枪射击。有人在喊叫。犹大喃喃低语。

最靠后的尺蠖人把石板似的牙齿咬得咯咯作响。它的脑袋爆裂开来，碎片溅落到同伴身上。坡摩罗伊的榴弹枪冒着烟，他重新装填弹药。

科特也看到，在一名钢铁议会的魔学家身后，有低等植物生长出来，构成脚印的形状。苔藓魔法。苔魔师发出低吼，一团团苔藓从一个尺蠖人的皮肤上冒出来，它的嘴和眼窝里也长满了苔藓。它直立起来，用力呕吐，并抓挠着覆盖在身上的植物，导致黏稠的血液流淌出来。

钢铁议会的成员们射出锯轮、飞刃碟和月牙箭。尺蠖人血流如注，但它们仍继续推进。犹大踏步上前，脸上带着一种近乎神圣的愤怒。他触摸地面，蜷曲的手阵阵抽搐。

一开始，什么事都没发生，接着，尺蠖人身体底下的泥土挪动起来，一个由岩石构成的巨大人形逐渐成型——然而随着空气中一阵扰动，那人形崩塌了。犹大一个踉跄，沉重地跌坐在松散的石块上，地面恢复了平静。刚刚开始出现的人形，再次分解成乱石。

科特呼喊着犹大的名字。犹大抱着自己的脑袋，一个尺蠖人离他仅一步之遥。

但坡摩罗伊就在旁边，手中握着剑。凭着拼死一搏的超常勇气，在艾尔希的尖叫声中，他挥剑砍入尺蠖人的人体腹部。

他是个十分强壮的人，尺蠖人在冲击之下甚至稍稍停顿了片刻，坡摩罗伊放开剑，往后退开，站在犹大前面。犹大重新打起精神，他抬头看到尺蠖人抓住了坡摩罗伊的头部。它那巨硕的手掌捂住坡摩罗伊的脸，提着他的脑袋来回摇晃，就像漫不经心的婴儿一样残酷。

科特听到坡摩罗伊脖子折断的声音。尺蠖人甩动着坡摩罗伊的身体。

犹大又蹲了下去，从泥土里召唤魔像。这一次，它完全成型了。它跺了跺脚，抖落身上的泥土，挥手抽打近旁的尺蠖人。巨大的冲击力使得那怪物脱离岩石，飞入空中，蠕虫状的后半截身体弯曲扭动，然后落到地面，发出黏糊糊的爆裂声。

艾尔希在哭泣。其他尺蠖人继续逼近，犹大弯起手指，指挥魔像拦截。科特可以发誓，泥石构成的魔像是在仿照犹大的步伐移动。它矗立在议会成员们前方，袭向另一个蠕虫怪。

筋疲力竭的议会成员们开枪射击，尺蠖人略一犹豫，开始从高耸的魔像面前撤退。其中两个头朝下坠落陡峭嶙峋的岩崖。第三个跟魔像纠缠在一起，搅成一团泥浆与鲜血，最后，坍塌的魔像与对手一起从悬崖边滚落。

犹大跪在坡摩罗伊身边，议会成员们奔跑着前去救助其他同伴。科特颤抖着从悬崖边望下去，看到沿垂直表面坠落的那几个尺蠖人。岩石地面上躺着两具尺蠖人尸体，还有来自魔像的红色泥土。

科特来到坡摩罗伊身边，握住死去的朋友。他也握着艾尔希。艾尔希倚着他呜咽抽泣。犹大深受打击。科特也试图抓住他，将他拉过来。他们三人互相紧握着，艾尔希仍在哭泣，科特感觉到坡摩罗伊的身体逐渐变凉。

“**出了什么事?**”他在犹大耳边低语，“**出了什么事?** 你……你没事吧?你跌倒了……坡摩——”

“他因为我而死。”犹大的语气无比平静，“是的。”

“出了什么事?”

“出了点状况……远处的陷阱。我没料到。有个魔像陷阱被触发了。我要节省化学药品和能源——它的能量大多取自我的身体，我无法集中精神。它干扰到我，让我跌倒在地。”他闭起眼睛，低下头，亲吻坡摩罗伊的脸。

“我在所经之处布设魔像陷阱，”他说道，“国民卫队触发了它。他们已经登陆，正在赶来。”

第二十四章

（据犹大说）距此数百里外的海岸上，一定已经有潜水船登上陆地。那是新克洛布桑的实验性深海渔船。一条巨硕的大鱼从海洋中冒出来，它的鳍就像粗短的腿，不断往前爬行，直到自身的重量令其折裂，然后，那经过生物改造的怪鱼颤抖着倒在地上。一定就是如此。

它是鲨鱼和鲸鱼的混合体，在魔法的作用下膨胀扩展，直到体积与大教堂相仿，外壳上有螺旋状的纹路，比人还粗的金属管鼓鼓囊囊地突在外面，仿佛血管纹路，足有小船那么大的鱼鳍拴在上了油的铰链上来回摆动，背鳍的位置则是一排冒着白烟的烟囱。（据犹大描述）渔船的嘴在机械摩擦声中张开，悬在锁链上的下颚如吊桥一般放下，新克洛布桑国民卫队携着武器从里面钻出来，追寻钢铁议会。

“我们第一次经过时并不那么容易。我们试图远离污染区，却发现迷了路，原来道路会转向，我们直接走入了矩力区域内部，天空既像是肠道，又像是牙齿。当时，我们失去太多伙伴。”那人说道。

他是个改造人，很久以前来自狗泥塘。他没有双手，左边是一把纷乱的鸟爪，右边则是一条粗硕的蛇尾。他是钢铁议会的民谣歌手。他的表演中有明显停顿，那是一种策略：故意模仿新手，用断断续续的节奏引起人们的兴趣。许多人丧生于尺蠖人之手，他的故事像是一种安抚。

“我们曾失去那么多同伴。有一座山，其实是一块骨头，然后它变成一堆骨头，然后又变回一座山。在那座山上，有些人变成玻璃，然后凭空消失了。我们学会如何在过渡地带穿行。”在整个巴斯–拉格世界，没有哪个科学家对矩力和荒恶原的了解能超过钢铁议会。

“现在我们回来了，矩力已经改变这片土地。我们隐藏的铁轨，有的消失了，有的扭曲变形，有的变成铁轨形状的坑洞，有的则变成石头蜥蜴。但仍有不少保留下来，足够让我们再次通过，足够让我们穿出另一端，到那时，我们与新克洛布桑之间就只隔着一片平原。也许还有数百里路，也许还得花上几个星期，甚至几个月，但不是像上次那样需要几年。”

遥远的西方，新克洛布桑国民卫队追踪着他们。

尺蠖人再次来袭。这一次，它们攻击了列车本身。虽然它们被打退了，但代价不菲。它们以尺蠖的方式移动爬行，砰砰地撞击地面，甚至靠近列车啃咬，硬如岩石的牙齿和腐蚀性的唾液在车身上留下了印痕。为将它们赶走，许多钢铁议会成员丢了性命。除此之外，还有其他动物：有形状像狗的阴影，也有叫声像土狼的猿猴，其毛皮由草和树叶构成。

这片土地不愿向钢铁议会臣服。有些地方的地质构造风化速度太快，近乎疯狂，仿佛时间不再遵从自身的规律。地面有时也会挪移。他们会突然遇到极寒气候，膨胀的霜冻使得地面拱起开裂，铁轨也因此而变形。在较为温暖的区域中，岩墙向他们逼近，移动的山丘也会跟踪他们。

他们铺下一根根铁轨，其平整程度勉强能允许列车通过，枕木也勉强够牢固，相互之间的距离勉强不算太远。这是一条勉强的铁路，只在列车经过时短暂存在，然后便消失不见。搬运铁轨的有改造人，也有从未见过父辈故乡的年轻成员。他们经过一片广阔的沼泽，泥泞的地面有时会吞噬铁轨。

在敲钉和铺路的过程中，科特时不时抬起头，他看到不远处污染区域内的闪光：天空呈现出纷乱的景象，一张婴儿的脸，一团突然飞散的树叶，一头动物在空中或山上。我们甚至都已视而不见，他一边感叹，一边摇头。晴朗的天空中飘下细雨，落到人们身上。再荒诞离奇的事你也会习惯，他心想。

虽然知道国民卫队正在追来，大家都很平静。“他们会在污染区域停下。”犹大说道，但科特意识到，他已经不太确信。科特拍下一些照片，有静止的列车，也有捉摸不定的环境与生物。此处的动物受到矩力的影响，兼具昆虫、蜥蜴、鸟和金属零件的特征，却又不同于其中任何一种。

犹大保持着沉默。他变得很内敛。有一天夜里，他来找科特，并与之交欢。科特完全难以控制自己迫切的爱意。犹大微笑着亲吻他，抚摸他的脸，老天，那不是以情人的身份，而是像个牧师。

犹大多数时间都待在塞满琐碎魔法物品的实验车厢里。他转动留声筒，反复聆听矛手族的歌声。科特看到他的笔记本，其中填满了乐谱，并夹杂着各种彩色标记和问句。犹大有节奏地低声哼唱。

有一次，在日暮的余光中，科特看到他站在永动列车前方。他听见犹大哼着一首节奏感很强的曲子，一只手拍打自己的脸，另一只手错落有致地打着响指。犹大的脑袋旁围绕着一个个黑点，那是一群苍蝇和蠓虫，它们一动不动，没有随风飞舞：处于反常的静止状态。列车向前移动了数尺，犹大撇下那群静止的虫子。

钢铁议会的翼人在空中飞翔，寻找污染区域的终点。当然，他们中有些人没能回来，或者消失在空间的皱褶里，或者忽然忘记了如何飞行，或者僵硬骨化，或者变成翼人幼体，或者变成一团凌乱的绳子。但大多数还是回来了，在异象横生的荒野中飞行多日之后，翼人们告诉钢铁议会，他们已经快要走到头了。

根据地质探测师的指点，他们在一片流动地带铺设最后一段铁轨，它会随机移动，迷惑追兵。钢铁议会爬上一段斜坡，车头外挂了许多新近捕杀的肉食兽头颅。他们一路驶来，车厢伤痕累累，布满刮痕。科特感觉已无法想象未受矩力影响的土地是什么样。

他们爬到山顶，挥舞着锤子铺下最后几段铁轨，又将后面的铁轨扛上来。科特凝视着仿佛随风飘荡的石烟。这是个奇特而充满活力的地方，但没有荒恶原的病态，没有那种类似癌症的可怕繁衍力。

“哦，老天，”科特听见自己在说。人们不由自主地发出欢呼，充满愉悦：“哦，老天，嘉罢在上，我们终于他妈的出来了，我们出来了。”

他们沿着矩力区域和正常地形的分界线行进，那是一条狭窄的边缘地带。他们在石烟平原上一路捶打，埋设铁轨，然后重新回到正常的自然地形。

永动列车穿过石烟区，风将气态的石头吹成类似积雨云的形状，一团团凝固在平坦的地面上。人们紧张而快速地铺下铁轨，生怕岩石又变回气态。“这下面就是我们来时的路。”犹大说道。他们辟出的道路早已被翻滚漂移的岩石掩盖。

犹大、科特和“粗腿”走在固体云团的背风侧，朝向荒恶原的方向。

“有些人很害怕，”“粗腿”说道，“有些事超出了我们的掌控，就好像没有选择余地。”在和煦的暖风中，他的声音显得很微弱。

“有时候，人们无法选择，”犹大说道，“有时候，一切要由历史来选择。我们只能希望历史不会犯错。瞧，瞧，这不是吗？”

他们发现了要找的目标：一束笔直的石烟，有藤蔓悬垂下来，还有一簇簇灌木。地面略有些异样，多年前爆炸所留下的裂隙仍隐约可见。生长了二十年的植被底下，是一条道路。

“这就是我们来时的路，”犹大说，“第一次的时候。”

他站在云团状的石墙边，使劲拉拽一株长在岩石上的植物。然后科特发现，这并不是植物，而是岩石里戳出的一根骨头。那是一截干枯的腕骨，仍覆盖着残破的皮肤，在时间的作用下变得苍白而粗粝。

犹大说：“动作太慢。”

这是个被涌动的石烟裹住的人。科特瞪大眼睛观察。腕骨周围有一圈狭窄的空隙，原本是胳膊上的肉，如今已腐烂消失。岩石内部一定有个由蛆虫和细菌挖出的人形空穴，仿佛岩石的罅隙，仿佛塞满碎骨的罐子。

“我已经不记得这是议会成员还是国民卫队了，你呢，‘粗腿’？岩石内部还有其他人，分布在各处。”他们爬到岩脊的顶端。在铿锵的锤击声中，钢铁议会向前移行，翼人在列车的滚滚浓烟间穿梭，仿佛风中的树叶。科特看着列车前进，看着它那古怪的轮廓：砖石结构的塔楼，车厢之间的吊桥，车厢顶部的花园，头尾处遥相呼应的烟囱，以及烟囱里冒出的烟。

东面不远处，国民卫队的炮筒从岩石间突出来，早已腐烂生锈。

再往前，是一片秋日的草原，一直通往新克洛布桑。议会成员们对照着地图仔细观察水流、树林和山岭。他们无法相信自己身处何地。

地图再次变得有效。这是来自过去的地图，当时，钢铁议会仍是隶属于大陆铁路联合公司的列车。永动列车所在之处仍只有少许稀疏的笔墨，空白的区域上标示着代表不确定的斜条纹，但东面的图例较为清晰：斑斑点点的灌木丛，连成一片的沼泽，精准的山体轮廓。这不是铺设铁轨的土地，而是新克洛布桑的认知范围。钢铁议会可以从墨水中找到一条路。

他们反复核查，随着形势逐渐明朗，人们变得激动而震惊。“这儿有个长形的湖，科勃西就在南面。我们应该绕开它，往湖的北面走，越快越好。我们要把钢铁议会的正义带去新克洛布桑。”

即使知道有国民卫队在追踪，他们也不畏惧。“他们在追赶我们，一直跟进了污染区，”犹大告诉科特，“他们触发了我在荒恶原里设置的一个魔像陷阱。”国民卫队从没如此深入过。这支部队一定十分坚决，并已意识到钢铁议会意图返回新克洛布桑。

“我们贴近山岭前进。”前方有一道高耸的山脉，朝着新克洛布桑的方向绵延达五百里。“我们绕过它，让列车从附近的山麓穿过去，直抵新克洛布桑。”

虽然还有几个月的路程，但他们快速前进。他们派出勘察员，察看哪里需要架桥或涉水，哪里需要填平沼泽，哪里需要隧道工和地质魔学士挖凿。历史似乎加快了脚步。

耳语者卓耿满怀兴奋与喜悦，他在科特耳边低语说，这简直令人难以相信，他们竟然成功了，马上就要回到家乡。“必须记下我们的成就，”他说道，“得把它记录下来。许多人都曾作过尝试，但没人能办到。前面还有一段路要走，而且也不是熟悉的地形，但我们一定能完成。”

犹大坐在车顶，望着忽然不那么陌生的土地。“还不安全，”他告诉科特，“还远远不能说安全。”他经常独自一人听留声机。

“犹大，科特，”艾尔希说道，“我们应该回城里去。”

坡摩罗伊死后，她一直很沉默。她始终保持平静，活在孤独之中。“我们不知道那里的情况，也不知道他们处于什么状态。得把话传过去，让他们知道我们正在赶来。那可能对局势产生影响，我们能改变形势。”

他们仍有很长一段路要走，途中仍有许多障碍。

“她说得对。”卓耿对每个人说道，“我们需要了解情况。”

“我觉得没什么关系，”犹大说，“反正到时候我们要先去做好欢迎的准备。”

“然而我们不知道那里的情况……”

“对，但也没什么区别。”

“你是什么意思，犹大?”

“没什么区别。”

“好吧，如果他不去也没关系，我自己去，”卓耿说道，“我自己回城里，信不信由你。”

“要知道，他们会找到我们，”艾尔希说，“即使我们转向北方，科勃西那边也可能听说我们的行踪。”

“钢铁议会又不是对付不了该死的科勃西人。”科特说道，但被她打断了。

“假如科勃西找到我们，那新克洛布桑也不会太久。然后我们就得再次面对他们，包括后方的追兵和前方的堵截。”

永动列车的一节车厢发生了变异。大家都以为他们已经走出矩力区域的边缘，没受到太严重的影响，最多也就是医务所里有许多古怪的病例和死者。但污染的恶果显现得很慢。

矩力的恶性作用开始展现时，那节车厢里有三个人。列车正隆隆地穿过一片长满高山植被的高地，嶙峋的岩石直指天空。那天早上，细如粉尘的雪花飞舞盘旋，挥舞铁锤的人们在每次敲击间隙不得不暖一暖手指。然后，那节车厢的门打不开了，里面的议会成员只能透过木头缝大声呼喊。

他们用斧子劈，然而斧子被弹开，油漆和木头却毫无磨损。议会成员们意识到，这是荒恶原对他们最后的染指。但此时，车厢里的人声变得倦怠无力，他们放弃了。

整个夜晚，他们越来越无精打采。第二天，车厢的形状发生变化，木头弯曲变形，向外鼓出，里面的人发出满足的呜咽，仿佛鲸鱼的叫声。车厢壁呈半透明状，可以看出内部物体来回晃动，就像是浸在水里。钉子和木板纤维先是透出浑浊的光，然后变成完全透明，整个车厢臃肿地悬在车轮上方，里面的议会成员平静而慵懒地在黏滞的空气中移动。储物柜里的各种琐碎物品也走了样，就像垃圾一般旋转飘荡。

车厢成了一颗带有外膜的巨型细胞，细胞核则是三个模糊的男女人形，悬浮于细胞质中。他们向外张望，朝同伴们挥舞着鞭毛状的手臂。一些议会成员想要卸下古怪的车厢，任由那新出现的生物形态自生自灭，但其他人不同意，说，**这里面是我们的姐妹**。长长的列车继续拖着那节车厢前进，它就像臃肿的变形虫，随着列车的行进起伏波动，而里面的居住者则面带微笑。

“嘉罢在上，这是什么东西?”科特问库拉宾。

“跟嘉罢没关系。我也不知道。有些事我不想用自己的一部分去交换。即使我愿意，有些秘密毫无意义，有些问题没有答案。它就是它而已。”

离开污染区域两周后，他们遇到一批东部居民，二十年来，这还是头一回。那是一小群从山里冒出来的流浪者，一个自由改造人团伙，大约二三十人，包括一名罕见的蛙族改造人。他们形态各异，重新塑造的身体适用于工业制造或展示。

面对列车，他们显示出谨慎的礼貌。“我们遇见过你们的勘察员，”他们的首领说道。她被安上了由有机生物体构成的鞭子。她目光炯炯，凝神注视，科特过了好一阵才意识到，她眼中的神情是敬畏。“他们说你们要来了。”

钢铁议会的改造人看着她和手下的盗匪。当天夜里，自由改造人举办了一场简陋的宴会。“一切都变了，”他们说道，“城里出了一些状况。它正遭到攻击，我想应该是泰什。城市内部还有其他问题。”但他们离得太远，离开那座重塑他们身体的城市已经太多年，因此无法知道详情。在这一点上，他们几乎就跟钢铁议会一样，新克洛布桑对他们来说只是个传说。

他们没有跟钢铁议会一起走：他们表示愿意保持友谊，然后继续在山岭中过着无牵无挂的劫掠生活，但钢铁议会遇到的下一拨自由改造人真的加入进来。他们前来表达敬意，膜拜（科特看得出）这座由改造人自己建立的城镇，然后留下来成为居民，成为议会的一员。钢铁议会来到那个湖的北岸，科勃西被挡在湖的另一边。这时，他们遇到了第一批特意来寻找钢铁议会的自由改造人。

消息一定已经沿着大陆上的偏僻小径传开，无论是聚居区还是巡游的旅行者都听说了。科特把它想象成传染病。一串串流言，将洛哈吉大陆连到一起，结成一个纤维瘤。**钢铁议会来了！钢铁议会回来了！**

钢铁议会出现了裂痕。他们一往无前，已不可能回头。离都市越近，年长的议会成员就越焦虑，越犹疑。他们说：“我们知道它是什么样，我们知道那儿的情况。”但他们的子女却变得更坚定，充满救世主的情怀。那些从没见过新克洛布桑的人渴望带去……惩罚？愤怒？也许是正义。

年轻人带头铺设铁路，他们或许没有父辈那种增强的体力，但挥舞铁锤的劲头充满能量与饥渴。改造人也跟他们一起铺铁轨，但较年长的议会成员如今成了追随者。

安·哈莉是个例外，她充满自豪，迫切地要求加快速度。她以粗犷而敏捷的姿态爬上土丘，站在突出的岩石上，一边大声吼叫，一边比画，示意永动列车继续前进，仿佛控制着列车，仿佛在指挥一首蒸汽交响曲。

一时间，列车迅速前进，辟出一条道路。勘察员不断发来预警，前方有小峡谷，或者有小河。工人们搭建的结构混合了新克洛布桑的传统技术和西部世界的奇异特征——桥架底下依靠浓密的植被固定，提供支撑的并非岩石，而是凝固的颜色，唯有被光线照亮时才能通过。

“战争！”自由改造人告诉他们，“泰什说要停止攻击，但并没有。据说新克洛布桑有两个代表团，提出不同的条件。新克洛布桑不再发出同一个声音。”

如果这里的自由改造人知道我们来了，新克洛布桑的人没理由不知道，科特心想。*消息一定会传过去。我们何时需要面对他们？*

每隔几天，当追踪而来的国民卫队触发犹大的陷阱，他都会一阵痉挛。每一次都有更多士兵被杀死，但数天之后，另一个陷阱又被触发，证明他们仍在追赶。犹大通过自身的虚弱状态探测到他们的进展。

“他们在那儿，”他最后说道，“这一个我认得出。他们绝对在荒恶原里。无法想象，他们一直追到了那里。他们一定*拼命*想要赶上我们。”如果用受矩力影响的材料制作魔像，那会怎么样？魔法生命力在受污染的物体中流淌？

人手短缺的填路和铺轨分队朝着东北方推进。尽管他们带走轨道和枕木，却仍在大地上留下永久的痕迹：丢弃的金属零件和铁轨的印痕。天空越来越冷，透过阴沉的空气，可以远远看到北方的群山。黯淡的天空中下起毛毛细雨。

距离新克洛布桑铁轨的终点大约三百里，他们遇到了难民。那不是自由改造人，而是最近才离开的市民，在潮湿的天气里挤作一堆。他们从迷雾中走出来，奔向咆哮的火车头，如同朝圣者一般膜拜。正是他们告诉安·哈莉，犹大和钢铁议会新克洛布桑城中的形势，告诉他们集体联盟的事。

“哦，我的老天，”艾尔希说道，“我们成功了。这是真的。这是**真的**。哦，我的天。”她非常兴奋。犹大的脸上很坦然。

“那是从狗泥塘开始的，”一名难民说道，“也不知怎么起的头。”

“不是这样的，”另一个说道，“我们知道你们要来了——钢铁议会。有人说，我们得准备好迎接。”

他们在钢铁议会面前显得极度敬畏。多年来，这群逃亡者曾在那张著名的照片里见过无数次眼前的人物，如今却与他们面对面交谈。他们必须被哄着才能说得出话。

“所以，发不出工资：人们在挨饿。战争仍在进行，前国民卫队成员向大家透露了真相，而泰什又继续发起攻击。我们感觉安全根本没有保障，城里也不留我们……听说有人去找钢铁议会。”听到这番话，犹大面容一动。

“泰什发起攻击?”科特说道。那人点点头。

“是的，幻象攻击。政府说会解决泰什的问题，终止战争，但形势一片混乱，没人知道他们是否在遵照自己所说的去做。议会大厦门口再次发生示威，要求得到保护，人群里还有人高声呼喊，提出其他要求，散发传单。我猜那是联合委员会的。但战斗水母出动了，还有规避兽，国民卫队向我们袭来。”

“然后有人说，前面有**寄生手**。战斗开始了。”

“我并不在场——只是听说而已。街上到处是死人。人们让国民卫队疲于奔命……城中到处都竖起路障。是时候了，我们得依靠自己，必须有所作为。我们不需要国民卫队，我们把他们挡在外面。”

“然后我们听说市长死了。”

城中各区的代表聚集起来，既兴奋，又惊恐，他们意识到，选举权抽签已不复存在，每个人都具有直接的权利。若干天后，反抗城市议会的人们停止了原始的民主制度，但他们发誓，这仅仅是因为面临双线作战。集体联盟中的人多半都渴望与泰什谈判，他们才不在乎谁控制南方海域的哪一部分。

“你们为什么逃出来？”议会成员问道。

新克洛布桑人低下头，然后抬起头说，激烈的战斗迫使他们离开，许多人背井离乡。他们走了好几个星期，试图寻找钢铁议会。

科特心想，他们不是联合委员会，也不是集体联盟成员，只不过是发现自己处在一座被反叛分子控制的城中城里，他们受到攻击，于是把所有物品丢进手推车里落荒而逃。他们寻找钢铁议会不是因为政治理念，而是出于虔诚祈愿者的崇拜心理。科特瞧不起他们，但犹大充满愉悦。

“这是真的，这是真的，”犹大说道。他的嗓音含糊不清，“起义，第二次抗争，我们*成功*了。因为我们所做的事。他们听说我们要来……钢铁议会……成为一种激励……”

安·哈莉瞪着他。在最后的日光中，他似乎披着一层光晕。他的发言就像诗朗诵。“许多年前，我们创造了它，铺设轨道，在历史中留下印迹。然后，我们又赋予新克洛布桑这番变化。”

他看上去令人惊异，美丽非凡，仿佛经历了某种蜕变。但科特知道他说得不对。*这不是我们干的，犹大。是他们，在新克洛布桑。无论有没有钢铁议会都一样。*

“现在，”犹大说道，“我们要向城里进发，去加入他们。距离铁路的终点已经不远了。嘉罢保佑，诸神保佑，我们将驶入一座已经改变的城市，我们将参与这*改变*。我们将带去*货物*。我们将带去*历史*。”

我不完全同意，犹大。是的，我们将参与改变，但他们已经创造了自己的历史。

科特并非来找钢铁议会，而是来找犹大。这是他永远无法忘记的内疚。*我不是来创造历史的*，他心想。低矮的山脉笼罩着头顶，列车停在一个河谷中，钢铁议会的蛙族人在冰凉的河水里游动。**我是来找你的**。

“我们现在也不必面对国民卫队，”犹大说道，“他们知道我们来了，但城里的叛乱让他们无暇顾及。等我们到达时，会有一个新政府。我们将成为……起义的终章，成为新克洛布桑的一个自治体。”

“形势很艰难，”一个难民犹疑地说，“集体联盟受到攻击。城市议会的反击来势汹汹……”

“喔，喔，喔。”那声音突然冒出来，没人看到是谁在说话。“喔。”

“这是什么？”

那是库拉宾的声音。科特寻找空气中的扰动，看到一阵微风掠过。

“这是什么？”面对没有形体的语声，朝圣的难民们恐惧地瞪大了眼睛。“你说到攻击，泰什的攻击。幻象？什么样的幻象？还有，**这**是什么？这里，这里，还有这里？”

有个新来的人带着一只褪色的皮包，在库拉宾的敲打拉扯下扭曲变形。那女人以为是幽灵，发出一阵呻吟，科特厉声喝止。库拉宾重复道：“**这是什么标记**？”她呆滞而惊恐地看着皮包上纷繁的回旋图案。

“这？是自由的标志。自由螺旋。城里到处都是。”

“喔，喔，喔。”

“怎么了，怎么了，库拉宾？”

“泰什的攻击是什么样的？”僧侣的声音平静下来，但语速仍然很快。科特和艾尔希愣住了，安·哈莉开始担忧，犹大发现有新状况，缓缓地收敛起情绪。

“不，不，这……我记得它。我需要，我得问一问……”僧侣的声音犹疑不定。一阵色彩闪过，仿佛空间的折叠。库拉宾在询问隐秘之神。众人一片沉默，难民们面露惧色。

“泰什是怎么发动攻击的？”库拉宾的声音再次响起，这一次十分有力。“你说是幻象？一种颜色被抽离的存在？形似现实世界物体的空洞——比如动物，植物，手，各种东西？人遭到它们的攻击就会死？不知是从哪儿冒出来的，也不会发光，对吗？它们仍在不断出现。对不对？”

“那究竟是什么？嘉罢在上，库拉宾……”

“嘉罢？”僧侣的嗓音中带着歇斯底里。库拉宾在移动，他的声音穿梭于人群之间。“嘉罢也帮不上忙，不，不。还会有更多出现。他让你们以为这些符号代表自由。这种螺旋纹，喔。”

科特吓了一跳——那声音就在他身旁。他感觉到一股呼吸的气流。

“我是泰什人，记得吗。我知道，你们城里出现的东西，那些幻象——它们不是攻击，它们是*波动*。源于尚未发生的事件。它们是时空中离散的点。某个事件被扔到时间之河中，这是向后扩散的波纹。这些小水花就像是蛆虫，吸取世界的养分。正是这些，这些螺旋纹，这些漩涡，导致了即将发生的事件。”

“有人在新克洛布桑活动。这是大使魔法。那些小小的幻象算不了什么。泰什有更大的目标。他们试图终结你们的城市。这些漩涡——是毁灭大师的标记。”

库拉宾不得不解释了好几遍。

“留下标记的人，会施展许多种魔法，而这是其中最终极的法术，是一切定律的终点。它会毁灭你们的城市，*彻底抹掉你们的城市*。你们得明白这一点。”

“这些是*自由*螺旋。”一个难民说道。科特差点上去扇他一巴掌，好让他保持安静。

“他们说泰什有回应？他们说谈判在进行中？不不不，即使有，也是障眼法。这才是他们最终要达成的目标，这才是他们最后的攻击。经过长期准备，消耗巨大能量。它将终结一切。新克洛布桑将不再有战争，永远没有。”

“那是什么，那会是什么？”

但库拉宾没有回答。

“不再有战争，也不再有和平，”库拉宾说，“在时间的另一侧还会有波动。最后的水花。等到你们的城市消失之后，幻象将出现在一片空白之中。他们要把城市彻底抹掉。”

天气很冷，烟囱里灌进来的风吹散了烹煮食物的火堆上冒起的烟。前后的车厢内，议会成员们躺在这座铁皮包裹的城镇中。山里有动物的叫声。有人在说话，沉睡的列车发出金属的吱嘎声。

“我们能做什么?”犹大十分恐慌。

“假如想要……假如想要解决这个问题，你们得找到他。就是那个执行者，那个召唤者。我们得找到他。我们得阻止他。”

“你——我们——必须回到新克洛布桑。我们必须立刻出发。”

PART EIGHT

第八部分
改造

第二十五章

鸡冠桥战役一大早就开始了。黯淡的日光仿佛被稀释了似的，照着两岸集结的部队。鸡冠桥已有一千年历史，连接着焦油河南岸的河衣与北岸的小河套区，桥上建有许多房屋。集体联盟奋力战斗，守卫鸡冠桥。最初的震惊之后，有一段短暂的时期，新克洛布桑南部大部分地区至少名义上处于集体联盟控制之下，然后，他们的领地遭到蚕食。如今，几个星期过去了，鸡冠桥成为集体联盟狗泥塘支部控制区的最西端。

飞地的国民卫队塔楼早已被叛军占领，那上面的瞭望哨在黎明前证实了国民卫队的动向，于是起义军的战术专家也从各区调动部队。国民卫队从乌鸦塔出发，来到崩溃坍塌的小河套区。经过烤炉区时，有一群反叛的圣职者尚未逃离或躲藏起来，他们为双方祈祷。国民卫队在误导广场中散开队形。此处精美奢华的装饰如今已经破败，两旁耸立的建筑也曾有过辉煌，但现在，斑驳脱落的涂料和残破的外墙显得有点荒诞。国民卫队的镜面将光线朝四面八方反射。他们等待着，火炮和机枪全都指向鸡冠桥上古老的岩石。

河对岸，集体联盟的部队也来了，他们的队列以各区的名字命名。

“韦尼恩道，跟我来。”“银背街，负责左翼。”每个分队依靠不同颜色的布条来区分，绿色是韦尼恩道，灰色是银背街。尽管军官是通过选举产生的，手下人全都认识，但他们仍佩戴着代表所属部队颜色的方帕头巾。他们的队伍混合了各个种族，包括改造人。

关于国民卫队的战术手段，有各种各样流言。“战斗水母。”“寄生手。”“龙蜥人。”“他们跟泰什达成交易——桥上将出现幻象。”在集体联盟的部队中，作战单位的首领大多是前国民卫队成员，他们已经尽可能快速、彻底地训练好同伴。有时候，狂热的民粹导致缺乏经验与历练者当选为首领，而愚忠的人群又让他们稳居要职，此时，退役军人便被悄然委任为参谋，低调地出谋划策。

议会大厦周围的天空中，飞艇犹如食腐鱼一般聚集起来，俯瞰着集体联盟的部队，但又处在他们的火叉、手雷和翼人分队攻击范围之外。南方的岗哨留意观察着飞艇部队是否有发起投弹袭击的迹象。

双方继续对峙。狗泥塘支部有些焦虑，担心这是个圈套，更大规模的进攻将在别处发起。他们派出侦察员前往陡桥，前往骨镇和摩格山以南的路障，前往大径桥东部的贫民窟，但什么都没发现。等到日头渐高，击掌般的爆炸声开始响起——针对集体联盟三个支部的日常轰炸。

“啸冈今天要陷落了。”三个区域互相隔离，让他们受到削弱。狂热的最初几周过去之后，国民卫队切断了飞地到啸冈的街道，占领了今肯，将啸冈与潜行滩和烟雾弯支部分隔开来。集体联盟试图建立空中走廊，但他们的飞艇无法击败或绕过城市议会的飞艇。三个反叛区域互相分隔，消息传递极其困难，也很不可靠。

“啸冈失守了。”这是最弱小的一个支部，没有工厂和军械库。啸冈的流浪者揭竿而起，虽然他们的确充满热忱，但除了激情和几个能力低弱的魔学士，没什么可以用来抵抗国民卫队的。狗泥塘一度打算派部队通过下水道和城里的地下通道支援啸冈的同伴，但如今，这已经成了一种奢望。他们只能听着该区域遭受攻击时传出的一阵阵砖石爆裂声。“烟雾弯也许会去帮他们。”有人说，但希望也不大。烟雾弯派不出人手。艺术家社区正面临覆灭。

正午前，一个先前拒绝离开鸡冠桥的人挥舞着白旗从自家地窖里钻出来，然后被国民卫队射杀了。其他房子里隐约传出尖叫声。“得把他们救出来。”集体联盟的成员们低语道。这些公民处在他们的保护之下。

也许国民卫队是想把集体联盟的人引到桥上。也许那些留下的蠢货放弃了受保护的权利。但部队首领们仍试图制定救援计划。

一名信使带来战术委员会的命令。韦尼恩街分队的首领是一名凶悍的年轻女性，跟其他领队一样，她扛着一面盾牌，上面钉有从街头扯下的路牌，标示出分队的名号。她让手下的男男女女推着老旧的加农炮朝着桥移动。对面的国民卫队也开始前进。由仙人掌族组成的大温房火枪队从南面赶来。

单纯种族的分队曾引起许多争议！虫首人的女性护卫队表示，她们愿意为集体联盟而战，一些仙人掌族部队也志愿充当重装步兵，但一部分首领强烈反对。“我们是集体联盟！”他们说，“不是仙人掌族，不是人类，不是改造人，不是蛙族，不是任何一个种族！我们一起并肩战斗。”这是个很了不起，很感人的论点，只是有时不太合适。“那么今晚，我们在河底打捞国民卫队炸弹的时候，这位查弗林愿意加入吗？”一名蛙族代表询问叫嚷最激烈的绝对平等主义者人类，引起一阵哄笑。

倘若蛙族被赋予独立组队的自由（然而在平等主义者的坚持下，每支部队必须象征性地设置一名无实权的，来自其他种族的军官，以示同志情谊），而其他种族却受到禁止，那不是很荒谬？训练有素的虫首人刺盒部队，误伤同伴的可能性难道不是更小？

至于仙人掌族分队，则是出于迫切的需求：他们需要体格特别强壮的小分队。只有大幅增强的改造人才能加入，而且必须得到他们同意。两名改造人被允许加入由数十个仙人掌族组成的大温房火枪队。这两人浑身布满增殖的肌肉和涂有润滑油的金属部件。他们的任务是“突击援救”。集体联盟发起攻击，不断投掷炸弹，燃烧弹和魔法试剂，掩护大温房火枪队登桥。他们在一座座房屋中寻找居民，然后在墙上炸开洞，带着居民们经由这些洞穿过相邻的排屋，前往安全地带。

国民卫队那边动静不大。他们开枪射击，在石头上打出一个个弹孔，摧毁建筑外墙，露出内部破败的房间，但国民卫队仍在等待。集体联盟胆子大起来，开始向前推进，并使对方压制性的反击无法奏效，于此同时，侦察人员（豪刺人，翼人，以及会杂耍技能的人类）也来到屋顶或空中观察形势。国民卫队的队伍向两侧分开，三个人摇摇晃晃地走出来，咽喉处附有一团肉，类似手的形状。寄生手。

鸡冠桥上没有洗濯的衣物，但街道中仍悬着晾衣绳，上面的晾衣夹仿佛蔫枯的果实，随着炮弹的轰击阵阵战栗。看到那几个在空中飞行的人，集体联盟的阵形近乎崩溃。

城市议会的寄生手宿主身着正装，头戴礼帽，裤子则短了一截。古怪的惊吓策略。这些是被定罪的新刺党人吗？或者如流言所说，他们是志愿者？对新克洛布桑政府绝对忠诚，甚至甘愿自我牺牲，充当寄生手的载体？神圣的右翼殉道者。又或者，这些只不过是死刑犯，被套上戏服，以起到恐吓作用。

他们高悬于空中，借助魔法喷吐着火焰，而且比仙人掌族更强壮，就像是超强版的新刺党人，仿佛梦魇中的景象。这身服饰让人们想起“今肯破碎之夜”，那一晚，新刺党袭击了虫首人聚居区，展开狂暴的杀戮。他们闯入雕塑广场，将虫首人用分泌物制作的一座座雕像捣毁，踩踏没有智慧的男性，屠杀女性，到最后，地面上布满黏液、鲜血和玻璃碎屑。疯狂的攻击过后，就连上流社区都感到万分震惊。国民卫队也来了，以保护尚未逃离与被杀的少量虫首人。但新刺党无需奔逃：他们被允许以胜利者的姿态有序地撤离。

如今，新刺党人，或者说外表酷似新刺党的人从天而降。集体联盟的成员们迅速躲进被炸弹震得摇摇欲坠的房子里。具有上千年历史的砖块间扬起阵阵尘埃，呛得他们发出咳嗽声。

从南方来了一名纤瘦的裸体男子，沿着桥面奔跑。他身上也附有一只黑黝黝的手，没有抓着脖子或脑袋，而是抓着他的脸，五指张开，盖住眼睛和鼻子。那是一只寄生左手。

种族内战带来了意想不到的盟友。出于某种未知的原因，少数寄生手与其兄弟姐妹发生冲突——至于是因为偶然的利他主义，还是另有政治图谋，集体联盟的交涉者始终没能搞清楚。这种狡猾的寄生生物是腐化不洁的象征，与它们打交道或许令人厌恶，但他们此刻不会拒绝任何机会，尤其是当寄生手的叛逆者中有一部分是左手。

国民卫队的三个寄生手都是右手，亦即战士族群。尽管它们十分强大，但看到那人脸上的左手时，都偏转闪避，试图躲开攻击，然而集体联盟的寄生手宿主跳得比常人要高，并伸出五指，用力抓握。寄生左手掐断了一个寄生右手的同化腺，那黑衣人一阵痉挛。形如五指的盲眼怪物抓着一个脑死亡的人类从天空中坠落，掉进浑浊滞涩的焦油河，他的礼帽也跟着落下，仿佛乐曲的尾声。

附有寄生左手的裸体人再次出击，抓住另一个飞翔的人，令其瘫痪坠落，变成石子路上一摊红色的血肉。集体联盟的人们高声喝彩。但第三个忠于城市议会的寄生手悄悄地从屋檐底下迅速接近。当寄生左手驱使宿主离开摔成肉饼的尸体，寄生右手控制下的人张开嘴，喷吐出火焰。

浓烟翻滚的火焰卷过裸体人的皮肤，把他烤得黑乎乎的，油脂嗞嗞作响。寄生右手通过宿主的嗓子发出凄厉的尖叫，令方圆半里内的人充满惊惧。那人一边坠落，一边燃烧，最终被火焰吞没。

国民卫队的机枪开火了，空气仿佛被撕成碎片。集体联盟成员都趴到石头后面，寄生右手满不在乎地在枪弹间飞翔，身体时不时扭动抽搐，宿主的肉体保护着那只手。

桥北端的屋顶上，站着一名獾泽的魔学士，他也是来守卫集体联盟的起义者。他的身体散发出光亮，宝蓝色的光芒无声无息地闪烁着。他大喝一声，一团光线飞射而出，像蝴蝶一样扑腾着撞向最前排的机枪。光团在机枪手的头顶形成一道弯弧，将他们罩住。机枪手们跌跌撞撞地扯下面罩，露出苍白的脸和失明的双眼。

人和机枪都变得僵硬脆弱，并出现扩散的裂纹，最后逐一崩裂，地面上出现一堆干燥的碎屑。

随着又一阵喝彩，韦尼恩街的首领端着一支火枪冲上前去，但那寄生手盘旋飞扑，沉甸甸的黑靴子来回晃荡。他以一种愤怒而嬉戏的姿态飞向一队集体联盟成员，一边猛力殴击，一边喷出旋转的烈焰，留下一串凄惨的尸体和濒死者，还有焦灼的围墙。

“撤退！快！”

大温房火枪队回到桥面的街道中，一边撤退，一边朝着国民卫队发射锯轮。国民卫队不再等待，拖着臼炮向前移动。他们的机枪又响了。寄生手和集体联盟的魔学士打了个照面。那人举起双拳，意图射出一团光；寄生手的火焰喷涌而出，使得他在空中燃烧坠落。

“快他妈的撤退！”国民卫队来了。大温房火枪队转回头，突然愤怒地向他们冲去。这群体形巨硕，浑身长刺的战士令人惊惧。国民卫队止步不前。

寄生右手吐出火焰，但时机过早，只烧断了几根晾衣绳。一名仙人掌族掷出一把砍刀，击中宿主，他发出胜利的欢呼。那是一把巨大的刀，深深埋入人体的肌肉中，令宿主坠落下来。仙人掌族用树干似的脚对着寄生手和宿主连踢带踩。火枪队参差的队形转变为一列纵队，虽然他们穿戴着粗陋的金属盔甲，但仍被机枪子弹打穿。

疲惫的仙人掌战士们开始向着己方逐渐接近的武器撤退。最后一名火枪手是个改造人，他的脚上缠着一团斑驳的物体。当仙人掌同伴转身面对他时，那人朝着他们喷出火焰。他们干掉了宿主，却没杀死寄生手。它又爬到那个改造人身上。

一辆列车从城区中钻出来，驶上附近的铁路桥，与鸡冠桥相距不远。

北岸的铁路被路障隔断，但小河套站以南的东南线处于集体联盟控制之下。列车与桥并排停下，集体联盟的成员从窗口中发射榴弹，一名贫民窟鹰人在爆裂的火光上方指挥。炸弹使得鸡冠桥的轮廓越来越残缺不整，也冲散了国民卫队的阵形。

但那还不够，国民卫队逐渐占领了鸡冠桥，朝着列车开火反击。东面的议会大厦如同高耸的山丘，黑黝黝地矗立着，直指向天空，仿佛在观察此处和其他地区的战斗（一艘飞艇对泉树码头发起突袭，一队骑着两足规避兽的士兵闯入溪滨，一支忠于城市议会的改造人组成的骑兵军团在回音沼展开攻击，集体联盟的成员大声斥骂他们为叛徒）。

在河衣区，集体联盟的指挥官们喃喃低语，*是时候了*。硝石车站的铁路拱桥下，是一个指挥部。集体联盟的杰出军事家弗兰吉勒正在大声嘶喊。他曾是国民卫队成员，在战术方面训练有素，如今已转投激进分子。*快点拿主意，你们他妈的想不想赢。时间不多了，快动手。炸掉那座桥。*

为数不多的几座桥连接着城市议会控制的区域和集体联盟的领地：每一座他们都丢不起，这样的通道不能留给国民卫队。焦油河的水面下，集体联盟的蛙族人守卫着下水道入口，他们派出一队水下工兵。

没人乐意干这件事，没人想要摧毁广受喜爱的老建筑。然而他们感觉迫不得已。

他们穿过浑浊的河水，找到竖在淤泥中的桥墩，然后上下摸索。但他们越来越焦急，因为找不到炸药。他们互相搀扶，用水下的语言大声吆喝，然而，幽暗的水中冒出了敌人的身影。*叛徒*，有人喊道。国民卫队的蛙族向他们袭来，这些是萨满巫师，驾驭着翻滚涌动的清水。水精灵在他们的驱使下，不断吞噬着集体联盟的成员。

只有少数人逃回来，他们带回的信息是：*我们他妈的没法炸毁那座桥*。

于是他们又去炸陡桥。这一回，蛙族人小心防范水中的埋伏，但结果仍是一样——炸药不见了，天知道是什么时候被发现并移除的。集体联盟企图阻挡国民卫队入侵，但他们的计划被破坏了。

“曼陀罗桥和山冈桥一定也一样。他们找到了渗透的渠道。”

于是，他们来了。面对集体联盟的压制性火力，面对致命的魔法与陷阱，国民卫队缓缓推进，所经之处留下一片恐怖的景象，曾经的围墙与窗户变成毫无用处的残骸，连窗框里的玻璃都不见了。他们不断前进，鸡冠桥再次落入城市议会手中。

随着集体联盟的部队往后撤退，更多路障竖立起来。炸毁的建筑化作碎石，被运来充当基底，再往上，则堆砌着各种各样物品：枕木，家具，工厂的炉渣，来自索贝克十字的树桩，等等。集体联盟不得不牺牲祭席广场以西的几条街，集中力量防守主要街道。他们向南岸的守军传信，以防国民卫队绕过桥，转而入侵东侧。

但他们没有绕道。他们穿过河，在广场里稍作停留，并占领附近的建筑（其中有一栋楼，集体联盟刚刚从中撤出，国民卫队系统地将其影响逐一消除。他们往照片上撒尿，然后扔出窗外。）

格利斯湾的叛军将数十年来的垃圾堆到陡桥上，以阻塞通道。人口稀少的贱地遭到轰炸，集体联盟在那里只有少量象征性的守卫部队，他们尽量保存弹药。贱地本身没人想要，但它是通往回音沼和泉树的必经之路，而作为集体联盟心脏地带的狗泥塘就在它对岸，因此必须有人把守。

狗泥塘的集体联盟无法前往城市西北部，那些区域的支部也面临困境。国民卫队在焦油角和溃疡角的准备工作显然是为了攻击烟雾弯。那里很快就陷落了，连同制造工厂和工人组织一起被歼灭，集体联盟的这一支部消失了。

啸冈更加容易。“我们只要挠挠屁股的工夫，就能铲平一帮同性恋、变态和画匠。”一名被捕的国民卫队指挥官轻蔑地断言。他的这番话很快便传开了。啸冈支部没能支撑太久。他们的部队由新文化艺术家和芭蕾舞演员组成，还有著名的“俏丽兵团”，这队榴弹兵与火枪兵全都是男妓，衣着华丽鲜亮，涂抹着夸张的脂粉，并用同性恋之间的切口发号施令。一开始，大家对他们很厌恶；然后转变为容忍，因为他们的战斗毫无节制；最后则变成了激愤的同情。没人愿意看到他们被消灭，但那是无可避免的。

国民卫队占领鸡冠桥，击溃了大温房火枪队，然后在焦油河南岸驻扎下来。他们准备向东推进，侵入狗泥塘支部的腹地，侵入新克洛布桑集体联盟的大本营。集体联盟的成员们感觉末日将至，但没人说出口。

正是在这样的气氛里，正是在这场战争中，犹大、科特和他们的同伴来到了城里。

第二十六章

“老天，*老天*。嘉罢在上，你们是怎么*来到*这里的?”

离开或进入新克洛布桑集体联盟的领地都很困难。出于恐惧，路障的守卫者神经绷得紧紧的。下水道中也有人巡逻。城市议会的飞行员对任何非己方的飞艇都会实施打击，双方又各有魔法防护，因此，出入领地是一项危险的壮举。

人群中流传着耸人听闻的故事：英勇的警卫偷偷溜出去，无声无息地斩杀国民卫队；城市议会的部队在迷宫般的小巷里转错一个路口，忽然出现在集体联盟的领地内。如今，有传闻说，圣战之师即将返回，以解救集体联盟的所有贫穷饥饿者。

当然，事实上已有成百上千人曾经通过把守不严的路障或者利用魔法出入集体联盟的地盘。市长掌握的城区里有许多投靠集体联盟的人：比如来自凯弥尔，或者巫妖滩边缘的工业区。许多公会成员，叛逆分子，甚至好事者，都曾离开戒严管制区域，来到狗泥塘或溪滨，请求进入。而集体联盟内部也有人希望它倒台，他们或静静等待，或积极采取行动，有的偷偷潜入上流城区，有的潜伏下来充当间谍。

因此，新来的人受到热情款待，但怀疑也是难免的。犹大等人从城东而来，穿过大径桥附近破败的废墟。在库拉宾的帮助下，他们找到隐藏的道路，绕过一道道路障，但每一次过后，那僧侣都愈发虚弱。他们顺着两侧的砖墙来到狗泥塘的邮局，这里是议会代表开会的地方。他们向联合委员会的代表们致意。

科特感觉一阵空虚。他在新克洛布桑待了那么久，如今它却发生如此巨大的变化，与过去迥然不同。这让他想起许多事，让他想起德雷，想起伊霍娜，想起费赫，想起坡摩罗伊。

这是哪座城市？进城时，他心中暗想。

大径桥破损的塔楼已经在大焦油河上方矗立了数百年，如今，它的顶端配有火炮，慵懒地朝着上流城区发射炮弹。一向肮脏污秽的贱地，现在更加破落，而且不仅仅是因为贫穷。

到处都不一样了。经过薏米桥之后，街道中的景象时而平凡，时而恐怖，时而美丽。街头仍然有人，绑着绷带的士兵躲在破损的建筑里看着他们。有一群脚步飞快，神似老鼠的人弯着腰，背着食物袋子，家具，以及种种杂物，在各地之间搬运。他们充满畏惧。

科特和同伴们身上都沾有铁路的尘埃，因而招致好奇的目光——大家都很脏，但他们的脏与众不同——不过似乎没人对这一行人的组合感到奇怪：两个改造人，四个正常人（库拉宾没人看得见），牵着疲惫的坐骑。

改造人本身就是坐骑。长着蜥蜴身体的拉胡尔是其中之一：钢铁议会诞生时，他是安·哈莉的代言人，科特正是通过他的声音，听到乌兹曼的死讯。他是个年纪偏大的中年人，但那几条向后弯曲的腿仍然比马都跑得快。犹大骑在他身上穿过荒野，来到城中。另一个是女性，名叫玛丽贝特，她的脑袋被移植到辎重马的脖子上，马腿则镶着飞禽的爪子。骑在她身上的是艾尔希。

许多生而自由的年轻钢铁议会成员渴望看一看新克洛布桑，但安·哈莉坚持说，钢铁议会需要每一个人，反正他们很快就能看到那座城。钢铁议会只派出了这几名使节。

两名改造人像农家小子似的，站在门迪坎丘陵上呆呆地观望，仿佛完全被此处的地形所征服。他们的过去是个梦，他们正在这支离破碎的梦境中行走。

街道中有无人看管的儿童，将毁坏的建筑当作游乐场。城市大多毁于炸弹，剩余的部分显得凄凉惨淡。依然耸立的围墙，废弃的碎石，地面中伸出许多支架和粗如手臂的电线：这是一座废墟之园。然而其中也不乏新出现的美丽景致。

在魔法的作用下，砖块变成了雕塑，崩塌的建筑沾染上奇异的色彩。一堵爬满藤蔓的墙半虚半实，像玻璃一样透光。新克洛布桑的猫和狗在重塑的环境中奔走。由于遭到捕杀，它们变得很警惕：集体联盟的人们在挨饿。

街角处，一群儿童列队行进，仿佛奇怪的阅兵式，他们的父母和朋友们极力显出骄傲与愉悦的神情，而于此同时，爆炸声仍在继续。墙上有许多螺旋纹，扭曲盘绕，纷繁复杂。隐身的库拉宾发出嘶嘶声，似乎在说“是的”。

有一次，有人看到一团移动的色彩，她一边奔跑，一边惊呼：“幻象！幻象！”但那只是新画的涂鸦，墨水流淌滑落，吓到了那名女子。她尴尬地笑起来。高音喇叭响起，一艘飞艇给集体联盟运来了鱼，然后是一阵连续的爆炸声和坍塌声；街上的人群受到惊吓，似乎很紧张，但他们的无奈多过害怕。

街头有无数种艺术风格，在贫困中展现出最后的繁荣。

*这是什么地方？*科特心想。*我无法相信自己来到了此处。我无法相信自己回来了。我们回来了。*

他望向犹大。但犹大深受打击，脸上充满深深的悲哀。*这就是我们的胜利？*科特理解他的疑惑。

在旅途后半程，钢铁议会的使团接近城区，他们遇到数十个难民，有穷人，也有富人，有来自上流城区的，也有来自贫民区的。在广阔的原野中，他们只是一群迷失的人。“太可怕了。”其中一人说道。他并不知道他们的身份，以为只是一群勘探者。“现在不一样了。”那新克洛布桑人说。

“一开始形势还不错。”一名女子说道。她怀抱着婴儿。“我很想留下。他们做的事并不容易，但形势还不错。清空监狱和惩罚工厂，听说塔慕斯也是，那里的集体联盟不断传回消息，直到陷落为止。食物耗尽之后，我们就只能吃老鼠，所以必须离开。”

一名来自雪克的店主惊恐地声称，集体联盟占领阿斯匹克南部之后，把所有富人赶到一起，夺走他们的房子，男人直接射杀，女人先奸后杀，孩子当作奴隶养起来。

“我得离开，”他说道，“如果他们赢了怎么办？如果他们像干掉斯坦姆・福尔彻一样杀死崔斯迪市长怎么办？我要去科勃西。他们欣赏勤勉的人。”

此处的街道科特曾经很熟悉，炮火却令其变得陌生。各派系的彩色锦旗无人照看，碎裂剥落的标语牌上宣扬的是各种莫名的理论，各种新教派，新事物，新生活。街上已看不到喧闹而活跃的人群，但仍能通过建筑本身隐约感觉到他们的存在：仿佛一座座石碑，历史上的各个纪元，各种战争与叛乱，都深深嵌在石头里。

代表议会中有十六个联合委员会成员，其中五人可以被找到。他们呆呆地凝视着新来的人，然后上前拥抱，流下眼泪。

“简直不敢相信，简直不敢相信。”

他们握住犹大，感谢他找到钢铁议会。他们也握住科特和艾尔希，感谢他俩找到了犹大，并将其带回。他们跟卓耿打招呼。犹大向他们介绍库拉宾，称其为反抗泰什的僧侣，他们不安地朝着空气挥手。

然后是改造人，钢铁议会成员。

新克洛布桑集体联盟的联合委员会代表逐一与钢铁议会成员握手，或者握住尾巴状的胳膊。他们充满敬畏，喃喃低语，表示要团结一致。“几十年了。”其中一人握住拉胡尔轻声说。拉胡尔用较低处的蜥蜴手臂回以抓握，动作出人意料的轻柔。“你们回来了，查弗林，你们去了哪儿？老天，我们一直在等待。”

要问的问题太多。*它成了什么样？你们去过哪儿？如何生存？想念我们吗？*诸如此类的问题仿佛无形的幽灵，充斥着整间屋子。最后，终于有人开口说道：“你们为什么回来？”

科特认识其中一些代表。有个年长的仙人掌族女性，叫作“肿眼皮”，他记得是属于放逐者联盟。还有个名叫泰里莫的男子，不知是哪个派系的。还有科尔丁。

不羁叛逆者的首领科尔丁成了改造人。

人体改造有许多模式，科特见过类似的形体，人们称之为“双簧马”。经过改造后，科尔丁有四条腿。自身的两条腿后面，还有另外两条，不安地挪动着。那两条腿连接的腰部向前弯曲，横亘的身体没入科尔丁臀部上方的皮肉之间，仿佛他是一团浑浊的水。另一个人被嵌入他身体里。

“刚开始的时候，他们把我放出来，”他平静地对科特说，“集体联盟夺取控制权后，将惩罚工厂都清空了。对我来说为时已晚。”

“科尔丁，”犹大说道，“科尔丁，这是怎么搞的？出了什么事？这就是集体联盟吗？”

“本来是的，”科尔丁说道。“*本来*是的。”

“钢铁议会为什么要*回来*？”

“我们成了追捕的目标，”犹大说道，“为追踪我们，新克洛布桑在火水海峡打出一条通道。他们发现了我们的位置。许多年来，他们一直想要抓我们。科尔丁，他们追着我们*穿过污染区域*。钢铁议会距离此地还有一段路程，但正在赶来。我们想来看一看，也是要告诉你们——”

“你确定还有人在追踪吗？穿过污染区域？你们怎么可能*穿过那该死的污染区域*？”

“我们没能甩掉追兵。也许他们损耗严重，但仍在继续追赶。就算城市议会不相信钢铁议会要回来，他们的刺客仍在追杀我们。”

“但你们为什么来**这里**?”

“当然是因为你们。老天，**真见鬼**，科尔丁。我离开时就知道有这回事。我知道的。钢铁议会听说之后，他们相信回家的时机到了，他们要回来参与。”

但你想保持距离，犹大。科特看着他，有种古怪的感觉。

“我们回来，是要加入集体联盟。”

虽然联合委员会成员都面带喜悦，但科特发誓，他能从那些人脸上看出一丝矛盾的神情。

“集体联盟不存在了。”

“**闭上**你的**臭嘴**，”其他人立刻围住科尔丁说道，“你他妈在说什么。”就连其他不羁叛逆者成员也露出惊讶的表情，然而科尔丁踮起所有四只脚，挺身高呼：

“大家都**明白**，最多还能撑几个礼拜。我们已经没剩下什么了。他们隔断我们的联系，这会儿正在剿灭烟雾弯，啸冈多半已经失守。委员会只剩五分之一不到——其他人大多不知道该怎么办，或者想要跟市长**讲和**，老天，就好像城市议会现在仍愿意和谈似的。我们**完了**，这只不过是苟延残喘。现在你们他妈的要把**钢铁议会**也拖进来？你们要把它也毁掉？”

“查弗林，”开口说话的是一名年轻女性，也是不羁叛逆者成员。她的声音带着颤抖，“我要说的话，你不会爱听。”

“不，这**不是**因为我的遭遇……”

“就是因为你的遭遇。你遭到**人体改造**，查弗林，这是件恶心的事，也让你感到绝望。我不是说换作我就会不一样，也不是说我们一定会赢，但我要说的是，事到如今，不是你说了算。你他妈的最好跟我们一起战斗，科尔丁。”

“等一等，”犹大惊恐地张开嘴，害怕计划失败，“听我说，听我说。不管有什么问题，不管发生了什么事，你们得明白，那不是我们来这儿的原因。我们有一件事要做。听我说。”

“听我说。

“新克洛布桑面临毁灭。

“我们听说——请听我讲——我们听说过你们的那些幻象。它们没有停止，对不对？”

“没有，但变得越来越小……”

“对。这就跟大水花附近没有小水滴的道理是一样的。因为某种东西正在逼近。泰什的诉求不是和平。不管他们有没有跟你们，或者跟城市议会谈判，或者两边一起谈判……他们的目的不是和平，他们在准备毁灭性打击。幻象并不是武器。真正的武器在其他地方，在那些螺旋纹里。”

等到人们终于搞明白他的意思，都以为他疯了，不过他们很快就改变了看法。

“你们以为这是一时兴起？”科特愤怒地对他们说，“你们知道我们为了来这里，经历过什么样的困难？你们哪怕有一点点概念吗？我们来这儿是为了什么？那螺旋纹会他妈的召来大火，降临到你们头上，城市议会，集体联盟，所有人。”

人们相信他，但当犹大要求帮助时，科尔丁笑了起来。

“你要我们怎么办，犹大？我们又没有部队。我的意思是，我们有，但‘我们’指的是谁？我无法控制集体联盟的战士。如果我试图告诉他们应该怎么做，他们会想——就算是现在也一样——这是个阴谋，不羁叛逆者的人企图掌控集体联盟。我不是军事指挥官，控制不了他们。或者，具体来说，你要的是‘不羁叛逆者’？”他望向自己派系的成员。

“我们还剩下一些人。基里寇街游击队是我们的，但谁他妈知道怎么联系他们。其他人在前线，他们守在路障上，犹大。你要我怎么办？你以为我们可以召集该死的代表大会，解释当前的形势？我们四分五裂，犹大——每个区都各自为战。我们必须抵挡国民卫队。”

“科尔丁，这件事如果我们不加以阻止，整座城市都将不复存在，更不用说集体联盟了。”

“我明白。”那改造人的眼睛就像揉了沙子。他身上有战斗中受伤的血痂。他犹豫不决。“你要我怎么办?”

在一阵沉默中，两人互相对峙，仿佛是敌对双方。

“这座城市有需要。”

“我明白，犹大。你要我们怎么办?”

“一定有某个人，某个魔学士，某个无亲无友的……”

“我知道画螺旋纹的是谁。”有人说道。

“也许有这样的人，但你得找到他们，别这样看着我，犹大。我当然会尽力而为，但我不知道去哪儿找。一切都快结束了：已经没人可以发号施令。”

“我知道画螺旋纹的是谁。我知道画螺旋纹的是谁。”

人们终于安静下来。说话的是那个来自不羁叛逆者的年轻女子。

“画螺旋纹的人。那个召唤者。泰什密探。”

“怎么可能?”犹大说道，“是谁?”

“其实我不认识……但我知道有人认识。他曾是不羁叛逆者成员，或者说差一点就是。我是在聚会中认识他的，科尔丁。你也认识。奥利。”

“奥利？投奔公牛的?”

“奥利。我想他仍然跟着公牛。据猜测，杀死斯坦姆·福尔彻的就是公牛，天知道那管什么用。事后，公牛消失了，但后来又有人见过他。也许奥利仍然跟着他。也许奥利能找公牛来帮忙。

“奥利知道画螺旋纹的是谁。他告诉过我。”

第二十七章

在奥利看来，公牛如今就像一条狗，一条愚蠢而遭到虐待的狗，跟着一个讨厌的主人，却无法自已。

他曾经认为，**我们成功了！**但这只是短暂的想法，持续了不到一晚。当奥利了解到公牛的动机，知道她利用了其他人，他感觉很悲哀，也很震惊。奥利本以为这场运动定义了他自身，如今却有一种脱离感，然而即便如此，他仍很骄傲。

虽然与事实证据相悖，但在那几个小时中，他仍相信，杀死市长起到了强烈的催化作用。起义军根本不知道斯坦姆·福尔彻死了，他们听说这个消息后，表现出一种冷酷的兴奋，但并没有因此而获得新的动力，也没有斗志高涨。在路障刚刚出现的初期，他们听到太多这类消息，公牛帮干的事并不特别重要。在集体联盟中待了几个小时后，奥利发现，袭击市长的行动与集体联盟的诞生没有关系。

公牛奥利用头盔一次次撞裂空间，并在其中穿梭。他来去自如，悄悄地从集体联盟的城区穿到城市议会的区域，然后又穿回来，对两地之间的陷阱与路障不屑一顾。他就像狗一样追踪着猎物。他在跟踪漩涡雅各布。

当时，他以为处决市长将成为运动的一部分。正是在那一刻，世界改变了。这将是历史潮流的一部分。有点丑陋，没错，但那是一种解放，推进了运动的发展。集体联盟将一往无前，攻陷上流城区。在集体联盟中，反叛分子将赢得代表席位，集体联盟也将击败城市议会。

国民卫队在他们控制的城区内实施戒严令。出于同情，有些地方的人发起骚乱，意图加入集体联盟，但没能成功。奥利等待着。焦躁的情绪仿佛肿瘤，渐渐地，他越来越确信，杀死市长其实一点用都没有，这个念头令他感到很沮丧。

奥利打扮成公牛，在现实空间的黑暗孔隙间移动。到了夜晚，他从安静的上流城区中冒出来。在摩格山，他悄悄出现在看热闹的人群后面，没人注意到他。来自岂南和马法顿的富裕居民看着一团团油腻腻的爆炸火光，看着城市议会的魔学士放出阴森的魔焰，他们兴奋地呼号，就像看焰火表演。而当集体联盟的施法者制造出微尘般的点点光亮，他们则发出幼稚的嘘声。

我可以杀死你们那么多人，奥利不停地思忖，*为了我的兄弟姐妹，为了我死去的同伴*，然而他没有作出任何行动。

连续许多个夜晚，他都前往泉树的仓库。他的同伴们没有一个回来。他觉得巴隆也许能逃脱，但他可以肯定，这名前国民卫队成员并未尝试逃跑。没人回来会合。

奥利交给女房东债条，她好心地接受了。在集体联盟的地界里，一切都是同志情谊。到了夜晚，他们坐在一起，听着国民卫队进攻的声音。有传闻说，城市议会动用了战争机械人，二十年来，这还是头一回。

他将护具藏在床底下。他的牛头盔。他自己也不知道为什么，只有在夜间行走时才会使用它。最近，街道上变得很危险。集体联盟的守卫有的喝醉了酒，有的清醒专注。有一次，他利用牛角穿过街道，绕过守卫，在喧闹的夜间来到赈济所。流浪者之间存在分歧。

如今，奥利又回来了。此处的屋顶已经消失，取而代之的是蠕虫的粪便。这种虫是城市议会放出的武器，会在石头里乱钻。赈济所内空无一人。藏匿在此的煽动性书籍早就被翻了出来，只剩下一堆残页，湿乎乎地躺在地上。毯子也都已经发霉。

公牛本应该成为集体联盟的战士。公牛本应该守在路障上，或者跑到街上，在街道两侧被炸得光秃秃的树木之间，朝着国民卫队奔突冲顶。

奥利没那么干。他感到厌倦困乏。挫败让他变得死气沉沉。一开始，他试图融入集体联盟，协助防卫，并从公开演讲和盛行一时的艺术表演中学习知识：然而他只能躺着思索，**他干的事究竟有什么意义**。他真的不知道。**我干的事有什么意义？我做了什么？**

他在悉利亚看到一次幻象。那是一本合拢的厚书，色泽斑驳黯淡，仿佛悬在蛛丝上转动，同时吸入光与影。杀死两名路人之后，它便消失了，只留下隐约的书影，保持了一整天。他并不害怕。他站在满是涂鸦的墙壁跟前看着那诡异的影子，观察它的运动和位置。在污言秽语和标语口号之间，在毫无意义的符号与涂抹中，他看到熟悉的螺旋纹。

我得找到雅各布。

公牛能够办到。公牛的眼睛能分辨出哪些漩涡标记是新的。它们含有魔法能量：不可能被消除。当奥利成为公牛的时候，他逆着时间顺序追踪那些符号。漩涡雅各布在城中沿着一个无比复杂的巨型螺旋纹走动。

跟公牛一样，他能在集体联盟和城市议会之间毫无困难地穿行。那重重嵌套的螺旋纹最终指向新克洛布桑的核心。公牛在黑夜中潜行，头盔上缠着层层阴影。集体联盟诞生两周后，各种防御与配给委员会吵嚷不休。没人看到戴着牛头盔的奥利，他在悉利亚井找到了漩涡雅各布。

那老者步履蹒跚，手里拿着彩色涂鸦工具。公牛跟着他走入一条巷子，四周都是混凝土的阴影。那流浪汉又开始画圈。

漩涡雅各布没有抬头，只是含糊地喃喃低语："你好啊，小伙子，曾经的不羁叛逆者，呃，现在成了独行侠？你逃出来了，对不对？你好，小伙子。"头盔中的魔法没能迷惑他。他知道是在跟谁说话。

“结果跟我们想的不一样。”奥利说。他语带悲哀，并因此而感到自厌：“那没有用。”

“作用非常完美。”

“什么?”

“作用，非常，完美。”

他以为老汉的疯病又犯了，这句话并没有意义。他相信一开始自己就是这么想的。但他感到很焦虑。而当他在黑泥地、回音沼和狗泥塘参与公众集会时，那焦虑感越来越强。

他又装扮成公牛，花了两天时间，再次找到雅各布。

“上次你是什么意思?”他说道。他们在雪克，位于外乌鸦塔车站的砖墙下。他一路追踪着漩涡图案来到此处。“作用非常完美是什么意思?”

当然，真相令他恐惧，但更糟的是，他并不感到惊讶。

“你以为只有你一个，小子?”漩涡雅各布说道，“我到处给出暗示，你是最出色的。干得漂亮，孩子。”

“你想要什么?”奥利用公牛浑厚的嗓音说道，但他意识到，自己已经知道答案。雅各布要的是混乱。“你是谁？为什么要创造集体联盟?”雅各布望着他，奥利过了好一阵才看出他的表情是轻蔑。

“你走吧，小子，”流浪汉说道，“这种东西没法**创造**。那不是我干的，我在忙别的事。至于你所做的——**就像廉价的饰品**。走吧。”

奥利很惊愕，感觉遭到了贬低。公牛帮所做的一切只是无关紧要的小事。公牛，巴隆，他的同伴们……虽然他知道这些人被利用了，却不明白是为什么。他内心一阵震颤，感觉透不过气来。

奥利知道必须杀死雅各布——他没有愤怒，只有一种突然的平静。也许是为了复仇，也许是为了保护自己的城市——他不太清楚。他往前靠近，举起弩箭枪。那老者没有动。奥利瞄准他的眼睛。他也没有动。

奥利开枪射击，弩箭嗖地划过空气，漩涡雅各布依然不动，直勾勾的双眼中并没有血。箭钉在了墙里。奥利拔出一支多管手枪。他射向漩涡雅各布的子弹，不是打到地板，就是打到墙，完全碰不到那老者。奥利收起枪，用拳头击打漩涡雅各布的头部，尽管雅各布一动不动，奥利仍扑了个空。

他心中生起怒气，向老人猛扑过去。此人曾帮助过他，将他引荐给公牛，并让他去杀人。奥利使出那神秘头盔赋予他的全部力量，用力冲顶，然而那老者依然不动。

奥利碰不到漩涡雅各布。他又试了一次，还是碰不到。

他的愤怒转变为绝望。尽管集体联盟和国民卫队的成员已经习惯了战斗的喧嚣，尽管他们仍在一里地之外，但听到公牛低沉的吼声，全都停顿下来。奥利碰不到那老汉。

漩涡雅各布整天醉醺醺的，是个货真价实的流浪汉。但他还有其他秘密。

最后，他缓缓地走开了，姿态简直就像是散步，而公牛只能像狗一样跟着。公牛跟随雅各布走向新克洛布桑市中心，走向帕迪多街车站的拱顶。奥利毫无办法，只能大声质问，而漩涡雅各布并不回答。

“你都干了什么？

“为什么选我？

“其他人呢，他们应该做什么？真正的计划是什么？

“你打算怎么办？”

集体联盟的建立，是一个改造的过程。

新克洛布桑集体联盟创建初期，充斥着怨愤、暴力、惊愕和复仇，也有各种偶发事件，人们的动机或高尚，或卑劣，种种迫不得已的需求造成一段混乱的历史，在此过程中，有些人拒绝与改造人合作。然而迫于需要，他们大多改变了态度。

一切发生得很快，连鼓动推翻城市议会的人也惊呆了。国民卫队放弃了许多塔楼和地盘，集体联盟控制区域内的政府大楼都已撤空。高架铁路停止了运营。国民卫队的塔楼遭到洗劫，擅离职守的逃兵端着武器。在此期间，有一个词的意义发生了改变。一名联合委员会成员在特基萨迪铸造厂向罢工者发表煽动演说，他向改造人工友们挥手，号召他们加入大部队。“我们要改造这座该死的城市：还有谁比你们更了解改造?”

奥利知道，随着平民大众揭竿而起，他先前的朋友和同伴也都将参与其中。他可以帮助他们；作为公牛，他可以成为集体联盟的一件武器。

然而他做不到。奥利精神萎靡。他只能找到漩涡雅各布，然后跟着他走，许多个夜晚都是如此。除非能跟雅各布对话，了解他究竟干了什么，不然他总觉得这件事还没完。

“其他人在哪儿?”他说道，“你让我们干的事是为了什么？为什么杀死市长?”雅各布一言不发，只顾往前走。*他为什么想要混乱?*

奥利总是能找到他。螺旋纹在公牛眼中闪闪发光。奥利一副悲惨可怜的模样。

“我替你担心，亲爱的，”他的女房东说道，“谁都看得出，你都快崩溃了。你吃过东西吗？睡过觉吗?”

他说不出话来，白天只能躺着，她给什么，他就吃什么，直到焦虑不断膨胀，迫使他爬起来，打扮成公牛，再次去寻找漩涡雅各布。于是，在许多个夜晚，他跟在那古怪的老者后面。

一开始，他戴着牛头盔，跟着雅各布穿梭出入现实空间。当奥利以这种毫无驾驭力的方式进行跟踪时，他发现那老者的行走路线十分古怪。他摘下头盔。漩涡雅各布毫不在意。

奥利在没有公牛魔法的状态下继续跟踪，他们依然能在集体联盟和城市议会的城区间出入。在汽灯和鲜亮的电子荧光灯下，漩涡雅各布迈着老态龙钟的步伐，在街道中行走，四周是被夜色染黑的砖块、混凝土、乌木和钢铁，奥利追随着他，仿佛是个散漫的朝圣者。

有时，雅各布从阿斯匹克出发，那是集体联盟地盘的边缘。他蹒跚地经过一群群夜间警卫，转身钻入一道柳条编织的拱门。他穿过由建筑物背面构成的漆黑小巷，经过树丛的阴影和圣堂的尖顶，而一条弯曲的小路或许就能将他们带到品克德的街道中。他们走了两分钟，距离起始位置就已经有四里地。

奥利跟着他行走，那流浪汉仿佛让城市的地形扭结起来。他能轻易穿行不相邻的区域。后来，奥利试图独自重走一遍，当然，他办不到。

从飞地到溪滨，从萨拉克斯区到圣嘉罢岗，漩涡雅各布为了方便穿行，以不可思议的方式改变了城市结构。他悄悄地将两块相隔遥远的城区放到一起，然后用一条通道连接起来（总是在暂时没有路人的时候）。他在集体联盟的地盘里进进出出，却从来看不到路障和国民卫队。奥利跟在后面，恳求他回答问题，有时候，他在愤怒之下向那老者开枪，或者用刀捅刺，然而他的武器每次总是落空。

我陷入了困境。奥利明白。*我被困住了*。他心中忐忑不安：他的思维陷入定式，整个人状态不佳，充满绝望。在这动荡起伏的日子里，在改造城市的过程中，他本应融入其中，然而他深受打击，流泪哭泣，一连能在床上躺好几天。*我好像不太对劲*。

他只会跟着雅各布，在其创建的通道中穿行，然后一人独坐，不时地哭泣。当一切发生变化，他在沉重的压力下崩溃。最初的日子充满兴奋，包括各种建设性活动，各种辩论和街头会议，但后来却转变为失落与伤痛，转变为被动防御，转变为恐怖，转变为一种末日感。

集体联盟的人们感受到即将来临的危机，准备最后一战的决心日益坚定。奥利除了睡觉之外，也在暴动不安的街道中行走。他眼看着集体联盟最初的扩张趋于停滞，然后转为收缩。他看到国民卫队的蚕食。每一晚都有新的路障失守。国民卫队夺取了猪舍街的窑炉，向日葵大道的马厩，森特的拱廊商场。集体联盟的地盘不断缩小。公牛奥利独自躺着。

我应该告诉别人，他心想。*漩涡雅各布是个动乱因素，有些麻烦是他造成的*。但他并没有行动。

被雅各布抛弃的人是否遍布全城？许多迷惘的男男女女，尚未完成任务。他们为漩涡雅各布办的事被中途打断，这些人不知道自己是否已达成目标，也完全搞不明白是为了什么。如果成功，是好事还是坏事？

“嘘，嘘。”漩涡雅各布一边在黑夜中行走，一边对他说道。老人往墙上涂画的漩涡越来越古怪，越来越复杂。奥利并没有真的在哭，但他仿佛迷途的羔羊，跟在雅各布后面，用近乎乞求的语气提问：“你让我干的事是为了什么？你在做什么？你都干了什么？”

“嘘，嘘。”雅各布的语气相当温和，“快结束了，咱们只要让大家继续保持忙碌就行。不用太久了。”

奥利回到家，一群人在等着他。其中有玛德琳·迪·法尔加，还有数月不见的科尔丁，他已变成改造人，精神萎靡不振。另外还有一些不认识的男男女女。

“我们需要跟你谈谈，”玛德琳说道，“我们需要你的帮助。我们得找到你的朋友雅各布。我们必须阻止他。”

这番话让奥利哭了出来，他如释重负。有人不需要他指出，就发现了同样的问题，这件事终于有人来干涉，不需要他独自面对。他感到如此疲惫。这群人样貌参差不齐，但坚定地扛着武器，没有最近以来人们的恐慌情绪。看着他们，奥利心中也强烈地向往加入。

第二十八章

南部城区，一支小分队在分隔阿斯匹克和索贝克十字公园的街道中搜寻资源——一项危险的任务。公园是中立区，不受集体联盟和城市议会的管辖，从监狱里逃出来的人和各个派系的反叛者都在此聚居。集体联盟需要燃料：他们带着斧子和锯子砍伐树木。然而他们必须在国民卫队的火力覆盖下拖着沉重的木料从街道中返回，因此损失惨重。许多人倒在公园转角的鹅卵石地面上，或被射杀在墙壁的阴影中。

集体联盟仍在作出各种决议，但其运作的战略规模大大缩减，不再像原先那样，堪称城中的又一股统治势力。一些部队仍遵从指挥，然而每次行动基本只是局部需要，无助于大局。

飞地的国民卫队大楼早已被洗劫一空，其中的武器和魔法制剂被重新分配，秘密地图也被取走。楼顶上粗实的高架索道分别往南北延伸，紧紧地绷在车站之间，不时嗡嗡作响。南面的轨道通往白拉汉姆市郊，那里有城区最外围的国民卫队塔楼。北面的铁轨向上攀升，悬在数百尺高空，下方是瓦片和钢铁构成的屋顶，然后越过大温房居民区和蜿蜒盘绕的焦油河，通往新克洛布桑市中心，一直连到帕迪多街车站旁边那座直指天际的巨钉塔。

在最后的艰难日子里，飞地塔楼中的集体联盟成员将化学炸药塞满两节车厢。午前片刻，他们让两节车厢分别朝两个方向行驶，并卡住减速阀。由黄铜管、玻璃和木头构成的小车飞快加速，从城市上空呼啸而过。

索道在车厢的重压下弯曲下陷，翼人四散惊起，嘴里骂骂咧咧。

帕迪多街车站超越议会大厦，成为城市的中心。那座黑乎乎的议会大厦里，如今已没有工作人员（“议会”政府放弃了议会大厦，也算是时代的反讽）。市长在巨钉塔里决策。

当北向的车厢越过河衣，国民卫队开始发射榴弹，只是都没射中，纷纷落入雪克或小河套码头的街道里，掀起阵阵汹涌的浓烟。但警卫们不可能一直射偏。车厢令金属轨道发出尖啸，两发炮弹击穿窗户，爆裂开来。

随着车厢的爆炸，里面装载的炸药被点燃，一瞬间仿佛世界末日，接着，它坠落下去，拖着黑烟画出一道弧线，在雪克的店铺和排屋间摔得四分五裂，变作一堆融化的金属与烈焰。

然而在南面，塞满爆炸物的车厢掠过破落的街道。阿斯匹克和白拉汉姆的交界处有一道路障，车厢刚好从它上方经过。国民卫队和集体联盟的人分别从那堆碎石残砖两侧抬头观看。

高架轨道向下倾斜，车厢随之下沉，越过一片灌木丛生的开阔地，奔向前方高耸的大楼。最后，它撞入了白拉汉姆塔楼。

一声，两声，三声爆炸过后，掺着黑烟的火焰从国民卫队大楼顶端蹿起。水泥大楼鼓突崩裂，烈火在其内部蔓延侵蚀。一阵飞扬的爆破过后，它开始塌陷崩溃，压垮了下方的楼层。随着塔楼的屋顶被掀开，燃烧的瓦片仿佛火山碎石，国民卫队的车厢纷纷翻滚坠落。

城中的高架天轨松弛下垂，两里长的索道仿佛鞭子一般抽打下来，击穿屋顶的瓦片，形成一条长长的沟缝，并给底下的人带去伤亡。它从飞地塔楼弯曲地垂下来，朝着阿斯匹克延伸，炙热而沉重的索道压垮了许多建筑。

这是个令人瞩目的胜利，然而集体联盟的成员知道，那并不能逆转潮流。

铁锈桥附近的工坊大多静寂无声，员工和店主不是躲藏起来，就是去守护集体联盟的边界了。但有几家小厂仍在尽可能地运作与收益。国民卫队塔楼倒塌的那天，科特来到其中之一。

古老的玻璃工坊街上，炉火早已冷却，然而凭着东拼西凑的钱袋和政治劝导，他说服了拉姆诺火作坊的起义工人重燃火炉，并搬出钾碱、蕨草以及用来擦拭与清洁的石灰石。科特把犹大那面破圆镜的框架交给他们。最后，他们答应为他打造一面水晶玻璃反射镜。他去奥利家，等待奥利和犹大。

即使科特见过奥利——这很有可能，集体联盟建立前的圈子并不大——他也不记得了。根据玛德琳·迪·法尔加对奥利的描述，科特将他想象为一名愤怒狂热的青年，迫切渴望战斗，总是指责同伴不够积极活跃。然而奥利完全是另一副模样。

科特不太理解他的萎靡不振，但也感到很同情。奥利就像熄了火，科特、犹大和玛德琳必须将他重新点燃。

“它越来越接近，”库拉宾说道，“它越来越近了，我们得快一点。”

僧侣的语气一次比一次紧迫，而语言背后的意识似乎每天都在一点一滴退化。他们有太多问题需要向泰什的隐匿之神询问，库拉宾自身显然越来越多地被隐藏起来。

与此同时，他/她也显得很焦虑。他们经过的每一个螺旋纹都会令那僧侣不安，仿佛他能感觉到逐渐逼近的大屠杀及其实施者：库拉宾称之为杀戮精灵，屠杀者，异生物群。他说，它很快就要来了，他能感觉到。科特也被感染到这种紧迫与恐惧。

城中出现一波小型幻象。科特在去奥利家的路上，遇到一阵骚动。库拉宾突然用看不见的手拖住他，一边哀号，一边拽着他穿过一条街。他们抵达时，刚好看到最后一眼。那是一条狗的影子，以一种复杂的模式旋转翻滚，当它消失时，仿佛吸走了周围世界的色彩与光线。一小群集体联盟成员指着它尖声呼叫，但没人死亡。

库拉宾发出哀鸣。随着四周光线一闪，那东西不见了。“完了完了，”库拉宾说道，“最终阶段到了。”

科特不知道该不该相信奥利杀死了斯坦姆·福尔彻市长。他仍感觉不可思议。他曾在各种照片和海报中见过这名镇静自若，满头白发的女人，也曾在公开活动中看到过她几次。长久以来，她承载了那么多仇恨，而如今，他很难想象，此人已经死了。他不知该如何应对。他坐在奥利的房间里等待。

犹大跟打扮成公牛的奥利在一起。他紧紧抓着奥利，穿透世界的表皮，来到獾泽，来到他从前的工坊里。

“你到底要去干什么?”科特曾问他，“我要去取一面镜子——给钢铁议会——那你是想要什么呢? 他们一定已经封了你的工坊。”

“对，”犹大说道，“肯定的。对，镜子是得拿出来，但我还要取其他东西，可能用得到。我有个计划。”

其他人都在军械库。钢铁议会的改造人准备去路障上守卫集体联盟。对他们来说，这场莫名的战斗算是什么呢? 科特心想。

他想到他们的行程。曾经在内陆探索的流浪骑手卓耿带着他们以惊人的速度穿越荒野和草原，穿越险峻的岩石山地，最终来到河口平原西侧这座高耸的城市。他们路过一个个幽灵城镇，到处是空荡荡的建筑，干涸脱水，面目可憎，多年来，其狭窄的空间内只有随风涌入的尘土。

“对。”犹大低语道。这些前沿哨所，这些残存的栅栏和用树枝标识的坟墓，全都代表着他的过去。不到三十年前，此处是繁荣的新兴城镇。

腐败、无能和生产过剩最终毁掉了莱特比的大陆铁路联合公司，而钢铁议会的反叛和永动列车的逃亡是一系列危机中的最后一环。平原上快速建起的城镇与村落，成群的牛和杂交肉用畜，枪手，雇佣兵，陷阱猎人，来到荒野寻求财富的各色人等，都在数月间消失蒸发，只剩一栋栋房屋，仿佛蜕下的蛇皮。牧工，马匪，妓女，全都离开了。

钢铁议会将加速前进。尽管铺设铁轨的过程看似艰难缓慢，但它与城市的距离不断缩减。科特意识到，钢铁议会一定已经进入开阔地带。而跟在后面的国民卫队一定仍紧追不舍，日益接近。他们穿越整个世界寻找钢铁议会，然后又绕了一大圈回到故乡。这是一趟极其荒谬的环球旅程，经由一条恐怖的路线穿越内陆，最后再次返回。

屋里的光线忽明忽暗，空间中有两个点扭曲波动，一对牛角凭空出现。公牛奋力钻出来，身上沾满现实空间的血液，仿佛滴坠的能量。他带着犹大，两人仿佛恋人一般互相环抱。

犹大脚下一个踉跄，放开公牛，身上蒙着的色彩向上滴落，但在撞到天花板前便消失了。他背着一个鼓鼓的口袋。

“拿到你要的东西了？”科特说道。犹大看着他，最后一点世界之血已逐渐消散。

“我拿到了终结这件事所需要的一切，”他说道，“我们将作好准备。”

钢铁议会成员来到集体联盟的消息很快便泄漏出去，尽管最近以来，人们情绪沮丧，充满恐惧与悲伤，但这仍是个大新闻。

兴奋的人群在狗泥塘邮局旁的小巷中穿梭，寻找他们的宾客。最后，他们找到玛丽贝特和拉胡尔，这两人参与防守的路障仿佛成为战斗神坛。

集体联盟的人们排队等候着，国民卫队的子弹在头顶穿梭。他们依次来到钢铁议会成员面前提问——根据未明言的礼节，每人最多提三个。“钢铁议会几时会来?”“你们是来救我们的吗?”“你们会带我走吗?”有人表示要团结一致，有人表示很恐惧，各种极度荒谬的问题纷至沓来。排队的队伍变成了街头会议，在坠落的炸弹间，派系之间的争执又被重新提起。

在街道尽头，路障另一侧的瞭望哨通过潜望镜看到，战争机械人正逐渐接近。由黄铜与钢铁制成的机器士兵一步步走来，它们镶着玻璃眼睛，身上焊有武器。如此多机械人同时出现，比这些年来人们见过的总数还要多。

它们踏步向前，履带碾过街头的碎石与玻璃，朝着路障推进。领头的是一台巨型的掘土机，前方楔形的犁具可将堆砌的路障推开。

集体联盟成员丢出手雷和炸弹，又匆匆忙忙传信给一名魔学士，希望能阻挡住那丑陋的怪物，但来不及了，他们知道，必须得撤退，这道路障和这条街即将失守。

狙击手和巫术狙击手出现在无人区域的楼顶，朝着机械人和国民卫队开火，投射魔法。一开始，他们对政府军造成了伤害，然而一杆来回转动的机枪打下二十多个血肉模糊的人，其余的也被吓住了。

机械人加速前进，集体联盟的部队秩序崩溃，慌乱地朝着小巷里奔逃。拉胡尔和玛丽贝特不知该往何处去。他们奔向第二道防线，但仍在国民卫队的火力范围内。后来，科特听说事情的经过：两名改造人用兽腿在街道中东奔西跑，集体联盟的成员惊恐地大声呼喝，试图帮助他们。玛丽贝特在一个弹坑里崴了蹄子，她挣扎着想要站起来。拉胡尔同时伸出人类和蜥蜴的胳膊帮忙。随着一阵刺耳的碾磨声，装有楔形犁具的机械人开始推挤路障。一名效忠于国民卫队的仙人掌族爬上成吨的城市废墟，将一枚锯轮射入玛丽贝特的脖子。

这是拉胡尔赶到奥利家之后告诉他们的。她是第一个死在新克洛布桑的钢铁议会成员。

集体联盟的地盘里出现许多海报，半乞求半命令地要求人们留下。*每个离开的男人、女人和儿童，都是对集体联盟的削弱。联合起来，我们将能赢得胜利*。当然，他们无法阻挡难民从警戒索带底下钻出去，进入地下城或者大径桥以外的残破市郊。

大多数难民跑到了旋纹平原和门迪坎山麓，胆子最大的则进了原木林，成为绿林盗匪。然而也有一些人冒险组织起一支行动队，穿过混乱的城市外围。那里只有被遗弃的国民卫队小分队和缺乏食物的独立自治领，这些地方太过贫瘠，城市议会无暇顾及。在城市西面，出逃者穿过早已废弃的车棚和露天仓库。此处曾是大陆铁路联合公司的枢纽，生锈的火车头和平板货车已无人照管。

办公室里仍有人和灯光，维瑟·莱特比的公司依然苟延残喘，留有最后数十名文书和工程雇员。公司依靠商业投机和铁路物资回收存活下来。为数不多的半军事化警卫部队也是其生存的支柱之一。他们忠诚于莱特比的企业理念，鄙视新刺党的种族迫害。这些警卫驻扎在大陆铁路联合公司广阔散乱的厂区内，常常带着狗驱赶出逃的难民。

难民们夺取了一批工具，跑出曾经的火车站，来到“科勃西—米尔朔克”铁道线被截断的地点。

“它在行动，之下，是，泰什，”库拉宾说道。那僧侣的声音四处飘移。所有人都在——卓耿，艾尔希，库拉宾，科特，犹大和公牛。拉胡尔负责放哨。他们悲痛地哀悼玛丽贝特。库拉宾焦躁不安。

“很快就要出现了。”那僧侣说道。

奥利用古怪而萎靡不振的嗓音向众人讲述他和那神秘流浪汉之间的渊源：赞助的钱财，独臂螳螂手杰克的照片，还有他给予公牛的帮助。“我不知道这计划是出自谁，”奥利说，“雅各布？不，这是公牛的计划，我知道，因为那跟我的预期不同。但它的确达到了目的。但当我见到雅各布时，他说……我觉得这对他来说并不重要。他脑子里在盘算别的事。这只是……一段插曲。”

他们曾保证说，会等科尔丁和玛德琳，希望能得到帮助。那天早上，犹大恳求他们说服代表们提供帮助，然而他们能做什么呢？国民卫队正在蚕食他们的地盘，侵占每一栋破败的房屋：有传闻说，在被夺回的街区中，集体联盟的人遭到报复性惩罚。“我们给不出人手，犹大。”科尔丁说道。

他们很晚才回来。

“我们已经尽快赶来。路上很麻烦，”科尔丁说道。“你好，杰克。”他对奥利说。

“我们今天丢了啸冈。”玛德琳说道。

她神情肃穆，他们俩都神情肃穆。她在努力遏制自己的绝望。

“他们很了不起，”科尔丁说，“多撑了两天。国民卫队顺着山冈桥冲过来，到处是守卫路障的人群，然后，‘俏丽兵团’不知从哪儿冒了出来。他们太壮观了。”他忽然提高嗓音，眨了眨眼。在随后的沉默中，人们听到前线的阵阵爆破声。

“谁说他们是累赘？他们就像一群狮子，身穿华服，排着整齐的队列，一边开枪，一边前进。”他发出短暂的笑声，带着出自真心的愉悦，“他们不断进攻，投掷手雷。他们发起冲锋，裙裾飞扬，在脂粉与火药中，把国民卫队送入地狱。许多天来，除了老鼠和陈腐的面包，他们没有其他东西可吃，然而在战斗中，他们就像是尚克尔的角斗士。国民卫队动用机枪才将他们打倒。他们倒下时高声呼喊，互相亲吻。”他再次频频眨眼。

“然而他们还是守不住。新文化艺术家们都死了，包括佩特隆等人。国民卫队冲了进来，并展开巷战，但啸冈失守了。我们今天收到最后一个消息球。”啸冈的人把密封的玻璃浮球投入焦油河，任其顺流而下，漂过斯特莱克岛，直到集体联盟的船夫与河滩拾荒者把它捞起打碎，取出里面的纸条。

“老实说，我试过了，犹大，尽管你的计划很疯狂。但我们腾不出人手。每个人都要守卫集体联盟。我不怪他们，而且打算加入他们。我们最多只能再撑几个星期。”

玛德琳露出痛苦的表情，但她没有开口。

“我帮不了你，犹大，”科尔丁继续道，“但我告诉你吧，你当初离开的时候，流言中有提及原因。我以为你……不是疯，而是蠢。一个无比愚蠢的人。我根本没想到你能找到钢铁议会。我甚至敢打赌，它早就消失了，成为沙漠中一列腐烂的火车，载满了骷髅。

“我错了，犹大。你，还有你们所有人，办到了我从没想过可能成功的事。我不能说集体联盟的诞生是**因为**你们，事实并非如此。但我要说，钢铁议会回来的消息……嗯，促成了改变。即使我们以为那只是流言，即使我们以为那是个**传说**，却仍然……感觉到不同。也许我们听到你们要来的消息有点太早了。也许事情就是这样。但它促成了改变。

“不过我不是特别信任你，犹大。哦，老天，别误会，我不是说你是叛徒。你一直在帮我们，魔像，钱财……但你总是站在外围观察。就好像对我们很满意似的。这可不大对劲，犹大。”

“祝你好运。也许你是对的，如果真是那样，你最好能成功。但我不会跟着你。我为集体联盟而战。如果你能成功，而集体联盟失败了，我还是不打算活下去。”这显然有夸张的成分，但科特充满敬意地站起身。

“你打算怎么终结这件事，犹大?”

犹大噘起嘴。“我有个主意。”他说道。

“你有什么主意?”

“我有个主意。这里有人知道该怎么办，有人了解泰什魔法。”

“我知道，我知道，”库拉宾忽然大声说，“我侍奉的时神会提供情报，会帮助我。那是来自泰什的。我的时神知道使节想要召唤的神灵。”

“使节?”玛德琳说道。犹大告诉她，漩涡雅各布是泰什大使，科尔丁笑了出来，但那并非愉快的笑声。

“泰什人知道该怎么办，对吗?”科尔丁迈着四条腿笨拙地走过来。“你会死，犹大，”他说道，语气中带着真心的悲哀。“如果你是对的，那你就会死。祝你好运。”

科尔丁依次与他们握手，然后离开了。玛德琳也跟着他一起离开。

第二十九章

虽然是冬天，但气温忽然回暖。说“反季节”并不合适——这是一种离奇诡异的现象，仿佛整座城市都在吐息，内脏的热气笼罩着街道。一群人与公牛在一起。

他们跟着奥利在街道中走了两晚，奥利时不时停下，凝视着各种涂鸦。他们找不到漩涡雅各布，库拉宾的焦躁就像出自动物本能。公牛用一根手指顺着漩涡雅各布画的符号划动，一旦发现一点线索，便低下头，用力推顶。他一去就是很久，等到回来时，却摇摇头：*不，没有踪迹*。

有一次，他找不到雅各布；还有一次，他找到了，但在城市最北端，安静的旗山地区。他仍在涂鸦着符号，仍像往常一样毫不惧怕奥利。其他人无法接近他。奥利在全城各处追踪漩涡雅各布，但除非他回到狗泥塘支部，否则只有奥利能找到他，而奥利独自一人什么也干不了。

每一天，大家心里都很清楚，即将导致城市覆灭的间谍仍在自由走动，而他们却拿他毫无办法。他们试图保护集体联盟的街区。在河岸边，他们看到两列火车沿着东线并排行驶，朝着对方窗口射击，一列属于集体联盟，一列属于国民卫队。

飞艇忽然闯入，抛撒出飞散的传单。传单中写道，所谓“集体联盟”的人们：崔斯迪市长的政府无法容忍你们在新克洛布桑制造的大规模屠杀。白拉汉姆塔的暴行过后，所有不主动寻求出逃的人，都将被认为是同谋，支持你们的委员会所制定的卑劣政策。请高举双手走向国民卫队，大声宣告投降，等等等等。

第三晚，他们来到街上，街头已有成百上千的集体联盟成员，包括各个种族。这是最后一波动员。各种琐碎的魔法制造出点点闪光，由魔法光线构成的小鸟飞向天空。跟先前一样，反叛者们让夜晚充满狂欢气氛。

人们到处奔走，或许是因为国民卫队入侵的消息，或许是因为一阵短暂的恐慌，或许是因为一个传闻，或许什么原因都没有。有人在喝酒，有人吞吃恶心的食物。这些食物也不知来自何处，或许是从国民卫队的警戒线底下偷运进来的。城中有一种千年盛典的感觉。犹大、公牛和科特等人在半明半暗的汽灯下行走，有人向他们举杯祝酒。酒徒们举起盛有私酿威士忌和啤酒的杯子，以集体联盟的名义朝着路人高声欢呼。

库拉宾发出阵阵哀叹，声音不大，但总是能听得见。

“有情况。”科特自言自语。

他们经过古建筑汇集的博伦口，又经过干涸的喷泉，附近有几个战争孤儿在玩无聊的游戏，并把许多弹壳绑到一条病得无法进食的狗身上。公牛在行走过程中并没有试图隐藏自己，街上的儿童朝着他指指点点，大呼小叫：**嘿，公牛，嘿，公牛，你打算干什么？你打算杀了谁？**他们是否以为奥利只不过是个身穿奇怪制服的家伙，还是知道今晚见到的正是那独行大盗本尊？科特不太清楚。也许在新奇古怪的集体联盟里，神祇和其他独特神秘的事物都不再值得大惊小怪。

拉胡尔踩着蜥蜴的步伐走来，两只人手中各握着一把匕首，肌肉虬结的爪子一开一合。“快，快点。”库拉宾说道。

奥利在每一堵有涂鸦的墙壁跟前停下，用公牛面罩上闪闪发光的眼睛盯着看。他使劲闷哼一声，钻入虚无之中，然后又在咫尺之遥的另一道裂隙中钻出来。速度如此之快，科特甚至不太确定，当他的脑袋出现在不远处时，双脚是否仍悬在原来的位置。

“他在这儿，”奥利说道，“特劳卡车站。跟我来。”

只有不到一里远。他们穿过河堤不远处的集市。此处早已撤空，只留下商铺的遮盖物，肋骨似的金属栅栏聚在一起，仿佛一群骷髅。

那天夜里，他们并非唯一活跃的群体。他们经由狭窄的老街进入特劳卡，周围丑陋纷杂的建筑上刷有各种标语：“自由的集体联盟领地”和“我操斯坦姆·福尔彻”的字样被画掉，旁边是不同的笔迹：“伙计，过时了。”公牛消失之后，又在隔壁街道中出现，朝着他们招手。他不断钻入世界的表皮，以确认猎物的运动路线，然后回来指引同伴，就好像城中有十来个戴着相同公牛面罩的人在给他们带路。

公牛头盔上滴落的奇彩血液和烟雾浓厚致密；牛角上闪着火星，仿佛是因为摩擦。强烈的冲击令魔法能量回路不堪重负。“快来，”公牛一边招手，一边重复道，“就在这儿，转过两个弯，往左，再往左。他在移动，快。”

犹大停下来，头顶上方有一道砖石结构的遮檐，他迅速在其最黑暗处放置了几枚陶瓷导体和一个漏斗。“啪”的一声，魔法能量被激活。他祈愿似的轻声低语——不，不是召唤咒语——他告诉过科特，其中的区别至关重要——这不是召唤，而是创造，构建出物质或意念物质。科特看着犹大聚集黑暗。惊畏之下，科特的皮肤上感觉一阵麻痒。此人自学成为新克洛布桑最强的魔像师，而科特一直对他充满本能的欲望。

犹大的装置吸入黑暗，令其不断汇聚，仿佛一团游移晦涩的原生物质。险恶的黑云缓缓移动，像注入排水孔一样旋转着流进锥形的漏斗里，越来越浓，越来越黑。脱离黑暗的砖块变得十分诡异，完全与物理规律不符。没有光线照到这些砖块，但黑暗被抽走之后，它们清晰可见，仿佛处于强光照明之下，只是缺乏色彩，现出纯粹的灰色。小巷里的景象十分不可思议：绝对的黑暗中无光无色，却又清晰可见。

阴影从漏斗嘴里冒出来，聚集成形，仿佛一摊油。尽管并非实体，但那黑色物质的存在确凿无疑，并呈现出人形。老天，这就是你的研究成果？科特心想。他见过犹大激活数以百计的魔像，但都不是这种完全没有实体的。犹大举起双手。黑暗魔像站立起来，高达八尺。它踏入黑夜，若隐若现：一个黑暗中的影子，像人一样走动。

犹大收拾起装备，轻声说："去吧！"他奔跑起来，而同伴们都被眼前的景象惊呆了，等他跑过去之后，才回过神来。那魔像在他身边，仿佛猩猩的影子，没有一丝脚步声。

左转，再左转。深褐色的石墙俯瞰着街巷，墙上只有窗，没有门，透过这砖块与泥灰的峭壁，仿佛能看到某种未修饰的物体，看到外墙背后的景象。

公牛就在前方，一只牛角不仅燃烧起来，而且还在颤动。他对着他们呼喊，然而由于头盔的震颤，牛角发出撕裂般的声响，他的话语声被掩盖了。随着金属头盔的燃烧，奥利一边尖叫，一边慌乱地解开搭扣。他挣扎着取下头盔，站直身子，脸上汗流如注。"那儿！"他指点着说道。

街道尽头有个老者，正注视着他们，手中握着一支画笔，一动不动，笔上的涂料一滴滴坠落。他转过身，蹒跚而笨拙地朝着弯曲的街角跑去。漩涡雅各布。

"盯住他！"奥利喊道，然后扔下公牛盔奔跑起来，任由头盔被蓝色的火焰吞噬。科特看到，随着色泽古怪的火焰消耗掉金属中的神秘能量，那对含魔法的玻璃眼也碎裂开来。它已不再像是牛头雕塑，而是一副燃烧的牛头骨。

他们试图追上奥利，他跑得很快，仿佛仍拥有公牛的力量。"跟上，跟上他。"他喊道。

在他们视野的极限处，长长的小巷向左弯曲，阻断了视线，雅各布在那里飞快地行走，速度与其年龄与步态不符。犹大和科特跟着奥利，魔像在他们边上奔跑，卓耿紧跟在后，其余人不时地变换顺序。他们的脚步声让小巷里充满回音。此处没有其他声音，没有战争的枪火，没有号角，没有集体联盟或市长一方的嘈杂噪音，只有他们的脚踩踏在冬季湿漉漉的砖块上。

“他去了哪儿?”奥利喊道。科特转过身，看到拉胡尔就在他身后大约两三秒的距离，转眼间，他消失在拐角处，不再出现。他在哪里?他落到了雅各布对地形的影响范围之外，只有天知道他这一拐弯，会跑到新克洛布桑的哪个角落。

雅各布仍在奔跑，还有，那是否他的*笑声*?他们越跑越快，屋顶上方再次出现光亮与声音。卓耿忽然减慢速度。雅各布还在走，手中的画笔依然滴着涂料。此处已是小巷的尽头，他忽然走进一片开阔地。追逐的人群也跟着跑出来。凉风阵阵，他们已穿过那不可思议的小巷，回到城区里。

拉胡尔不见了，卓耿也不见了。由于脚下磕绊，他们迷失在变幻不定的地形中。科特向前走去，犹大也跟过来，黑漆漆的魔像在他身边，模仿着他的每一步。漩涡雅各布位于数十码远处，连看都不看他们。

他们在哪里?科特找到了月亮。他低下头，四周都是高楼与墙壁，几乎将他包围起来。他竭力辨识此处的环境：若干石柱般的尖顶高高耸立，还有一座宽敞结实的塔楼，透着点点灯光，而这一切上方，则是一艘艘飞艇的巨大轮廓。他们在集体联盟的地盘外。

头顶上方是一栋高大的巨塔，顶端有向西面八方延伸的索道。巨钉塔。他们站在一个不规则的庭院里，墙壁是不同颜色，不同质地的石头。通过混凝土地面，他们感受到一阵晃动。他们高高在上，科特低头俯瞰着连绵不断的城区。

帕迪多街车站。当然了。他们位于一片因巧合而产生的开阔空间中，有点像露天剧场，地上长着矮小的灌木。这是车站屋顶上的一小块荒野，是庞大的建筑物中一个被遗忘的区间。他们来时的路看着不像是街道，而是一团扭曲纠结的水泥。

墙壁由巨大的石块构成，让他们感觉自己仿佛缩成了小人偶。透过破损的墙壁，可以看到残留的木地板，此处原本是室内。墙壁完全被漩涡图案覆盖，密密麻麻向上延伸，仿佛高耸的树冠。那成千上万的漩涡，有的如同丛生的荆棘一般繁复，有的则像是最简单的蜗牛壳。这显然是长期勤勉作业的产物。科特吐出一口气。一条黑线从墙壁最高处向下延伸，穿过密如森林的漩涡纹，画出一道螺旋，精确地指向此地。

在碎石和野草之间，正是泰什大使雅各布。他一边在空中画圈，一边哼唱。

“他加快了速度，”库拉宾说道，那无形的声音就在众人近旁，“必须赶快行动。他还没准备好，但把计划提前了……他试图强迫提夏茨，杀戮精灵……你们感觉到了吧！快点。”然后那声音消失了。

奥利奔跑起来，穿过废墟，穿过枯草。齐股高的草丛在寒气中沙沙作响，开阔的平台下方，新克洛布桑的灯光向四面八方延伸。其他人跟了上来，但没人知道该怎么办。

漩涡雅各布一阵战栗，周围的空气也跟着一起颤动。虚无中冒出上百个影子，逐渐固化成形。科特看到一团模糊的空气，仿佛一大块白内障，悬在他额头上方，如蛆虫般蠕动着。这是一张三条腿的凳子，厨房里常见的那种。它的旁边有只昆虫，大得不可思议，还有一朵花，一口锅，一只手，一根蜡烛，一盏灯，都是在新克洛布桑出现过的幻象。它们没有颜色，悬在空中转动，看起来不太够火候，略显粗糙。等到科特走近时，那些幻象开始沿着无比错综复杂的螺线轨迹盘绕旋转，逐渐聚拢。它们以漩涡雅各布为中心飞速移动，从不互相碰撞或接触。司空见惯的日常物品构成了一个古怪的漩涡。

奥利扑打着这些影像。它们尚未完全成形，没有吸走他的颜色，造成他死亡。他伸手去抓漩涡雅各布。那老汉看着他，说了句什么——科特猜测是问候。

他看到奥利挥舞着拳头，但每次都打不到漩涡雅各布，每次都落空，每一拳都判断失误，选错时机。奥利嘶喊着双膝跪下。犹大在他身后，黑暗魔像踏步上前。

巨大的魔像挥舞起由阴影构成的双手，抓握住漩涡雅各布，将他裹在无光的黑暗里。一时间，他的身影被遮挡住，变得模糊不清。雅各布略一迟疑，所有魔法幻影也随之停止运动，静静地等待着，仿佛黯淡的灯，直到他重新振作精神，摆脱黑影，幻影才再次活跃起来。然后，他发出低吼，第一次显露出怒意。

他舞动双手，游移的幻象发生了变化，它们汇聚起来，忽然间穿透魔像，在其体内留下一簇光亮。魔像脚步踉跄，就像个受伤的人，然后它仿照犹大的动作，再次伸手扼住雅各布。黑暗魔像体内的光不断扩散。

它往后退开，双脚逐渐消失，那团光正在将它抹除。雅各布挣脱那双阴影之手，咧开嘴，露出发黑的牙齿。幻象成群结队地飞舞。雅各布仍纠缠在魔像留下的阴影中透不过气来。他呕出一团纯粹的黑影，落到地上之后，爬回到原先的背光位置。犹大跟着黑暗魔像一起倒下，直挺挺地躺在地上，短暂地失去了意识，而与此同时，魔像也消失了。

奥利一边哭，一边仍在试图击打雅各布，但依然无法打中。漩涡雅各布转过身，看都不看他。奥利一次次挥拳殴击，一次次失去平衡。雅各布伸手一推，奥利受到不明物体的拉拽，撞到了墙上。一排幻影在空中晃动，如同触手一般伸向艾尔希，但并没有真正触碰到她。一时间，一圈无色的物体围着她转动——碗，骨头，破布。她的脸立即变成了灰色。她突然喘不过气来，双眼充血，但那是无色的血。她没有跌倒，而是小心翼翼地躺到地上，就像是上床睡觉，然后她死了。

幻象如同风暴一般飞速转动，快得难以分辨，仿佛融合成一团旋转的油。漩涡雅各布又画了个符号，然后整个世界震动起来。嵌在墙里的奥利一阵战栗，发出轻微的呻吟。

犹大醒了。漩涡雅各布舞动起双手。现在已经没有幻象，空中只剩下淡淡的残痕，仿佛稀释的牛奶，并有缭绕的雾气从中升起。雅各布剧烈地颤抖着，努力自虚无中召唤出某种存在。它就像从岩石背后或者水底下冒出来似的，一点一点滋长。

它也许很小，又或者很大但很遥远。然而它又似乎比科特想象的更大或者更近。它也许移动得很慢，但也许移动得极快，只不过是在远处。他无法判断其属性。他什么都看不到，但能听见。他什么都看不到。那东西发出声响。这就是漩涡雅各布召唤出来的怪物：杀戮精灵，城市杀手。他听到它的咆哮。它来回晃动，好似从井里钻出来的藤蔓，不断生长，不断攀爬，向着高处升腾，并发出带有金属质地的吼声。

科特看到下方城区里的光线起了变化。随着那隐形但可感知的怪物逐渐接近，城中的房屋开始发亮。新克洛布桑的建筑群闪烁着炫目的光，街道和工厂里的照明灯变成许多闪亮的眼睛。

那怪兽以新克洛布桑本身为媒介，渗透到新克洛布桑的表皮底下。或者，它只是唤醒了原本就一直存在的东西？科特知道，那怪物近在咫尺，因为他们身边的墙壁和水泥虽无变化，却突然看起来像是野兽的身躯，蓄势欲攻。那来自泰什的存在激发起城市自身的捕猎本能，将其变作一头猎食兽。

它有多大，何时生长到顶峰？科特心想。他感到一阵困乏，仿佛忽然间精疲力竭，濒临死亡。

“我知道你的那些神祇。”库拉宾说道。那怪物仍在继续渗透，城中的建筑警惕起来。漩涡雅各布忽然显得很害怕。

库拉宾的嗓音在空旷的区间里移动，却不见其人。那僧侣的语气歇斯底里，充满攻击性，仿佛渴望一番搏斗。库拉宾在嘲弄漩涡雅各布。科特可以肯定，假如他/她仍能说泰什语，那他一定会听到这种含混不清，断断续续的语言。然而库拉宾只剩下拉贾莫语。

“厄神……你不需要了解他们，却可以轻易地胁迫他们，是吧？不过假如你面前有一个了解他们的人呢，嗯？另一个泰什人？能够找出泰什的各种秘密？找出你的秘密？”

漩涡雅各布大声呼喝。

“我已经听不懂你的话了，伙计。”库拉宾说道，但科特相信泰什大使说的是叛徒。

“知道我是谁吗?”库拉宾说。

“对，我知道。”雅各布呼喊道，霎时双手一推，催动盘旋舞动的幻象扑向声音的来源，但那些如黄油般黏腻的影子穿过空气，并未遇到阻力。“你是个满嘴胡言的时神信徒。”

犹大试图站起身，并将双手插入泥土中。泥地随着入侵的神灵颤动。他想要再召唤一尊魔像，不管什么样的魔像。

“它来了。”科特喊道。它从巢穴里钻出来，进入现实世界，逐渐渗透到每个不可思议的缝隙中，使得砖块与墙壁的转角好像呈现出一种张力。建筑物蠢蠢欲动。

“你那些小灾神居住在神之时域中，我的时神全都认识。”库拉宾嗓音洪亮，盖过了杀戮怪兽制造的噪声。漩涡雅各布啐了一口，在乳白色的幻影间掀起一轮波动。库拉宾开始大声吼叫。

“泰克·沃古，”那僧侣说道，“请告诉我——”然后，库拉宾的声音消失了，他已隐入时神居住与接受觐见之处。

一切静止不动；入侵的神灵似乎在等待。接着，库拉宾发出一声痛苦万分的惊呼，因为这一次揭示的是个巨大的秘密。科特无法想象其代价，但那僧侣已经有所收获。城市杀灵将颤动的触须伸入现实空间，唤醒周围环境，把新克洛布桑的砖块、塔楼、风标和黑瓦片变成恐怖的尖牙与利爪，令科特发出惊呼。库拉宾挖掘出隐藏的秘密，那怪物被拖拽回去，坠入虚空之中。它仍挣扎着试图钻出来。

犹大用草和泥土造出魔像，向雅各布走去，但还没靠近，就在一阵震颤中散了架。他伸出手，想要用空气制造魔像，但白色的影子将他包裹起来。

漩涡雅各布用泰什语咒骂，库拉宾高声呼啸，杀戮精灵开始往回爬，但库拉宾大声祈祷，请求获取最后的秘密，迫使入侵的屠杀凶灵退缩回去。漩涡雅各布正朝着逐渐清澄的空气咒骂，一个人影从虚无中冒出来，满脸是血，精疲力竭。满身伤口的僧侣库拉宾露出微笑，他不用任何语言说话，只是像海豹一样嗷嗷鸣叫。科特看到，他没有眼睛。这就是秘密的代价，拯救了众人的所有秘密。库拉宾伸手拉住泰什大使雅各布。那反叛的泰什人用仅剩的一点语言能力轻声低语，然后退回到真正的隐秘之地，进入泰克·沃古的疆域。随着身后的空气一阵闪烁，他们连同城市杀灵一起被虚空吞噬。

空中仅剩下那半透明的物质，并开始变得粘稠，就像热水里的鸡蛋清，一边移动，一边凝结成刺鼻的固体。一团团粘滞的凝固物从空中坠落，而空气变得清澈透明。

一阵静默过后，科特再次听到战斗的枪声。他在废墟碎片之间翻了个身，看到犹大正摇摇晃晃地爬起来，身上覆满臭烘烘的幻象溶解物。他看到奥利紧贴着砖墙，一动不动，血流不止。还有艾尔希的尸体，呈现出纯粹的灰色。他看到空气中已空无一物。科特发现，库拉宾，漩涡雅各布以及那屠城的怪物都不见了。

第三十章

他们轻声呼叫库拉宾，但那僧侣肯定已经不在了。“去了时神那儿。”犹大说。

艾尔希被抽干颜色，已经死亡。奥利粘在墙上，皮肤接触砖块的地方也变成石头，接缝处有凝结的血块。他也已经死亡。

奥利睁大着眼睛不愿闭上。科特对那年轻人感到深深的悲哀。他试图说服自己，奥利的表情中带着平和与安宁。*安息吧*，他心想。*安息吧*。

他们缓缓地沿着围墙寻找，最后在石墙间发现一个洞。新克洛布桑没有一堵墙是毫无瑕疵的。他们经由隐蔽的通道，经由铺着金属地板的走廊与楼梯，进入帕迪多街车站。他们没有办法，只能将死去的朋友留在那隐秘的花园里。

帕迪多街车站空旷巨大，布满桁梁。在宽广的中央站台上，深夜的乘客和国民卫队四处走动。犹大与科特丢下武器，试图清洁被幻象弄脏的衣服。他们乘上一列火车。

他们挤在夜班工人之间，摇摇晃晃地从路德米德的中产城区上方经过。当新克洛布桑大学高耸的圆屋顶出现在北向的车窗里，他们从塞淀口站下了车。等到站台终于安静下来，科特带着犹大走上分叉的轨道，朝着泉树和狗泥塘进发。城市的灯光上方悬着半弯黯淡的月亮。他们悄悄登上铁轨，向南走去。

一部分轨道伸入集体联盟的区域——对应于崔斯迪的铁路线，集体联盟也试图开启自己的短途运营，从悉利亚岗到硝石，从下落泥滩到城沿。传统的列车和飘扬着集体联盟旗帜的列车在同一条线上相互驶近，然后在凌乱起伏的屋顶上方停下，隔着横跨铁道的路障，相距不过数尺。

弯曲的史前巨肋指向天空，在距离铁轨数十码上方，有一根肋骨被拦腰烧断，参差不齐的断裂面相对较为白净，但也已开始发黄。科特看到，断裂的肋骨掉落到下方街道中，在一排排屋顶之间砸出一个洞，压塌了好几栋房屋。成吨重的骸骨静静地躺在那空洞里，周围则是炸弹造成的破坏。

他们沿着一段双方均未认领的空铁路行走，一个个烟囱从错综复杂的街道间冒出来，仿佛潜望镜一般好奇地窥探。最后，他们看到了阻塞轨道的垃圾堆，上面还点着火炬。下方的街巷里正在战斗，入侵的国民卫队迫使集体联盟的路障守卫者后撤了几条街，躲在街头店铺、留声机亭和铁柱子后面开枪射击。

一列军事列车从路障另一侧驶来——他们能看到灯光和喷涌的蒸汽。它一边行驶一边开火，子弹射向街道中的国民卫队。列车来自南面的泉树码头。

“站住，混蛋！”路障上传来喊声。科特正打算请求放行，犹大却精神恍惚地大叫大嚷。

“你知道你是在跟谁说话吗，查弗林？让我过去，**快**。我是**犹大·洛**。我是**犹大·洛**。”

奥利的女房东让他们进屋。“我不知道他还能不能回来。”科特说道。她移开视线，抿起绿色的嘴唇，点了点头。“稍后我来清理，”她说道，“他是个好孩子。我喜欢他。你的朋友们在里面。”

科尔丁和玛德琳在奥利的屋子里。玛德琳脸上带着泪水。她坐在床边，一言不发。科尔丁躺着，血水渗入床垫。他身上在冒汗。

“我们获救了吗?”犹大和科特一进来，他立即说道，“外面的形势非常严峻。”他们坐到他身边。犹大用双手托住脑袋。“我们手上有一些人质，祭司，城市议员，沃日党成员——前任市长的党派。然而人们……形势很不利。”他摇摇头。

“他死了，或者快要死了，”科尔丁一边说，一边拍了拍两条后腿，“这家伙，我体内的人。这是最糟的。”他用脚后跟磕了磕残废的后腿。

“有时候，它好像想要去别处。我的肚子里有一团东西，不知道这是个死人，还是他们把活人留在了里面。不知道他的大脑还在不在，里面黑漆漆的，他可能会发疯，不是吗?我要么是半个死尸，要么是半个疯子，还可能是座**监狱**。”

他咳嗽起来——咳出了血。很久都没有人说话。

“要知道，我希望，我真的希望，一开始你们就在这儿，”他望向天花板，“我们不知道该怎么做。街头人群的行动比联合委员会还要快得多。甚至有些国民卫队也来投奔。我们只能尽量改进。”

“我们发表演讲，吸引了成百上千的人。仙人掌族提议让大家参观大温房。我不能说一切都很顺利，因为事实并非如此。但我们努力尝试。”

又是一阵沉默。玛德琳凝视着他的脸。

“一片混乱。妥协派想要见市长，投降派意图不计代价地求和。胜利派叫嚷着要**打垮**泰什：他们认为新克洛布桑太优柔寡断。联合委员会是核心。一群煽动者。”他露出微笑。“我们制定计划，也犯下错误。占领银行之后，联合委员会没有尽力争取，或者是争取的方向不对，因为我们最后变成了**借钱**，借一点点钱还要得到**准许**，然而那一开始就应该是我们的。”

他沉默了很久，科特以为他死了。

“原本不是这样的，”他说道，“但愿你看到过。拉胡尔去哪儿了?我要告诉他。”

“啊，我猜他和他的伙伴们都能看到。他们仍在发动攻击，对吗？天知道他们要面对什么，”他颤抖了一下，仿佛是在咯咯地笑，却没有声音，“国民卫队一定知道钢铁议会来了。他们能来是**好事**。很遗憾比我们期望的要晚。我们起事时，想到的就是他们。但愿能让他们感到骄傲。”

到了午间，他陷入昏迷。玛德琳看护着他。

她说道：“他试图阻挡人群，他们要拿人质来报复。他试图干预。”

“听我说。”犹大对科特说道。他们在走廊里，犹大的犹疑完全消失了。他就像自己造出的铁魔像一样刚毅。“集体联盟必死无疑。不，听我说，安静。它**必死无疑**，如果钢铁议会来到这儿，也会完蛋。他们没有机会。国民卫队将会集结在边境上，坐等列车到来。等到钢铁议会抵达——要多久？至少四个星期？——集体联盟已经消亡。国民卫队将倾尽全力剿杀钢铁议会。”

“科特，我不允许这样。我不允许。听我说，你得告诉他们。你得回去告诉他们，必须要离开。把火车开往北方，想办法进入山区。我不知道，也许他们得放弃列车，成为自由改造人。但不管怎样，他们不能进城。”

“**安静**。”科特想要说话，但他使劲闭上了嘴。他从没见过犹大这副模样：所有的温和与镇静都消失了，只剩下岩石般的坚毅。“安静，听我说。你必须马上就去。**想尽一切办法**出城去，找到他们。如果拉胡尔，卓耿，或者其他人回来了，我让他们追赶你。但是科特，你必须阻止列车进城。”

“那你怎么办？”

犹大脸色阴沉，似乎很苦闷。

“你不一定能成功，科特。如果你失败了，我，也许，还来得及安排。”

“你知道怎么用那镜子，对吧？你还记得吧？因为国民卫队……他们一路追赶，穿过污染区域。他们会追上钢铁议会。我不太确定，但我敢打赌，我能猜到他们的情况，他们必须足够强大，才能来攻击我们，但也必须轻装疾行。如果我猜得没错，你必须尽力，科特。你得让钢铁议会明白。替我办好这件事，科特。”

“那你呢？我去劝说该死的钢铁议会，你打算干什么？”

“我说了，我有个想法——为保险起见。最后的方案。因为嘉罢在上，诸神在上，无论如何，科特，我*不允许*这种事发生。阻止他们。但要是你办不到，还有我的计划。*替我办好这件事，科特。*”

混蛋，科特心想，他试图开口，眼中充满泪水。*混蛋，竟然对我说这样的话。你很清楚你对我的意义*。混蛋。他感觉胸腔里空荡荡的，仿佛体内发生了崩塌，仿佛五脏六腑都在渴望着犹大。

“我爱你，犹大，”他说道，然后移开视线，“我爱你。我会尽力。”*我如此爱你，甚至甘愿为你而死*。他无声无息地哭泣，心中充满愤怒，又试图将其抹去。

犹大亲吻了他。犹大直起身，温和而坚定地轻托住科特的下巴，将他的头抬起来。科特看到潮湿的墙纸，看到门框，看到犹大全灰的胡子茬，看到他瘦长的脸。犹大亲吻着他，科特听到自己喉咙里发出声响。他充满愤怒，对自己，也是对犹大。*你这混蛋*，他力图将注意力放在亲吻上，却做不到。他会按照犹大的要求去做。*我爱你，犹大*。

PART NINE

第九部分
声与光

第三十一章

一艘飞艇疾速航行，顺风前进，引擎从碎石上方掠过。飞艇经过一座座死气沉沉的小镇，那是修铁路时兴建的，其残骸仿佛褪色的相片。科特在窄小的座舱里向外观望。

集体联盟帮他们逃了出来。最先放出的两个气球，驾驶舱里只有假人。趁着国民卫队攻击诱饵，逃亡飞艇开始飞行。飞行员压低高度，塔楼耸立在他们四周。飞船在贫民窟工厂的烟囱之间穿行，以躲避战斗艇的猎杀。

旅途中，他们害怕遇到空中盗匪，但除了蠢笨的力翼兽和少量域外翼人，他们在城外荒野中并未遭受太多攻击。科特一直想着犹大。他的心中有一股复杂的怒意，还有一种难以驱除的渴望。

“小心点，科特。”犹大在他出发前抓握着他说道。他不肯说出自己的打算，以及为何要留下。“你一定要快。他们已经穿过来了，国民卫队，穿过污染区域，追杀钢铁议会。你要回来，”他说道，“等到他们转向或解散之后，你就回到这里来，我等着你。要是他们拒绝转向，那就赶在他们前头回到城里，我在这儿等着。”

你决不会，科特心想。你知道我的期待，但你决不会迎合我。

飞行员是个改造人，他的一条胳膊是蟒蛇，缠绕在身上。他鲜少说话。三天里，科特只了解到他曾为黑帮老大干活，如今效忠于集体联盟。

“我们得快一点，”科特说道，“污染区域里有东西跑出来。”他知道这话听起来就像是说某种掠食的矩力兽，然而他没有纠正这一印象。“我们得找到钢铁议会。”

他检查了一下随身携带的镜子。玻璃工坊制作出一枚完美的替代品。他给玛德琳·迪·法尔加看过，并解释其用途。

“你用过多少次?”她说道。他放声大笑。

“一次也没有。但犹大·洛告诉过我怎么用。”

科特凝视着空旷的天空，其中点缀着飞鸟和随风飘荡的浮渣。他们飞过一团积雨云，仿佛是由烟雾构成的地面。极目远眺，可以看到遥远的南方有一群人，排成长长一串，在陆地上行走。那是流浪列车的先头部队，比填路架桥的工人还要先行。

“飞过去，别太靠近，”科特说道，“让他们知道，咱们没有恶意。”他心跳加速。他们用了一个小时，顺着分散的人群找了很长一段路，才抵达钢铁议会。填路工将垃圾扫到一旁，锤实土地，然后是铺设轨道的工人，动作精准，就像是机器，最后才是那辆永动列车。

“那儿。”

科特仔细观瞧，看到一节节敞篷车厢和客运车厢，还有后来搭建的塔楼，摇摇晃晃的索桥，色泽斑驳的附加建筑，头颅与骸骨构成的装饰，等等。所有烟囱都在冒烟，除了火车头，也有许多烟囱点缀在车身各处。列车周围，是成百上千的钢铁议会成员，有的跟着走，有的在车上，有的在沿途的沟壑里。下方发出一阵附有魔法的枪弹爆破声。

“该死，他们以为我们要发动攻击。绕过去，离远一点，让他们别那么紧张。”

火车沿着不断延伸的轨道缓缓前进，而后方的铁轨则被拆除。列车所经之处，留下一串垃圾和一道刻痕，改变了地貌。

“老天，他们速度好快，只需几个星期就能到达城区。”科特说道。*几个星期*。太慢了，太迟了。*另外，有什么用呢？*他心想。*那有什么用呢？*

科特想象着永动列车遭到弃置的景象，长年累月的风雨侵蚀令钢铁化作红色的粉末，用瓦片和茅草重建的屋顶年久失修，腐烂滑落，变成一堆烂泥。敞篷车厢底下的阴影里，野草钻透坚实的地板。轮轴和轮辐之间植被丛生，成为忍冬和醉鱼草的王国。蜘蛛和荒野中的动物在角落里爬来爬去，锅炉变得冷冰冰的。最后一批煤炭存货沉积下来，仿佛倒退回矿脉中的形态。一根根烟囱被风吹入的泥沙堵满。列车与环境融为一体，就像镶嵌在岩石里的污渍。

钢铁议会所经之处留下一道古怪的沟痕。他得说服钢铁议会的成员，为躲避国民卫队的袭击和新克洛布桑的报复，他们必须逃离。终有一天，议会成员的子孙后裔会找到此处的遗迹。他们将沿着沟痕走动，挖掘出这座古怪的坟墓，寻回历史。

距离最后面的钢铁议会成员极远处，有一片更蛮荒的森林，其边缘有一支队伍，通过望远镜，科特看到一列黑色的人影缓缓移动。他们正在接近，也许还有两天的距离。

“噢，嘉罢在上，他们来了，”科特说道，“就是他们，国民卫队。”

当他们降落时，一众首领已在等候。安·哈莉和“粗腿”都拥抱了科特。他们转身面对飞行员，科特看到，那集体联盟的成员眼中含着泪水。

科特的任务万分紧急，令他充满焦虑。钢铁议会围绕在他身边，询问新克洛布桑的情况。安·哈莉试图掌控局面，把科特带走，然而他很不情愿单独落入她手中，不想让她控制住他带来的消息。他觉得她太强势，对目标的追求太固执。

“听我说，”他高声叫嚷，让大家都听见，“国民卫队来了。他们已穿过荒恶原，还有一两天的路程。你们也*不能*进城。你们必须逃离。”

等到大家终于明白他的意思，人群爆发出一阵吼声：*不*。科特从他们的胳膊之间爬出来，恼怒地踏上车顶。他感到一阵苦涩与悲哀。还有一种近乎鄙视的心态，一直以来，犹大和联合委员会的政治活动总是给他这样的感受。他要把这群人从自身的极度渴望中解救出来。

“你们这些*蠢货*。”他喊道。他知道应该克制，却办不到。“真该死，听我说。有一队国民卫队成员正在追赶你们，他们穿过了那*该死的荒恶原*，明白吗？他们转了一大圈，穿越整个世界，*就为了要消灭你们*。而新克洛布桑还有*成千上万*的国民卫队成员。你们必须转换方向，”他高声喊叫，盖过人群的怒吼，“我是你们的*朋友*，不是敌人。我难道不是穿过了该死的沙漠？我他妈的是要*救*你们。你们没法跟他们斗，也绝对没法跟他们的雇主斗。”

一群钢铁议会的翼人飞过来看出了什么事。议会成员们展开讨论，但这是一边倒的辩论，科特非常恼火。

“许多年前，咱们打败过国民卫队。”

“不，并没有，”他说道，“见鬼，我知道当时的状况。你们只是勉强把他们堵住，然后逃跑——那不是一回事。这里是平地，你们无处可逃。如今要正面对抗的话，他们会把你们都杀了。”

“我们现在更加强大，我们有自己的魔法。”

“我不知道国民卫队带了什么，但是真要命，你以为凭苔藓魔法之类的，就能阻挡新克洛布桑的杀手部队？*快走*。离开这儿。重新集结，躲藏起来。你们没法对抗。”

“犹大的镜子怎么样？”

“我不知道，”科特说，“我甚至不太确定能让它发挥作用。”

“最好试一试，”安·哈莉说，“最好准备起来。我们走那么远，可不是为了逃跑。如果不能甩掉他们，就干掉他们。”

科特失败了。

“集体联盟给予你们支持与热爱，”那名飞行员喊道，他的嗓音在颤抖，“我们需要你们。我们需要你们的加入，越快越好。你们的战斗就是我们的战斗，快来一起参与吧。”他说道。尽管科特高喊：“他们的战斗已经结束了。”但没人听他的。

安·哈莉来到他身边。他几乎沮丧地哭出来。

“这是我们注定要做的事。”她说道。

“没有什么方案可以改变历史，”他喊道，“你们会死。”

“不。有些人会死，但我们现在不能逃跑。你从一开始就知道我们不会跑。”这话没错，他一直就知道。天黑时，翼人们回来了。

“足够塞满一节车厢。”其中一个大声说。国民卫队似乎只有几十人，对此，钢铁议会成员们开始大声嘲笑。他们的人数要多许多倍。

“没错，但是老天，”科特喊道，“你以为他们没有其他手段？”

“所以你最好作好准备，”安·哈莉说道，“练习使用犹大的镜子。”

钢铁议会召集起所有能参与战斗的成员，并招呼后面稀稀拉拉掉队的人赶上来，以免危险。他们加速铺设铁轨，前方泥地中有凸起的岩柱和干燥的山丘，可勉强充当掩体。凭着多年来积累的经验，他们作好战斗的准备。

“他消失了，”一个翼人说道，他指的是参与侦察的另一名翼人，“他凭空消失了。被什么东西从空中给拖走了，明白吗？”

科特希望能讲述集体联盟的故事，或者听一听钢铁议会的故事，但他没有机会。一切都匆匆忙忙，混乱不堪。钢铁议会的成员们准备赴死，这让他感到极其恼怒，因为那是他自身的失败，他让犹大失望了。*你知道我办不到，混蛋。所以你要留下来，筹备等我失败之后的计划*。然而，即使是在犹大预料之中，科特仍痛恨自己未能成功。

那一晚，没人入睡。钢铁议会的成员们在黑暗中陆续集结到列车周围。

当第一道曙光亮起，科特和“粗腿”便已就位，他们分别登上两座二十尺高的岩柱，两人相距不远，面对太阳，各自举着犹大的一面镜子。出发前，科特找到安·哈莉，并试图解释，她这是让钢铁议会的姐妹们去送死。她微笑着听他讲完。

“我们的术士有犹大赋予的法术，”她说道，“我们有自己的魔法，还有犹大教的知识。我们还能从他造的陷阱里召唤出魔像。”

“要知道，每次触发陷阱，不管在多远处，他都能感觉到。”

“对。如有必要，等国民卫队到来之后，我们会一个一个全部触发。”

“肯定会有必要的。”

科特和“粗腿”各自在岩柱上作好准备。此时黎明刚过不久，仍能看到苍白的月亮高悬在空中。随着太阳升起，日光照射到镜子。科特将手中的镜面向下倾斜，让光束投向他先前在地面上画的一个叉。“粗腿”也按照科特讲的方法反射阳光。耀眼的光斑仿佛焦虑的动物，在灌木和泥尘之间来回游荡，然后汇聚到那个叉上。

成百上千的钢铁议会成员一波波地涌入战壕与土木工事，架起枪杆，准备战斗。科特望向西方，国民卫队袭来的方向。

他们不用等太久。起初，他只看到尘埃。科特通过望远镜观望，他们仍然很小，而且数量似乎的确不多。

一群翼人带上酸液和空投匕首前去骚扰他们。蛇臂飞行员驾驶着飞艇跟在后面，另有两名志愿者充当机枪手。国民卫队逐渐接近，时间一点一滴过去，翼人穿过灰色的荒野，飞艇在低空飞行。犹大的魔像陷阱已准备好发动，术士们诵唱着咒文。

一名慌张的钢铁议会成员出现在满是碎石的土地上。他跌跌撞撞地奔过来，由于疲惫与恐惧，一时说不出话来。

“我刚才被困住了，”他最后说道，“他们抓走了我老婆。我们一共八个人。他们从泥地里召唤出东西，*从我们身体里召唤出东西*。”他尖声说道。人们面面相觑。*该死，我早就告诉过你们*，科特心想。他感到一阵绝望。*混账，我早就告诉过你们，事情没那么简单*。

两里远处，翼人已接近骑马的国民卫队。那些骑手并没有携带任何可见的装备，只是排着整齐的队形。怪诞的瞬间过后，翼人们逐一从空中消失。

一片持久的沉默，然后——“这是怎么……？”“刚才是……？”“我想是的，你有没有……？”他们还没开始害怕，仍然很疑惑。科特搞不清这是怎么回事，但他相信，恐惧很快就会降临。

最后一名翼人在空中摇摇晃晃地挣扎，仿佛包裹在某种隐形的黏膜之中。科特看到一片阴影，一团凝结的空气，如同野兽一般凶猛。科特明白了。

“他们去哪儿了？”有人喊道。

翼人们与空气搏斗，却难以抵挡，被凶狠的气流扯碎。

飞艇离国民卫队很近，子弹在地上掀起泥尘，向敌方延伸。然后，子弹停止了，飞艇突然剧烈地摇晃，头部猛地向上翘起，就像船只在汹涌的海水里颠簸。片刻的静止之后，它开始坠落，不像是因为重力，而是像在抵抗，仿佛马达和螺旋桨都在奋力挣扎。飞船受到蛮力拖拽，从空中跌落下来，摔得四分五裂。

此刻，随着国民卫队逐渐接近，可以看到他们周围出现一圈影子，分别从空气。泥地和他们手上擎着的火炬中分离出来。所有国民卫队成员的手都在空中比画，施展召唤术。科特看到他们的制服残破不堪，头盔现出裂痕，由于矩力污染，布满划痕的皮革改变了质地，马匹身上沾着血水与汗沫。污染区域给他们留下了印记。

不管先前有多少损失，他们还剩下几十人。逃亡的反叛者拖着他们穿过荒恶原，一路上的折磨令他们发狂，他们准备实施报复。难怪他们没什么武器，人数又那么少。他们用不到军械装备，只需从周围环境中召唤出武器。

科特看到，他们带着古怪的鞭子，并从空气中塑造出影子。他知道，将翼人和飞艇拖拽下来的是“鲁弗盖斯”，亦即拥有可怕力量的空气精灵。这是一队乞灵师，以召唤出的精灵作为武器。他们是灵体召唤者，好比超自然驯兽师。

科特朝着同伴们大声呼叫。他看到有些人已经明白过来，陷入惊恐。

钢铁议会没有精灵召唤师。有人养了一只小小的“雅各”，亦即火精灵。它就跟火柴的火焰差不多大，被捕获之后一直关在瓶子里。少数蛙族有水精灵做伴，但这是一种契约关系；他们无法控制精灵。然而有些人知道眼前的是什么。

乞灵师散开队形，每个小组各自准备召唤。*只有这一种可能*，科特心想，*既能战斗又不需要携带武器，只能是精灵召唤师或巫魔师，然而恶魔太不稳定。老天，真见鬼，一群精灵召唤师*。新克洛布桑甘愿拿这群人冒险，可见政府想要终结钢铁议会的决心有多强。

“来吧，动手吧。”他朝着“粗腿”喊道，然后尽力旋紧金属引擎的发条。他一边调节光柱的方向，一边忍不住回头观望即将来临的进攻。

*会是哪一种？*科特心想。*俘明？沙德拿？恩丁？*光精灵，岩石精灵，淡水精灵，当然也可能是其他的：金属，太阳，木头，火焰。或者某些不太确定和有争议的精灵：比如诞生于虚无之中的历史元素精灵。会是实体元素吗？玻璃精灵？究竟是什么呢？

他已经能看到一缕缕尘埃随着微风摇摆，气流如触须般向外延伸。空气精灵。国民卫队也开始召唤其他精灵。

太阳？暗影？

他们将所有火炬扔到地上，火焰膨胀起来，仿佛每一堆火都越烧越旺，地面上充满令人难以置信的光亮，熊熊燃烧的火光中发出一阵愉悦的怪叫，然后冒出几个既像狗又像猿猴的影子。那是一群火精灵“雅各”，其运动状态介于跳跃与燃烧之间。在祷文念诵声中，科特看到一群没人骑的马发出阵阵嘶鸣。它们一阵战栗，血肉由内向外翻出，并发出死尸般黏湿的声响：颤抖的身躯纷纷化作奔跃的怪物，筋腱、肌肉与内脏挪位重组，变成没有表皮，浑身血淋淋的猛兽：这是普洛斯麦，血肉精灵。

空气、火焰和血肉精灵奔跑回旋，充满野兽般的兴奋。国民卫队一起抽出魔法浸润的鞭子，朝着精灵不断挥舞，激得它们在惊恐与愉悦中跃跃欲试。那鞭子宛如一道道阴影，而其抽击声既像是出自厚实的皮革，又像是电流。鞭子所到之处泛出黯淡的光亮。

乞灵师们催促着空气、火焰与血肉精灵向前冲去。钢铁议会的成员们发出尖叫。他们开枪射击，子弹飞向那群精灵。他们毫无对策，慌乱之下，被迫触发了犹大的魔像陷阱。

铁路沿线的泥土，以及金属和木头碎片是构成魔像的材料。魔像机械地从泥地里站起来，数量不如元素精灵多，而且每一个都要依靠犹大的力量。无论他身处何地，必定会感觉到一大股能量被突然抽走。**很快，他会感觉到更多能量被抽走**，科特一边想，一边校准镜子。

一枚炸弹在雅各前进的道路上爆炸，雅各消失于冲天的火焰中，并发出诡异而愉悦的笑声。爆破沉寂下来之后，火元素精灵依然在烟雾中奔跑，体积变得更大。面对着它们的是一排土魔像。

科特感觉到镜子内部的机械装置嗡嗡作响，似在错乱复杂的空间里运转。他感觉镜子像婴儿一样扭动。

“开启你那边的引擎。”他喊道。“粗腿”依言而行，科特再次感觉到一股拖拽之力。他使劲握住镜子，并看到“粗腿”也是一样。交汇的反射光逐渐增强。

那光束蜷曲翻滚，向外延展，形成一团实体，在现实空间中挪移。科特看到，如太阳般明亮耀眼的光团凭空幻化成某种存在，像鱼一样游移。他感觉自身的能量不断外泄。“好了，”他喊道，“弄到前面去对付他们。”

他和“粗腿”让镜子保持角度，然后同步移转。随着他们逐渐转向乞灵师的方向，那团黏稠的光也在地面上缓缓移动。此刻，恐怖的景象正在上演。国民卫队挥舞着鞭子，催动元素精灵向前推进，尽管前排的钢铁议会成员全力开火，血肉精灵依然冲了过来。

各种枪弹嵌入怪物的一块块肌肉中，然而肌肉翻转滚动，将铅弹、石刃和铁片全都推挤出来。召唤自马匹躯体的血肉精灵“普洛斯麦”来到了土木工事跟前。

它们翻滚着爬上路障，既像变形虫，又像是海胆，骨头一根根戳出来，有的突然变成人形，有的像是剥了皮的角马，发出阵阵嘶鸣。等到登上制高点，它们稍一停顿，然后向着哀嚎的人群俯冲下来。接着，科特看到它们的恐怖举动。

它们猛冲下来，穿透钢铁议会成员的皮肤，钻进人们的身体，夺取新躯壳，然后在五脏六腑之间游动。受到攻击的人一时间似乎愣住了，胡乱抓挠着胸口、脖子等血肉精灵钻入的部位。受害者的身体大幅膨胀，随着一阵血泡的汩汩声和皮肤破裂震颤的声响，他们的肌肉向外或向内翻转。于是，普洛斯麦继续向前疾驰，掠夺来的血肉使其身形变得更大。它们在防御队列间驰骋，翻拽出人们的内脏，留下破裂染血的皮囊，与此同时，它们也变得更大，嵌入了更多骨头。

“嘉罢保佑。”科特说道。

他转动反射镜时，感觉到一股阻力。他和“粗腿”移动镜子的速度有差异，中间那团东西开始延展分裂，光线如同黏液一般拉成丝状，仿佛很不情愿。科特喊道：“拉回来，你那头拉回来，一起往回撤!”他们奋力重新整合光魔像。

国民卫队的御灵鞭比看上去要长。在乞灵师的驱策下，远处的鲁弗盖斯的攻击欲望被击起，尖声呼啸。隐形的空气精灵飞扑下来。钢铁议会的成员们漫无目的地射击与挥砍，却被空气精灵强行钻入肺部，将他们撑爆。

面对一波包括炸弹和弱魔法的攻击，国民卫队重新集结。只有一个人被击中丧命。雅各遇上了第一个魔像，那硕大的身影由岩石和一截截铁轨构成。一群雅各将它团团围起，火焰的躯体裹住了魔像，坚硬黝黑的金属在高温作用下逐渐弯曲变形。即使构成魔像的材料崩裂倒塌，它仍试图反抗，但最终融化成一摊液体，四散流淌。

钢铁议会奋力战斗，然而元素精灵来回穿梭，轻松地展开杀戮，它们奔跑跳跃，既像狗群，又像儿童。召唤元素精灵是危险的策略，这些由物质构成的生灵凶残而顽劣，很难驯服。不过乞灵师只需短暂地控制它们，迅速发起一次性攻击即可。雅各和鲁弗盖斯继续朝着永动列车前进，火焰和空气留下一串毁灭的印迹。魔像试图阻挡它们——意识控制之下的造物试图干扰对抗原始与本能之力。元素精灵占据了上风。

尽管空气精灵能将泥土魔像撞得尘土飞扬，四分五裂，但对付空气魔像，仍需要费点力气。这是一场看不见的奇特战斗，也几乎是犹大的最后一道防线。一阵非自然气流忽然扑向鲁弗盖斯，在缠斗中掀起隐形的风暴。人造物与自然物，人为干涉与勉强受控的两股力量互相撕扯冲撞。

天空中落下一团团东西，在地面上砸出凌乱的印痕。科特意识到，这些看不见的物质由空气构成，源自天上的打斗：空气精灵被顽固的魔像扯掉一块肉，或者空气魔像被发狂的鲁弗盖斯咬断了手。空气的死肉落地之后便逐渐消散。

雅各喷吐着火焰，普洛斯麦徘徊游荡，从死者的尸体中汲取残余的物质。科特非常害怕。

国民卫队的侧翼有一条低洼的河道，一群骑马的人从中冒了出来。改造人拉胡尔也在他们中间奔跑，步伐强健有力：他的背上是耳语者卓耿，帽子压得低低的，手中甩动着旋转的绳套，仿佛牧场工人。

老天，科特心想，*这是枪骑兵来拯救我们了*。他感到一阵欣喜。

枪手们骑着马或者改造过的马从河谷底下悄悄地溜上来。天知道他们来自何处，或许是从新克洛布桑一路赶来的。他们开始射击，枪法专业而精准。国民卫队在惊愕之下，一时难以压制新来的敌人。

尽管数量不多，但骑手们如猎人般占据有利位置，从遮蔽处朝着国民卫队开枪。他们的武器射出威力强大的子弹，伴着低啸疾飞而来，仿佛撕裂了空间。两个，三个，四个，枪手们迅速击倒数名乞灵师，目睹这一幕的钢铁议会成员们发出欢呼。

然后，哦，国民卫队迅速抡起鞭子，一时间，御灵鞭仿佛被注入生命，像蛇一样延伸摇摆，在空中穿梭，其跨度出乎意料地远。鞭子抽打到雅各臂部，它们发出燃烧般的尖啸，然后掉转头，以惊人的速度朝新出现的人群奔来。钢铁议会的枪手、投弹手和魔学士倾尽全力攻击，但雅各的速度太快。

“控制住。那儿，**那儿**。”科特喊道。他朝着那群国民卫队摆了摆头，然后和“粗腿”一起拽拉镜子，试图控制拒不从命的光魔像。**出来**，科特心想。**快他妈的出来**。

他一边使劲拖拽半成形的魔像，一边看着雅各扑向新来的人。**他们是谁**？他心想。**卓耿的朋友**？随着雅各逐渐接近，驮着卓耿的拉胡尔直立起来，卓耿将手放到嘴边，显然又在低声传音。一名乞灵师突然挥舞鞭子，抽击聚集成群的雅各。它们发出的尖叫声不再像是嬉戏，而是充满愤怒。

卓耿再次低语，又一名乞灵师采取同样的行动，鞭打奔袭而来的元素精灵。雅各纷纷暴跳起来，互相撞击翻滚，朝着主人们喷吐燃烧的火团。卓耿不断低语，逐一对乞灵师下令，让他们激怒扰乱元素精灵。国民卫队不得不依靠精湛的鞭术抵御愤怒的精灵。

光魔像忽然成形了，当它移动时，科特的镜子在颤抖。光魔像从胚胎状态直立起来，呈现出人形，只是辨不出男女，光亮魁梧的身影让人无法直视，但它的光似乎并未发散，反而将周围的光线**吸入**体内。它那耀眼的光芒也不扩散，只是聚集在轮廓之内。它站立起来，踏步向前，并牵动着那两面镜子。科特和“粗腿”一半迁就，一半支配着它的行动。

“那儿。”科特喊道。他们扭转镜面，魔像踏着机械的步伐往前走去，越过远处钢铁议会的部队。众人高声呼喊，这是天使来拯救他们了吗？他们的视线暂时被那光亮阻断，众人面面相觑，然后看到它留下的脚印中仍有闪烁的残光。光魔像踏入雅各之间，仿佛面团一般舒展肢体，抓住雅各，然后自身变得更亮。

科特感到十分虚弱。光魔像与雅各展开搏斗，它们的火焰对魔像致密的强光毫无影响，随着战斗的进行，魔像变得越来越亮，令人难以直视。它就像一颗人形的恒星，散发的冷光消除了雅各的灼热。不久，与魔像交战的雅各都消失了，被其光亮淹没，而魔像本身却变得更加强大。它的行动毫无声息，有一种静止感。

雅各陷入慌乱，有的如动物一般逃窜，奔向周围的原野，有的重新振作，再次飞扑过来，却被魔像的光芒抹除。乞灵师用鞭子猛力抽击惊恐的火精灵，但这激怒了它们，有些甚至飞掠回来，暴烈地撕咬操控者，将其焚烧至死。

国民卫队重整旗鼓，体形较小的鲁弗盖斯像箭一样袭向新出现的枪手，穿透他们的身体，啜饮他们的鲜血。卓耿低声传令，国民卫队无法抗拒，抽击的鞭子只能带来破坏性效果。此时，他们已经意识到，他是个劲敌，于是派出普洛斯麦，向他发起攻击。

科特和“粗腿”让魔像朝着一群国民卫队前进，那些人似乎围着一门加农炮。他们在宰杀牲畜。*这是要干什么？*

他们在抽取空气中的某种物质，与此同时，那群普洛斯麦终于冲到新来的枪手面前，开始钻入他们的躯体。光魔像继续前进。国民卫队在召唤什么？

天空中似乎落下细雨般的光点，范围非常集中，像一根隐约可见的细轴，注入他们围绕着的机械装置。这光线来自月亮。在白昼的日光中，月亮的影子很淡，仅勉强可见。黯淡的月光落入那装置中，炮管末端似乎出现一个空洞。

洞的深处有个闪亮的物体在挪动。科特瞪大眼睛。

过了好一阵，他才看明白。雅各消失了，普洛斯麦被派去对付新来的人，鲁弗盖斯不再受国民卫队控制，虽然仍在防护严密的列车周围飞窜，却只能造成一些随机的破坏与伤亡。钢铁议会开始推进，炸弹不断爆破，留下一片片残骸。科特驱使光魔像继续前进，穿过钢铁议会造成的破坏。他看到洞口里面有个东西，形态不断变化，难以归类。他试图理解这一现象。

那影子随时都在改变。先是仿佛一条鱼的骨架，肋骨的阵阵波动沿着身体纵向传播，脊椎则像是一条绳索或橡皮筋。接着，它又显示出熊和老鼠的特征，还长出了角。它看起来很重，而内脏、皮肤和骨骼似乎都闪烁着荧光，就像一块散发冷光的石头，或者说像萤火虫，像死亡面具，像木制的头骨。

费卡利昂，月光元素。

当然，科特听说过，但眼前这副昆虫似的骨架每三秒钟里只有半秒现形，既像是隐约的影子，又像是空间的折叠。他难以相信，这就是无数传说中提到的月光生灵。**哦，老天，哦，嘉罡在上。**

"'粗腿'……让魔像朝着那东西走过去，快。"

但魔像走得没那么快。它迈着稳健的步伐，张开双手，从国民卫队中间穿过。它用手捂住他们的脑袋，让光注入他们体内，于是他们的耳朵，肛门等洞孔中射出强烈的光，穿透衣服，照亮四周，一时间，他们仿佛变成明亮的星星，然后魔像放开手，任由其倒下。但这样逐一触摸每个人很费时间。

费卡利昂从虚无中渐渐爬出来。"**快点。**"科特说道。

精灵召唤师收缩聚集到月光召唤者周围，以保护他们。此刻，他们用鞭子抽打着光魔像，每一次抽击都削去它的一部分形体，飞溅出一簇簇光点，每一次抽击，都让科特和"粗腿"的脑袋往后一仰。他们在流血。他们驱动魔像不断前进。

普洛斯麦已经没有人管，最后几个血肉精灵咆哮着穿透两名枪手的身体，然后跟同伴们一样，夹裹着骨头和内脏奔向荒野，逐渐远离卓耿和拉胡尔。卓耿继续低语，但由于某种魔法干涉，国民卫队不再服从他。他们朝着他抽击，也朝着魔像抽击。

"快点，快点。"

此刻，魔像用闪光的双腿踩踏攻击的人群，令其在光亮中消散。月光元素精灵逐渐现形，寒冷灰白的光在那洞孔中旋转。科特看到，它的体形**无比庞大**，令人恐惧。他指挥魔像堵住月光加农炮，让它钻进洞口，将元素精灵推向机器内部的引擎。随着魔像和元素精灵互相打斗，剧烈涌动的光线——冰冷的，灼烫的，灰暗的，白炽的——如汗水般从虚空中冒出来。

看到普洛斯麦离开之后，钢铁议会派出最强壮的部队，由仙人掌族和高大魁梧的改造人组成。“抓几个活的！”有人高喊道。仙人掌族朝着国民卫队一阵劈砍，也不管是清醒的，还是被光弄晕的。随着一阵爆裂声，月光引擎燃烧起来，魔像的光和月光一起向四周激射。

在卓耿的人马和光魔像的拦截下，国民卫队被击溃了。地面上到处是死去的乞灵师，还有无数钢铁议会成员的尸体。血肉精灵及其受害者留下许多残骸，而泥地里仍闪烁着点点残光。尚有能力骑行的国民卫队追随着普洛斯麦留下的湿滑足迹逃入洛哈吉的荒野中。那些血肉精灵变成了野生种群：黏湿臃肿的红色怪物，在尘土飞扬的内陆巡游。

剩下的国民卫队因遭到子弹、锯轮和光魔像的攻击而失去行动力。当钢铁议会成员走近时，他们躺在地上愤怒地咒骂。

“操你妈操你妈。”有个人透过损毁的镜面头盔说道。他的语气中有惧怕，但更多的是愤怒。“操你妈，你们他妈的拽着我们穿过污染区，胆小鬼，你以为这就能阻挡我们？虽然损失了一半部队，但我们是最优秀的，无论跑到哪儿，都会追上你们。现在我们知道了怎么穿过来，我们找到了路。算你们走运，搞了这出该死的光影秀，还有那混蛋密语师。我们认识路。”他们射杀了他。

他们射杀了所有留下的国民卫队成员。他们就地埋葬己方的死者，除了一名女性改造人。在许久前的“糊涂内战”时期，她曾因居中调停而闻名。他们决定将她葬在列车的墓园内，那是一节平板车厢，其中埋葬的都是钢铁议会最伟大的死者。他们任由国民卫队的死尸腐烂变质，有些人甚至故意损毁尸体。

等到太阳再次升起，列车上有被雅各烧灼的痕迹。科特找到安·哈莉和钢铁议会的首领们。他们非常疲惫。卓耿、拉胡尔和“粗腿”跟他们在一起。科特脚步蹒跚，他自己也很累。他握住卓耿和驮载他的改造人拉胡尔。

“上一次，我们从国民卫队手中逃脱，”“粗腿”说道，“这一次，我们击败了他们。我们把他们打垮了。”愉快的情绪甚至也影响到科特，尽管他明白，胜利的过程充满偶然性。

“对。我们打败了他们。”

“我们打败了他们。你……那团光……我们所有人一起打败了他们。”

“对，是的，没错。我们打败了他们。”

“总之，我们跑出来了，”拉胡尔说，卓耿低声附和，“我们迷了路。从那条隧道，哦不，那条小巷里出来，进入主城区。我们花了很久才搞明白那是哪儿。但那天晚上局势太乱。我们完全没有看到或听说关于你们的事。也没有收到你们的消息，不知道你们制服那个泰什人没有。我们不知道。你们制服他了，是吧？”

“我们又花了很久才回到集体联盟，但坦白说，漏洞真他妈多，我们可以直接走进去。等到发现你们已经走了——不，我完全没有责怪的意思，姐妹们，你们并不知道我们会来——我们也必须返回。”

“于是我们想办法偷偷溜出来。接着，老伙计卓耿离开了两天，然后带着他的弟兄们回来了。”

“像我们这样骑着马到处游荡的人不多，”卓耿告诉科特，“你可以放出消息去，我知道要上哪儿找他们。这些人欠我的情。”

“他们现在去哪儿了？”

“大多数已经走了，其余的明天离开。这些人是流浪者，科特。表达一下谢意，再力所能及地给点钱，他们就满足了。”

“我们知道国民卫队追来了，”拉胡尔说，“我们使劲地跑。”

“你们凭空冒了出来。”

“我们走的小路，卓耿认识。我们快速赶来。我从没见过像他们那样的马。说起隐秘小路，那个僧侣呢？ 库拉宾。哦不……老天。奥利呢？

他有没有……奥利？老天，老天。还有……”

“艾尔希。”

“哦老天。不是吧，老天。”

“我承认，我没想到你们能成功，”科特对钢铁议会的人们说道，“我错了，我很高兴。但这还不够。我告诉过你们，犹大没来是因为……他在做准备。在集体联盟。但这已经他妈的太迟了。*太迟了*。他只能尽力而为。”

“听我说……

“集体联盟快不行了。不，闭上嘴，听我说……集体联盟是一个……梦想，但它已经结束了。它失败了。就算现在还没覆灭，也撑不了几天。明白吗？*几天*。

“等到钢铁议会接近城区……集体联盟已经灭亡了。新克洛布桑将处于戒严之下。然后怎么办？杀死斯坦姆·福尔彻一点用也没有：系统不可能被摧毁——别这么看着我，我也不喜欢这样。如果你们跑过来说，*嗨，我们到得正是时候，可以鼓舞一下士气*，那你们应该明白接下去会怎样，应该明白等着你们的是什么。

“新克洛布桑的每一个国民卫队成员——无论是男是女——每一台战争器械，每一个咒术师，每一个魔学士，每一个机械人，每一个间谍与奸细，只要一看到你们出现在城市附近，他们就会杀死你们，然后你们所代表的希望——你们现在仍代表的希望——也会跟着一起消亡。

“听我说，我再重复一遍犹大的话。

“你们必须转换方向。钢铁议会必须转换方向，或者离开列车。继续往新克洛布桑走，那等于是自杀。你们会死。他们将摧毁你们。那样可不行，那是令人无法接受的结果，钢铁议会必须转向。”

第三十二章

“他们会消灭你们，”他说道，“你们想去送死吗?”他说道：“你们属于整个世界，大家需要你们。”

当然，人们无法被说服。他们将战斗的痕迹抛在身后，继续沿着崎岖的地形推进。科特露出惊恐的表情，人们不听他的劝告，但这完全在意料之中。他已经作出解释，而钢铁议会的成员们以各种不同的方式回应。

有的表现出愚昧的必胜信念，让他十分恼火。“我们打败过新克洛布桑，还可以再打败他们!”他们说道。科特疑惑地望着他们，因为他能看出来，这些人*知道*自己说得不对，知道事实并非如此。他们知道。

另有些人更加深思熟虑，让他无言以对。

“我们算什么?”“粗腿”说道。那仙人掌族用动物牙齿在自己胳膊内侧的皮肤上刻了一条蛇纹。“你要我们怎么办，变成土匪？我们在自己创立的国家里自由生活，真该死，你要我们放弃这些，变成荒野游民？我宁愿战斗至死，科特。”

“我们肩负着责任。”安·哈莉说道。科特在她身边从来就不太自在。她的狂热令他不安——令他对自己产生怀疑和厌倦，仿佛安·哈莉能迫使他违心地屈服。他知道这是妒忌——没人能像安·哈莉那样对犹大产生如此大的影响。

“我们代表着一个梦想，”她说道，“平民百姓的梦想。一切都汇聚在此时此刻，这是我们的目标，是我们的使命。历史正推动着我们前进。”

*什么意思？*他心想。*你在说什么？*

“现在，我们应该奋力向前。无论发生什么，我们都必须回去，你明白吗？”她要说的就只有这些。

耳语者的朋友们骑着马或改造过的马消失了，分别奔向东方与南方，掀起飞扬的尘土。卓耿留了下来。科特不太清楚原因。

“你想让这群人干什么？你去过城里……你很清楚，我们要是进城的话，都会被杀死。”

“*也许他们会被杀，*”卓耿耸耸肩，“*但他们了解形势。我凭什么去阻止？他们已经无法停止。一旦上了铁轨，你就只有一直走下去。他们只能继续前进。*”

*这不是靠讲道理能解决的，*科特心想。看似平静的气氛让他感到恐惧。*如果他们试图争辩，一定无法辩赢……然而即便知道这个道理，他们仍继续前进……因为通过违抗现实，他们改变了现实。*这种决策方法与他自己的全然不同，简直难以想象。这符合逻辑吗？他说不上来。

钢铁议会在迷雾弥漫的大地上行进。连绵的山丘与峭壁，层层叠叠的树林，仿佛是由空气中的水汽凝结而成，随着永动列车的接近而固化成形，等到他们离开之后，又再次消散蒸发。

周围的景色忽然变得十分熟悉，激起旧日的记忆。此处已是新克洛布桑的国土。金翅雀在滴水的山楂树丛里穿梭。新克洛布桑的冬季已经来临。他们还有几个星期的路程。

“许多年前，织造者曾经造访我们，向我们诉说秘密，”安·哈莉对科特说，“当时我们还不叫钢铁议会。我们当中有个人，他疯了，只知道讲那蜘蛛的事，他就像个先知。但后来，他变得令人厌烦，再后来，连厌烦都谈不上，他就那样消失了。我们再也没听说过他，你瞧，我们不想听他的话。”

“你就跟他一样。‘掉转头，掉转头。’”她露出微笑，“我们已经不想听你的话了，伙计。”

我的任务失败了，科特心想。尽管他知道，他的爱人已经预料到此种情况，但他仍无法停止悲哀。

他成了一个幽灵。他受到大家的敬重——他是为了拯救钢铁议会而穿越世界的人之一。然而如今，他坚持认为钢铁议会即将覆灭，这种异议遭到礼貌的冷遇。**我是个幽灵。**

科特本可以离开。他可以从马厩里牵一匹马骑走。他可以找到山麓地带，找到废弃的道路，找到原木林，他可以回新克洛布桑。但他办不到。**我必须留在这里**，他心中只有这一个念头。不到迫不得已，他不能跑。

他见过地图。钢铁议会将继续东进，不断循环利用铁轨，留下一个个钉孔和碎裂的石块，最终抵达新克洛布桑城南数十里的废弃铁路。接着，他们将驶上残留的旧铁轨，不出几个小时，便能来到城区。

到了不得已时，科特也会逃离。但不是现在。

“我们代表着希望。”安·哈莉说道。

也许她是对的。随着列车的到来，集体联盟的残余力量将奋起抗争，推翻政府。

潮湿的荒野中，他们并非唯一的人群。每隔数天，列车便会经过一些建在山上的小木屋。除了黑乎乎的山丘植被，岩石布满的斜坡上也有几亩耕地，种植着果树和块根植物，还有毛色污浊的羊群放牧其间。山中独居的农夫家庭有时会跑出来看热闹，他们瞪大眼睛，注视着眼前的庞然大物，却完全无法理解。由于近亲繁殖，他们的皮肤显得十分苍白。钢铁议会从他们门前经过需要好几个小时，有时候，他们会带着物品来交易。

附近一定也有集镇，但钢铁议会没有路过。关于他们的新闻——流亡列车出现在西方，护卫者是自由改造人及其子女，个个充满自豪——经由各种传播途径扩散开来，跨越潮湿的荒野。

消息将会传到新克洛布桑，也许他们很快就会来找我们。

“你们听说了吗？”一名没有牙齿的农妇问道。她带来苹果木熏制的火腿，跟他们交换现金（古怪的西部金币）和列车的纪念品（他们给了她一枚沾满油污的齿轮，她虔诚地收起来，仿佛那是一本圣书）。“我听说过你们。你们听说了吗？”她骄傲地让列车穿过自己那片微不足道的土地，并坚持要他们把铁轨铺设在耕地中间。“你们这是替我犁地，”她说道，“你们听说了吗？新克洛布桑据说有麻烦。”

那也许意味着集体联盟已经灭亡，或者意味着它占据了上风。那可能是任何一种情况。

越往东走，关于麻烦的消息就越多。“战争结束了。”有个人告诉他们。他的茅草屋成了车站，门廊则是站台。钢铁议会经过时，附近的邻居都从自家的农庄赶来。他的地就像是岔轨旁的露天仓库，挤满了男男女女。来自荒野的农夫们以既严肃又愉快的表情观望着。

“战争结束了，他们告诉我。是跟泰什打仗，对吧？不过现在已经结束了，咱们赢了。”*咱们？你从没踏入过新克洛布桑，伙计。你从没到过距离城区一百里之内。*“他们采取行动，打败了泰什，现在泰什想要和谈。啊，知道什么？什么东西？集体联盟是什么？”

新克洛布桑采取了某种行动。同样的故事一再被提及。有人说是一项秘密任务，或者一次暗杀。由于某个事件被终止，人们的命运改变了，泰什受到遏制，被迫和谈让步。*泰什的计划被阻止？*科特挖苦地想。*有意思。*城市议会和市长似乎得益于此次胜利，而集体联盟获得的支持却越来越少。对此，他无法抱持挖苦的态度。他很难接受。

“示威游行？已经结束了。政府已经把他们都取缔了。”

经常有人从城里逃到阴雨连绵的丘陵地带，迁入钢铁议会路过的废弃小镇。这些以蓄牛为业的小镇兴起于修筑铁路的年代，如今被他们找到，重新成为居所。钢铁议会自低矮的丘陵间冒出来，沿着预先平整过的土地和重修的主干道铺设铁轨。当地的新居民从聚会的沙龙中——有时是教堂，有时是妓院——出来观望，看着工人们持续不断地将铁轨与枕木铺到曾有许多车辆与流浪汉经过的旧马道上（他们的速度日益增加）。

“你们听说了吗?”同样的故事他们听过不下数十遍。出逃者一定也有来自城市议会控制的区域，然而没人承认：人人都是集体联盟成员，在逃避国民卫队的追捕。你显然不是微不足道的小角色？科特嘲讽地想。就像你说的，你显然是个真正的发起人？

“你们听说了吗?”战争已经结束，我们打败了泰什，而打败泰什之后，市长重新掌握了控制权，一切问题都已解决，集体联盟失败了。

对，我们听说过。虽然存在争议。

在那些重获新生的小镇里，他们受到款待，包括性爱和新克洛布桑饮食。“你们来干什么？难道没听说吗？你们听说了吗？集体联盟已经不存在了。只剩下少许残余势力，占据着零零星星的几条街，还有狗泥塘的恐怖分子。”“我听到的不是这样，我听说它还在，仍在抵抗。”“你们是来帮助集体联盟战斗的吗？我可不想回去。那是一场该死的战争。”“我要回去。我能来吗？我能跟你们一起走吗?”

有些刚刚逃进荒野才几个星期的流亡者——那些年轻人——加入永动列车，准备回新克洛布桑。“跟我们讲讲钢铁议会！”他们坚持道。于是新战友们把所有故事都讲了一遍。

还有一些流言，是关于新出现的独行侠和独立势力。“你们听说了吗，有个名叫洛的魔像师?”科特听到。

“什么?”他走到那名难民身边问道。

“魔像师洛，他有一支假人军队，是在自家地窖里用黏土造出来的，准备占领城市。有人在新克洛布桑城外见过他，在铁路旁边，在露天仓库，在岔轨上。他制定了计划。”

随着他们逐渐接近城区，途中遇到的逃亡者离开城市的时间也越来越短。“结束了，”有个人说道，“集体联盟已不复存在。诸神保佑，真希望它还在。”

那天晚上，科特想找卓耿，却发现那耳语者不见了。他沿着铁路询问探查，但毫无结果。

密语师很可能独自骑马捕猎或者干自己的事去了，但科特忽然十分确定，卓耿走了。他们距离新克洛布桑如此之近，他一定已经受够了，因此骑马离开，不再追随钢铁议会。

*就是这样而已？*如此缓慢的沉降，如此黯淡的结局。*这就是你想要的吗，卓耿？连说声再见的意愿也没有？*

科特准备离开。时间不多了。他感到一种空虚，一种提前到来的失落。他心中琢磨，不知国民卫队将在何处，以何种方式阻击并摧毁钢铁议会。钢铁议会的改造人，他们的家属，他们的同伴，都明白即将到来的是什么。他们铺设铁轨时唱的歌变得雄壮威武。他们给枪支上油，铁道边和车厢内的锻造炉产出一件件武器。钢铁议会成员们扛起或自制，或缴获的枪，扛起由玻璃与黄铜制成的魔法军械。兵器架上摆满长矛和源自西海岸的武器。

“我们将聚起人群，组成一支军队，长驱直入，逆转形势。”听到这样的梦想，科特心中一凛。“我们将带来历史。”

在行进过程中，有少数人陆陆续续离开，他们没有目标，没有计划，只是想躲避新克洛布桑的屠杀。

沿途的土地依然很空旷，只有少量半野生的温带果树林。地形的过渡十分突兀，他们刚还在危险的荒野中，忽然间便进入了城市区域。他们知道目标已经不远。

填路工和勘察员回来了。“那儿，就在那儿。”越过那片碎石嶙峋的土地。“旧铁轨。通往汇口镇，通往沼泽。另一头是新克洛布桑。”

还有两天路程。前进过程中，科特每时每刻都预期着新克洛布桑部队从地道或潮湿的岩石间冒出来，但他们没有出现。他还要待多久？他已经尝试过劝说众人。他要再次使用那镜子吗？

“有人见到过魔像操控师洛，他就在山里，正关注着我们。他就在旧铁路附近。”

*噢，是吗？真的吗？*科特闷闷不乐，他非常孤独。*你在哪儿，犹大？*他不知该怎么办。

有少数钢铁议会成员离开了——大多是较年长的第一代，仍然记得惩罚工厂——人数不多，但足以让大家感觉到。他们去山里寻找木材和食物，然后就再也没回来。他们的同伴兼姐妹纷纷摇头，既不屑，又担忧。并非每个人都不害怕，并非每个人都愿意或有能力无视恐惧。

*等看到从前的旧铁路，我再决定，*科特对自己说。然后，他跟着铺设轨道的工人一起前进，弯曲的铁轨穿过沉积物和岩柱之间的豁口，穿过铺路工在软泥地里挖出的沟渠，接着，二十多年前的铁轨出现了，泛着潮湿的光，黝黑而闪亮。弯弯的轨道沿着大地延伸，在透视作用下逐渐合并。一条钢铁之路。由于缺乏照料，枕木已扭曲变形，但仍可固定住轨道。

钢铁议会发出一阵欢呼，虽然在湿冷的空气中显得十分无力，却持续了很久。铺设轨道的工人们挥舞起工具，改造人用奇形怪状的手臂比画着。这是通往新克洛布桑的路。从前的那条路。资金和库存物资的匮乏拖垮了大陆铁路联合公司，这条铁路也只能趋于腐坏。科特看到，由于受到地形变迁的影响，有几处坍塌的斜坡埋没了金属轨道。此处已成为野生动物的活动场所。

有些地方的铁轨被拾荒者偷走，钢铁议会只能用自己的存货铺填。钢铁议会在诞生之前，曾经走过这条路，当时，它仍只是一列普通火车。科特凝视着潮湿的石块和黝黑闪亮的铁轨。这是怎么了？他的城市里局势如何？集体联盟仍在抵抗，他怎么能逃跑？

犹大你这混蛋在哪里？

铺下铁轨之后，人们又小心翼翼地用铁锤敲击其侧面，使得从西面来的铁轨逐渐弯曲，顺着斜坡爬上旧轨道的路基。

*这一切只是乐曲的终章，*科特心想。*这一切发生在故事完结之后。*

集体联盟即将崩溃，或者已经崩溃，然而在这里，只有暴力的倾向逐渐显露。我们将改变形势，科特悲哀而嘲讽地思忖，仿佛头脑中有一名钢铁议会的成员在说话。

这将是新克洛布桑历史上最伟大的时刻。战争结束了，它在战争中陷落，诸神保佑，这是我造成的，是我们造成的。但我们该怎么办？我们能让城市陷落吗？集体联盟反正是要失败的，他告诉自己，然而他不太确定。他在泥地里画出火车的轮廓，周围有许多男男女女，有的逃离，有的向它奔来。也许集体联盟只是躲藏起来，城里的人都在等待。也许我应该留在列车上。他知道自己不会留下。

列车周围的小镇向四处蔓延，由于担心国民卫队和强盗，镇里设有警卫。大多数盗匪都是来投奔钢铁议会的，有自由改造人，也有普通人。每天都有人来，他们不清楚是否需要接受审核，以证明自己的价值。钢铁议会欢迎他们加入，但也有人担心间谍。最近以来，一切太过混乱，人们无暇担忧。科特到处都能看到热情中带着犹疑的新人。有一次，他似乎看到一个倒装在马脖子上的男子，不由得吃了一惊。

他在寒冷的黑夜中走回来，惊起一群岩鸽。他的耳蜗深处听到一个声音。

“跟我来，我有件事要告诉你。安静。拜托。悄悄地 。”

“卓耿？”除了飞鸟蠢笨地噗噗扇动着翅膀，四周毫无声息。“卓耿？”只有碎石子的滚动声。

这不是命令，而是请求。密语师可以强迫他，却只是提出请求。

卓耿等在漆黑的山地里，俯瞰着列车。

“我以为你走了，”科特说，“你去哪儿了？”

卓耿身边站着一名白发老者。他握着枪，不过并未瞄准。

“就是他？”老人说道。卓耿点点头。

“这是谁？”科特说道。老人穿着一件旧款的马甲，双臂背在身后。他年过八旬，身姿挺拔，严肃而又友善地看着科特。

“**这是谁**，卓耿？你他妈的**是谁**？”

“啊，小伙子……”

“**安静**。”卓耿在科特耳边断然说道。那老者开始说话。

“我是来告诉你形势的。这是一件神圣的事，我一定要让你知道。我来告诉你真相吧，年轻人：无论是过去还是现在，我对你本人没兴趣。”他的语气抑扬顿挫，仿佛咏唱。“我刚才看到了火车。很久以来，我一直想看看那列火车，因此趁着黑夜赶来。但你的朋友——”他指向卓耿，“——坚持要让我们聊一聊。他说你也许愿意听。”

他点了点头。科特望向卓耿手里的枪。

“所以就是这样，我是莱特比。”

“没错，我发现你认识我，你知道我是谁。我承认我很感激，是的。我承认。”科特用力呼吸。**老天，真他妈见鬼**。这是真的吗？他看了看卓耿的枪。

“**站着别动**。”一句低声的命令。科特四肢僵硬，挺身直立，脊椎绷得紧紧的，甚至发出咯咯响声。“**别动**。”卓耿说道。

嘉罢……科特已经忘记被强迫命令的滋味。他一阵战栗，试图蜷起手指。

“我是维瑟·莱特比，我是来感谢你的。因为你们所做的事。你知道吗？你知道你们做的事意味着什么吗？你们穿越了世界。你们穿越了世界，那是我追逐一生却无法实现的事。

“要知道，我尝试过不止一次，跟手下人一起。我们已经尽力，穿过连绵的山岭，穿过石烟，穿过各种地形。那些地方你知道的。我们作过尝试，死了许多人，有的被吃掉，有的被杀死，有的死于严寒，我们只能回头。我一次又一次尝试，然后我年纪大了，再也无法尝试。”

“所有这一切——”他挥起胳膊，“——所有这一切，从新克洛布桑到沼泽，然后分岔，到科勃西，到米尔朔克，所有的铁轨，都有着重要的意义。但那不是我努力的目标。并不是。那不是我的梦想。你知道的。”

“不：我想要的是另一个梦想，一条连接海岸的铁路，将大陆一分为二，从新克洛布桑一直到西海岸。那才是我的梦想。那才是创造历史。那才是我一直努力争取的目标，你们知道的，你们所有人都知道，对不对？你们知道的。

“我承认，你们激怒了我。没错，你们劫走了火车，那当然会激怒我。然后我看到你们的举动……那是一项神圣的工作，比原先交给你们的任务更伟大。虽然对我来说并不容易，但我不会阻拦，”维瑟·莱特比神采奕奕，湿润的眼睛里充满激情，“我必须来看一看。我必须告诉你们这句话。你们的所作所为，你们的成就，我要向你们致敬。”

科特浑身颤抖，就像落入陷阱的动物，密语师的控制让他感到羞辱。他奋力抗争，但刚一挪动，耳中便又听见“*别动*”。那声音仿佛在他骨骼里振荡。*老天，真他妈该死*。空气纹丝不动，山下传来金属的碰撞声。天气非常寒冷。

“然后你们消失了，去了西边，谁知道到了哪儿？事情虽然结束了，但我知道，我会再次听到你们的消息，然后，果然，”维瑟·莱特比露出微笑，“尽管我失败了，但我的人际关系还在，我还有计划。城市议会里的朋友们仍希望我成功。我常听说一些消息。当他们*找到*你们——他们的一名探子，或者商务代表，经由海路北上，听说了列车周围的小镇，于是派人打探，最终找到了你们——那个时候，我也听到了消息。他们以战争作掩饰，派人去取你们的脑袋，这我也听说了。

“我能怎么办？除了来找你们，我还能怎么办？*你们认识路*。你们知道穿越大陆的路线。你知道吗？那意味着什么？那可是神圣的知识。我不允许他们把它给埋没了。你们全速前进，有些地方我宁愿绕道，靠近南方的矩力区域。但不管具体怎么走，那是属于*你们的路*。我需要知道。

“于是我传信给你们在城中最厉害的拥护者。你们的钢铁议会诞生时，他就已经在场。你以为没人知道吗？”他摇摇头，仿佛这件事有点好笑，“有谁会知道钢铁议会去了哪儿呢？当然，我们知道。很久以来，我们就知道他们在城中有个拥护者。我长期支付报酬给他的一个朋友，以便保持与他的联系。我给他传信，让他来找你们。我们知道他有这个能力。然后我们可以提供帮助。找到钢铁议会，帮助他们返回。那就是我的耳语者。”

卓耿是他的雇员，是大陆铁路联合公司的保安与密探。科特胃里的血仿佛被抽走了。

“据说他就在附近，你知道的。你们的拥护者，洛。有人看到过他。如今集体联盟即将消亡，他有点失落。有人看到他在铁路附近，等待你们的最终抵达。我们已作好准备。

“我们来提供帮助，也是来学习的。那条路我们都知道了。卓耿，我的老伙计。他可真不赖。我们不能允许他们拦截你们，我们必须阻止他们。你们已经快到了，家乡近在眼前。我不能让他们在离城区那么近的地方拦住你们。我们得确保你们返回。”

所以卓耿又回来了。就是因为这该死的疯子，为了莱特比的任务。另外，那些骑兵也都是大陆铁路联合公司的？老天。他需要我们回来。他要知道我们是否真的穿越了整个大陆。他要知道我们的路线。他跟城邦政府对抗。他杀死该死的国民卫队，好让我们回来。

“现在，你们来了。嘘，别动。”

“*别动*。”卓耿说道，科特的缓慢挣扎停止下来

“现在你们*来了*。明天就能驶上轨道，回到城区。你瞧，你们已经达成目标。我有了穿越大陆的线路。经过污染区域。你们迫于需求，凭自己的血肉之躯辟出一条路来。为此，我要感谢你们。”

卓耿点了点头，没有嘲讽，也没有炫耀。

“你可以放心，我们一定会用到它。我会建造一条铁路。这片大陆将历经改造，重获新生，变得很美丽。”科特瞪视着眼前这个对金钱与铁路充满幻想的人。他瞪大着眼睛，既说不出话，也动弹不得，他无法告诉维瑟·莱特比，他是个疯子。如今，在经历长期的尝试与失败之后，莱特比终于可以横穿大陆。他将挖掘出一条通道，就只有火车那么宽，但能把财

富吸往西方，然后再吸回来。他将改变世界，改变新克洛布桑。

他能做到吗？这是一条漫长的道路。太他妈长了。

但他现在已经知道线路。

“如今的形势是，他们正等着你们。集体联盟已经完了。你知道的，对吧？国民卫队知道你们来了。他们在等待。他们知道你们会到达哪里，就是我们建造的车站和枢纽。他们将集结大批人马。”

那里将汇集起诸多营级部队，甚至完整的旅级部队，扛着枪，排好队列，耐心等待着大开杀戒。他们准备好烈火、钢弹和灼热的魔法能量，等着猎物自己送上门来。光魔像，苔藓魔法，自由改造人及其亲属的英勇抗争，仙人掌族的勇猛凶悍，萨满巫师的召唤，所有这一切都无法击败大批集结的部队。

“我就是来告诉你，你们将会灭亡。”他的语气不像是警告，而像是谈话的一部分。他不会再干涉。这混球就像是宗教狂热分子，就像是疯狂的商人，他曾提供帮助，甚至与政府对抗。但现在我们回来了，他却收手了。我们回到家乡，我们达成了目标，他已经知道路线。他可以去做一直想做的事。我们经过的路径都在卓耿这个混蛋的脑袋里。

“我想要说的是，你们太伟大了，如此勇敢，如此坚韧，超乎我的想象。干得漂亮，干得漂亮。现在，你们可以停下了。

“告诉你吧，为什么我这么说。

“你们要是不知道，那可不太合适。当你们转过最后几道弯，看到车站的露天仓库，看到国民卫队，你们应该对自己的成就有所了解。”

科特一阵战栗。卓耿注视着他。

“或许你们可以离开。”

科特心跳加速，仿佛只有通过莱特比的话，这种可能性才会成为现实，仿佛是莱特比赋予他逃离的许可。“你们可以离开。卓耿想要你知道，还有一个选项。这就是我来的原因。”

卓耿？是吗？科特只有转动眼珠的力气，他望向昔日的同伴。戴牛仔帽的杀手没有抬头。同志之情已大大消退。这算什么呢？这是给予科特的最后机会。我一直就有机会，他心想，然而他感觉这仿佛是卓耿给他的礼物。

“你们在洛哈吉的大草原上行驶，改写了历史。大陆铁路联合公司，这名字从前一直名不符实，你们让它变成了事实。真正穿越大陆。你现在可以离开。

“或者，或者可以帮助我们。帮助我们再穿回去，再走一遍。这一次留着身后的铁轨。”莱特比望着他，而卓耿没有。“卓耿告诉我你们的能力，你们如何学会填路、侦察与行驶。而你始终都不受人摆布。这些我们都知道。你可以给我们提供帮助。”

老天，嘉罢，嘉罢在上，真他妈见鬼，见鬼，你不是说真的吧。不是吧。原来如此。虽然受到卓耿的法术限制，科特仍露出冷笑。

就是这样吗？他想要说，但无法开口。不过他脸上的表情说明了一切。你以为怎么回事？你以为呢？

你以为我是什么人？我跟他们一起战斗，一起行驶，一起做爱，你以为我就那么无情，我就会离开他们，为了你而离开他们？为了你的金钱圣战？你那些虔诚狂热的垃圾言论，到最后就是为了这一目的？这是你的招募演说？你要我加入你的团队？因为我认识路？因为我有经验？你要我加入你的团队？你以为我是什么人？

在密语法术控制之下，他静止地站立着，双手置于身侧，心中的厌恶几乎令他崩溃。

“你怎么说？”莱特比说道。

科特的耳蜗深处传来卓耿的声音：“说话。”

“去你妈的。”科特立即说道。莱特比点点头，等待着。

“滚开，离我的列车远一点。你们这些混蛋，你这混蛋奸细，卓耿，我们决不会放过你——”他吸了口气，准备大声嘶喊，然而卓耿再次让他安静下来。

“我们就没法说服你吗？”莱特比说道，他现出询问的表情。“我不太确定。说实话，我觉得应该可以。我们要走了。我会等在露天仓库。列车到达时，我就在那儿等着。如果你愿意，如果你改变主意，就来找我吧。”

卓耿再次轻声低语。禁锢之下，科特痛苦万分。耳语者指了指群山间的一条路，然后带着维瑟·莱特比离开。他回头看了一眼科特，再次轻声低语。

“就是告诉你一声，”他说道，“我知道没什么用，但万一呢，因为这事现在必须有个了结。你的镜子都碎了。为了确保万无一失。”

维瑟·莱特比看着科特的眼睛：“你知道在哪儿找我。”

接着，他们走了，科特感到精疲力竭。你们为什么不杀死我，混蛋？

他抬了抬胳膊。因为这不重要，他不是威胁。他们告诉他的事并不重要。国民卫队正等着呢——他最近一直都在说这句话。大家都知道他持有此种观点。就算他突然变得无比确定，他一直都是这么说的，凭什么可以改变钢铁议会的救世计划呢？

卓耿和莱特比留他活下来还有一个原因。他们仍觉得他可能改变主意。当钢铁议会驶向杀戮与毁灭，他可能会逃出来，离开钢铁议会，加入他们的行列。他痛恨他们的这种想法，但也在心中琢磨，我是什么人？为何会让他们这么想？

他流下眼泪，不知是魔法解除带来的影响，还是由于别的原因。他猜想卓耿对自己的印象：他的鄙夷与孤独显然让他看起来随时都会变节。

军械车厢里小心包裹的镜子被人拿了出来，玻璃上布满裂纹，背面的涂料变成了粉末。科特想要告诉其他人，但他害怕自己的苦涩与悲哀，仿佛这完全符合预期——他担心的是，尽管他充满失落，看起来却像是洋洋自得。他对自己感到厌恶。他相信卓耿一定是感觉到了，所以才会来找他。

他把破碎的镜子拿给安·哈莉看。

旧铁轨反射出月光。在东方，视野的尽头，有一片更深黯的黑影：原木林正越来越近。车灯和烹饪的火焰发散出微弱的光晕。

“所以?”安·哈莉说道。

“所以?”

“对。”

“你要怎么办?”

“你会怎么办?”

“我会离开，嘉罢在上。我会调转车头，沿着铁路往南走，而不是往北。”

“进入沼泽?”

“这是第一步，如果有必要，如果能够逃离。如果能活下去，老天，安·哈莉。活下去。他们在等着。明天，或者后天，他们就守在那儿。”

“是吗?那又怎么样?”

科特在黑夜中高声喊叫:“‘那又怎么样?’你疯了吗?你没在听我说吗?你说‘是吗’算什么意思?”他突然停顿下来，他们互相对视着，“你不相信我。”

“我不知道。”

“你以为我在撒谎。”

“好了，好了，”她说道，“别这样。你是钢铁议会的好朋友，科特，我们知道——”

“哦老天，你以为我撒谎。所以那是什么意思?你以为，老天，你以为是我打碎了那该死的镜子?”

“科特，好了。”

“你就是这么想的。”

“科特。你没有打碎镜子，我知道的。”

“那么，你以为卓耿的事是我在撒谎?”

“你一直不希望我们回来，科特。你一直不希望我们来这里。现在你又说国民卫队正在等待。你怎么知道卓耿和那个人不是说谎?他们清楚你的想法；他们清楚该怎么跟你说。也许他们想要我们害怕，想要我们失败。”

科特愣住了。难道维瑟·莱特比是想把他们吓走？

也许集体联盟获得了胜利，也许城外的难民都搞错了，集体联盟建立起新的民主制度，废黜了抽签投票制，解散了国民卫队，并让民众武装起来。牺牲的人们被塑成雕像，议会大厦正在改建。国民卫队的天轨列车不复存在，云层里也不再有毫无标识的飞艇，空中只有翼人和挂着彩旗的气球。也许维瑟·莱特比不希望他们加入崭新的新克洛布桑。

不。科特知道。他知道真相。事实并非如此。他摇摇头。

“你得告诉钢铁议会的成员。”他说道。

“你要我告诉他们什么？”安·哈莉说道，“你要我告诉他们，有个我们不了解也不信任的人，带来另一个我们不认识的人，告诉我们说，我们一直知道有可能发生的事**真的**发生了，但又无法提供证据？这就是你想要的？”

科特心中生起一股令人战栗的绝望。“噢，老天，”他说道，“你不在乎。”

她注视着他的眼睛。

她解释说：“就算你说得没错——就算卓耿和维瑟·莱特比说的是真的，就算有一万名国民卫队成员在列队等候——这是我们的立场，是我们的身份象征，是我们必须抵达的目标。”她疯了吗？

“我们是钢铁议会，”她说道，“我们不能再调头逃跑。”

科特想要奔入黑夜之中，高声将真相告知这群反叛者——他已对他们产生好感，他们是他的同伴，他的查弗林，他的姐妹——让他们调转头，乞求他们调转头，他想要说出他和安·哈莉知道的事，想要告诉他们，前方等待着的是什么。然而他什么都没说。他没有高声喊叫。他不知道这算不算自己的缺陷——不知道这算不算弱点——但他无法说出真相。因为他知道，那没有用，没人会愿意调头离开。

第三十三章

火车在旧铁轨上缓缓行驶，前方的工人不断用石块填补崩塌的斜坡，并清除垃圾与障碍。他们焊接断裂的金属，并将道钉重新敲回去，激起飞扬的锈屑。但让他们减慢速度的，不是破损的铁轨，而是一种疑虑，他们难以想象自己在此时此地所做的事，因为这太戏剧性了。永动列车以十到十五里的时速行驶。钢铁议会一路向北，朝着新克洛布桑前进，沿途经过许多沟渠和齿状的岩石。

每一个车窗中都有枪管伸出来，无论是平板车厢，还是草丛中的小墓园，无论是塔楼，还是车顶上一顶顶帐篷，到处都有武装的钢铁议会成员。他们伏着身子，唱着战歌。“跟我们说说新克洛布桑。”年轻人说道。他们有些人是妓女生的，当时钢铁议会仍是一辆施工列车。还有一些年轻人则是出自巴斯-拉格内陆的自由民或钢铁议会成员。

无法参与战斗的钢铁议会成员跟在列车后面，有儿童，有孕妇，有不适合战争的改造人，还有老人。他们在铁道上排成长长一串，唱着自己的歌曲。

先行的翼人飞回来，吱吱喳喳地描述看到的景象。随着时间的推移，路基不断升高，最后，列车来到一道山脊上，两侧是镶嵌着花岗岩的地表。他们经过许多树桩和高耸的树丛，森林里的动物在树冠中吱吱尖叫。西方远处有一片连绵的树林，那就是原木林。

时间过得飞快，车轮的节奏有种催眠效果。数月来，钢铁议会缓缓爬行，难以形成节奏，科特已经忘记了那种感觉。此刻，列车的速度刚够发出噪音。车轮的撞击，活塞的运动，呼，呼，呼，呼，仿佛一次次拍肩提醒，令人紧张不安。科特也受到列车的焦虑情绪感染。

用不了多久，我就会知道，他默默地对自己说。用不了多久，我就会作出决定。永动列车一刻不停地载着他驶向新克洛布桑，距离越来越近，他几乎没有思考的机会。

然后呢？

他已经准备好武器。他所在的车厢里都是外来者和难民，他们对即将发生的事既害怕，又兴奋。蜿蜒的铁轨没完没了，仿佛想把车站藏起来似的。还有一段路，科特心想，但就在铁道的尽头，就在视野之外，似乎有黯淡的光晕。

“我得回家。他们在等我。”有个人说道。他们在等着，科特心想。他们在等着你。

我不会留下。突然间，他有了定论。我不会去找卓耿这个人渣，但也不能让他看到我死。我要怎么办？他的头脑中有个声音在提问。我会跑。你要去哪里？应该去的地方。犹大·洛？如果可以的话，如果能找到他。犹大·洛。

噢，犹大，噢，犹大。犹大，犹大。

夜晚降临时，黑暗仿佛令空气变得黏稠，然而他们没有停下。光线透过车窗投射到灰色的原野上，列车就像是一条蜈蚣，长着无数由汽灯光构成的腿。

他们无疑只剩下数十里路程。忽然间，铁轨变得干净整洁。也许这里常有火车经过，科特心想；也许新克洛布桑让火车在这段短得毫无意义的轨道上行驶，在幽灵车站之间运送幽灵旅客。接着，在清晨如骸骨般苍白的光线中，他看到铁道两侧的黑暗里出现许多人影，挥舞着斧头和粗实的扫把，呼喊着让列车**前进，前进**，并表示**欢迎回家**。

集体联盟的逃亡者。黑暗中，他们的人数越来越多，呆呆地站在列车朦胧的光线里，眯缝着眼睛，挥舞着手臂。白昼开始降临。这些人从集体联盟的战争中逃出来，穿过原木林，或者穿过狗泥塘以西危险的街巷——国民卫队正在展开追捕与报复。他们来到此处，笨拙地将轨道清理干净。

新克洛布桑人挥舞着帽子和头巾。**快点回家**，其中一个喊道。有的人在哭泣。他们往铁道上抛撒干花瓣。但也有人站立着挥舞双臂，**不**，他们喊道，**不，他们会杀了你们**。还有些人脸上带着骄傲而悲哀的神情。

他们奔跑着跳到钢铁议会的列车上，或者朝着钢铁议会成员及其子女们抛出花朵和食物，与他们大声交谈，然后落到列车后面。车上的人变得严肃而沉默，仿佛带着历史感和使命感。跟在后面步行的人群则与逃亡者互相拥抱致意，互相交融。

人们在列车旁奔跑，与其速度保持一致，嘴里呼喊着各种名字，寻找失散的家庭成员。

“纳撒尼尔！他在吗？纳撒尼尔·贝朔姆，一个改造人，胳膊是木头的。跟失踪的列车一起进入荒野。”

“歪鼻子！我父亲。一直没回来。他在哪儿？”

他们报出一个个名字和对应的简短历史，对这些人来说，钢铁议会的返回不仅仅是传说转化为现实，而是家庭重聚的希望。早已流亡失踪的人如今或已突然返回，于是，写给他们的信件纷纷被扔进车窗。大多数收信人已经死亡或逃离：这些信被公开诵读，成为给所有人的致辞。

天已经亮了——今天，钢铁议会将抵达铁路的终点。它逐渐减速，驾驶者想要留住行程的每分每刻。

“魔像师洛！”一个苍老的女声在他们经过时喊道，“他就在附近转悠，已经替你们作好准备！快一点！”

什么？科特回头张望，心中有点疑惑。什么？

“别怕，”有人喊道，“听着，我们只是躲起来，我们是集体联盟成员，我们在等待，躲在国民卫队后方等你们。”但科特想要找那提到犹大的女人。

不远了。他们也许午前就能到达铁道的终点，到达军队集结的铁路枢纽。没剩几里路了。“我有个计划。”犹大曾说。老天。老天。他就在这里。

头顶上，钢铁议会的翼人朝着前后两个方向飞去。他们的空中侦察员很快就会抵达城里。

科特骑在马背上。在荒野里的岁月中，他学会了从容地长途奔驰。他基本能跟上坐在改造人拉胡尔身上的安·哈莉。

拉胡尔在杂乱的碎石下方大步疾驰，身旁是高耸的路基，起到挡风墙的作用，其斜坡上长满蒲公英之类的杂草。科特顶着烈风骑行，灰尘吹进他眼中，但他不予理会，奋力前进。云层忽然急促地涌动，在四周洒下雨点。他望向铁轨，望向前方。他就在铁道旁。

“你要是愿意，就跟我一起来。”他对安·哈莉说，“来证明我是错的。反正你随时可以回头。但如果我说对了，就像我说的……就像我说的，犹大有他的计划。”安·哈莉很恼火，然而他显得如此迫切与担忧，他的神情又让人捉摸不透——是兴奋，是焦虑，还是愤怒？——因此，她决定跟他一起去。

科特不知该怎么办，但他辜负了犹大的期望，所以必须去见他——去解释自己为何失败，去请求他接受自己的歉意，或者去说服犹大，如有可能，请他劝说钢铁议会调头离开。守卫马匹的警卫拦住他，于是他要求把安·哈莉找来。“你一定得让我去，”他说道，“快他妈给我一匹马。犹大就在前面！我必须去见他！”

她装作很不耐烦，但科特看得出她吃了一惊。她说要一起去。“无所谓。你要是不信任我，就跟我一起去，我不在乎，但时间不多了，真见鬼，我一定得见到他。”

他在干什么？

接着，他们进入了毗邻新克洛布桑的陆地。河流在垫高的道路底下汇合，充当掩体的岩石遭到酸雨侵蚀。连绵延展的山麓仿佛伸长的腿，在平地上踢出覆满杂草的皱褶。如沥青般黝黑的原木林就像是墨绿色的风疹块，朝着列车的行驶路线涌来，有时甚至有一小片稀疏的树林一直延伸到铁道边。科特、拉胡尔和安・哈莉穿过树丛与树影。

永动列车很快消失在他们身后，经过重修后的铁轨蜿蜒伸展。科特旁若无人地骑行，身边隆起的金属轨道仿佛高傲的血肉，又仿佛大地纹理间的一根粗纺线。铁路沿线仍有一些难民朝他挥手致意，但大多数人已经与列车会合。他并不理会他们的吆喝——**钢铁议会在哪儿？是来救我们的吗？他们就在前面，小心点，小伙子。**他的视线紧盯着轨道及其两侧。列车就在他身后一个多小时的路程。

他感觉新克洛布桑牵引着他，仿佛它的引力——密集的砖块，水泥，木头，钢铁，连绵的屋顶，星星点点的烟雾和化学灯光——仿佛它的引力正将他拖拽过去。镶嵌着岩石的土地如潮水般朝铁路扑来，科特的马顺着沉降的地势奔跑，来到一处路基与大地相平齐的地方。拉胡尔在他身边。在一片布满石块的草坪边，科特看到一艘驳船经过。附近有农田。他望向铁道旁的区域。路边偶尔会有一些设备，有时是信号灯，有时是测读速度或探测列车经过的装置。一堆堆石头和金属杂物躺在列车行进的道路上或轨道旁。

快速涌动的云层下，一群翼人从新克洛布桑匆匆忙忙地飞回来，朝着他们嘶喊：“他们在等着！成千上万，成千上万！一排又一排！不！”

科特和拉胡尔在轨道东侧疾驰，不停地前进，速度如此之快，科特感觉像是被催眠了似的。最后，当他们绕过一片岩石，铁路忽然进入荒芜贫瘠的石地平原。此处有个岩石水潭，还有低矮的灌木，以及颜色跟环境类似的灰色水鸟。在完美的透视线末端，铁轨分出许多岔道，进入一座小镇。工坊里升起烟雾，由波纹状铁皮搭建的车库在冬日里显得灰蒙蒙的。这就是新克洛布桑城区边缘的车站。科特发出一声喊，他听到拉胡尔也在惊呼。远处是国民卫队集结的部队，无数长枪与加农炮排列在一起，上千张面具反射出的光连成一片。

“噢，老天。”*犹大，你在哪儿？*

那些部队在等待着。

“犹大在哪儿？”安·哈莉说道。她凝视着远处等候的人群，然而科特发现，噢，老天，她的神情中带着挑衅，她的眼睛里有战斗的光芒。她露出微笑。

“我们一定是错过他了。噢，我发誓他就在这儿……”

“你并不知道，对不对，你根本什么都不知道……”

“真见鬼，安·哈莉，我们能找到他。”*为什么要找他？他会怎么办？*

列车将从隐蔽的石谷中驶出，进入有新克洛布桑国民卫队等待着的平原。科特看到列车穿了出来，逐渐接近。当钢铁议会成员们看到眼前的景象，他们的脸色变得煞白，但表情依然坚定，因为他们知道没有其他选择。等到火车头减缓速度，国民卫队便会展开攻击。除了最后奋力一搏，英勇战死，没有其他可能。所有人都将意识到这一点，车上有成百上千的钢铁议会成员，那些惊恐而冒着冷汗的脸，最终将会再次变得坚毅起来，而列车也会越来越快，朝着敌人加速冲去。

人们将高声呼喊，*来吧，我们曾经两次击败国民卫队，我们可以再打败他们一次*。每个人都会心存感激地假装相信这一谎言。有些人在轻声低语，也许是对神祇，也许是对先祖，也许是对爱人。也有人亲吻护身符，虽然那并不能提供保护。他们将高喊，*钢铁议会！为了集体联盟！改造城市！*

永动列车将长鸣汽笛，拖着黑烟前进，枪弹如暴风雨般从钢铁议会的车厢里迸射而出。列车将驶入新克洛布桑枪炮的火力范围，在猛烈的炮火下，钢铁将撕裂扭曲，反叛者和自由改造人将在燃烧的火焰里发出痛苦的嘶喊，在灼热的高温中死去，然后钢铁议会将会灭亡。

老天，老天。

他们朝着火车又骑回去几百码，科特刻意放慢了速度。他凝视着金属轨道。**这是最后的机会**。岩石间的安全地带距离此处最多只有一里地。翼人再次出现在头顶上，但听口音是来自**城里**，他们向新来的人致意。“快来，快来，”他们喊道，“我们等着。在国民卫队背后。等你们。”他们转了一圈，然后向着铁道旁的一处设施飞回去。科特继续骑行。

“安·哈莉。”沟谷边缘二十尺上方传来一声喊。科特抬起头，看到犹大。

科特大声呼喊。他停下马，拉胡尔也止住脚步，跟安·哈莉一起抬头观望。犹大·洛站在上方，拼命地手舞足蹈，想要引起他们注意。

“安，安·哈莉，”犹大喊道，“科特。”他夸张地挥舞着手臂。

“犹大。”科特说道。

“上来，快上来。你们在这儿**干吗**？你们在干吗？老天，快上来。”

拉胡尔的蜥蜴身体太重，会从斜坡上滑落，因此无法攀援。他只能站在铁道边，科特与安·哈莉则抓着植物的根往上爬，然后站直身躯。科特一路上都尽量低着头，直到最后一刻才抬起如岩石般灰暗的脸，望向犹大·洛。

犹大看着安·哈莉，表情难以捉摸。科特看着他长久地拥抱她。科特舔了舔嘴唇，等待着。犹大转过身，握住科特，脸上好歹也略带着一丝微笑。短暂的一瞬间，科特将重心倚在犹大身上。科特闭上眼，脑袋靠住犹大，然后又迫使自己站直身子。他们可以看到铁轨从山坡之间穿出。

他们三人望着下方，然后面面相觑。犹大·洛就在他眼前，又高又瘦，满头灰发。**你是什么人**？科特心想。犹大四周的迹象表明，他一直在此等候。一个水瓶，制造魔像用的杂物，还有一个望远镜。

此处除了他们三个，没有其他人。这是进入城市前的最后一道沟谷。翼人再次在头顶盘旋飞舞，歇斯底里地呼喊警告。

“你干了什么？”科特说道，“你现在要**怎么办**？他们不肯停下，犹大，他们不愿转向。我试过……”

“我知道。我就猜到他们不愿意。没关系。”

“城里情况怎么样？”

“哦，科特。结束了，都结束了。”犹大的神态平静而温和。他望向科特与安·哈莉脑袋之间，望向弯曲的铁轨，永动列车将会从那里出现。他看看他们，又看看铁轨，注意力不停地来回切换。

“我们怎么办？”科特说道。

“现在已经没办法了，”犹大说道。“一切都变了，城里……又发生了转变。”

“你在这儿干吗，犹大？”安·哈莉说，“你来这儿是要干吗，犹大·洛？”看她的神情，仿佛是犹大的同谋。他们互相报以淡淡的微笑，语气中略带嬉闹。即使面临屠杀，即使眼前是国民卫队，她仍带着少许戏谑。她伸手抚摸他，反复摩挲，而他也回以同样的动作。看他俩之间的互动，仿佛有一头动物来回跳跃。他望向她背后，然后又收回视线看着她。

“犹大！”科特喊道，犹大转过来面对着他。

“好的，好的，科特，”他说道，“当然。”他试图让科特平静下来。“你来这儿干吗？”

“你都干了什么，犹大？”科特说道。然而随着一阵嘈杂的声响，犹大像小男孩一样愉快地惊呼，然后踮着脚跳起来，依然像个幼童。他一边微笑，一边哭泣，眼中带着泪水。

半里地外冒出一缕幽灵般的烟。永动列车排出的烟雾旋转上升，就像从洞穴中钻出的黑色蠕虫。它沿着紧凑的弯道行进，穿过炸裂的壁障，越来越近，越来越快。列车前方掀起一股风，扑向他们的脸。科特和安·哈莉转过身，看到灯光从拐弯处出现，投射到岩石和轨道上，在日光中显得软弱无力。钢铁议会已进入沟谷的末端。

不。科特不知道自己有没有喊出声。他不相信国民卫队背后有隐藏的革命军。科特看着钢铁议会在岩石间穿行，向着死亡高速前进。他不知自己是真的喊出了声，还是只在心中叫嚷。不。

裙裾般外展的护栏仿佛一排牙齿，火车头则像是神祇的头颅。车上悬挂着狩猎的战利品，车身外的划痕仿佛一则则故事。列车里挤满强悍的战士，身材魁梧的改造人和仙人掌族手握刀剑，发出阵阵吼声。新克洛布桑难民热情地在列车旁奔跑，一边拼命喝彩，一边抛撒五彩纸屑。第二节火车头以及后面的车厢已经全部武装起来。钢铁议会，这个铁轨上的小镇变成了一座战斗之城。车轮在钢铁上转动，烟雾从烟囱里冒出，每个人都摆好战斗的架势，他们没有计划，只有一往无前的愚勇。

呼，呼，呼，呼。科特听到车轮撞击着铁轨。他跑到沟谷边大声喊叫，然而没人听得见。他看到犹大虽然在哭泣，但仍带着微笑，而安·哈莉脸上只有笑容。列车以前所未有的速度前进，从拉胡尔身边掠过，他同时挥舞起人类和蜥蜴的手爪。

科特一个踉跄，听到身后的犹大喃喃低语。犹大重复着列车行驶时发出的两个音节。他和着列车的节奏咏唱，似乎怀有某种期待。科特俯身望向下方的列车，钢铁议会的成员们已准备好战斗，为了自己的城市，作最后一搏。他看到，在他们前方，枕木之间似有某种障碍，不是特别紧密厚实，不至于让列车出轨或者撞坏车头，而更像是一个个象形文字，分布在一段铁轨上。

“呼，呼，呼，呼。”犹大说道，与此同时，下方也传来“呼，呼”的声响。钢铁议会的车头经过一个装置，科特先前看到过，以为是信号灯的残骸，或者某种尚未安装完成的设备。随着车轮的触碰，它动了起来，并发出铿锵的撞击声。犹大倒吸一口冷气，跪倒在地。他的皮肤绷得紧紧的，身上的血肉就像是被抽走了似的。科特看到他努力集中精神，也看出他体内的能量被突然吸走。

此刻，除了列车有节律的声响，他还听到另一种更复杂的干扰，与车轮的节奏相抵触。钢铁议会触发了犹大设置的开关，他布下的能量回路被激活，并从他体内汲取力量。只有科特能看出这一点。科特看到犹大一边眨眼，一边喘气。

犹大刚才的第一声喊转移了科特和安·哈莉的视线，而此刻，他们看到铁轨中间的那一小堆障碍物——堆叠在枕木上的小物件，包括钉子、金属棒、木块等等——被钢铁议会撞开，每件物品都落到犹大预先设定的位置，遵从着精确的顺序，由于材质不同，落下的声音也各不相同，组合成一首精心编织的乐曲。毫无瑕疵的车轮节奏中混入了折裂声和钢铁撞击声，短暂的瞬间，声音节律中掺入了魔法，构造出复杂的音响效果，每一串背景音都对时间造成干扰与分割，等到钢铁议会巨硕的头颅从岩石的夹缝间冒出来，如捕猎兽一般闯入开阔地带，噪声已对**时间本身**产生影响，将其重新塑造，但这一干涉过程需要抽吸犹大·洛体内的能量。这名新克洛布桑的伟大魔学家依靠自学成才，他精准地**重塑**了时间，这种浑然天成，无以阻挡的切割机制，就仿佛时间中的变元，让时间本身产生形变，制造出

一尊魔像

一尊时间魔像

这是超乎自然的生命。声音与时间的魔像在创造者的指示下矗立于现实中。它遵从命令，现出身形，它的使命就是诞生与存在。从时间中雕琢出的每分每秒，每时每刻，构成了它的四肢与躯干，仿佛雕像从粗糙嶙峋的岩石中成形。这一形体所在的维度，没人能看得见，甚至连创造者都无法感知，而它可见的那部分轮廓则将列车完全包裹起来。

时间魔像就这么矗立着，对周围的现实无动于衷。它是对线性连续时间的可怕入侵，是历史进程中的一团阻塞物，它迟钝而傲慢，毫不顾忌对存在论的违拗。

犹大趴在地上，像搁浅的鱼一样扑腾，脸上的鲜血沾湿了泥地。他如同醉汉一般踉踉跄跄地站起来，望向沟谷内部，然后露出微笑。魔法耗尽了他的精力。科特瞪视着他。

一阵刺耳的噪声，来自重物撞击时的撕裂与挤压。安·哈莉大声尖叫，奔下碎石满地的山坡，身后扬起一片尘埃。她跌倒在地，翻滚了几下，然后又站起来，衣服已经撕裂。拉胡尔惊愕地站立着，抬头望向数尺之遥的钢铁议会。钢铁议会成员和逃亡的市民疑惑地站在原地等待。每个人都看着列车。

在永动列车上，钢铁议会的反叛者正在返回途中，但他们现在停了下来，绝对静止，在时间魔像的躯体内纹丝不动。列车被封固在时间之中。

它并非一直都清晰可见。魔像所占据的时空边缘不太平整，有许多折射面，时间的伤口中泛出浑浊的白光。从某些角度很难看到列车，或者很难想象它的存在，仿佛记忆一点一滴地丢失。但它依然一动不动。

烟囱里排出的烟雾就像石烟一样静止，只有在魔像躯体毫无规律的边界之外，废气才会被风带走，飘散于历史之中。列车正要闯入城市外围的平原，却静止下来，钢铁议会的成员们依然保持着手握武器，准备战斗的姿态。

最后一节车厢是两个向前推送的火车头之一，它未能进入静止时空的保护范围，依然保持运动，结果撞在了突然出现的时间壁障上，从轨道上脱出，并爆裂开来，炽热的煤炭，各种琐碎杂物和濒死的工程人员四散跌落。前面一节车厢的尾部受到挤压与撕扯，在那永恒的时间魔像边缘，车厢仿佛遭到切割，伤口整齐划一。

安·哈莉高声嘶喊。跟随着钢铁议会的人群纷纷从岩石后面跑出来，互相转述刚才发生的事，给后面的人传递消息：**钢铁议会**……怎么了？

它没有发出一点声响。列车上的男男女女悄无声息，硕大的钢铁议会完全陷入了静默。安·哈莉一边嘶喊，一边试图抓住它，试图爬上去，然而魔像边缘的时间从她指间滑过，要么加快她手的速度，要么让手改变方向，要么让钢铁议会瞬间消失，她总是触摸不到，触摸不到。她处在正常的时间内，而钢铁议会不在，因此她无法企及。她可以看见所有同伴在那一刻的身影，却触碰不到。留在正常时间的人群在她四周聚集。她大声尖叫。

火车头上，“粗腿”伸出带刺的褐色手臂。他凝视着远处集结的国民卫队，张大着嘴，露出微笑。他身边有个人在大笑，丝状的唾液将断未断。列车被悬浮静止的尘埃包围着。车头灯明亮耀眼，没有丝毫波动。安·哈莉充满愤怒，她试图重新与“粗腿”和钢铁议会会合，却总是失败。

科特瞪着眼前不可思议的景象，当犹大的双手碰到他，他吓了一跳。

“来吧。”魔学士说道。犹大的声音不像是他自己的，嘶哑的咽喉里似乎有带血的黏痰。然而他仍在微笑。“来吧，我救了他们。来吧。”

“多久？能持续多久?”科特听出他在颤抖。

“不知道。也许等到时机成熟吧。”

“他们死了。”科特指着列车后端。犹大转开头。

“只能这样，我尽力了。老天，我救了他们。你看到了。”他站起身，手捂着肚子，口中发出一声喘息。他一个踉跄，呕吐物溅到四周地面上。日光似乎让他恢复了一些力气。犹大伸出手，科特扶住他，两人开始往下走。犹大浑身瘫软，仿佛破布扎成的人偶。他们向着岩石之间看不到铁轨的地方走去。远处传来一阵呼喊，说是国民卫队正在赶来，说是他们看到异象之后，立刻赶了过来。

科特和犹大一路爬下去，离开了沟谷。

PART TEN

第十部分

遗迹

第三十四章

科特扶着犹大，踉踉跄跄地在山间小径中行走。犹大不时地干呕，科特将他的头发往后梳，露出苍老的脸。科特希望这样的时刻永远不要终止。在一条浅溪里，他帮犹大洗去血渍。犹大·洛丝毫没有留意他，只是一边喘息，一边张开手指。此时此刻，科特可以欺骗自己，假装相信这一切将会有个圆满的结局。

他们迈着歪歪扭扭的步伐，缓慢地朝新克洛布桑前进。科特带着犹大远远绕开国民卫队。他们可以看到，也可以听到，国民卫队正在接近静止的列车。科特心想，成百上千的钢铁议会成员一定正朝着沼泽的方向奔逃，在岩石间寻找藏身之所，而城市难民也混杂其中。迷宫般的岩石堆里一定挤满惊恐的人群。

“犹大。”他说道。他轻呼犹大的名字。他搞不清自己的情绪。他想到那些被犹大的举动杀死的人。“犹大。”

他们的行踪算不上隐秘，科特心想。他们留下一串明显的痕迹，包括脚印，血渍，以及折断的树枝，但那也没办法。他弯腰支撑着犹大高大的身躯。其他钢铁议会成员一定已经爬出沟谷，到达外面的开阔地带，但由于地形与时间的巧合，科特和犹大就像是在独自赶路，他们穿过荆棘和冬季干燥的灌木丛，周围的大地上只有他们俩。就像是幽灵。来到开阔的平地之后，他们远远地看到国民卫队正在推进。在一处高地上，科特能看到永动列车。它一动不动，就像是游离于世界之外，仿佛位于洞穴的底部，好像现实空间难以承受其重量。

四周的阴影缓缓移动，科特发现，冬日的白昼已渐渐向晚。他知道，形势一定已发生变化，在那静止的时空周围，时间正在一分一秒过去。*此时此刻，我架着犹大的胳膊，要将他带回新克洛布桑*。他明白，这趟旅程不可能一直延续下去，因而心中似有一根尖刺。

我不会问你什么。我不会问你为什么要那样做。因为时间不够。然而犹大自发地讲了起来。

“没办法，真的。没办法阻止他们受到伤害。历史不会停下脚步。那不是合适的时机。”他非常平静。他不是在对科特说，而是在对整个世界说，仿佛神志已经错乱。他仍非常虚弱，但话音坚定有力。“历史不断前进，然而……我没想到！我完全没想到能成功。太困难了，所有的计划，费了这许多劲研究与分析，而且……那么的——”他在脑袋边摆了摆手，“——那么的*消耗精力*……”

“好了，犹大，好了。”科特拍拍他，但没有把手移开，而是一直扶着他。他的眼中忽然充满泪水。他闭上眼，忍住眼泪。*我们俩真是一对怪人*，他一边想，一边竟发出笑声，而犹大也跟着笑起来。

新克洛布桑就在那个方向。科特带着他往前走。

“我们要去哪儿，犹大？”

“带我回家。”犹大说道。科特的眼中再次填满泪水。

“好，”他小心翼翼地说。“我带你回家。”

他们有一种虚假的期待，仿佛真能抵达目的地似的。他们绕了一大圈，登上露天仓库背后的山坡，希望能在大陆铁路联合公司的铁路枢纽北面找到一条向东的路，通往新克洛布桑市郊的贫民窟。比如说，到凯弥尔，或者穿过高处的山麓，到达焦油河，然后搭乘游弋的驳船或小商船，进入渡鸦门，经过溪滨和残存的虫首人聚居区，最后在铁轨底下走向烟雾弯，深入新克洛布桑的腹地。科特带着犹大往北行进，仿佛这原本就是他们的计划。

那是怎么回事，犹大？你干了什么？科特想起犹大提到过的非实体魔像，还有矛手族及其神秘的魔像巫术。**我没想到你能办到，犹大。**

他们看到路上有其他人。“你们走错方向了，伙计。”一名赶车人说道。科特与犹大从他们中间穿过。摇摇摆摆的车轮翻起泥尘，逐渐远去。科特抬头望向飞鸟。**再久一点。再久一点点。再多一小会儿。**他不知道是在向什么人或什么神祇祈求。科特扶住倚着他的犹大。

“看看你，”他说道，“看看你。”他用自己的衣服抹去犹大脸上的污垢。“看看你。”

又有一小拨逃亡者向他们走来，包括各种不同种族。一群人类推着小车，一名蛙族坐在水里喘气，还有个肥胖的女性仙人掌族，手持一根巨大的棍子。她朝着科特和犹大挥舞起木棍，但等到看清楚之后，又放了下来。还有两名虫首人，纤瘦的女性躯体裹在披肩里，因此只能踩着细碎的步子前进。她们细细的脖子上顶着五彩泛光的甲壳。头部的甲虫释放出用作交流的化学物质，腿部和颚部不停地比画着。她们身后有个机械人，在这群五花八门的集体联盟成员中，显得尤其突出。

科特瞪着它，就连累得迷迷糊糊的犹大也在看。它踩着车辙，摇摇晃晃地从他们身边经过。

它大致呈人形，有四肢，躯体和脑袋。身体是个铁柱，脑袋由白镴和玻璃制成。一条手臂是原装的，另一条是后来补的，用的是擦得锃亮的钢铁材质。它身上还有一排类似雪茄的出气孔，喷出阵阵烟雾。它抬起圆柱形的腿，踩出不同于人类的精准步伐。相当于肩膀的部位卡着一根棍子，顶端挂有一个包袱。

这是城中罕见的合法机械人吗？某个富人的奴仆或玩物？又或者是非

法机械，多年来一直被隐藏着？*你是哪一类*？它是跟主人一起流亡的吗？它那精确的步伐是严格遵从着分析引擎的数学规则吗？科特是在机械战争之后长大的，因此带着近乎崇拜的心态注视着它。

机械人扭转头，发出一阵金属刮擦声。它用浑浊而阴郁的眼睛看着他们。如果说那玻璃后面是个依靠齿轮驱动，却具有自我控制能力的头脑，那显然很荒谬，然而一时间，科特心中想到的是，集体联盟陷落后，新克洛布桑竟已变得如此可怕，就连机器也想逃离。机械人继续前进，科特带着犹大逐渐走远。

他们仍有相当长一段路要走。他们听到声响。科特心想，国民卫队一定已经在静止不动的钢铁议会旁边待了几个小时。那声音越来越近。科特紧紧闭起双眼。时间到了，他一直就知道会有这一刻。

在一小片岩石环绕的空地里，他和犹大面对着拉胡尔，坐在他兽背上的是安·哈莉。她龇着牙，手里握着一把连发手枪。

“犹大，”她一边说，一边跳下坐骑，“犹大。”

科特在自己身上拍打，直到找到自己的枪，他颤颤巍巍地试图把枪举起来。拉胡尔以蜥蜴的速度猛然冲到他面前，用蜥蜴胳膊抱住他，然后弯腰探身，收走科特的武器。他唐突而善意地拍了拍科特的脸。他将科特拉开，仿佛科特是他的父辈。科特提出异议，但软弱无力，毫无用处。他几乎可以肯定，自己的枪一定不会响，枪管一定会堵住，或者子弹根本没上膛。

犹大摇摇晃晃地看着安·哈莉，他以先知般的平静朝她微微一笑。安·哈莉在颤抖。科特试图开口阻止，但没人理会。

“为什么？”安·哈莉一边说，一边向前走，站定在犹大面前。她的眼中带着泪水。

“他们都会死。”犹大说道。

“你不知道。你不*知道*。”

“对，你看到了。你看到了。你知道接下来会发生什么。”

“你不知道，犹大，老天，你真是该死……”

科特从没见过安·哈莉如此愤怒，如此失控。他想要说话，却说不出来，因为此刻不该他开口。

犹大看着安·哈莉，掩藏起所有恐惧，他那全神贯注的表情令科特一阵揪心。不要就这样结束。拉胡尔的双臂环抱着他，仿佛给予他保护。

“安·哈莉，”犹大说道，语气虽然轻柔，但他一定知道后果，“你想要他们死吗？你想要死吗？我试图让你们调头，我们试图……”你知道他们不愿意，科特心想。“他们现在安全了。他们现在安全了。钢铁议会依然存在。”

“你把我们变成了腌菜，混蛋……”

“不然你们都会死……”

“把它撤消。”

“我不知道怎么撤消。而且我也不愿意——你知道的。”

“把它撤消。”

“不，你们都会死。”

“你他妈的没有权力这么做，犹大……”

“你们都会死。”

“也许吧。”她愤愤地说。接着是一阵长久的沉默。“也许我们都会死。但谁知道呢，也许集体联盟成员正守在国民卫队后方，随时准备发难，然而由于你的行为，他们现在都吓跑了。你不能说他们一定不存在，也许有人会受到我们的激励，不管是不是太迟。明白吗？不管是不是太迟，他们都有机会。明白吗，犹大？你明白吗？不管我们会不会死。”

“我……是为了钢铁议会。我必须保证他们，保证你们，安全……”

“这不该由你来选择，犹大。不该由你来选。”

他略微展开双臂，坚定地站在她跟前，俯视着她。他俩之间仍维系着一股力量。他们仿佛正从周围环境中汲取能量。犹大耐心地凝视着她，似乎已作好准备。

“这不该由你来选，犹大·洛。你从来都不明白，你从来都不知道。”她举起枪，科特发出一声喊，在拉胡尔的抓握之下挪动。她用枪抵住犹大胸口。他没有退缩。“你心里……钢铁议会不是你创造的，犹大·洛。从来都不是。”她往后退开，抬高手枪，让他凝视着枪口。“也许你到死都不明白，犹大。犹大·洛。钢铁议会从来就不是你的，不该由你来作选择。你无权决定时机，无权要求它符合你的计划。**这是属于我们自己的时刻**。我们知道，应该由我们来决定。你不知道会发生什么，现在连我们也没法知道了，我们将永远无法知道。你夺走了这许多人的未来。”

“我这么做，”犹大低语道，“是为了你们，为了钢铁议会。为了拯救它。”

“我知道，”她说道，语气轻柔，然而嗓音中仍带着颤抖，“但我们从来就不是你的，犹大。我们是自发产生的真实存在，自立自主，**不是你的**。不管对错，那是**我们的**历史。你从来都不是我们的先知，犹大。从来都不是我们的救世主。”

“你听不进去，你不愿听，但现在，这不是因为要拿你做祭品。原本不需要这样的。这是因为你没有权力。”

听语气，科特知道她讲完了，他看到安·哈莉的手一动。**快**，他心想。**犹大，快阻止她**。

在她手指用力的一瞬间，他心想：**快**。

召唤泥土魔像。犹大或可集中精神，从坚硬的泥地里拽出一个灰色的土魔像进行拦截，让它从泥尘中拔地而起，身上仍挂着野草与杂物，仿佛山体本身动了起来。它或许能站到犹大与安·哈莉之间，用结实的身躯阻挡子弹，并伸手拍掉她的枪，将她紧紧抓住，令她无法抗争。然后犹大便不再受她威胁，还能让魔像带她离开，或者让她保持静止，他和科特就能转身绕过树木的残根，踏过碎裂的岩石，向着新克洛布桑走去。

或者召唤空气魔像。用一股具有魔法生命的气流蒙蔽安·哈莉的眼睛，扰乱她的瞄准。让空气构成的魔像站在钢铁议会前方，吹起她的衣服，遮挡住她的脸，然后迅速突入她的枪管，阻碍射击。等到四周的空气被新出现的存在扰乱，尘埃盘旋升起，灌木丛中残余的树叶随风舞动，犹大与科特便可以离开了。

或者把她的枪变成魔像。把手枪本身转变为小巧敏捷的魔像，命令它闭上嘴，咽下子弹，拒绝喷吐。然后再让魔像扭转安·哈莉的手，以其有限的活动能力迫使手枪指向她的脸。一旦安·哈莉受制于自己的武器，在突发的威胁下不知所措，犹大便可以趁机越过山坡上的小径，与科特一起逃离。

或者把子弹变成魔像。让它坠落下去。或者把她的衣服变成魔像。捆住她。或者把四周枯萎的小树变成魔像。或者制造云魔像。或者制造阴影魔像，利用她自己的影子。或者再造一个声音魔像。用声音与时间的魔像让她保持静止。天气十分寒冷。赶快，再用那有节奏的诵唱塑造出凝固时间的魔像，阻止她的行动，然后我们就能离开了。

但犹大毫无作为，安·哈莉扣下了扳机。

第三十五章

趁着夜色，科特经由焦油河回到城里。在新的律法下，新克洛布桑政府缓慢地重新开放了河流贸易。驳船商贩等待着新一轮的贩运。科特身穿沾满煤灰的工作服作伪装，指引着一艘低矮的宽体船回到新克洛布桑。

房屋沿着蜿蜒的河流分布，数十栋，数百栋，不断向外延伸。建筑物发出的轻微吱嘎声勾起他的回忆，让他感觉回到了家。船夫接受他的贿赂，准许他上船，此刻却迫不及待地希望他离开。在引擎的突突声中，他们经过渡鸦门两旁黑乎乎的建筑。溪滨的虫首人居住区就像是一座迷宫，房屋外面覆盖着黏胶般的分泌物。小船从新克洛布桑城中一座座老旧的砖桥底下穿过，并在水面上留下泛着虹彩的排放物。

飞艇来回穿梭，探照灯的光束就像是高跷。一个硕大的灯头对准小船，闪烁了两下。

他从烟雾弯的仓库之间走过，到处是褪色的砖墙和污秽的水泥，还有焦油，沥青，破烂的海报，一堆堆建筑垃圾，碎裂的玻璃与石块。然后，他来到集体联盟曾经控制的街区。科特走过一片空地，居民们曾在此处聚会，喧闹地投票表决各种事务。如今，它又恢复了原貌，荆棘与野草从水泥缝中冒出来，成为一片荒芜的昆虫世界。墙上的漩涡符号已被雨水冲刷掉一部分。

数天后，科特了解到新规则，知道要躲避巡街的国民卫队。他们封锁了溪滨和黑泥地，还有最关键的狗泥塘。据称，仍有少量集体联盟的叛军负隅顽抗，他们展开冷酷无情的搜捕行动。

科特看到他们的小分队从破损的建筑里带出高声喊叫的男男女女，大多声称自己清白无辜，偶尔也有人高声反抗。科特什么也没说，低头看着地面。他很麻木，在检查关卡递上假证件时也不害怕，因为他不在乎是否会受到盘问。如果没人质疑，他就继续往前走，但心中并无成功的喜悦。

上流城区有其美丽之处，比如比尔珊顿广场，比如帕迪多街车站，仿佛战争不曾发生过似的。漩涡纹已变得模模糊糊。帕迪多街车站矗立在城中，如同一名神祇。科特抬头望向它的屋顶，他曾到过那里。

集体联盟在最后阶段，又发动了一次天轨袭击。一辆满载炸药的列车从硝石车站出发，朝着帕迪多街车站加速前进，梦想把那栋巨硕的建筑炸毁。这绝不可能成功。执行自杀任务的集体联盟成员知道自己必死无疑，他喝得醉醺醺的，英勇地驾驶着列车冲过斯莱车站的路障，朝烧烤集市继续前进，但国民卫队中途炸毁了列车。高架轨道连绵的拱洞仿若针脚，穿越整个新克洛布桑，如今却被轰出一个缺口。铁路东南线仍在运营，并处于缓慢的重建过程中。

张贴亭里的海报，街头的报纸，留声机亭里可免费听取的公告蜡筒都在宣扬政府的胜利：泰什献上贡礼，并为战争道歉，公众社区获得重生。他们说，这是艰难而充满希望的日子。据说还有一些新项目，包括穿越大陆的探险计划。新经济，新发展，前途光明。科特到处游荡。溪滨成了一片废墟。新刺党大屠杀留下的虫首人尸体已被清走，但一部分墙上仍有污渍。在一些地方，家养蠕虫分泌的覆盖物焦灼开裂，露出底下的砖块。

科特四处游荡，观察城市的重建。新克洛布桑市中心到处是炮火造成的创伤，布满混凝土、泥灰和大理石的碎片，街道之间新辟出以碎石铺填的简陋小巷。在白拉汉姆，国民卫队塔楼的尖顶被脚手架包裹起来，就像鹃唾虫分泌的泡沫。断裂下垂的天轨索道消失了，等到白拉汉姆塔楼恢复挺拔的站姿，轨道将再次被架起。

科特在摩格山找到了住处，那地方靠近集体联盟的老窝，但又刚好位于军事化区域外，因此不在戒严与宵禁之列。他使用新的名字，依靠白天打工的收入支付房租，而他的工作地点在一个从前不常去的区域。

新克洛布桑遭到严重破坏，雕像被毁，到处是火焰烧灼的焦痕，建筑物被开膛破肚，整条街只剩下残垣断壁。住宅、教堂、工厂和锻造房都成了脆弱易碎的空壳，仿佛陈旧的头骨。河流中也漂浮着垃圾残骸。

传递秘密消息的网络虽然支离破碎，但他仍知道如何参与其中。如今，人们互相缺乏信任，市民擦身而过时都尽量避开对方的眼睛，瞬间紧握的拳头有可能被解读为秘密手语，国民卫队或许会被招来，治安委员会或许会立即予以击杀，以免本区域遭到叛乱分子和随之而来的死亡行刑队攻击。即便如此，他也知道如何找到消息网。科特很谨慎，很耐心。回来两周后，他才去找玛德琳。

“现在好一点了，”她说道。“但最初的几个星期，老天。”

“墙边躺着尸体，据说都是因为被捕时‘抵抗’，脚下磕磕绊绊，或者要求休息，或者吐口水，或者拖拖拉拉不遵从命令。”

“山麓地区的箭尖矿场旁边，”她说道，“苏托利营地。他们把集体联盟成员关在那儿。成千上万。没人知道究竟是多少。有一栋侧楼，据说一旦走进去，你就出不来了。等他们问完问题，就把你送去那儿。”

“我们有人逃了出来。”

她逐一列举认识的人，以及他们的命运。科特记得其中的一些名字。他无法判断玛德琳是信任他呢，还是已经不在乎。

“我们必须把情况说出来，”她说道，“这是我们必须做的。但假如说出真相，不在这儿的人会以为我们撒谎，以为我们夸大其词。所以……是不是应该稍微说得不那么可怕，好让他们相信，你觉得呢？”她十分疲惫。

他让她把集体联盟的陷落经过完完整整讲了一遍。

他发现，那已经是很久之前。按理说，他可以告诉自己，**没人能为钢铁议会而战**，但他办不到。因为他不知道可能出现什么情况，因为这件事被阻止了。他们不清楚犹大的干涉起到了何种效果。

关于钢铁议会，新克洛布桑城中有无数流言。

科特经常去路德米德的慢雕花园，独自坐在那些献给耐性之神的艺术品之间。花园已经被毁。修剪整齐的草坪和树丛之间点缀着硕大沉静的岩石，每一块都带有层层裂纹，每一块都经过精心设计：慢雕艺术家在石头上钻出精准的洞孔，滴入酸性药剂，岩石将按照预想缓慢地溶解，经过多年风吹雨打之后，石块层层剥落，最终显现出计划中的形状。雕塑家从不透露设想，因此作品总是在他们死后很久才揭晓。

他一直都讨厌花园里的宁静气氛，如今它遭到破坏，科特感到相当欣慰。数周前，狗泥塘尚未陷落，有集体联盟成员或者同情他们的小年轻翻越围墙，凿刻较大的石块。他们在仓促中刻出的雕像粗俗而丑陋，手工粗糙马虎，带着一种不敬的喜感，表面甚至刻有污言秽语和反叛口号。他们破坏了艺术家们一丝不苟的作品，依靠钻孔和酸液腐蚀的雕塑被提前转化成色情丑角。科特倚着一座新石像坐下。那雕像抚摸着一根超大号的阳物，而它原本或许会变为天鹅、小船或者花朵，什么都有可能。

山岭间的事，他已记不得太多。在拉胡尔的抓握之下——他有没有挣扎？他有没有哭？他怀疑自己的确有哭和挣扎。他被牢牢抱住，直到精疲力竭地倒下。

他记得安·哈莉看都没有看他就走开了。他记得她骑到拉胡尔身上，叫他回到岩谷之中。“回去，”她说道，“钢铁议会。”但他不知道那是什么意思。当时，他甚至没听见她的话。等到悲哀过去之后，他才反应过来。

她逃跑了吗？还是如愿以偿求得死亡？安·哈莉和改造人拉胡尔朝着岩谷中的钢铁议会走去，科特看着他们消失。那是他最后一次见到他们。

等到科特恢复过来，他试图挪动犹大。他想要埋葬犹大。他尽量不去看犹大憔悴的脸。最后，他将他拖离动物踩出的小径。科特不忍看，只是用手合上犹大的眼睛。他握着犹大逐渐冷却的手，虽然很想亲吻他，却无法让自己的嘴触碰他那干枯皱褶的双唇。因此，他亲吻自己的手指，然后长久地放在犹大毫无气息的嘴上，仿佛只要等得足够久，犹大就会动起来。

科特为犹大堆了一座石冢。他每次只能回忆一点点片段。

钢铁议会依然静止不动，科特还没去看过，但他相信自己总有一天会去的。不过新克洛布桑城中每个人都知道它的状态。犹大的死并没有让它摆脱时间的禁锢。报纸里有一些稀奇古怪的猜测。残余矩力是最常见的说法，因为它曾穿越污染区域。科特相信，政府中一定有人知道真相。

等到他能够承受之后，或许可以去看一看。他想到安·哈莉，想到她在石地上行走，想到她骑着拉胡尔的模样。

科特向玛德琳讲述犹大·洛的故事，她带着同情默默地听着。对此，他感激涕零。有一天晚上，她带他去双桅原的一个屠宰场。他们谨慎地绕道而行，快要抵达时，他听见一声猫叫。如今，动物回来了，但不是待宰的肉。进入幽暗的屠宰房后，科特跟着迪·法尔加跨过血块淤积的水沟，回音在教堂般空旷的房间里回荡，挂肉的空钩子和铁链互相撞击，叮当作响。借助绞肉机炉膛中闷烧的火光，她带着科特穿过暗门，给他看里面那台小小的印刷机。

那天晚上，他们一起工作，一边转动手柄，一边确保油墨畅通无阻。黑暗中，他们印制出成百上千份报纸。

不羁叛逆者
1806年鲁那月

“新克罗布桑秩序井然！”你们这些愚蠢的走狗！你们的秩序建筑在流沙之上。明天，钢铁议会将继续前进，并以长鸣的汽笛公开宣示，吓破你们的胆。我们的主张：我们代表过去，现在和未来。

城外的开阔区域里，铁道将大地一分为二。平原上布满锋利的铁丝网，一条条小路穿梭其间。如今，我们将成群结队地沿着这些小路赶来，借着灰色的月光，或者，假如没有月光，就索性在幽黯的夜晚中聚集。

我们来了。我们将来到钢铁议会周围，来到永动列车周围。如今它成了真正的永动列车，车轮永远处在转动之中，又永远尚未完成转动。它在等待。围绕着铁车轴的运动精灵也陷入永恒的等待。

我们将越过在边界上巡逻的警卫。铁丝网底下如有水沟，我们便悄悄钻过去，如果没有，则小心翼翼地割出一个洞，或者用破布垫着翻过去。我们越过历史的边缘，来到时间凝固之地。那历史的瞬间仿佛是一根刺，嵌在现时的表皮之下。

虽然面临惩罚，我们依然不会停止。我们当中有男有女，有老人，有青年，有人类，有仙人掌人，有虫首人，有豪刺人，有蛙人，甚至还有改造人。在列车周围，经历了危险朝圣之旅的改造人被授予特殊的礼物，在那历史时刻近旁，他们具有与常人平等的地位。除此之外，还有许多儿童。新克洛布桑城中坚韧强悍的孤儿如同动物一般在街头营生，他们自发组团，来到这片古怪的游乐场。随着大陆铁路联合公司展开新的计划，其铁路枢纽中汇集了许多新生力量。儿童们从这些新设备和生锈破损的旧列车之间穿过，又经过布满甲虫坑道的荒原和除了灰色岩石之外一无所有的旷野，最终抵达钢铁议会所在之地。

此处有固定的线路可以遵循。

登上碎石坡，俯瞰烟囱外凝结的烟雾。站在舌头似的铁轨跟前，望向列车正面。再花个几分钟，缓缓地绕着钢铁议会转一圈。虽然大家都在尝试，但没人能触碰到它。时间在它周围变得捉摸不定。每个人都看到，他们回来了。钢铁议会没有停下，它奔突前进，却被封存在时间中，我们看到的只有这一瞬间。围着它走一圈吧。

火车头上的烟囱高高耸立，冒着火焰，一束黑烟被风吹得向后倾倒，凝固在那一刻。动物头颅上突出的尖角和战士手中的刀剑距离我们如此之近。我们凝视着静止不动的钢铁议会成员。这群勇士簇拥在一起，高声呼喊，正准备投入战斗。

火车头窗口里的大个子仙人掌族叫“粗腿”，他的皮肤因年岁而褪色。很久以前，钢铁议会在他的帮助下成立。如今，他准备将钢铁议会带回故乡。

有一条参观路线，可以串联起钢铁议会的成员，他们各有名号。“唾沫星”在兴奋地呼喊，口水从嘴边飞溅而出，呈现出抛物线的形状；“飞跃者”正从一节车厢的顶端跳向另一节，恰好悬停在车厢之间的缝隙上方；“枪手”的步枪里刚射出一颗子弹，距离枪管仅有六寸。按照惯例，你可以停下脚步，把手伸进子弹和枪之间摇晃两下。

我们中有人认识钢铁议会的成员。有一名女子来过许多次，总是跟一个人说话，那是她父亲，正要回到她身边，却凝固在历史中。她并非唯一前来探望家庭成员的人。

爬满藤蔓的塔楼四周尽是锈末与烟雾，运载牲畜的车厢被改造成喧闹的卧铺，还有镶着装饰墙板的图书馆、食堂、军械库和教堂。敞篷车厢里填满泥土，变成了花园与陵墓，其中矗立着纪念墓碑，而经过削整的浮木也被用来搭建车厢。还有一节车厢因矩力影响而弯曲鼓凸，仿佛充满浆液的囊肿，其内部漂浮着三个类似细胞核的物体。在那凝固的时刻边缘，最后一节机车仿佛张着嘴，露出金属的牙齿。这辆静止的钢铁议会列车要来拯救我们。

我们来到它周围游玩。还有些人是来祈祷的，钢铁议会周围的地面上写满祈愿。

国民卫队的科学家与魔学士试图用暴力将其摧毁，但时间魔像不为所动，粗糙原始的攻击对它构不成伤害。我们一次又一次地返回。

即使多年以后，我们仍会讲述钢铁议会的故事，它如何自发成立，如何离开，又如何返回，如何一直处于返程途中。一群男女在泥地里刻造出一条轨道，拖拽住整个世界的历史。这些人依然张着嘴高声呼喊，我们欢迎他们的到来。他们驶出岩石的沟壑，朝着砖墙的阴影前进。他们一直在前进。